虎嘯龍吟

GROWLING TIGER, ROARING DRAGON

電視劇小說③

常江 著

目錄

【第一章】重壤幽隔 五
【第二章】江東才俊 二七
【第三章】臥龍出師 四三
【第四章】千古空城 七一
【第五章】母氏聖善 九七
【第六章】壯士不還 一二三
【第七章】登臨絕頂 一五五
【第八章】秋風渭水 一八七
【第九章】悲吟梁父 二一一
【第十章】出師未捷 二三五

【第十一章】高臺淩雲——二五五
【第十二章】炙手可熱——二七五
【第十三章】將相和諧——二九七
【第十四章】短兵相接——三二七
【第十五章】一退再退——三六三
【第十六章】鶺鴒之悲——三八三
【第十七章】唯別而已——四〇三
【第十八章】塚虎一躍——四二五
【第十九章】流血漂杵——四五七
【終　章】零落歸山丘——四九一

【第一章】

重壤幽隔

黃初七年春，曹丕幸許昌宮。天子車駕遙遙來到城下，先導的儀仗正要進門，忽然城門坍塌，石塊紛紛砸落，儀仗侍從一片驚呼，慘叫著逃竄。曹丕大驚，從皇輿上下來，望著遍地的狼藉，還有被砸傷的人痛苦呻吟。

施淳驚慌：「這、這一定是此處城門年久失修，陛下從東門入吧……」曹丕有強烈的不祥預感，蹙眉：「不進去了！回洛陽！」

春山疊翠，春水如銀，粼粼閃光。聖駕緩緩而行。曹丕坐在車上，神情鬱鬱不樂，偶爾咳嗽兩聲。郭照坐在他身邊，寬慰他：「一座城門而已，也不必耿耿於懷，陛下先回洛陽也好，養好了身子，待避過暑熱，妾再陪陛下來許昌如何？」曹丕咳嗽著輕輕搖頭：「我想今日那座城門，要應驗到朕身上了吧……」郭照流淚：「不、不會的！」

曹丕望著窗外，田野間一個老農在耕地，背影十分像司馬懿。曹丕一陣激動：「停車！停車！」護衛不明所以停下車駕，郭照問道：「陛下，怎麼了？」曹丕激動地下車，踉蹌向田野中走了幾步，駭得護衛宦官們紛紛追上去。那老農回過身來，卻不是司馬懿，老農驚駭地向一身華服的天子跪下，曹丕黯然神傷。一陣猛烈的咳嗽，他捂住嘴，再拿開時，手上殷然有血跡。

黃初七年夏五月，曹丕的病勢日漸沉重，這位史上最有文采的皇帝，此時也不過三十九歲。曹丕虛弱躺在床上，郭照握著他的手，淚流滿面。宮外傳來女巫含糊不清的歌唱禱祝聲。曹丕微微睜開眼睛：「哭什麼？」郭照驚喜地擦去眼淚：「陛下醒了就好了，太醫，太醫！陛下醒了，快拿藥來！」十幾個太醫一擁而入，診脈的診脈，餵藥的餵藥。曹丕喝了一口藥，厭惡地轉過臉去：「讓他們都下去，沒得煩人。」郭照柔聲哄勸：「陛下喝了藥養養就好了，您是聖明之君，怎麼也學蔡桓公諱疾忌醫起來了？」

曹丕微笑：「朕的病，朕自己明白，今日死不了，趁著朕還清醒，妳有什麼心願，快對朕說。」

郭照流淚：「陛下，能在您身邊，妾很幸福，妾是皇后啊，天下還能有哪個女人，比我更幸福呢？」

曹丕笑道：「原來二十多年了……朕初見妳，是去參加月旦評的路上，妳的手帕真香啊……朕初見司馬懿也是那一天，還有楊修，那麼年輕，意氣風發，現在，只有妳還在朕身邊了……備車，朕要遊後園。」郭照不解：「陛下，等您好些了再去吧？」曹丕搖頭：「妳不是想，能和朕，夜遊後園嗎？備車，備車……！」

敞篷的馬車緩緩駛進後園，夏夜朗月清風，靜謐宜人。曹丕身子虛弱，郭照小心翼翼為他裹著一件披風。曹丕淡笑：「朕是怎麼寫的來著？自日既匿，繼以朗月，同乘並載，以遊後園。輿輪徐動，賓從無聲，清風夜起……後邊是什麼，朕記不清了……」

郭照流淚背誦：「……悲笳微吟，樂往哀來，淒然傷懷！余顧而言，茲樂難常，足下之徒，成以為然。今果分別，各在一方……」郭照背誦的時候，曹丕眼前一花，似乎看見年輕的司馬懿坐在角落裡，便和昔日在馬廄一樣，穿著粗布衣裳，含笑望著他。

曹丕笑道：「想不到，有一日，朕連自己的文章都記不得了。這是給吳質的信吧？……朕這些朋友，唯獨沒有給司馬懿寫過信，朕想給他寫封信，免得後世的人，都不知道了……」郭照吩咐：「筆墨伺候！」宦官忙捧上紙筆，曹丕緩緩伸手提筆，但他的手顫抖不止，墨蹟在紙上暈開一大團。曹丕懊惱地用力一劃，筆落在曹丕身上。

郭照忙換過一張紙，拿起筆：「陛下要寫什麼，妾代陛下寫。」曹丕搖頭：「不寫了……朕的心智已衰，寫不出那樣的文章了……寫了，貽笑後人……文治武功，我到底還是輸了爹爹一籌。譬如朝露，去日苦多……我登基七年，就寫不出詩了……我少年時的願望，也只是隨父親平定天下。即位後才知道，皇宮比戰場，更加消磨人的心力。可惜朕的一生文武抱負，卻困在了帝王家。」

郭照哭著道：「不，不！陛下平定內亂，富國強兵，這些都是先帝想做而做不到的事啊！」曹

丕一笑：「妳說的對，有大魏國在，這就是我和司馬懿的見證啊，還寫什麼信……」郭照懇求：「陛下，讓司馬懿回來吧！」曹丕搖頭：「這個人情，留給新天子，讓他把感激，和忠誠，都留給新天子吧……」郭照流淚：「陛下知道司馬懿是忠於您的，您不需要用這樣的法子，陛下，見一面吧，見一面您才放心啊……」曹丕沉默不語。

郭照轉頭：「施總管！下詔！下詔！八百里加急，接司馬懿回來！」曹丕喘息著抬手：「用密詔！讓汲布帶校事，去接……小心，有人，暗算他……」施淳忍著淚道：「是！」施淳急匆匆出去。

郭照道：「溫縣距離這裡只有兩日路程，他很快就回來了！」曹丕望著郭照：「妳還記得，朕去馬廄找他嗎？妳也在，朕給你們舞劍，唱的那首詩，妳還能唱嗎？」郭照點頭。曹丕說：「給朕，再舞一次劍吧，就用那把劍……」郭照忍淚吩咐宦官：「去把我的劍取來！」

郭照執劍而立，皇后的宮裝絲毫未阻礙她挺拔的身姿，她彷彿一瞬間回到少女時代。劍光流動，是如舞蹈一樣曼妙的動作，郭照唱著：「陽春無不長成。草木群類隨大風起，零落若何翩翩，中心獨立一何煢。四時舍我驅馳，今我隱約欲何為？生居天壤間，忽如飛鳥棲枯枝。我今隱約欲何為？……上有滄浪之天，今我難得久來視。下有蠕蠕之地，今我難得久來履。何不恣意遨遊，從君所喜？帶我寶劍，今爾何為自低昂？……今日樂，不可忘，樂未央。為樂常苦遲，歲月逝，忽若飛。何為自苦，使我心悲。」

曹丕看著，彷彿又看到了少年時的情景：自己仍在舞劍，司馬懿和郭照坐在地上，為他擊掌讚嘆，地上擺著酒肉。郭照還在唱著，舞著，曹丕漸漸陷入了昏迷……

曹丕夢見自己墜入水中，載沉載浮，昔日水性很好的他，此時卻渾身痠痛，只能任由波濤打得自己一陣陣沉溺。陽光在他頭頂如同凌亂的劍光，讓他睜不開眼，他拚命向水面伸手，看到那凌亂的光芒中，是司馬懿向他伸出手來。曹丕艱難地呼喚：「仲達，救我，救我……」然而水湧入他的口鼻，讓他難以呼吸……曹丕已經到了彌留時刻，他痛苦呻吟著：「仲達……」郭照悲痛道：「陛下，司馬懿就快來了，就快來了！」

司馬懿正在釣魚，一隻小烏龜爬到了他腳邊，他看著小龜怔了怔，惆悵笑道：「神龜雖壽，猶有竟時，何況我已過不惑之年，沒膽量和你比壽命嘍……」他拿起小龜，放入水中，小龜滑水游走了。他的手觸到水面，忽然想起他和曹丕一起游過潁水的情景。他們水中一起抵禦波濤，奮勇前進；他們爬上岸一起朗聲大笑，青山為證。

身後的馬蹄聲讓他回頭，汲布為首的校事向他疾馳而來，司馬懿手中的釣竿落地了。汲布奔過來下馬：「司馬公快上馬！陛下病危！」

宮中，曹叡抱著枕頭，瑟瑟發抖。辟邪抱著他輕聲說：「殿下別怕，別怕，您是皇長子，是皇后的兒子，等陛下駕崩了，您就是皇帝了！」曹叡顫抖：「他會殺了我嗎？他把我娘都殺了，他會不會再殺了我……」門外傳來宦官的聲音：「陛下召見平原王曹叡——！」曹叡的瞳孔中，竟是深深的恐懼。

曹丕到了迴光返照的一刻。他聲音微弱：「不等了……他們，都來了嗎……宣……」門口宦官朗聲道：「宣平原王曹叡，鎮西將軍曹真，鎮南將軍曹休，尚書令陳群覲見——！」曹叡、曹真、曹休、陳群依次入內，每個人都懷著驚懼，不管是敬仰他還是恨他，這個天子都要離去了，每個人都在疑惑：「大魏該怎麼辦？」曹叡、曹真、曹休、陳群跪下：「臣叩見陛下，陛下萬歲萬歲，萬萬歲！」

曹丕輕輕一笑：「萬歲……哪有不死之人，不亡之國，不掘之墓……」曹真急忙道：「陛下請保重。」

「有些話，必須說了，阿翁……」施淳展開聖旨，宣道：「立平原王曹叡為皇太子！」

曹叡驚愕地呆住了。曹真、曹休、陳群立刻反應過來：「臣叩見太子殿下。」施淳將聖旨給了

曹叡，曹叡一時激動，膝行上前握住曹丕的手：「臣謝陛下，爹爹，爹爹……」曹丕用虛弱的聲音說著：「爹，對不起你，對不起你娘……爹要去了，你要好好地治理國家，愛護百姓，孝順皇后……」曹叡痛哭：「爹爹，兒子記住了……」

曹丕的目光望向曹真、曹休：「咱們是兄弟，不管曾經發生過什麼，但朕知道，你們心裡，有魏國，朕指派你們四人，為輔臣，好好輔佐太子……」曹真忍不住詫異：「四人？」施淳展開第二封聖旨：「以曹真、曹休、陳群、司馬懿，為輔弼之臣——！」陳群神色一喜，曹休和曹真卻是大驚。曹真大聲道：「司馬懿?!陛下不可！」施淳冷冷道：「將軍要抗旨？」曹真帶著恨意低頭：「臣不敢！」

曹丕輕輕拉了拉曹叡，曹叡忙湊耳到曹丕唇邊：「看到了吧……他們現在，就開始爭了，讓他們爭，讓他們為了自保，而對你忠誠。這四個人，你得會用，會壓，辛苦你了……」曹叡叩首流淚：「兒子懂了，兒子記住了！」

曹丕輕輕伸手，握住郭照的手，一陣艱難地喘息：「憂來……思君……不敢忘……」郭照伏在曹丕身上痛哭。曹丕轉臉望著殿門口，司馬懿仍然沒有來，然而他眼中一花，似乎看到年輕的司馬懿含笑向他走來。曹丕就對著幻影，輕輕點頭，交付自己的心願：「替我，看看，山河，一統，天下，太平……」風浮床幃，一代天子，慢慢閉上了眼睛。郭照淒厲痛呼：「陛下——！子桓——！子桓你別丟下我，子桓，子桓……」曹真等人也淚流滿面，伏地痛哭。淒清的鐘聲響起。

鐘聲延綿。司馬懿和汲布快馬加鞭，風塵僕僕的回來，他們聽到鐘聲目瞪口呆，城門口的將士們流著淚跪下。司馬懿明白，他還是來遲了，強烈的悲痛讓他坐不住，從馬上緩緩摔下來，他乾脆張開手腳躺在地上。因為兩日馬不停蹄趕路的緣故，司馬懿兩腿之間都被磨出了鮮血，然而他不言不動，任淚水順著眼角緩緩滑落。浩淼的蒼穹，深藍的天幕上綴著幾點繁星，一顆流星倏然劃過。

一顆流星倏然劃過，然而此處已經是蜀國的天空。馬謖震驚：「丞相快看，彗星過紫微！」諸葛亮搖著羽扇走到床邊：「星象不祥啊，彗星犯紫微，主大國之喪，五星聚於西方，此興兵之兆也。」馬謖驚喜：「大國之喪？據報曹丕已經沉痾一月了吧？也許，魏國已喪其君了……」諸葛亮輕輕點頭：「曹丕一死，從此天下戰事將起，十年之內恐無寧日。」馬謖眼睛一亮：「此乃丞相收服中原之時啊！」諸葛亮輕輕點頭：「我有此志，四年了……」馬謖笑道：「魏國連太子都沒有，曹丕一死，必舉國大亂！」諸葛亮搖搖頭：「曹叡雖未封太子，但一定會繼承君位。」

馬謖笑道：「那又怎樣？一個二十三歲的少年，不諳國事的罪人之子，性情乖離養著男寵的紈褲子弟，他做了國君，正是天佑我國！」諸葛亮搖頭：「不可大意，曹丕一定會留下輔臣的。」

天子的巨大棺槨停在殿中。司馬懿叩頭流血，痛哭著：「陛下，陛下！臣來遲了！你為什麼不等我啊……」一身重孝的曹叡去扶司馬懿：「先生……先生保重，陛下有旨，讓先生輔佐朕做一世明主。」司馬懿仍在叩首哭泣：「臣是有罪之身啊……」曹叡道：「父皇說，他是託孤。」曹真曹休都露出憤恨不平之色。司馬懿抬起頭，面上血淚交流，曹叡伸手擦去司馬懿臉上的血，輕輕塗抹在唇上。這分明是在提醒司馬懿和甄宓的約定，司馬懿心中震動：「陛下，一定會成為一統天下的明君！」曹叡吩咐：「給先生拿孝服來！」宦官捧上白色的官服，曹叡一抖，蓋在了司馬懿身上。

司馬懿和曹叡緩緩走下丹墀。曹叡道：「先生記得我娘的囑託吧。」司馬懿拱手：「臣一定殫精竭慮輔佐陛下。」曹叡慘笑：「我終於能和先生，公開說說我娘了，我娘的事，先生準備怎麼辦？」司馬懿小心回道：「待國喪之後，天子之母自當有追封。」曹叡冷笑：「那我該如何處置郭照？」司馬懿吃了一驚，呆住了：「陛下，太后也是您的母親啊！」

「先生剛回來，心神不寧，您再好好想想吧！」說完曹叡當先而去，司馬懿驚愕不安地望地行

禮：「是，臣回去安頓了妻小，就來給先帝守喪。」

曹叡神祕一笑：「對了，先生如今升為輔臣，原先的宅子，格局小了點。朕已經給先生賜了一座新府邸，家裡有驚喜等著先生，快回去吧。」司馬懿心中不安：「這……臣是新起復的官員，陛下聖恩太重，臣無功受祿，實在承受不起。」

「這驚喜，先生還真不是無功受祿，回去吧，回去就知道了——來人，把司馬侍中送回新家去！」曹叡轉身走了，只剩下司馬懿滿臉疑惑不安。

侯吉駕車，張春華坐在車裡，擔憂地看著司馬懿一身素服出來，司馬孚、司馬師和司馬昭騎馬守在旁邊。張春華忙問：「怎麼樣？」司馬昭期待地問：「父親要回朝了嗎？」司馬懿疲憊地點頭：「先帝遺詔，以我為輔政大臣之一。」司馬孚一驚：「輔臣，這是二哥從前的官職還高了。」

「是，這是陛下恩典，陛下說你孝期已滿，也要回朝起復了。」

張春華輕嘆：「還以為在老家的安生日子，可以再長久兩年。」司馬懿歉疚道：「又要跟著我搬家，辛苦你們了。」司馬師忙問：「咱們還回老房子住嗎？兒子先帶幾個人去打掃一番吧？」送出來的宦官笑道：「公子放心，陛下賜給司馬侍中的新宅邸，可都是天天打掃乾淨的。」張春華有些詫異，司馬懿心事重重地上車，握住張春華的手：「有話，進了門咱們再說。」馬車啟動，宦官走在前面引路。

司馬懿、張春華和司馬孚、司馬師、司馬昭、侯吉都來到了新宅門口，宦官笑問：「陛下所賜的宅邸，侍中還算滿意吧？」司馬懿忙躬身謝恩：「實在是雄闊過於所望，陛下所賜太優厚，令臣惶恐。」宦官以看笑話的態度眨眨眼：「快請進去吧，陛下說了，還有驚喜等著您呢。」司馬懿走上前，忐忑不安地輕輕推開門。柏靈筠抱著兩歲的司馬倫站在院中，望著司馬懿悲喜交集，眼中浮起淚水。司馬懿和張春華都驚呆了。

柏靈筠款款走上前：「妾恭迎老爺夫人歸來。」司馬倫脆生生開口，倒是把眾人都嚇了一跳，稚子的聲音十分清亮：「娘，他們是誰？」柏靈筠望著司馬懿，目光中盡是痛楚與喜悅：「他是爹爹，爹爹回來了。」司馬懿驚愕顫抖地走上前，不敢相信地接過司馬倫。司馬倫便稚嫩地叫了一聲：「爹爹！」司馬懿顫聲道：「那天晚上？」柏靈筠點頭。

「為什麼不告訴我？」

「怕你不安。我說過，京城的事我一個人承擔得了。」

背後司馬昭對司馬師輕聲：「咱爹真是厲害啊，一戰而霸，兒子都出來了。」侯吉也道：「老爺，你一次就成了啊？這也太省事了……」張春華略帶嘲諷地笑著走上來：「司馬仲達，你可以啊。」

司馬懿惶恐：「是她可以……」

「是你們倆可以啊，仲達之前怎麼說兵法來著？畢其功於一役了。」

柏靈筠向張春華斂衽為禮：「夫人，如今妾的身上，沒有皇帝之命了，我只是一個小女子，夫人讓我走，不會對老爺有任何的傷害。我雖然是個女子，但還養得起自己的孩子。妾願意聽從夫人發落。」司馬孚忙上來勸：「嫂子，孩子都生了，從前的事兒就過去吧。」

張春華輕輕撫著司馬倫的臉：「叫什麼名字？」柏靈筠小心翼翼：「我起的名字，司馬倫。」

「司馬倫，我司馬家的孩子要放在外頭養，就是我真的不懂人倫天理了。」

柏靈筠驚喜道：「小女子如亂世飄萍，隨風流轉，幸遇到老爺，此生才有了寄託和志氣。只求為老爺排憂解難，絕無對夫人不敬之心，規矩我知道，夫人是倫兒的嫡母，倫兒的一切教養都由夫人做主。」張春華傲然：「我有兩個兒子，並不稀罕搶了別人的兒子來養，母子天倫，比什麼嫡庶尊卑的規矩都大。從此後我住東院，妳住西院，咱們彼此相敬，也互不干涉，或許對妳我都是最好的安排吧。」柏靈筠目中含淚：「世間磊落如夫人者，我見所未見。」司馬懿也被張春華的氣量感動了：「多謝夫人成全。」張春華淡笑：「不是我成全她，是她自己成全了這個家，別站門口了，進去布置新家吧。」

侯吉欣喜：「小的這就去做接風宴！」說著左右打量了一圈，沒找到小沅，有些失望和期盼。

諸葛亮正聚精會神批閱文書，馬謖坐在他下首，也在辦公。探子進來：「稟丞相，洛陽急報！」諸葛亮眼睛一亮，接過密報看了一眼，大喜：「曹丕果然死了！」馬謖驚喜抬頭：「丞相料事如神！」

諸葛亮一笑：「曹丕臨終前立曹叡為太子，又指定了四名輔臣。」馬謖問：「哪四人？」諸葛亮道：「幼常對魏國朝堂瞭若指掌，不妨一猜。」馬謖一笑：「輔政自然要位高權重，又年富力強之人，曹丕同輩的宗親中，曹真，曹休。」諸葛亮點頭：「然也。」馬謖繼續說：「文臣中自然是尚書令陳群。」諸葛亮點頭：「然也。」馬謖問：「這第四個人，難道是吳質？」諸葛亮搖頭一笑，笑容中頗有深意：「吳質德才皆不足以當大任，是司馬懿。」馬謖一驚：「司馬懿？他不是被罷官了嗎？」諸葛亮說：「他人不在朝堂，但魏國始終施行他設計的新政，曹丕從沒真正罷黜過司馬懿。」

馬謖分析道：「陳群腐儒爾，不涉軍事，曹休職責在東吳，且此人性急少謀，這兩人都不會對我們有威脅。曹真負責與我國的戰事，此人雖然勇武，但量小性驕，不足為慮。只有這個司馬懿……此人很少用兵，但魏國這些年的每一件事，似乎都在被他控制，這個人，學生看不透啊……」

「司馬懿才是我國真正勁敵，但未必不可戰勝。」

馬謖問：「丞相了解他？」

「我知道四個輔臣勢同水火，曹真曹休在一日，司馬懿便一日施展不開手腳。此天賜我克復中原、光復漢室之良機！……備車，我要進宮面見陛下！」

皇宮的大門一層層打開，夜深人靜的皇宮被諸葛亮的車輪聲驚動。

歡快的音樂聲中，幾個小宦官在鼓吹奏樂，蜀漢天子劉禪一手抱著一個美人，旁邊的美人有的給他餵酒，有的給他餵荔枝，劉禪滿嘴流涎，不亦樂乎。突然門外的老宦官黃皓緊急地低聲敲門：「陛下，相父來啦！」劉禪大驚失色，一骨碌爬起來，趕著美人們：「快走快走！妳們快走！走後門，別讓相父看見！快藏起來，把樂器都藏起來！把朕的書拿來，快！相父讓朕讀什麼來著？」

一個小宦官提醒道：「孟子！」劉禪趕緊說：「對對對！快把孟子拿來！哎！朕的衣裳呢，朕的褲子呢，誰把我褲子拿走了！快跟朕找衣裳！」小宦官們被他指使得連滾帶爬，寢宮裡光怪陸離亂作一團。

曹爽為父親擺出了一大桌盛宴：「爹，叔叔，你們幾日守喪辛苦了，快補補……」曹真鬱悶難消，忽然將整個桌子都掀翻了，湯水狼藉：「吃，你就知道吃！」曹爽委屈：「爹這是怎麼了……」曹休說：「司馬懿回來做輔臣了，位列侍中，跟我們平起平坐，你爹能不煩嗎？哎你們家還有什麼吃的，你爹不餓，叔叔我眼睛都餓綠了。」曹爽忙吩咐婢女：「快吩咐廚房，再辦一桌！」曹真悶悶坐下：「總以為改天換日了，誰知道他回來了，還不是換湯不換藥！」曹爽沉吟：「爹，您是想做掉司馬懿呢，還是想做掉他的新政？」曹真冷笑：「只要新政在，你看他離開朝堂三年，咱們宗親不一樣受壓制。」曹爽搖搖頭：「那就麻煩了，要司馬懿死，只需要一二個刺客，要新政死，那牽連多少官員啊？」曹休恨恨道：「要那麼容易，我們還等今天啊？」曹爽悶悶地說：「皇帝總算死了，這機會不用有點可惜啊……」曹真不解：「怎麼用？」曹爽摸著光溜溜的下巴，雙目一亮：「有了！換掉新政派出去的那些官員，不就成了嗎？」曹休嚇了一跳：「你做夢呢！官員的任免早被尚書臺把持了！」

曹真幡然醒悟：「奔喪！將各州郡的太守縣令都召回來奔喪，他們到了京師，是去是留，是用是黜，便由我們輔政大臣說了算！陳群是個軟蛋，咱們兩個對司馬懿一個，將他安插的人拿掉，就

可讓司馬懿的新政付諸東流！」曹爽拍手：「爹就是爹！這一招叫釜底抽薪！」而後他撿起一隻落地的漆酒盞，將其中的酒水抖乾淨，笑道：「這才好換新酒嘛！」曹休大喜：「妙啊！妙！孺子可教！」曹真一揮手：「走！叫中護軍把兵都帶上，著甲佩劍，咱們給司馬懿『接風』去！」

陳群和司馬懿正加緊批閱文書。司馬懿問：「陳兄，東吳的軍報送來了沒有？」陳群搖搖頭：「還沒有。」司馬懿又問：「那西蜀呢？」陳群翻找了一下：「也沒有。怎麼？你擔心東吳西蜀趁著我國國喪起兵？」司馬懿蹙眉：「孫權、諸葛亮再度聯盟，必然趁虛而入，現在的寂靜，不是好消息啊……」外面突然傳來鏗鏘的鎧甲聲，陳群和司馬懿疑惑地站起來，走出幾步探望，曹真和曹休帶著隊伍，身披鎧甲，昂然直入。陳群大吃一驚：「他們意欲何為！」

曹真滿面森冷，手按劍柄，殺氣騰騰向著司馬懿大步而來，陳群驚駭之下，下意識用身體去遮擋司馬懿，司馬懿用力擋開陳群，反而坦蕩邁上一步。曹真盛氣凌人的望著司馬懿：「恭賀司馬大人重回尚書臺，三年不見，本將軍無日無夜不思念司馬大人啊！」司馬懿微微一笑：「多謝，下官也甚為懷念與大將軍共事的日子。」曹真冷冷一笑：「好，來日方長。」陳群這才鬆了口氣：「二位將軍來尚書臺，可有軍務？」曹休說：「我們是來問問，尚書臺怎麼還不下詔，讓各地郡守來京奔喪，哭臨先帝哀殿？」

陳群有些慌張：「這，先帝並無遺詔讓大臣奔喪啊？」曹真卻咄咄逼人：「先帝也並無遺詔不許大臣奔喪！」司馬懿平靜道：「武帝曾有遺令，國喪之期各將不可擅離職守，可為今日參照。」曹真說：「今非昔比！武帝時國家正值戰亂，不奔喪也就罷了，如今海內承平，再不奔喪，綱常何在！豈不貽笑孫劉！」司馬懿道：「各地官員進京奔喪，只會讓政事荒廢百姓不安，何況國喪之際，孫、劉對吾國多有覬覦，各地更應嚴加戒備，豈可聚於京師，而棄國家於不顧？」曹真怒道：「天子如父！死了爹卻不奔喪，罪該萬死！大人自己不守父喪，便欲天下官員都不忠不孝？這是要陷陛下於不忠不孝！」司馬懿面色慘白，身子微微一晃。

曹休說：「輔政大臣，我與子丹居首，怎麼，我們的政令不算數？」司馬懿回應：「先帝令將軍輔政，卻也不曾讓將軍擅權！」曹休「刷」地拔劍：「究竟是誰擅權！」陳群慌忙上前拉架：「唉唉，大將軍息怒，都是為了國家，不必爭執，不必爭執……」曹休斜睨陳群：「陳尚書，你意下如何？」陳群看看兩邊，為難道：「這、我等難以決斷，去稟奏陛下可好？」曹休將劍還鞘，嘲諷道：「尚書這官兒當得可真省心啊！」

寢宮燈燭高照，十幾位畫師在為甄宓畫像，曹叡焦躁不安地轉來轉去。一個畫師畫完，宦官將畫像挑至曹叡面前，畫師畏懼地低著頭。曹叡凝視一會，突然震怒，咆哮道：「不像，一點也不像！毫無母親的風姿神態！來人，拖下去斬！」那畫師大驚：「陛下！陛下饒命啊！饒命啊……」

羽林軍上前拖起那畫師就走，慘叫聲餘音嫋嫋，殿上的幾個還在畫的畫師都不覺輕輕哆嗦起來，有個人手一抖，一條線畫歪了，曹叡指著那名畫師：「玷污聖母畫像，也殺了！」羽林軍又拖起那名畫師。畫師慘叫：「陛下容臣再畫！陛下饒命啊……」曹叡暴躁不已：「連一副畫像都畫不好，朕要你們何用！都是廢物！殺了！辟邪，給朕傳旨，徵召民間畫師，凡有能為朕生母描容者，賞萬金，封萬戶侯！」辟邪帶著憐惜望了一眼曹叡：「是，奴婢這就去傳旨。」曹叡恨恨地說：「朕就不信沒有好畫師！」

辟邪走出宮門，看到曹真、曹休、陳群、司馬懿等正向宮門走來，辟邪疑惑上前：「四位大人，此時入宮，有何急事？」曹休說：「吾等要面見陛下，速去通報。」辟邪淡淡一笑：「陛下此時，只怕，不便見四位大人。」司馬懿生疏而疑惑地望著辟邪，他第一次感到，離開三年，他跟這個朝堂，似乎真的有些生疏了。

畫師們還在如履薄冰地畫著。曹叡眼前浮起母親的身影。此時辟邪走進來。曹叡一驚：「怎麼這麼快？」辟邪拱手：「回稟陛下，四大輔臣齊聚宮門，想要請示陛下，是否要讓各地郡守進京奔喪。」曹叡怒道：「他們自己做不了主？」辟邪一笑：「四個輔臣差點打起來，這不，才來請示陛下嘛。」曹叡不解：「打起來，誰跟誰打起來？」辟邪回道：「自然是兩位曹將軍和司馬懿打起來，兩位曹將軍力主奔喪，說此事關乎忠孝，司馬懿力諫奔喪，說社稷安定為重，至於陳尚書嘛，就是個串場勸架的。」

曹叡耳旁響起曹丕的聲音：「他們現在，就開始爭了，讓他們爭，讓他們為了自保，而對你忠誠……」曹叡冷笑：「果然沒一天安生啊，不過既然二對一司馬懿落了下風，那就不必奔喪了吧！」辟邪問：「理由呢？」曹叡冷笑：「理由司馬懿不是替朕想好了嗎，天子之孝與庶民之孝不同！」

辟邪傳達了曹叡的旨意。曹真冷冷窺了司馬懿一眼：「使陛下落得不忠不孝之名者，就是你了！」說罷和曹休拂袖而去。司馬懿向辟邪拱手：「臣想面見陛下，請公公代為通報。」辟邪淡淡一笑：「想見陛下，等早朝吧。」接著轉身而去，剩下有些茫然的司馬懿。陳群輕輕拉了拉司馬懿的袖子，輕聲：「走吧。」兩人向著宮外慢慢走。司馬懿憂心忡忡：「陛下身為皇子時，便是這等深居簡出，不見大臣嗎？」陳群嘆息：「唉，自從甄夫人去世之後，陛下的性情就變得十分古怪，仲達你方回來，要小心啊……」司馬懿吃了一驚，神情嚴峻地望著陳群：「十分古怪？……」

地上扔著幾幅被撕毀的畫像，曹叡氣得淚流滿面，咆哮著：「殺！都給朕拉出去殺了！」羽林衛進來抓人，一片慘嚎回蕩在幽深的皇宮中。

郭照對著鏡子，卻沒有梳妝，鏡中恍然出現曹丕的身影，他走到郭照身後，輕輕挽起郭照的頭髮。郭照含著幸福的淚水，伸手輕輕撫過曹丕鏡中的面頰，此時一名宮女匆匆進來低聲稟報：「太后娘娘，施總管請您快去看看吧，陛下又在殺人了！」

曹叡正暴躁地撕毀甄宓的容像。門口宦官稟報：「太后駕到——！」曹叡停下手，用冷冷的目光迎接郭照。郭照看著遍地狼藉：「陛下，宮人說你殺了十六個畫師，是真的嗎？」曹叡神色淡淡：「這點小事，誰驚動太后的？」郭照厲聲說：「我只問陛下是真的嗎?!」曹叡淡笑：「太后回頭，自己看看。」郭照不解的回頭，恰見羽林衛捧著一名畫師血淋淋的頭顱，郭照驚得連連後退，幾乎暈過去，逗得曹叡哈哈大笑。郭照怒喝：「陛下！你濫殺無辜，這是暴君之政！」

曹叡一步步逼近郭照：「他們連聖母的容像都畫不好，難道不該死嗎？辱我聖母的人，難道不該死嗎？」郭照痛心：「你娘是為你死的，她要是看到你這個樣子，豈不是白死了！」曹叡咬牙：「我娘是被讒言害死的！我要是忘了，她才白死了！妳退下！退下！先帝遺訓，後宮不得干政！」

郭照看著癲狂的曹叡，踉蹌後退，轉身而去。曹叡癱軟跪倒在地，喃喃道：「我要殺了她，總有一天我要殺了她，為我娘報仇！」辟邪從身後抱住曹叡，輕聲哄道：「陛下再等等，再等等……」曹叡自顧自的低語：「他們都忘了。司馬懿忘了我娘和他的盟誓，這些人也忘了，他們連我娘的容貌都畫不出！朕不會忘，絕不會！……」辟邪柔聲勸道：「這些畫師都不曾見過娘娘，難以描繪，都說陛下最像先皇后，何不讓他們照著陛下畫？」曹叡疑惑：「先皇后？我娘不是……」辟邪諂媚道：「天子之母自然是皇后！」曹叡慢慢露出笑容。

曹叡拉著辟邪進入內室：「更衣，給朕更衣！」辟邪心領神會，扶著曹叡坐在妝臺前，為他拆掉髮冠，披散長長的頭髮，再梳上髮髻，擦上脂粉，一張肖似甄宓的面容便呈現在鏡中。宦官捧上一套女子宮裝，抖開來，華彩耀目。辟邪為曹叡脫去男裝，換上衣裙，清冷美豔不可方物，幽暗詭異的深宮中，皇帝化身為一位女子。辟邪沉醉地一步步後退，瞇起眼睛凝望這美麗的「女子」，由衷輕聲讚嘆：「真美……」

曹叡眼神迷離，他望著鏡中的女子，夢遊一般步步走近，忽然跪地，辟邪撲上前抱住他。曹叡沉在辟邪懷中流淚喃喃說道：「我娘臨終我都不在她身邊！我連她最後一面都沒有見到！我該找誰報仇，我該找誰！……」辟邪在皇帝耳旁輕聲道：「陛下是皇帝了，一定能還先皇后一個公道！陛下，奴婢給您補補粉……」

殿上跪著一排哆哆嗦嗦的畫師，正伏地等候詔命。彩繡的衣裙拖過地面，發出窸窸窣窣的聲音，他們不敢抬頭。只聽辟邪吩咐：「你們照著畫吧……」殿上的畫師和宦官一齊抬頭，看到女裝的天子，所有人都目瞪口呆。辟邪輕笑：「這下照著畫，總能畫好了吧？畫啊！」畫師們顫慄的手拿起畫筆，描摹皇帝的容貌。曹叡一動不動，默然站著，他的眼神很空很遠。

畫像終於完成，曹叡望著畫像久久不語。辟邪小心翼翼問道：「像嗎？」曹叡忽然淚如泉湧，跪地叩拜，對著畫像大哭：「娘！」殿上所有人都跪下，還有幾名宮女暗暗拭淚。

朝陽映照著金碧輝煌的洛陽宮，皇宮門口，百官縞素，寬闊的御道上，居中的巨大棺槨靜默地等待著。郭照站在宮門口，她還穿著白色的衣裙為天子服喪。辟邪從裡面走出，不卑不亢地向郭照行禮：「天氣炎熱，陛下中暑，未能出迎，太后請回吧。」郭照悲憤道：「今日先帝出殯，陛下怎能不送葬，這不是讓千秋萬代指責陛下為不孝嗎？」辟邪笑回：「奴婢聽輔臣司馬懿說，國事為重，大臣不必奔喪，有比天子龍體更重要的國事嗎？太后娘娘不明白，可以去問司馬懿嘛！」郭照被噎得一怔，強忍怒氣：「請轉告陛下，他心中如何對我無妨，但他是萬民矚目的天子，還望自愛，勿負社稷！」

大臣們身著厚重喪服，在默默等待，個個汗流浹背，不時擦擦汗。一個宦官奔來，百官翹首。宦官來到司馬懿和陳群面前，低聲道：「陛下中暑抱恙，無法送葬，請二位主持下葬。」陳群和司馬懿一怔，只得為難應道：「臣遵旨。」宦官去後，陳群哀嘆：「這、這父喪不送，豈不是讓史筆非議不孝嗎？」司馬懿憂愁，嘆了口氣：「陛下年少任性，又有心結，我等臣子，也無奈何。」陳群只得高聲喊道：「起駕——」巨大的棺槨抬起，百官緩緩而行。樂人吟唱著輓歌：「薤上露，何易晞！露晞明朝更復落，人死一去何時歸！」司馬懿在哀樂聲中，回望洛陽宮城闕，滿目蒼涼。

祭祀已畢，案上香煙嫋嫋。宦官高聲宣禮：「禮罷，起——！」百官擦著淚水，魚貫走出享殿，曹真走到門口時回首，望著曹丕的畫像，有不甘，有眷戀，也有憤恨和不平。他和他之間的分歧誤會，隨著曹丕的死亡，再也沒有機會彌補了，他恨恨一擦淚水，轉身大步而去。司馬懿猶怔怔望著堂上所掛的曹丕畫像。陳群輕拉司馬懿的袖子，嘆息道：「修短造化，都是天意啊，仲達，走吧……」

「我想多待一會兒，陳兄先帶著百官回去吧。」

陳群無言點了點頭，不多時百官都離去了，享殿登時寂靜下來。

司馬懿望著曹丕的畫像輕聲問：「陛下連一封信也沒給我，就沒有話對我說嗎？如果沒有，為何召我回來？」

司馬懿慢慢走出享殿，園中天光四合，暮色如煙，樹下只有一名老人在掃除落葉。老人聽到腳步回頭，竟然是施淳。三年不見，施淳蒼老了許多，一笑臉上皺紋縱橫：「司馬公，還沒有走啊？」司馬懿驚愕：「總管怎麼在這裡？」施淳慢慢將掃帚靠在樹上：「是我自請為先帝守陵的。」司馬懿道：「總管畢竟是朝廷命官，這樣太委屈了……」施淳淡笑：「我算什麼朝廷命官啊！不過是服侍公子的僕役，公子成了皇帝，捨不得我，就給我個官職，哄哄外頭人罷了，朝堂那一套，我擔驚受怕了七年，現在好了，又能自由自在陪著他了。」

司馬懿悲哀地點點頭：「阿翁自己舒心就好。」施淳霎時兩眼一紅：「公子去後，再沒有人叫我阿翁……」

「若是阿翁不嫌我煩，我常來看您。」

施淳笑道：「我老了，見不了幾次了。怎麼，你這麼年輕，都看著有白頭髮了？」司馬懿悵然一笑：「不年輕，阿翁忘了，我比陛下大七歲呢！」施淳嘆息：「初見你時，一身青衫，真是個溫潤如玉的公子啊。」司馬懿搖頭：「一轉眼，老啦！」施淳回憶起過往：「我看著你們相識相交，同甘共苦，一次次化險為夷，又一起開創魏國，閉上眼睛，好像還是昨天的事兒，怎麼就這麼快，跟場夢似的……」司馬懿含淚問道：「先帝臨終之時，阿翁在身邊嗎？」施淳點點頭。司馬懿又期待地問：「陛下臨終，只說讓我輔政，就沒有留給我的話嗎？」施淳想了想：「公子還能坐起來時，曾想給你寫封信……」司馬懿緊張：「那信呢?!」

「後來公子說，有江山為證，還寫什麼信……」

司馬懿踉蹌後退一步，喃喃道：「有江山為證……」施淳嘆息：「我去給您拿點酒，陪公子飲一杯吧。」

司馬懿席地而坐，對著山陵飲酒：「子桓，如今魏國強盛，內亂平息，這都是你的功業啊，你的父親會欣慰，他沒有選錯你，可是天意，何其殘酷啊，我千算萬算，竟然沒有算到，上天給我們的時間，只有七年……」司馬懿對著夜空長嘯一聲。他起身來，拔出長劍，在空曠的陵園中舞劍，他吟唱著曹丕的詩：「陽春無不長成。草木群類隨大風起，零落若何翩翩，中心獨立一合煢。四時舍我驅馳，今我隱約欲何為？生居天壤間，忽如飛鳥棲枯枝，我今隱約欲何為……」

曹叡身著女裝，躺在辟邪懷裡一杯杯地飲酒。曹叡醉醺醺地說：「你說，我是不是不孝子？」辟邪輕輕撫摸曹叡的頭髮：「是先帝對不起陛下母子。」曹叡迷茫：「我以為他會殺了我，整整四年，他都沒有立我做太子，他為什麼要把皇位給我？」辟邪認真的說：「他沒有選擇，只有陛下能讓魏國強大，只有陛下能駕馭強臣。」曹叡大笑，笑著笑著流出了眼淚：「對，朕是皇帝了，朕不需要孝順，朕只需要對大魏負責！天子以天為父！我是上天的兒子，我是上天的兒子！」地上杯盤狼藉，曹叡拿著酒壺躺在辟邪懷中醉得人事不知。辟邪迷迷糊糊醒來，搖不醒曹叡，一摸曹叡的額頭，驚慌起來高聲呼叫：「來人！傳太醫！」

曹叡閉目躺在床上。郭照急匆匆帶著宮人走進來：「陛下怎樣了？」太醫蹙眉給曹叡診脈，看到郭照忙站起來，低聲道：「回稟娘娘，陛下年少酗酒，致使氣血上行，須清心寡欲以靜養。」郭照嚴厲地看著辟邪：「過來！」辟邪鎮定站起，走到郭照面前微微躬身：「娘娘有何吩咐？」郭照沉著臉：「我念在你照顧陛下多年的恩情上，才留下你，再敢引誘陛下，我立刻就能殺了你！」

辟邪毫不畏懼，從容一笑：「太后殺奴婢，跟拔草似的，連絲兒聲響都不會有。但太后就不怕惹急一個沒娘的孩子嗎？」郭照氣得面色慘白：「你……你慫恿陛下記恨先帝和我，對你有何好處？」辟邪一笑：「奴婢哪敢啊，不過是陛下心裡難受的時候，奴婢陪著他哭一聲。奴婢明白，甄娘娘的死，或許跟太后沒有關係，但畢竟跟先帝有關係，太后跟先帝恩愛那麼多年，替先帝擔點罪過，不應該嗎？陛下做皇子的時候寧可流血也不敢流淚，現在都做了皇帝了，還不許他縱情哭幾聲嗎？太后要維持大魏的體統，也得記著這體統後頭，只是個沒娘的孩子。」

郭照被辟邪的話震動了。這時候曹叡忽然睜開眼睛，雙目血紅，大喊：「娘！娘！娘妳別走！妳殺了我娘！我殺了妳！我殺了妳！」曹叡拔下劍就朝郭照衝過去，宮女們嚇得尖叫聲四起，滿宮大亂。郭照的隨身宮女慌忙用身子遮蔽著郭照：「陛下瘋了，娘娘快走！」曹叡一劍砍倒宮女，郭照驚呼一聲，嚇得跌倒在地。太醫和辟邪都慌忙死死抱住曹叡。太醫急切喊道：「陛下酒醉未醒，痰迷心竅，娘娘快走啊！」幾個宮女宦官慌忙扶起失魂落魄的郭照，逃命一樣退出寢宮。

郭照逃出寢宮，驚魂未定，扶著一棵樹連連喘息，她想著曹丕，想著曹叡，想到形單影隻連子女都沒有的自己，忍不住崩潰地捂著嘴失聲痛哭。一名宮女心有餘悸：「太后娘娘，還是趕緊回宮

吧……」郭照沉吟一下：「傳我的懿旨，護軍統領汲布速到永安宮來！」

窗外輕響，張春華推開窗，是汲布。汲布急切問道：「司馬大人不在？」張春華說：「在的。」汲布朝內張望：「人呢，太后娘娘有急詔！」張春華有些尷尬：「你去西院找他吧，柏夫人在那裡。」汲布一怔，淡淡月色下，顯得張春華有些憔悴，汲布滿懷痛楚憐惜，輕聲問：「他是不是，對妳不好？」張春華淡然一笑：「我們已經不是小兒女爭風吃醋的年紀，只要他平安，這個家平安，我就滿足了。」

司馬懿漫步進柏靈筠的院子，聽到柏靈筠和婢女在說話。婢女小沅說：「這玫瑰糕可是張夫人送來的，姑娘不要給小公子吃！她對姑娘那麼不好，誰知道會不會在裡頭下鶴頂紅！」柏靈筠急忙喝止：「胡說！張夫人女人豪傑，行事光風霽月，斷然不會用如此卑汙手段。」司馬懿在窗外聽見，感慨萬千。他推門進屋，柏靈筠高興地站起來：「大人來了。」司馬懿微笑點頭：「從陵園回來，想在妳這裡歇一歇。」柏靈筠關切地問：「用飯了嗎？小沅——」司馬懿止住她：「不必了，這點心看上去真喜人，我吃兩塊就好。」柏靈筠說：「這是夫人讓侯吉做給公子們的，也賜了倫兒一份。」司馬懿漫然吃著點心：「夫人是大氣之人，也請妳放心。」柏靈筠淡笑：「我這樣的身分，怎麼敢不放心。大人送殯累了吧？」司馬懿輕嘆：「真不敢相信，先帝，才三十九歲……」柏靈筠說：「一眨眼就是滄海桑田，我在城中聽到了一些關於陛下的消息……」

司馬懿好奇：「什麼消息？」柏靈筠小心翼翼地說：「寵幸宦官，喜怒無常，濫殺無辜……」司馬懿默不作聲，算是默認了。柏靈筠嘆息：「也不知道那時候你為了他拚命，是對是錯……」司馬懿有些賭氣地放下點心，在床上躺下：「我就不信他為了一己之痛，能置國家於不顧！」柏靈筠說：「陛下年少，不會為你遮擋宗親的仇恨了，你想好如何在朝堂上自處了嗎？」

司馬懿沉默片刻，再開口時，語氣隱隱帶著幾分自信：「七年來，新政施行，我的門生遍布朝野，我已經不需要陛下的遮擋了。」柏靈筠搖搖頭：「不要忘記韓信的話，狡兔死，良狗烹；高鳥盡，良弓藏；敵國破，謀臣亡。天下已定，我固當烹。」司馬懿輕聲反問：「敵國，不是還沒有破嗎？」柏靈筠說：「可是吳、蜀一旦對我國用兵，國家以軍事為重，兩位曹將軍，會再度掌控朝堂，壓制文臣，不是嗎？」司馬懿略帶輕蔑的一笑：「那也得他們，打得贏。」

柏靈筠不安地望著司馬懿。外間突然傳來急切地砸門聲，司馬懿翻身而起，柏靈筠警覺地抬頭。汲布的聲音傳來：「司馬大人！太后有旨，請大人從速入宮！」

司馬懿匆匆在宮門前下馬：「我奉懿旨入宮，開門！」守衛單膝跪下：「請侍中大人恕罪，今晚非大人當值，沒有大司馬和大將軍的手令，任何人不得夜開宮門。」司馬懿瞇起眼睛審視那守衛：「宮中的防衛，如今全歸兩位曹將軍調遣了？」守衛回答：「大司馬與大將軍有權調度全國防衛，請大人體諒。」司馬懿問：「懿旨也不行？」守衛不敢抬頭：「屬下不過奉命行事，請大人體諒。」司馬懿暗暗心驚，曹休和曹真實際上已經將皇宮完全掌握在手中。

「好！你們現在就去大司馬與大將軍府邸，把兩位曹將軍給我叫來。」

守衛為難：「這……都這麼晚了……」司馬懿沉默著翻身下馬，把馬背上的坐墊拿下來鋪在地上，席地而坐。守衛詫異：「大人這是？」司馬懿淡淡地說：「等開宮門，等朝臣們都上朝了，讓滿朝文武都看看，兩位將軍的軍令是如何威嚴，勝過了太后的懿旨！」

那守衛有些慌了神，只得向一個下屬催促：「快去稟報曹真大將軍！」司馬懿冷冷一笑，仰頭看著深藍的夜幕。

曹真接到稟報後在房內怒斥：「司馬老兒不死，老子連個安生覺都睡不成了！」

曹真快馬疾馳而來時，司馬懿坐在地上平靜望著他。曹真衝過來，絲毫沒有下馬的意思。守衛大驚：「侍中大人快躲！」司馬懿淡笑著看那駿馬向自己飛馳過來，曹真馳到司馬懿面前咫尺之處

方才用力勒馬，駿馬長嘶一聲人立起來，在司馬懿身周打轉，騰起一陣塵土，司馬懿神色絲毫未變。

曹真冷笑：「司馬大人越發進益，連蹭門口耍賴的本事都學會了。」司馬懿拍拍身上的土，從容站起來，一笑：「大將軍軍令如山，下官十分敬佩。」曹真只得無奈下令：「開門！」厚重的城門吱呀呀作響，終於緩緩打開……

曹叡躺在床上，平靜了許多，但仍然頭髮散亂，呼吸粗重，雙頰通紅。辟邪走進來，輕聲道：「陛下，侍中司馬懿，大將軍曹真，進宮來探望陛下了。」曹叡蹙眉：「讓他們回去！朕這個樣子見他們，會讓他們瞧不起！告訴他們，明早免朝，朕要養病。」辟邪拱手答是。

司馬懿和曹真都沒有見到皇帝，兩人走出宮來，倒也沒有著急上馬，只在月下漫步著。曹真帶著嘲笑，望著司馬懿略帶失落的臉：「陛下已經不是當日你扶上位的皇子了，司馬大人是否後悔呀？」

司馬懿淡笑：「人生，國運，皆不可逆料，只能每一步都無愧於心。我只知道，要是當初太子換了別人，魏國現在會更糟。」曹真大笑：「那我們就看看，大魏的國運，是如你願，還是如我願！」司馬懿說：「將軍姓曹，且對先帝的忠誠不亞於我，難道將軍的願望，不是大魏強盛一統天下？」曹真說：「是，但我想要實現這願望的方法，跟你不同。」

司馬懿感慨：「我認識將軍二十三年，僅僅七年前，下官還是與將軍同生共死的戰友啊……」曹真冷笑：「此一時，彼一時，朝堂如戰場，瞬息萬變，哪有永遠的朋友啊。這麼說，司馬大人還是要堅持新政了？」司馬懿自信一笑：「已經沒有什麼新政了……」曹真有些不解，司馬懿擲地有聲：「——那是我魏國的立國之政，是不可更改的制度！」曹真翻身上馬：「沒有不死之人，沒有不亡之政！」司馬懿仰視曹真一笑：「願與將軍靜觀其變。」

【第二章】

江東才俊

司馬懿、陳群、曹真、曹休一臉焦急，等在寢宮前殿。

曹叡還躺著養病。辟邪走近，輕聲道：「陛下，四大輔臣一齊進宮，請求召見。」曹叡閉著眼，煩躁地蹬開被子：「他們還沒完了！不知道朕在養病嗎?!他們盼著朕早點駕崩是不是！」辟邪怯生生地說：「據大司馬說，是東吳的緊急軍報……」曹叡驟然睜眼：「更衣。」小宦官捧來常服。

辟邪扶著曹叡坐起，曹叡瞥了常服一眼：「換冕服！他們以為朕年輕，以為朕不如先帝，那朕，就讓他們看看。」辟邪激動不已：「取冕服來！」十個小宦官，立刻畢恭畢敬上前，前排五人捧著面盆、手巾、香料、粉盒、玉珠冠冕，後排五人捧著禮服、中衣、中單、下裳、蔽膝。

前排五人上前，辟邪小心翼翼為曹叡擦面，撲上輕粉，擦上淡淡胭脂，遮掩他病後憔悴蠟黃的容顏。再為他戴上冠冕，繫上顎下帽纓，曹叡年輕而稜角分明的面容，就隱藏在九條玉旒的閃爍華光之後，他展開修長的手臂，他是大魏至高無上的天子。

陳群和司馬懿，曹休和曹真聚成了兩撥，正在竊竊私語。宦官突然高聲喊道：「陛下駕到——」四人慌忙躬身站好：「臣拜見陛下！」曹叡大步來到御座前坐下，司馬懿和曹真都有些詫異，悄悄抬頭看了天子一眼，從曹叡端莊威嚴的身姿上，看不出絲毫病態。

曹叡首先開口：「四位愛卿都到了，是什麼了不起的緊急軍務？」曹休上前一步：「臣接到急報，東吳孫權以陸遜為大都督，攻打皖南。」曹叡不屑：「東吳哪年不折騰幾次，大司馬兼領東南戰事，尋常戰守，大司馬派人擊退就是了。」曹休說：「有一件事不尋常！啟稟陛下，臣還接到密報，東吳鄱陽太守周魴，因被孫權猜忌，意欲舉鄱陽一郡投降我國，只是他兵力不足，懼怕被陸遜圍剿，請求我國派兵接應。」曹叡眼光一掃其餘三人，笑道：「有吳軍大將拿著一郡土地投降？好事啊！派哪位將軍前去接應？」曹休說：「此破東吳之良機，臣願親往！」司馬懿遲疑一下：「陛下，此事當慎重，東吳慣用詐降伎倆，昔日便有黃蓋……」

曹真嗤笑著打斷司馬懿：「司馬侍中上過戰場嗎？知道陣前敵我變化萬端嗎？用二十年前的戰事來套今日的情形，畏縮不前坐失良機，就不怕為東吳西蜀取笑嗎？」曹休接著說：「陛下，臣收到的消息確鑿。臣派了校事查探，孫權猜忌周魴，一月之內，十數次派尚書郎密探，到周魴處查究，極盡刁難之能事。周魴被逼得剪髮謝罪，每日惶惶不可終日，請降多半是真。」

曹真說：「昔日孟達棄劉備而降我國，為先帝所重用，焉知周魴不是第二個孟達？」司馬懿低聲道：「孟達也未必忠心向魏。」曹叡目視陳群：「尚書意下如何？」陳群猶豫：「臣不懂軍事，只是覺得，慎重為上。」曹休冷笑：「尚書既言不懂軍事，慎言為上。」

曹叡一笑：「既然兩位將軍都認為良機難得，那就派兵接應吧！大司馬素來坐鎮東南，為主將，率軍十萬直下尋陽。侍中曾為東吳使者，熟悉東吳地形，就為副將策應，引軍五萬，從漢水下江陵，兩路並進！」曹休驚怒：「司馬懿雖曾出使東吳，但從未和東吳交戰，昔日平定青徐也是靠招撫，只會誇誇其談的書生，如何為將應敵！」司馬懿也推辭：「臣從未領兵，為將只恐誤國，萬萬不敢領命！」曹叡皮裡陽秋地看著司馬懿一笑：「侍中少年時就寫過兵法十辯，好容易有了領兵的機會，怎麼不敢要了？」司馬懿跪下：「臣少年無知，如今知道戰場非紙上談兵，請陛下收回成命！」曹叡拂袖而起：「覺得自己無知，那就老實聽大司馬的調遣！」司馬懿無可奈何，只得高聲道：「陛下！臣還有一請！」曹叡笑著逼近司馬懿：「侍中這是要抗旨了？」

司馬懿冷汗涔涔：「臣不敢，陛下有命，臣赴湯蹈火在所不惜，臣領命就是。只是臣請賈逵為大司馬副將。」曹休冷冷道：「賈逵素與臣不和，司馬懿是故意派賈逵為難臣！」曹叡說：「他為難你，你殺了他，你為難他，也瞞不過朕——傳旨，賈逵為督軍！」說罷轉身入內。曹真幽幽地說：「不愧為先帝之子啊……」

曹叡拆下簪子，將冠冕重重摔落，珠玉九旒在深宮的磚石上砸出清脆琳琅之聲，接著躺落在床：

「沉死了！壓得朕頭疼！」辟邪走過去，將曹叡的頭放在自己腿上，輕輕為他揉著。

曹叡問：「如何？」辟邪笑道：「四大輔臣今日才見識了陛下手段，這會兒怕正在失魂落魄呢！」曹叡一笑：「讓他們開眼的日子還有呢！」辟邪不解：「奴婢不太明白，陛下為何一定要讓司馬懿同去呢？他那畏畏縮縮的樣兒……」曹叡閉目輕笑：「父皇雖然在位只有七年，卻將這幫大臣都摸透了，讓他們鬥，讓他們爭，爭了才有平衡。曹休和司馬懿同去，勝了是兩個人分功，不至於將一個人捧得位高權重，功高蓋主。敗了兩個人互相救援，則我軍可少些損失。」辟邪追問：「若是他們落井下石，不救援呢？」曹叡輕輕睜開眼睛，語氣有些陰冷：「那正合朕意。朕就有了一起辦掉他們的罪名！朕已經二十三歲了，四個輔政大臣，不嫌有些多嗎？」辟邪倒抽一口冷氣：「陛下駕馭群臣的手段，比先帝高明得多！」曹叡淡笑：「父親一生都被司馬懿推著走，朕不會，朕不會受制於任何人！朕不要輔臣，朕要政由己出！」

曹真和曹休同行，曹休氣惱地問：「陛下這是怎麼了？非塞給我一個礙手礙腳的司馬懿，這不添亂嗎？就算要策應，滿寵，你，誰不能策應啊！」曹真冷笑道：「陛下雖然不懂軍事，但很懂御人啊，他專挑司馬懿和你兩路並進，是讓你們互相牽制也互相救援，更怕你獨占了功勞，在輔臣中脫穎而出。」曹休冷哼：「心眼比他老子還多！……那司馬懿為什麼拒絕？他不會看不出來，這是個搶功勞的好機會吧？」曹真沉吟片刻才說道：「他大概是真的膽小，不相信周魴會投降。」

曹休又問：「你說咱們跟司馬懿較量這麼多年，他帶五萬大軍在我屁股後頭，要是冷不丁偷襲我一下……」曹真搖頭說：「司馬懿雖然跟咱們不和，但偷襲友軍如同叛國，他還不敢。不過，你要是真不放心，我有一個辦法，讓他投鼠忌器。」曹休問：「誰是器？」曹真附耳在曹休耳畔低語。片刻，曹休笑道：「高！」

司馬師在給夏侯徽畫像，夏侯徽肚子隆起，她又有了身孕。

夏侯徽微笑著說：「你畫瘦點，我平時沒有這麼胖的。」司馬師一邊畫一邊笑：「我還想要把我兒子也畫進去！」夏侯徽急道：「不許不許！」

此時夏侯玄走進來說：「小妹，子元！」司馬師和夏侯徽忙站起來迎接：「大哥來了。」夏侯玄看著夏侯徽的肚腹，問道：「還有多久？」夏侯徽有些羞澀地回答說：「一個月。」夏侯玄話裡有話地沉吟：「看到你們伉儷情深，妳又臨產在即，大哥倒有些後悔了。」司馬師疑惑地問：「後悔什麼？」

「有一個建功立業的機會，你願不願意去？」

夏侯徽問道：「什麼機會？」夏侯玄解釋道：「朝廷終於要對東吳用兵了，這幾年不打仗，我悶得骨頭都瘦了，我自然是跟隨大司馬叔叔出征，機會難得，我給你也請了一份告身。」夏侯玄說著拿出袖中的絹帛搖了搖：「行軍司馬，怎麼樣？」司馬師笑道：「太好了！只是……」他停住了，不由自主地望向妻子的肚子。夏侯徽溫柔地說：「國家有事，夫君理當為國效力，男兒志在天下，豈能為了婦孺拘束家中。我這次穩當得很，一點不害怕，還有娘照顧我呢，你放心去吧，平安回來就好。」夏侯玄笑道：「不愧是我妹妹！」

司馬師感動地站起來向夏侯徽一揖：「多謝夫人！」接著轉向夏侯玄：「我爹也要出征，我正好跟著他！」夏侯玄卻說道：「子元，大哥想過，你跟著令尊自然方便盡孝。但可憐天下父母心，都把我們當孩子。我當年跟著先父征戰，也是捂著壓著不讓上陣，還被軍中笑話是沾父親的光做衙內。你要真想憑本事建功立業，還真不能跟著令尊！」司馬師也被他說得心動，按捺不住問道：「那我跟著大哥，去大司馬一路，大司馬同意嗎？他不是跟我爹素來不和嗎？」夏侯玄笑著說：「有大哥在，沒人敢為難你！」

司馬懿的桌上鋪著大幅的沙盤，司馬懿正專注看著。張春華有些猶豫，開口問：「你要不要請幾位將軍，來商量商量？」司馬懿回答：「我心裡有數，周魴必是詐降！」張春華有點不確定地說：「可你畢竟沒打過仗，也許曹真曹休他們，說的也對呢？」司馬懿斬釘截鐵地說：「我沒跟東吳打過仗，但我了解東吳的人，更了解陸遜！陸遜是洞察人心，控制下屬的高手，周魴想在他眼皮子底下把一郡獻給我國？比挾泰山超北海還難！」

「這要是陷阱，不更危險了？」

司馬懿淡淡地說：「有人撲著向裡跳，我有什麼辦法？」這時司馬師來到門口，恭敬行禮：「父親，母親。」張春華問道：「師兒有什麼事？你媳婦身子還好吧？」司馬師回道：「阿徽一切都好，是兒子自己的事。兒子——想隨軍出征。」司馬懿一口回絕：「這次不行。」父親斷然反對，讓司馬師極為不解：「可是，兒子已經接受內兄的告身了。」司馬懿猛然抬頭，驚問：「什麼告身？」

「行軍司馬的告身，兒子想要從軍，想要建功立業！」

司馬懿更驚：「誰的行軍司馬?!」司馬師遲疑說道：「大司馬的……兒子想歷練一番……」司馬懿大怒，摔下手中的沙盤杆，質問道：「誰讓你擅作主張的?!」司馬師嚇得跪下，伏在地上說：「兒子沒有事先稟報父親，兒子知錯了……但兒子真的想憑自己的本事，立一番功業，請父親恩准！」司馬懿來回踱了幾圈，終於努力鎮定下來，開口問道：「你已經答應夏侯玄了嗎？」

「是……」

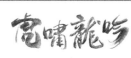

司馬懿無奈嘆了口氣：「那就回去準備準備吧，戰場不是兒戲。」司馬師樂得一蹦三尺高，驚喜地說：「多謝父親！」興奮地轉身跑了。張春華萬萬未料到司馬懿居然一口答應，驚急地說：「仲達！師兒不能去！」司馬懿冷冷道：「這斷然不是夏侯玄自己的主意，是曹休要將師兒扣押在他手中，好讓我對他俯首聽令。」張春華趕忙又說：「你說了曹休中了東吳的陷阱，他這不是把師兒往死地帶嗎？你這就去找曹休，不管用什麼方法，把師兒要回來！」司馬懿毫無感情地回答：「他能把師兒要過去，就不會還給我。」張春華著急了：「那就阻止這場戰爭，把你對陸遜的判斷告訴皇帝和曹休。你，你該不會為了除去曹休，寧可看著師兒踏入死地吧？」司馬懿有些暴躁了：「我幾曾為了權勢之爭不顧家人了？我在你眼中就是這樣的人?!」張春華自知言辭刺痛了司馬懿，眼圈一紅，愧疚地說：「是我情急了，我就是擔心師兒……」司馬懿閉目嘆道：「或許只有他，關鍵時候能救師兒一命了……」張春華忙問：「誰？」

兩杯清水分賓主放下，司馬懿向賈逵行了禮，在客座上跪坐下來。

賈逵淡笑，開口道：「侍中今日來訪，是與伐吳之戰有關吧？」司馬懿跪直身子，向賈逵行了叩拜大禮，正色說：「我對不起將軍，特來謝罪。」賈逵笑著探身扶起司馬懿，真誠地說：「你我是一同經歷過生死患難的人，客氣話，不用在我這裡說了，難道國家有難，我還能膽怯退避不成？」

司馬懿一怔：「將軍也看出周魴這次投降有詐？」賈逵嘆了口氣：「若是容易得如探囊取物一般，你也不會推舉我做曹休副手吧？」司馬懿又慚愧又感動：「因為滿朝之中，也只有將軍，敢於違抗大司馬了。」賈逵苦笑道：「我一己之力，未必能扭轉戰局，只盼著能減少些將士傷亡，不至於讓我朝的東南防禦全線潰敗罷了。你的策應之戰，打算怎麼打？」司馬懿沉默片刻，問：「將軍家中有東吳地圖嗎？」賈逵從桌上拿起地圖抖開，司馬懿挪身到了賈逵身側。

司馬懿邊指點著地圖邊說：「將軍請看，周魴約定的接應地點，鄱陽石亭，背靠湖泊，傍依長江，容易進軍，難以退卻，這是戰爭中易受阻之地。如果周魴和陸遜有詐，曹休大軍進入石亭，東吳只要從兩邊一包圍，大軍就無路可退了，所以將軍要是能將曹休阻在石亭之外，不要讓他進入，就是我魏國的大功臣啊！」賈逵抬眼望司馬懿，追問：「要是我阻攔不住曹休呢？」

司馬懿堅決地說：「石亭這地形，有進無出，進去多少都是被人家圍點打援，與其被曹休拉著陪葬，葬送更多兵力，不若我就畏縮一次！」賈逵舒了口氣：「大勝易，善敗難，有你在後，我就放心了！」司馬懿雙目一紅，有些哽咽：「小弟還有個不情之請，我的兒子，會跟曹休一起出征。」

賈逵大驚失色：「啊?!你明知曹休會敗，怎麼不讓他跟著你啊?!」司馬懿沉痛地說：「我實在是無路可走，只求若真到了危急時刻，將軍救他一命……」司馬懿向賈逵叩首。

陸遜大營內，陸遜高坐帥位，諸將肅立就位，整裝待發。八年過去，陸遜比當年更加成熟滄桑了些，也更加穩重威嚴。

探子突然衝進來：「報——！周魴派人來報，已與曹休接頭，曹休率步兵十萬，正向石亭方向進發！」陸遜一臉興奮，嘴角勾出弧線：「好！只待曹休進入石亭地帶，莫說十萬，就是百萬大軍，也只是甕中之鱉！司馬懿的軍隊呢？」探子回道：「司馬懿率軍五萬，從江陵進發，已經向石亭而來了！」陸遜笑說：「仲達兄，久別重逢，就讓小弟送你一份大禮吧！諸將聽令！」諸將齊聲：「在！」

「朱恒！你率左翼一萬向石亭！」「是！」

「全琮！你率右翼一萬向石亭！」「是！」

「本都督自率中軍兩萬，三路並進，夾擊魏軍，讓他們有進無出！」諸將齊聲喝道：「是！」

陸遜補充道：「曹休以魏帝宗親見任，非智勇名將也。今戰必敗，敗必走，走當由夾石，掛車。此兩道皆險惡，若以萬軍擋路，曹休司馬懿十五萬大軍，則全軍覆沒。朱然，你以一萬大軍從上游阻斷曹休退路，等待與本都督合軍！」「是！」

曹休率領的十萬大軍，綿延一里，裝備精良，正小跑著向石亭進發。曹休一身鎧甲趾高氣揚，賈逵跟隨在他身邊，司馬師跟隨著夏侯玄。賈逵遠遠望著前方道路，因為山水在此匯合，兩面臨水一面環山，地勢驟然逼仄陡峭。他心中一驚。

賈逵高聲喊道：「停！」後續的軍隊緩緩停下。曹休厭煩地問道：「你又有何事啊？」賈逵回答：「大司馬，此處背湖臨江，易進難退，正用兵之地也，將軍不易深入啊！」引路的東吳細作卻說：「大司馬，我們太守親自在石亭等候與您會合啊！」

這時一隊人馬從對面馳來，為首的正是周魴，他因為截髮謝罪，沒有戴冠結髮髻，而是披散著及頸的頭髮。周魴遠遠喊道：「大司馬！小人周魴親自來迎！」曹休鬆了口氣，露出驚喜的神情。

周魴奔到曹休馬前，滾下馬來伏地大哭：「大司馬救我，大司馬救我！」曹休得意一笑，驕傲地說：「將軍受苦了！待本將軍為你報仇！」周魴抬頭，滿臉淚痕：「城中五千兵馬已經集結，大司馬一到，立刻開城！」曹休已按捺不住，說：「趨前引路！」周魴低頭唱喏。

賈逵急忙勸道：「不可！大司馬，周魴虛實難辨，陸遜大軍離此不遠，當派一萬兵馬先遣探路，不可孤軍深入啊！」周魴憤懣而堅定地說：「小人都親自前來了！大魏還不信小人嗎？」曹休冷笑：「陸遜能有多少兵馬？五萬？我方十五萬大軍，踩也踩死了他們！你再多言，以貽誤軍機先斬了你！傳令官！」傳令官上前：「在！」曹休頤指氣使道：「去催促司馬懿軍隊加緊會合，進軍！」

「是！」傳令官打馬而去。賈逵痛心地看著大軍再次啟動，喃喃自語：「司馬懿，你可得守住啊……」

司馬懿的五萬大軍到達一處峽谷。司馬懿抬頭觀察四處的山陵，抬頭喊道：「停！」嚮導說：「大人，此處便是夾石！」司馬懿下令：「就地駐紮！鄧艾，孫禮，指揮各部人馬，每五千一班，一個時辰一輪，在此列陣！」鄧艾、孫禮一起回答：「是！」

司馬懿翻身下馬。這時一名傳令官背上插著令旗奔來，鄧艾原本要走，不由站住了。

傳令官說：「司馬大人，大司馬有令，令大軍全速前進，於鄱陽會合！」司馬懿一驚，不由問道：「大司馬現下到了何處？」傳令官回答：「周魴親自迎接，大司馬已經進入石亭！」司馬懿深深嘆了口氣，說道：「謹遵大司馬令。」傳令官又一陣風馳電掣疾馳而去。

鄧艾遲疑地問：「老師，還原地駐紮嗎？」司馬懿堅決地說：「自然！」鄧艾疑惑了：「可是將令……」司馬懿直接打斷了他：「此地我就是將！」鄧艾擔心地深深看了司馬懿一眼：「是！」

司馬懿望著前方望不見的戰場，心中念道：「賈將軍，師兒，你們可一定要平安出來啊……」

曹休已經來到了傍江臨湖的山谷深處，他揮鞭指點，感嘆道：「真是大好風光啊！」周魴陪笑道：「以後就是大魏的河山了！」曹休大笑：「大魏不會虧待將軍的！」司馬師眼尖，看著遠遠的江面，叫道：「有船！」

長江上一排船隻正在靠近，曹休疑惑地看向周魴，周魴笑著說：「這是小人布下的船隻，運來犒軍酒肉為大司馬接風。」曹休大笑：「有勞將軍！」周魴一邊揮手一邊向船隻縱馬馳去。

激烈的浪聲中，船隻越來越靠近，賈逵、夏侯玄、司馬師皆莫名感到了幾分緊張。司馬師遠遠看見船隻上隱約有兵刃反射日光，變色大喊：「是戰船！」賈逵大驚，揮鞭指向周魴的方向大喊：「他要逃，放箭！放箭！」夏侯玄當先引弓放箭，周魴慘叫一聲，雖然中箭卻未落馬，拚命打馬疾馳，背後一片羽箭射來，千鈞一髮之際周魴踴身跳入江中，這時順風而來的戰船，也已經臨近岸邊，船頭排列整齊的是早已引弓待發的弓箭手，船頭將軍喊道：「掩護太守！放箭！」一排羽箭從船上射出，將追擊周魴的騎手們射落一排，同時幾個水手跳下江去，將周魴撈了出來。

兩側山嶺上同時傳來擂鼓吶喊之聲，朱恒和全琮分別站在兩側山頭，早已埋伏在此的兩萬戰士從山上現身，萬箭齊發，眾馬驚嘶，大軍頓時驚亂！賈逵急道：「大司馬，我們中計了！快撤！」曹休紅了眼，怒道：「此時撤了我如何面見陛下，不能撤！他們不過幾萬人，硬攻也要將鄱陽給我攻下來！將士們，給我殺！」賈逵大驚，苦口勸道：「將軍，此地地形對我不利，不能強攻啊！」曹休毫不理會：「誰敢退縮，格殺勿論！」賈逵無奈，轉向司馬師夏侯玄，催促道：「你們快撤出去！跟你爹會合！」然而已經晚了，山上伴隨著衝下來的將士，是隆隆的巨石，魏軍身後的山嶺中轉出了朱然的軍隊。

大地震動，前方更多的軍隊衝出來，驚濤駭浪一樣的大軍中，是陸遜一身飄飄書生衣衫，勒馬含笑望著這陷入絕境的十萬大軍。夏侯玄勒馬喊道：「已沒有退路！」另一邊，司馬師已經和吳軍殺到了一起，夏侯玄一箭為司馬師射死一名偷襲的吳軍：「不要讓我妹妹做寡婦！」司馬師狠狠砍倒一名吳軍：「顧好你自己！」曹休一邊廝殺一邊傳令：「快！快！傳令司馬懿，前來救援！他再不來，我剁了他兒子！」

「是！」傳令官向後方衝出。陸遜看見了，只含笑吩咐旗手，讓他們的令官出去。旗手變換旗幟，令官並未受到攔截，疾馳而去。

水淋淋的周魴被攙扶來到陸遜身邊。陸遜感動問道：「將軍傷勢如何？」周魴淡笑：「不礙事，請大都督下令！」陸遜讚嘆道：「將軍真勇士也！且不必著急，待司馬懿來時，再叫他們見識將軍的風采。」周魴大笑出聲：「大都督妙計，魏國小兒，此後聽到大都督的名字，都能從夢裡嚇醒！」陸遜微笑著說：「那就讓他們再也沒有做夢的機會！司馬懿啊，本都督已經迫不及待了！」

司馬懿焦灼地望著前方，侯吉送來一碗湯餅：「老爺，用些吧？」司馬懿煩躁地揮手：「拿走！」說著拿起馬背上的皮囊拚命喝水，侯吉試探地問道：「老爺是……在擔心大公子嗎？」

這時傳令官蓬頭垢面馳來，司馬懿一看他的模樣便知不好，大步迎上前：「戰況如何?!」傳令官喘著粗氣說：「大司馬石亭遇伏！請大人速去救援！」侯吉手中的碗落地：「啊?!」

鄧艾大驚，望向司馬懿：「老師！怎麼辦？」司馬懿一字一頓的說道：「原地堅守！」傳令官又驚又怒：「大人豈可不遵將令！大司馬言道，將軍再不去救援，他便先斬了令郎！」司馬懿一揮手：「堵起嘴，帶下去！」親兵上前將傳令官拉下馬，堵起嘴來架了下去。

侯吉急了：「那也不能不救大公子啊！」司馬懿望眼欲穿，五內如煎，口中念叨著：「師兒……」鄧艾上前建議道：「老師，讓學生帶一萬人馬，前去救援，一定把世兄帶出來！」司馬懿怒瞪鄧艾一眼：「一萬人馬，還不夠陸遜塞牙縫！」鄧艾痛心地說：「可是，曹休恐怕真的會……」

司馬懿雙目含淚，決絕地說：「那就要看他的造化了……曹休對外兵敗，對內路絕，進不能戰，退不能還，正處在生死存亡的緊急關頭，恐怕支持不到天黑，一定會潰敗逃亡，敵軍便會追擊到此，我們原地堅守，才能先聲奪人，以逸待勞，貿然闖進去，只會白白送死啊……」司馬懿狠狠忍下眼淚，下令道：「列陣！天黑之前，敵軍必至！」

在兩路水軍，兩路步軍的夾擊之下，十萬大軍擠成一團無法列陣，已經全無還手之力，魏軍成了砧板上的魚肉，被吳軍從三面包圍絞殺著。鄱陽湖和長江裡飄滿了魏軍的浮屍，四處響起的都是魏軍的慘叫哀鳴。

夏侯玄和司馬師拚命廝殺，兩人互相救援，但架不住兵敗如山倒，都已經負傷。賈逵衝過來大喊：「大司馬！不能強攻了！這是讓將士白白送死啊！快退吧！」曹休慌亂地問：「往哪裡退？吳軍斷我後路，早已退無可退！」賈逵忙說：「往夾石，司馬懿在那裡接應我們！大司馬快走吧，我來斷後！」曹休惡狠狠地說：「司馬懿……你見死不救，老子出去再跟你算帳！撤！撤軍！」鳴金聲響起，魏軍狼狽逃竄。

陸遜蹙眉，下令：「司馬懿不會來了，追！誅殺曹休者，封五千戶！」追兵如潮，衝殺過來：

「殺——殺了曹休——！」魏軍在逃跑途中被吳軍毫不費力地射殺，砸死，戰場慘烈……司馬師中箭落地，賈逵遠遠看到大吃一驚，奮力廝殺向司馬師奔馳過去。

黃昏時分，廝殺聲隱隱傳來。司馬懿翻身上馬，號令全軍：「列陣，迎敵！鄧艾！隨我接應大司馬！」曹休一馬當先跑得飛快，身後跟著殘兵敗將，鄧艾對弓箭手喊道：「掩護！射！」弓弩手輪番發射，阻斷了一輪追軍，整齊的陣列裂開一道口，讓曹休一干殘兵敗將馳入了後軍。陸遜遠遠看到魏軍陣列井然，冷冷一笑，發令：「停止追擊！」周魴發問：「大都督？」陸遜平靜道：「他早已列好陣地，以逸待勞，我軍沒有勝算。不愧是司馬懿，他真忍心看曹休全軍覆沒！」

吳軍的追擊軍隊停止。陸遜緩緩策馬上前，和司馬懿遙遙相望，陸遜高聲喊道：「仲達兄，別來無恙！」司馬懿也高聲喊回：「陸都督，八年不見，風采更勝當年！」

「仲達兄為何裹足不前？怎麼不讓小弟一盡地主之誼啊！」

「大都督既有好客之心，怎麼不過來啊！」

陸遜哈哈大笑：「可惜，不能與你殺個痛快了！」司馬懿也笑：「來日方長！」

「為了你，我願意再等八年！鳴金，收兵！」

吳軍緩緩撤退，陸遜悠然唱著情歌：「行役在戰場，相見未有期，努力愛春華，莫忘歡樂時。生當復歸來，死當長相思……」江南悠揚纏綿的歌聲，在肅整井然的退軍中，有種別樣的風流。

司馬懿喃喃道：「周郎之後復有陸郎，以身許國從容至此，天意不亡江東……」鄧艾問道：「不追了？」司馬懿回答：「他不敢來，我也不敢去，趕緊救助傷患吧……」侯吉已經先衝入傷兵之中慌亂地找著，哭喊道：「大公子，大公子！你聽見侯吉的聲音了嗎？你答應一聲啊——！」

夜幕降臨，到處都是傷兵的呻吟聲，司馬懿焦灼地跨過一個個傷兵，尋找著，呼喚著：「師兒，司馬師！司馬師！」正在包紮傷處的夏侯玄聽到司馬懿的呼喚，趕忙站起來：「大人，沒有找到子

元嗎？」司馬懿一把握住夏侯玄的肩膀，雙目通紅，大聲問：「子元不是和你在一起嗎？」夏侯玄一驚：「撤退的時候被亂兵衝散了，子元沒有回來？」司馬懿焦灼地四顧張望。

夏侯玄立刻甩開軍醫站起來：「我去找！」鄧艾拉住他：「你還是養傷吧，我帶兵去！」司馬懿喝道：「誰都不許去！前方是吳軍的陣地！」鄧艾大吼：「那也要去！不能讓世兄死不見屍啊！」司馬懿失魂落魄地坐倒在地。夏侯玄踉蹌向前衝，喊著：「我的馬，牽馬！」

這時三四個人影在夜色中緩緩策馬而來，顯得疲憊不堪。

夏侯玄喊道：「有人！」司馬懿顧不得牽馬，快步衝過去，只見為首的是賈逵，已是衣甲破敗，累得搖搖欲墜，他的馬上搭著一個中箭的人，正是司馬師。賈逵看到司馬懿，長鬆口氣，顫聲說：「我只能把令郎，帶出來……」司馬懿抱起司馬師的頭，顫抖著手探了一下他的鼻息，竟還有呼吸！司馬懿悲喜交加，抱住兒子的頭崩潰痛哭，激動得泣不成聲：「師兒！師兒！爹對不起你！將軍與我家恩同再造啊！」夏侯玄和鄧艾也驚喜流淚。

賈逵恍惚回頭，回望茫茫夜色，茫然地說：「可是，那麼多兒郎，我沒法帶他們出來了……」賈逵已是筋疲力盡，終於軟軟從馬上摔下來，鄧艾慌忙接住，叫道：「軍醫！快傳軍醫！」

一燈如豆，司馬師已經包紮完畢，還在昏迷之中，司馬懿坐在他床邊，深情望著自己失而復得的兒子。身後站著抹眼淚的侯吉。司馬師呻吟一聲醒來，迷茫地問：「爹，侯吉叔，我還活著……」司馬懿嘆息一聲：「多虧了賈將軍啊！」侯吉笑著說：「年輕人流那點血沒事，叔給你燉兩隻羊羔，管保補回來！」司馬師難過道：「爹，我們敗了……」司馬懿撫慰著兒子：「這不是你的過錯，你很勇敢，沒有給國家丟臉。」司馬師委屈道：「可我們敗得冤啊！」

司馬懿遲疑艱難地開口：「爹，沒有趕去救你，爹對不起你……」司馬師搖搖頭說道：「兒子明白，爹要是進去，咱們父子就都死在裡頭了，兒子明白！」司馬懿欣慰又感動地輕拍兒子的肩。

曹休目光渙散，精神委靡，放在身旁的燉肉一口沒動過。他黯然問副將：「傷亡多少？」副將回答：「逃出來的有五萬多將士，大多負傷，陣亡和被吳軍生擒的，還無法估計，也許還有將士逃出來……」曹休輕輕一顫，又問道：「軍資器械呢？」副將頭垂得更低，哀傷地說：「軍資，器械，糧草，幾萬輛牛馬驢騾車，全丟了……多虧司馬侍中準備了糧草和醫藥，否則這五萬傷兵，連今晚都熬不過……」曹休目中含淚，悲憤地站起來，逼視著副將，質問他：「多虧？多虧他我才敗得這麼慘！多虧他這五萬將士才埋骨他鄉！司馬懿，老子與你不共戴天！」說著踉蹌奔出了營帳。

司馬懿正在給司馬師餵藥，曹休闖進來，一把抓起司馬懿的領子，藥潑了一地。曹休逼問：「你故意延誤想看我落敗是不是！」司馬懿平靜道：「我沒有延誤，而是一直等在夾石。」曹休悲憤地問：「為什麼不去救援！你這是違抗軍法！」

司馬懿忽然高聲問道：「大司馬以為我不想救？我兒子在裡頭生死未卜，要是能救，哪怕單人匹馬也要殺進去救！有用嗎？」曹休怒吼：「陸遜不足五萬人馬，我們有十五萬！若是援軍一到士氣大增，又怎麼會如此慘敗！你心中巴不得我敗了，你好奪過輔政之權！你不遵軍令，老子現在就能斬了你！來人！」司馬師從床上跳起來，忍無可忍：「大司馬！是我爹救了你！」帶人進來的卻是鄧艾，冷冷望著曹休：「大司馬，有何吩咐？」曹休這才意識到他是在司馬懿的營地裡。曹休慘笑著後退：「用你的兵馬壓我？我還是大司馬？我要向陛下彈劾你！」

「大司馬請便。」司馬懿冷冷的聲音傳來。曹休轉身出帳。鄧艾擔心地問：「老師，陛下會聽您解釋嗎？」司馬懿輕嘆口氣，久久不語。

魏軍氣勢低沉，頹唐地走在泥濘的道路上，司馬懿滿臉憂慮，曹休躺在擔架上，臉色蠟黃，病勢沉重。

魏國傾十五萬大軍，氣勢洶洶的石亭之戰，以慘敗告終了。經此一役，魏對吳的戰略易攻為守，後經整整二十三年的時間，才敢再次發動大規模的伐吳之戰……

孫權欣喜地扶起陸遜和周魴，感動地親手給短髮的周魴戴上三梁冠。

陸遜出色的計謀，使吳軍贏得了一場三國史上，著名以寡圍眾的勝利，也為孫權一年後的稱帝鋪平了道路。而這場戰爭對三國鼎立的影響，卻比孫權、陸遜、司馬懿所能想到的更加深遠。

【第三章】

臥龍出師

馬謖滿面喜色地大步進來：「丞相！意外之喜啊！」

諸葛亮淡然一笑：「曹休敗了？」馬謖驚喜地說：「丞相真有未卜先知之能！」

「石亭之地，易守難攻，陸遜善用伏兵，曹休驕兵深入，不敗何為？」

馬謖笑得更開心了：「非但是敗，而且是慘敗！陸遜打得魏國損失慘重，折損兵馬五萬餘人！連主將曹休都負傷重病，叫人抬回洛陽的！」諸葛亮勾唇：「天意成全陸郎，從此十年之間，江東無憂矣！」馬謖又補充道：「可惜啊，要不是賈逵及時撤軍，司馬懿駐守夾石擋住了陸遜追兵，魏國這十五萬大軍就全部被陸遜吃了。」諸葛亮悵然一笑：「到底是司馬懿，雖不善戰，卻善敗能忍，深諳用兵之道，此人可能比我們想的，還要厲害幾分。」

馬謖笑容又回來了：「他厲害也沒用！魏國的探子來報，曹休大敗之時，傳令司馬懿援救，司馬懿抗命不遵，曹休將戰敗的罪責推在司馬懿身上，正和曹真向曹叡彈劾司馬懿呢！」諸葛亮微微蹙眉，卻沒有任何喜色：「魏國在東南吃了大虧，此時士氣低落，兵力空虛，我們也得準備自己的事了。」馬謖驚喜問道：「丞相要北伐了？」諸葛亮搖頭：「不，在此之前，我們還要做另一件事。」

曹叡高坐，司馬懿和曹真跪在殿下。

曹叡的臉色很不好看：「還真是給朕長臉，朕剛登基，就被吳國打得毫無還手之力，跟朕說好的富國強兵呢！」司馬懿低頭回道：「此次戰敗，乃誤中吳軍奸計，並非因我國兵力不強，陛下不必太過憂慮……」曹叡嘩啦啦將一卷竹簡扔到了司馬懿面前。

曹叡冷然道：「這是大司馬彈劾你的表文！是血書！大司馬說因為你屯兵不前，致使前軍沒有救援，故而落敗，此事當真？」司馬懿低頭：「臣確實不曾救援大司馬……」曹真悲憤道：「陛下！大司馬不是敗於東吳，是敗於友軍之手！司馬懿居心叵測，貽誤軍機，請陛下殺司馬懿以謝三軍。」

曹叡倒有些好奇，悠然問司馬懿：「侍中就不想解釋一下，為何故意不遵將令嗎？是不敢，還是真如大將軍所言，是為了讓大司馬落敗啊？」司馬懿平靜地說：「下官屢次勸告，賈逵將軍也屢次進言大司馬，石亭地勢，傍江臨湖，易進難出，乃設伏之地也！陸遜能圍十萬軍馬，也就能圍十五萬，臣要是進去，今日就沒有性命回來見陛下了。」曹真氣急敗壞：「文過飾非！陸遜才幾萬人？我軍三倍於他，若你及時救援，以人數優勢又怎能突不破吳軍包圍！你分明是故意陷害大司馬！」司馬懿淡淡道：「大將軍太不了解陸遜了，他不但能以一圍三，還能以一圍十，劉備七十萬大軍，他不是也滅了嗎？」曹叡冷笑看著他們：「吵，你們接著吵，吵到天黑，看看誰先累死了。」

曹真轉過身，低頭道：「請陛下為大司馬做主，若是貽誤軍機能如此推卸責任，以後就無人能帶兵了！」曹叡站起身來，嘆了口氣：「司馬卿。」

「臣在。」

曹叡緩緩地說：「你說的有些道理，但你畢竟不遵號令在先，朕不能不有所懲處，你就先除去侍中之職，在家待罪吧。」司馬懿叩首：「罪臣謝陛下隆恩。」曹叡又對曹真說：「大將軍隨朕去看看大司馬吧。再吵一會兒，只怕連最後一面都見不上了。」說罷便拂袖而去。曹真起身時向司馬懿低聲道：「我們家幾位宗親大將死在你手上了？我會一一為他們討回公道！」

曹真追上曹叡，不客氣地問道：「陛下為何如此縱容司馬懿！」曹叡停下，反問道：「朕年輕，沒上過戰場，但群臣的奏表總會看吧？滿寵，蔣濟，賈逵，鍾繇，王朗，他們對這場戰爭的觀點，和司馬懿一模一樣，大將軍讓朕把他們都殺了嗎？」曹真惡狠狠地說：「這些人皆是司馬懿的黨羽！」曹叡平靜道：「那夏侯玄呢？他是你外甥，他也是司馬懿黨羽？」曹真沒想到夏侯玄也為司馬懿辯護，不由一怔。

曹叡笑說：「大將軍久經沙場，不會到現在，還看不清這一仗誰是誰非吧？稍加懲處，也算是全了大司馬的顏面，讓他去得安心點吧……至於司馬懿，大將軍又何必急於一時呢？」

司馬懿身穿青衣布衫，膝下圍著一女童，正是司馬師的女兒。司馬懿笑著說：「妳背出昨天翁翁教妳的詩，翁翁就發妳一包糖。」張春華笑了：「她這麼小，背這樣的詩哪裡懂啊！」司馬懿毫不留情：「長大再懂，就遲了，背！」小孫女朗聲背道：「對酒當歌，人生幾何，譬如朝露，去日苦多，慨當以慷，憂思難忘……難忘……」鍾會從外面進來，應聲接道：「何以解憂，唯有杜康。青青子衿，悠悠我心，但為君故，沉吟至今。」

張春華笑著起身相迎：「士載來了。」小孫女委屈道：「我是不是沒有糖了？」司馬懿故意板起臉：「妳說是該給妳，還是給叔叔？」小姑娘委屈地低下頭，但仍懂事的說：「給叔叔。」

鍾會被逗樂了，拿起糖，摸摸小姑娘的頭：「叔叔是大人了，糖就送給妳了。」小孫女看看司馬懿，司馬懿笑著點頭，於是立刻高興起來：「謝謝叔叔！」司馬懿示意張春華帶小孫女離開。

鍾會有點委屈地說：「老師此時還有含飴弄孫之情！」司馬懿淡笑：「那怎麼辦？我還該坐在中庭，放聲大哭啊？」鍾會繼續說道：「老師至少應該在陛下面前一爭，這一仗若非老師，曹休就要拋屍東吳了……」司馬懿嚴厲地打斷了他：「叫大司馬！」鍾會稍稍一怔。

司馬懿的語氣緩和了些：「大司馬畢竟是為國捐軀，他雖然失敗了，但不要對他不敬，你呀，小瞧陛下了。」鍾會道：「若是陛下明白，為何還要懲處老師呢？」司馬懿道：「死者為大，總要讓宗親出出氣吧。」

鍾會繼續說：「陛下依順宗親，這一次可以讓世兄去送死，讓老師無罪受責，下一次，未必不會株連老師滿門。」司馬懿沉默片刻，慢慢一顆顆吃著糖，緩緩問道：「你知道陛下，為何要依順宗親嗎？」

「陛下年輕，兩位曹將軍又都是輔政之臣，是陛下的叔伯輩。」

司馬懿又問道：「為何先帝也忌憚宗親呢？」鍾會疑惑看著司馬懿，恍然領悟，輕聲問：「因為，兵權？」司馬懿回答：「是，魏國以戰立國，武帝橫掃中原，靠的是宗親鄉里領兵，故使諸曹夏侯，皆擁重兵，吳、蜀未定，大戰頻發，天子不敢動搖軍心，也就不敢違逆諸曹。」鍾會一捶桌子，氣憤地說：「老師這次好容易拿到兵權，可惜卻為曹休墊了背。」司馬懿搖頭道：「我一介文臣，職責在輔佐陛下，何必惦念兵權啊。」鍾會疑惑地問：「老師……」司馬懿掩飾地笑著說：「既然來了，在這兒吃飯吧，還是家裡的飯香啊！」

侯吉笑呵呵送著鍾會出去，鍾會笑道：「說真的，每次嘗嘗你的手藝，真是讓人忘憂，別無他求啊！」侯吉也笑答：「那鍾大人常來。說真的，外頭爭啊鬥啊，不也就是為了口裡一口食嗎？」鍾會大笑：「發人深省！」

司馬昭突然從後頭走出來，喊了一聲：「鍾大哥。」鍾會疑惑，問了聲：「二公子？」司馬昭說：「侯吉叔，我跟鍾大哥說句話。」侯吉低頭：「小人先退下了。」

鍾會微笑，還有幾分對孩子的態度問道：「二公子有何事？」司馬昭倒是平靜：「鍾大哥，你以為我爹真的無心兵權嗎？」鍾會沒想到這話會出自一個少年之口，微微吃驚，遲疑說道：「公子的意思是——」司馬昭冷冷道：「這次這點兵權，我爹才不稀罕呢！莊子說，風之積也不厚，則其負大翼也無力，我爹的萬里長風，尚未到。」

侯吉走進廚房，看到司馬懿捧著一碗湯，正吃驚聽著外面的話，侯吉開口：「老爺……」「噓！」

外間傳來鍾會和司馬昭的聲音。

「老師等的，是更遠處的萬里長風？」

「咱們被東吳教訓了一頓，我要是諸葛亮，也會在這個時候趁火打劫。」

「二公子有此見識，真是令下官汗顏又欽佩啊！」

「我看了看我爹的那些書生同僚，也就鍾大哥聰明點，所以悄悄告訴你，現在就可以準備西蜀的地圖，留心西蜀的軍情了，我爹會用到的！」

「老師有子如此，是老師的幸事，也是我大魏的幸事！」

司馬懿露出震驚恐懼的神情。

諸葛亮正在奮筆疾書。馬謖走進來，高興道：「丞相，曹休病死，臨終彈劾了司馬懿貽誤軍機，司馬懿被停職在府了！」

諸葛亮低頭繼續奮筆疾書沒有答話。馬謖有些詫異：「丞相？四名輔臣去其二，這不是好事嗎？」諸葛亮一邊寫一邊淡淡回答：「沒用。」馬謖蹙眉：「丞相是說，曹叡還是會啟用司馬懿？」諸葛亮回道：「罷職尚且能召回，停職不過是做做樣子，安撫曹真的。」馬謖繼續猜測：「丞相是說，我軍還是會合司馬懿交手了？」諸葛亮輕輕點點頭。

馬謖重新冷靜下來：「學生再讓人去探司馬懿的消息。」諸葛亮嘆道：「不必，探子只能聽其言，觀其行，不能知其心啊。」諸葛亮寫完書信，吹了吹，抬頭問道：「你說司馬懿無罪受責，此時最想要的是什麼？」馬謖沉吟一會，有了想法：「兵權自主！他被曹休帶入死地，堅守不前救了曹休，不但無功反而受過，他該明白，皆是因為他還不是一軍主將，他從未真正得到兵權。」

諸葛亮吩咐道：「把這封信拿去多抄幾份，發往新城孟達。」馬謖接過書信匆匆一看，略微驚訝：

「孟達要反魏國？昔年他叛了丞相降魏，如今曹丕死了他不得寵，又想回來了。這是個首鼠兩端的小人，丞相要小心啊。」諸葛亮一笑：「這信是給魏國看的，司馬懿想要兵權，我便送他一份。」

馬謖雙目一亮：「調虎離山？學生這就去辦！就用普通信使，魏國要是連這點本事也沒有，丞相就可以高枕無憂了。」諸葛亮悵然一笑：「幼常不可托大，司馬懿得兵權，如龍乘雲，虎得風，我們在調虎，也是在養虎啊……」

曹叡看著書信，陳群和曹真立在案前。

曹叡問道：「這真是諸葛亮給孟達的？」曹真回答：「千真萬確，此書是信使從西蜀探子身上截獲，他們說是諸葛亮親筆所書，為怕我軍攔截，分多路投送新城，孟達此時定然已經收到了。」陳群質疑：「或者是諸葛亮的離間之計呢？」曹叡抬頭問道：「大將軍，依你之見，孟達是否會被諸葛亮策動？」曹真回道：「孟達昔年仗著先帝寵愛作威作福，飛揚跋扈，陛下即位，他便時有抱怨之語，就算不被策反，也會挾此要脅朝廷，給他高官厚祿。」

曹叡冷笑：「跟朕做生意啊？朕開出的價格沒有諸葛亮高，他就要投降西蜀了？」曹真鄙夷道：「孟達本就是反復無常的小人，他先叛了劉璋，又叛了諸葛亮，未必不會叛我國。小人趨利，陛下以高官厚祿，先穩住他再說。」曹叡怒斥：「欲壑難填！朕不受這樣的威脅！若是他反狀確鑿，大將軍就該為朕除之！」

曹真滿腹煩惱地回到家，走進廳堂，便聽到一陣笑聲，只見曹爽和何晏衣衫不整，敞胸露懷坐在地上。何晏是曹操之婿，也是魏國著名的美少年。因不被曹丕所喜，尚無官職。此時何晏雙目朦朧，面色微微發紅。

曹真不滿問道：「這是做什麼？」何晏神情恍惚，笑著說：「大將軍……此乃人間至樂，同來同來……」曹爽還有理智，慌忙起身繫好衣帶，賠笑道：「爹，您回來了……」曹真蹙眉道：「喝醉了？」曹爽訕訕道：「不不，是平叔帶了點五石散來……」曹真動怒：「你是要帶兵打仗的人，不許用這樣的東西毀了身子！」曹爽忙低頭回道：「是，是，兒子不敢！」

曹真接著訓斥：「你看看你夏侯表兄，文韜武略，你整日就知道跟這些人廝混！」曹爽小聲嘟囔：「夏侯表兄不是差點把命都丟在東吳了嘛……兒子是不鳴則已，一鳴驚人！要帶兵，也是一戰而霸！」曹真凝視著曹爽，心中漸漸有了計較。

「東南新敗，西蜀最近頻有異動，我不能分身他顧，而陛下年少氣盛，有征孟達之意，你替爹去，如何？」

「什麼？爹要派我征孟達?!」曹爽登時色變，嚇得撲通跪下了：「爹，你不能害我呀！」曹真不悅：「孺子竟膽小至此！」曹爽道：「非是兒子膽小，而是新城實在太過兇險，我軍新敗，士氣不振，孟達又跟諸葛亮勾結，這不就是第二個周魴嗎？爹就忍心將兒子送進敵人的圈套中去？」

曹真喃喃道：「若是諸葛亮派兵援助孟達，新城確乎兇險，但陛下已經將此事交給我了，不管誰去，都不能敗啊！」曹爽忽然抬頭一笑：「爹，有個人，敗了是好事。」曹真沉吟一會：「你是說……司馬懿?!」

「是啊，別人去了，敗了是爹的責任，只有司馬懿去了，敗了活該！這麼好一個為國捐軀的機會，不把他給諸葛亮送過去，可惜啊。」

「司馬懿從來小心謹慎，若是我來舉薦他去，他必然會明白其中兇險。」

曹爽笑著說：「爹找個他得罪不起的人舉薦，不就是了？」曹真恍然大悟。

夏侯徽正在坐月子。司馬師抱著新出生的小女兒逗著，笑著說：「妳生的女兒一個比一個漂亮，這個更像妳！」夏侯徽有些歉然：「我倒想生個兒子。」司馬師笑著說：「兒子女兒我都喜歡！再說，咱們倆這麼年輕，將來不得生他十個八個，還愁沒兒子？」夏侯徽微微一笑。

夏侯玄突然推門進來，神情嚴峻。夏侯徽忙坐起來：「大哥來了……」司馬師高興地將孩子遞過去：「快看看你外甥女兒！」夏侯玄卻毫無喜色，拉過司馬師道：「快去勸你爹，裝個病，千萬不要去征孟達！」司馬師愕然：「我爹要征孟達，我怎麼不知道？」夏侯玄道：「我就說這一句，你也別告訴他是我說的，總之，千萬別去！」說完轉身快步出去，剩下夏侯徽和司馬師面面相覷。

司馬懿正在宴請辟邪。辟邪笑著舉杯說道：「司馬公含冤，在下心中不平，眼下有一個讓司馬公起復的良機，不知司馬公意下如何？」司馬懿笑著說：「蒙公公錯愛，這良機是？」辟邪悄聲道：「我們截獲了西蜀的密信，諸葛亮在策反孟達。」司馬懿故作吃驚的回答：「孟達本就是降臣，反復無常，唯利是圖，諸葛亮若許以重利，孟達必反！」

辟邪笑著說：「司馬公果然洞幽察微，見識廣博，陛下也是認為孟達會反，所以想先下手為強，派人出征新城，他若不反，便將他帶回來頤養天年，若反，一定會舉兵抵抗，便趁機拔掉這心腹之患。」司馬懿道：「陛下聖明決斷。」

辟邪卻只是笑看司馬懿不語，看得司馬懿好生惶恐不解，只得發問：「公公？」辟邪笑問：「司馬公是聰明人，還不明白這機會是什麼嗎？」司馬懿大吃一驚，連忙說：「公公萬萬不可！」

辟邪眉峰一挑：「哦？司馬公不想立功嗎？」司馬懿趕忙推辭：「非不為也，是不能也！下官雖領兵兩次，卻從未實戰，孟達文武雙全，久據新城，又有西蜀援助，占盡天時地利人和，可我國呢，東南新敗，士氣不振，再孤軍深入，必然重蹈石亭覆轍啊！」辟邪冷笑：「哦？那司馬公的意思，新城不要了？」

司馬懿一怔，趕忙改口：「要！自然得要，只是下官不識戰陣，若貿然前往，如同以嬰兒入狼吻，平叛一事，須委任戰功卓著的將軍去，曹真大將軍總領天下兵馬，他就最合適！哦，公公稍候！」司馬懿轉身從席上跑了。辟邪自語笑道：「互相推諉，真是一個比一個精啊……」司馬懿片刻便又轉回，手中捧著一個小箱子，拿回來放在桌上打開，裡邊有一個小布包，他恭敬地捧給辟邪：「下官一生清貧，回朝不久，宦囊如洗，竭盡所有也不過這些，還望公公收下，千萬在陛下面前替下官陳情啊。」辟邪佯作推諉，司馬懿趕緊將布包塞入了辟邪的袖子裡。

辟邪的手從袖子裡慢慢拿出來，含笑望著司馬懿，他取出來的是一卷黃綾。

司馬師正快速跑過天井迴廊，衝向正廳。

辟邪面對目瞪口呆的司馬懿，展開聖旨高聲念道：「奉皇帝詔，起司馬懿為前將軍，領兵五萬，奔赴新城！」司馬懿做出吃驚的神情，撲通跪下，喊道：「公公！」辟邪無奈一笑：「司馬將軍，別叫我，當不起，謝陛下吧……」司馬懿疑惑道：「可是這、這……這不對啊……」辟邪問道：「將軍是說陛下不對？」司馬懿慌亂道：「不不不臣不敢，可是……可是我國不缺將軍啊……」

辟邪一笑：「這是陛下的隱私，此事非尋常武將所能處置，須派心腹大臣，而大將軍曹真又總領西線軍務，分身乏術，陛下的心腹大臣，可不就是將軍嗎？此事，咱家也無能為力。」司馬懿仍然委屈地張口結舌。

辟邪接著說：「司馬將軍，咱家捧了這麼久的聖旨，這可是頭一回啊？」司馬懿不得已，苦笑著舉起雙手接下，叩首說道：「臣唯有以死報效國家了……」辟邪笑著說：「將軍可別說這話，您要是匆匆忙忙死了，不甘心，也不放心吧？」說完便悠然漫步，出了司馬家廳堂。

司馬師目瞪口呆，闖進來喊道：「爹，不能接旨啊！」司馬懿拂衣站起，淡淡地說：「能不接的，就不叫聖旨了。」

辟邪騎在馬上，前後均有小宦官護衛，輕裘肥馬。他忽然想起什麼，從懷中摸出那個小布包，掂掂，冷冷一笑，順手將布包扔到了街邊水溝裡。

司馬懿在家擦拭寶劍，鋥亮的劍身如霜如雪，映照出他隱藏著亢奮的眼神。司馬師還在急道：「父親，內兄送來消息，說父親萬萬不可去新城啊！」司馬懿對兒子的話無動於衷，只是喃喃自語：「你聽到了嗎？他叫我，司馬將軍。」司馬師急道：「爹！這一定是曹真借刀殺人的陰謀！」

此時司馬昭昂然走過來說道：「無能者才會被借刀殺人，有為者能把別人的刀奪過來！兒子願隨父親出征！」司馬師拉住弟弟：「二弟，我們不能大意啊！」司馬昭不屑：「孟達哪裡是爹的對手！」司馬懿冷靜地說：「不要跟孟達比，要跟諸葛亮比。」司馬昭無限鼓舞地望著司馬懿。

司馬懿凝望著司馬昭，說道：「你還小，在家好好讀書吧，上陣衝鋒的事，你大哥跟著我就是。」司馬昭又是失望又是吃驚，叫出了聲：「父親！」司馬懿堅決地看著司馬師：「你去準備一下吧。」司馬師怔怔地看著父親，最終只能驚訝無奈地說：「兒子領命。」

諸葛亮慢慢放下軍報，神情似悲似喜。

馬謖道：「司馬懿果然中了老師的調虎離山之計，現在雍涼只剩下曹真、夏侯楙兩個草包了，丞相為何不喜啊？」諸葛亮神情肅穆：「社稷在身，中原未復，豈敢有一日得意忘形啊？焚香，我要寫表文。」馬謖小心在桌案上點燃一爐香，多拿了一盞燈過來，又將燈油撥亮了一些。

諸葛亮洗了手，認真擦乾淨，回來桌案前，正了正冠帽，這才展開一卷竹簡，提筆摘取筆尖一

根亂毛，字字端正地寫下三個字：出師表。

諸葛亮一邊寫一邊思忖，往事一幕幕又浮現在眼前。

「**臣亮言，先帝創業未半，而中道崩殂，今天下三分，益州疲弊，此誠危急存亡之秋也……然侍衛之臣不懈於內，忠志之士往身於外者，蓋追先帝之殊遇，欲報之於陛下也……**」

諸葛亮彷彿看見趙雲站在校場上，軍佇列陣操練，士氣高昂。

「**誠意開張聖聽，以光先帝遺德，恢弘志士之氣，不宜妄自菲薄，引喻失義，以塞忠諫之路也……**」

朝堂上，諸葛亮讓人展開地圖，慷慨激昂地對劉禪闡述北伐大義。群臣神情激揚，一個個武將出列，拱手請戰。御座上的劉禪茫然聽著，一副無可無不可的模樣。諸葛亮望向劉禪的眼神，憂心又深情。

「**臣本布衣，躬耕於南陽，苟全性命於亂世，不求聞達於諸侯，先帝不以臣鄙陋，猥自枉屈，三顧臣於草廬之中，諮臣以當世之事，由是感激，遂許先帝以驅馳。**」

諸葛亮的視線有些模糊了，他彷彿又看見二十多年前的那個午後，他坐在草廬內沉思，門外的劉備冒著大風雪，堅定地站立在天井之中。劉備撲通跪下，含淚說道：「先生若不出山，如蒼生何也！」諸葛亮雙目一紅，慷慨地對劉備跪下，說道：「亮，願效犬馬之勞！」

「**先帝知臣謹慎，故臨崩寄臣以大事也。受命以來，夙夜憂嘆。恐託付不效，以上先帝之明。故五月渡瀘，深入不毛。**」

諸葛亮親自率領一支軍隊，艱難攀登在險山密林中，他腳下一滑，馬謖、王平慌忙扶住他，諸葛亮擦擦額上汗水繼續攀登。

「**今南方事定，兵甲已足。當獎率三軍，北定中原，庶竭駑鈍，攘除奸凶，興復漢室，還於舊都，**

此臣所以報先帝而忠陛下之職分也。」

兵器作坊中，諸葛亮親自指點工匠弩機的尺寸、機關，身旁赤著膀子的工匠正揚著錘子用力捶打著熔爐中燒紅的兵器。

諸葛亮還在燈下寫著，他面上掛著淚痕，筆下卻一氣呵成。

「願陛下託臣以討賊興復之效，不效則治臣之罪，以告先帝之靈……陛下亦宜自謀，以諮諏善道，察納雅言，深追先帝遺詔。臣不勝受恩感激。今當遠離，臨表涕零，不知所言。」

諸葛亮輕輕擱下筆，馬謖亦是淚流滿面。

司馬懿一身鎧甲，曹叡拉著司馬懿的手走下來，問道：「愛卿心中，是在怪朕吧？」司馬懿惶恐道：「臣為國效力，萬死不辭！」

曹叡淡淡一笑，說道：「誰能萬死啊？愛卿要真懷著這樣的心，朕倒不敢讓你去了。忠臣未必要整日以頭搶地，要死要活，朕要文武雙全的能臣。別做第二個曹休。」司馬懿第一次被曹叡如此懇切地相待，有些感動。

司馬懿深吸一口氣，說道：「臣定不負陛下。」曹叡一笑，又問道：「愛卿說句實話，愛卿回來看到朕，後悔過嗎？」司馬懿回答：「臣從來沒有後悔過，現在更加慶幸，臣有幸能生於魏國，盡忠於武帝、文帝與陛下。」曹叡一拍司馬懿的肩，說道：「去吧！給朕把孟達帶回來！打完這一仗，朕還指著愛卿為朕辦件大事呢！」

宮外隱隱傳來號角響，司馬懿不解地望著這年輕的天子

昂揚的號角聲響起，軍旗飄揚，中軍飄蕩著兩幅旌旗，右邊上書：「克復中原」，左邊上書：「漢

丞相武鄉侯諸葛亮」。

蜀國的將士已經整裝列隊，精神抖擻。諸葛亮端坐車上，身邊趙雲坐在馬上，雖然鬚髮皓白如雪，仍然剛毅威武。兩人望著那幅飄蕩的旗幟，都感慨萬千。

劉禪已經穿上了冕服，但還是顯得慌亂滑稽，有幾分沐猴而冠的意思，他一疊聲喊道：「拿來拿來！」黃皓苦著臉，捧著一段新鮮的大蔥進來。劉禪拿起來撅斷了，在鼻子邊狠狠嗅了兩下，頓時熏得直哆嗦，想打噴嚏打不出，他乾脆又在眼睛上擦了一下。黃皓忙阻攔：「陛下當心眼睛疼！」

劉禪辣得齜牙咧嘴，一邊雙淚齊流，一邊說道：「不疼，不疼能像悲傷涕泣嗎？」接著咧嘴哭道：「相父……」劉禪扔下蔥直奔出了寢宮，黃皓慌忙追上。

「相父！相父慢走！」

武將們一齊下馬，齊聲喊道：「叩見陛下萬歲萬歲萬萬歲！」諸葛亮終於等來了皇帝，露出欣慰慈愛的神情，下車迎候。劉禪一把握住諸葛亮的手，說道：「相父慢走！此去征途遙遠，戎馬勞頓，朕實在捨不得相父啊……」

「臣此番出征，當為陛下克復長安，使陛下還於舊都，漢室必能中興於陛下！」

「相父一走，朝中政務，朕實在惶恐不安。」

諸葛亮微笑安慰道：「侍中、侍郎郭攸之、費禕、董允等都是以先帝留給陛下的賢臣，朝中之事有他們為陛下分擔，陛下定能無憂。」劉禪抽搭著說：「相父安排，定然妥當。」諸葛亮仍然放心不下，又說道：「臣不在陛下身邊的日子，陛下亦當勤奮治學，每日功課，不可荒廢。理政之餘，當靜居讀書，淡泊明志，寧靜致遠，不可玩樂太過……」

黃皓正有些不耐地撇撇嘴，不防諸葛亮忽然看了他一眼，黃皓慌忙膽怯地低下頭去。劉禪慌忙答應：「知道了，朕不敢荒廢。」

諸葛亮因為黃皓，終究覺得不甚放心，又諄諄叮嚀：「陛下不可忘記臣出師表中所言：親小人，遠賢臣，此後漢所以傾頹也。」劉禪拚命點頭，說道：「朕記得了，朕會背了！親賢臣，遠小人，此先漢所以興隆也；親小人，遠賢臣，此後漢所以傾頹也。先帝在時，每與臣論此事，未嘗不嘆息痛恨於桓、靈也。侍中、尚書、長史、參軍，此悉貞良死節之臣，願陛下親之信之，則漢室之隆，可計日而待也。」劉禪如小學生背書一樣，一口氣背下去，居然真的滾瓜爛熟。

諸葛亮稍稍鬆了口氣，雙目微紅，動情地說：「若漢室可隆，臣死而無憾。陛下，臣告辭了！」

諸葛亮莊重地後退兩步，向劉禪跪下，劉禪慌忙扶住諸葛亮。諸葛亮深深望了劉禪一眼，眼神充滿關愛，以及牽掛。

諸葛亮重新登車，羽扇一揮，莊嚴激蕩的軍樂響起，大軍啟程。諸葛亮坐在車上，猶頻頻向劉禪揮舞羽扇致意。劉禪則哭泣抽搭著，也向諸葛亮揮手。

諸葛亮離去後，劉禪回到宮中半躺著，宮女正用手巾清水敷在劉禪兩隻眼睛上。

黃皓道：「陛下辛苦了。」劉禪笑著說：「多虧了你！你怎麼知道相父會挑出那一段讓我背？要是整篇文章都要背，那真要了朕命了！」黃皓笑說：「丞相說的小人，不就是奴婢嗎……」劉禪大笑：「你管他呢！相父這個話簍子終於走了，雲開霧散，朕又是天了！」

冬日的長安城，夏侯楙官署內，夏侯楙正在彈琴，一群妓女在跳舞。

清河公主闖進來，一把掀翻了夏侯楙的桌案，鳳目圓睜怒視夏侯楙。夏侯楙露出煩躁的表情，揮揮手讓妓女下去了：「公主有何吩咐啊？」

清河公主喝問道：「陛下讓你駐守長安，你卻鎮日以聲色為樂，你對得起先帝嗎？對得起父親在天之靈嗎？」夏侯楙淡笑：「先父一生征戰，不就是為了子孫平安享樂嗎？我堂堂列侯，魏國駙馬，蓄幾個妓女怎麼了？公主也管得太寬了吧！」清河公主委屈：「你怠忽職守，我要告訴陛下！」

夏侯楙懶洋洋摟住公主調笑道：「公主！蜀國自夷陵之戰後國力大挫，再無力出戰，真大哥又給我送信，說諸葛亮要出征新城與司馬懿交戰，公主就不要閒操心了！」夏侯楙又附在公主耳邊，悄聲道：「公主要對我好點，我還找什麼妓女？」清河公主又羞又委屈，想要掙開他，卻被他緊緊抱住。

探子忽然急匆匆進來：「報——！」公主又驚又羞，慌忙掙開，夏侯楙也忙咳嗽一聲擺出威嚴姿態。探子跪地說道：「將軍！探得諸葛亮大軍已向東而行！」夏侯楙隨意一笑，擺擺手說：「知道了，就看司馬懿頂不頂得住了——其實，我倒真盼著他贏了諸葛亮啊！再探！」夏侯楙轉身橫抱起公主：「冬日寂寞，就讓臣給公主解悶兒吧！」

與此同時，蜀軍斜谷道大營內，諸葛亮高坐案前，文臣武將分立兩側，一探子跪在前方。

諸葛亮問道：「長安城中可有動作？」

「稟丞相，長安守將夏侯楙仍然終日宴樂，毫無戒備之意！」

侍立一旁的馬謖笑著說：「恐怕他還盼著我們去新城吧？」諸將哈哈大笑。

魏延上前：「魏國老將盡死，以此紈褲子弟駐守長安，正天賜良機！臣請引輕騎一萬，穿子午谷向東，不出十日可達長安，趁著夏侯楙毫無防備之時，一舉奪取長安，我大漢便可還於舊都！」

諸葛亮卻悠然搖頭：「文長將軍不可只看地圖啊！子午谷林密地險，兩側有崇山峻嶺相逼，地圖上不過十日路程，但大軍行走，若無一月，難以出谷。夏侯楙若趁你行軍之際，在山側設下伏兵，則萬人困於峽谷進退兩難。此計太過兇險。」

「丞相！兵不行險招，如何出奇制勝？若十日到不了長安，請斬我頭！」

諸葛亮不悅蹙眉，略有慍怒：「與大國爭勝，當謹慎持重，一味冒險，非為將之道！」馬謖在旁冷笑：「文長，你還是回頭自己走走子午谷，再來與丞相論兵吧！丞相自有妙計，何須行險！」

魏延不服氣了：「願聞丞相之策！」諸葛亮淡淡道：「我已用新城引開司馬懿，若曹叡聽聞我軍出斜谷，必然會派大將軍曹真前來。我們還須一支疑兵引開曹真，散布我軍要奪取郿縣的流言。如此，曹真必率軍於郿縣迎戰。」諸葛亮頓了一頓，掃視眾人，又緩緩開口：「誰能為我拒曹真？」

趙雲出列，拱手言道：「臣願往！」諸葛亮有些擔憂：「能調往郿縣的兵馬不多，老將軍年事已高，還是隨中軍吧……」趙雲卻毫無畏懼，豪氣干雲地說：「當日取長沙不過五千人馬，今日末將也只要五千人馬，為丞相攔住曹真！」

諸葛亮感動又欣慰：「老將軍豪氣不減當年！好，趙雲、、鄧芝聽令！」

趙雲、鄧芝忙答道：「末將在！」

「與你二人精兵五千，一路虛張聲勢進取郿縣，要讓曹真相信，我軍主力在郿縣。」「是！」

接著，趙雲半開玩笑地說道：「若是那曹真草包，便索性連郿縣一起取了！」諸葛亮聽了，正色補充：「曹真雖無謀，然其麾下有駐軍十萬，老將軍切切不可輕敵。」趙雲連忙回道：「丞相放心！末將一生征戰，從不托大！」諸葛亮望向其他人：「其餘諸將，隨我進軍平陽，直取南安、天水、安定三郡！」

趕往新城的山嶺間，司馬懿正率軍冒著朔雪急行，司馬師在後邊催促：「快！快！後邊跟上！」山道狹窄，又被雪鋪滿道路，前導之馬忽然踩落一團浮雪，一個失蹄落下山崖去，馬上旗手的慘叫和馬的嘶鳴聲在山間回蕩，正在前進的軍隊被這慘劇震懾，不由停下腳步，向後退了退。

司馬師無奈望向司馬懿：「父親，雪太大了！馬易失蹄，還是等雪停了再走吧！」沒想到只等來一句：「下馬！步行！我在前面引路！」司馬師一驚：「父親不可！」司馬懿呵斥他：「兵貴神速，慢得一個時辰，孟達就降了西蜀了！」畢竟心憂父親的安危，司馬師立刻高聲道：「我來！我來為父親開道！」他帶著一隊少年，徒步而行，用樹枝奮力將雪掃到兩側，為大軍開出一條路來。

司馬懿望著兒子，感受到兒子身上奮不顧身的昂揚氣概，大為欣慰，在朔風中高聲大喊：「大軍全速前進！」

是夜，司馬懿坐在大營內秉燭急書，侯吉在一旁倒了盆熱水，放在司馬懿身邊，開口說道：「老爺，泡一泡吧。」司馬懿頭也不抬地說：「好，你放在那兒吧。」侯吉善意提醒：「老爺，這熱水我都倒了第三回了……」「好。」

侯吉搖頭，蹲下身去脫司馬懿的靴子，司馬懿這才猛然抬頭，忙彎腰扶起侯吉。有些過意不去：「這些事何須你……」這時，司馬師撩開營帳走了進來。

「侯叔，我來吧。」司馬師走近，半跪在司馬懿身前，小心翼翼地脫下父親的靴子。司馬懿疼得吸氣，他的雙腳紅腫發紫，生了凍瘡。

司馬師雙目一紅，哽咽開口說：「父親，今年趕上狂風暴雪，路太難走了，這麼急行，我擔心父親的身子支撐不住。」司馬懿笑了笑：「將士們不是都撐住了嗎？怎麼，你撐不住了？」

「可是您身分貴重，又不比我們年輕……」

「嫌為父老了？」

司馬師連忙搖頭：「兒子不是這個意思……」司馬懿嘆了口氣：「想要養老也來不及了，為父看來，我的一生征戰，大概要從今日始了。我們的對手是諸葛亮，此人一動，風雲色變，這次我們不是和西蜀比誰的兵多，而是比誰的馬快！」司馬師恨恨道：「曹真在隆冬之際逼父親出兵，我看就是故意陷害父親！」司馬懿微笑著望兒子：「難道我坐困洛陽，他們就會放過咱們家了？他是害我，也是救我。」司馬師困惑問道：「天將降大任於斯人，也要占天時地利，此番，我們遠途跋涉，可是一條都沒占到啊？」

司馬懿解釋：「天時地利，都並非一成不變，我們要盡的，是人力。」說著拿起自己寫完的書信：「師兒，將這封信蓋上洛陽尚書臺的簽章，交信使送往新城，孟達若問起，就說洛陽一切如常，我軍剛剛啟程。」

「父親要再穩一穩孟達？」

司馬懿微笑著回答：「也穩一穩諸葛亮。」與此同時，岐山道上，整齊的蜀國士兵也在小跑，諸葛亮坐在車上，目光嚴峻。

洛陽郊外，大雪紛飛。曹真、夏侯玄、曹爽幾人輕裘肥馬，車上載著獵物，興盡而返。

曹真朗聲道：「還是雪天圍獵痛快！」夏侯玄道：「畜生都凍呆了，連跑都不會，侄兒還嫌這樣打獵沒趣兒！這樣的天氣就該馳騁疆場！」曹真笑道：「你回來沒幾日，又手癢了？」夏侯玄正色：「我有些擔心新城之戰，這樣的天氣，行軍難啊！」一旁的曹爽陰惻惻來了句：「就知道擔心你那個妹夫，你都忘了自己姓什麼了！我看他要是馬失前蹄，倒省了麻煩！」

夏侯玄激動道：「司馬懿帶的也是我國的戰士兒郎！還輪不到你這個安樂窩裡的公子嘲笑他們！」曹爽大怒：「你懂不懂什麼叫運籌帷幄！你有本事，怎麼從石亭灰溜溜回來了？」夏侯玄大怒，卻指著曹爽說不出話來。

冷眼旁觀的曹真露出不悅，喝止他們：「好了！都給我閉嘴，自家兄弟劍拔弩張，養得力氣沒處使了?!」

此時曹爽遠遠看見一對人馬朝這邊馳過來，急忙說道：「父親，你看，好像是中使！」幾名宦官乘快馬而來，在馬上揮手喊道：「大將軍！陛下急詔！」

富麗堂皇的皇宮寢殿內，曹叡驚疑不定地看著曹真，陰鬱的開口問道：「大將軍不是說諸葛亮在新城嗎？蜀軍為什麼突然出現斜谷，這世上究竟有幾個諸葛亮?!」

曹真一驚，忙安慰曹叡：「陛下勿擾，蜀軍自夷陵之戰後實力大損，縱然犯境，有夏侯駙馬多年經營，定能退敵。」曹叡冷冰冰的繼續問道：「就因為大將軍擔負雍涼防守，朕才將司馬懿派往新城，如今烽火起於西線，大將軍就坐等夏侯駙馬退敵嗎？」曹真覺察了曹叡的不滿，立刻改口：「臣願親率大將張郃，西涼大將漢德，率十萬援助夏侯駙馬，一舉殲滅賊軍！」

曹叡嘴角勾起一絲不易察覺的笑容：「這句話司馬懿出征前朕說了一次，今日再贈與將軍。能承擔我國安危的，只有將軍和司馬懿兩人，望將軍不負朕。」

曹真一怔，隨即明白，這不只是他與蜀軍的戰爭，更是與司馬懿的戰爭。

冬日的新城，花園中梅花盛放，孟達正與幕僚飲酒賞花。

孟達看著司馬懿的書信笑道：「陛下截獲了諸葛亮發給我的書信。」幕僚大吃一驚，酒杯落地。

孟達悠哉地望了他一眼：「何故驚慌啊？」落杯的幕僚結結巴巴道：「太守，這、若是陛下興師問罪，該當如何？」孟達大笑：「興師問罪嗎？司馬懿已經來了。」幕僚們霍然而起：「太守，這可如何是好？」

孟達大笑起身，抖了抖手中的信紙：「我給諸君念念，『將軍昔棄劉備，托身國家，國家委將軍疆埸之任，任將軍圖蜀之事，可謂心貫百日。蜀人智愚，莫不切齒將軍。諸葛亮欲相破，唯苦無路耳。若將軍果有降蜀之心，非小事也，亮豈能輕而令泄漏？此懿知亮離間之計也。今遠來拜會，只攜扈從五千，以鑑懿知將軍之誠。』」幕僚們這才知道虛驚一場，紛紛坐下笑道：「司馬公如此信任太守，太守嚇煞吾輩了！」

孟達的外甥鄧賢忽然有些疑惑，開口問道：「舅舅，司馬懿所說似乎也有幾分道理，若諸葛亮真想要太守降蜀，又怎會輕易泄漏呢？您不可不防啊！」幕僚們不由又疑惑起來，底下一片竊竊私語：「是啊是啊，這不會是諸葛亮的離間計吧！」孟達看著他們，忽然又哈哈大笑。

「太守何故又發笑啊？」有人不禁疑惑道。

孟達自負道：「你們都不明白，我是真降蜀，還是假降蜀，既由不得諸葛亮，也由不得司馬懿。」

「那由何人？」

孟達指指自己胸口，胸有成竹地說：「由本將軍。你們幫我起草一封書信，將司馬懿前來相見之事，告訴諸葛亮。」

「外甥不明白，這是為何啊？」一旁的鄧賢一頭的霧水。

孟達天真笑道：「諸葛亮若是看到魏國待我不薄，要招降我，豈不是更須出高價了？那時候本太守坐擁三萬守軍，若是諸葛亮的價高，就擒了司馬懿獻給蜀國，若是司馬懿的價高，就擒了蜀國的使者獻給司馬懿。」幕僚們頓時醒悟：「太守左右逢源！那小人們就跟著太守坐等魏蜀競價了！這新城要塞，太守可不能賤賣啊！」

孟達笑著飲酒，不禁嘆道：「沽之哉！沽之哉！我帶賈者也！」可是鄧賢還是有些擔心：「話雖如此，畢竟司馬懿帶著兵馬，太守還是早做準備為好。」孟達笑著問道：「你看看他書信簽發之地，尚在洛陽，洛陽距此多遠啊？」

「呃，兩千里……」

「他帶著大隊人馬，且今年正值大雪，道路阻塞，兩千里他還不走兩個月，急什麼呀！」

一旁幕僚們哈哈大笑，齊聲附和：「太守久知兵事，司馬懿一介書生，豈是太守的對手！」孟達又深沉嘆息一聲道：「唉，若是先帝還在，我又何須這般左右為難？如今我國人才凋零，司馬懿

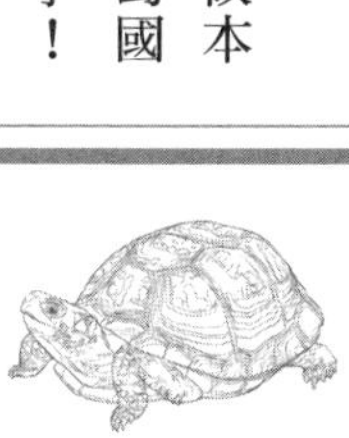

懦弱無能，陳群迂腐書生，曹真匹夫之勇，居然也可以身居輔臣高位，盛筵難再，盛筵難再啊……」

鄧賢看著孟達托大的樣子，不禁生出幾分憂慮。

幾日之後諸葛亮大營內，諸葛亮看著信，嘆息道：「孟達志大才疏，此時尚想提高身價籌碼，真是夢中人啊，原本我還望他多拖司馬懿些時日……」馬謖再旁勸道：「丞相何不速回信一封，讓他提防司馬懿？」諸葛亮淡笑道：「孟達怕是等不到我的答覆了。」

諸葛亮邊說邊提筆在紙上寫了一句話，馬謖湊上去看了一眼，笑容頓生。寫完之後，諸葛亮把紙片裝入信封，喊了聲：「來人。」親兵上前，諸葛亮遞上書信，平靜道：「將此信送往新城，以我的名義送給司馬懿。」馬謖笑道：「司馬懿只怕會氣得嘔血吧？」

諸葛亮搖頭嘆道：「若非司馬懿心機深沉，我也不會放棄新城來引他東下，曹真一敗，司馬懿將總攬魏國軍政，非我國之福啊！」馬謖卻樂呵呵道：「丞相知司馬懿之志，司馬懿卻安知丞相之志！此番趁他尚在夢中，我們先拿下三郡，直取長安！」

魏軍與趙雲率領的蜀軍疑兵交鋒於箕谷。兩軍列陣，戰馬踏地生塵。

魏軍主將是夏侯楙和曹真親自出馬，兩位大將一身鎧甲凜凜生光。他們遙望對面蜀軍，只見軍旗上飄揚著一個「趙」字。夏侯楙輕蔑道：「領軍的是趙雲？這老兒有七十了吧？」曹真笑著說：「除了他，諸葛亮也派不出什麼人了。」

「那就讓小弟先斬了他們的先鋒，再生擒諸葛亮。」

曹真哈哈一笑：「好，我為駙馬壓陣！」

夏侯楙策馬而出，和趙雲相對陣前。夏侯楙高聲叫道：「老匹夫，汝鬚髮皆白，尚於陣前掙命，諸葛亮何等不近人情！本將軍於心不忍，不若你下馬受降，本將軍念在古軍法不擒二毛，免你一死如何？」趙雲只是大笑道：「黃口孺子，快來領死！」

兩人上陣殺成一團。兩槍相交，夏侯楙不想趙雲力氣如此之大，一張臉頓時漲得通紅，槍法便顯慌亂，激戰數回合被趙雲一槍刺中大腿。夏侯楙慘叫一聲，拍馬就逃，高呼：「子丹助我！」

曹真大驚，率軍上前：「掩護駙馬！」

趙雲一馬當先，蜀軍士氣大盛，跟隨在趙雲身後吶喊著，如浪潮一般向魏軍衝來。

回到營中，夏侯楙正由軍醫包紮大腿，曹真臉色陰沉，清河公主在營外下馬，闖了進來。夏侯楙疼得一顫：「妳怎麼來了？」清河公主帶著哭腔說：「你受傷了，我能不來嗎？」

夏侯楙憋了一肚子的煩惱恥辱，沒好氣地說：「無大礙！」清河公主看著夏侯楙的傷，更加心疼了：「都是你這兩年耽於女樂，虛了身子，這下得了教訓吧！」

曹真出來替夏侯楙解圍道：「駙馬是看趙雲年老，一時輕敵大意才讓那老匹夫得逞，明日我親自出戰，為駙馬報仇！」清河公主低聲說了句：「還說蜀軍不堪一擊，差點連我夫君的命都送了，要是司馬懿在，大概不會敗得這樣慘。」她戳中曹真的痛處，曹真忍不住又羞又怒地喝道：「婦人安知軍事！」清河公主也大怒，指著曹真罵道：「曹子丹，你這是在用什麼口氣跟本公主說話！」

夏侯楙勸公主道：「好了好了，陣前危險，公主還是快回去吧！」

與此同時的安定郡太守官署，安定太守崔諒正悠哉地吃飯，忽然城門守軍灰頭土臉地闖進來稟報：「太守！太守不好了！蜀軍已到城外十里了！」

崔諒滿臉的不可思議：「你胡說什麼？蜀軍不是在箕谷和大將軍夏侯駙馬僵持嗎？跟我們安定有什麼關係？」守軍急道：「真的是蜀軍！太守快去看看吧！」

崔諒愕然，筷子落地，急匆匆地出門，帶著幾個守軍倉皇奔上城頭，看著大隊人馬正整齊地向安定逼近，他甚至看清了諸葛亮的車和漢丞相諸葛那幅飄揚的旗幟。

崔諒嚇得半張著嘴，口角流涎，結巴起來：「諸、諸、諸葛來了……」守軍在一旁問道：「太守，我們怎麼辦啊？」崔諒癱軟地一屁股坐下，歪著嘴，失魂落魄道：「開城，投降……」

孟達毫不知曉外面發生的一切，還在官署中撫琴。突然鄧賢闖進來，大聲說：「舅舅！大軍……有大軍向新城靠近！」孟達驟然驚醒：「啊？誰的大軍！」

「司馬懿的大軍！」

孟達一推琴，放鬆地笑道：「司馬懿到了，這麼快？」鄧賢卻心急火燎地說：「他在攻城！」

孟達一怔，納悶道：「攻城？」但是他很快又放鬆下來，自我安慰一般地低聲說：「區區五千人，何足道哉！」忽然吶喊聲響起，孟達的臉色變了。

巨大的木椽撞擊著城門，司馬懿坐在馬上，帶著胸有成竹的冷笑看著，城內亂成一團，到處是亂兵在逃跑。

孟達急匆匆在鄧賢的幫助下穿上鎧甲，一邊跑一邊大喊：「來人！來人！列隊，迎敵！」當他跑到城門口時，城門已經被木椽撞擊得鬆動了。孟達驟然變色，有些恐懼地後退，忙不迭的喊著：「快，去東門！」

司馬懿的軍隊搭上雲梯，已經攀上城頭，新城的守衛們倉促應戰，毫無招架之力。孟達帶著鄧賢縱馬馳來，手足無措地望著城頭崩潰的守軍。「司馬懿，司馬懿他騙我……賢兒，我們逃去蜀國……」

鄧賢望著孟達的眼神兇狠起來，忽然狠狠一劍刺穿孟達的肩膀，孟達劇痛慘叫，摔下馬來。孟達驚恐地望著鄧賢，失聲叫道：「賢兒！你幹什麼！」鄧賢翻身下馬，提著劍走向孟達，冷冷道：「你對諸葛亮已經沒有價值了，對我有。」孟達嚇得在地上連連後退：「我是你舅舅！」

「待價而沽，舅舅，這是你教我的！」

新城已破，司馬懿率軍趾高氣揚地進城，一路視察，路邊被俘虜的新城軍垂頭喪氣。他來到孟達官署前，望著官署內風雅的布置，和桌上的香爐琴案，輕輕用手一抹琴弦，滑出一串琴音，輕蔑地笑了笑，又隨手翻了翻桌上的書信。

孟達被司馬師押上來，肩膀的傷讓他痛得直哆嗦。鄧賢跪下說道：「罪臣鄧賢拜見將軍！」司馬懿淡笑：「少將軍大義滅親，我一定會向陛下保奏少將軍的功勞。」鄧賢大喜叩首：「多謝將軍！」

這時堂下孟達跪著哀求道：「仲達！仲達你誤會了！我是大魏之臣啊！」

「誤會？」

「正是！你不是相信我的嗎？」

司馬懿一笑，望著鄧賢說：「相信你什麼？少將軍，孟達可有謀反之行啊？」鄧賢恍然大悟。司馬懿需要孟達謀反的罪證，來殺掉孟達，以成全他平叛的功勳，於是鄧賢堅定地說道：「孟達確與西蜀諸葛亮勾結，與諸葛亮暗通款曲，欲獻城叛國，又率軍抵抗司馬將軍，賴司馬將軍妙算如神，才撲滅叛軍！」孟達徹底慌亂了：「你！你這個畜生！枉我栽培你！」

鄧賢冷冷地看著跪伏之人：「我乃大魏之臣，豈能跟你叛國！」

孟達絕望地望著司馬懿喊道：「仲達！仲達，念在我對先帝一片忠誠，念在我們曾與先帝同遊的份上，饒我一命吧……」司馬懿發出一聲冷笑：「對先帝一片忠誠？」孟達用力點頭，哀求地望著司馬懿。

「好，那我成全你。」

孟達露出驚喜之色，伴隨著鄧賢詫異而緊張的神情。

「讓你去跟先帝面陳忠誠！來人，將叛賊孟達斬首！」

孟達面色大變，拚命掙扎，氣急敗壞地喊著：「司馬懿！你這是殺良冒功！司馬懿你不得好死——！」司馬懿輕聲笑道：「三姓家奴！你也配提先帝？」

一旁的司馬師笑道：「那個諸葛亮啊看起來也不怎麼樣嘛，把要塞交給這麼個窩囊廢，憑他也想跟父親一爭？」同在堂上的孫禮也笑著說：「諸葛亮又怎麼會算到司馬將軍一路疾行，八日跑完一千二百多里？諸葛亮現在還在來救新城的路上吧？」

司馬懿雖然未曾炫耀，但是面上也難免稍稍露出幾分得意之色。但司馬懿很快醒悟過來，趕忙隱藏了自己一時的得意，重新換上嚴肅的表情，這才開口道：「若諸葛亮來救新城，則我軍與蜀軍必有一戰，切不可輕敵，行軍司馬孫禮！」孫禮上前：「末將在！」

「查探新城與上庸地形，安排將士駐紮，在諸葛亮大軍到達前，要完成布防！」

「是！」孫禮領命而去。

「馬太守！蜀軍已至才城外！快下令迎敵吧！」天水官署外傳來中郎姜維的聲音。但等他提著槍闖進來時才發現官署內空無一人，桌上公文凌亂。

姜維愕然望著這情境，幾個跟隨進來的部下也愕然：「姜大哥，這……」姜維恨恨地跺腳：「太守馬遵棄城逃了！」

「姜大哥，那怎麼辦，我們也逃吧！」

姜維嘆了口氣說道：「你我皆是天水本地人，有父母家室，能逃到哪裡去！何況我等職位低微，失城逃跑，朝廷豈能放過我們！」一個部下忽然咬牙道：「那些洛陽官員官官相護，平日裡欺負我們本地人還少嗎？他們自己都逃了，魏國不愛護我們，憑什麼讓我們為魏國打仗！大哥，咱們也降吧！」幾個部下互相看了一眼，不禁附和起來：「對、對！姜大哥文武雙全，平日裡受盡了那些洛陽人的氣，咱們降了諸葛亮吧！」

姜維死死攥著槍，痛苦地糾結著，幾個部下齊聲說：「姜大哥！給兄弟們找一條活路吧！」

沒過多久，姜維一身戎裝，帶著幾個部下馳騁向天水城門。只看到守軍們都趴在門縫上，緊張恐懼地向外望，軍心早已騷動。

姜維馳到近前，喊了聲：「開城！」守軍回頭望了眼姜維道：「姜維！太守有令不得開城，你、你意欲何為！」姜維大聲喝道：「太守早已棄城而逃，為了這一郡百姓，開城！」

「你這是叛國！」

姜維氣不過：「廢話少說，與我一戰！」守軍望著威風凜凜的姜維，嚇得退縮了幾步，終於緩緩拉開城門。

城門逐漸打開，蜀軍陣前，諸葛亮坐在車上，面帶瀟灑從容的微笑。姜維看著諸葛亮的眼神複雜，欣賞與畏懼並存。

大帳中，孫禮正在給司馬懿指點地圖，司馬師侍立一旁。孫禮的聲音傳來：「將軍，這是最全的新城地圖，我軍如要防守，最好的地點是上庸，上庸有山水之險……」

司馬懿正點頭，守軍進來稟告：「啟稟將軍，蜀丞相諸葛亮派遣信使到！」司馬懿和孫禮都是

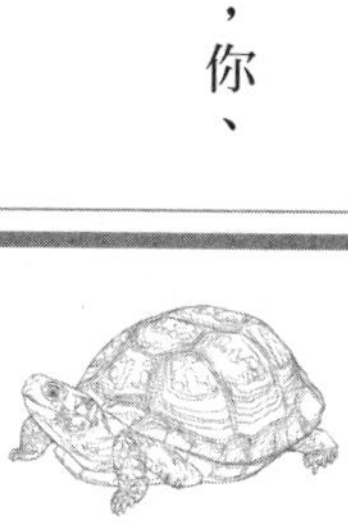

一怔。

司馬懿笑道：「諸葛亮真君子風範，先禮後兵，這是下戰書來了。傳信使進來。」西蜀信使進來，奉上書信說道：「蜀丞相諸葛亮書奉魏將軍司馬懿閣下！」司馬師為司馬懿捧上書信。

司馬懿占據了先手，便有幾分得意，含笑接過道：「汝丞相的大軍，距此多遠啊？……」信使卻是淡定漠然：「小人不知。」

司馬懿打開書信一看，笑容卻凝在臉上，神色大變。孫禮詫異道：「將軍怎麼了？」連忙湊上前，邊看邊小聲念：「勞君跋涉千里，斬除孟達為我關將軍復仇，亮深為感激。」他更加驚訝了：「諸葛亮怎能未卜先知，知道將軍已經拿下孟達了？他說感謝將軍，這什麼意思？」

司馬懿心浮氣躁地喝道：「住口！」他攥著書信，狂躁不安地轉了一圈，忽然一把揪起那信使的領子怒喝：「諸葛亮在雍涼是不是？」

「小人不知。」

司馬師在一旁也忍不住開口問道：「爹你怎麼了？諸葛亮是知道保不住新城了，故意逞口舌之快嗎？」司馬懿放開那信使，慢慢癱坐下來，沮喪道：「諸葛亮不會來新城，他根本就沒打算來新城！我們中計了！」

孫禮還是不明白，仍在追問：「中計，中什麼計？」

司馬懿霍然站起，滿臉都是挫敗後的悔恨，低低吼道：「借刀殺人、調虎離山之計！諸葛亮志在長安，我被他支開了兩千里，撤軍，快撤軍，班師回朝！」

【第四章】

千古空城

魏都洛陽迎來了新春，但皇宮中氣氛壓抑沉悶。

曹叡高坐堂上，驚怒的聲音遙遙傳來：「諸葛亮出兵祁山！南安，天水，安定三郡不戰而降！大將軍曹真在做什麼，駙馬夏侯楙在做什麼！他們不是說諸葛亮已經被阻攔在箕谷了嗎？還有司馬懿，司馬懿不是說諸葛亮會去救新城嗎？諸葛亮到底在哪兒？這世上有幾個諸葛亮?!」

滿朝大臣相顧失色，竊竊議論，鄧艾和鍾會對視一眼，鍾會的嘴角反而掠過一絲冷笑，曹真和夏侯楙無能，如今能領兵的只有司馬懿了。

陳群和鍾繇也無奈地對視一眼，鍾繇慢吞吞出列，開口說道：「啟稟陛下，諸葛亮兵法詭譎，攻打箕谷的只是趙雲的疑兵，新城的孟達，想來也是分散我國兵力的反間計，他自己趁虛而入，帶兵奪取三郡。」

曹叡氣急敗壞：「你們素日說什麼蜀國疲敝、人心在魏，如今一個諸葛亮！把我魏國兩位輔政大臣一東一西支使的團團轉！兵不血刃連下邊關三座重鎮！你們的新政施行了七八年，就是如此結果！」陳群慌忙出列跪下叩頭：「臣知罪……」

鍾會趁機上前進言道：「啟稟陛下，臣以為，既然諸葛亮意圖分散我國兵力，則應該迅速召回司馬將軍。」鍾繇慌忙回頭，連向鍾會使眼色讓他別說話。

曹叡沉默片刻，說道：「來不及了……張郃！」張郃出列：「臣在！」

「朕命你為參乘將軍，朕要親征長安！」

群臣大驚。王朗急忙出列勸道：「陛下！區區三郡不值得陛下親征，請陛下召回司馬懿，派他出征吧！邊關兇險，陛下三思，聖駕慎勿輕出啊！」

群臣跪下齊聲勸道：「陛下三思，聖駕慎勿輕出——」曹叡冷冷一看群臣，傲然地說：「祖宗的疆土，朕一寸也不會放棄！」

退朝之後，鍾會回房，快速封好一封信，交給家人。

「立刻去司馬府，把信交給司馬家的二公子司馬昭！讓他八百里加急送去新城！」

「是！」

鍾繇走進來：「慢著！」鍾會疑惑道：「爹，老師要勝過曹真在此一舉，天賜良機啊！」

鍾繇慢條斯理地說：「他贏得了諸葛亮才是天賜良機，贏不了，你就是讓他回來送死！你認為他贏得了嗎？」鍾會仰起一張堅定自信的臉，堅定地說：「老師一生未嘗敗過！」

鍾繇嘆息道：「那是你不認識諸葛亮……」鍾會迷茫地看著父親，頭一次對自己的判斷失去了信心。

司馬懿在油燈下緊急查看地圖，司馬師匆匆進來。

「父親，二弟攔鍾會書信趕到！」

司馬懿大驚：「宣！」司馬師出去，很快扶著路都走不穩的司馬昭進來。司馬昭捧上書信：「父親！鍾世兄的密信。」司馬懿問道：「為何是你來？」

「兒子不放心他人！」

司馬懿快速抖開信，看了一眼，神情苦澀。司馬師開口問道：「父親，鍾世兄信裡說什麼？」

司馬懿良久後長嘆一聲：「南安，天水，安定三郡已經在諸葛亮手中了，曹真抵禦不住諸葛亮，陛下親征長安。」司馬師和司馬昭面面相覷。

司馬師輕聲說：「這麼快……」司馬懿感慨道：「諸葛孔明不愧臥龍之稱，臥龍不可起，起則天下驚！我比他足足慢了一千二百里啊……我們不帶著大軍了，明日一早，我們三人只帶一百親軍，疾馳長安！」司馬昭眼波一閃，喊道：「父親！」

「怎麼？」

司馬昭露出狡黠的神情，問道：「父親是否認為，曹真不是諸葛亮的對手？」司馬懿反問道：「若是，三郡會丟嗎？」司馬昭小心翼翼地說：「那父親何不再等等，等曹真連長安都丟了，再無翻身的餘地，父親再去力挽狂瀾呢？」司馬懿忽然怒目圓睜看著司馬昭。

司馬昭沒有意識到父親神情的變化，繼續說道：「父親難道不想看曹真一敗塗……」他話未說完，已經被司馬懿狠狠抽了一記耳光，司馬昭嚇得慌忙跪下，不敢再吭聲。

司馬懿罵道：「放屁！三郡不是我魏國疆土？丟掉長安死的那不是我大魏的將士！你以為你是誰？漢中怎麼丟的你不知道?!長安丟了你能從他手上搶回來？長安真丟了，司馬家就等著做亡國奴吧！」司馬昭捂著臉小聲道：「兒子知錯了……」司馬懿仍在罵道：「你現在就給我回洛陽去！」

司馬昭膝行兩步，懇求道：「父親！兒子再也不亂說話了，兒子知道父親現在身處險境，只想跟著父親，為您分憂。」司馬懿不耐煩地說：「你懂什麼是戰場？少添亂！」司馬昭繼續哀求道：「兒子只要一個前鋒的身分！兒子若是做錯了什麼，請父親儘管責罰，只是不要再丟下兒子了！父親若是不答應，兒子就一直跪在這裡！」

司馬師心疼弟弟，也開了口：「父親，二弟都來了，就讓他留下吧，二弟疾馳六百里，腿都磨破了……」司馬懿看著司馬昭，又是擔心，又有些心疼。最後司馬懿無奈地嘆了口氣：「帶他下去敷藥吧，你看牢他，不許他亂跑！」

回到自己的營帳之後，司馬昭趴在床上，他臀腿上血跡斑斑，侯吉正在為他上藥。司馬師坐在一旁心疼地看著弟弟。司馬昭委屈問道：「爹為什麼不要我？」司馬師安慰道：「又胡說，爹那是疼你，怕你年紀小，在戰場上有個閃失。上次我重傷被賈大夫駝回來，頭一次聽見爹哭的聲音都變了。」侯吉蓋上司馬昭的傷腿，也撫慰道：「老爺大概是不想再經歷這樣的擔心了。」

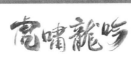

「可我也想學大哥，為爹爹衝鋒陷陣。」

司馬師揉揉司馬昭的頭髮，充滿憐愛地說：「學我有什麼用，學咱爹啊！」

與此同時，司馬懿站在帳外，望著夜空。

「孔明，你將我調到新城來，是不希望和我交手嗎？對敵人最大的敬重，就是畏懼，我謝你這份畏懼了。你不知，我心中一樣畏懼你嗎？我不赴長安，辜負了彼此心中的畏懼啊……」司馬懿心裡五味雜陳。

諸葛亮在大營內滿面春風指點沙盤，含笑說道：「魏帝曹叡親自率軍十萬來拒我軍，自長安至漢中兩條道路，趙雲將軍阻曹真於箕谷，另一處道路乃是我軍糧道，要塞之處名為街亭，須派重兵把守。若街亭無恙，則隴西一境無憂，曹叡雖有二十萬大軍，其能奈我何？」

魏延邁出一步：「末將願領兵駐守街亭！」諸葛亮有些不放心，沉吟道：「將軍雖剛猛，但此處宜守不宜攻，用智不用力，非將軍所長。我對將軍另有委派。」魏延露出失落的神情。

馬謖雙目一亮，上前一步道：「屬下願守街亭！」諸葛亮看著馬謖的眼神頗為慈愛，充滿關懷：「幼常，你素日隨我規劃軍機，當知我軍遠出，糧道乃全軍命脈，街亭若失，我軍失去了前進據點，魏軍將長驅直入，此次出兵前功盡棄，便是隴西三郡亦不能保。」馬謖亦動情道：「屬下知道！屬下少年便追隨丞相，丞相克復中原之志，報答先帝之情，屬下皆親眼所見，亦常耿耿不寐，丹心如血！丞相以一身報先帝，謖願以一身報丞相！今去守街亭，必戮力殺敵，丞相敬請放心！」

諸葛亮點點頭，正色道：「你雖追隨我多年，然軍法無情，若鎮守有失，我絕不輕饒！」馬謖昂然回答：「屬下既以身許國，又豈會寄望於丞相徇私！此去有勝無敗，願立軍令狀！」

諸葛亮莊重遞出筆，馬謖大步上前，展開一幅絹帛酣暢淋漓地書寫，眾將看著這一幕無不感佩。

馬謖提起墨跡淋漓的軍令狀，肅穆地交給諸葛亮。

諸葛亮又叮囑道：「此次北伐，繫於幼常一身，萬萬謹慎，不可輕敵！」馬謖跪下：「謹遵丞相教誨！」唯有魏延有些不忿，低聲嘟囔：「馬兄雖熟讀兵書，卻從未領兵上陣，在這樣的關口守街亭，真能擋住張郃大軍嗎？」

馬謖回頭冷笑道：「上兵伐謀！正因為在下熟讀兵書，才不會癡人說夢，貪功冒進。」魏延被他戳到痛處：「你！」諸葛亮蹙眉，感到了一絲憂心。

姜維到此時小聲建議：「王平將軍久經沙場，不若就以王將軍為副將，輔佐馬參軍？」諸葛亮終於下定決心，一點頭拿起令箭說：「好！馬謖、王平聽令！」馬謖有些不滿地看了姜維一眼，王平上前，兩人同聲：「在！」

「你二人率精兵兩萬五千，前往街亭駐守！」「得令！」

馬謖接下令箭和王平正要走出去，諸葛亮忽然不放心，叫道：「幼常！」馬謖站住，回答道：「丞相有何吩咐？」諸葛亮殷切叮嚀：「下寨必當要道之處，使敵軍急切不能偷過，安下營寨，便畫四至八道地理形狀圖來給我看。」

魏延鄙夷地側過臉。馬謖忍著不耐煩，恭敬道：「屬下記得了，屬下告辭。」

馬謖和王平走到了營帳門口，諸葛亮又不放心地站起來直追到門口，叫道：「幼常！」

馬謖露出了一個非常不耐的表情，但轉身時已換上了順從的表情。諸葛亮上前握住了馬謖的手，懇切地說：「幼常，凡事要與王將軍商議而行，軍令一出，不可輕易更改，若你守住街亭，便是我軍取長安第一功也！切記、切記！」馬謖只好躬身回答道：「屬下謹記，不敢有失！」

馬謖和王平走出了營帳，馬謖竟是長長舒了口氣，有種如釋重負的輕鬆感，又略帶不屑地看了一眼身旁的王平。

長安行宮之中，曹叡正在和曹真、張郃等武將商議軍機。

曹叡皺眉道：「如今諸葛亮占據三郡，屯兵隴西，大將軍以為該如何禦敵？」

曹真和張郃對視一眼，眼中顯出難色。但曹真不得不硬著頭皮答道：「有夏侯駙馬鎮守箕谷，可斷絕其取郿城之路，臣坐鎮長安，我國兵重而糧足，與諸葛亮相抗，待其糧草不繼，自然會退軍。」

曹叡不可思議地望著曹真，冷冷問道：「據守？諸葛亮屯兵在我魏國的國土上，我們還須據守？」曹真有些為難：「陛下，諸葛亮用兵奇詭，以靜制動，更為妥當。」曹叡不甘心，繼續問道：「諸葛亮孤軍遠出，糧草全靠後方運輸，就不能斷其糧道嗎？」曹真支吾起來：「這……諸葛亮已派馬謖率重兵鎮守糧道了……」曹叡震怒：「那就與馬謖一戰！奪了他的糧道！朕要收復三郡！朕不做失地天子！」張郃只得勸慰曹叡：「陛下，與蜀國作戰，勝敗非一朝一夕事，臣也以為大將軍之計甚為妥當。」

曹叡不滿地看了曹真和張郃一眼，無奈又憤憤地坐下，他凝望沙盤片刻，忽然伸手將沙盤掀翻，沙子潑了曹真和張郃一身，宮內氣氛沉重。

此時一名親兵匆匆進來稟報：「報大將軍——」曹叡一蹙眉，曹真忙說：「天子在此！」親兵一驚，慌忙向曹叡叩首：「叩見陛下！啟稟陛下，前將軍司馬懿到！」曹真和張郃俱是一驚。曹叡倒是又驚又喜地站起來，笑著說：「司馬懿回來了？這麼快！快宣！」曹真不悅地說：「陛下召司馬懿回來，臣為何不知？」曹叡淡笑道：「司馬將軍轉戰東西，來去如神，朕也不知道啊……」

曹真冷冷道：「陛下未召而擅自入長安，罪同抗旨！」曹叡嘲諷道：「朕豈能怪罪慷慨赴國難之人？要問司馬懿的罪，先收回三郡再說吧！」曹真一噎。

司馬懿風塵僕僕，踉蹌奔進來叩首：「臣司馬懿叩見吾皇萬歲萬萬歲！」曹叡親自扶起司馬懿，笑道：「愛卿來的正是時候，新城如何？」曹叡的親切熱情讓司馬懿一怔，忙道：「孟達私通諸葛亮，聚兵謀反，臣已將其斬首，如今東南安定，請陛下放心！」曹真不屑地轉過頭去。

曹叡鬆了口氣說道：「卿一月之內來去四千里，尚能攻城平叛，朕只後悔未曾留你在京，否則三郡如何會失！」曹真的表情更難看了。

司馬懿急忙回答：「臣雖無用，陛下若有差遣，馬革裹屍萬死不辭！」曹叡拉起司馬懿：「愛卿一起來看看……」這才發現沙盤已經被自己掀翻了，有些尷尬。

司馬懿從懷中摸出一張羊皮地圖攤開，說道：「臣在途中已經看過隴西地圖，諸葛亮大軍遠出，糧道是其命脈，若派軍攻取街亭要塞斷其糧道，其必不戰而退。」曹真和張郃都笑起來，曹真笑道：「還以為有何妙計，街亭要塞你知我知，諸葛亮亦知，諸葛亮已經派馬謖率大軍駐守在此。」

司馬懿失望地說：「這……可惜……」曹真雙目一亮：「不奪街亭難退蜀軍，仲達既有用兵之法，便親自率軍攻取街亭如何？」司馬懿忙推辭：「據鄉民說，街亭只有一條大路，敵軍只須當道據守，易守難攻，既然已經被諸葛亮占了先機，只能另想辦法了……」

曹真冷冷質問道：「你方才說陛下若有差遣馬革裹屍萬死不辭，是欺君不成！不奪街亭，難道等著諸葛亮自己退兵！」曹叡也期盼地望著司馬懿：「司馬愛卿，朕最為倚重的就是你……」

司馬懿為難：「這……」曹真在曹叡背後已經露出了悠然嘲諷的表情。司馬懿被逼無奈，沉思片刻，終於深吸一口氣：「好！願為陛下一戰！」曹真冷笑：「軍中無戲言！」

「請立軍令狀！」

曹叡看著較勁的這一對大臣，幽幽露出了笑容。

長安城頭，司馬懿望著八水繞長安，望著遠方的山脈，靜靜冥思，寒風吹得他衣衫獵獵作響。

兩個兒子登上城頭，司馬師有些焦慮地說：「父親怎麼能給曹真立軍令狀呢？」司馬懿慢悠悠道：「他不讓我立，陛下也會讓我立。」司馬師接著說：「諸葛亮已在街亭占了先機，父親，街亭不好打啊……」司馬懿淡淡回道：「好打曹真就自己去打了。」

司馬昭急忙問道：「父親有制勝之策了？」司馬懿緩緩睜開眼，問道：「你對諸葛亮所知多少？」

「諸葛亮，字孔明，琅琊人，蜀國丞相……」

司馬懿笑著揮揮手，止住兒子背下去，他推推手邊一卷竹簡，說：「好文章啊，念！」

司馬昭拿起來朗讀道：「先帝創業未半而中道崩殂，今天下三分，益州疲弊，此誠危急存亡之秋也……父親，這是蜀國的文章？」司馬懿微笑點頭道：「沒錯，這是諸葛亮出征前，寫給蜀主劉禪的出師表，我派探子抄來的。」司馬昭撇撇嘴：「官樣文章，念這個做什麼？」

司馬懿笑了：「官樣文章？此文必垂範千古！有高風亮節，也有軍情祕要，這篇文章，看懂了嗎？」司馬昭搶著說：「這有什麼難懂的，就是諸葛亮教導劉禪，要嚴明賞罰，親賢遠佞嘛！」

司馬懿笑問：「還有呢？」司馬師回答道：「諸葛亮心細如髮，將他離開後的人事安排得井井有條。」司馬懿依舊問：「還有呢？」兩個兒子面面相覷答不出來了。

司馬懿道：「讀文如見其人，你們還是沒讀懂啊！不到我這年歲，你們又怎麼讀得懂呢？走，去安排軍機吧！」

諸葛亮也站在城頭，望著魏延帶大軍遠去。

姜維小心詢問：「丞相，大軍皆被魏將軍帶走，丞相獨留一萬老弱駐守陽平，您是否太過危險？」

諸葛亮輕嘆：「我派趙雲阻斷夏侯楙，以街亭要塞吸引魏軍，魏軍祁山至長安一線必然空虛，魏延可趁機奪取祁山，我軍直下長安，則興復大業不遠矣！」姜維欲言又止，低下頭去。

諸葛亮笑道：「伯約，我待你與幼常無二，你不必顧慮，但言無妨。」姜維道：「丞相如此布置，

讓曹真夏侯楙方寸大亂，確實精妙，然而街亭關係重大，若街亭有失，丞相便無進軍之路……」諸葛亮微微蹙眉，望著遠方自言自語：「幼常深通兵法，願他能擔當重任……」

司馬懿大營內，張郃、孫禮列待其下。

司馬懿下令：「孫禮！你派人快馬潛入隴西，散播馬謖居功自傲，與王平不合的流言。你親自去查探街亭，待馬謖在何處安營紮寨，將街亭地形圖，及馬謖安營地圖記下來報。」「是！」

張郃問道：「將軍，你是怕了馬謖，想騙諸葛亮換了馬謖？」司馬懿淡笑道：「這麼輕易被騙，就不是諸葛亮了。」

「那你這流言有什麼用？」

司馬懿解釋道：「會讓馬謖更不聽話——本將軍親率十五萬大軍，明日一早開拔，攻取街亭！張郃為副將！」張郃雖然愕然不解，也只得慌忙肅然接令：「是！」

司馬懿揮揮手：「各去安排吧！」

「得令！」兩人出去。

司馬昭不禁問道：「父親，這流言和出師表，有什麼關係？」

司馬懿慈愛地望著兩個兒子說：「那封出師表，便是諸葛亮的為人啊，諸葛亮無子，多年來撫育劉禪，教導馬謖，實際上已是將這兩人當作兒子，他諄諄教誨劉禪，宛若慈父對小兒，他將宮中每件事都叮嚀囑咐，可見平日裡主政，更是事無鉅細，事必躬親，對馬謖的叮嚀還會少嗎？」

司馬師接著又問：「那馬謖為何會……不聽話呢？」司馬懿噗哧一笑：「為父每日對你們耳提面命，叮嚀教導，唯恐你們犯錯，你們可聽膩了？」司馬師、司馬昭忙齊聲道：「兒子不敢！」

司馬懿板起臉：「說實話！軍中無戲言！」司馬昭撓撓頭，難為情道：「有點……」司馬師也有些羞愧：「兒子有時候也想，靠自己的本事建功立業。」司馬昭小聲湊過去調侃兄長：「所以上次差點把命送在東吳了。」司馬師在司馬昭腦袋上拍了一下。

司馬懿慈愛一笑，有些感慨：「可憐天下父母心，父母待子女唯恐庇護不周，而子女卻都已急著掙脫父母的束縛了！為父和諸葛亮一樣，只盼馬謖也和你們一樣……」司馬昭與司馬師面面相覷。

馬謖和王平率軍緩緩來到街亭。王平下馬看著足下道路，這是一個連接四方的十字路口。

王平滿意地說：「參軍，丞相說當道下寨，此地正好，可令軍士們伐木為柵，就地紮營。」馬謖卻沒有搭理他，而是饒有興趣地看看近旁一座山，一揮馬鞭說道：「上山看看！」

二人帶著小股親兵登到山上，馬謖一看山下，那條路口正在視野範圍內，不由露出滿意的笑容，笑著說：「丞相千算萬算，卻未算出此山乃天賜之險，位置恰到好處，就可在山上屯兵。」王平不服氣地爭道：「參軍！臨行丞相再三交代，當道下寨。如今有大道不用，卻要屯兵山上，倘若魏兵驟然殺到，四面包圍可怎麼辦？」

馬謖聽見丞相交代就來氣，輕蔑大笑道：「王將軍但知口述丞相之命，卻不知為將要因地制宜，真三歲孩童也！兵法云，憑高視下，勢如破竹，魏軍來到路口子，我軍憑高投石投火，魏軍必大亂！王將軍不知，江東陸遜正是居高臨下埋伏殺得曹休司馬懿十五萬大軍片甲不留？」

王平據理力爭：「此山非彼山，這座山水源在山下，若魏軍斷我汲水之道，我們的將士定會自亂呀！」馬謖一怔，這個倒是他沒有想到的，他不由沉思起來。

這時一個信差急匆匆跑上山：「丞相來信！請馬參軍務必遵從。」

馬謖接過信匆匆一看，王平也湊上前去，閱畢書信後，王平雙眉一揚，說道：「你看，丞相再次叮囑要當路駐守！」馬謖徹底懊惱了。

馬謖冷冷地說：「王將軍！你不過是副將，在何處駐守輪不到你做主！下令，全軍上山紮寨，等候魏軍！」王平急了，質問馬謖道：「魏軍要是真斷我水源，參軍如何自救！」馬謖回頭冷笑：「孫子云，置之死地而後生，若魏軍絕我水源，我軍豈不死戰？」王平氣得跺腳：「哪有自尋死路的道理！」馬謖不耐煩道：「我素來熟讀兵書，丞相諸事尚要問我，幾時輪到你來質疑！傳令下寨！」

諸葛亮處理著軍務，夜已經很深了，諸葛亮也感到了一絲疲勞，揉了揉額頭。

姜維輕步上前，關切道：「丞相安歇吧，已經三更了，丞相睡不到兩個時辰又要起身……」諸葛亮嘆息道：「不知幼常那邊如何了？」姜維勸慰：「有王平將軍輔佐，又有丞相的書信叮嚀交代，馬參軍深得丞相所學，定能領會丞相之命的。」

諸葛亮忽然想到了什麼，他愣然了片刻，立刻幡然醒悟，急忙喊道：「快！快傳命楊儀，去街亭換回馬謖！」姜維詫異道：「這是為何？」

諸葛亮一邊急匆匆向外走，一邊說著：「馬謖性情高傲，我不叮嚀，他尚能冷靜迎戰，我那封信追到，當著王平之面對他反覆囑咐，馬謖定覺傷了顏面，反倒要逆勢而為，會出大亂的！」這時一個探子匆匆奔進來：「丞相，王將軍送街亭布防圖到！」

諸葛亮雙目一亮，慌忙在燈下攤開，一看之下大驚失色：「馬謖！馬謖！誤我大事！」姜維一看地形圖，也大驚道：「馬參軍，如何在山上紮寨？」諸葛亮焦灼道：「剛愎自用！剛愎自用！快派楊儀去，但願魏軍慢一步，但願司馬懿慢一步啊……」姜維飛奔出營。

深夜的司馬懿大營內，孫禮衝到大營外喊道：「將軍！」司馬懿一個翻身從床上跳起來，叫道：「進來！」孫禮風塵僕僕跑進去：「將軍，馬謖的駐紮地形圖已經探得了！」司馬懿忙道：「快拿來看。」孫禮從懷中掏出一卷羊皮：「此處有南山，馬謖就在此山紮寨！」

司馬懿激動地拿著羊皮圖雙手發顫：「我有救，我軍有救，大魏有救了！」

司馬懿立於街亭山下，負手看著山上的蜀軍，身旁的溪水邊，上百名士兵拚命挖土填埋溪流，身邊有一隊守軍握著盾牌，張著弓弩守護他們。張郃問道：「要攻上去嗎？」

司馬懿悠哉地俯身捧了一捧清水，飲了一口，慢悠悠地說：「急什麼？」

蜀軍看著山下嚴整的十萬大軍，旌旗飄揚，都有些恐慌。直到馬謖舉劍：「賊兵已到，給我殺！」蜀軍這才慌亂拾起武器。

長安行宮內，曹叡坐立難安。

辟邪在一旁勸道：「陛下，您歇歇吧，兩夜沒睡了，司馬懿有了回報，奴婢一定叫醒您。」曹叡深深嘆了口氣：「司馬懿該到街亭了吧，不知道這一仗他打得贏嗎？」辟邪低頭，陰惻惻地輕笑道：「其實依奴婢之見，他打不贏，未必不是好事，一個是蜀國丞相，一個是我國輔臣，哪一個對陛下的威脅更大些？」曹叡嚴厲看了辟邪一眼，冷冷道：「他就是死，也得給朕把三郡奪回來再死！」

馬謖正氣急敗壞地指揮：「快投滾木，投巨石！給我射！給我殺敵！」

蜀軍嘴唇乾焦，痛苦地看看空著的桶，有氣無力地投下滾木，射下弓箭，然而稀稀拉拉，根本到不了魏軍的陣營。馬謖一揮劍，大喝一聲：「衝啊！」他話音未落，身後忽然響起了一個士兵的驚叫聲：「火！將軍，火！」

魏軍並不往山上進攻，只是圍著山放了一圈火，又不斷投扔火把，射出火箭，冬季茂密的叢林遇火立刻燃燒起來，火勢如同赤紅的巨蟒快速竄上山，連蜀軍的營帳都點燃了。

蜀軍全亂了，四處響著驚恐的叫聲，四處都有蜀軍大叫道：「快救火！快救火！」一群蜀軍湧到山腳下水源邊取水，卻發現溪水已經乾涸，身上著了火的士兵痛苦地翻滾著叫道：「救命！救命！水——救我啊啊————」

蜀軍兵敗如山倒。司馬懿淡淡地望了望山上，幽幽的說：「慈母敗兒，慈父亦敗兒啊……」司馬昭和司馬師相顧大喜：「爹，咱們贏了！咱們贏了！這回真贏了！咱們贏了諸葛亮！」熊熊烈火倒映在司馬懿眼中，他彷彿看到更為遼闊的天地，他知道自己人生的巔峰，即將來臨了。

諸葛亮憂急地站在大營前。

山上，馬謖仰天大哭：「天哪，我有何面目見丞相啊！」王平滿面焦黑地勸道：「參軍！拚死突圍吧！」

探子飛奔進來稟報：「啟稟陛下，司馬將軍已攻占街亭！」曹叡霍然站起，大喜道：「太好了！」曹真先是有些失望，繼而道：「陛下，街亭一失，諸葛亮失去屏障，活捉他如探囊取物，請陛下下旨讓司馬懿奪下三郡，生擒諸葛亮！」

曹叡和辟邪對視一眼，辟邪輕輕點頭。曹叡悠然一笑：「好！」

街亭山下，小股蜀軍奔逃而去。司馬懿看著張郃追逐出去，笑道：「鳴金收兵吧，不用再追了。」鳴金聲響起。司馬師詫異道：「父親不想要馬謖？」司馬懿淡笑：「馬謖一文不值，要他作甚？」張郃奔馳回來道：「將軍為何鳴金？」

「窮寇莫追，幾個殘兵敗將，由他們去！」

張郃由衷地說：「將軍此番大獲全勝，可以回長安覆命了！」

這時信差奔馳而來喊道：「聖旨到！」司馬懿慌忙跪下。

信差將聖旨一交：「陛下有命，令司馬懿、張郃趁勢收復三郡，活捉諸葛亮！」司馬懿、張郃驚愕地抬頭。

諸葛亮立於城上，城下一匹快馬馳來，一名軍士被燒得衣衫破爛，未到城下就撲下地來，放聲痛哭：「丞相！街亭、街亭丟了……」

諸葛亮面色慘白，身子一晃，險些暈倒，姜維心痛地扶住他。諸葛亮黯然道：「此亮之罪也……」姜維立刻說道：「丞相，街亭一失，吾軍不可久留，請丞相速速決斷！」

諸葛亮緩緩睜開眼睛，他的目光中又露出堅定智慧的神采，姜維敬佩地看到，諸葛亮已經快速地振作起來。

諸葛亮雷厲風行的發號施令，安排撤退。

「關興、張苞！」關興、張苞上前：「在！」

「你二人各引三千精兵，投武功小路而行，如遇魏軍，不可出擊，只鼓噪吶喊，為疑兵驚之。魏軍不知我軍所在，必疑而驚走，亦不可追。待魏軍散盡，再轉投陽平關。」

關興、張苞說道：「是！」二人接令箭而去。

諸葛亮繼續說：「張翼！你領一千兵馬修理劍閣，以備歸路。」張翼上前接下令箭：「是！」

「楊儀，你派人前往冀縣，搬取姜維老母送入漢中，不可為魏軍所害。」楊儀回答：「是！」姜維感動得雙目一紅。

「姜維！」姜維慌忙收斂心神上前：「在！」「你與我前往西縣！」「是！」

楊儀急忙說：「丞相，此時丞相該速速撤回漢中，還去西縣做什麼啊？」姜維解釋：「西縣乃魏軍入三郡之總道路，丞相是要救三郡百姓！」諸葛亮輕嘆道：「三郡百姓降我，魏軍復得三郡，必殺百姓報復，我不可棄之！各將遵令而行！」

楊儀、姜維一起回答：「是！」

楊儀和姜維走到門口，楊儀忽然一把握住姜維手臂，咬牙道：「你務必將丞相平安送到漢中！」

「保護丞相，我萬死不辭！」

楊儀搖頭：「不是保護……哎，我是擔心……總之無論何時，你都不能丟下丞相，否則我必斬你之頭！」楊儀大步而去，姜維望著他的背影，領悟了他話中含意，感到一陣深深的憂慮。

春日的街亭山下，氣氛頗不寧靜。

司馬師怒了：「哪有這樣的道理！打街亭讓立軍令狀，現在街亭打下來了，又要捉諸葛亮，他曹真就作壁上觀嗎？」張郃看了一眼司馬師。司馬懿怒道：「住口！」

張郃開口說道：「將軍，聖命難違，我們快去陽平關吧，跑得快沒準兒還能趕上諸葛亮！」司馬懿看了他一眼，仍然不語。司馬師急了：「父親，再不快動身，諸葛亮就跑回漢中了。」

司馬懿慢慢地說：「他不會。他也不在陽平關。」張郃納悶了：「那他在哪裡？」司馬懿仍然不慌不忙：「孫子兵法，將有五危，你們還記得嗎？」張郃感到莫名其妙：「司馬將軍，你這時候才翻兵書，是不是晚了點啊？」倒是司馬師張口就來：「將有五危，必死，可殺也；必生，可虜也；忿速，可侮也；廉潔，可辱也；愛民，可煩也。」

司馬懿站起身：「諸葛亮廉潔而愛民，五危占其二。」司馬昭眼睛一亮，恍然大悟道：「他會保護百姓，他會去西縣！」司馬懿驚嘆地看了司馬昭一眼，下定決心：「我就賭他這愛民之心，去西縣！」

白日之中，長安行宮室內帷幔遮蔽，光線幽暗。辟邪跪在曹叡身側，正在為他解下髮冠，輕柔地梳髮，銅鏡中模模糊糊映出曹叡略顯憔悴的面容。

辟邪心疼道：「拿下諸葛亮，陛下就可以好好睡一覺了。」

「你說，司馬懿真的能抓住諸葛亮嗎？」

「陛下盛威日照，區區一個諸葛亮又算得了什麼。」

曹叡喃喃道：「可是朕有些後悔下剛才那道聖旨了。」辟邪停下手中的動作，幽幽地說：「陛下是怕養出一個權臣來？」

「怕，朕當然怕。諸葛亮在，朕與司馬懿皆不得安寢，諸葛亮若不在，睡不著的恐怕就只有朕了。可恨啊，滿朝公卿，沒有一個人是他的對手！」

辟邪笑著寬慰曹叡：「陛下何須憂慮？陛下是君，他是臣，可用便用，無用收拾了就是。」曹叡一怔，良久，輕聲道：「你說的一點也沒錯。」繼而，一陣冷冰冰的聲音回蕩在大殿之中：「朕是天子，何懼之有？」

通往西縣的官道上，司馬懿在加速行軍，後邊的軍隊跟著小跑。

張郃騎在馬上問：「司馬將軍，你不取陽平關大城，衝著西縣那彈丸之地去做什麼啊？」司馬懿回答：「西縣雖小，卻是進入三郡的總道，諸葛亮必然捨不得三郡百姓，會親自掩護他們入蜀。」張郃驚喜道：「怪不得你說愛民是他的弱點，他扶老攜幼能走幾里，我們正好圍而誅之！諸葛亮也不聽明嘛，明知百姓是累贅還要帶著自蹈死路！」

司馬懿正色：「明知不可為而為之，我不能及啊！不如此，就不是諸葛亮了，快！」

與此同時，西縣城門口，上千百姓扶老攜幼陸續穿過城門，蜀軍護衛著他們，姜維在四處吩咐叮嚀，幫助百姓列隊。

西城縣令在門口急得連聲叫道：「快，快！快走！」諸葛亮含淚望著流離失所的百姓們，喃喃自語：「連累百姓受此苦難，亮難辭其咎……」這時探子快馬馳騁而來，翻身下馬：「稟丞相，魏軍大隊人馬向西城而來，引兵為司馬懿、張郃，軍馬足有十五萬之多！」

西城縣令大驚失色，結巴起來：「十、十五萬！」城門口的百姓也嚇得魂飛魄散，眾人議論紛紛：「這可怎麼辦？這可怎麼辦！」更有許多百姓嚇得哭起來。

姜維急匆匆趕來，勸諸葛亮道：「丞相！快撤吧！我軍只有五千，還有一半護衛百姓先行，不足兩千之數難抵魏軍，丞相乘馬快走，屬下來斷後！」

諸葛亮靜默了片刻，平靜地轉身，出言安撫百姓：「鄉親父老勿懼，亮自有退敵之策，鄉親們放心趕路吧。」西城縣令驚喜問道：「不知丞相要如何退敵啊？」諸葛亮一揮羽扇，示意西城縣令和姜維來到旁邊避開百姓，接著平靜說道：「伯約，你掩護百姓快快撤入漢中，我與縣令在此，擋住魏軍。」西城縣令頓時感覺到了希望：「丞相有救兵？」

「沒有。」

西城縣令白眼一翻，「咕咚」一聲倒地暈了過去。諸葛亮看著他淡淡一笑。

姜維終於明白諸葛亮話語的含意了，雙膝跪倒，哭腔勸道：「丞相不可啊！此處並無重兵把守，丞相靠什麼來堅守？丞相先退回漢中吧，姜維一定與魏軍死戰，為百姓掙得撤退的時間！」

諸葛亮輕撫姜維肩膀，溫和道：「此地不過兩千兵馬，你縱死戰，能擋得魏軍幾個時辰？百姓行走緩慢，一旦被魏軍追上，便是死路一條，你快帶著他們走吧。」

姜維悲痛昂然道：「屬下抗命！丞相不走，屬下絕不走！丞相一身肩負社稷，不可冒險啊！求求丞相了，君子有從權之計，丞相不要管三郡了，先撤入漢中吧！屬下代三軍求求丞相了！」姜維咚咚叩首，額上滲出血來。

諸葛亮淡笑道：「我不會棄百姓。」姜維痛苦哭喊：「丞相！」

「司馬懿與我賭的不是兵力，是人心。他見我在此，又知我平生謹慎，必不敢貿然出兵的，我便在此，迎一迎他。」

姜維滿心的憂慮稍稍有了一點安慰，但仍苦苦勸說：「可……可是讓丞相孤身臨敵，太危險了！」

諸葛亮仍是神色淡淡：「人之一念，有勝千軍，我便與他決這一念的勝負。」接著一揮羽扇：「速去！」姜維抬頭，面上血淚交和。

諸葛亮站在城頭，目送著大隊的百姓蹣跚走上荒原，姜維帶兵殿後。

姜維回頭遙望城上那個孤單清瘦的身影，只見城頭上諸葛亮在「克復中原」的大旗下凝望他們。如此孤弱，又如此堅毅，如此深情。淚水再度模糊了姜維的雙目，他向諸葛亮遙遙拱手。

城下，差役搖著西城縣令喊道：「大人醒醒！」西城縣令悠悠醒來，茫然望著已經走空的城池，驚駭悲痛地念叨著：「完，完了……」這時旁邊的差役一指城頭：「丞相還在！」

西城縣令仰起頭，看到城上的諸葛亮，西風捲起諸葛亮的衣襟，大旗獵獵作響，他在風中巍然不動。這股氣勢讓西城縣令如同被攝了魂一般，竟不由自主慢慢站起，遠處似乎隱隱傳來馬蹄之聲，

這座空城如狂潮中的小島，準備迎候十五萬大軍的衝擊……

魏國大軍奔騰到了山谷之間，前面一座小城遙遙在望，那就是西城了。司馬懿忽然猛地一抬手，止住軍隊前進，旗手向後揮舞旗幟，大軍井然有序地停下。

司馬懿目光嚴峻地望著前面的小城，喊道：「司馬師，孫禮！」司馬師和孫禮策馬上前：「在！」

「你二人各帶三千兵馬，從兩翼山林間包抄，查看是否有伏兵在！」

司馬師和孫禮馬上拱手：「是！」接著領命而去。

張郃看看毫無動靜的城池，忽然擔心起來問道：「司馬將軍，若是諸葛亮忽然不愛民了，不在此地呢？」司馬懿冷冷地說：「我領軍法！」

城中，諸葛亮換上了一身書生的鶴氅，四個小童在身後捧著水盆、香爐、琴和水盞，他在水盆中洗了洗手。

這時西城縣令臉色蒼白地跑進來，顫聲說：「丞、丞相，魏大軍已到五里之外！」童子捧上手巾，諸葛亮擦著手，並未抬頭，只問了句：「何人領兵？」

「看旗幟上書司馬！」

諸葛亮唇邊滑過一抹微笑，輕輕將手巾放下，西城縣令愕然看著諸葛亮，不知道他意欲何為。

諸葛亮輕聲道：「西城生死，只在此人。傳令下去，懸起我的大旗，一切將士不得出城，門口只放老兵灑掃。」西城縣令顫抖著說：「老兵，老兵如何抵禦魏軍？……」諸葛亮淡淡斜睨他一眼，悠悠地說：「有朋自遠方來，不亦樂乎？」

通往漢中的官道上，幾千戶百姓在艱難跋涉。姜維的馬早已經讓給抱著孩童的老人騎，他跟著大隊伍步行。一名老人摔倒了，姜維慌忙扶起。他轉過頭，回望著早已看不到西城的來路，想到諸葛亮獨自面對魏軍，不由萬箭穿心。

一番探查完畢之後，司馬師和孫禮奔馳而回。

「父親，左翼並無埋伏。」

「右翼也沒有！」

司馬懿吃了一驚，低聲自語：「難道我算錯了他？」張郃不滿：「諸葛亮大概這會兒都跑到漢中了！」司馬昭狠狠瞪了張郃一眼。突然，司馬師忽然一指城頭，叫了一聲：「看！」

遠處城頭上，兩面旗幟飄揚，一面寫著「漢武鄉侯丞相諸葛」，另一面寫著「克復中原」，在西風中獵獵招展，像是對魏軍的挑釁。

司馬昭大喜，高聲叫道：「諸葛亮在，諸葛亮在！」司馬懿反而露出恐懼的神情，喃喃說：「他真的在？……傳令全軍，緩緩挺進，嚴加戒備！」

司馬懿警惕地環視著左右，手一直放在腰間劍柄上，緩緩策馬前進，被他的情緒感染，張郃、司馬師和司馬昭也都神情緊張。

諸葛亮在案前坐下，望著遠方緩慢前進的隊伍，淡淡一笑。西城縣令望著黑壓壓漫山遍野的軍隊，渾身發抖，四個小童也露出恐懼的神情。

司馬懿費力凝望城樓上諸葛亮的身影，繼而警惕的目光在四方搜索著，只見城門口只有掃地的幾個老兵。他大惑不解，又萬分警覺。魏軍也人人自危，不知從何處會驟然殺出一股伏兵。

此時忽然一隻雁鳴叫著從近處山巒上飛起，緊繃的魏軍立刻萬箭齊發，一排羽箭衝著大雁而去，將大雁射落。司馬昭發現只是一隻鳥，懊惱地鬆了口氣，四周又只剩獵獵風聲。

司馬懿迷惑地自言自語道：「諸葛亮向來謹慎，不會啊……」

城頭的諸葛亮輕蔑一笑。

「布琴。」他淡淡地說道。小童將香爐、素琴擺好，捧著水盞的小童忽然一個哆嗦，水盞掉了。

司馬懿看到摔盞，嚇得勒馬向後，身後的兵馬跟著他後退，頓時一片戰馬嘶鳴。

城頭諸葛亮見此情狀，向司馬懿禮貌地拱了拱手，居然有安慰之意。他俯身撿起水盞，輕輕放落在桌上，接著緩緩抬手，放在琴上，試了幾個音。城頭響起了悠然的琴聲。

司馬懿大吃一驚，他仔細看去，才望見是諸葛亮在撫琴，軍中還在議論紛紛，他一聲低喝：「肅靜！」萬眾無聲，司馬懿似被吸引，不由自主策馬緩緩上前。

司馬師趕緊勸道：「父親小心！當心暗箭。」可是司馬懿如若不聞，司馬師、司馬昭兄弟趕忙帶人上前護衛。

琴聲起初閒淡優雅，如置身山水之間，遠遠看去，城頭的諸葛亮也神態從容，沉醉在自己的琴聲中。

張郃焦躁起來：「看來看去並無埋伏，讓末將帶一隊人馬先殺進去！」司馬懿輕聲道：「琴音平和中正，似包容天下，諸葛亮的胸懷，深不可測，此城不能擅入！」張郃疑惑道：「我怎麼聽不出來！」司馬懿抬手，止住他出聲。

諸葛亮微瞇的眼睛，看到了司馬懿正在靠近，他的鬢角滲出汗水，嘴角卻含著微笑。

諸葛亮手下的調子柔和如訴，他的心聲似乎也融入了琴聲之中：「久聞司馬仲達之名，今日我送將軍天時地利，令將軍一戰成名。亮留守西城，幸與將軍相會，將軍可否聽我一言？」

司馬懿也漸漸閉上了眼睛。在琴聲中感受到諸葛亮的心意，不禁在內心做出了應答：「諸葛丞相的高風亮節，令我驚訝敬仰，愧不能及。你愛民如子，愛君如子，卻不懼自己陷入險境嗎？我已經看出城中無兵，你若被俘，又將蜀國交給何人呢？」兩人的心意仍在糾纏相互傾訴，琴聲也開始變得激烈起來。

「亮孤身在此，非向將軍示弱求饒，乃是想與將軍一論魏國形勢。少主多疑，宗親嫉才，外患若平，鳥盡弓藏，隨之而來。自古勇略震主者身危，功蓋天下者不賞，將軍殺亮固然易如反掌，然而未央宮中羅網，恐已為將軍備下，有將軍陪葬，亮無憾矣——！」

隨著琴聲漸漸激烈，司馬懿的眼睛驟然睜開，他驚恐望著諸葛亮，身後汗水，額頭汗水，淋漓而下。

「丞相一言，令我毛骨悚然。丞相以一身擔負蜀國社稷，守邊鄙之地，奉暗弱之君，可曾想過你的身後之事？」

司馬師、司馬昭和張郃都詫異地看著司馬懿，又緊張地看看諸葛亮。張郃實在忍不住，驅馬過來問司馬懿：「這到底進不進城啊？」諸葛亮一邊彈琴，一邊審視著城下司馬懿的身影，他身後汗透衣衫。

「亮受先帝顧命之托，唯有鞠躬盡瘁，死而後已。他日再與亮會獵疆場者，必將軍也！」

此刻琴聲已是鏗鏘而崢嶸，似千軍萬馬廝殺，如刀槍齊鳴。司馬懿用力勒馬後退，馬人立嘶鳴。

張郃吃驚，趕緊問道：「怎麼了？」司馬懿焦急道：「你還聽不出來？琴中殺機大作！此處必有伏

兵，撤！傳令全軍，前隊變作後隊，後隊變作前隊快撤！」魏軍如同逃命一般，一陣潮水般洶湧退去，整個原野上都是後撤的魏軍。

諸葛亮筋疲力盡，慢慢扶著桌案站起，望著漸漸遠去的煙塵，忽然渾身被抽空了氣力一樣癱坐下來，兩邊的童子忙扶住他。諸葛亮喃喃自語：「我此生何嘗如此行險，幸而是司馬懿啊……」

西城縣令大驚大喜之後腿都軟了，手腳並用爬上來，不可置信地說：「魏軍，魏軍退了？」

諸葛亮輕擦擦汗水，重新用淡然的口吻說道：「退了。」

西城縣令驚喜而茫然，又說不上話了：「可、這是為什麼呀？」

諸葛亮輕聲一笑：「司馬懿不敢，也不願殺我，如此對手，非我蜀國之福。此地不可久留，快走吧！」

魏軍一撤三十里，司馬懿這才停了下來，呼呼喘氣。張郃仍然摸不著頭腦：「將軍！為何不交一兵就退？」

司馬懿淡淡地解釋道：「梁父吟乃用世立功之曲，諸葛亮琴有遼遠崢嶸之聲，自信殺伐之氣，一個志在天下的人，怎麼會用自己的性命去冒險？這是要將我軍一舉吞併的氣勢！城中必有伏兵，再不退，我軍就成砧上魚肉了！」

張郃氣呼呼的說：「這輩子還沒打過這麼荒唐的仗！越想越憋屈，我不親自去查看，難以安心！」司馬懿冷漠道：「張將軍小心伏兵。」張郃心頭憋氣：「若無伏兵，看你如何向陛下交代！」說完帶著一隊人馬疾馳而去。

司馬師小聲問道：「爹，那西縣之內，馬嘶之聲甚輕，不可能有伏兵啊！您怎麼會看不出呢？」

司馬昭也壓低聲說：「爹肯定看出來了，但爹不能進城，進城殺了諸葛亮，咱們家還能活嗎？」司馬師一驚，司馬懿也驟然雙目放光，望向司馬昭。

諸葛亮坐在車上，被西縣縣令護衛著快速離開城樓，臨行之時，不忘回望城樓。西城縣令劫後餘生，喜孜孜說道：「丞相神機妙算，一座空城嚇退了司馬懿啊！」諸葛亮卻傷感說道：「攻不能守，連累三郡百姓背井離鄉，亮之罪也！」西城縣令仍是心情極佳：「我軍主力未損，明歲秋收之後，丞相帶我們再征長安！」

諸葛亮嘆了一口氣：「我軍與長安隔著浩浩八百里秦嶺，此番錯過，再來之時，又要耗費多少民力，多少財富……」腦海中想起了秦嶺的崇山峻嶺。

司馬懿帶著魏軍緩緩而行，馳往西城縣。張郃帶著一隊人馬回來，一臉憤怒。

張郃氣憤道：「西城縣已經人去城空，我查問了幾個山民，他們說，西城中不過一千人馬，哪來的什麼伏兵！」司馬懿佯作深深後悔，使勁兒一打腦門，忙不迭地說：「奇恥大辱，奇恥大辱，我一時小心，竟被諸葛亮所欺！」

張郃恨恨道：「一座空城，竟然退了我們五萬大軍！你不戰而退，看你如何對陛下交代！」司馬師在旁冷言相對：「張將軍！若非家父，諸葛亮恐怕已入長安了！」張郃冷笑：「若非令尊，我此時確實已經綁了諸葛亮入長安了！」司馬懿長嘆：「師兒，不要再說了！我自會向陛下請罪。」

回到自己的營中，司馬懿居然也開始弄琴，他努力回想諸葛亮的調子。司馬師立在旁邊。司馬懿閉上眼睛，指尖撫出諸葛亮同樣的調子，然而他緊蹙著眉頭，全無諸葛亮的輕鬆儀態，彈到高亢處，忽然琴弦錚然崩斷。

司馬懿緩緩睜開眼睛，失落地看著琴弦，嘆息道：「設身處地，我不如他。城下一刻，我只想眼前之輸贏，諸葛亮已經算到我身後之生死了。」司馬師卻是憂心忡忡：「兒子擔心的是，當今陛下，並不愚鈍，昭兒能領悟到的，陛下說不定也會領悟到……」司馬懿回答：「陛下何嘗不是在博弈。師兒，你可知我為什麼不願意你弟弟來戰場嗎？」

「父親愛惜弟弟。」

司馬懿點點頭：「是，我愛惜他。看著你們，就懂了當年你們翁翁為何寧可要我去上山種田，也不願我過早出仕。昭兒的心思比你更幽深，戰場之上，你見慷慨氣節，他卻能看見更為陰暗的搏殺，這並不是我的期望。爹一生努力，不就是希望你們有更坦蕩的作為嗎？」司馬師無奈：「可是局勢未變，司馬家重壓未變，當年爹為家門出仕，現在也輪到兒子們了。」

「哎，三十年彈指一揮，人生無奈，卻分毫未改啊……」

諸葛亮的小股隊伍快速行進，行駛在漢中的土地上，姜維馳快馬奔馳而來，一見諸葛亮的車不由熱淚盈眶，翻身下馬衝上前去，喜極而泣：「丞相！幸得丞相平安歸來，否則姜維百死莫贖啊！」

諸葛亮關切地問：「百姓如何？」

「已經盡數撤入漢中了，難道司馬懿不曾追來西城？」

西城縣令驕傲地說：「司馬懿帶著十萬大軍殺來了啊！丞相在城頭彈了一曲琴，就把魏國十萬大軍嚇得望風而逃！」

諸葛亮淡笑搖頭，平緩道：「何嘗是嚇，不過是司馬懿知道，他殺了我，魏主就再用不著他了。」

姜維緩緩地說：「此人野心如此之大，今後必是丞相勁敵。」

諸葛亮淡然回答：「博弈而已。」

【第五章】

母氏聖善

蜀國國都，蜀國中都護軍李嚴府邸。一間大堂之中，案上陳設許多珍奇的寶物和美食。

劉禪仍然紅腫著眼睛，卻是興高采烈，開心笑道：「早就想來都護家飲宴，可相父一直在，朕都不敢出宮門了，這下可輕鬆了。」李嚴善解人意地一笑，和黃皓對視一眼。

李嚴說道：「這些都是益州特產，臣也早有意獻於陛下，只恐丞相目臣為佞幸，其實這些都是益州風土人情，陛下怎可不知？」劉禪一邊隨手抓著吃食，一邊看著寶物，嘟嘟囔囔說道：「果然還是中都護身為益州人，最懂得益州之美。」

李嚴笑道：「益州之美，陛下尚未完全領略。」劉禪驚喜問道：「還有什麼寶貝，都護快拿出來。」李嚴神祕一笑：「此寶，須陛下親去一觀。」

李嚴領著劉禪和黃皓進入園林，滿園梅花正盛開，花枝掩映中，隱隱可見一個少女的身影。劉禪輕步漸漸走近，驚喜看到院中一個美貌少女在畫畫，劉禪止住李嚴和黃皓說話，自己折了一枝梅花，躡著步子上前，側眼看到那少女在畫梅花，梅花之下還立著一個女子，恍然就是她自己。

劉禪輕輕將花枝投在畫上，那少女一驚抬頭。劉禪笑咪咪道：「妳畫得真好看……哦不，不如妳本人好看！」李嚴忙道：「輕宵，快來拜見陛下。」

輕宵一驚，慌忙提著裙子跪下：「民女叩見陛下，萬歲萬歲萬萬歲。」劉禪笑著說：「起來起來起來，朕不打擾妳，妳接著畫，讓朕在旁邊看看就好。」

李嚴笑道：「這是臣的養女，小字輕宵，精通書畫，她仰慕陛下，悉心鑽研陛下的墨寶。」又轉向輕宵：「今日好容易陛下來了，妳還不快向陛下求教？」輕宵款款行禮：「請陛下賜教。」

劉禪難為情地摸摸頭，真誠道：「這，朕的字，其實寫得不好……都是被相父逼著寫的……肯定沒妳的好。」輕宵羞澀地拿起筆，嬌羞地說：「民女寫幾個字，陛下指正，好嗎？」

劉禪忙道：「好，好！」

輕宵鋪開紙，寫下「萬壽無疆」四個字。

劉禪一見大喜，脫口而出：「還真跟朕的字有幾分相像，妳要是再故意寫醜點，就能幫朕做功課了。」輕宵抿嘴一笑：「陛下是天子，也要做功課嗎？」

劉禪撇撇嘴：「自然啊，相父規定，朕每日要背一章書，寫三百個字，還批閱那些奏章，哎呀累死了，朕跟妳說，昨晚為了背相父的出師表，朕才睡了三個時辰！」輕宵忍不住又低聲笑問：「陛下真是個好學生，要是陛下完不成呢，丞相會像民女的老師一樣，打陛下的手板嗎？」

劉禪又笑了起來：「那倒不會，可丞相會哀嘆個不停啊，從漢高祖說到先帝，說著說著還會哭，讓朕想扒個地縫鑽進去，還不如被他打幾下痛快。」輕宵驚詫問道：「丞相那麼大官，原來還會哭啊……」

李嚴滿意地在一邊看著，和黃皓使了個眼色，兩人輕步離開，留下了梅花林裡兩個談笑風生的少年人。

一道屏風之後，李嚴笑容滿面地說道：「下官另有禮物送給公公，輕宵在宮中，就有勞公公多加照顧了。」黃皓笑道：「好說好說，其實就是都護不說，老奴也為都護不平啊。」

李嚴尷尬道：「我有何不平，只是看陛下辛苦，聊為陛下分憂罷了。」黃皓淡笑指出：「都護受先帝器重，原本職位還在丞相之上，如今丞相出征的大事，居然並不徵求尚書令的意見，莫說都護不平，就是陛下也知道都護的委屈。」李嚴苦笑搖了搖頭：「我是益州人，丞相一向不喜益州官員。」黃皓搖頭說道：「不靠益州人，何以守益州？你看陛下何曾喜歡被丞相拘管？」

李嚴眼波一閃，兩人心照不宣。

司馬懿回到長安，便去行宮拜見曹叡，穿著鎧甲，跪在曹叡面前。

曹真憤怒道：「陛下，司馬懿分明是養虎為患，放縱敵酋。」司馬懿答：「臣素來膽小，陛下與大將軍皆知，此番謹慎過度，錯失良機，請陛下降罪。」曹真冷笑不止：「一座空城嚇退我十萬大軍，傳揚出去，真是我大魏的笑話！」

曹叡別有趣味地望著司馬懿，司馬懿低頭跪著，神情平靜。

曹叡走下御案，踱步到司馬懿面前，俯身輕聲問：「那真是一座空城？」司馬懿尷尬笑了笑：「據張將軍後來捕獲的山民所言，確實是。」曹叡忽然大笑，笑得半晌止不住。

「有意思，一個人，一張琴，一座空城，居然退了十萬大軍，神鬼用兵，不過如此吧！司馬愛卿，就憑這一段佳話，你也可以千古留名了啊！」

司馬懿叩首道：「臣慚愧，臣知罪。」曹叡笑說：「罷了，諸葛亮用兵詭計多端，數次佯退設伏，當日夏侯淵老將軍就是中了埋伏身亡。就算是朕，只怕那座城也不敢進。仲達這次雖然跑了諸葛亮，但收復了三郡，擊退蜀軍，也算大獲全勝，不必自責了，起來吧。」

曹真憤憤道：「陛下，司馬懿尚立了軍令狀在！」曹叡笑著看著曹真：「大將軍要是不甘心，這就帶兵去追，興許還能追上諸葛亮。」說著從袖子中取出那張軍令狀，在司馬懿面前晃了一下，扔進火盆中。司馬懿緩緩叩首，隔著火光，卻分明看到了曹叡的笑容森冷。

曹真請辟邪喝酒，辟邪笑著勸慰道：「大將軍還生悶氣呢？」

曹真冷冷道：「陛下政由己出，臣如何敢？不過陛下真猜不到，司馬懿放縱諸葛亮之意嗎？」

辟邪故意問：「何意啊？」

「他怕陛下兔死狗烹，留著諸葛亮，讓陛下倚重於他！他爭的不是一場功勞，而是雍涼的兵權，是大魏的兵權！」

辟邪含笑輕輕鼓掌，緩緩說道：「不愧是大將軍，目光如炬！」曹真疑惑：「難道陛下看不出？」

辟邪邪魅一笑，陰惻惻說道：「陛下又怎會看不出？不過，蜀軍一到，接連攻城掠地，三郡望風而降，百官束手無策，陛下實在是被諸葛亮驚嚇住了。此番唯有司馬懿挽狂瀾於既倒，陛下還想倚重他來抗蜀，此時又怎能處置他？」曹真不服氣：「陛下就這樣被司馬懿玩弄於鼓掌之上，此人狼顧鷹視，野心已露啊！」辟邪悠閒地笑著：「大將軍太悲觀了，司馬懿需要這樣做，說明他已經明白，陛下在忌憚他，大將軍在忌憚他。您是大魏的大將軍，目光要放遠些，也要為陛下想想，先平定外患，再跟司馬懿爭吧，您是陛下的叔叔，司馬懿爭得過您嗎？」

曹真親自為辟邪掀開簾子，微微躬身，辟邪也拱手一禮離去。

回到帳中，曹真煩悶地沉思著。曹爽掀開簾子進來：「父親，兒子都聽到了，司馬懿已有奪兵權之意，此人不除，後患無窮！」曹真冷笑：「戰場上是殺不了他的，等回洛陽再說！」

司馬懿將鎧甲疊起，看著鎧甲，不由感慨地嘆了口氣。

曹叡在身後掀開帳子，笑道：「英雄卸甲，將軍捨不得了？」司馬懿一驚，慌忙回身跪下，恭敬道：「臣叩見陛下，大魏一統天下之日，便是臣解甲歸田之時，臣盼著這一刻早日來到。」

曹叡笑著拍拍司馬懿的肩膀，說道：「愛卿幫朕平天下，還要幫朕治天下，眼前事兒就夠多了，說什麼解甲歸田，起來吧。」司馬懿起身：「謝陛下。」曹叡繼續說道：「依你之見，諸葛亮此番在街亭遭受重創，可還有捲土重來的實力？」司馬懿沉聲答道：「若說實力，天下十三州，我大魏占九州半，西蜀只占一州，大魏人口四百萬，西蜀九十萬，兵力、人口、財富皆不可以與我大魏相比，以此實力論，諸葛亮絕無取勝之機。」

「哦？這麼說朕不用擔心了？可是……」

「可是此番險些讓他攻下長安。西蜀會不會捲土重來，不在實力，而在諸葛亮。」

「他一個人，能有什麼用處？」

司馬懿帶有一點嚮往地說：「諸葛亮在絕境之中，不棄三郡百姓，親做誘餌，拔我三郡數千戶入蜀。這樣的人，能讓西蜀全民皆兵，能讓三郡望風而降。兵法云：『萬人必死，橫行天下』，而諸葛亮，能讓十萬人為他效死，這樣的人，永遠有捲土重來的機會。」

曹叡輕抽一口氣，望著司馬懿，略帶惱怒：「為什麼朕沒有這樣的士兵？為什麼朕有百萬大軍，卻連一萬效死之人都沒有？」司馬懿無言以對。

曹叡輕聲，平復了情緒：「因為你不是這樣的人，曹真不是，朕也不是，對不對？」

馬謖被綁縛著走向斷頭臺，他回望諸葛亮的營帳，克復中原的旗幟還在飄揚，馬謖忽然悲痛高聲道：「我負大漢，我負丞相，我負丞相啊！」

諸葛亮營帳外，斷頭臺上血跡斑斑。諸葛亮坐在案前，閉目流淚，帳中一片沉默。這時帳外響起蔣琬的聲音：「丞相，刀下留人！」蜀國侍中蔣琬手舉聖旨闖進來，喊道：「丞相，陛下聖旨，赦馬謖之罪！」

楊儀抹著眼淚，嘆息道：「蔣侍中，馬謖已經被丞相……依軍法處置了……」蔣琬大驚，懊悔道：「啊？丞相，這、這……哎……」楊儀小聲道：「丞相說了，法不正不足以整軍，軍不正不足以討賊。」諸葛亮心中劇痛，淚如雨下。

蔣琬將聖旨收入袖中，緩緩走上前勸慰：「馬謖有罪，既正軍法，丞相也就不必太過傷心了……」

諸葛亮哭道：「我非哭馬謖，我哭自己用人不明，誤國家大事啊，令三軍將士無功而返，街亭守軍無辜枉死，皆我之罪也！」帳下文武官員都不禁流淚。

魏軍大營內，一個探子進來稟報：「報將軍，漢中探子傳回消息，諸葛亮已將馬謖正法！」

司馬懿露出傷感敬服的表情，慢慢轉身向曹叡躬身：「陛下，諸葛亮一定會來。」曹叡蹙眉問道：「怎麼說？」司馬懿緩緩道：「諸葛亮無子，視馬謖如親子，他殺馬謖如殺骨肉啊，然則不殺馬謖，蜀軍軍心難服，士氣難振。馬謖的人頭，就是他北伐的決心，孔明可哀，亦可畏，我國十年之內，再無寧日了。」曹叡震撼凝視著司馬懿。

蜀軍營帳中，只有蔣琬和諸葛亮兩人分案而坐。

「成都安好？陛下安好？」

「一切安好。」

諸葛亮又問：「陛下可曾每日視朝，可曾荒疏學業？」蔣琬有些為難，支吾起來：「這個……」諸葛亮擔憂地望著蔣琬，追問：「陛下如何？」蔣琬長嘆一聲。

深宮之中，輕宵坐在劉禪懷中，替劉禪批閱奏章。劉禪在她頰邊親著。輕宵癢癢了躲著笑道：「陛下別鬧，再等一會兒今天的奏表就批完了。」劉禪嬉笑道：「讓妳做這事，真是唐突美人，大煞風景。」

「民女願為陛下分憂。」

劉禪嘆道：「我要不是皇帝就好了，那朕就不憂了，把事兒都讓給丞相做，我有妳就夠了。」

這時候，黃皓慌張地進來稟報：「丞相！丞相回來了！」劉禪大驚失色，輕宵的筆也掉落在地。

劉禪在寢殿召見諸葛亮，諸葛亮向劉禪端正地行君臣之禮，劉禪慌忙抬手制止了：「相父不必多禮。」諸葛亮抬頭，卻並未起身，伏地說道：「臣有負陛下，有負先帝。」

劉禪笑著勸慰：「勝敗乃兵家常事，丞相此番出兵，收三郡百姓千餘家，逼得魏主親征，還是大有所獲，丞相待自己不可太嚴苛了。」諸葛亮搖頭嘆道：「臣奉先帝遺志，陛下重托，而不能訓章明法，至有街亭違命之過，三郡得而復失，大軍無功而返，此皆臣識人不明之過也。春秋責帥，臣職失當，請自貶三等，以正國法，臣不勝慚愧！」諸葛亮叩首，劉禪感動地慌忙下去親自扶起諸葛亮。

「這……這，相父要執意如此，朕也不好阻攔，那就貶丞相為右將軍，仍然行丞相事，照舊總督兵馬。有相父在，朕才放心啊。」

「謝陛下。」

劉禪扯出一個笑容說：「相父也不必太過憂愁，我軍尚有十萬兵馬，過些日子再伐魏就是了。相父不在的日子，朕的功課每日都做完了。」說罷顛顛跑到案前抱起一大堆文書，喜孜孜地回來：「相父請看，相父高興一下嘛！」諸葛亮意味深長地看了劉禪一眼，隨手翻了幾頁，就憂慮地抬起頭，開口說道：「陛下，臣聽聞宮中新入一名李姓女子，百姓亂離之時，陛下當克勤克儉，寧靜致遠。皇后乃功臣張飛之女，頗識大體，陛下還是要多聽從皇后忠言……」

劉禪壓制著不耐煩，連忙說：「朕知道了朕知道了，相父遠道辛苦，還沒吃飯吧，朕給相父留了好些好吃的！」諸葛亮憂愁憐愛地感嘆道：「陛下何時才能懂事啊，魏國的曹叡比陛下只大三歲，此次已經親征了，魏國國君聰慧，非我國之福。」劉禪滿不在乎地抱起諸葛亮的手臂，撒嬌道：「他聰明有什麼用，他有相父嗎？我國有相父就夠了！」

張春華、柏靈筠、夏侯徽母女等人站在門外等候已久。柏靈筠的目光不住往院子裡焦急尋找著。夏侯徽蹲下，一邊為女兒整理衣服一邊叮囑：「一會見了翁翁要行禮，記住了嗎？」孩子乖巧點頭：「記住了。」

司馬懿父子三人和侯吉騎馬緩緩而來，張春華等人忙迎上去。張春華看到司馬懿憔悴的臉，心頭不由一酸：「你瘦了。」司馬懿寬慰她：「怎麼會呢，侯吉天天好飯好菜伺候著，我吃得比在家還多。家裡都好嗎？」張春華趕忙答道：「好，都好。」

司馬懿含笑望向夏侯徽，笑著說：「我的乖孫女兒呢？」夏侯徽推了推女兒，小傢伙怯生生地剛要見禮，突然一陣清脆響亮的聲音從院子裡傳來：「爹爹！」

四歲的司馬倫一溜煙就跑了出來，一頭栽進司馬懿的懷中。司馬倫提著一截小木枝，奶聲奶氣地說：「爹爹，倫兒想死你了！」司馬懿笑著抱起司馬倫：「又去哪兒淘氣啦？」司馬倫揮舞著小樹枝，一臉嚴肅地說：「我在練劍！長大了好跟爹爹一起去打天下！」司馬懿哈哈大笑：「人還小，心卻大著呢，你知道天下是什麼呀？」說著司馬懿抱著司馬倫走了進去，柏靈筠望著父子倆，臉上也露出溫柔的笑容。

張春華冷冷看著，夏侯徽的女兒有些不知所措。司馬昭抱起小姑娘也走進去，笑著問：「想不想叔叔呀？」

張春華為司馬懿更換家常便衣，鬆了口氣：「這次還好，沒受傷。」司馬懿笑著說：「我是主帥，又沒到全軍覆沒的一步，怎麼會受傷呢？」

「這可說不準，你沒有兵權的時候就屢屢被算計，現在有了兵權還不成為眾矢之的？」

司馬懿輕拍她的肩，笑著安慰道：「沒事兒，我還要跟我那隻龜比比，看誰的命長呢！」兩人

來到桌案前，看著小盆裡的龜。司馬懿逗著龜笑道：「你這麼精神，我怎麼捨得死呢？」張春華納悶道：「我真不明白，這成天提心吊膽的事，兩個兒子也和你一樣積極。」司馬懿笑笑說：「他們都成材了。師兒聰明曠達，頗有將才，我是一點也不擔心。昭兒雖小，謀略眼光恐還要勝師兒一籌，只是……」司馬懿的眼中忽然升起一絲憂慮，聲音不由也低了下去。

張春華疑惑地問：「只是什麼？」司馬懿皺著眉頭說：「昭兒對於權謀詭鬥似乎更為熱衷，待人處事也不像師兒那般豁達坦蕩，長此以往，我擔心他走上歪路啊……」張春華不高興了：「哪有當爹的這麼說自己兒子的。」司馬懿悠悠道：「但願我的擔心是多餘的。」

張春華嗔道：「你自己的兒子，自己還不了解嗎？要說他喜歡那些陰謀政鬥，那也是跟他老子學的。」

「妳看看妳，我還沒說什麼呢，妳這著急上火的。」

張春華醋勁上來了：「瞧你和你那小兒子的親熱勁兒我就不舒服，昭兒跟著你出生入死，反落不到一句好話。你就是偏心！」司馬懿哭笑不得地說：「多大年紀了，還為這種小事情生氣。」說著拉住張春華的手：「誰說我偏心了，我一路上都在想給昭兒找個好姑娘呢。」

張春華一怔，語氣也有些軟了：「都過了弱冠了，是該娶親了。」

正說著，門外響起叩門聲，司馬懿開門，看見門外躊躇的侯吉。司馬懿問道：「何事？」

侯吉看了眼張春華，怯生生地說：「柏夫人請您過去，說是有事……」

司馬懿尷尬地回頭，張春華冷哼一聲轉過身去。

西院臥房內，司馬懿驚詫道：「什麼？陛下親征之時，有傳言說陛下駕崩了？」柏靈筠輕輕點頭，補充道：「不止，還說將迎雍丘王曹植為帝。」

司馬懿納悶了：「我們前方接連大勝，陛下安然無恙，謠言從何而起？」柏靈筠輕嘆：「若查得出來，就不叫謠言了。只是這謠言流傳如此之盛，大人千萬要小心。」司馬懿一時沒有明白，迷惑地說：「我一直隨聖駕在外，這與我沒有關係吧……」柏靈筠凝視著司馬懿，緩緩問道：「誰有權力，召曹植入京？誰又有權力，在陛下駕崩之後，擁立新帝？」

司馬懿望著柏靈筠，感到背脊上一陣深刻地寒冷，他失聲道：「皇太后！」柏靈筠輕輕點頭。

曹叡長髮披散，趴在床上，辟邪在為他按摩。

曹叡懶懶地問：「朕沒有捉到諸葛亮，大臣們是不是在笑話朕？」辟邪輕笑：「要笑話也是笑話司馬懿，陛下御駕親征，打得諸葛亮望風而逃，這樣的功業，連先帝都沒有。」曹叡輕笑不止：「可是有那麼多人，都在盼著朕死。」

「流言而已。」

曹叡聲音陰沉下來：「流言不會無源，這洛陽誰最希望朕駕崩？」辟邪凝思一下，緩緩開口：「陛下是說……太后？」曹叡陰惻惻笑著：「除了朕，只有皇太后有金牌，可以召諸王進京。」辟邪邪魅一笑：「若是皇太后的金牌不見了，就可以成為她迎立雍丘王的罪證。」曹叡冷冷道：「朕讓她在永安宮住太久了，這世上，誰能永世平安呢？」辟邪起身恭敬道：「奴婢去辦。」

「不急，我想我娘了……」

辟邪心領神會地一笑。

幽暗的深宮中，曹叡再一次穿上女裝，辟邪輕輕為他撲上粉和胭脂。

曹叡喃喃自語：「我要那個賤人死。」辟邪再旁回應：「當然，還要讓她髮覆面，口含糠……」

皇太后郭照焦急地在永安宮內尋找，她打開錦盒，盒中是空的，郭照這才預感自己已經陷入了危險。

宮門口傳來辟邪笑吟吟的聲音：「太后娘娘，找到了嗎？」郭照朗聲道：「我的金牌不知失落何處了，我自去見皇帝。」

「不必了！」

辟邪大步走進永安宮，跟隨他進來的是一隊羽林衛。郭照目光凌厲地望著辟邪，冷冷的質問道：「你要犯上？」辟邪微微躬身：「不敢，奴婢只是奉陛下之命，勘察詛咒陛下迎立藩王一案，太后娘娘若是找不到金牌，無以自明，就只好跟隨奴婢走一趟了。」

「去何處？」

辟邪一笑：「廷尉。」郭照氣極反笑：「堂堂大國，要將皇太后送入廷尉？你不要體統，陛下還要呢！讓皇帝親自來見我！」辟邪抄著手笑著說：「娘娘，國有國法，要是讓羽林衛動了手，親自送娘娘去，那才是失了體統呢。」郭照痛心地與辟邪對峙著。

郭照走在前面，辟邪和羽林衛跟隨在後，郭照雖被控制，但仍然不改皇太后的氣度，昂然穿過皇宮走向宮門。在宮門附近帶羽林衛巡邏的汲布，詫異地看到了這一幕。

夏侯徽抱著大女兒，正教她弄琴，敲門聲響起了。

小姑娘開心地笑道：「爹爹回來了！」忙跑去開門，卻是司馬昭站在門口，小姑娘甜甜叫了聲：「二叔！」司馬昭抱著幾匹彩錦，輕捏侄女的臉，笑著說：「叔叔給妳送好東西來了。」夏侯徽笑著起身，說道：「子上來了，快坐。」

司馬昭將彩錦放在桌上，帶著歉意說道：「從疆場回來，還沒有拜見嫂嫂。雍涼就是個大黃土坡，百姓窮死了，也沒什麼特產，倒是他們從蜀國販賣的蜀錦不錯，我看不少將士都買，給侄女也買了幾匹做裙子。」小姑娘高興地摸著彩錦，開心的說：「謝謝叔叔！」夏侯徽一笑：「有勞二弟惦念了，她還小呢，不能穿這麼奢侈的。」司馬昭撫摸著最上面一匹色澤鮮豔的彩錦，有些難為情地低聲道：「這一匹，是給嫂嫂的。」

夏侯徽笑道：「我聽娘說，她正為你求娶王司徒的孫女，便將這匹錦送予王家小姐，做禮物如何？」司馬昭忽然煩躁地說：「這是我送予嫂嫂的，娘要送王家什麼，讓娘自己買去！」夏侯徽微微吃了一驚，只得尷尬一笑：「是我失言了，我收下，多謝二弟了。」司馬昭凝視夏侯徽，正色說：「嫂嫂，我這次跟隨爹上戰場，殺人了。」夏侯徽又吃了一驚，抬頭望著這驟然長大的弟弟。「我以前認為，馳騁疆場，為國殺敵，是最慷慨激昂的事。可是我第一槍刺進人的身子，才知道，鐵器戳斷骨頭，是脆的，血濺在我手上，是熱的，我才明白，原來殺一個人那麼容易，我也不過是這些骨頭和血肉拼湊成的，別人要殺我，也很容易。」

小姑娘被叔叔語氣中的森冷嚇到了，慢慢退到門口。夏侯徽輕吸一口氣，平靜下來：「以後不到萬不得已，不要親身衝鋒陷陣了，娘每日都在為你擔心。」司馬昭微笑道：「嫂嫂也在擔心大哥吧？」夏侯徽輕聲說：「我在擔心你們。」

司馬昭感到了一絲滿足，哪怕她說的只是你們，至少說明，她還是惦記著自己。司馬昭微笑著說：「身先士卒，是我們的宿命。那個死去的蜀軍，看年紀比我還小點，連給家裡寫信告別的機會都沒有，我下了戰場，洗去一身血，就想著要是能回來，還是來看一看嫂嫂吧。」夏侯徽心中一顫，司馬昭的話暗示著某種危險的感情。

這時，院子中忽然輕輕一聲響，似乎是有人落地。司馬昭面色一變：「別出來！」說著快速閃身出去。

汲布從牆頭翻過，警惕地向院中走去，黑暗中，忽然司馬昭一劍刺過來，汲布抓住他的手臂。

司馬昭驚愕道：「汲叔叔！」汲布噓了一聲：「我就不進去了，轉告你爹，太后丟失金牌，辟邪將太后送入廷尉大牢，讓你爹快想辦法！」汲布援牆一翻而過，留下驚愕的司馬昭。

司馬昭將消息稟報給父母，司馬懿眉頭緊鎖。

司馬懿嘆息道：「比我想的還要糟……」張春華焦急又不可置信地說：「她是皇太后啊，哪有將皇太后送入大牢的道理？」司馬懿苦笑：「陛下嫉恨太后已久，只是苦無機會罷了。」

「這一次你可不能再順著皇帝了！她是我妹妹！」

司馬懿鄭重地說：「妳放心，於公於私，我都必須救她！」張春華心痛地絞著手：「廷尉，那地方，辟邪不會對她用刑吧……」司馬昭怒道：「他們敢！姨媽是皇太后，大魏沒有王法了！」

司馬懿深思片刻，立刻起身寫了幾個字，問司馬昭：「你有沒有辦法避過巡夜？」

「我和巡夜的校尉都混得熟，常和他們喝酒，遇見了也會放我過去！」

司馬懿將紙條交給司馬昭，囑咐道：「好！你速到鍾太尉家，把這個交給鍾太尉，讓他先去擋一擋！」司馬昭幹練地接過紙條出去了。

張春華仍是滿臉焦慮：「就算鍾太尉去了，也只能擋一時，怎樣才能救小妹？」司馬懿望著門外夜色，開口說道：「我明日一早就去見陛下。」張春華也知道今夜做不了什麼了，頹然在司馬懿身邊坐下，無奈道：「想不到你們當初捨命救的，竟是這麼個人……」司馬懿死死握住張春華的手，無力又無奈，像是勸慰她，又像是勸慰自己：「不能這麼想，不能這麼想……」

辟邪帶著郭照來到廷尉大牢，卻沒有將她送入牢房，而是來到一處刑房。

辟邪緩緩踱步，查看著刑房中的各色刑具，他拿起一條皮鞭看看，悠然笑道：「您是皇太后，又是女子，用上這些東西，會讓聞者落淚，觀者傷心的。皇太后還是早些招認了，您意欲擁立雍丘王曹植的罪行吧。」郭照冷笑道：「原來你還記得我是皇太后，你就不怕史書記載一筆，讓陛下永世蒙羞嗎？」辟邪笑著說：「趙飛燕，趙合德是什麼下場，皇太后不會不知吧，何況您招供了，就是謀逆大罪，陛下不滿門抄斬，已經是對皇太后的孝道了。」

「我沒有謀逆，我自己的兒子就是皇帝，我為何要謀逆！」

辟邪冷笑著說：「陛下是誰的兒子，太后心知肚明，奴婢還是奉勸太后，早些招認，陛下還可以開恩饒了妳的兄弟。」郭照冷笑不止：「讓他自己來殺我，我是皇太后，絕不背汙名而死！」

辟邪嘖嘖搖頭，看著手中的鞭子：「那真要煞風景了。」他將鞭子遞給一個羽林衛：「給我打！」

鍾繇氣喘吁吁下馬，踉蹌直闖進來。

門口幾個竊竊私語的小吏看到他嚇了一跳，忙去攙扶：「老太尉怎麼來了？」鍾繇質問：「皇太后在裡邊？」那幾個小吏嚇得不敢吭聲。鍾繇跺腳大怒道：「快帶我下去！」

郭照感到又是恥辱又是驚怒，望著那個羽林衛真的提著鞭子向自己走來，她緊緊盯著那個羽林衛，不退反而踏上了一步，冷冷逼視著他，喝道：「你敢！」辟邪陰陽怪氣道：「我奉陛下詔，有何不敢！」那羽林衛一個猶豫，郭照忽然近身抽出他的佩劍，反手架在辟邪頸上，辟邪還沒有反應過來，已經被郭照制服。

辟邪倒也不慌亂，張開雙手緩緩後退笑道：「皇太后自然可以殺一個奴才，但方才陛下饒妳郭氏滿門的許諾，也就不作數了。」郭照眼中含淚，劍指辟邪，一言不發。

這時鍾繇顫巍巍闖進來，勸道：「太后息怒，太后息怒！」郭照含淚冷笑道：「我已經落到如此境地，太尉尚要我息怒？」辟邪一笑，嘲諷一聲：「太尉的消息真快啊！」

鍾繇趕忙賠笑：「白日裡將一卷重要文書忘在此地，趕緊來取，聽說皇太后和公公在此，特來拜見。」辟邪笑說：「老太尉位列三公，還管這些瑣事啊？」鍾繇裝糊塗：「關乎國法，沒有瑣事，沒有瑣事。」辟邪笑著說：「那就請皇太后把劍放下吧，咱們都知道，是誰把老太尉搬來的。今夜有老太尉陪著太后，太后不必擔心了吧？」郭照恨恨扔下了劍。

辟邪一拱手，帶著羽林衛揚長而去，郭照渾身癱軟地後退了一步。鍾繇跪下，顫聲道：「臣來遲一步，讓太后受委屈了。」郭照流淚，哽咽著說：「我不委屈，我為先帝委屈。」

「娘娘勿憂，司馬懿已經在想辦法了。」

郭照慘笑：「他是君，你們是臣，能有什麼辦法。子桓駕崩的一刻，我就該殉葬的，告訴皇帝，我可以死，卻絕不能擔汙名而死。」鍾繇痛心地勸道：「不可，不可啊！」

辟邪走出大牢，從袖子裡拿出一塊金牌，輕輕在手上一掂，沉吟片刻，翻身上馬道：「去大將軍府！」牽著馬的鍾繇家人看著他們消失在夜色中。

清晨，司馬懿身穿官服來到門口，張春華憂心忡忡跟在他身後，司馬懿輕拍她的手以示安慰，接著打開門來，卻不防鍾會就站在門外，司馬懿不由一怔。

「老師可是要為皇太后之事進宮？」

「正是。」

鍾會忽然直接將司馬懿推入門內，自己也昂然直入，說道：「老師萬萬不可！」司馬懿一驚：「出事了？」

「昨夜家父已趕往廷尉，太后如今安好，只是老師不能進宮了，更不能為皇太后辯白。」

張春華急道：「士載，你在說什麼！你知道皇太后是清白的！」

鍾會關上門，警惕地看了看寂靜的院子，沒有說話。司馬懿質問：「到底出了什麼事？」鍾會道：「老師可知道，辟邪昨日從廷尉出去，去了何處？」司馬懿問道：「他沒有回宮？」

鍾會搖了搖頭。司馬懿略一思忖便明白，神情有幾分冷意，慢慢坐下：「大將軍府。」

「正是。陛下欲加罪皇太后，必要宗室支持，而宗室的代表就是曹真，老師，你能鬥過曹真，能規勸陛下，可是一旦陛下和曹真聯手，你鬥不過他們。」

司馬懿沉默不語。張春華憤怒道：「那就看著太后蒙冤而死嗎？你老師怎麼教出你這樣的學生?!」鍾會難過道：「學生知道師母和太后姊妹情深，但是，您為老師想想，老師和曹真爭鬥，全靠陛下平衡，若是陛下喪失理智怪罪老師，老師就萬劫不復了啊！」

張春華癱坐下來，含淚望著司馬懿，顫聲問：「你真的不救阿照了嗎？」司馬懿雙眉緊鎖：「士載說的沒錯，加上曹真，太后必死無疑。」張春華絕望地閉上眼。

這時司馬孚衝進來，急切地說：「二哥，你聽說了嗎？昨夜陛下竟然將皇太后下獄了！」司馬懿沉默地看了他一眼。司馬孚顫聲道：「二哥已經知道了？你得救她，得救她啊！」司馬懿淡淡瞥了弟弟一眼，不耐煩地問：「怎麼救？」

「我們一起去見陛下，抗命勸諫！」

司馬懿搖頭，無奈道：「我去沒用，你就更不能去了。」司馬孚渾身冰冷：「二哥，你為了自己，不管她了？」司馬懿愁煩地解釋道：「貿然去救，不過是為太后殉葬，總得讓我想想辦法！」司馬孚卻堅定地說：「殉葬就殉葬，救不出，我就死諫！」說完大步而出。

司馬懿急得在他身後跺腳，大聲喊：「不許進宮！」又轉向張春華：「快去讓昭兒把他追回來。」

司馬孚大步來到廷尉門口，毅然道：「我是度支尚書司馬孚，我要拜見皇太后！」

幾個門衛嚇了一跳，面面相覷。

郭照抱膝倚牆而坐，神情漠然而哀傷。守衛帶著司馬孚進來，郭照驚詫地站起，司馬孚看到牢房中的郭照心中痛如刀割，恭敬跪下行禮：「臣叩見太后殿下，千歲千千歲！」守衛也尷尬地跟著跪下行了個禮。

郭照雍容大度一笑：「司馬尚書，平身。」司馬孚站起來，命令守衛：「開門！」守衛為難道：「這……」郭照忙搖頭：「不要開門，你我共處一室，於彼此聲名有礙。」

司馬孚領悟，她是皇太后，絕不能和自己有任何曖昧的行為，他悲涼一笑：「好，我就在這裡，就算我救不了妳，也可以陪著妳，不論何時何地。」司馬孚一撩衣衫，就在牢門外盤膝坐下。

司馬家的臥房內，張春華倚靠著床幃默默流淚，司馬懿負手焦躁地踱步。司馬昭進來，司馬懿忙問：「你三叔呢？攔下沒有？」司馬昭回道：「三叔沒進宮。」

「那人呢？」

「三叔到廷尉大牢去了！」

司馬懿吃了一驚，嘆息道：「這個癡人！」張春華哀求道：「仲達，沒有別的辦法了嗎？你知道三弟的心意，現在不是我妹妹一條性命了，還有三弟一條性命！」司馬懿焦慮道：「我知道，讓我再想想……」此時柏靈筠緩步走來：「大人，我有個辦法。」司馬懿一陣驚喜：「快說。」

「陛下這次是鐵了心了，我看，只有曹真的話管用。」

眾人面面相覷，張春華冷著臉問道：「可曹真怎麼會幫我們呢？」柏靈筠篤定道：「會的，只要大人給他一個承諾。」司馬昭問道：「什麼承諾？」柏靈筠有點艱難的說：「雍涼領兵之權。」

司馬昭臉色一變：「妳這出的什麼餿主意？妳是要父親把這些年鏖戰的果實拱手讓人？」柏靈

筠已恢復平靜：「公子，想要救人，就得有散盡千金的勇氣。」

司馬昭急忙拉著司馬懿：「爹，萬萬不可！」司馬懿沉思片刻，仰天閉目，嘆道：「我去。」

守衛也呆住了。

司馬懿身著便服，來到曹真府邸前，抬頭看了一眼門上「大將軍府」的匾額。

曹真門前官員來往車如流水馬如龍，司馬懿緩步走上去，門口守衛不認識司馬懿，伸手一攔：「什麼人？」一個正巧出來的官員看到司馬懿，驚愕說道：「司馬大人……」

司馬懿淡笑一下，從袖子中取出一塊竹片名刺，恭敬地說：「下官司馬懿，拜上大將軍。」

曹真請司馬懿來到花園，笑道：「你我同朝為臣二十年，這還是你頭一次到我府上來。有那麼怕我嗎？」司馬懿笑著說：「起初確實是怕，怕將軍再灌我一缸酒。」

曹真想起司馬懿第一次喝醉的糗態，大笑道：「哈哈哈！你那時候還躺在地上唱情歌呢！」司馬懿笑著遮面，連聲道：「慚愧慚愧！」曹真笑著問：「後來呢？不屑一顧了？」司馬懿淡笑回答：「後來，就不只是怕將軍，還怕陛下，你我是大魏天子之下最有權勢的兩個人，若是我們走得太近，先帝和陛下，還能安寢嗎？」

曹真瞇著眼睛凝望司馬懿，笑起來：「看來今日，你要跟我說實話了，請！」曹真引著司馬懿落座，司馬懿打量花園感慨道：「和昔日的五官中郎將府花園十分相似，將軍真深情之人。」曹真笑著說：「未必是深情，我半生戎馬，少年時，只在子桓的花園裡喝酒的時候最快活，也就只喜歡這樣的園子。」司馬懿嘆息：「要是先帝還在……」曹真冷笑：「後悔了？撞了南牆才回頭吧？」司馬懿笑著說：「人生如棋，落子無悔，撞了南牆也不回頭！」

「好，那咱們就快人快語。說吧，今天到底為何而來？」

「我請大將軍救太后！」

曹真一怔，隨即大笑道：「我？救太后？我為什麼要救她？可別告訴是為了跟子桓的舊情啊！我怕肉麻！」司馬懿也笑著說：「人生到了你我這份上，還哪有什麼舊情啊！只有利益而已。」

「這話我愛聽，那你帶了什麼利，什麼益，讓我救她？我記得你比我窮啊？」

司馬懿哈哈大笑：「誰敢與大將軍比富。」接著笑容卻沉了下來：「雍涼十萬大軍，換大將軍跟我同上一道救太后的表文。」

曹真冷笑道：「好像我才是總領天下兵馬的大將軍兼征西都督，你不過是個驃騎將軍，還在我手下吧？」司馬懿定定看著曹真，毫不退縮：「諸葛亮破三郡之前是，諸葛亮破三郡之後，不是了，大將軍不妨猜猜，若是諸葛亮再舉兵來犯，陛下會讓誰領兵？說到底，大將軍不過是個名號，不是權勢，權勢是看誰手中有兵、有將。」

「那我更不該救皇太后了，我該讓你一個人去啊，你激怒陛下，我順應陛下，陛下會讓誰領兵？」

司馬懿閒適地吃著葡萄，輕輕吐出一顆籽，語氣冰冷地說：「要是我也不救呢？」

「哦？」曹真笑著搖頭：「我了解你，你不會！」司馬懿淡笑著，但他的目光越來越凌厲：「我會，我不但不救，還會同意陛下殺了皇太后，然後，下一次諸葛亮來犯時，我會自請領兵，我會讓陛下記得大將軍是如何被諸葛亮玩得團團轉，我會握緊了雍涼的兵權再不放手，直到把你從大將軍這個位子上拉下來。」曹真第一次看到如此凌厲的司馬懿，他和司馬懿對視片刻，冷笑著說：「藏不住了？」司馬懿輕嘆道：「救人如救火，藏不住啦！」

「我又不懂你了，為了一個女人，丟掉已經到手的兵權，何必呢？」

司馬懿站起來，平靜道：「這就是我的事了，方才的話，大將軍三思，多謝！」

司馬懿拂袖而去，曹真目光幽暗，久久沉思。

曹真、司馬懿和陳群一起等候在寢殿外。曹叡出來看到，微微一怔，笑道：「三位輔臣一起來，出什麼大事了？是西蜀還是東吳又起兵了？」

曹真、司馬懿、陳群互相對視一眼，還是陳群先站出來，恭敬道：「陛下，臣聽聞近日陛下將問罪皇太后，舉朝上下，莫不驚怪，皇太后乃先帝親封皇后，於陛下有養育之恩，位尊無匹，豈可問刑於司法。陛下以忠孝治國，施於君者謂之忠，施於親者謂之孝，縱君親有過，不得已而言，謂之諫，不忍宣也。今因流言而問刑於太后，恐有傷陛下仁孝之名啊。」

曹叡的臉慢慢沉下來：「陳先生一早就來給朕上課了，大將軍，司馬將軍，你們呢？」曹真不得已，上前一步，回道：「臣也認為，陳司空所言極是。」曹叡臉色一變，辟邪愕然望著曹真，繼而目光凌厲地望向司馬懿。

司馬懿上前，沉靜地說：「陛下，臣也以為大將軍與司空所言甚是，天下未定，吳、蜀犯疆，若朝野之間，知道陛下與皇太后不和之言，我國有藩王之危，只怕會動搖軍心，讓吳、蜀有機可乘。」說著，司馬懿跪下了，伏地補充：「請陛下以社稷為重！」曹真和陳群跟著他跪下，齊聲道：「請陛下以社稷為重！」

曹叡氣得胸口起伏，豁然站起，冷笑道：「好啊，三大輔臣異口同聲，這是跟朕示威來了。」司馬懿、曹真、陳群齊聲回答：「臣等不敢。」曹叡端起架子發問：「要是朕不放心，執意要問罪呢？」曹真、陳群、司馬懿又互相對視一眼。

陳群回答道：「臣等當聯名文武百官，以死相諫！」曹叡逼視著他們，寒意陡升：「你們是想說，朕要是不孝，你們就敢不忠，是嗎？」司馬懿、曹真、陳群一齊叩首：「臣等不敢。」

曹叡被氣得反而沒了脾氣，忽然哈哈大笑：「有膽量，輔臣就是輔臣，一開口，朕就得聽哪！好了，朕認輸，辟邪，傳旨，把皇太后請回永安宮，去替朕，好好給皇太后賠個不是。」辟邪不甘心地低頭：「奴婢領旨。」

司馬懿暗暗鬆了口氣，從袖中捧出一卷竹簡，繼續說道：「臣還有表上奏。」曹叡沒好氣道：「你還不滿意！」

「臣是說新城的事，孟達雖死，但荊州軍紀混亂，且石亭一敗後，東南空虛，恐被吳、蜀趁虛而入，臣請前往宛城，整頓兵馬，以備東吳。」

曹叡立刻明白了司馬懿和曹真的交易，冷笑著說：「你堂堂驃騎大將軍，又在雍涼立下大功，遠離京師去鎮守個宛城，不嫌委屈嗎？」司馬懿伏地回答：「臣才力有限，勉強能固守一州而已，且臣在雍涼舉止失措，上了諸葛亮的當，臣常懷惶恐，請陛下降職以示責罰。」曹真低著頭，嘴角卻掠過一絲滿意的笑容，曹叡氣得掀翻了桌子，咆哮道：「這麼想走，那就滾吧！」

三人正走著，辟邪追出寢宮，喊道：「大將軍！」曹真止步，司馬懿淡淡一笑，向曹真躬身一禮道：「多謝大將軍，告辭。」便和陳群快步遠去。

辟邪上前，怒氣沖沖說：「大將軍是欺我，還是欺君？」曹真答道：「不敢，只是司馬懿說得確實有道理，如今天下紛爭，陛下豈能為後宮一個婦人亂了民意軍心。陛下不必著急，時機一到，臣自然會幫助陛下除掉她！」

「何時是時機？」

曹真傲然道：「我滅掉諸葛亮之時。」

辟邪重新走進寢宮，正看見曹叡用劍將司馬懿的竹簡砍得碎片飛濺。

辟邪柔聲勸慰道：「陛下，他們說得有道理，再等等吧，終究會有那一天的。」

曹叡恨恨道：「他們，他們拿朕當兒戲，他們拿朕的官職，朕的江山當籌碼，朕還得依著他們！朕還說什麼政由己出！」辟邪走上前，小心握住曹叡的手，把劍拿下來，他輕柔的聲音在宮中漂浮：「陛下，別傷著自己。別急，快了，快了，司馬懿和曹真都五十了，陳群六十了，他們會老得很快，會上不去馬，拿不起劍，而陛下，會一日比一日強壯，他們拿什麼跟陛下鬥？」

司馬懿走出皇宮，無限疲憊，仰頭看了一眼天幕。陳群嘆息道：「這麼自損的法子，虧你也想得出來。」司馬懿笑笑說：「沒什麼不好的，換個地方，重新開始。」

「仲達，此去山水迢迢，要保重啊……」

司馬懿平淡說道：「不是第一次了，但願後會有期。反倒是京城風刀霜劍，陳兄更要小心。」

陳群搖頭：「到了這個年紀，真是每一次分別，都心驚膽戰啊……」

不多時，廷尉大牢外，一輛華貴的油壁車停在階下，宮女攙扶著郭照緩緩登車，郭照回頭望著目送她的司馬孚，輕輕向他點頭致謝，司馬孚目中含淚，卻口角含笑，恭敬地向她躬身拜別。

馬車聲轆轆遠去，司馬孚一直保持著躬身的姿態。

司馬懿拖著疲憊的身軀舉步走進自家西院，柏靈筠的琴聲杳杳傳來，清風拂動她窗前的花枝。

司馬懿出神凝望，傾聽著。

司馬懿推門而入，柏靈筠一曲方罷，兩人目光靜靜交會。

「這一次，又是妳救了我。」

柏靈筠微笑道：「你是來道謝的？」司馬懿苦澀道：「我知道，妳不會想聽這些。」柏靈筠的笑容慢慢消退了，她的聲音有些憂傷：「不是道謝，就是來道別了。酒我已經溫好，大人坐吧。」

司馬懿緩緩坐下，他靜靜看著柏靈筠走到身前為他斟酒，柏靈筠的手臂有些微顫。司馬懿拉她坐下，從她手中接過酒具，倒了兩杯酒。他拿過一杯給柏靈筠，一杯給自己。

司馬懿自嘲地笑了：「本來路上想著有很多話要同妳講，真見到妳了反而不知道說什麼了。」他含笑舉杯：「我敬妳一杯吧。」司馬懿一飲而盡，柏靈筠眼中已有些酸澀。

司馬懿繼續說道：「謝謝妳為我，為這個家的付出。」柏靈筠紅著眼說：「大人，帶我一起去吧。我能幫得上你。」司馬懿含笑望著柏靈筠，握住柏靈筠的手：「靈筠……」柏靈筠不甘心地說：「她能吃的苦，我也能。」

「靈筠，我有更重要的事情需要妳做。」

柏靈筠沉默了片刻，艱難地開口：「幫你看著曹真？」

「……還有陛下。」

柏靈筠慢慢垂下了頭。司馬懿真心地說道：「只有妳能幫我，也只有妳值得我託付。」柏靈筠苦澀道：「我現在都不知道，這對我來說到底是不是好事。」

「有妳相知，是我人生之大幸。」

柏靈筠舉起酒杯，下定了決心：「好，我答應大人，定不辜負這份相知。」說罷，仰頭一飲而盡杯中之酒。

姜維、魏延、蔣琬和費禕都來諸葛府赴宴，慶賀諸葛亮得子。

諸葛亮四十七歲才得一子，他抱著粉嫩的小嬰兒，也難得地露出了笑容。

姜維笑著說：「丞相，給小公子起個名字吧！」諸葛亮沉吟一下，笑道：「瞻，瞻望的瞻，就叫諸葛瞻。」蔣琬、費禕等讚頌：「維此惠君，民人所瞻，好名字啊！」諸葛亮也笑著說：「瞻彼日月，悠悠我思，但願他的目光，比我們這一輩更遠些，能看到山河一統，天下太平。」

這時信使進來：「稟君侯，魏司馬懿來信！」姜維、魏延、費禕、蔣琬幾人神情都嚴峻起來。諸葛亮淡然將兒子交給婢女：「抱進去給夫人。」接著接過書信展開，念道：「魏驃騎將軍兼荊豫總督司馬懿，拜上蜀丞相武鄉侯麾下。懿悠遊江湖之上，欣聞君侯中年得子，不勝喜悅。青春受謝，歲月如馳，嬰孩日長，而吾輩日衰，豈能不歡欣而悲嘆。懿知丞相喜，亦深知丞相憂，書不盡懷，各自愛。懿再拜。」

魏延蹙眉不解道：「他這什麼意思，千里修書，就為了發幾句感慨？」

諸葛亮彷彿看到了極為有趣的事，搖頭笑個不住：「司馬仲達，居然也動起詩情來了！」

蔣琬一旁插嘴道：「他自己感慨衰老，也配拉上丞相？他比丞相還大幾歲呢！」諸葛亮笑著說：「司馬懿是來催我的，雍涼現在，只有曹真的部下了！他說的對，我輩體貌日衰，而大業未成，時不我待，走，我們去查看糧草兵器！」

宛城的青山綠水中，司馬懿側臥船上，手執釣竿，閉目吟唱：「滄浪之水清兮，可以濯我纓；滄浪之水濁兮，可以濯我足……」

【第六章】

壯士不還

秋日已至。洛陽皇宮中，曹叡高坐御案，下站文武官員。

曹叡蹙眉道：「隴西探子回報，西蜀諸葛亮厲兵秣馬，集三十萬大軍，欲出散關。前歲攻三郡，不過十萬，不過一年，便有三十萬之多，隴西告急。眾位愛卿以為，當如何禦敵？」曹真當先出列：「臣去歲守隴西，功微罪大，不勝惶恐，今乞引大軍往擒諸葛亮！」

「大將軍可有破敵之計？」

曹真淡定說道：「諸葛亮雖用兵奇詭，但其千里奔襲，糧道為其命脈。諸葛亮從散關出，陳倉乃是其運糧要道，臣先遣忠義之臣郝昭駐守陳倉，使其糧道不通，蜀軍自亂。」曹叡雙目一亮：「好，大將軍能揣摩諸葛亮之弱勢，我軍取勝有望！」曹真昂揚補充道：「臣新近得一員大將，便是隴西本地人，姓王名雙，能使六十斤大刀，開兩石鐵胎弓，暗藏三個流星錘，百發百中，有萬夫不當之勇，有此人在，視魏延、張苞之流婦孺爾！臣保舉此人為先鋒，必破蜀軍，生擒諸葛亮！」

曹叡好奇問道：「王雙何在？可能讓朕一見？」

「他乃臣之護衛，就在殿外！」

「宣！」

殿外一疊聲的宦官傳遞出去：「宣王雙上殿——！」

一個身形高大、虎背熊腰的武將大步上殿，步履生風，渾身透出慓悍來，他雙膝跪倒：「臣王雙，叩見陛下！」群臣看著跪下還如黑鐵塔一樣的王雙，不禁嘖嘖讚嘆。

曹叡仔細打量了王雙一番，笑道：「大將軍能識敵，能用人，朕無慮了。來人，賜王雙錦袍金甲，封虎威將軍，前部大先鋒！」王雙大喜：「臣領旨，謝陛下隆恩！」曹叡又說道：「大將軍曹真為隴西大都督，即日引精兵十五萬，會合郭淮、張郃，阻擊蜀軍！」曹真朗聲道：「臣領旨！」

站在班首的陳群一直猶豫，此時終於忍不住出列，緩緩說道：「陛下，臣有一事奏請。」

「司空請講。」

「陛下，臣請宣調驃騎將軍司馬懿為副都督，從荊州沿漢水西上，至長安與大將軍會合，共討蜀軍。」

曹真勃然作色，怒道：「我隴西自有張郃、郭淮數員猛將，何須副都督！」陳群仍在辯解：「王雙、張郃、郭淮此等皆衝鋒陷陣，用兵之臣。古人云，上兵伐謀，司馬懿，伐謀之臣也。前番司馬懿收服三郡，對諸葛亮知之甚深，諸葛亮用兵奇詭，大將軍還須一運籌帷幄之臣在側商量啊。」

曹真冷冷道：「陳司空是說我隴西諸將乃有勇無謀之輩？」鍾會在班中低頭，悄然露出笑容。陳群尷尬，忙道：「這倒不是，大將軍還是慎重為上……」曹真冷冷道：「陳司空一生未曾領兵，學了幾句上兵伐謀，就來指點江山了？」

罷朝之後，曹叡將曹真招入了寢宮，曹真猶在負氣。

曹叡笑著說：「還沒出兵，大將軍和大司空先在朝上吵起來了，也不怕傳出去讓蜀軍笑話。」

曹真怒道：「陳群書生之見！」曹叡嘴角卻掛著微妙的笑容：「大將軍，朕思量再三，陳司空所言有理。」曹真驚怒交加：「陛下！」

「與尋常將領對敵，兵精將勇足矣，與諸葛亮這樣的人對敵，需要一個能洞察人心的軍師啊……」

曹真賭氣道：「陛下信任司馬懿，讓他去便是，臣請避位讓賢！」曹叡淡笑：「大將軍不必跟朕賭氣，親疏，朕還是分得清的。」

「那陛下是不信臣？」

「朕信，但朕要有勝無敗。」

曹真傲然道：「若敗，臣甘願領死！」曹叡淡淡搖頭：「大將軍對朕不放心啊！這樣吧，曹休叔叔也去世一年了，司馬之位空懸，朕將你升為大司馬，總領天下兵馬，司馬懿比你低兩級，聽你調遣。功成，與他無關，戰敗，他與你同罪。朕只圖危機之時，你們兩人好歹有個商量救助，如何？」

在皇帝如此恩威並用的壓迫下，曹真不得不低頭沉默，算是同意了。

柏靈筠正在房內彈琴，琴聲肅殺。

鍾會在小沅的帶領下步入，小沅正要上前叩門，鍾會輕輕擺手，駐足傾聽。一曲罷，柏靈筠的聲音從房內傳來：「小沅，有客人到訪？」

「是的小姐。」

鍾會讚嘆道：「夫人真乃奇才，琴中隱有兵戈之聲，夫人是如何得知，將有兵事的？」柏靈筠拉開門步出，輕笑道：「若非要事，公子不會親顧寒舍，若論要事，只能是諸葛亮又起兵了吧？」

「夫人智謀，勝過朝堂袞袞諸公多矣。夫人要先聽喜事，還是憂事？」

柏靈筠一笑：「福兮禍所依，禍兮福所伏，這世上從無單純的悲喜。」鍾會點頭：「不錯，陛下要啟用老師，卻只是曹真的副都督，而曹真，已經升為大司馬。」柏靈筠輕笑：「打贏了未必有功，打輸了當先受過，曹真若有害人之心，祭出軍法來斬都不難。天子宗親，果然好事都讓他占全了。」鍾會嘆道：「夫人目光如炬，我就不必多解釋了，請夫人報予老師，讓他早做謀劃，千萬小心。」柏靈筠露出沉思的神情。

司馬懿一身庶民短衣，在河岸邊垂釣，身後響起了腳步聲，司馬懿抬手止住那人上前。侯吉輕聲道：「柏夫人來信了。」司馬懿正抬竿溜著魚，猛得站起身一提，一條活蹦亂跳的魚兒出水，司馬懿將魚放進竹簍裡，這才接過侯吉的信看了一眼。他臉上先是顯出了振奮的神情，繼而陷入沉思。

他負手拿著信漫步離去，侯吉提醒：「老爺，您的魚！」司馬懿高聲吟道：「筌者所以在魚，得魚而忘筌；言者所以在意，得意而忘言……」司馬懿頭也不回地遠去了，剩下侯吉怔在原地，想了想，還是捨不得魚。侯吉自言自語道：「這麼肥的魚，燉湯多好！」說罷背起魚簍去追司馬懿。

宛城院子裡擺著香案，洛陽來的宦官正在念誦聖旨。

「……著驃騎將軍司馬懿領副都督之職，即日起引大軍五萬，水陸並進，西上長安！欽此！」

司馬懿恭敬叩首謝恩：「臣領旨，吾皇萬歲萬歲萬萬歲！」

宦官捧起香案上的木盤，盤中放著半隻虎符，司馬懿舉雙手接過。宦官扶起司馬懿，說道：「大人，前方軍情如火，還請大人從速整頓兵馬，快快啟程。」司馬懿恭敬回答：「是，是，只是五萬大軍不是小數，下官還須傳令到各營，遴選人馬，準備糧草，還請公公少待。」

「大司馬可說了，大軍行進，每日不可少於七十里，限令將軍十日內到長安。」

司馬懿躬身領命：「是，是，下官不敢違命。司馬師，帶公公下去休息，好生款待。」司馬師恭敬說道：「公公請。」

司馬懿的臥房內，張春華麻利地為司馬懿收拾行裝，司馬懿把玩手中的半塊虎符，心不在焉道：「不急。」司馬昭一身戎裝進來，興匆匆地說：「爹，我準備好了！」司馬懿淡淡瞥了他一眼，慢悠悠道：「急什麼，脫了！」

「不是說即日啟程嗎？」司馬昭問道。

「大軍三日後開拔。」

張春華一怔，司馬昭也詫異道：「那會誤了期限的！」司馬懿將手中的聖旨遞給司馬昭：「自

己看。」司馬昭看著，露出疑惑的表情。司馬懿以考察兒子的態度問道：「看出什麼了？」

「曹真升任大司馬，父親只是他的副手，這、這是羞辱父親！」少年氣憤不平地說。

司馬懿淡淡冷笑：「只是羞辱就好了！」張春華擔心地問道：「曹真會難為你？」

司馬昭想了想，又說：「他是大司馬，總領天下兵馬，爹不過是他的屬下，他要打要罰要殺還不是一句話，打贏了是他的功勞，輸了只怕頭一個推到爹頭上！」司馬懿先是讚許地看了司馬昭一眼，繼而蹙眉，喝道：「好了！年少輕狂，口無遮攔！」

張春華感到一陣恐懼，趕緊勸司馬懿：「要不，你稱病吧，不要去了！」司馬懿平靜道：「虎符已至，是能稱病的？」司馬懿晃悠悠走到牆角，拿起他的魚竿魚簍就出去。

「你做什麼？」

「釣魚去，秋風起，鱸魚美呀！」

房間裡，司馬昭安慰母親道：「娘妳放心，有我在沒人能傷著爹！」

蜀軍正在攻打陳倉，戰情如火如荼。

蜀軍吶喊著推著高高的雲梯衝向城牆，城頭隱藏的弓箭手同時站起，射出帶火的羽箭，雲梯被熊熊烈火點燃，爬上雲梯的蜀軍也中了火箭，慘叫著墜落如雨……

戰場遠方，諸葛亮緊張地蹙眉看著。

太守郝昭緊緊盯著戰局，魏軍已明顯占優勢。郝昭哈哈大笑，向斥候道：「稟報大司馬，蜀軍又被我擊退！可速派先鋒來，與我合擊諸葛亮！」

諸葛亮含憂負手在大營內來回踱步，魏延在一旁建議道：「丞相，陳倉深城高壘，連攻數日不下，不如棄了此城，從太白嶺鳥道出祁山。」

諸葛亮搖頭：「不可！陳倉正北是街亭，乃我軍運糧要道，必得此城，方可進兵。再攻！」魏延為難道：「是……」諸葛亮又問：「司馬懿的大軍可到了？」魏延上前答道：「探子探得，司馬懿行軍緩慢，尚未與曹真會師。」

諸葛亮沉思片刻，淡淡一笑：「司馬仲達，你也有進退兩難之時啊……」

曹真坐在大營裡哈哈大笑：「郝太守真乃忠臣良將，駐守陳倉讓諸葛亮十日不曾攻下。蜀軍氣勢已弱，王雙！你速引精兵五千，前去攻打蜀軍，以救陳倉！」

王雙氣勢昂揚地說：「是！末將必提諸葛亮人頭來見！」王雙領了權杖，大步走出。

曹真悠然一笑，問道：「司馬懿還沒有到？」一旁郭淮回答：「是，到今日，他已經誤了一天了。」曹真冷笑一聲：「他誤得越多越好，有他的好果子吃！」

秋雨連綿，司馬懿的大軍毫無趕路的跡象，遍地營寨。幾個士兵生著火，火上烤著兔子，圍在一起竊竊私語。

「這娘的鬼天氣！下了一路雨，冷死了！」

「你知足吧！將軍體恤我們，下雨就讓紮寨，有帳篷躲雨，有烤肉暖肚兒，夠舒坦了！碰上別的將軍，這等天讓你行軍，滿地泥巴一身水，還不凍死你！」

「只有肉還不夠暖和，要是有點酒就好了。」

「我看，最好是有個媳婦兒，往被窩裡一睡，那才暖和呢！」眾人粗野地哈哈大笑。

司馬師穿著油衣，在營寨裡巡視著，聽到了營帳裡傳出笑聲，不由走近去聽。他想伸手揭開營帳，想了想，還是放落手走了。

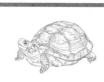

過後司馬師冒雨來到父親的帳外，聞到一陣飯香，忍不住嗅嗅。守衛輕聲笑道：「大公子，香吧？將軍是不是在裡頭燉龍肉呢？我們聞得肚子裡打雷似的。」司馬師心煩意亂，猛地揭開了帳篷。

帳內一口小鍋正咕嘟嘟冒著熱氣。司馬懿和侯吉圍鍋而坐，司馬懿拿起湯匙舀了湯，嘗了嘗。侯吉期待地問道：「怎麼樣？」司馬懿笑著說：「抵得上萬樽瓊漿！」說著便忙著舀湯：「我可不客氣了。」

司馬師急匆匆闖進來，看見司馬懿仍優哉游哉，不由焦急萬分，叫道：「父親！」司馬懿回頭看到兒子，笑著招呼：「師兒來得正好，快嘗嘗侯吉叔的魚湯，鮮美至極啊！」侯吉將剛盛好的湯拿給司馬師，司馬師接過，卻重重磕在一旁的案上。

司馬師焦急道：「父親！都什麼時候了，您還有心思喝湯？」司馬懿皺了皺眉頭，吩咐道：「侯吉，你先出去吧。」侯吉答應著退了出去。

司馬懿看著兒子，冷靜的問道：「諸葛亮打過來了？」

「沒有。」

司馬懿又問：「曹司馬大敗？」

「也不是……」

司馬懿淡笑著說：「那為何不讓我喝湯？」

「可、可是連日止步不前，將士們都懈怠了！」

司馬懿不緊不慢地喝湯，淡淡笑道：「替人做嫁，代人受過，你趕那麼急做什麼啊？」司馬師憂心道：「父親，我們已經誤了行軍期限，曹真會以此刁難父親的啊！」司馬懿冷笑：「我不誤期限，他就不刁難我了？那時候，他就會讓我攻一道明知有伏兵的關隘，守一座注定會淪陷的城池，進有諸葛亮殺我，退有軍令狀殺我，我還不如在這兒淋雨呢！」

司馬師還是心急：「父親屯兵不前，只怕陛下面前也難以交代，就沒有別的辦法了嗎？」司馬懿蹙眉不語，這時有馬蹄聲在營帳外停下，傳來斥候的聲音：「大司馬急召驃騎將軍！」司馬懿朗聲說：「讓他進來！」斥候大步而進，毫無禮節，倨傲道：「屬下奉大司馬之命，申斥驃騎將軍司馬懿，何以拖延不前，貽誤軍機！」

司馬師憤怒，低聲喝道：「你放肆！」司馬懿抬手止住司馬師，站起來恭敬地躬身說道：「請上稟大司馬，秋雨連綿，道路泥濘，將士們行路艱難，望大司馬見諒。」

「這些話，將軍還是見了大司馬親自說吧！」

司馬懿絲毫不生氣，溫和一笑說：「敢問前方戰事如何？」斥候驕傲答道：「陳倉太守郝昭連連擊退蜀軍進攻，諸葛亮困於陳倉城下，一籌莫展！」司馬懿笑著附和：「這都是大司馬調度有方，用人得當之功。」斥候哼了一聲：「將軍再不全力趕路，神仙都救不了你了！告辭！」說完轉身出了營帳，一陣急促地馬蹄聲遠去。

司馬師恨恨道：「狗仗人勢！」又憂心地轉向父親：「曹真打了勝仗，更不可一世了。」司馬懿嘆息：「他打了勝仗，為父才有一線生機啊……」

王雙帶著兩萬兵馬奔馳來到陳倉城下，塵土飛揚，氣勢軒昂。

郝昭在城頭看到旗幟上大書「虎威將軍先鋒」，激動叫道：「救兵到了，救兵到了！開城。」吊橋「吱呀」放下，王雙卻沒有立刻進城，他遙望遠方躲在地壘後窺探的蜀軍，喝道：「拿我弓來！」部下捧上一張巨弓，王雙接過，弓開滿月，箭如流星，百步之外一名露出頭的蜀軍慘叫著中箭，其餘幾人大驚失色，慌忙蹲下逃竄。

王雙哈哈大笑：「告訴諸葛亮，此番讓他有來無回！」

郝昭在官署內擺起宴席，為王雙接風洗塵，郝昭高興道：「將軍來此，陳倉無憂矣！」

「曹大司馬要末將代為致謝，郝太守守城有功，戰勝之後大司馬有重賞！」

郝昭笑道：「不敢不敢！為國守城，此下官分內之事，將軍帶來兩萬兵馬，可令他們就在城外下寨，四位立起排棚，築起重城，深挖壕溝，讓蜀軍無可乘之機！」王雙豪邁道：「一切聽從太守安排，大司馬說了，守城你來，殺敵我去！」這時探子跑進來稟報：「報！蜀軍前來邀戰！」

「嚴守城頭，不可出戰！」

王雙「刷」地站起：「為何不可出戰，我去！」郝昭忙勸道：「將軍遠來辛苦，尚未用飯，還是等休息一日，明日再……」王雙一抹嘴：「飯給我留著！我正要殺幾個蜀將，報大司馬知遇之恩！」說完便提起大刀下城去了。郝昭又感又佩，吩咐下人：「熱著酒，為將軍慶功！」

陳倉城外，王雙手執大刀，威風凜凜。蜀軍謝雄吶喊著衝上前去，兩人交戰三回合，王雙一刀將謝雄劈下馬去。

領兵的蜀將龔起大吃一驚，也吶喊著衝上前，交戰數回合，又被王雙一刀砍死，蜀軍倉皇奔逃。

王雙哈哈大笑：「追！」陳倉城頭，郝昭一切盡收眼底，撫掌讚嘆：「真神勇也！」

曹真大營內，探子進來稟報：「大司馬，驃騎將軍司馬懿引五萬大軍到了寨外！」曹真故意調侃道：「哦？驃騎將軍司馬懿？我差點忘了，原來我大魏還有此人啊！」張郃、郭淮紛紛大笑。

曹真冷笑道：「讓他進來！」孫禮則有幾分擔憂。

大營前，司馬懿下馬，對兒子們吩咐：「我去拜見大司馬，你們在此等候。」司馬師滿腹擔憂，憂心忡忡道：「不，我們陪父親進去。」司馬昭也上前：「曹真定然會刁難父親，兒子們在外面只會更擔心！」司馬懿望了他們一眼，嘆口氣：「進去可以，但不許輕舉妄動，沒有我的同意，不許開口說話！」

司馬懿帶著兩個兒子進去，撞上了座上曹真、張郃、郭淮等人嘲弄的眼神。

司馬懿平靜地躬身一拜：「下官司馬懿，拜見大司馬。」曹真冷冷道：「稀客啊，仲達來此作甚啊？」

「下官奉聖旨，引荊豫兵馬五萬，前來援助大司馬。」

曹真大笑：「援助於我？等你援助，陳倉早就丟了！」他忽然沉下臉：「將士們在前方奮勇殺敵連克敵軍，你卻在後方優哉游哉，你還有什麼臉面來見我！」

司馬昭忍不住想說話，司馬懿已經先抬手止住他。司馬懿從容跪下，平靜道：「下官知罪。」曹真冷冷發問：「你遲了幾日？」司馬懿垂首：「十日。」曹真扭頭看向身側：「孫禮，你是行軍司馬，你說，延期何罪？」孫禮為難：「這……」

曹真怒目而視，孫禮趕緊說：「依照軍法，一日杖十。」

曹真瞇上眼睛：「好，軍不可無法，司馬懿延誤十日，將他帶下去，杖責一百！」司馬懿露出驚懼的神色，孫禮也是一驚，趕忙勸道：「大司馬！不可啊！」

司馬師急了，只得慌忙跪下，為父親求情：「大司馬！我軍沿途遇雨，家父不忍將士跋涉泥濘，故而遲緩，請大司馬開恩。」司馬昭、孫禮和幾個文官也一齊下拜：「請大司馬開恩！」

曹真語氣更加寒冷了：「好一個不忍！要是不忍，本都督就不該讓將士們上陣！若是不忍，是不是就該將長安讓給諸葛亮！」司馬懿慚愧道：「下官知罪，大司馬可否讓下官戴罪立功？」

孫禮也輕聲勸道：「大司馬，陛下讓司馬將軍輔佐您共為謀劃，此正用人之際，還請大司馬給一個戴罪立功的機會吧……」曹真側目冷笑道：「我自有謀臣武將收城克敵，何須一個怯陣書生！」

接著他又轉向眾人，朗聲道：「仲達與陛下論諸葛亮斬馬謖，可是敬佩諸葛亮軍法嚴明的，原來到了自己人身上，就能糊弄從寬了？」司馬懿無言以對，只得低頭：「下官慚愧。」

曹真下了命令：「那就依法從事，拖出去，行軍法！」司馬師大急，只得懇求道：「大司馬！軍棍沉重，父親恐難承受，末將願代父受責！」司馬昭恨恨跪下，也說道：「我也願代父受責！」

司馬懿呵斥：「住口！此地輪不到你們說話！」他向曹真一躬起身：「大軍延期，只罪將帥，與兵士們無涉，下官願領責罰，請大司馬不要牽連。」曹真冷笑道：「好，帶下去！」

孫禮焦急無奈地看著司馬懿被曹真的兩個親兵帶了出去，司馬師和司馬昭也焦灼跟上。

營外擺起了一張行刑用的木凳，司馬懿脫去外面軟甲，只著中衣，兩名執棍的士兵站在兩旁。

司馬師和司馬昭急得冒汗，司馬昭在一旁汗如雨下：「爹，你也拿著聖旨，你不能讓曹真如此羞辱你！他是要你的命啊！」司馬懿沉聲道：「閉嘴！再說話立刻給我回家去！」

司馬懿看了一眼刑凳，俯身趴了上去，沉重的軍棍落在他臀腿上，司馬懿疼得身子顫抖，但努力咬緊牙關，報數官朗聲數出：「一、二、三、四……」

司馬師、司馬昭心如刀割，轉過頭去不忍再看。

一條官道上，信使快馬加鞭，奔馳前進。

外間傳來有條不紊的棍擊聲和數數聲：「二十五、二十六、二十七、二十八……」

受杖的司馬懿已忍不住發出低低的呻吟，曹真志得意滿地微笑，孫禮憂急無奈地向外望去。

杖責還在繼續。司馬懿下身滲出血跡，司馬師聽著父親的呻吟聲，難過落淚，司馬昭緊緊握起拳頭，青筋暴起，他焦躁地走來走去，終於忍無可忍，叫道：「我去和曹真拚了！」

司馬師一把拉住司馬昭：「你現在進去，爹也是個死！」司馬昭憤憤道：「我知道，橫豎都是個死，我見不得爹遭這份罪！」司馬師的手一鬆，司馬昭就要往曹真營內衝去，身後卻傳來司馬懿虛弱的聲音：「回、回來……」司馬昭回身看到司馬懿滿身鮮血，又悲又恨，雙膝一軟跪倒在地，哽咽痛呼：「父親！」

司馬懿的呻吟已經變成了忍無可忍的痛呼。

孫禮忍不住了，上前在曹真耳邊低聲勸道：「大司馬，陛下讓司馬將軍來襄助軍事，若是他負傷太重，或是傷了性命，恐怕難以向陛下交代啊，大司馬，意思意思，正了軍法就是了……」曹真冷笑道：「他違抗軍法，就是到了陛下面前，看誰還能為他說話！」

「話雖如此說，但值此大戰之際，就看在諸葛亮忌憚司馬懿的份上，也該留他一條性命。」

曹真怒視孫禮，喝問道：「沒有司馬懿，我軍就打不贏諸葛亮了？那我要你何用？再有多言，連你一塊兒打！」孫禮無奈地噎住了。

營外，司馬懿的呻吟聲已經虛弱下去，漸漸無聲，外面傳來軍士的稟報聲：「稟大司馬，司馬將軍暈過去了！」曹真問道：「多少了？」

「共四十八棍！」

曹真淡笑：「真沒出息，潑醒了繼續！」幾個文官面面相覷，都覺得曹真有些太過分了。這時信使闖入：「稟大司馬，陳倉來報！」曹真激動道：「快呈上來！」

曹真接過書信，看了一眼，高興地一擂桌案，笑道：「王雙果然英雄無敵！王雙到日，連斬蜀將謝雄襲起，張嶷重傷，王平、廖化敗走，諸葛亮損兵折將，已後撤二十里！」

眾將紛紛起身相和：「臣等恭賀大司馬！」曹真得意地看了孫禮一眼，冷笑一聲：「我要司馬懿何用？」扭頭又問外間：「怎麼還不打?!」

司馬懿昏厥在刑凳上，身後血透中衣，一桶冷水潑下，他發出微弱痛苦的呻吟，軍棍再度擊落，司馬昭忍受不住，一抬手抓住了棍子，司馬懿虛弱地呵斥他：「退下，退下……」司馬師失聲痛哭道：「父親！」司馬懿虛弱說道：「你們，退下……」

司馬師流著淚拉開弟弟，軍棍落下，鮮血四濺，觸目驚心，司馬懿呻吟著……

司馬師煎熬不住，大喊一聲：「父親，兒子管不了那麼多了！」說罷，司馬師衝進曹真的大營，來到帳內，司馬師跪下向曹真連連叩首，懇求道：「請大司馬開恩，大司馬開恩啊！家父實在受不起了，屬下願替父加倍受責，求大司馬饒家父一命。」曹真驕矜不語。

孫禮也低聲哀求：「大司馬，驃騎將軍並非武將，一百之數恐有性命之憂，求大司馬開恩……」

眾人聽著司馬懿微弱的呻吟，也害怕起來，紛紛跪下求道：「求大司馬開恩！」郭淮也有些局促不安，勸道：「大司馬，真殺了他，陛下那裡，恐怕不好交代，今日給了他懲戒，也就是了。」

外間傳來的報數聲清晰：「五十九、六十……」而司馬懿的呻吟聲又聽不到了。

曹真淡淡地說：「罷了，既然眾將求情，姑且先記下四十。」司馬師感激涕零，連聲叩謝：「多謝大司馬！」連滾帶爬奔出去，大聲喊道：「停！停！大司馬下令停刑！」

行杖軍事退下，司馬師和司馬昭流著淚從刑凳上架下了半身是血的司馬懿，司馬昭強忍著痛苦憤恨，將父親背在背上，在眾人的圍觀下一步步走出大營。

蜀將張嶷躺在帳中床上，胸前綁著繃帶，他咳嗽一聲，吐出一口瘀血。諸葛亮帶著姜維走進來。

張嶷掙扎著要起身，有氣無力地喊了聲：「丞相……」諸葛亮忙上前輕輕按住張嶷，擔憂問道：「張將軍勿起，傷勢如何？」張嶷虛弱道：「死不了，只是末將戰敗，實在沒臉回來見丞相。」

諸葛亮搖頭勸慰：「勝敗乃兵家常事，將軍不必自責，何況我觀那王雙果有萬夫不當之勇，只怕我帳下無人能敵，非將軍之過也。」張嶷慚愧又懊喪地說道：「哎！魏軍從何處尋來這等人物啊！」

諸葛亮蹙眉不語。

姜維和諸葛亮走出來，諸葛亮凝思漫步營中。姜維道：「丞相，陳倉城池堅固，王雙又勇猛無敵，難以強攻，不如……」姜維附耳在諸葛亮耳邊低語幾句。

諸葛亮淡笑搖頭：「這計策我何嘗沒有想過，只是司馬懿日內便到，瞞得過曹真卻瞞不過司馬懿，無用。」姜維聽聞，也一籌莫展了。

這時一名探子小跑過來：「丞相，魏軍陣營探得，司馬懿大軍已到！」諸葛亮輕嘆一聲，接過密報一看，先是一怔，繼而面露喜色，含笑望著姜維：「司馬懿因為延期十日，被曹真軍前杖責，打得死去活來，暈去數次。」姜維大喜道：「魏軍將帥不合，是好事啊！」

諸葛亮饒有趣味地笑了笑，繼續說道：「豈止是不合？司馬懿當日奔襲孟達，狂風朔雪中八日急行一千二百里，如今一場雨就讓他愆期十日，你還不明白？」

姜維想了想才恍然大悟：「丞相是說，他有意……」諸葛亮意味深長地一笑。

司馬懿趴在簡易的行軍床上，呻吟一聲睜開眼睛。

床邊的司馬師、司馬昭都腫著眼睛，悲喜交集地喊道：「爹！」侯吉叫道：「快拿藥！」司馬昭慌忙將藥斟出端來。

司馬懿稍稍一動，就呻吟起來，念叨著：「打完了嗎……」司馬師哽咽著說：「眾將求情，曹真暫且記下了四十棍，爹，你覺得怎樣？」司馬懿苦笑著說：「難得啊，曹子丹也有心軟的時候……」

司馬懿咳嗽起來，侯吉忙拍著他的背。

「老爺，你受苦了……」

司馬懿無限疲憊：「無礙，大司馬是放了我一條生路啊……」司馬昭冷笑：「他挾私報復，又不敢把事情做絕，真真是個小人。」

「小人也好君子也罷，與我們有什麼相干。軍情如何了？」

司馬師趕緊回答：「聽聞郝昭和王雙在陳倉城外大破蜀軍，諸葛亮已經後退二十里了。」司馬懿淡淡一笑：「怪不得大司馬高興呢……」司馬昭還是氣不過：「我們千里迢迢趕來，就為了受這份屈辱嗎？」司馬懿虛弱閉目，喃喃問道：「活著屈辱，和死了壯烈，哪個好……」

侯吉擰乾面巾，端著滿滿一盆血水要往外走，司馬懿拉住了他，猶豫道：「這事兒，千萬別告訴春華……」侯吉憂慮重重地看著司馬懿，心疼地說：「老爺，別說話了，好好養傷才是天大的事。夫人看到您這樣子，不知道該有多心疼啊……」

司馬昭咬牙，恨恨道：「總有一天，我會讓他們連本帶利還回來。」

曹真看著軍報，隨意地問：「司馬懿還活著嗎？」

「稟大司馬，司馬將軍傷勢十分沉重，雖然未曾傷筋斷骨，只怕會有幾日高熱不退，須小心調養才是。」

曹真嗤笑一聲：「那就養著吧，大不了凱旋的時候，我讓人抬他回去！」孫禮在旁欲言又止。

這時郭淮進來，身後的親兵綁著個口塞麻木的人，曹真抬頭看了一眼，揮揮手，軍醫躬身退出去。郭淮上前言道：「大司馬，末將巡視隘口之時，抓到一名細作。」那細作拚命搖頭掙扎，嗚嗚做聲。

郭淮扯下他口中麻木，他拚命喘息：「小人不是細作，有機密來見都督，誤被將軍捉到……」

曹真忙問道：「有何機密？鬆綁！」郭淮有些猶豫，曹真不耐煩：「你是怕他跑了還是怕他行刺？」郭淮忙親自割斷綁縛，報信人又警惕看看左右。

曹真揮手：「除了郭淮、孫禮，都退下。」左右守軍退出，將帳簾拉上。報信人這才膝行上前，翻出衣裳內的貼身中衣，又用牙咬開線，從夾層中摸出薄薄一紙書信，捧給曹真：「小人乃姜維心腹，特致密書於大都督麾下！」

曹真接過信來急看，輕聲念道：「罪將姜維百拜，書呈大都督曹麾下：『維念世食魏祿，忝守邊城；叨竊厚恩，無門補報。昨日誤遭諸葛亮之計，陷身於巔崖之中。想念舊國，何日忘之？賴都督親提大兵而來，如遇敵人，可以詐敗。維當在後，以舉火為號，先燒蜀人糧草，卻以大兵翻身掩之，則諸葛亮可擒也。非敢立功報國，實欲自贖前罪。倘蒙照察，速賜來命。』」

曹真雙目閃動亢奮的光芒，高聲道：「姜維有歸國之心，天助我也！郭淮，你先送他到隱祕之處休息，我即刻回信。」郭淮帶著信差出去，孫禮謹慎勸道：「大司馬，未可輕信！」

曹真一笑：「姜維原本就是我國人，不幸為諸葛亮所擒，投降不過是權宜之計，胡馬依北風，誰不念故國啊？」

「諸葛亮多謀，姜維智廣，大司馬應該考慮其中是否有詐。」

曹真不耐煩：「如此良機轉瞬即逝，用人不疑，你連本國人都不信了？你若真擔心萬一有詐，讓費耀代我引兵前往。」孫禮還在勸：「如此大事，是否和副都督商議一下，他對諸葛亮知之甚深……」曹真臉色一變，將筆重重拍在桌上，瞪著孫禮道：「你是否認為，本都督謀略不如司馬懿？」

孫禮惶恐：「下官不敢，只是兵者詭道，司馬將軍對諸葛亮了解頗多，集思廣益，總是好些……」

曹真咬著牙說出自己內心深處的話：「我知道，他是聰明點，先帝就是太迷戀司馬懿那份小聰明了，被他哄得多年甲兵不興，才讓吳、蜀坐大，如今一個小小的蜀國就敢欺到家門口！本將軍打

了一輩子的仗，打仗，不能只靠一個人的聰明！」孫禮不敢再多說，緩緩低頭：「大都督教訓得是。」

司馬昭、司馬師兄弟守在父親床邊，孫禮揭開簾子進帳，司馬師忙站起來躬身一禮：「孫參軍。」

孫禮看了看司馬懿，擔憂地問：「你父親可好？」司馬師嘆息：「傷勢太重，一直高燒，清醒的時候少。」孫禮拿出一瓶藥：「這個是蛇膽煉製化瘀去毒的良藥，給他敷上。」司馬師接過，真誠謝道：「多謝參軍。」司馬昭卻冷冷地說：「我軍中自有傷藥，不勞煩參軍。」

司馬師喝斥弟弟：「不得無禮，多虧參軍求情，爹才免除了四十棍。」司馬昭不服氣地低頭，不再說話。

孫禮坐在床邊，輕推司馬懿，低聲說：「仲達，仲達醒醒？」司馬懿在夢囈中輕顫，高燒得胡言亂語：「陛下饒命……陛下饒命……罪臣……罪該萬死……」孫禮憂愁地摸摸司馬懿的額頭，自言自語：「這可如何是好？」

「參軍有事？」

孫禮嘆道：「等你父親醒來，千萬報予我知道，先告辭了。」司馬師和司馬昭起身送孫禮出去。

在他們身後，司馬懿緩緩睜開一線眼睛，目光沉靜深邃。

夾道山嶺險峻，樹木茂密。

費耀帶領一路大軍，旗幟上書寫魏字和費字，緩緩而來，他不時警惕地看著四周。

山道另一邊，諸葛亮坐在車上，看見魏軍遙遙而來，他瞇起眼睛來看到費字旗幟，微微一笑，輕嘆。

兩軍短兵相接，各自排開。諸葛亮高聲問道：「來將何人，曹真何在？」費耀譏諷道：「蕞爾逆賊，何需勞動大都督，我費耀便可生擒你！」諸葛亮冷笑一聲：「可惜。」

諸葛亮一揮羽扇，馬岱和王平縱馬殺出。費耀低聲冷笑道：「一時再讓你得意！」說著上前和馬岱、王平交戰三四回合，詐作不敵，向身後將士使個眼色：「快退！」諸葛亮口角含笑：「追！」王平、馬岱率軍追趕，忽然王平軍中有人高呼：「不好，後方起火了！」蜀軍紛紛回頭，但見身後山谷煙火騰天。王平和馬岱故作大驚，高聲叫道：「不好！軍營起火，丞相有危險！快回軍，快回軍！」兩人一驚一乍喊完，卻忍不住相視一笑。

蜀軍混亂中奔逃撤退。費耀遠遠看見，哈哈大笑：「姜維果然不欺我，殺——！」

魏軍士氣大振，吶喊著追了回去。追到谷口，已經遙遙可見諸葛亮的大軍急速撤退的身影，費耀毫無防備地直入山谷，高聲叫道：「諸葛亮休走！姜維已得大營，你無路可退，早早受降吧！」

費耀衝入山谷，諸葛亮一揮羽扇，車駕停下，調轉過來，他向費耀一笑，反問道：「我幾曾要退？」費耀愕然一驚，忽然兩側山上吶喊聲響起，無數伏兵鑽出山林，羽箭巨石紛紛而落，魏軍人驚馬嘶，慘叫不止。費耀大喊：「快撤！快撤！」

費耀帶領著殘兵敗將向谷外拚命逃命，王平、馬岱在後不斷追趕殺傷魏軍。

谷口，眉目清秀的年輕將領姜維，高坐馬上，長槍指地，器宇軒昂。他用長槍指著費耀，昂然說：「姜維在此！費耀，下馬受降，饒你不死！」

費耀絕望地看著姜維，又看看身後逼近的王平、馬岱，殘兵敗將的魏軍手中兵器紛紛落地，恐懼地縮成一團。費耀破口大罵：「姜維小兒！你叛國叛家，不得好死！你屈膝敵國，我費耀恥與你同列！」姜維大怒：「曹真豈值得你賣命?!」費耀慨然道：「知遇之恩，雖死無憾！」說完揚起劍來，姜維冷冷一笑，挺槍上前準備交戰，卻不料費耀的劍竟橫在頸間一刎，身子沉重的栽下馬來。

姜維看著費耀的屍身，不由有些失神。

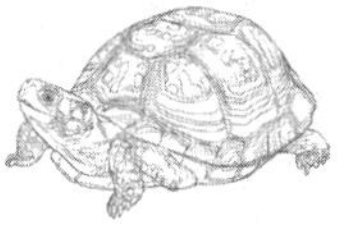

諸葛亮驅車上前，下車走到費耀身邊，惋惜嘆道：「魏國也有良將忠臣，可惜……」姜維恨恨道：「可惜不曾擒獲曹真！」諸葛亮抬頭一望魏軍，失去了主帥的魏軍如丟了魂魄，副將當先，眾人紛紛跪倒，齊刷刷道：「我等願降，丞相饒命！」

諸葛亮含笑一望姜維，已有了妙計，自信地說：「未必！」

一隊魏軍的殘兵敗將衝到陳倉城下，魏軍旗號猶在，被守軍的柵欄攔住。為首是方才投降那名副將，在暗夜中叫道：「郝太守快發救兵啊！費將軍中了姜維奸計，被蜀軍圍困，快發救兵！」郝昭匆匆來到城頭，向下一看大驚，趕忙問道：「你是費耀將軍副將張華?!」

張華答道：「正是，費將軍派我出來求救，太守快發救兵，我軍危急，我軍危急啊！」郝昭狠狠一砸城頭，憤怒道：「我就知道姜維小兒不可信，咳！放他們進來，清點兵馬五千，速去救援。」

城下柵欄緩緩挪開，張華身邊的一名蜀軍低低一笑，此人正是王平。偽裝的「魏軍」奔向城門，吊橋緩緩放下，城門在深夜中如巨獸的口「呀呀」張開。

這支魏軍剛一入城，王平猛地手起刀落，一刀砍翻城門守衛，同時高喊：「殺！」露出真面目的蜀軍砍瓜切菜一樣殺掉了城防的守軍。

同時，陳倉城下響起了浪潮一樣的吶喊聲，萬千蜀軍從黑暗中冒出來，一齊衝向這座來不及設防的城池，為首的將領是姜維和馬岱，他們很快殺過駐守柵欄倉促不及應戰的魏軍，湧入了洞開的陳倉城門。

這座魏軍投注無數心血，郝昭死守兩個月固若金湯的城池，就在一夜之間被攻破了，火光耀眼，到處都是蜀軍和魏軍的慘叫聲。

郝昭悲憤交集，猶在負隅頑抗，他一人獨戰姜維和王平，已經負傷，步履踉蹌但捨生忘死，姜維一槍刺在他腿上，郝昭支撐不住，單膝跪地。諸葛亮大步而入，喊了聲：「且慢！」

郝昭抬起頭來，對諸葛亮怒目而視。諸葛亮神情悲憫，真誠地說：「太守智勇雙全，令亮欽佩，願請太守助我，共興漢室，如何？」郝昭仰天大笑，他以劍撐地，拖著那條傷腿，慢慢走近諸葛亮。

郝昭慘笑道：「我上負國家，下負大司馬，只有這一條路了……」姜維以為他要投降，稍稍鬆了一口氣。然而郝昭走近諸葛亮，忽然挺劍刺去，諸葛亮身邊的魏延大驚，閃身攔在諸葛亮身前，叫聲：「丞相小心！」

姜維、王平、魏延一起挺兵器刺向郝昭，郝昭胸口身中三刃，口吐鮮血。郝昭斷斷續續地笑著說：「我生為魏臣，死為魏鬼，求仁得仁……」說著雙目一閉，手中長劍落下。

諸葛亮痛惜地嘆了口氣，姜維扶著郝昭的屍體，輕輕平放在地，諸葛亮傷神地說：「厚加斂葬，撫恤其家人！」

「丞相，陳倉有失，王雙必來相救。」

諸葛亮望向城頭，恢復了沉靜：「列陣布防，再贏他一陣！」

王雙跪在地上，盔甲狼狽，神情悲憤：「……諸葛亮、姜維賺殺費耀將軍後，偽裝成費將軍殘部前往陳倉求救，太守郝昭大意開城，末將趕去營救，已經……遲了！」

曹真不可置信地慢慢站起，卻又雙腿一軟跌坐下來，推翻了桌案，他喃喃自語：「陳倉……陳倉丟了……」郭淮焦急地叫道：「大都督，還是快布置防禦之策吧！」

曹真彷彿沒聽見一般，怒吼：「姜維小賊！諸葛村夫！派人去給我掘了姜家祖墳！……」跟著一口氣岔上來，劇烈地咳嗽起來，郭淮、孫禮慌忙上前扶住他。

孫禮勸慰道：「大都督，還是和副都督商議一下吧，畢竟他對諸葛亮知之甚深啊……」

曹真的神情痛苦執拗。

司馬懿仍然伏在床上，侯吉正在為他換藥。

司馬昭一邊煎藥一邊幸災樂禍：「曹真自己領兵，又損兵折將了吧？」司馬懿蹙眉制止：「勝敗乃兵家常事，不許胡說。」司馬昭冷笑著：「郝昭已死，單憑一個王雙能隻手擎天？我看曹真還能神氣幾天？」司馬師仍是憂心地說：「父親，您傷勢沉重，此地醫藥不全，大司馬又用不著您，何不向天子上表退回長安休養？」

司馬懿剛要說話，忽然聽到外間有腳步聲，輕聲噓了一下，禁止兒子們出聲，一個影子映在帳篷上，司馬懿看得真切，正是曹真的影子。司馬懿沉默地等待著，那個影子似也在糾結，在猶豫。

曹真在司馬懿營帳外徘徊，自尊心不容許他面對失敗，更不容許他失敗後向司馬懿求教。

孫禮遠遠看著，嘆了口氣。

司馬懿在侯吉的服侍下默默吃粥，營帳的簾子揭開，走進的卻是孫禮。

司馬懿洞察地輕輕一笑，又露出虛弱的樣子，斷斷續續地說：「孫參軍來了……」他想撐起身子行禮，卻又跌回床上，孫禮忙上前按住司馬懿，急急地說：「副都督莫要動，看你醒了，下官就放心多了。」司馬懿故作天真，開口問道：「連日昏沉，不知外間戰事如何？」孫禮尷尬回答：「諸葛亮善用詭計，軍前小有勝負，小有勝負。」司馬懿一笑：「哦，大都督穩坐中軍，我軍兵力倍於蜀軍，一時勝負，無關大局。」孫禮欲言又止，為難地沉默著。

司馬懿喊了一聲：「參軍？」孫禮嘆息道：「哎，不敢瞞副都督，諸葛亮，已攻陷陳倉了！」司馬懿佯作大驚，問道：「啊？郝昭何在？」孫禮痛惜：「郝昭、費耀，皆兵敗不屈而死……」司馬懿也重重嘆息一聲，低聲附和道：「諸葛亮果然防不勝防！」

「不知副都督可有什麼奇謀可以退敵嗎？」

司馬懿忙謙遜道：「不不不，我是待罪之身，又未曾參與謀劃，如何敢胡亂言語，我還欠著大都督四十棍吶！」孫禮忽然跪在床邊，司馬懿大驚說道：「參軍這如何使得，快扶參軍起來！」司馬師和司馬昭忙上前扶起孫禮。孫禮拱手，誠懇地說：「下官知道副都督受委屈了，請副都督以國事為重，不計前嫌，拯救全軍。若長安不保，副都督何以自全？」司馬懿忍痛支撐起來，沉吟著，孫禮期盼地望著他。

半晌，司馬懿猶豫道：「不是我心胸狹窄，記恨大都督，只是我縱有計策，大都督也未肯採納吧。」孫禮聽出希望了，激動道：「副都督忠心為國，縱然大都督一時誤會，下官也會稟奏陛下……」

司馬懿搖頭說道：「不，參軍不但不可對大都督言，也不可對陛下言，下官只求無過，不敢居功，下官的處境，望參軍體諒。」孫禮領悟，又是敬佩又是憐惜，連連點頭：「下官明白了。」

司馬懿拿過粥碗，指著碗道：「這，才是諸葛亮的弱點。」

孫禮向曹真建言：「大都督，蜀軍縱然得了陳倉，但糧草轉運，仍然長途跋涉，何況蜀軍大軍十萬，日耗萬石，蜀國貧弱，難以久支如此浩大的軍費，諸葛亮的弱點在糧食啊！我軍只須固守雍、郿二城，並堅守諸路關隘，不要出戰，不須一月，蜀軍糧草難繼，自然退走。」

曹真還在沉思，一旁的郭淮卻笑了起來。曹真問道：「為何發笑？」郭淮笑著問孫禮：「參軍可是走訪了副都督司馬懿吧？」孫禮一噎，強自辯解：「這只是下官的愚見！」曹真沉下臉來，望著郭淮，問道：「何以見得？」

「此言深知諸葛亮用兵之法，孫參軍若是有此見識，何不早說？」

曹真冷冷逼視孫禮，孫禮無奈只得承認：「副都督也是為全軍著想……」曹真冷冰冰地說：「他

分明是想拖延我軍，我軍僵持一月，勞而無功，陛下怪罪於我，才遂了他的願！」孫禮焦急道：「可副都督言之有理啊……」曹真抬手止住孫禮說話，沉吟起來。

曹真眯著眼睛，自言自語思索著，喃喃念道：「諸葛亮缺糧……」

外間雨聲淅瀝，姜維進來抖抖身上的雨水，諸葛亮急忙問道：「糧草可至了？」

姜維蹙眉搖頭：「還沒有。魏將王雙日夜在小路上巡查，糧草難運，又逢雨季，斜谷泥濘難行，運糧官大約要失期了。」諸葛亮嘆了口氣，憂鬱道：「魏軍不出戰，專騷擾我糧道，深知我之要害，非司馬懿不能為此計。」姜維鬱悶：「丞相不是說，司馬懿為了自保，不會為曹真獻計嗎？」

諸葛亮輕嘆：「司馬懿並非全是私心啊……」魏延煩躁問道：「前有敵軍，後有霖雨，糧草已不足半月之用，難道就此坐以待斃？」諸葛亮輕輕搖頭。

這時探子來報：「報——隴西魏軍運糧千車於祁山之西，運糧官乃是孫禮！」姜維激動問道：「兵馬幾何？」

「大約三千之數！」

魏延追問：「行到何處？」

「現在祁山西側安營。」

魏延和姜維皆面露喜色。魏延上前：「丞相，天賜良機，末將去劫了魏軍的糧草！」諸葛亮微微一笑，望向姜維，姜維的喜色平靜下來，領悟道：「莫非有詐？」諸葛亮含笑不語。

司馬師進來：「父親，探得了，曹真命孫禮虛裝去運糧，車上盡裝乾柴茅草，卻教人虛報為隴西運糧到。引誘蜀軍前來劫糧，暗中卻教郭淮等人潛伏，再放火突襲。」

司馬懿輕輕一笑：「雕蟲小技，豈能瞞得過諸葛亮？」司馬師詫異道：「父親料定曹真會敗？」司馬懿含笑不語，一旁的司馬昭道：「父親教他靜守不出，他偏要計誘諸葛亮，智不如人，卻想得太多，焉能不敗。」

司馬懿不由多看了司馬昭一眼，搖了搖頭：「罷了，你們就當什麼也不知道，什麼也不曾對我說過！」司馬師一笑：「兒子明白。」司馬懿又緩緩閉上眼睛養神。

夜晚的祁山西側山道，馬岱帶著一隊人馬，馬蹄裹布，軍士銜枚，正悄悄前行……

山下堆放著偽裝的一車車糧草，孫禮正帶兵埋伏在山頭，緊張地埋伏在山頭。遠遠看著有一隊黑影前來，孫禮暗暗一笑，他看著蜀軍快速下馬，奔到車前。

馬岱帶人慢慢靠近魏軍營寨，但見許多車輛重重疊疊，圍繞大營，車上插著旌旗，卻無駐守之人，拍拍糧車，覺得不對，用劍一捅麻袋，散落的卻皆是樹枝枯草等物。馬岱一驚，叫道：「不好，中計了！」

山上孫禮大呼：「蜀軍中計了，殺啊！」魏軍從山上衝下，兩軍在黑暗中搏殺成一團。魏軍將火把投上車輛，頓時整個營寨沸騰燃燒。

曹真一身戎裝，高站在樓上，遠遠看著遠方火起，他的身邊站著郭淮。曹真一拍大腿興奮道：「蜀軍中計！諸葛亮見火起必去救援，速傳令張虎、樂林前去劫諸葛亮大營！」「是！」

孫禮一邊和馬岱搏殺一邊大笑：「你中我家都督妙計，還不下馬投降？」馬岱大笑：「且看是誰中計？」忽然背後吶喊聲喧天，兩路兵馬殺來。

孫禮魏軍皆大驚失措，馬岱大笑不止：「汝家糧草，還是自家消受！」

三股軍隊將魏軍圍困在火場之內，又不斷投射火箭，糧車因風起火，許多魏軍身上著火，人馬亂竄。孫禮奮力突圍，副將來救。孫禮滿面黑灰，狼狽地說：「不要管我，快去稟告大都督，我軍中計，不要出營，不要出營！」

魏軍大營之中，兩隊全副武裝的人馬已馳騁而出，為首的是將領張虎。

司馬昭司馬師已經穿上鎧甲，手提長槍，司馬懿傷勢未癒，支撐著半坐，專注傾聽著。

司馬懿問道：「馬備好了？」

「是！」

司馬師有些疑慮，開口問道：「父親怎知諸葛亮今夜會來劫營？」司馬昭隨口就來：「曹真大軍盡出去劫諸葛亮的營寨，諸葛亮不來偷襲才怪！」司馬懿淡淡道：「有備無患！」

張虎等人縱馬殺進蜀軍大營，一座座營帳卻竟然無聲。張虎詫異道：「怎麼回事，去看看！」幾個兵士跑去揭開幾座營帳，卻空無一人。兵士叫聲此起彼伏：「這裡沒人！」「這裡也沒人！」張虎愕然：「空營？」他頓時一個激靈：「不好，中計了！快回本營！」這時埋伏的蜀軍從外殺出，點燃營寨，四面火起，魏軍被包圍了。

司馬懿大營中，遠遠聽到馬蹄聲馳來。司馬昭精神抖擻道：「來了！走！」司馬師上前背起父親。大營外已經響起吶喊聲，馬蹄聲，所剩不多的魏軍狼狽奔逃。司馬師背著父親上馬，司馬昭掩護，三人從潰不成軍的魏軍大營中衝了出去。

遠遠地望樓上，郭淮一指下方，焦急地說：「大都督，這、這是我軍陣營起火！」曹真面色大變，連聲叫道：「快！快下去營救！」魏營早已火光衝天。

晨曦微明。諸葛亮搖著羽扇踱步，地上扔著魏軍旗幟，被人隨意踐踏，來往皆是蜀軍壓著魏軍俘虜。

姜維笑道：「曹真連營寨都丟了，逃出二十里！」魏延笑著說：「昨夜魏軍三面起火，劫我營寨不成，反丟了自家大寨，丞相將計就計，真神算！」

天幕灑下幾點細雨，諸葛亮毫無喜色，以手接雨，輕嘆口氣：「準備收軍吧。」楊儀詫異：「我軍大勝，挫盡魏軍銳氣，丞相為何要收軍啊？」魏延和姜維也不解地望著諸葛亮。

「今秋多雨，我軍糧草轉運困難，利在急戰，曹真一敗，只能用司馬懿之計策堅守不出，久而久之，我軍難以支持。趁著魏軍新敗，不敢正視我軍，正好出其不意退去。」

魏延跺腳嘆氣道：「真不甘心！」諸葛亮看他一眼，輕笑：「我送魏將軍一件大功，必可名揚天下，如何？」魏延不解地望著諸葛亮。

魏軍的殘兵敗將集結於一處山谷，曹真又悲又恨坐在石頭上。

司馬昭、司馬師帶著一支兵馬趕來，馬背上伏著司馬懿，司馬昭和司馬師扶下父親。曹真惱羞成怒地上前抓起司馬懿的領子，怒斥道：「你昨夜鑽到哪裡去了！」司馬懿佯作昏迷狀。

司馬昭攔在父親身前，朗聲道：「昨天蜀軍忽然來劫寨，營內亂成一團，我兄弟護著父親出逃，有何罪過！」司馬師趕忙勸道：「大都督輕些，我父連夜顛簸，創傷發作了。」

這時又一陣馬蹄聲，是孫禮帶著十幾個殘兵奔來。孫禮下馬就放聲大哭：「大都督，我軍中計，我軍中計啊！」曹真看著一身狼狽的孫禮，又羞又恨，放開了司馬懿，踉蹌後退幾步，坐在石頭上

大聲咳嗽起來。

孫禮、郭淮一起擁過去：「大都督保重！」司馬懿微微睜開眼睛。

秋風瑟瑟，曹真坐在大營內咳嗽著，親兵送上一碗湯藥。

司馬懿大營內，司馬懿也在喝藥，孫禮慚愧地走進來，問道：「副都督傷勢如何了？」司馬懿苦笑：「一夜顛簸，棒瘡又發作了。」孫禮嘆息一聲：「若是有副都督在，我軍大約也不致有此敗。」司馬懿趕忙說道：「此話千萬不可在大都督面前提起，以免大都督多心。」

「事已至此，副都督可還有什麼良策嗎？」

司馬懿搖頭，輕聲道：「已經不需要什麼良策了。」孫禮一驚：「難道便坐視蜀軍來攻？」司馬懿淡笑道：「蜀軍若敗，會用計再戰，今諸葛亮大獲全勝，恐我軍增兵，彼後方又糧草難繼，諸葛亮必從容退去。」孫禮將信將疑：「這……下官派人去探探虛實。」

孫禮走到門口，司馬懿忽然又叫住他：「孫參軍。」孫禮雙目一亮：「副都督有何吩咐？」司馬懿遲疑著說道：「蜀軍若退，叮嚀大都督，切不可追，還有，不可再說是我的囑咐。」孫禮答應一聲出去了，一旁的司馬昭哼道：「曹真如此恩將仇報，父親何必屢屢叮嚀，他又不落你的好。」司馬懿目光冰冷，凜然開口：「我有一念之仁，給他一線生機，至於聽與不聽，就看他自己了……」

曹真大營內，張郃、郭淮、孫禮、張虎等人怯生生望著曹真，曹真面色陰沉，案前跪著探子。

「查探清楚，蜀軍真的拔營了？」

探子跪在地上答道：「是！一夜之間全軍而退，只剩下一片空地。」孫禮勉強勸道：「蜀軍退去，我軍也算順利，可以向陛下交代了……」張郃、郭淮、張虎等人尷尬笑了幾聲：「是，是，大都督逼退蜀軍，功不可沒啊！」曹真站起身來，一腳踹翻桌案，咆哮道：「放屁！連折兩員大將，丟關失營，這還叫勝利？你們不要臉皮，我還要呢！你們不要見人，我還要見人！」

曹真猛烈地咳嗽起來。幾人低頭不敢出聲，只有張郃畏畏縮縮地說了聲：「大都督息怒。」曹真狠狠瞪了他們一眼，生硬道：「傳令下去，速調集一萬人馬，趁著蜀軍撤退無備，本都督親自去追！」郭淮答道：「是！」

孫禮大驚，連忙勸道：「大都督不可！」曹真冷冷望著他：「為何不可？」孫禮唯唯諾諾：「以防諸葛亮有詐……」曹真自負又氣惱地說：「我有王雙在側，有萬夫不當之勇，蜀軍來一個斬一個，又有何懼！速去！」郭淮大步朝門外走去。

孫禮急了，脫口而出：「不可啊！副都督說……」他忽然意識到自己失言，不由噎住。

曹真一步步逼近他，逼問道：「司馬懿說什麼了？」孫禮慢慢退卻，低聲說：「副都督說，若蜀軍撤退，切不可追……」曹真瞇起眼睛，冷冷問道：「你認為他說的對？」

「副都督一片好心，大都督還是小心為上……」

曹真忍不住咆哮起來：「他天天趴在自己營寨，他懂什麼陣前軍機！不要以為會發幾句高談闊論就能帶兵打仗！不要用他來指揮我！不要在我面前再提那個名字！」

孫禮被曹真吼得怔在當場，曹真負氣大步出營。

司馬懿營帳外間是整齊的腳步聲，司馬師走到門口，揭開簾幕，看到大隊人馬正在出營。

司馬師放下帳簾：「父親，大軍出營。」司馬昭冷笑一聲：「他們還真去追諸葛亮了！」

司馬懿翻了個身，望著營帳之頂，眼神中有惋惜，也有冰冷的得意，他輕輕嘆道：「曹真，曹子丹，大都督，大司馬……」

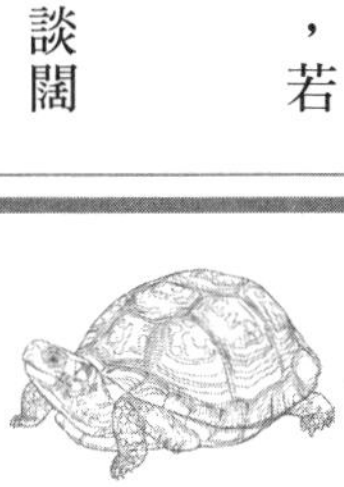

山道之中，大雨瓢潑，曹真率領王雙疾馳追趕。前方遙遙看見蜀軍正在逃跑，旗幟上高書一個「魏」字。曹真朦朧看見，抹一把臉上雨水，對身旁王雙說道：「是魏延！斬了魏延，也算斷了諸葛亮臂膀！」

「是！」王雙策馬疾馳大吼：「魏延休走！」

道旁的山林中，魏延帶著一幫蜀軍，冷靜等待。雨水沖刷著他們的盔甲，從魏延的大刀上流淌下來，魏延巍然不動。

兩支隊伍越追越近，近到甚至可以看見大旗下假扮魏延的將軍。王雙和曹真策馬疾馳。絆馬索隱藏在泥濘裡，曹真和王雙策馬追過，兩匹馬齊齊絆倒，王雙和曹真滾下馬來。

魏延從雨幕中跳下，大吼一聲：「魏延在此！」大刀甩開一片水花，向著曹真劈下去。

王雙大驚，縱身撲在曹真身上，魏延的大刀砍在王雙背上，血水在雨幕中飛濺起一片紅色的雨花！王雙長聲慘叫。

兩側上林中響起了吶喊聲，衝出埋伏著的蜀軍，王雙重傷之下跳起來，推著曹真叫道：「蜀軍有埋伏，大都督快走！」

埋伏在兩旁的蜀軍發射弩機，一片箭弩穿透雨幕射來，王雙揮刀為曹真擋開，自己卻身中數箭，曹真也已中了一箭，魏軍在雨中看不清到底有多少敵人，片刻間便被殺亂。

王雙一人獨擋魏延和蜀軍，他已身受重傷，仍然拚死力戰，目眥盡裂地大吼著：「大都督快走，快走！」曹真雙目含淚，隔著雨幕看到王雙身上不斷濺開紅色的血花，不住痛呼：「王雙！」

王雙如同瀕死的野獸，發狂一樣獨擋百名蜀軍，十幾支長矛刺進他的身體，他抱住長矛，怒吼著衝向蜀軍，幾個親兵踉蹌攙扶著曹真上馬，護著曹真策馬奔逃。王雙已經是強弩之末，魏延一刀斬過王雙的脖子，血如泉湧，那偉岸的身軀卻撐著長矛，久久不曾倒下……

「曹真逃了，要追嗎？」士兵在雨幕中請示魏延。魏延望著曹真的背影已經消失在雨幕裡，略有遺憾：「丞相下令不可追擊，歸隊！」蜀軍驚魂未定地望著王雙的屍體，又有人問道：「他的屍身怎麼辦？真是猛將啊……」魏延心神一動。

孫禮、郭淮、張郃三人焦急地在曹真營帳門口轉來轉去。幾名軍醫圍著曹真忙活著，軍醫用鉗子拔出箭頭，曹真慘叫一聲，軍醫驚愕地看著那箭頭帶著倒刺，生生鉤下一塊血肉。

郭淮驚呼道：「諸葛亮的弩箭！」軍醫忙不迭喊道：「快止血！」軍醫們忙著給曹真包紮傷處，一盆盆血水端出來。

一個斥候進來稟報：「大都督，蜀軍送王雙將軍屍身到營門前！」孫禮生恐曹真聽到，低聲喝斥：「快退下！」那斥候剛要退出，曹真卻已推開軍醫，他半裸著上身，繃帶透出鮮血，赤足踉蹌奔下床，紅著雙眼喊道：「王雙，王雙何在？」曹真衝出營帳。

孫禮等人大驚，一湧而出，一起喊道：「大都督！」

雨後初晴，一匹馬拉著輛板車，拖著王雙的屍體，悠閒踏著遍地積水和青草，來到魏軍大營外。

曹真越過眾人撲上前去，看著王雙遍體鱗傷的屍體，淚流滿面。

不遠處，司馬懿被兒子扶著走到門口，看到曹真顫抖的背影，司馬懿輕輕嘆了口氣。

曹真看到王雙胸口塞著一封書信，他將書信拿起來看，那是一封諸葛亮寫來的信。

「漢丞相、武鄉侯諸葛亮，致書於大司馬曹子丹之前，爾等無學後輩，上逆穹蒼；走殘兵於斜谷，遭霖雨於陳倉；水陸困乏，人馬猖狂；拋盈郊之戈甲，棄滿地之刀槍；將軍心崩而膽裂，都督鼠竄而狼忙！無面見關中之父老，何顏入相府之廳堂！史官秉筆而記錄，百姓眾口而傳揚：仲達聞陣而惕惕，子丹望風而遑遑！吾軍兵強而馬壯，大將虎奮以龍驤；掃秦川為平壤，蕩魏國作丘荒！」

曹真瞪著書信，忽然一口血噴出，噴在了王雙的屍身上，那封信緩緩落下……

司馬懿默然觀望著。

【第七章】

登臨絕頂

曹叡面容冰冷，端坐於朝堂之上。

司馬懿和曹爽都跪在地上，曹爽伏地大哭：「陛下！司馬懿拖延不前，見死不救，故意陷我父入絕境，大都督重傷，他難辭其咎！」曹叡望向司馬懿，司馬懿低頭不語。

曹叡咬牙，狠狠問道：「此話當真？」司馬懿苦笑連連：「臣輔弼大司馬不力，罪該萬死。」孫禮忙上前一步：「陛下，司馬將軍因霖雨阻道，會師遲了幾日，被大司馬正以軍法，重責六十軍棍。此後棒瘡發作，一直昏迷未醒，大司馬之決策勝負，將軍既未參與，也不知曉，並非將軍故意不救。」曹叡冷冷一笑，問道：「此話當真？」郭淮、張郃等人無奈道：「當真。」

「司馬愛卿，棒瘡如何，還能站起來嗎？」

司馬懿艱難地扶著地搖搖晃晃站起。

曹叡又說道：「你既然問心無愧，敢不敢與朕去探望大司馬？」司馬懿小心回答：「若是陛下留臣一條性命，臣出宮便往大司馬府去。」曹叡笑著問道：「朕在你心中是暴虐之主嗎？」司馬懿忙躬身答道：「臣不敢！」曹叡下了御座，走過司馬懿身邊，低聲耳語：「朕可捨不得愛卿的命。」

曹叡拂袖而出，司馬懿一怔，趕緊跟了上去。

曹真躺在病床上，曹叡帶著司馬懿、曹爽走進去。外甥夏侯玄和曹真的妻子守在病床前，曹真的妻子擦著眼淚，見到兩人連忙跪下：「妾拜見陛下。」

曹真微微睜眼，看到曹叡，顫巍巍想坐起來：「罪臣拜見陛下……」曹叡忙按住他，安慰道：「叔叔躺著吧。」曹叡輕輕揭開曹真的領口，看了看裡邊傷處，繃帶上還有血跡滲出。曹叡寬慰道：「太醫說了，叔叔的傷勢靜養便可痊癒，先養好傷吧。」

曹真沒有答話，而是雙目如劍，死死盯著曹叡身後的司馬懿，這幾乎是他畢生的仇敵，自己終於輸了，心中的怨恨、激憤、不平一時都翻湧出來。曹叡順著他的目光，朝司馬懿望去，目光嘲諷，跟著又收回目光，轉頭問曹真：「大司馬可有什麼話，要對朕說？」

司馬懿在曹真那樣執拗地注視下，也感到了幾分忐忑不安，不由低下頭去，緊張等待著，若是曹真遺言誣陷於他，只怕皇帝真會降罪。

曹真盯著司馬懿良久，終於將自己憤恨的情緒壓制了下去，緩緩開口：「臣損兵折將，諸葛亮雖退，不久定然再來，臣請陛下，拜司馬懿為都督，總領雍涼兵馬，以拒蜀軍。」話音未落，司馬懿和曹叡都愕然怔住，以為自己聽錯了。曹爽大驚失色：「父親！你怎麼能舉薦他！」

司馬懿最先反應過來，百感交集立刻跪下：「陛下，臣才薄智淺，在軍中素無威望，不敢擔此重任！」曹叡望著司馬懿不語。

曹真顫巍巍地說：「玄兒，去把我的印信拿來……」夏侯玄捧來大都督印信，司馬懿急忙推辭：「大都督不可，大都督養好了傷，還可以再領三軍，以退賊寇！」曹真一把抓住司馬懿的手，將他扯到胸前，低聲笑道：「咱們倆，一輩子沒交過心，沒說過幾句實話，到了這個時候，就別再裝了。你我都知道，我起不來了，也都知道，只有你能對抗諸葛亮，拿著吧，去給我報仇，給王雙報仇，要是諸葛亮越過了祁山，我做鬼也不放過你！」司馬懿眼圈一紅，百感交集望著曹真，他們做了二十年的敵手，不料曹真臨死之前，卻以性命相託。

曹叡沉著臉，冷聲道：「司馬愛卿，拿著吧，不要辜負大司馬，不要辜負朕。」司馬懿雙手接過印信，真誠望著曹真，緩緩而堅定地說：「大司馬放心，諸葛亮越祁山一步，我司馬懿以死相謝！」

曹真虛弱地閉上眼，曹爽狠狠地轉過臉。曹叡神情感傷，黯然道：「你們都先退下吧，朕和叔叔有幾句話要說。」司馬懿、夏侯玄、曹爽等人躬身退下。

來到門外，司馬懿捧著印信，神情莊重地緩步向外走去。跟在後面的曹爽怒吼道：「司馬懿，我殺了你！」說著拔劍就要衝上前，夏侯玄奮力攔住他：「昭伯表弟，你冷靜點！」

司馬懿恍若不聞，沒有理睬，沒有回頭，一步步肅穆地走了出去。

曹叡坐在曹真病床邊。

曹真睜開眼睛，虛弱道：「陛下？……」曹叡傷感地點頭，嘆口氣說：「叔叔不必解釋，朕明白。現在除了他，確實無人能抵禦諸葛亮，你不給他，朕也得給他。」曹真沮喪：「是臣，無能，臣不給他，他自己也會來搶，臣怕，他傷著陛下，傷著爽兒……」

曹叡微微冷笑道：「叔叔放心，你能給他的，朕也能收回來。」曹真顫聲說：「臣的兒子……」曹叡淡笑：「朕會栽培他，栽培到他能抗衡司馬懿的一天。」

曹真眼淚長流，緊緊握著曹叡的手，失聲道：「陛下要守好了咱們曹家的江山啊……」

姜維興匆匆走進諸葛亮的書房，送來軍報：「丞相，曹真傷勢發作而死！」

諸葛亮卻並無任何喜色，搖頭嘆息道：「死一個區區曹真，與魏無損，我兩次三次出祁山，卻未得寸土，勞軍傷民，慚愧啊……」姜維仍是歡欣鼓舞：「曹真畢竟是大司馬，死於丞相計謀之下，豈不令三軍振奮？」

諸葛亮淡笑道：「這是只見裘表。於軍而言，曹真之死並非好事，譬如此番我接連用計，只可騙曹真，卻無法騙司馬懿。司馬懿比曹真如何？」姜維不假思索答道：「一龍一豬耳！」諸葛亮輕嘆：「現在，我和司馬懿真正交手了。」

柏靈筠臥房中，司馬懿凝望著一封書信，久久不語。

柏靈筠上前，伏在他肩頭，問道：「你為什麼不高興，大都督？」司馬懿憂心忡忡：「與曹真為敵，和與諸葛亮為敵，哪個更兇險？何況，沒有了曹真的遮擋，我就直接面對陛下了。」

柏靈筠輕笑一聲：「你也直接面對過先帝。」司馬懿搖頭：「那個時候，先帝有自信能壓制我，權勢越重，陛下疑心越重，從今日起，」他指指自己的脖子：「我得每天都把這裡洗乾淨，預備著陛下來砍。」柏靈筠聽著他說話，也看到司馬懿手中的書信，不由問道：「這是什麼？」

司馬懿輕笑：「諸葛亮的賀信，也是戰書！」

曹叡高坐皇宮大殿之上，司馬懿身著官服，一步步走上前。

司馬懿向曹叡叩首：「臣叩見陛下，萬歲萬歲萬萬歲。」曹叡在司馬懿低頭的時候露出了一絲冷笑，司馬懿再抬頭時，曹叡的笑容已經變得溫和。

曹叡笑道：「大都督請起。」這個稱呼竟讓司馬懿稍稍一顫。

「給大都督賜坐。」

司馬懿只得坐在曹叡下方。

曹叡開口問道：「如今愛卿總領雍涼軍事，朕想問你一句實話，你自比諸葛亮，如何？」這尖銳的問題讓司馬懿眼波一閃，司馬懿沉思一下道：「稟陛下，不如。」曹叡的笑容便帶著幾分嘲弄：「那朕如何放心讓你去抵禦諸葛亮呢？」司馬懿回答：「權謀智慧，臣不如他，德威遠著，臣不如他，明於治國，臣不如他，事必躬親，臣不如他。」

曹叡沉下臉，乾巴巴地說：「就是說，沒有勝算了？」司馬懿抬頭趕忙說道：「不！臣也有諸葛亮沒有的優勢，君臣相知，臣勝於他，善識時務，臣勝於他。諸葛亮多謀而少決，好兵而無權，

諸葛亮雖提十萬效死之卒，臣自問，拚臣一身性命，可以將他攔在祁山之西。」

曹叡慢悠悠品味著這話中含意，然後說：「君臣相知……諸葛亮是劉禪託孤顧明之臣，劉禪以父事之，愛卿認為，你我的君臣相知，勝過劉禪諸葛亮？」司馬懿額頭滲出汗水，但仍然冷靜答道：「劉禪庸懦無能，且親近宦官，寵信益州官員李嚴、譙周，蜀國朝野之上，以諸葛亮為首的荊州派與李嚴為首的益州派各不相容，故諸葛亮雖有相父之命，實為劉禪、李嚴所忌。以陛下之明敏，勝劉禪百倍，蜀之君臣，不如我大魏之君臣。」

曹叡冷笑著說：「朕明白了，如果君臣不相知，就勝不了諸葛亮。」司馬懿感受到曹叡笑容中的壓迫和嘲諷，鬢角的汗水慢慢滴落，他大著膽子低聲答道：「天時，地利，人和，人和最為重要。」

曹叡大笑起來：「好！愛卿既然對諸葛亮的弱點了解如此之深，想來也有克敵之法了？」

「諸葛亮陣前用兵，天下無敵手，但他的弱點，始終在身後。」

曹叡沉默良久，一笑說道：「愛卿既然說了君臣相知，朕便信你。但朕要你贏，朕要魏國贏，堂堂大魏的大都督死於諸葛亮之手，諸葛亮這是打朕的臉！朕要一個能雪恥的大都督。」司馬懿一驚問道：「陛下要出兵伐蜀？」曹叡淡笑：「我不出兵，諸葛亮也會出兵的。」

司馬懿有些惶恐了：「孫權方加尊號，只怕東吳會趁虛……」曹叡冷冷打斷：「東吳朕親自去防範！朕要你擊敗諸葛亮，否則，朕不是選不出一個新的大都督。」司馬懿不得不躬身答道：「臣領命。」

「愛卿這就去準備吧。」

司馬懿起身行禮退出，轉身之際，曹叡看到司馬懿的後背滲出大片汗水。

司馬懿走出宮門，抬袖擦了擦額上汗水，神情幾近虛脫。

曹叡對辟邪冷冷道：「你聽到了嗎，這才上位，就來考驗朕對他的信任，來問朕要專斷之權了！」

辟邪在一旁賠笑：「他再專權，也是陛下給的，要不，他怎麼汗流浹背呢？」曹叡寒意更盛：「可惜啊，曹真一死，司馬懿的李嚴，沒了。」

「曹爽？」

曹叡搖頭，丟下兩個字：「太嫩！」

司馬懿臥房內，一幅地圖擺在地上，司馬懿席地坐在地圖上，房中光線陰暗，司馬懿眉頭緊蹙。

張春華進來道：「這一天來咱們家拜訪的官員沒有一百也有八十了，你真的一個都不見？」司馬懿冷笑：「這都是把我往斷頭臺上推的人，他們哪管大都督是我還是曹真呢！」張春華擔心起來：「出什麼事了？」司馬懿抬頭：「陛下要我勝諸葛亮。」張春華一驚，問道：「諸葛亮是說勝就能勝的嗎？要是勝不了呢？」

「那我的下場，連曹真都不如。」

張春華憂慮道：「仲達，就不能把大都督的位子讓出來嗎？給張郃或者曹爽，讓他們那些自認為有能耐的人去。」司馬懿忽然站起，低聲喝道：「我有二十萬大軍在手，為什麼要讓！」他將燭臺扔在地上，地圖立刻起火，火光映著司馬懿病態而憔悴的面容。

張春華驚呼：「仲達！」司馬懿想到了什麼，大步出門。

「你要去哪？」

司馬懿頭也不回地說：「我今晚有事，不必等我了！」張春華望著丈夫的背影，只覺他似乎有些變了。

燭影搖紅，司馬懿在為柏靈筠梳理解開的髮髻，他的神情十分專注。柏靈筠一笑：「在想什麼？」

「想妳們做女人真辛苦。」

「你回來第一天就到我這兒來，她不生氣？」

司馬懿嘆口氣：「妳總把她想得那麼小心眼兒。」柏靈筠扭過頭來：「她不小心眼兒，但我可不大方。說吧，又出什麼事了？」司馬懿放下梳子，嘆息道：「什麼都瞞不過妳。」

「曹真死了，你的機會來了，大難也來了。」

司馬懿扶著柏靈筠的臉，正視著她的眼睛問道：「靈筠，妳能再幫我一次嗎？」柏靈筠笑了：「多少次都行。」

「這次恐怕需要妳去蜀國見一個人。」

「誰？」

「李嚴。」

柏靈筠好奇問道：「為什麼要我去？」司馬懿鄭重地說：「我想來想去，第一，妳母親是蜀國人，妳會蜀國方言，第二，論政事的見解，論口才，朝中我還真找不出個比妳更強的男人。我讓汲大哥護送妳，保護妳的安全。」

柏靈筠抿嘴一笑：「讓我去策反堂堂一國宰相，你能給他什麼好處呢？讓他來魏國，你讓位給他？」司馬懿挽著柏靈筠的秀髮，笑了笑：「只有李嚴和我合作，他才能獨掌蜀國朝政，不是嗎？」柏靈筠笑答：「諸葛亮要是聽見你這句話，也會嚇一跳吧？」司馬懿暗暗嘆了口氣：「他已經讓我夜夜驚心，寢食難安了。」

「好，我去。」

司馬懿鬆了一口氣：「謝謝妳……」柏靈筠捂住他的嘴，認真看著他：「這不只是能為你做事的榮幸，這也是能為我自己做事的興奮。」司馬懿敬佩感激地望著柏靈筠。

柏靈筠在李嚴的書房等待，認真看著李嚴寫的一幅字。

這時候李嚴走進來，審視地望著柏靈筠。柏靈筠行禮道：「拜見李都護。」

李嚴含著矜持的微笑：「司馬大都督竟然將他的如夫人派來，也不知是輕視我李嚴，還是重視我李嚴哪。」柏靈筠微笑回答：「妾是什麼身分不重要，重要的是能替司馬大都督傳話，也能聽懂李都護的話。」李嚴嘲弄微笑，問道：「哦？夫人自詡能聽懂在下的話。」

柏靈筠踱步到一幅字前，含笑看著：「比如這幅字，『人情同於懷土兮，豈窮達而異心。』王粲的登樓賦。」

「夫人果然博學。」

柏靈筠笑著說：「益州是李都護的家鄉，身在家國，而起作客懷土之情，是誰，讓李都護生出寄人籬下之感。」

李嚴面上的笑容慢慢收斂了，他望著柏靈筠，這個女人的雙眸似乎有洞察人心的能力。

蜀建興九年，即魏太和三年，蜀諸葛亮復出祁山，屯兵渭水之濱。曹叡以司馬懿為大都督，總領雍涼之兵，以拒蜀軍。號角響起，渭水滾滾，諸葛亮帶著姜維來到河畔，望著一望無際的平原，感嘆：「真大好戰場也！」

長安司馬懿大營中，張郃、郭淮、孫禮、戴陵、司馬師、司馬昭等人侍立。

司馬懿坐著問道：「諸葛亮自屯渭河之濱，前鋒王平、張嶷已出陳倉，由散關向斜谷而來，諸位將軍，可有退敵之策？」張郃邁出來，拱手說道：「末將願領一支兵馬，去守雍、郿！」

司馬懿想了想，回答道：「我軍合兵，尚未必是諸葛亮敵手，若非為前後，更易被各個擊破，並非良策。」張郃被司馬懿駁回，不滿抱怨道：「大都督若心中早有計較，又何必來考我們？下令就是！」張郃的桀驁使得司馬懿看了他一眼，卻沒有發作，只問孫禮：「今年隴上小麥，收成如何？」

「今歲隴上小麥大豐，這幾日就到了收麥之時。」

司馬懿沉吟：「諸葛亮軍糧不足，定然來搶割隴上小麥……張郃、郭淮！」張郃和郭淮出列：「末將在！」

「張郃，你為先鋒，領兵四萬，結營守祁山，郭淮與我引兵駐守天水，諸葛亮若要割麥，便夾擊蜀軍！」

諸葛亮站在糧倉前，親自差點糧冊，問糧官：「糧米還可支幾日？」

「已不足七日之數。」

諸葛亮蹙眉問道：「劍閣李都護的糧車還未到？」糧官委屈：「下官已經屢屢派人去催促，但使者見不到李都護，糧車又久久不發，下官實在是無能為力。」諸葛亮輕嘆一聲，蹙眉沉思：「如今是麥熟之時，附近何處小麥最為豐足？」

「隴上小麥最豐，可那是魏軍駐守之地……」

諸葛亮思索著，慢慢露出笑容。

諸葛亮帶兵遙望隴上，河水對岸，是金黃色的麥浪隨風起伏，遙遙有魏軍的營帳，旗幟飄揚。

姜維懊喪道：「想不到司馬懿搶先了一步！」諸葛亮淡笑：「司馬懿預知我來割麥，確實知我甚深啊！」

「可是魏軍是我軍兩倍，若割麥必遭伏擊——還割嗎？」

諸葛亮下令：「回營，命三萬軍士預備鐮刀駝繩，準備割麥！」姜維興奮回答：「是！」

很快，三萬將士肅立門口，人人手握鐮刀，身背麻繩，對岸的麥浪如金色的波濤起伏。

司馬懿所帶的兵馬，和諸葛亮所帶的軍士，就在平原上遙遙對望。兩軍陳列，戎裝整齊，黃雲流動，十幾萬大軍一觸即發。

號角聲響起，諸葛亮坐在四輪車上緩緩行近，他們終於能夠看到彼此了，司馬懿凝神望著諸葛亮疏朗俊秀的眉目，風流瀟灑的羽扇，清單素顏的鶴氅，秋風拂動他的衣袂，這宛若書生的人，竟然就是執掌蜀國、令自己無比驚懼的蜀國丞相了。

司馬懿不禁感嘆：「雖管仲張良，不能有此風采。」接著在馬上向諸葛亮行禮道：「西城一別，丞相別來無恙。」諸葛亮笑道：「西城得君相和一曲，絕世之響，幸得知音。今故地重遊，蜀中有好穀，釀得佳醪，願與將軍共賞！」司馬懿一笑：「能與丞相共飲，大慰平生！」

諸葛亮一揮羽扇，車輛出了軍隊，姜維擔心地說：「丞相……」諸葛亮微笑道：「你們原地等候。」司馬懿也單騎策馬向前，司馬師上前道：「父親，我陪你去。」

「不必。原地待命，等我回來！」

人車一齊緩緩行近，諸葛亮的車夫在地上鋪上油布，擺上酒盞，司馬懿下馬，諸葛亮下車，兩人就在平原上席地而坐，司馬師、司馬昭兄弟遠遠看見父親跟諸葛亮飲酒，都緊張起來。

司馬懿捧起漆耳杯，耳杯中蕩漾的是「君幸酒」注一三字。

司馬懿笑道：「好一個君幸酒，今日之會，實三生有幸。」諸葛亮笑問：「我蜀中谷米甘否？」

司馬懿飲了一口，笑道：「蜀中米甘，為何又要覬覦我隴上之麥？」諸葛亮看了一眼遠處的麥浪，哈哈一笑：「司馬仲達既知我困境，為何復又出戰？」

注一：此為漢代非常流行的「君幸酒」漆耳杯，長沙馬王堆中有出土。

「君命難違。上有皇命，下有掣肘，司馬懿不敢比肩丞相啊。」

「所以你借我之刀殺了曹真。」

「丞相不也借我之刀殺了孟達嗎？」

兩人心領神會，相視而笑。

諸葛亮又問道：「我想知道，大都督如何會我那首《梁父吟》？」

司馬懿回憶往昔，不禁感慨道：「我從徐庶處聽得了丞相最愛的曲子，深感丞相之志。昔日我斷了腿，困臥病榻數年，最羨慕的人，便是丞相啊，能擇人，能擇時。」諸葛亮微笑道：「二十年前，我也從徐庶處聽說了你，以為你會乘桴浮於海，躲避亂世，原來也是待價而沽。」

「亂世難料啊，亂世吞沒了徐庶，成就了丞相，也改變了我，或許，我正是豔羨丞相才出山的，丞相是我引路人啊！」

諸葛亮舉盞：「就為你我的淵源，盡一杯酒！」司馬懿笑道：「丞相請！」

兩人一飲而盡，司馬懿借酒意勸道：「丞相既然有平定天下之志，不如來我魏國，我甘願居丞相之下，十年內，可天下一統！」諸葛亮嘲笑：「仲達誆我！」司馬懿正色：「天地為證！」

「那仲達不妨來蜀中，漢室可興。」

司馬懿大笑：「可惜可惜！」諸葛亮含笑道：「今日你我相見，不可不戰，不如，我與大都督打個賭？」

「賭什麼？」

諸葛亮遙指遠方麥田，氣勢豪邁：「以三軍為弈棋，以大地為棋盤，以隴山之麥為賭注，你我各展所學，在此地鬥一鬥，如何？」司馬懿瞇眼望著諸葛亮：「丞相以大地為琴，道路為弦，再奏曠世之曲，在下豈捨得錯過！」他也轉頭看了看隴山麥田：「賭了！」

諸葛亮點頭輕嘆：「知音啊……」司馬懿笑道：「既然是賭，在下也有個不情之請。」

「請講。」

司馬懿緩緩說道：「若是我敗了，命喪丞相之手，請丞相放我兩個兒子一條生路。作為回報，他日我若滅蜀，也會放令郎一條生路，丞相方為人父，應該能體會懿的心情。」諸葛亮朗聲大笑：「仲達快人快語，好，我答應你了！」兩人再次舉杯，一飲而罷。

「大都督欲鬥將，鬥兵，鬥陣法？」

「聞到丞相擅長奇門遁甲之陣，若只有一次機會，我想看陣法。」

「好！我遠來是客，客隨主便，大都督先請！」

諸葛亮與司馬懿各自回到軍中，司馬師、司馬昭才鬆了口氣。

司馬昭問道：「打不打？」

「打——布陣！」

司馬懿親自接過黃色令旗，揮了幾個手勢，身後軍隊立刻整齊變動，軍中來回穿插，排成一個水泄不通的陣法。諸葛亮看著微笑點頭，內心想著：「司馬懿治軍嚴整，令行禁止，確是領軍奇才。」

司馬懿高聲問道：「丞相識得此陣否？」諸葛亮笑著說：「不是在下無禮，此陣我蜀中一個微末小將，也能排布，此乃『混元一氣陣』也。」司馬懿被諸葛亮識破，有些失望，隨即叫道：「正要討教丞相！」

諸葛亮羽扇一揮，蜀軍也變動成為一個八卦之形。司馬懿露出自信的笑容：「區區八卦陣而已！我魏國小童，也能辨認！」諸葛亮驅車入陣，笑道：「天下最簡單之事，卻是最難，大都督敬請打陣，亮就在陣中，此陣若破，亮聽從大都督處置！」

司馬昭興奮道：「兒子請出陣，為父親生擒諸葛亮！」司馬懿看了他一眼，卻沒有理睬，向身

後喊道：「戴陵、張虎、樂平！」三將應聲：「末將在！」司馬昭神情失望。「諸葛亮所布之陣，按休、生、傷、杜、景、死、驚、開八門。汝三人各領一百騎，從正東『生』門打入，往西南『休』門殺出，復從正面『開』門殺入，蜀軍必亂，可直入陣中擒拿諸葛亮！」

戴陵、張虎、樂平齊聲道：「是！」

三員大將各領人馬從『生』門殺入，鑼鼓齊鳴，兩軍吶喊助威，諸葛亮悠然坐在陣中遙遙望著司馬懿微笑，三人殺入陣中，只見陣入連城，衝突不出。蜀軍陣營如同一個巨大的包袱，將魏軍的三名將領吞噬。不斷奔跑變換的陣營中，只有諸葛亮的笑容閃爍著。

司馬懿眉頭深鎖。司馬昭急了，對司馬懿說：「父親，這不行！」司馬懿回頭喊道：「郭淮，你帶一千兵馬，從『景』門殺入援救！」郭淮帶大軍奔馳入陣。諸葛亮只微笑著說：「任你千軍萬馬，進得我陣，只如滴水入海。」

郭淮在陣中被蜀軍逼得亂撞，很快和自己的人馬失散了，一邊奮力廝殺一邊高聲喊道：「大都督，大都督助我！」三個通身赤裸以墨塗面的人被扔出陣去，正是最先進去的戴陵、張虎、樂平。

司馬懿恥辱之下也衝動起來，叫道：「蜀軍能有多少兵馬，我親去破陣！郭淮、司馬師、司馬昭，你們嚴守此地。」司馬懿帶著一隊人馬殺入陣中，他分明覺得諸葛亮與他近在咫尺，但無窮無盡的蜀軍阻攔在他與諸葛亮之間。

姜維興奮道：「丞相，司馬懿來了！」諸葛亮微微一笑說道：「我們先取為敬。」姜維打了個旗語，王平伸手招呼早已埋伏好的蜀軍：「司馬懿的大軍被丞相拖住了，快！快割麥！」埋伏的蜀軍貓著腰快速鑽進麥田，搶割麥子。

司馬懿陷在諸葛亮的八卦陣裡，奮力廝殺，然而蜀軍卻如滾滾流動的洪水，將他吞噬其中，司馬師、司馬昭緊張地望著父親，緊握兵刃。司馬師不禁驚嘆：「蜀軍看去不過三千人，怎麼能困住我們這麼多兵馬！」

蜀軍全神貫注地搶割麥子，汗水順著他們的臉滴落在豐碩的麥田裡，王平在田邊望著戰場，興奮拍著大腿，自言自語道：「好！漂亮，打，打啊！」

這時魏軍探子快馬來報：「稟大都督！」郭淮忙道：「大都督在陣裡呢！」探子愕然道：「這……對岸發現蜀軍，正在偷割小麥！」郭淮恍然大悟，大罵道：「諸葛村夫！果然使得障眼法！我帶一萬人馬，去截殺蜀軍！」司馬昭怒喝：「不行！我爹還在陣裡！」郭淮斷然道：「蜀軍要是得了糧食，後患無窮！」司馬昭也著急：「是幾畝麥子重要，還是大都督性命重要！我們一起衝殺蜀軍陣營，把我爹搶出來！」郭淮遲疑了一下，司馬師和司馬昭都冷冷地望著郭淮。

郭淮無奈，高聲道：「一起衝擊蜀軍陣型，接應大都督！」

魏軍吶喊著衝向蜀軍，諸葛亮輕蔑一笑。

魏軍剛衝到蜀軍陣前，忽然背後鼓角齊鳴，喊聲大震，一隊蜀軍在關興的帶領下，從後面殺過來。同時另一邊吶喊聲也響起，卻是魏延帶兵殺來，魏軍受到三面夾擊，混亂狼狽，司馬昭和司馬師奮力殺入陣中，搶出父親，司馬懿的頭盔掉落，十分狼狽。

司馬懿匆忙地說：「向南方衝擊，撤，快撤！」魏軍狼狽逃竄。

姜維問道：「丞相，追嗎？」諸葛亮淡淡地說：「我軍兵力不足，佯追即退！」

「是！」姜維領軍追上去。

蜀軍已經快割完了麥子。王平一直凝望對岸戰場的情況，看到魏軍撤退，忙招呼正在割麥子的蜀軍：「魏軍來了，快走快走！」蜀軍人人背著一大捆麥，快速撤出麥田，只留下一片整齊的被割過的麥茬。

大敗的魏軍疲憊不堪地回到營中，呻吟聲嘆息聲不絕。郭淮狠狠嘟囔：「三倍的兵力被人家殺

了個大敗，還搶了隴上麥子，真是窩囊！」戴陵、張虎、樂平衣衫不整，拚命擦著臉上的墨，抱怨道：「大都督無力破陣，倒叫我等去受辱！」

司馬師、司馬昭從他們身邊走過，他們立刻收了聲，但神情都憤恨不平。司馬師、司馬昭無言以對，憂心地對望一眼。

一車車皆是滿滿的麥子，蜀軍群情高漲，人人笑逐顏開。

諸葛亮含笑穿行過麥車，王平大笑：「丞相一萬兵馬困住了司馬懿三萬大軍，陣法真是神鬼莫測啊！」關興問道：「丞相怎麼就料定司馬懿一定會親自入陣呢？」

諸葛亮笑著說：「司馬懿升任大都督，功蓋當朝，身負魏國社稷，曹叡對他屢加逼迫，若是他頭一陣就不敢交手，傳回魏國，定然被朝野恥笑，魏主猜忌，所以這第一仗，他無論如何都得打。」姜維遺憾道：「可惜不曾殺了他。」諸葛亮搖頭：「他不過做個樣子給三軍和曹叡看罷了，彼此心知，我不會大勝，他也不會大敗，彼此心知而已！」

司馬師和司馬昭惴惴不安揭開父親營帳的簾幕，卻看見司馬懿連戰甲都沒脫，蓬頭垢面，正伏案認真地作畫，侯吉在一旁研墨。看到兩人進帳，默默比了個噤聲的手勢。

司馬師和司馬昭不解地湊上前去，發現司馬懿畫的正是諸葛亮的肖像，他們從出生就見過的這幅畫像，從前人物衣袂俱全，只是沒有五官，現在司馬懿投入的為畫上的諸葛亮描上五官，頓時神采飛揚，栩栩如生。

司馬懿畫完了，滿意地端詳著，問道：「像不像？為了畫好這幅畫，為父等了二十年，終於見到了諸葛亮啊！」司馬師猶豫地開口：「父親，今日兵敗，軍中似有怨言……」司馬懿淡笑道：「橫豎是敗，小敗就是勝利了！」司馬師詫異問道：「父親知道今日會敗？」司馬昭不禁感嘆：「諸葛亮真乃天人也，一個尋常的八卦陣，竟讓我們毫無拮抗之力……」

司馬懿笑道：「這世上能與諸葛亮臨陣決戰而取勝的人，還沒生出來呢！」司馬師有些不滿：「那爹為何還要與他賭？損兵折將，還被割了隴上麥子，我軍如今銳氣大挫，再想振作就難了。」司馬懿感慨道：「有一個與諸葛亮對陣的機會，有一個檢驗平生所學的機會，為父捨不得拒絕啊！」

司馬師還在嘀咕：「可是父親顏面何存……」司馬懿沉下臉，有些生氣地說：「你是來打仗，還是來鬥面子的？這不是街頭小兒打架，爭匹夫之勇！亂世之中，爭的不是一時之勝敗得失。你們在與人交手之前，先要學得，不是如何打贏，而是如何善敗，敗而不恥，敗而不傷，才能比只想著贏的人，活得長久一些。曹真就死在不善敗上！」司馬師、司馬昭趕緊齊聲道：「兒子記得了。」

司馬昭順口說道：「兒子明白了，父親真正的戰場，並不在此處。」司馬懿看著小兒子，用筆點點他：「言多必失！」

鹵城城外，蜀軍在打曬麥子，幹得熱火朝天。

司馬懿正在悠閒看書，郭淮闖了進來，急匆匆地說：「拜見大都督！」司馬懿放下書，問道：「郭將軍，可有軍情？」

「探子探得，諸葛亮在鹵城打麥！」

司馬懿波瀾不驚地說：「哦，知道了，郭將軍先回去吧。」說完又低頭看書。郭淮詫異問道：「大都督沒有軍令？」

「沒有。」

郭淮不由怔住了，凝視著司馬懿。司馬懿抬頭：「郭將軍還有事？」郭淮忍不住了，開口問道：「蜀軍不多，又忙於打麥，這正是奪回鹵城的大好時機啊！」司馬懿淡笑：「你我都知鹵城可以偷襲，諸葛亮豈能不防？」郭淮氣不過：「諸葛亮又不是神仙，豈能處處防備！」司馬懿笑著說：「將諸葛亮往聰明處想，尚且會吃虧，更何況輕視於他？」郭淮不服氣：「大都督就是將諸葛亮想得太聰明了，才有空城計吧！」

司馬懿面色微微一沉，卻未表露，他將書「噠」得一聲放在桌上，平和望著郭淮，笑著問：「郭將軍是想一試？」

「請大都督分我一萬兵馬，我今夜去襲鹵城！」

司馬懿淡笑不改：「好，將軍若得勝，功勞我絕不敢侵占半分，必如實向天子表奏！」郭淮也昂然答道：「末將不求爭功，只求雪恥！」

諸葛亮走到鹵城城外，看著打麥的士兵，問楊儀：「劍閣的糧草還未到？」楊儀蹙眉道：「已經派人去催了多次了，無奈李都護只是一味推諉，丞相是不是讓陛下也下旨催催？」

「再派人去催，看看為何延誤。這次所割小麥，夠多久的軍需？」

楊儀答：「十五日。」諸葛亮沉吟輕嘆：「就算軍糧送到，也不足一月，這一月之內，需與魏軍速戰速決。」楊儀道：「司馬懿料來也急於奪回鹵城立功，丞相不可不防。」諸葛亮搖頭笑著：「我只怕他不來！」

司馬懿站在帳外，凝望夜空，司馬師站在他身邊，自言自語：「也不知道郭將軍此時得手了沒有？」司馬懿頭都沒回，淡淡道：「我已經派張虎前去接應，能活著回來，就是幸事了。」

司馬師稍稍吃驚，繼而憂心起來：「父親，這仗，咱們能打贏嗎？若是輸了，那……」司馬師不敢說下去。司馬懿苦笑道：「打，死於諸葛亮，不打，死於陛下，是嗎？」司馬師感到一陣心寒。

司馬懿對著夜空沉思，就沒有第三種選擇嗎……？

清晨，郭淮丟盔棄甲，垂頭喪氣回來，顯然昨夜的敗仗吃得不輕。

司馬懿踱步出來，郭淮羞恥滿面，無地自容。司馬懿反而溫和安慰郭淮：「平安回來就好，快去用飯休息吧。」郭淮哽咽羞慚地跪下：「末將損兵折將，請大都督降罪！」

司馬懿輕拍拍郭淮的肩，輕笑道：「我也是剛敗於諸葛亮之手啊，若治罪於你，我又情何以堪？讓將士們安歇吧。」司馬懿轉身而去，剩下郭淮神情複雜地望著他的背影。

諸葛亮正在營中煩悶踱步，姜維大步進來：「丞相，劍閣軍糧到了！」諸葛亮大喜：「快傳運糧官！」

楊儀陪著運糧官荀安進來，荀安行禮：「運糧官荀安，拜見丞相。」諸葛亮沉下臉質問：「因何遲了半月？」荀安訕笑道：「漢中軍糧不足，徵調頗費了些時日，故而延遲半月，先送上一半軍糧，以供丞相之用，不足之數，下官回劍閣後再努力徵調……」

等了半個多月，居然只調來一半軍糧，姜維聞言又驚又怒，怒斥道：「一半軍糧？若非丞相用計割了隴上小麥，我軍早已餓死了！你讓我們再等多久，一個月？」

諸葛亮也勃然變色：「今歲大豐，正值秋收，為何會軍糧不足？分明是你荒廢軍事，故意延遲，來人！拉下去，斬！」親兵拖起荀安就走，荀安大驚，掙扎著向前撲，討饒道：「丞相饒命，丞相饒命！軍糧徵調都是李都護負責，下官無能為力啊，丞相饒命——！」

楊儀上前在諸葛亮耳旁低聲道：「丞相，此人乃李嚴親信，殺了他，恐無人再敢送軍糧……」

諸葛亮無奈又厭煩地看了荀安一眼，冷聲說：「罷了，杖八十，速回劍閣將軍糧補足送來，否則定斬不饒！」荀安驚喜道：「多謝丞相，多謝丞相！」荀安被拖了出去，很快帳外響起了杖擊聲

以及荀安的痛呼聲。

姜維愁煩道：「我們的軍糧不足，司馬懿又堅守不肯出戰，難道便任由他拖下去？」諸葛亮嘆息：「司馬懿深知我的弱點啊。」楊儀問道：「就沒有辦法逼司馬懿出戰嗎？」諸葛亮凝思著，緩緩開口：「司馬懿的弱點，在洛陽……」

曹叡趴在床上，辟邪為他按摩，曹叡看著一份奏表，繼而憤怒地摔下。

辟邪輕笑道：「又有哪個不知趣的來煩陛下了？」曹叡懶洋洋道：「張郃密奏，司馬懿去了一個月，打了一場敗仗，從此再不出戰。」辟邪遲疑道：「他是打不過諸葛亮，不敢出戰？」

曹叡冷哼一聲：「要只是怯戰倒還罷了，就怕有些人拿著二十萬大軍，翅膀硬了，想在長安自立為王了！」辟邪輕咬著曹叡的耳朵：「那就看看，牽著這隻鷹的繩子還在不在？」

「要是不在了呢？」

辟邪邪魅一笑：「那就把牠射下來。」

大營對面，一片嘈雜的蜀軍叫陣罵陣之聲。

魏軍大營前，郭淮、戴陵幾人憤怒聽著，無可奈何，張郃帶著一隊人馬馳來，郭淮、戴陵幾人慌忙迎接：「副都督！」張郃怒視他們，指著對面罵陣之聲問道：「這怎麼回事?!」

郭淮悻悻道：「大都督命令堅守不出，人家罵了半個月了。」張郃怒斥道：「一群窩囊廢！」說著抄起弓箭，拉成滿月，一箭射去，對面響起了慘叫聲，蜀軍驚呼：「快走快走！」罵陣的蜀軍後撤了一些，罵聲又繼續響起，只是這次離得遠了，聽不真切而已。

張郃狠狠將弓扔在地上，再狠狠說道：「帶我去見大都督！」

司馬懿坐在營中，自己與自己下著棋。張郃未經通報便帶著郭淮等人直闖進來，張郃看到司馬懿悠閒的樣子，更是怒火中燒。司馬懿抬頭問道：「副都督不是駐守上邦嗎？因何而來？」張郃傲慢道：「大都督司馬懿聽旨！」司馬懿神情微微一凜，從容起身跪下：「恭迎聖旨！」

郭淮等人也一驚，慌忙跪下。

張郃從懷中取出聖旨，展開念道：「皇帝詔曰：『大軍一動，日費萬金，強賊寇邊，朕寢食難安。大都督屯兵不前，意欲何為？朕以心腹國事待卿，卿何以報朕，卿自思之！』」司馬師和司馬昭趕來，圍在諸將之外，聽到這樣咄咄逼人的聖旨，不禁擔心起來。司馬懿叩首，舉起雙手接過聖旨道：「臣領旨，臣慚愧。」

司馬懿站起來，郭淮第一個踴躍出列：「末將願與蜀軍再戰！」戴陵、張虎和樂平也上前道：「末將願再戰雪恥！」張郃冷冷審視司馬懿，司馬懿不動聲色：「時機未到，諸將軍請回營等候。」

張郃忍無可忍：「慢著！什麼時候時機才到，大都督是要等諸葛亮自己老死嗎？」司馬懿認真地說：「等諸葛亮糧草不足，自己撤軍。」張郃氣極反笑：「諸葛亮得了隴上小麥，又聽聞蜀軍運糧放至，而大都督卻坐在此地，無所事事，靜候蜀軍坐大，究竟為什麼啊？」

「就為諸葛亮只有一個弱點，糧食！」

張郃冷笑：「大都督，方才的聖旨是要載入國史的，陛下說的客氣，陛下還有一句不便寫入聖旨的話，要我問大都督。」司馬懿躬身：「請陛下訓示。」張郃冷笑，湊近司馬懿低聲道：「陛下說，大都督可是想重演空城計，養寇自重？大都督不想坐在這個位子上，我魏國並非無人。」

司馬懿渾身一緊，目光也有幾分冰冷，但他抬起頭來時，已是神情恭謙，沉靜道來：「我為帥一日，便擔一日責任，為帥者不在一時之勇，而在辨形式，思勝敗。」張郃怒斥道：「那大都督自己跟陛下交代吧！」司馬懿語氣也嚴厲起來：「我自會向陛下解釋，但陛下換下我之前，各軍據險以守，有違令出戰者，斬！」張郃氣得一噎，拂袖轉身而去，諸將也只得垂頭喪氣跟著退了出去。

司馬懿望著張郃的目光森冷，司馬師、司馬昭進來，放下簾幕，神情焦灼。司馬師急忙說：「父親，張郃咄咄逼人，陛下猜疑日深，父親再不出戰，只怕三軍就要易帥了啊！」司馬懿冷冷道：「你自問比得上諸葛亮的謀略，比得上蜀軍的驍勇，你想死得快，你去出戰！」司馬師擔憂問道：「若蜀軍的糧草真的到了，只怕再拖一月也不會撤軍，陛下還能再容您一個月嗎？」

司馬懿沉思著：「天作棋盤星作子，就與他再賭一局！」司馬昭自言自語：「什麼才是制勝的籌碼呢？」

司馬懿帶著司馬師巡營，走到一處帳篷外，只聽見裡邊傳來士兵們談笑的聲音。

「天天就這麼吃了睡睡了吃，到底打不打仗啊？」

「不打仗還不好？我就樂意朝廷把我當豬養！」

頭一個聲音嘟囔道：「不打仗就回去，我婆娘剛生了兒子，我急著想回家呢！」

「我看打不了，我聽見張副都督他們說，咱們大都督畏蜀如虎，這羊見了老虎，他敢上嗎？」又插進來一個聲音：「別提諸葛亮了，我倒是聽說，咱們大都督不是怕諸葛亮，是想擁兵自重，自立為王，這下咱們都回不去了，你見不到你婆娘嘍！」眾人哄笑，還有聲音在嘟囔著什麼。

帳外的司馬師又驚又怒，司馬懿神色冷靜，止住他說話，兩人悄無聲息地走開了。

司馬懿帶著司馬師神情鬱鬱地回到自己營帳外。

司馬師憂道：「父親，軍心如此浮動，照此下去，我們不是敗給了諸葛亮，而是先敗給了自己啊。」司馬懿無奈：「孔明啊孔明，我雖得你命門，卻難窺入門之徑啊。」此時司馬昭興高采烈地走過來：「父親，兒子有份大禮要獻給父親！」司馬昭走到司馬懿跟前耳語一陣，司馬懿雙目一亮：「帶他進來！小心，不要被人看到！」

司馬懿高坐案頭，司馬昭親自扶著一瘸一拐的苟安進來，苟安還揉著屁股呻吟。

司馬懿微笑道：「來啊，為大人看座。」苟安沒好氣地說：「拖延了這幾日運糧，丞相把我屁股都打爛了，不坐！」司馬懿忍不住輕笑，站起身來說：「那我陪大人站著，李都護向來安好？」苟安氣沖沖道：「好！李都護問大都督，他已經按照約定拖延丞相的軍糧，你要送他的機會，究竟是什麼？」司馬師和司馬昭這才知道父親早已聯絡上李嚴，不禁又驚又喜。

司馬懿正色答道：「就是當下！」苟安不解：「當下？」司馬懿故作神祕地一笑：「諸葛亮丞相提調十萬大軍，久出不歸，汝家陛下，就不擔心嗎？」苟安還是不解：「擔心什麼？」

司馬懿無奈地挑明：「擁兵，自立。」苟安擺了擺手：「咳，我國軍政要務，皆是丞相一人做主，別說十萬大軍，他就是把百萬子民都帶走了，我家陛下也不聞不問！」司馬昭低聲嗤笑：「這皇帝跟皇帝，還真不一樣啊……」司馬師也忍笑低聲附和：「這麼心寬體胖的，也挺少見。」

司馬懿忍笑，正色道：「社稷權柄，豈可輕易付諸他人，諸葛亮出兵一月，未曾與我交一戰，若是汝家陛下不猜疑，李都護也該教他吧！」苟安遲疑地望著司馬懿。

一輛馬車等在此處，司馬懿親自扶著苟安上車，殷勤囑託：「在下送的藥，大人路上記得擦，用不了幾日棒瘡就好了。」苟安哼哼唧唧地說：「多謝多謝，大都督的話，我一定帶到！」司馬懿笑著又說道：「一路小心。」馬車疾馳而去，似乎還聽到了苟安的呻吟聲。

司馬懿自言自語：「諸葛亮遺世獨立，卻要和這等人同朝為官，我都替他屈辱！」司馬師問道：「劉禪真能召回諸葛亮？」

「我賭他的聖賢之心！」

黃皓帶著輕宵輕叩李嚴書房，李嚴打開房門，忙將二人讓進來。

輕宵放下遮面的斗篷，向李嚴行禮：「拜見父親。」李嚴卻有些慌亂：「這等時候，就不要行禮了！」黃皓問道：「都護出什麼事了？」李嚴急急忙忙道：「就因為給丞相的軍糧遲了幾日，丞相就把我的親信打了八十軍棍，還說依照軍法，我也是死罪！」輕宵大驚，雙目一紅，向黃皓跪下求情道：「求公公相救，若是父親獲罪，小女子也無意偷生了……」

黃皓忙扶起輕宵：「哎呦呦，妳現在是貴人，我可擔不起。這諸葛丞相，也確實太大膽了些……」黃皓歪頭瞇眼沉思著，輕宵和李嚴都期盼地望著他。

曹叡看著張郃的表文，輕聲笑道：「人心不足啊，權力是最能給人幻想的東西，拿著十萬大軍，就想擁兵自重，給他二十萬，他就敢兵指洛陽，把朕拉下來吧？」

辟邪沉思道：「讓張郃取代他？反正他們都不如諸葛亮，換誰不是換，總得用個陛下放心的吧？」

曹叡沉默片刻後起身，拂袖走向內殿，邊走邊說道：「朕再給他最後一個機會，三天，三天再不出戰，拿下他！」

輕宵坐在床上，已經哭了好一陣。劉禪興高采烈帶著黃皓進來，黃皓捧著一枝花。

劉禪一路走一路笑道：「美人兒，美人兒，妳給朕畫……」突然看到輕宵在哭，劉禪大驚，忙問：「妳怎麼了，誰欺負妳了？」輕宵不語，劉禪慌了，急忙說：「妳告訴朕，告訴朕，要是朕哪兒做錯了，朕立刻就改！」黃皓訕笑著說：「陛下，此事奴婢略有耳聞。」

劉禪扭頭喝道：「快說！」黃皓解釋道：「為了給陛下建畫室，宮中花了些錢，這不徵調軍糧就遲了幾日嘛，丞相因此怪罪李都護，說要把李都護軍法從事呢！」劉禪忙又說道：「那跟丞相說說，讓他怪罪朕，別怪李都護，大不了朕再聽他嘮叨幾句嘛！」輕宵委屈地說：「丞相與父親品級相同，卻對父親有生殺予奪之權……」劉禪嘆息：「誰讓他是相父呢？」

黃皓在一旁陰惻惻地說：「從前線回來的運糧官苟安說，丞相擁兵兩月，並未交戰，只是尋李都護的過錯，奴婢恐怕，丞相的用意不在戰場。」劉禪疑惑道：「那在何處？」

黃皓陰冷一笑：「手握重兵，再除去李都護，只怕這蜀國，就要姓諸葛了……」劉禪一驚，繼而搖頭，喃喃道：「相父不會，他要是想自立，父皇駕崩的時候他就做了！」輕宵抽抽搭搭地說道：「那時候丞相威望不足，這些年他手握大軍，窮兵黷武，耗盡了國庫，又掌握了朝堂，若是連父親都……妾怕他，再容不得陛下了……」劉禪軟軟癱坐下來，懷疑道：「朕，朕還是不信，丞相要軍政大權，朕給他就是啊！」黃皓在一旁勸道：「陛下不如一試，陛下下詔，讓丞相班師回來，若他有自立之心，自然抗旨不遵。」劉禪又問道：「若相父回來了呢？」黃皓惡狠狠道：「剝其軍權！將軍權交於李都護，那時候丞相雖官高位顯，卻威脅不到陛下了！」

劉禪大睜著迷茫而恐懼的眼睛……

幾日之後，司馬懿營帳內，司馬懿畢恭畢敬地將聖旨供在架子上。

司馬師訝異道：「三天？這怎麼可能？」司馬昭恨恨道：「倉促出戰，諸葛亮求之不得。外敵當前，他卻為難父親，真是本末倒置，不知好歹。」司馬懿嚴厲喝道：「住口！」司馬昭賭氣轉過頭去。

司馬懿放緩了語氣，稍稍柔和一些說道：「帶你們出來見見世面，要有長進。人得走得遠一些，才能打開眼界。陛下生於深宮，眼中只有權術機變，不管戰場輸贏，他想知道，我是不是還聽命於他。」司馬師擔憂地問：「父親，真的要出戰嗎？」

司馬懿深深蹙眉，喃喃念道：「聖命難違……孔明，你是不是也聖命難違？……」

同時，諸葛亮驚愕地拿著聖旨，質問蔣琬：「國中有何急事，為何急切召我回朝？」蔣琬痛惜道：「我等也曾力諫，然而陛下執意如此！」

諸葛亮憂心地蹙眉，痛心道：「有人欺陛下年少。」魏延怒道：「還不是李……」諸葛亮立刻抬手止住他說話：「將軍慎言！」

姜維在旁進言：「丞相，眼下大勝在望，正欲立功，若奉命而退，只怕日後難得此機會了！」蔣琬也走上一步低聲說：「依下官看，陛下是被女色佞臣所惑，丞相索性暫不答覆，且待大勝之後再班師，以陛下對丞相的尊崇，定然不會怪罪。」魏延在一旁附和：「蔣大人言之有理！」姜維也勸道：「將在外，君命有所不受啊！」

諸葛亮痛心望著聖旨沉默不語。

大營中，聖旨供在香案上，司馬懿緩緩展開諸葛亮的畫像，就掛在聖旨之上，香煙嫋嫋上升。「孔明，你的聖旨，也到了吧？我們就再賭一局，是你敢抗旨，還是我敢抗旨？你是選自己的聖賢之名？還是選擇一戰成功？絕對的忠誠和蜀國的命運，哪個對你更重要？我司馬懿的生死，只在你一念之間啊……」

這時郭淮掀開簾幕進來，拱手道：「大都督。」司馬懿轉身問道：「郭將軍，有軍情？」

郭淮欲言又止，最終脫口而出：「末將前來請戰！」司馬懿一笑：「郭將軍也知道了。」郭淮堅毅地說：「上次末將幾乎不保，是大都督派人接應，才得以逃生。末將知道，大都督擔心諸葛亮有陷阱，如果三日內一定要打一場，末將去替大都督一戰！刀山劍林，末將一身當之！」郭淮如此知恩圖報，倒是令司馬懿有些刮目相看，他感激一笑：「陛下催的是我，將軍去沒有用。」

郭淮擔心地問：「難道大都督要抗旨？」司馬懿搖搖頭，輕聲說：「抗旨我不敢，我在等。」

「等什麼？」

「我也不必瞞將軍，諸葛亮此時，接到了劉禪的退兵詔書。」

郭淮雙目一亮，繼而又擔心地問道：「他占盡上風，豈會輕易前功盡棄？」司馬懿淡淡說道：「戰場上有兩種人可以致勝，一是如諸葛亮，文韜武略，知人善用，與這種人在沙場上正大光明的決戰，便是十倍兵力，也未必能贏。另一種，看的不是沙場，而是沙場之後的人心形勢，萬變不離其宗。」

郭淮接過話來：「如大都督。」

司馬懿淡笑回答：「不敢。但我了解諸葛亮，他風骨高標，有古聖賢之風。但聖賢也有聖賢的弱點，他太過謹慎，對蜀主劉禪太過忠誠，為了大局對李嚴這等人又太過寬容，萬千勞苦集於一身，難免就會被壓制，被掣肘。他若有咱們武皇帝當年挾天子以令諸侯的專橫霸氣，只怕大魏難保了。」

郭淮猶猶豫豫：「要是諸葛亮真的專斷一次，不撤軍呢？」司馬懿苦笑一聲：「賭博嘛，有贏就有輸，輸了，我認。」

昏暗的燈光搖曳，諸葛亮徹夜不眠，披著衣裳盤膝坐在床上，久久凝視著桌案上的聖旨。魏軍大營中，司馬懿也沒有休息，他負著手，緩緩徘徊於畫像之旁。

清晨，諸葛亮疲憊不堪地緩緩走出營帳，卻看見幾十名將領肅立在營帳外，諸葛亮有些愕然。

魏延上前，單膝跪下：「請丞相率領我等再戰！」眾將一齊跪下，齊聲說道：「請丞相率領我等再戰！」魏延不服氣地說：「丞相！我等不願退！」姜維哽咽道：「丞相，我們年復一年地出征，為了什麼！」

諸葛亮眼中浮出淚水，無可奈何：「我們皆是大漢之臣，若擁兵抗命，是欺凌陛下，辜負先帝。不忠不信，何以取信於民，何以號令大軍？」魏延、姜維不甘心地痛呼：「丞相！」

諸葛亮緩慢沉重地轉身：「退吧……」他回到營帳內，帳外仍傳來魏延的聲音：「丞相，我們不甘心啊！」

諸葛亮身子一個踉蹌，靠在桌案上，痛苦咳嗽起來，他捂住嘴，盡量壓低聲音，半晌之後，他虛脫地放下手，凝視著手中血跡。

司馬懿兩天下來，憔悴不少，他帶著幾分恨意望著桌上的聖旨，一時衝動，拿起聖旨就想砸出去，手抬起來卻又止住了，小心地，緩慢地，恭敬放在木架上，他沉重地走向衣架邊，撫摸了一下鎧甲，又拿起寶劍端詳著。

司馬昭狂奔進來，被絆了一下直撲倒在地，還顧不得起身，便抬起頭來滿面狂喜道：「蜀軍撤退了！」司馬懿的劍落在地上，他身子一晃，扶著衣架才站穩，面上悲喜交集。

司馬昭爬起來，扶著父親，趕緊補充一句：「爹，是真的，我去探營，親眼看到他們拔營西撤了！事不宜遲，我們的機會來了……」司馬懿緩緩轉頭，望向諸葛亮的畫像，大笑起來，眼中卻有淚花：「你還是選擇了做聖賢，做忠臣吧？」他又走到畫像前：「你體會到做忠臣的難處了，不可處虛名而得實禍，孔明，你輸給你自己啦！」司馬昭高興地叫道：「蒼天助我！」

司馬懿恢復了自得的神情，他抄起聖旨，喜不自勝地說：「現在是用聖旨的時候了！」

嘹亮的號角聲響起，召集將士們前來會議，一掃幾日來的沉悶。

郭淮和孫禮同路而來，兩人均興高采烈，孫禮說道：「諸葛亮在這當口撤軍，是救命啊……」

郭淮忍不住讚道：「是大都督神算……」張郃從另一方趕來，神情卻有些失落不悅。

兩邊文武官員肅立，司馬懿捧著聖旨，肅穆走上主帥位置，郭淮、孫禮望著他的目光更加臣服，其餘人等也多了幾分敬畏。

司馬懿將聖旨小心放在桌上，向聖旨躬身一禮，這才坐下，態度雖然不卑不亢，但透出幾分軒昂來，他朗聲下令：「探子探得，諸葛亮兵分兩路撤入劍閣，我軍應乘勢追擊。副都督張郃，偏將軍魏平聽令！」

張郃有些不情願地出列：「末將在。」魏平的聲音就高亢許多：「末將在！」

「張郃，你引五千騎兵為前鋒。魏平，你引兩萬步兵後行埋伏。我親自率領三千軍馬隨後策應，火速追擊諸葛亮！」魏平答道：「是！」張郃卻沉默不語。

司馬懿微笑問道：「副都督有事？」張郃不滿道：「諸葛亮善用埋伏，我軍屢次追擊，都中他暗算，不宜追趕！」司馬懿帶著幾分嘲弄，笑問：「副都督連日催促我出戰，我如今出戰，怎麼副都督反而不肯了？你原是先鋒，難道不該追擊？原來副都督的本意，是好話你來說，上陣別人去……」

張郃憤怒辯解：「我從軍三十年，沙場決戰，何曾退縮！只是，今日不同！」司馬懿點頭，面上笑容不變：「正是今日不同，今日有陛下促戰聖旨！」說著一捧聖旨：「張將軍，你要抗旨抗令，倒也無妨，只怕軍中會說，我大魏的副都督，畏蜀如虎。」張郃氣得胸口起伏，只得恨恨一抱拳：「得令！」

司馬師向前，想對張郃說點什麼，一旁的司馬昭半真半假地開口：「諸葛亮善使詐，副都督千萬小心啊……」

張郃帶著一隊騎兵，一邊奔馳，一邊緊張地耳聽六路，眼觀八方。

行到林間，張郃抬手：「慢！此地恐有埋伏，小心前行。」隊伍慢了下來，張郃一手握韁繩，

一手緊緊握住自己的長刀，汗水從他的鬢角滲出盔甲。

背後突然傳來一陣吶喊聲，張郃急忙轉身，卻是魏延，所帶也不過百十來人，朝張郃衝來。張郃一喜，心想：「這點人馬來設伏，蜀軍真窮途末路了！」

張郃吶喊著迎上前去，與魏延兩柄大刀戰在一處，不過十餘回合，魏延佯裝不敵：「哎呀」一聲拍馬就逃。張郃叫道：「賊將哪裡走！」便帶人追了上去。

司馬懿帶兵緩緩走著，斥候策馬前來稟報：「報大都督！前方五里蜀將魏延埋伏，已被副都督殺退！」司馬懿微笑：「副都督果然驍勇，告訴他，本都督十分欣慰，再追，切切小心！」

「是！」

斥候飛馳而去，司馬昭暗暗冷笑，司馬師似乎明白了什麼，有些震驚畏懼地望向父親。

張郃追趕魏延到一處山坡，沒了魏延蹤跡，又警惕起來，向兩名親兵吩咐：「去，前方探路！」親兵轉過山坡看看，遙遙喊道：「沒有埋伏！」張郃這才策馬上前，然而剛繞過山坡，又聽得吶喊聲，是關興帶著一隊人馬殺出，大叫：「張郃休走！」張郃拍馬上前回應：「且看誰休走！」

兩人激戰十幾回合，關興又詐敗，帶著人馬呼嘯逃竄而去。張郃有些驚詫，暗道：「蜀軍就這點能耐?!」這時，斥候策馬上前報告：「報副都督，大都督稱讚副都督驍勇，叮囑副都督切切小心！」張郃冷哼一聲：「該小心的是他自己！」當即拍馬，傳令再追！

張郃的隊伍行到一處密林中，林蔭蔽日，張郃只覺得背脊陣陣生寒，只覺得草木皆兵，一隻烏鴉驚起，張郃緊張地提刀。

前方哨探的聲音遙遙響起：「沒有伏兵！」張郃只好神經緊張地繼續策馬向前。忽然又是吶喊聲起，關興和魏延帶著兩隊人馬一起殺來，張郃大怒，提刀上前大喊：「遊兵散勇，還不快來送死！」

兩人與張郃車輪大戰，且戰且退，張郃一路追趕。

司馬懿還在優哉游哉地走著，斥候來報：「報！副都督追上魏延、關興，正在激戰！」司馬懿問了聲：「敵軍多少？」

「不足千人！」

司馬懿淡笑：「區區兩名小將，百餘殘兵，還不足副都督盡興一殺呢！副都督到何處了？」斥候回答：「快到木門道了！」司馬懿笑著說：「去報知副都督，我這就去支援他，令他千萬小心！」

「是！」斥候拍馬而去，司馬懿仰頭看天，一輪夕陽掛在林梢，山林彷彿被血染就。

天色已經昏暗了，張郃和魏延、關興激戰著出了密林，來到一處山谷下。張郃一刀砍落魏延的頭盔，魏延頭髮披散十分狼狽，關興上前救援，又被張郃砍傷，兩人策馬就逃，張郃殺得興起，喊道：「哪裡走！」然而他向前追了幾步便覺得不對，抬頭看看兩側，暗自驚心：「此地兇險！」連忙向追來的魏軍連聲喊道：「快退，退出山谷！」

魏軍尚未反應過來，山頭上已顯出諸葛亮朦朧的影子，霎時間，兩側火光沖天，大石亂滾而下，張郃驚呼：「不好！有詐！」

山上，是整整兩萬伏兵，沉默地執著弩機，對準全無防備的魏軍。

諸葛亮看到是張郃，輕笑道：「罷了，再被司馬懿借一回刀吧！」說著，一揮羽扇。姜維叫道：「射！」萬弩齊發，遮天蔽日，張郃的世界陷入徹底的黑暗。

司馬懿的軍隊還未行到，便遠遠看見遠方山上的火光，以及聽到風中隱隱的慘叫聲。一眾將士皆大驚，郭淮高聲道：「停！快停下！前方有埋伏！」司馬懿望著那一片火光，似乎看到了諸葛亮的身影，他神情肅穆，不悲不喜，靜靜傾聽。

火把通明，張郃的屍體放在地上，身上中了幾十支箭，如同刺蝟，死狀甚為慘烈。

郭淮、孫禮等人都不忍看，難過地轉過臉去。司馬懿跪在地上，撫屍大哭：「張都督，張將軍！我再三叮囑你小心小心，為何還是會中賊軍之計呀！你為國捐軀，乃我之過也！我必誅滅蜀寇，為你報仇！張將軍……」

不遠處，司馬師與司馬昭並肩而立。司馬師的眼中有沉鬱的哀痛。

司馬昭冷笑道：「諸葛亮又折我大魏一員虎將啊。」司馬師沉默良久，突然發問：「昭弟，父親是不是早知副都督會有此下場？」司馬昭笑著問：「大哥何出此言？」

「以父親對諸葛亮的了解，焉能不知他於木門設伏？況且斥候前來報信時，父親既不意外也不著急。」

司馬昭微笑：「父親與諸葛亮是棋逢對手，能看到如此精彩的一場博弈，勝過閉門苦讀十年。」但當他看到司馬師愈發沉鬱的表情時，急忙改口：「大哥，你怎麼了？」

司馬師痛惜道：「不管怎麼說，張郃將軍也是歷經三朝的老將啊！百戰漢中、江夏破吳、街亭大捷，縱橫捭闔，何等的英雄！」司馬昭嘲諷地說：「任他再好，不能為父親驅馳又有什麼用？留他在側，掣肘不說，誰知道他什麼時候會變成皇帝的屠刀？」司馬師低頭嘆道：「此舉雖為自保，亦有失正道啊。」司馬昭陰惻惻地笑著：「大哥，你這是婦人之仁。能死於諸葛亮箭下，也不算辱沒了副都督。張將軍便是九泉有知，也當含笑啊。」

「可是……」

司馬昭的注意力已經不在哥哥身上了：「不知道陛下會不會喜歡這份禮物？我已經迫不及待想看到他的表情了。」火光映亮了司馬昭的面龐，司馬師頭一次覺得父親和弟弟變得陌生起來。

【第八章】

秋風渭水

鍾會滿面喜色，送進軍報：「陛下！雍涼捷報！蜀軍已退！」

曹叡半是驚喜半是詫異，笑容浮現在臉上：「難道真打贏了？果然，需要敲打一下嘛……」曹叡話未說完，展開戰報一看，卻怔住了。辟邪明白事情絕不只大捷那麼簡單，擔心地望著曹叡。

曹叡沉下臉，向鍾會道：「贏了就好，尚書臺去擬旨犒勞將士吧。」鍾會躬身：「是，臣告退。」

鍾會退出後，曹叡的臉已經變青，咬牙切齒地說：「張郃死了！」辟邪大驚：「什麼?!」曹叡攥著捷報的手在顫抖，咬牙切齒地說：「張郃追趕諸葛亮，在木門遇伏，身中百箭……你猜，是誰讓他去追的？」辟邪思忖一下便說：「能驅策張郃的，只有司馬懿了——他好大的膽子！陛下可要徹查？」

曹叡氣得喘氣，拔劍亂砍，在寢宮中咆哮道：「他占了功勞占了理，查什麼？怎麼查！他為什麼不死?!諸葛亮為什麼不死?!」辟邪抱住曹叡，柔聲安慰道：「快了，快了，他們都快了！」

司馬懿抱著頭盔，一步步走進皇宮，曹叡坐在御案前，辟邪站在他身邊，笑容有些冰冷。大殿上空曠寂靜，竟然只有他們三人。司馬懿慢慢走著，感到兩側屏風後似乎有些影影綽綽的武士埋伏，他假裝一無所知，跪下行禮：「臣，叩見吾皇萬歲萬歲萬萬歲！」

曹叡輕嘆道：「愛卿平身，愛卿勞苦了，朕為張郃將軍輟朝治喪，沒有親自去迎接你凱旋，不會怨朕吧？」司馬懿剛站起，慌忙又跪下：「陛下言重，臣萬萬不敢有此念，何況臣損兵折將，並無尺寸之功，不敢當凱旋二字。張將軍之死，臣難辭其咎，請陛下降罪。」曹叡笑道：「諸葛亮一向詭計多端，防不勝防，如何能怪愛卿呢？能讓諸葛亮無功而返，就是勝利嘛。來呀，朕敬國之柱石，一杯得勝酒！」

辟邪端上兩杯已經斟好的酒，曹叡先取了一杯，辟邪又捧著另一杯來到司馬懿面前，微笑道：

「大都督請。」司馬懿望著杯中紅色的葡萄酒蕩漾，忽然一陣徹骨的恐懼襲來，這究竟是不是毒酒？

司馬懿猛得抬頭望向曹叡，曹叡抿嘴一笑，招呼道：「愛卿，請啊！」屏風後的人影露出了劍柄，司馬懿伸向酒盞的手顫抖著……

司馬懿艱難端起酒盞，看著盞中醇酒如血，隨著他的手一起顫抖蕩漾著。

曹叡笑著問：「怎麼？愛卿不願飲？」說完仰頭將自己的一杯酒飲了，一露盞底，銳利的目光看著司馬懿。司馬懿低聲道：「臣只是一路快馬加鞭，手握韁繩久了，不由發軟，到底是年歲不饒人了……」司馬懿橫了心，認命地閉上眼，將酒飲下。

曹叡慢慢綻開一個笑容。

諸葛亮坐著車回到宮門外，劉禪親自帶著百官在此等候。

諸葛亮咳嗽兩聲，下車行禮道：「臣叩見陛下萬歲……」劉禪忙扶住他，心虛地討好道：「相父遠途勞頓，不必多禮，朕設了慶功宴，為相父接風……」諸葛亮蹙眉：「臣勞師動眾，而無尺寸之功，有何功勞可慶……」說著咳嗽了起來，劉禪忙關切地給諸葛亮撫背。

諸葛亮看了一眼劉禪，又看了一眼劉禪身後似有些心虛的李嚴，神情嚴肅：「臣有言上稟。」一行人走進大殿，殿上只設了幾桌肴饌，劉禪居首，諸葛亮、李嚴、蔣琬各居一席。諸葛亮默坐著不提筷子，劉禪笑著舉杯，勸道：「來，相父，朕敬你。」諸葛亮抬頭，悲哀地望著劉禪。

劉禪有些心虛了：「朕就喝一杯，為相父慶賀……」諸葛亮仍然悲傷不語。

「相父吃完飯朕就給你看功課，我都做完了……」

諸葛亮終於開口：「陛下，今歲我國百姓收成如何？」劉禪不知該如何回答，看向李嚴求救，黃皓也緊張起來，李嚴訕笑回答：「尚可。」

諸葛亮質問道：「那後方何以軍糧不足，遲遲不發軍糧，陛下又為何因軍糧不足，強召臣班師！」李嚴語塞：「這……」劉禪可憐兮兮地說：「不關李都護事，這、這是……是朕思念相父，有話想對相父說，故而召回……」諸葛亮仍盯著李嚴問道：「陛下要對臣說什麼？」

劉禪不知該怎麼說，目視黃皓，黃皓輕輕點頭，鼓勵劉禪。

劉禪膽怯地繼續說：「朕想，想，相父連年勞頓，身子又不甚好，不忍見相父勞苦，不如，不如相父只管政務，將軍務、軍務交給……李都護，好讓相父，休養身體……」諸葛亮又驚又憤，不可置信地霍然站起！劉禪也嚇得站了起來。

諸葛亮一步步踏出，目中含淚，深情說道：「老臣受先帝厚恩，誓以死報，十年來，夢寐之間，都在思慮伐魏之策，只求竭力盡忠，為陛下克復中原，重興漢室，臣方敢死而後已！陛下以為臣勞師動眾，只是為了自己一己兵權?!」

劉禪嚇得背靠屏風，唯唯諾諾地說：「相父……相父！朕知錯了，朕真的只是想讓相父休息休息，別無二心啊……相父寬恕朕吧……」諸葛亮躬身，正色道：「臣豈敢怪罪陛下，只恐陛下為奸臣所惑！請陛下告訴臣，是誰為陛下出此謀？」劉禪驚恐道：「不，不沒有人……」忽然，他自作聰明地說道：「是苟安，只是苟安，丞相處置他吧！」

諸葛亮不屑說道：「苟安不過一個小小的押糧官，又豈能干預軍國大事！」諸葛亮目視李嚴，李嚴在他的目光下膽怯地低下頭。

諸葛亮高聲叫道：「來人！」魏延帶著一隊親兵大步入內，皮靴咄咄作響，黃皓慌了：「丞相，你要做什麼?!」諸葛亮望著李嚴，怒斥道：「我出征在外，以國家託付於君，君非但不匡正陛下，反而進奉女色，拖延軍糧，以一己之故廢國家大事！你有何面目對先帝！」

李嚴忙辯解道：「丞相誤會了……」諸葛亮根本不理睬他，望著劉禪，深情道：「先帝昔日教導陛下，要親賢臣遠小人，若是陛下不能處置奸佞，漢室興復無望，請賜臣追隨先帝與陛下！」

劉禪戰戰兢兢：「朕錯了，朕以後都聽相父的話……」諸葛亮昂然道：「李嚴謠言惑主，奸佞誤國，請貶為庶民！蔣琬不能規勸陛下，請降職三等！」蔣琬躬身：「下官知罪，下官領罪！」

魏延一揮手，兩名親兵拖起李嚴就走。李嚴驚呼：「諸葛亮！你這是篡權欺主！我和你一樣都是託孤大臣！你憑什麼貶我！」諸葛亮冷冷回答：「若非看在你是託孤大臣的份上，你的罪過，死不足惜！」劉禪顫抖著伸出手，卻不敢替李嚴求情，黃皓知道自己一敗塗地，只能拚命低頭。

諸葛亮又接著說：「後宮自有后妃之選，請陛下放李氏出宮！」劉禪跑下來跪下，抱著諸葛亮的腿痛苦哀求：「相父，朕知錯了，求相父留下她吧，她只是陪朕寫字畫畫，她沒有罪啊，求相父把她留給朕吧。」

諸葛亮扶著劉禪，流淚說道：「陛下，非老臣不近人情，如今的大漢，已是風雨飄搖，大業艱難，社稷存亡繫於陛下一身，陛下不可再被小人所惑……」劉禪哭倒在諸葛亮懷中。

司馬懿喝下了酒，魂不守舍。曹叡笑道：「愛卿既然累了，就先回去休息吧。」司馬懿驚覺自己沒有中毒，愕然抬頭望著曹叡。

「諸葛亮雖然退去，必然還會再來，愛卿多加保重，朕還要倚仗愛卿呢！」

司馬懿惶恐感恩地說道：「臣謝陛下信任！臣告退！」接著踉蹌走出大殿。

曹叡輕笑：「他知道我在猜忌他。」辟邪在一旁冷冷道：「他更知道，他的生殺予奪全在陛下。」

司馬懿驚魂未定，幽魂一樣走到門口，司馬師、司馬昭正牽著馬等待，看到司馬懿的神情不對，司馬昭驚道：「爹你怎麼了？」司馬懿茫然搖頭，怔怔問道：「我還活著？」司馬師忙不迭地說：「自然活著！爹，陛下把您怎麼了？」司馬懿喃喃道：「活著就好，活著就好，回家……」

司馬懿攀住韁繩上馬，卻一腳踩空癱了下去。

宮中到處都是凌亂的字畫，劉禪抽噎著回來，卻已經人去屋空。

劉禪蹲下看到一幅美人圖，正是輕宵的畫像，劉禪一屁股坐在地上，撫摸著畫像放聲大哭：「為什麼呀，朕把什麼都給他了，他為什麼連輕宵都不給我留下！朕不想長安，不想北伐，不想漢室，朕只想過幾天舒心日子都不行嗎？」黃皓哽咽著勸劉禪：「陛下小聲點，相父他……」

諸葛亮就站在寢宮外，劉禪的哭聲他聽得清清楚楚，他心酸失望地閉上眼，一行淚水緩緩落下。

司馬懿緩緩睜眼，張春華紅著眼睛悲喜交加：「你醒了！」司馬懿慢慢坐起來，神情悲涼。

張春華紅著眼問道：「這到底是怎麼了，你打退了諸葛亮，為什麼他們還要為難你！放手吧，平平安安過日子難道不好嗎？」司馬懿喃喃道：「遲了，太遲了……那一百支箭，本來是留給我的，那一杯毒酒，本來也是留給我的。」張春華難過道：「諸葛亮五次都無功而返，為什麼還不停手？他瘋了，你也瘋了，知難而退有那麼難嗎？」司馬懿淡笑一聲：「他要知難而退，我就大限將至了。為了讓他退一次，我犧牲了李嚴，犧牲了張郃，再沒有什麼人能阻止他了，等他再來的時候，就是來跟我——生死相搏。」

張春華只覺得前路茫茫，生死難料，心酸地伏在司馬懿肩頭。

供奉劉備的昭烈廟中柏木森森，諸葛亮緩緩踏入廟內，望著香案上方劉備的畫像。

諸葛亮帶著悲哀的神色閉上雙眼，劉備臨終之言彷彿在昭烈廟內迴響：「朕本想與卿等同滅曹賊共扶漢室，不幸中道而別……」

「如太子不成才，君可自立為成都之主……」

諸葛亮輕聲自言自語：「主公，亮錯了嗎？十年來，我五次興兵，耗盡益州財力，使得隴上多戰死之骨，田間盡思親之婦，亮輔佐你起兵之時，為的是太平、是一統啊，誰又能料到，竟然事與願違至此……然而我國偏安，若不收復長安，則遲早為魏所吞併，亮日日夜夜，未敢一刻鬆懈，主公，你能告訴亮，何為對，何為錯嗎？」諸葛亮凝望著香煙中的畫像，畫像沉默而悲憫地望著他。淚水從諸葛亮的雙目流出，他向畫像跪下，深深叩首。

一股香煙蒸騰而起，再抬起頭，時間已經轉過三年，諸葛亮也已經老去。

昭烈廟中，諸葛亮望著畫像，堅定而悲壯地起誓：「臣今撫恤將士，已經三年，糧草豐足，軍器完備，此番定然竭盡全力，恢復中原，鞠躬盡瘁，死而後已！」諸葛亮莊重叩首三次，躬身退出大殿，然後轉身離開。

他頭頂的高樹上，春日的黃鶯兒鳴叫著，在枝椏上跳來跳去，他腳下淺淺的春草上，掛著快要在朝露中消失的露珠。遠處再次傳來鐘聲，只是這一記響得格外沉重。

蜀中的春日晴空萬里，豔豔春陽下旌旗飄飄。蜀中士卒再一次擂起軍鼓，鼓聲陣陣而起。蜀中士卒再一次舉起號角，號角聲雄壯悲涼。

劉禪攙起拜辭的諸葛亮，不禁感傷：「相父此去……」諸葛亮卻似乎沒有像過去那樣，打算開口對劉禪諄諄言教，只是用自己已經蒼老瘦削的手，有些顫顫地撫過劉禪攙著他的那雙手，那是雙養尊處優，豐腴白嫩的手。停頓了一下，諸葛亮安撫似的緊握了一下劉禪的手，又鬆開。

劉禪有些惶惑，輕聲道：「相父？朕……」諸葛亮卻沒有再等劉禪多言，躬身退了幾步，然後

側轉過身子，逆著陽光，他的身姿似乎有一點佝僂，劉禪聽到了他一兩聲咳嗽。
諸葛亮緩緩走下臺階，劉禪繼續用有些惶惑的眼神目送著他。
在小校的攙扶下，他再一次登車。
從小校手中接過羽扇，他在春日春風中回首向臺上的劉禪望去。車後書著「克復中原」的大旗在風中揚起，旗幟的顏色已不復鮮豔，但是旗幟的一角在風中依然瀟灑地翻捲著，輕輕拂過諸葛亮已經斑白的鬢角。
諸葛亮抬手，由鬢角摸向在風中揚起的大旗，突然年輕了很多一樣，蒼老沉重的心事被吹開，少年壯志時的情懷再次激蕩胸中。他一笑，灑脫地轉身向征途望去，抬手揮出羽扇。
諸葛亮沉穩地命令道：「出發！」蜀軍上下也激昂地齊聲應道：「是！」
鼓樂號角聲中，軍容整肅的部隊列隊而去。旌旗翻捲，黃沙翻滾，劉禪看著隊伍遠去，諸葛亮的身影漸漸淡出視野，自始至終都沒有再回頭。
劉禪彷彿突然領悟到了什麼一樣，淚水奪眶而出，真誠而依戀地叫了聲：「相父。」軍隊的整齊的步伐聲似乎把這聲呼喚淹沒了，鼓聲號角聲漸漸隱去。
一旁的黃皓諂媚地笑道：「陛下，奴婢聽說最近……」黃皓神色曖昧地湊近劉禪的耳朵，低聲說了些什麼，劉禪失落的神色一掃而空，沒心沒肺的笑容再次橫在他肥胖的臉上：「當真?!這就領朕去看來。」
曹叡拿著軍報，正在咆哮：「十萬大軍?!這都是第六次了?!這老不死的村夫！他到底要跟朕耗到什麼時候！」
辟邪抬眼看著煩躁的曹叡，小心翼翼問道：「此番陛下打算派誰出戰？」曹叡聽此問，收起了暴躁中揮舞的手。把手背負起來，斂眉低頭往前走了幾步，恨恨道：「老的擁兵自重，小的又不是對手。」辟邪詭祕一笑，斜眼看著曹叡柔聲說：「那……何不讓這小的去牽制老的？」

曹叡含笑睨了一眼辟邪，狡黠道：「只怕小的不夠聰明。」辟邪馬上識趣地望著曹叡，低頭說：「臣去點撥。」君臣都曖昧地含笑對望了片刻。

曹叡默許的微微抬了下手，辟邪得到暗示，一躬身就趨步而去。曹叡嘴角吊起一絲無聲的冷笑。

細樂隱隱，室內兩個舞姬持劍起舞。

曹爽似乎無心於舞姬的表演，他向客座中隨著樂聲微微搖頭的辟邪皺眉望去，卻見辟邪也若有所思。曹爽試探地問道：「公公？公公！」

辟邪醒過神來，笑著持酒敬向曹爽說道：「將軍家妓如此善於樂舞且顏色無雙，將軍真好風雅，好福氣啊。」曹爽笑道：「大丈夫自家金劍沉埋，只好著這些嬌娃舞弄舞弄，論起聲色之道，我這將軍府如何比得上公公操持的宮中啊？」辟邪隱忍一笑，持酒向曹爽敬道：「這些聲色瞞得過別人，咱家卻明白將軍的志向。」曹爽嘆了口氣。辟邪抬手虛虛指了下門外，神祕兮兮道：「現有虎狼屯於階陛……」

「你是說諸葛亮還是……？」

辟邪微笑不語。

曹爽臉上閃過轉瞬的興奮，向舞姬樂妓揮了揮手，樂舞停止，一干人都躬身魚貫退出。曹爽不滿地冷哼道：「外有猛虎，內有貪狼，陛下卻把我圈在京師，把關中門戶交給那老匹夫！」辟邪起身，狎昵地湊向曹爽，附耳低聲道：「司馬懿上次與諸葛亮一戰既敗，木門折將，已然軍威大損，豈非將軍的大好機會？」曹爽依舊疑惑問道：「若去請纓，陛下會准？」

辟邪搖頭微笑：「將軍現在去，會吃虧的。不如把這個虧，送予司馬懿去吃，陛下限期令他克敵，彼時二人相耗日久，各傷元氣，將軍只待其逾期不勝時，便取而代之！」

曹爽眉頭漸漸鬆開，露出驚喜的神色。

早朝，曹叡由上向下望著臣子的臉，望向郭淮，司馬懿，曹爽等一張張看起來肅穆平靜的臉，朗聲問道：「今諸葛亮秣兵厲馬三年，六出祁山，再犯我境，卿等有誰願往退敵？」

一陣尷尬的沉默，司馬懿事不關己一樣低著頭。

鍾會第一個率先出列：「司馬都督總領雍涼兵馬，責無旁貸！」曹爽粗聲大氣的哼了一聲：「昔日損兵折將於木門，今日怎可領軍破敵？」曹叡向依舊默不作聲的司馬懿投去玩味的目光。

孫禮也出列說道：「臣也舉薦司馬公，司馬公與諸葛互為敵手，知己知彼，且以韜略論，朝中上下又有誰能出其之右？」郭淮出列進言：「啟奏陛下，諸葛亮連年征戰，窮兵黷武，早已是強弩之末。近日又聞報關羽之子關興亡故，蜀中已無大將。以臣看來，他此次來犯不過是自取滅亡，司馬都督一出，必能克敵制勝！」

夏侯楙搶白道：「要是他能自取滅亡，還值得勞動司馬都督？」郭淮一陣懊惱，嘀咕起來：「當日也不知是誰先敗於諸葛亮之手……」夏侯楙立刻大怒：「你放肆！」

曹叡冷冷的聲音傳下來：「誰放肆？」夏侯楙和郭淮嚇得跪下：「臣等御前失儀，請陛下恕罪。」

曹叡沒有去看他們，而是轉頭問司馬懿：「卿還敢迎戰否？」司馬懿忙跪上前來道：「為國家，萬死不辭！」曹爽聽得此言，與侍立在一旁的辟邪眼神剎那交會匯了一下。曹爽也跪前一步道：「臣聞諸葛亮已屯田原下，必不愁糧草供給。此番必定要速戰速決，免增蜀軍銳氣！」

何晏出列道：「將軍所言甚是，請陛下限定期限。」曹叡溫和笑道：「今當盛夏，期與仲達共飲茱萸酒。」司馬懿再拜：「臣定不負陛下重託。」曹爽臉上閃過勝券在握的輕蔑笑意。

辟邪看著司馬懿坦然抬起的頭，卻感到一陣不安，他的臉上沒有笑意。

司馬懿在書房中靜靜看著水中游動的小烏龜，張春華由外走來，焦慮問道：「怎麼說？」

司馬懿平淡答道：「孔明救我，孔明殺我，我這一去，勝也是罪，敗也是罪……」張春華憂慮：「三年了，我以為諸葛亮都放下了，咱們終於能過安生日子了，他是圖什麼啊！」司馬懿淡笑回答：「北伐，是諸葛亮對劉備的承諾，是他活著唯一動力，他又怎麼會放棄啊……」張春華在一旁焦急地說：「他唯一的動力是北伐，可你不要忘了，你還有家人……」司馬懿深情望著妻子。

外面傳來女童稚嫩悅耳地笑聲，司馬師的小女兒追著一個滾落的花球進來，司馬懿彎腰撿起花球，小孫女笑著撲向司馬懿，叫道：「翁翁。」

司馬懿蹲下來，輕輕撫了下孫女的頭髮，俯身用面頰去親她，小孫女稚嫩的小手伸出來，司馬懿握著柔嫩的小手，再看看自己已經布滿皺紋的手背，不禁一陣悲從中來。

小孫女奶聲奶氣地說：「翁翁跟我玩兒。」司馬懿微笑：「翁翁要出門一趟，要是……要是翁翁能回來，天天陪妳玩兒。」

「翁翁要去哪兒？為什麼不回來？翁翁帶我去好不好？」

司馬懿微笑答道：「翁翁要去長安，等妳長大了，邊關都太平了，就讓妳爹，妳娘，駕著車，帶著妳呀，一直往西邊走，去長安的平原上放風箏，去西川吃好吃的大米，買漂亮的錦緞。」小孫女嘟起小嘴：「我要翁翁跟我們一起去。」司馬懿悲涼一笑，感嘆道：「好，那時候翁翁給妳帶路！」

張春華心痛地掩口無聲流淚。

夏侯徽尋找女兒進來，看到她在司馬懿懷裡，稍稍吃驚，行禮道：「父親，母親。」小孫女又

撲向夏侯徽，奶聲說：「娘，翁翁要帶咱們去長安放風箏！」司馬懿望著夏侯徽說：「師兒也要跟我出征，妳為他準備一下吧。」夏侯徽恭敬地說：「是，媳婦告退。」說完拉著女兒走了。

司馬懿苦笑道：「我們家，也有三個思婦啊……」

夏侯徽拉著小女兒穿過花園，正趕上司馬昭迎頭趕來，小女兒叫道：「二叔！」

司馬昭向夏侯徽行禮道：「嫂嫂。」夏侯徽不安地說道：「爹又要出征長安了。」

「我知道了，我也會同去，嫂嫂放心，我會保護好爹和大哥。」

夏侯徽溫柔一笑：「你也要保護好自己。」夏侯徽帶著女兒走了，司馬昭失神地望著她的背影。

司馬昭急匆匆闖進來，忙問道：「爹，鍾會說陛下讓我們重陽前破敵，是真的嗎？」

司馬懿點頭答道：「陛下肯給三個月，已經是皇恩浩蕩了！」司馬昭急忙說：「到重陽只餘三月，夠打幾仗？這分明是陛下刁難於您，您不該答應啊……」司馬懿嚴厲地看著他，冷哼道：「我若不答應，你此刻就要為我披麻帶孝了！」司馬昭只覺得心中生寒，恨恨地說：「借刀殺人，兔死狗烹，陛下忘了是誰替他將諸葛亮五次阻於關外了。」

「這是為臣的本分，你休要亂言。」

司馬昭昂然：「為臣的本分是為國捨生忘死，難道為君的本分就是屠戮功臣嗎？」司馬懿喝道：「你住口！」跟著就站起身來，無奈地說：「此時能做主的不是我，甚至不是陛下，是天意！」

司馬懿向外走去，張春華在後面問道：「你去哪兒？」

「去跟一個人道別！」

司馬懿來到曹丕陵廟，向曹丕的畫像叩首，抬頭輕聲說：「八年了，臣也老了，臣總以為，能跟著你看到天下一統，誰料到我這個年歲了，還在征戰，天意弄人啊……」

廟外只有兩個小宦官守著，十分冷清。司馬懿問小宦官：「施總管呢？」小宦官忐忑地回答：「施總管他……」

寒素的值房內，施淳鬚髮皓白如雪，躺在床上，到了彌留時刻。

司馬懿闖進去，撲在床邊，痛切喊道：「阿翁！」施淳微微睜眼，聲音微弱：「是司馬懿嗎……」

司馬懿痛心道：「阿翁怎麼不讓人告訴我？」施淳淡笑著說：「我等這天，八年了……」司馬懿心酸問道：「阿翁不想看看嗎？看我魏國一統天下。」施淳淡淡一笑：「公子的話，哪兒有不亡之國，不死之人，一統不一統，又有什麼意義……」

司馬懿澀然一笑：「我要出征了，先帝若知道，總會有點，高興吧？」施淳呵呵輕笑問道：「你是為誰而戰，為魏國，還是，你自己？」司馬懿微微一震，繼而堅定地說：「我活著，才有魏國。」

施淳笑答：「人，在權力中，久了，就會以為自己，無所不能，要小心啊……」司馬懿哽咽著說：「多謝阿翁，我小心一輩子了。阿翁，我一直想知道，先帝當年召我回來，想對我說什麼呢？他召我回來的時候，信任我嗎？」施淳喘息著笑起來：「信不信任，不在先帝，在你的心……」

司馬懿悲哀地閉上眼睛：「我的心，在天意，在形勢，我已經做不了主了。」施淳閉上眼，聲音漸弱：「那都是你的執念而已。也許你到了我這一刻，就會徹底清醒了……」

司馬懿閉著的眼裡湧出淚水：「阿翁！」

渭水直接天際，兩岸是平緩起伏的山巒坡地，風吹麥苗，綠草如茵，這就是決戰之地了。

蜀軍大營內，諸葛亮背向營門，瘦削的身影投在掛著的地圖上，姜維捧湯藥入內，面露憂色：「丞相，關將軍病亡，然丞相玉體要緊，請勿傷慟過度，丞相……」說話間，姜維已哽咽。

諸葛亮接過姜維手中湯藥，用慈愛的眼神看著姜維，喝了一口湯藥，溫和地拍了下姜維的背：「傳眾將至大帳商議軍務。」姜維接過沒有喝盡的湯藥，遲疑片刻道：「是。」姜維走至大帳外喊道：「眾將入內，商議軍務。」眾將以魏延為首，魚貫入內，魏延入帳時抬眼看了下手上還端著藥碗的姜維。

諸葛亮面朝眾將，面上已無方才的憂愁，恢復了昔日的鎮定。

諸葛亮跽坐帳中，羽扇輕輕揮過，眾將也分兩班坐下。

諸葛亮開口說道：「亮承先帝知遇之恩，討伐逆賊，克復中原。今十萬大軍六出祁山……」魏延卻搶過話頭：「今我六出祁山，再伐魏國，傾舉國之力，定當一戰而勝！」眾人看到魏延如此僭越，臉上都出現驚愕的表情，姜維盡量克制地說道：「魏將軍，我等且聽丞相調遣。」魏延傲氣地側首看了下姜維。

諸葛亮把眾人神態盡收眼底，一絲隱憂閃過後，閒閒拈鬚微笑著說：「伯約勿躁。」接著轉向魏延，開口問道：「依文長之見，當若何？」魏延受到激勵，跳起來說：「此戰宜先發制人，以快制勝！某願領三萬兵馬，快馬出子午谷直取長安！」他起身步至地圖前，意氣揮灑地指著地圖說道：「待延奪取長安，丞相可以七萬軍馬援守，以奪取魏國之根本。」魏延說著將拳頭一捏。

諸葛亮拈鬚沉吟。姜維神色凝重地說道：「此計太過弄險。子午谷道路險惡，行軍困難，如此安排，太過弄險，勝負……難料啊。」

魏延不屑地回答：「用兵當出奇制勝，司馬老兒知丞相素來用兵謹慎，必在子午谷處疏於防範。」

姜維忍下一口氣繼續說道：「兵者，國之大事。將軍既知全國之力盡數在此，怎可於險中求萬一之勝？」魏延竭力忍耐：「我等已五次北伐，上下疲憊，如不能一戰而勝，早定大計，偏要講什麼不弄險，求穩妥，不如返還成都……」楊儀見魏延話越說越放肆，連忙喝止：「丞相面前，不可信口胡言，擾亂軍心！」

諸葛亮沒有去看魏延投來的挑釁的目光，慢慢起身道：「今十萬大軍，當選高平廣遠之地駐紮對陣。」魏延鬆開方才還攥緊的拳頭，不服氣地偏過頭去。

楊儀附和道：「丞相所見甚是，不知丞相選中何處駐紮？」諸葛亮用羽扇點向地圖道：「五丈原。」地圖上，「五丈原」三個大字被羽扇的陰影吞沒。

司馬懿帶著郭淮、孫禮、司馬師、司馬昭策馬來到渭濱，遠眺五丈原。

郭淮道：「據探子回報，諸葛亮出祁山，一路按左、右、中、前、後，連下五座大寨，自斜谷至劍閣，一連共下十四座大寨，分屯兵馬，轉運糧草。」司馬懿苦笑道：「他到底是謹慎啊，要是徑直從子午谷出，我還未及動身，只怕長安就丟了。」孫禮道：「諸葛亮吃過糧草不繼的虧，此番穩紮穩打，是要與我軍長久相持了。」

司馬師蹙眉：「可是長久相持，於我軍不利啊。真是三十年河東，三十年河西，世事輪轉，也有我被逼著速戰速決的一日。」司馬昭在一旁說道：「諸葛亮分散屯兵，自己卻無法分身五處，其他四座營帳必防備空虛，兒子選其中一座去偷襲，探探虛實？」司馬懿搖頭：「不可！這世上還沒人能偷他的營呢！他要打持久戰，我也只有奉陪。」

「郭淮，你帶五萬將士，」司馬懿指著渭河說，「在渭河上架起九座浮橋，讓先鋒夏侯霸、夏侯威過渭水安營，孫禮，」司馬懿又指著東邊說：「你帶一萬人在東原築城。我率大軍就在北原下寨！」郭淮、孫禮齊聲答道：「是！」司馬師、司馬昭擔憂地對望一眼。

魏軍正在忙忙碌碌地安營紮寨，司馬昭和司馬師四處巡視，司馬師看起來十分憂慮，嘆了口氣說：「父親明明知道只有三月之期，還做出一副長久之戰的模樣，三個月後蜀軍不退，只怕皇帝對咱們家不會手軟啊……」司馬昭回道：「父親也是逼不得已，和諸葛亮決戰沙場的勝算，太低了。」

「諸葛亮豈能不知皇帝刁難父親，要是他刻意拖下去，又當如何啊？」

司馬昭反問：「與諸葛亮過招，哪次不是一場豪賭？」司馬師露出一籌莫展的神情。

諸葛亮在地圖前指點著：「司馬懿於北原下寨，是怕我取此路，阻絕我軍隴西之路。我今佯攻北原，卻暗取渭濱……」諸葛亮說著咳嗽起來，姜維忙捧上水，諸葛亮抿了一口，繼續道：「……司馬懿必然引兵來救北原，我後軍先渡岸，卻令前軍於水中放火燒斷木橋，若得渭水南，則進兵不難……」魏延、馬岱等人都讚：「丞相妙計！」只有姜維稍稍蹙眉道：「丞相，聽聞魏主只給了司馬懿三月之期，我軍與其偷襲，不如固守，待曹叡問罪司馬懿，換個無能之帥來，再戰豈不更穩妥？」

諸葛亮蹙眉沉默不語。

魏延忍不住說道：「魏國的事，如何信得，司馬懿又詭計多端，要是曹叡過了三月，再給他三月之期，我軍豈不虛耗了天賜良機？」諸葛亮下定了決心：「正是！魏延、馬岱，你二人引兵一萬去攻北原！吳班、吳懿！你二人引五千水手，紮木筏百餘，上載草把去燒浮橋，王平為前隊，姜維為中隊，廖化為後隊，兵分三路，去攻渭水魏營！」眾將出列，齊聲應道：「是！」諸葛亮卻劇烈咳嗽起來，眾將軍都有些擔憂地望著諸葛亮。

諸葛亮壓抑住咳嗽聲，盡可能平靜地說：「無妨，諸位將軍且去安排吧……」姜維憂心退出。

走出大營外，楊儀悄聲問姜維：「丞相的身子……」姜維欲言又止：「只盼今夜大勝，丞相歡喜之下，病情痊癒……」楊儀也不好多說：「將軍保重，下官等待將軍凱旋！」

探子高聲稟報：「蜀軍出營，向北原而來！」郭淮一驚：「大都督，末將這就整軍前去阻擊！」

「慢！」司馬懿輕聲自言自語道：「他該知道我的弱點，為何還要主動出擊呢？……」司馬懿點著額頭在營中轉了兩圈，諸將都詫異地望著他，司馬懿在地圖前站定，看著地圖，忽然醒悟，大叫一聲：「險些中計！」眾將一驚。

「諸葛亮明攻北原，目的卻在浮橋！亂吾之後，卻攻吾之前！」

眾將將信將疑地互相對視。司馬懿已經果決地轉身下令：「傳令夏侯霸、夏侯威，若聽得北原吶喊聲起，便埋伏於渭水南山之中，應擊蜀軍！」傳令官接住兵符道：「是！」便飛奔出營。

司馬懿又轉過身來：「張虎、樂平，你二人引弓弩手二千，埋伏於浮橋北岸，且等蜀軍來燒橋，一齊射殺！」「是！」

司馬懿接著說：「郭淮、孫禮，孔明暗渡渭水，你們新立之營，人馬不多，可盡伏於半路，蜀軍攻打之時，你們詐敗而走，蜀軍必追，我水路並進，圍而擊之！」「是！」

「司馬昭司馬師，你二人引兵救應前營！」司馬昭、司馬師齊聲道：「是！」

司馬懿最後鄭重地說：「本都督，親自做誘餌，去救北原。」

眾將魚貫而出，司馬師有些不放心地問司馬昭：「父親每次跟諸葛亮用計，結果都是中了諸葛亮的計，這一回我大軍盡出，萬一失算……」司馬昭苦笑：「那只有願賭服輸了。」

孫禮和郭淮站在高處，向下探望，只見月色之下，影影綽綽是整齊的蜀軍向此開拔，郭淮輕聲

說：「撤！通知大都督！」

魏延帶著一支大軍，吶喊著衝入魏軍大營，卻見營門處無人駐守，空蕩蕩的大營裡鴉雀無聲。

魏延愕然道：「快去查看！」兩名先鋒衝入營中，看了看，出來回稟道：「將軍，空營！」魏延大驚，連聲說：「不好，中計了！」馬岱一驚：「快退！」

這時只聽身後殺聲震天，回頭看去，火把齊明，是郭淮率軍殺來，他正要上前交戰，前方又是吶喊聲響起，是司馬懿親自帶兵馳來，蜀軍被左右夾攻，魏延大戰郭淮，馬岱奮力突圍。

司馬懿策馬悠然看著：「孔明丞相佯攻北原，是為了燒我浮橋吧？現在渭水之上，想必已經是萬箭齊發了。」魏延又驚又恨，奮力向司馬懿殺來，口中叫道：「司馬老賊，還不受死！」奈何他武藝雖高強，卻身陷重圍，無法殺出。司馬懿淡淡笑道：「孔明丞相也有失算之時，請轉告他一句話：時不我待，君與我同，這一次，我和他賭天時。」

馬岱大吼：「魏將軍，不可戀戰，快撤！」魏延和馬岱廝殺突圍而去，蜀軍丟盔棄甲，被屠殺得十分慘烈，孫禮驚喜道：「大都督算準了，我軍贏了，我軍贏了！」

浮橋邊的長草中，趴臥蹲伏著許多弓弩手，在夜色中靜靜的等待。河水中霧氣瀰漫。

吳班帶著一百多艘木筏漂浮而來，他打個手勢，兵士們點起火把，朝浮橋而來。

張虎發令：「射！」弓弩手一起放箭，木筏上慘叫聲響起，許多蜀軍紛紛落水。吳班大驚，連忙撤軍：「有埋伏，快往回划，往回划——啊！」一支箭射中吳班，吳班也墜落水中。

月色下箭矢如雨，冷靜而無情地殺戮，屍體，無人的木筏，順水漂浮而下。

燈火通明，大勝之後群情高漲。郭淮大笑道：「還是大都督妙算，好久沒這麼痛快了！」

張虎笑著說：「我軍埋伏在渭水之畔，毫髮未傷，殺了蜀軍四五千人，得了一百多條木筏！」

司馬懿卻毫無喜色，平靜道：「諸位將軍，今夜辛苦了，先回去整頓軍馬，好好休息吧，明日本都督論功行賞。」司馬懿的神情讓眾人有些奇怪，司馬師試探著問：「父親，還有何疑慮？」司馬懿搖頭：「沒有，只是有些事，我要想一想。」

河上漂浮著屍體與木筏殘骸，白日裡風光優美的渭河此時猶如地獄。司馬懿帶著兩個兒子，策馬來到渭水邊，看著河中的慘狀，神情悲哀。

司馬懿輕嘆：「連年征戰，殺戮不息，都是罪孽啊……」司馬師低聲說：「明日讓人清理河道，將他們的屍體就地掩埋，以防瘟疫，也就是了。」司馬懿迷茫道：「我至今還不敢相信，我居然贏了他。」司馬昭得意地笑著：「諸葛亮也不是神仙，父親就是敗了幾次，把他想得太厲害了！」

司馬懿搖頭感嘆道：「我還在想，他明明占據優勢，為什麼不屯兵以待，而要主動出擊呢？難道說，孔明你的時間，比我還要緊迫嗎……」

司馬懿被自己的念頭震驚了，他的目光穿過夜霧，望向對岸……

諸葛亮神情哀痛地坐在營中，魏延、馬岱、姜維等諸將都丟盔棄甲，衣衫襤褸，垂頭喪氣。

諸葛亮緩慢道：「昨夜失算，是我太過急躁，連累吳將軍慘死，我軍折算一萬人，我難辭其咎，諸位將軍勞苦了，且清點傷亡，回營休息去吧……」姜維看著諸葛亮憔悴的神情，心中難過，安慰道：「司馬懿不過僥倖得手，丞相保重，不必太過自責。」

諸將退出，魏延遲疑了一下，站在門口沒有走，等眾人都退出去了，魏延轉身說：「丞相，司馬懿讓我帶給丞相一句話。」諸葛亮好奇問道：「哦？什麼話？」

「他說，時不我待，君與我同，這一次，他和丞相賭天時。」

諸葛亮大吃一驚，魏延疑惑問道：「司馬懿說時不待丞相，是什麼意思？」諸葛亮強壓驚心，搖頭強作鎮定：「不過虛張聲勢，挑戰而已，魏將軍去吧。」魏延不安地去了。

諸葛亮終於壓抑不住，撲在榻上咳嗽起來，他哆嗦著拿出帕子捂住嘴，咳出一口血來，他悲傷看著血跡，喃喃自語：「難道這一次，他竟也如此知我……天時，天時，只盼上天，再給我半年時間，讓我生入長安……」諸葛亮心中一動，自言自語：「只好再逼一逼你了。」

諸葛亮擦掉唇上血跡，強自支撐著回到案邊，提筆濡墨，卻因為手抖，兩次三番才拿穩筆，他昏花的眼睛要湊得很近，才能看清紙上的字，但他筆下的自己，仍是那般的莊嚴肅穆……只見他寫道：「漢丞相諸葛亮，再拜致書吳國陛下麾下，漢室不幸，曹賊篡逆，亮受昭烈皇帝寄託之重，敢不竭力盡忠，今大兵已會於祁山，狂寇將亡於渭水。伏望陛下念同盟之義，命將北征，共取中原，同分天下。書不盡言，萬希聖聽……」

鍾會捧著軍報，神情嚴峻：「陛下，襄陽急報，東吳孫權起三十萬大軍響應諸葛亮，兵分三路進犯我國。孫權親征取我新城，陸遜、諸葛瑾屯兵江夏取襄陽，孫韶、張承出兵廣陵取淮陽等處。切望陛下派兵救援。」朝堂上頓時炸開了鍋，議論紛紛：

「這可如何是好，祁山蜀軍未退，東吳又大舉來犯……」

「得把司馬懿大都督召回來吧？」

「還有誰能領兵啊？」

曹叡面色嚴峻，冷傲高聲道：「孫權能親征，朕也能親征！」

殿上登時安靜下來，驚訝地望著曹叡。

鍾會忙勸道：「陛下聖駕，不可輕出……」曹叡毫不理睬，乾脆下令：「曹爽引兵救江夏，田豫引兵救襄陽，朕與滿寵率軍救合肥！」曹爽、田豫、滿寵出列：「臣領旨！」

曹爽抬頭擔憂問道：「陛下，司馬懿久不能克敵，諸葛亮未退，又招來吳軍，請調雍涼之兵內撤防吳！」曹叡冷笑不止：「三十萬大軍尚且打不退諸葛亮，再內撤豈不是把長安拱手讓人了，司馬懿走了多久了？」鍾會為難道：「一個月。」

曹叡叫道：「傳旨！告訴司馬懿，朕替他擋兩個月吳軍，若是兩個月之後他還不能退蜀軍，莫怪君無戲言！」曹爽得意地冷笑，鍾會無可奈何：「臣領旨。」

司馬懿輕輕將聖旨放在桌案上，嘆息道：「主憂臣辱，竟然讓陛下親征，慚愧啊……」司馬昭勸道：「父親，打吧！上次我們不就贏了嗎？」司馬懿喃喃說道：「諸葛亮會犯兩次相同的錯嗎？」

這時探子進來稟報：「大都督，發現蜀軍在河對岸種田！」司馬懿吃了一驚，司馬師也愕然一震：「種田？他們準備賴下不走了?!」

司馬懿帶著司馬師、司馬昭策馬趕來渭水之濱，正值夏日，看到對岸蜀軍兢兢業業在耕種，這邊則是魏國百姓在種田，各自相安無事。

司馬師望著這場景擔憂道：「蜀軍這是……這是準備常駐啊！」司馬昭問道：「爹，蜀軍現在專心農忙，毫無防備，我們何不趁今夜偷襲蜀軍？」司馬懿搖頭：「我們只可堅守，不可輕動！」司馬昭急著說：「可是爹，只怕再等下去，等來的就是問罪詔書了！我們又不姓曹，陛下不會輕易寬容於你啊！」司馬懿凝望嬉笑種田的蜀軍，一勒馬喝道：「回去！」

諸葛亮大營內，楊儀憂愁道：「前方打探，司馬懿廣造木柵，又在營中掘下深溝，堅守不出，我軍如之奈何？」諸葛亮淡笑：「勝而不驕，敗而不餒，司馬懿確是領兵奇才啊。」

「可是……」

諸葛亮打斷了他的話：「我來做個誘餌吧。」楊儀驚喜問道：「什麼誘餌？」諸葛亮解釋：「派兵去誘，司馬懿定有防備，須用此物。」說著笑著攤開一張圖紙，上面畫著一隻木牛流馬。

蜀軍帳外，一隊木頭做的木牛流馬行走著，蜀軍又是驚奇又是好玩，又摸又笑，搶著圍觀。楊儀詫異問道：「這是何神物，竟然會自己行走？」

諸葛亮笑著回答：「並非神物，不過是木材拼湊而已，以機關運轉，可以晝夜行走不停，卻比尋常牛馬搬運，要省力許多。我在西川時便已備下，以為此番運糧之用。」馬岱驚奇道：「這不是神物，丞相卻是神人啊！從沒聽說木頭自己會走路的！」諸葛亮淡然解釋：「我在蜀中命人已做好一千隻，分拆成木板帶來，現今拼裝起來，立刻可用，上山下嶺，十分方便，各寨便用它們運糧吧。」

「丞相說誘司馬懿的，可是此物？」

諸葛亮轉頭神祕一笑：「還不夠。」

一隊木牛流馬正在山道間運糧，護送的十幾名蜀軍嬉笑著走在旁邊。不遠處山林中，查探的魏軍探子瞪大眼睛，不可置信地望著那宛如活物的木牛流馬。

司馬懿坐在高位上，滿臉不信：「一派胡言！木頭豈能成精！」探子急切重複道：「小的不敢欺瞞，真的是木頭成精了！那些牛馬皆為木質，每匹可裝糧食五百斤，不用驅策，自己行走！小的跟蜀軍周邊百姓打探，說是這東西叫木牛流馬！如今蜀軍都用他運糧！」郭淮和孫禮也愕然相對。

司馬昭在一旁躍躍欲試：「諸葛亮擅長奇門遁甲，不知給木頭施了什麼法術，只是他有了此物，運糧更加方便，豈不是更不會退兵了？父親，兒子去探探，搶得幾匹回來！」司馬懿凝思一番：「不可！諸葛亮忽然使用此物，只怕有詐！」司馬昭負氣轉身而出。

司馬懿對司馬師嚴厲地說：「看牢他，不可輕舉妄動！」

諸葛亮仰頭望著兩岸的山峰，此山谷形如葫蘆，背後兩山環抱，谷口十分狹窄，只能容一人一騎通過。諸葛亮面露喜色，問一旁的嚮導說：「此地可有名字？」

嚮導官回答：「此名上方谷，因為山谷形狀如葫蘆，當地百姓又俗稱葫蘆谷。」諸葛亮用羽扇指著谷口：「那裡就是葫蘆口了？」

「正是，我們身處的乃是葫蘆腹，能容一千兵馬。」

諸葛亮自言自語：「葫蘆……若是將葫蘆口封住，豈不就是有進無出？此天賜我用兵……」忽然一陣猛烈地咳嗽打斷了他的話，嚮導官忙扶住他，聲音一下就哽咽起來：「丞相保重！丞相還是回去休息吧？」諸葛亮壓抑住咳嗽，搖搖頭說：「無妨，你帶我再到谷中四出查看，總要萬無一失才好……」嚮導官望著諸葛亮，眼中浮出淚花，叫了聲：「丞相！」

「怎麼？」

嚮導官哽咽道：「丞相每日親自往返祁山渭水，查看東西地理，回營還要料理萬千軍務。丞相年事已高，如此勞頓，如何受得了！」諸葛亮沉默片刻，輕擦嘴角，安慰嚮導官：「二十年來，外人傳說我精通奇門遁甲，其實用兵之道，不過在查地理、曉天文、知人心，何來捷徑啊？再帶我看看吧……」嚮導官擦擦眼淚，平復下來說：「丞相請。」

諸葛亮在嚮導官的扶持下，一腳深一腳淺，踉蹌在山谷崎嶇的道路上行走著。

司馬昭在自己的大營中穿上鎧甲。司馬師掀開簾幕進來，一怔，厲聲喝問：「你做什麼？」

司馬昭頭都沒抬：「給爹劫幾頭木牛回來。」司馬師用力推了他一把，嚴厲地說：「你瘋了！爹有嚴令不許出戰！」司馬昭抬起頭，氣不過說道：「洛陽有人數著日子磨刀準備殺我們，我們還在這裡不許出戰不許出戰！再等下去，我們就不戰自潰了，大哥！」司馬師耐著性子：「爹說了，小不忍則亂大謀！」司馬昭揚眉反問：「你告訴我，大謀是什麼？」

司馬師一時語塞：「你……那你也不許去，我這就去告訴爹！」

司馬昭一把扯住他，懇求道：「大哥！我就帶我自己麾下五千兵，勝了自然好，敗了於我軍也並無大損，總得有人去探探諸葛亮的虛實吧！」

司馬師厲聲：「什麼叫並無大損，你的命就那麼不值錢?!」司馬昭堅毅地一挺胸：「覆巢之下，安有完卵？我不甘心，大哥，就讓我為咱們家，做一點事吧！」

司馬師感佩又心痛地望著長大的弟弟。

〖第九章〗

悲吟梁父

蜀將高翔押送著三四十隻木牛流馬行走著。

司馬昭帶著兵馬從山林間潛伏而出，望著蜀軍行進，司馬昭一箭射去，一名蜀軍慘叫倒地，蜀軍登時慌亂，高翔大喊：「有埋伏！有埋伏！備戰！」

司馬昭率軍吶喊著殺出，高翔拔刀和司馬昭大戰，不過十個回合就落敗，帶著殘兵奔逃而去，魏軍還要追趕，司馬昭喘著氣下令道：「不許追！」

司馬昭驚魂未定，警惕地看看周圍，一片安靜，那些木牛流馬憨態可掬地踏著步子，毫無陷阱的樣子。「帶上它們，快回營！」

司馬懿得知了司馬昭私自出兵，氣急敗壞地向外走，後邊跟著惶恐的司馬師和郭淮。

司馬師遠遠看到司馬昭的人馬，驚喜喊道：「爹，是二弟，二弟回來了！」司馬懿一看，不禁悲喜交集。司馬昭意氣風發，帶著五千大軍凱旋歸來，還押送著幾十匹木牛流馬，和十來名俘獲的蜀軍，看到父親，司馬昭笑著下馬，半跪在地：「兒子突襲蜀軍，俘獲蜀軍十七名，押糧木牛三十匹，糧米三千餘斤！我軍未損一人一騎！」

司馬懿非但不喜，反而浮現怒色，一巴掌打得司馬昭撲倒在地。司馬昭捂臉愕然道：「爹……」司馬懿大怒：「你不遵軍令，該當何罪！」司馬昭不服氣：「可是我贏了……」司馬懿愈發生氣：「你贏了又怎樣！你可知道諸葛亮只要有兩千伏兵，就能讓你全軍覆沒！」

司馬昭仍倔強說道：「戰場上不該以成敗論功罪嗎？兒子贏了，諸葛亮並非不可戰勝的！」司馬懿罵道：「輕狂！來人！給我拖下去，重打五十軍棍！」司馬師忙勸：「父親！弟弟雖然魯莽了些，但畢竟大勝而歸……」司馬懿發怒，指著兩個兒子罵道：「你也該一塊打！讓你看著他，你卻與他合謀抗令，拖下去！」

郭淮忙勸道：「大都督，二公子雖然違抗了軍令，但畢竟大獲全勝，且還俘虜了蜀軍和諸葛亮的木牛，讓我軍能探得諸葛亮的虛實，實在是年少有為，功不可沒，將功折罪，就算不賞，也不該打呀……」司馬昭委屈地揉著臉，孫禮也趕出來勸：「正是正是，二公子大勝，軍心振奮，若是罰了二公子，恐有損軍心，請大都督開恩。」

司馬師跪在司馬昭旁邊，一拉司馬昭低聲道：「快認錯！爹是擔心你啊！」司馬昭低頭悶悶道：「兒子莽撞，兒子知罪，請父親開恩。」孫禮在一旁打圓場：「公子知錯就是了，大都督，還是快審問俘虜吧。」司馬懿無奈，瞪了兩個兒子一眼，轉身向營帳走去。

司馬師鬆了口氣，拉著司馬昭起來，輕拍一下，埋怨道：「你呀，我差點被你害死了！」

司馬昭露出笑容：「就算挨一頓棍子，我也不後悔！」

諸葛亮營帳內，高翔滿面慚愧，跪下請罪道：「末將丟失木牛和糧米，折損人馬，請丞相責罰！」

諸葛亮安慰高翔：「賊軍突襲，非將軍之罪也，你回去休整一番，再運糧向上方谷而去。」高翔愕然不解：「是，但只怕魏軍再來截殺啊！」諸葛亮笑著說：「將軍一切小心，若遇截殺，不必戀戰，自保為上，至於區區木牛糧米，送予他就是了。」

諸葛亮隨意的態度，讓高翔摸不著頭腦。

一邊的司馬懿大營內，被捆綁著的俘虜低聲道：「我家丞相料賊……哦，料都督會堅守不出，盡命我等四散屯田，以做長久之計，不想都督居然會派人截殺……」

司馬昭冷笑：「你家丞相是吃醉了酒，還真當這是你蜀國的地方了？」司馬懿橫了他一眼：「閉嘴！」司馬懿沉吟片刻，開口道：「將他們都放了，酒飯伺候，送馬放回。」俘虜們驚喜抬頭。

郭淮問道：「何不殺之？」司馬懿微笑著說：「回去告訴汝家兵士，蜀貧而魏富，凡願來此投奔者，我皆贈送田地糧食。」俘虜們叩首拜謝：「多謝大都督，多謝大都督！」接著被親兵牽出。

郭淮笑道：「大都督好一招攻心的妙計！」司馬懿嘆了一口氣：「只盼我寬仁之心，能讓蜀軍軍心稍散，凡今後擒到蜀兵，都要善待。」

「是！」

司馬昭這時帶著幾分撒嬌的語氣，央求道：「爹，兒子也沒吃飯呢……」司馬懿一板臉，司馬昭趕忙一縮，溜了出去。司馬師在一旁進言：「爹，若是那俘虜所言是真，我們是不是可以用小股兵馬試探……」司馬懿沉思不語。

高翔帶著一隊蜀軍，押著木牛流馬行走在山道上。郭淮埋伏在道旁，一聲吶喊帶兵衝殺上去，戰得數回合，高翔再次棄木牛逃竄，郭淮拍拍木牛，長聲大笑。

回到諸葛亮大營中，高翔羞慚憤懣地說：「丞相，還擊吧，短短半月，我軍被劫了六次啊！再這樣下去糧道不通，我軍就困死了！」魏延也憤怒附和：「豈能如此挫我軍銳氣！丞相給我五千軍馬，我去押糧！」諸葛亮卻微笑道：「我軍獲勝，高將軍乃首功！」

高翔不解地抬頭：「什麼？末將……」魏延也覺得不對，望向諸葛亮。諸葛亮乾脆道：「糧道不通，我軍便後撤安營，撤入子午谷！」姜維雙目一亮：「丞相是要誘司馬懿！」諸葛亮淡笑：「幾百匹木牛，萬斤糧米，總該餵飽這匹馬了吧！」

魏軍在逗俘獲的木牛流馬玩耍，幾個魏軍從木牛身下接著簌簌落下的糧食，都是一派笑逐顏開，幾個被俘虜的蜀軍跪在一旁，垂頭喪氣。司馬昭走過來，看了他們一眼。

營帳內，郭淮正在慷慨請命：「大都督，諸葛亮糧道不通，蜀軍一定軍心大亂，大都督該趁機邀戰啊！」張虎也說道：「正是，諸葛亮丟了上萬斤糧食，蜀軍要餓肚子了吧！正是出戰的好時機！」

司馬懿瞇著眼睛沉思，搖頭拒絕。

孫禮在一旁也按捺不住了：「大都督還在擔心有詐，可這都六次了……」司馬懿疑惑說道：「我軍若敗，反而不稀奇，可半月來接連大勝，我心中卻越來越恐懼。危險的可怕之處，在於你永遠不會一眼看穿它，它有時還會給你一點甜頭，再給你一天甜頭，你占十次百次便宜，永遠不知道那把劍什麼時候落下來，可一旦落下，就是萬劫不復。不行，不能邀戰！」

司馬昭不滿地退了出去。

那幾個蜀軍俘虜坐在地上，圍著一鍋肉，正狼吞虎嚥。

幾個魏軍遠遠低聲嘲笑：「大都督也真是的，給俘虜吃的比咱們還好……」司馬昭心中一動，走上前去，含笑望著幾個俘虜，俘虜嘴裡含著肉，看著他，不敢再吃了。

司馬昭笑道：「吃，不夠了還有，走的時候，每人再發五匹絹，回去也給媳婦做兩身好衣裳。」另一名俘虜嘟囔：「我還沒媳婦……」司馬昭笑起來：「那就回去娶個媳婦！」

「謝謝將軍。」

司馬昭又問道：「我問你們啊，如今你們丞相在什麼地方？」一旁的俘虜趕忙答道：「糧道老是被劫，丞相去上方谷西十里安營了，把糧食轉運到上方谷去。」司馬昭雙目一亮：「哦，諸葛亮不在祁山大營，那祁山大營是誰駐守？」

「是姜維和楊儀。」

司馬昭一笑，向看守說道：「一會兒帶他們到絹庫裡去，讓他們自己拿，能抱得動多少就抱多少！」俘虜們有些受寵若驚：「謝將軍！謝將軍！」旁邊一名俘虜憤怒打翻了那人的碗，罵道：「給你幾口肉你就泄漏軍情，把丞相賣了！」俘虜訕訕低下頭去。

司馬昭笑著說：「給他再拿個碗！多吃點！」說完健步如飛走了。

諸葛亮驅車來到上方谷，馬岱和魏延都帶著幾分敬畏，仰頭看著兩側的山峰。

諸葛亮吩咐馬岱：「營中掘下深溝，多埋乾柴引火之物。」又指點四周說道：「周圍山上，多用柴草虛搭，可將此山谷後路塞斷，暗伏兵於谷中。」馬岱一拱手：「得令！」

魏延興奮問道：「司馬懿會入谷？」諸葛亮悠悠說道：「我這便是與他賭啊！」

郭淮正在磨劍，司馬昭潛入。

郭淮好奇問道：「二公子，你找末將有事？」司馬昭半跪下，真誠地說：「我請隨副都督出戰！」

郭淮笑道：「劫個糧草，用不上你，你還是安生待著吧，別讓你爹擔心，小心挨他的板子。」

司馬昭目光炯炯地望著他，勸誘道：「不只劫糧草！郭將軍，我已經探聽清楚，諸葛亮不在祁山大營，而在上方谷營寨，明日你對父親說去劫糧草，請得兵馬，派張虎去攻取祁山。」郭淮也反應過來了：「祁山乃蜀軍之根本，若見我兵攻之，各營必來相救——」

「那時候我們徑直去上方谷，燒了他的糧草，蜀軍首尾不接，糧草又失，不由他不退！」

郭淮興奮地在司馬昭身上擂了一拳，笑出了聲：「好小子！虎父無犬子啊！你爹沒白教你！不過這麼好的計策，為什麼不對你爹說呢？」司馬昭有些失落地說道：「先和父親說，我們還能出兵嗎？我爹被諸葛亮嚇怕了，連諸葛亮的名字都不敢提，整天孔明孔明的，他哪裡敢去劫諸葛亮的大營啊。」郭淮含笑說：「所以你就打上我的主意了？我拐了你，還怕你爹的板子呢！」司馬昭忙替郭淮磨劍，纏著郭淮說：「計策還是我想的呢，求你了！郭都督，郭大哥，郭叔叔行了吧！」

郭淮大笑不止：「好，我不搶你的功勞，成就你做個咱們大魏的霍去病！」

郭淮帶著隊伍即將出發，司馬懿親自送到營門口，殷切囑咐道：「副都督一切小心，若遇到蜀軍運糧，一路兵馬迎擊，一路埋伏策應，若蜀軍有詐，不可戀戰，立刻回營！」

郭淮一笑：「大都督放心吧，此番我帶了一萬兵馬，縱不足大勝，亦可自保了。」司馬懿仍然放心不下：「小心為上。」

魏軍大隊開拔，司馬懿目送郭淮，卻沒有看到司馬昭就穿著士兵的衣服，混跡在普通軍士中。

郭淮帶隊走在山道上，張虎看著道路不對，上前詢問：「副都督，往日走的不是這條路。」

司馬昭策馬上來，笑著說：「幾隻木牛，算什麼功勞，今日咱們去立一件大功！」張虎一驚：「二公子！」

張虎帶兵吶喊著衝進祁山蜀軍營寨，姜維衝出和張虎廝殺，蜀軍四處狂奔亂走，潰不成軍，楊儀倉皇大叫：「快去求救，快去求救，都來救祁山大營！」蜀軍傳令兵殺出重圍，奔逃而出。

司馬昭和郭淮遠遠觀望，司馬昭笑問：「如何？」郭淮笑道：「妙計！走，去取上方谷！」

司馬懿坐立不安地轉來轉去，司馬師進來問道：「父親叫我？」

「你弟弟呢？」

司馬師訕訕道：「弟弟巡營去了。」司馬懿慍怒道：「輪不到他巡營，快叫他來！」司馬師躊躇不動。司馬懿心中一凜，踏上一步，逼視司馬師問道：「昭兒到底去哪兒了?!」司馬師被父親氣勢所懾，不敢撒謊，低聲說：「跟隨郭將軍大軍去了……」司馬懿喝問：「他去做什麼？」

「他說諸葛亮不在祁山大營，佯攻祁山，可以調虎離山去偷襲上方谷的大營……」

司馬懿聽聞一個踉蹌，險些暈倒，顫聲道：「他去偷諸葛亮的大營？你們居然還敢瞞著我！你們……你們都反了天了！」司馬師聲音也顫了起來：「爹……」司馬懿氣急敗壞：「回來再處置你們！現在帶兵跟我走！」

司馬懿衝出去又衝回來，抓起金盔和劍又狂奔出去。司馬師追出去，低聲道：「隊伍不及召集……」司馬懿翻身上馬：「能帶多少帶多少！要快馬！」說著策馬呼嘯而出。

郭淮和司馬昭帶兵衝到谷口，看到山谷形勢，都不禁勒馬停下。

魏延帶兵殺出谷來，喝問道：「你家大都督何在？」郭淮笑著回應：「收拾你這無名鼠輩，還勞動不到大都督！」魏延大怒，和郭淮激戰起來。

諸葛亮隱身在山峰上，看到郭淮和魏延大戰，郭淮身邊卻是司馬昭，諸葛亮不禁失望蹙眉，自問道：「怎麼是他……難道我計不成……」

數回合後魏延詐敗而走，郭淮拍馬上前追趕，司馬昭忽然心中一動，高聲叫道：「且慢！」郭淮停下，司馬昭說：「當心有詐。」一面指揮身後親兵：「你們這隊，先進谷哨探！」

郭淮恍然大悟。

進去哨探的兵士高聲回答：「谷內並無伏兵，山上皆是草房！」郭淮大喜道：「這定然是諸葛亮積糧之地，我們進去放他一把火！」司馬昭也笑著說：「讓我爹知道，諸葛亮不過如此！」

郭淮和司馬昭衝入了谷中。

諸葛亮蹙眉不語，楊儀登時緊張起來，低聲問：「丞相，放不放？」諸葛亮額頭冒汗，竟有些脫力：「再等等，等他來救兒子……」

郭淮和司馬昭仰頭觀看山谷，林木簌簌作響，草房上都堆著乾柴。

司馬昭起了疑心，警惕地看了看前方的一線出口，忽然身後響起了急促的馬蹄聲，只聽見司馬懿高聲吶喊：「撤，快撤！」司馬昭回頭一怔：「父親？」司馬懿額上青筋暴起，撕心裂肺地大喊：「快撤！」司馬昭驟然醒悟，和郭淮回頭一起向谷口衝去。

看到司馬懿來了，諸葛亮激動得羽扇顫抖，大喊一聲：「放！」

楊儀手中的響笛沖上天，一聲淒厲的鳴鏑響起，山谷中吶喊聲震天，無數巨石、滾木、火球從山峰上砸下來。

司馬昭快要衝到谷口和父親會合，面前卻是一團巨大的火球滾落，馬匹受驚向後騰起，司馬昭被拋下馬來，同時谷口墜落的柴草被點燃，騰起一面火牆。

司馬懿隔著火牆看到兒子墜馬，痛徹心扉地大呼：「昭兒！」司馬懿的身後射來無數火箭，隨行之人紛紛落馬，司馬師一面替父親擋開箭雨，一面驚呼：「爹！不可！」

司馬懿在短短的一瞬間心肝俱裂，身後是伏兵，身前是烈火，然而他的兒子就在烈火裡，羽箭正向他射落……司馬懿心如刀絞，稍稍遲疑之後，義無反顧地縱馬衝進火牆之中。司馬師一咬牙，跟著父親縱馬躍進火牆。

司馬懿和司馬師跳下馬，一面擋開射落的箭弩，一面扶起司馬昭，司馬昭手足無措地哭喊道：

「爹，爹，怎麼辦……」司馬懿面目焦黑地下令：「突圍！」他們三人向著出口處衝出去，然而狹窄的谷口，魏延已站在烈火之外，含笑下令：「射！」

一排羽箭射進去，逼得司馬懿、司馬師和司馬昭又退了回去。整個上方谷燃燒成為一條咆哮的火龍，滿地都是著火打滾慘叫的魏兵，郭淮也是衣衫起火，蓬頭垢面，放聲痛哭：「大都督，兩邊谷口都被火封住了！」司馬懿顫抖著抬頭望向上方，諸葛亮已經現身，兩面旗幟豎立在他身後飄揚，一面是「克復中原」，一面是「漢丞相武鄉侯諸葛亮」。

諸葛亮俯視司馬懿，微笑著說：「仲達，亮在此為你送行了！」司馬懿流淚高聲道：「孔明！我的命隨你取，你答應過我，放我兒子一條生路！我求你了！」諸葛亮的神情有冷酷，也有痛惜，他向火中的司馬懿執手行禮道：「你我本為知音，可惜志向不同，你若肯自盡，我定不食言！」

司馬懿高聲喊道：「好！謝你了！」司馬懿拿起劍就要橫劍自刎，司馬昭、司馬師大驚，一同來奪劍，哭著說：「父親不可！」司馬昭又悔又痛，跪下痛哭道：「不要求他！不要求他！爹，兒子錯了，兒子害了你！」司馬師也大哭：「兒子絕不獨生，兒子和爹在一起！」司馬懿絕望地摟住兩個兒子的頭，仰天大哭：「不意我父子三人，竟然命喪於此！」

火勢從兩邊山谷湧進來，越來越大，濃煙滾滾，司馬懿、司馬師、司馬昭都被嗆得大咳，站立不穩，司馬懿的頭盔落地，他絕望地癱坐下來。諸葛亮不忍再看，閉上眼睛，忽然一陣風吹動他的羽扇，他驚愕地睜開眼，看到樹木搖擺，狂風大作，陰氣瀰漫，烏雲蔽日。

司馬師也發現了，驚喜喊道：「爹！烏雲！烏雲！要下雨了！」司馬懿睜開眼，感激狂喜：「蒼天，蒼天啊！」司馬懿跪下誠摯地懇求：「若天意不絕我，就快下雨吧！」諸葛亮有些驚慌失措：「放箭！」

司馬懿和司馬師、司馬昭、郭淮精神大振，紛紛起身抵擋箭矢，烈火與箭雨中，司馬懿執著地跪著，火龍在狂風中肆虐，諸葛亮也失神地望著天空，喃喃祈求：「蒼天，你就成全大漢吧……」一聲驚雷響起，讓司馬懿和諸葛亮都打了個哆嗦，又一聲驚雷乍響，暴雨傾盆而下，火焰被澆滅了，火龍失去了生氣，慢慢委頓下去。

同時谷口傳來馬蹄聲和孫禮的呼叫：「大都督，大都督！」郭淮驚喜道：「孫禮帶兵來接應！」司馬懿莊嚴地向天叩首，而後站起來挺劍高呼：「隨我殺出去！」

他們向火勢未熄的谷口衝過去，雖然有羽箭射落，但孫禮帶來的魏軍手執盾牌，擋開羽箭，馬岱縱兵殺出，但魏軍人數明顯優勢，馬岱也無法阻止司馬懿和孫禮的救兵會合。

谷口的火勢已經小了許多，司馬懿和兒子跨過奄奄一息的火苗，衝進孫禮的軍隊，立刻被接應上馬。孫禮高聲道：「二位都督快走，我來斷後！」司馬懿又急又痛：「你全軍盡出，渭南大營呢?!」

孫禮戰亂中焦急道：「大都督有難顧不得大營了，大都督快走吧！」司馬懿無奈，狠狠回望一眼雨幕中的孔明，高聲道：「天意難測，你我後會有期！」在孫禮的掩護下，司馬懿帶軍奔逃而去。

諸葛亮失魂落魄，望著被雨幕遮蔽的天空，任憑暴雨沖刷，他手中的羽扇落地，被雨點打入泥濘。楊儀痛心道：「我軍兵少，被司馬懿突圍了……」山下馬岱也灰心跪倒：「未能攔住司馬懿，末將罪該萬死！」諸葛亮仍望著天幕默默流淚，雨水從他的衣角、鬢角不斷滴落，他喃喃道：「天意難測，天意，真的不在漢嗎……」

兩面旗幟也被雨澆透，垂落，水淋淋的旗角拂過諸葛亮的面頰，他轉頭去看，旗幟上克復中原那幾個字，顯得模糊而無力。

諸葛亮一口血噴在了旗幟上，暈了過去，楊儀扶住他驚恐叫道：「丞相！丞相……」

帶血的旗幟輕輕搖擺著。

天已經晴了，太陽從烏雲後跳出，放射出燦爛光芒。

司馬懿鬚髮半焦，帶著同樣狼狽的司馬師、司馬昭縱馬奔逃，一小隊人馬迎上來，帶著魏字旗號。為首的將領稟報道：「大都督，蜀軍趁我渭南大營空虛，前來劫寨，大營已經丟了！」司馬昭無比憤恨：「我去殺他們個措手不及！」司馬懿狠狠瞪了他一眼，果斷下令：「放棄渭南，速去點燃浮橋，阻斷蜀軍追擊！我軍只保北原！」郭淮答道：「是！」

郭淮帶著兵匆忙點燃浮橋，浮橋如一條火龍竄過去，對岸廖化帶兵追到，只能望著起火的浮橋束手無策，徘徊岸邊。

郭淮望著起火的浮橋，痛心道：「大都督的心血，就這樣沒了……」司馬懿無限疲憊地嘆息：「能活著，已經是僥倖了……」司馬昭低頭痛悔道：「都怪兒子！」

司馬懿轉頭冷冷望著他，已不復山谷中慈父神情，喝令一聲：「回營！」

來到北原大營內，司馬懿頭不梳臉不洗，坐在中軍案前，冷冷凝視下方跪著的郭淮和司馬昭。

郭淮叩首謝罪：「末將不遵號令，誤中奸計，連累全軍，請大都督處置！」司馬昭膝行上前一步說道：「不怪副都督！是我擅作主張，力主偷襲上方谷，一人做事一人當！」司馬懿冷笑道：「都充英雄是吧？是英雄就不該吃敗仗！是英雄就不該把千名將士的屍身丟在火中！是英雄就不該連累別人枉死！是英雄就活著贏，而不是敗了死！」郭淮和司馬昭被他罵得抬不起頭。

司馬懿沉吟片刻道：「郭淮，你不遵號令，隱瞞本帥，擅自改道出兵，致有此敗，本該是死罪，但你是陛下親封的副都督，雍涼三軍統帥，我無權殺你。先打五十軍棍，仍在帳前聽命，允不允許你將功折罪，就看陛下的聖恩浩蕩了！」郭淮知道自己不會死了，感激流涕叩首：「謝大都督，謝大都督！」司馬懿一揮手，手指軍棍的執法軍士將郭淮拖了出去。

司馬懿凝望著跪在地上的小兒子，他雖然形容狼狽，但跪著的身子神態，卻仍有一股倔強之氣，司馬懿心中又痛又恨。

司馬懿冷聲喝道：「孽畜，還不認罪嗎？」司馬昭抬頭，目光熾烈又痛楚，硬著脖子道：「成王敗寇，我無話可說！兒子罪在牽累父親，罪在技不如人，無地自容！但兵出上方谷，兒子並不後悔！」司馬懿被司馬昭氣得霍然站起：「豎子狂妄，你貪圖一己之功，違抗軍令，教唆主將，累我全軍，居然還不知悔過？今日為父就要讓你徹底清醒！來人，將司馬昭綁縛轅門，斬首示眾！」司馬懿一甩手，一支黑色的令箭被扔在地上，司馬昭絕望地閉上眼。司馬師、孫禮、張虎、樂平等人都大吃一驚，站了起來。

司馬師當先衝上來跪下求情：「請父親開恩，念在二弟屢建功勳的份上，將功折罪饒他一命！」孫禮也慌忙跪下：「請大都督開恩！」

司馬懿看看帳下，還有許多愕然發怔未站起來的文武官員，求情之人不足一半，又是焦急又是悲痛，神情卻甚是冰冷：「為此庶子，險敗我全軍！不殺他，我何以謝三軍，何以見陛下！你們還怔著幹什麼！拖出去，斬！」司馬昭木然地被親兵拖開。

司馬師急得手足無措，一個勁的哀求道：「父親，不可！不可啊！」孫禮忙給諸部將使眼色，眾人一起跪下求情：「請大都督開恩！」孫禮急忙再勸道：「此非是要大都督徇私枉法，實在是大戰用人之際，少將軍素來勇武，請為國家留人，下官願為少將軍作保，請大都督開恩！」張虎等諸將也趕緊附和：「末將願為少將軍作保，請大都督開恩！」

親兵將司馬昭拖在門口，等著司馬懿做最後的決定。此時，侯吉從帳外奔了過來，擋在司馬昭

面前跪下叩首：「老爺！不可啊！」

司馬懿厲聲喝道：「侯吉，出去，這裡不是你該來的地方。」侯吉抹著眼淚說道：「老爺，夫人已年高，殺了二公子如同殺了夫人啊！請老爺開恩留公子一命吧！不然回去如何跟夫人交代啊！」司馬師也趕緊勸道：「請父親看在母親的份上，饒過弟弟這一次吧！」司馬懿雖然心痛如絞，仍然咬緊牙關，毫不鬆口：「饒他？我愧對三軍！斬！」

司馬師急了，挺身跪下：「爹把兒子也殺了吧！」然後顧不得父親生氣，爬起來就衝出帳外。

司馬昭被反綁著，跪在一塊木墩前，脖子被按了上去，劊子手已經就位。

司馬師高喊：「且慢！刀下留人！」劊子手和監斬官一怔，司馬師已經撲上前去，伏在司馬昭身上，監斬官為難道：「大公子，你這是做什麼？」司馬師望著監斬官，斬釘截鐵道：「告訴我爹，要殺就將我們兄弟一起殺了吧。」司馬昭掙扎著說道：「大哥，大哥！你讓開！我不怕死，我只是不甘心，我還沒看到爹贏了諸葛亮，我還沒看到咱們家脫險，我不甘心啊！」

所有將官跪了一地，紛紛叩首：「請大都督開恩！」

郭淮剛挨完軍棍，身後一片血跡，被兩個軍士扶著進來，立刻撲倒在地大聲懇求：「大都督肯留末將一條性命，也請饒了二公子吧！若是二公子死了，末將有何顏面偷生啊！請大都督開恩！」孫禮看這情景，悄悄溜了出去，司馬懿看到了他的動作，但佯裝不知。

司馬懿向外喊：「怎麼還不開刀?!」監斬官惶恐地進來稟報：「啟稟大都督，大公子擋在刀斧之下，無法行刑！」司馬懿大怒：「把他拖開！」

郭淮踉蹌膝行，伏地泣道：「大都督，末將與二公子同罪，請與二公子同死！」這時帳外響起了整齊的震耳欲聾的聲音：「我等願與二公子同死！」司馬懿一怔，走出大營。

只見大營外整齊跪著幾百將士，還有的衣衫襤褸，身上帶傷，是今日才從戰場逃出來的。

司馬懿怒視孫禮：「你做什麼！」孫禮低頭答道：「這都是二公子麾下的將士，跟隨二公子出生入死，或受二公子之恩，或與二公子有同袍之情，在他們心中，二公子是個好將軍啊！請大都督體恤軍心，開恩饒二公子一命！」將士們齊聲叩首：「請大都督開恩！」

還趴在木樁上的司馬昭聽見了，淚如泉湧。

司馬懿被震動了，走到一個傷兵面前，痛心地看著他的傷臂，跪下流淚長嘆：「我司馬家，對不起將士們！……」三軍全體跪下流淚喊道：「大都督！」

司馬懿流淚，仰天嘆息：「孔明能揮淚斬馬謖，我卻不能斬這個逆子，我不如孔明啊……」郭淮、孫禮聞言一喜，司馬懿接著道：「……死罪可免，活罪難饒，重打二百鞭！」

孫禮一驚：「大都督！二百鞭只恐少將軍承受不住，來日還要征戰沙場，是否……」司馬懿怒喝：「不重罰他我軍法何在！再求情就不打了，斬！」孫禮嚇得立時噤聲。

司馬昭被提起來，他高聲喊道：「兒子留著這條命，是為國殺敵的！不滅蜀國，我誓不為人！」接著他被脫去上衣，綁在轅門下，行刑武士提著粗長的鞭子過來，一鞭甩出去，司馬昭背上便印出一條殷紅血痕，司馬昭渾身一震，痛得咬緊牙關才沒有出聲。

皮鞭如飛舞的蛇，撕咬出血花，司馬師站在一旁，無可奈何，難過地轉過臉去。

司馬懿坐在營帳內，聽著遠遠傳來劈啪激烈的鞭聲，緊緊握拳，手臂顫抖，但他閉目咬牙，巍然不動。監刑官遠遠稟報：「大都督，二公子暈過去了！」孫禮還想求：「大都督……」司馬懿低聲怒斥：「怎麼做還用我說嗎?!」孫禮無奈退下。

司馬昭背後鞭痕交錯，一桶冷水潑過去，司馬昭悠悠醒來，下意識喊了句：「娘……」

行刑武士看著那滿背的傷痕，提著鞭子猶豫得不敢下手。司馬師狠狠一抹眼淚，接過鞭子說：「我來！」走到司馬昭身前低聲道：「是男人，就給我撐住了！」司馬昭清醒了幾分，他的口角在流血，卻扯出一個虛弱的笑：「來吧。」司馬師一鞭子甩在司馬昭胸口……

圍觀的軍士們都在流淚……

司馬懿閉目坐在營中，眼下掛著兩顆淚水，郭淮、孫禮等人已經不忍卒聽。

鞭聲終於停息了，監刑官高聲稟告：「大都督，二百鞭行刑已畢！」

司馬懿微微睜眼，擦去眼下淚水，冷冷地說：「帶上來！」

司馬師和另一個軍師架著體無完膚的司馬昭進來，司馬懿一看到兒子身上的傷，急痛攻心，身子一晃險些站不起來，繼而又癱軟地坐下。

司馬懿冷冷地說：「還活著嗎？」司馬師哽咽著說：「也就剩一口氣了……」

「還有一口氣，就送回洛陽。同時在轅門，在洛陽都張貼告示，這就是擅自興兵的下場！三軍就地堅守，再有敢請戰者，他就是榜樣！」

侯吉默默收拾著司馬昭的行裝，行軍榻上是司馬昭剛換下的血衣。

司馬懿走了進來，侯吉躬身道：「老爺。」司馬懿問道：「他們人呢？」

「去上藥了。」

侯吉不再說話了，司馬懿又道：「侯吉，你也覺得我太狠心了，是嗎？」

「侯吉不敢。」

司馬懿痛苦地辯解：「三軍面前，我不僅是個父親，更是個統帥。」侯吉嘆了口氣：「老爺，我不會說話，您別見怪。二公子跟著老爺這麼些年，沒有功勞也有苦勞，他的聰明孝順，大家也都看在眼裡。這次確實是他不對，可……可虎毒尚且不食子啊！」司馬懿痛苦地閉眼，動情地說：「侯吉，我擔心的，正是他太聰明了……聰明會讓人滋生出妄想，會讓人把一切視為理所應當，更會讓人變得激進，瘋狂！我今年已經五十有六了，現在不打醒他，以後誰還能救他啊……」

侯吉沉默了半晌，緩緩拿起司馬昭的血衣丟進一旁燃燒的火盆，司馬昭的血衣在火盆裡燃燒。

司馬懿的目光黯淡了幾分，淒然說道：「燒了好，免得春華見了傷心。謝謝你，侯吉。」

侯吉試探地問道：「老爺，二公子馬上就回來了，您不見一面嗎？」

司馬懿猶豫了片刻，轉身離去：「還是不見了。」

司馬昭在風中站了一會兒，看到侯吉背著包袱出來。

「二公子，走吧。」

侯吉扶著司馬昭要上馬車，司馬昭的目光卻還在往營帳內望去，侯吉心疼道：「二公子，你的傷不能見風，還是先上車吧。」司馬昭被攙扶上車，司馬師悄聲問侯吉：「爹呢？」

侯吉搖搖頭。

司馬師嘆了口氣，揭開車簾與弟弟告別，司馬師勸慰道：「什麼也別想了，回去好好養著。」

司馬昭虛弱地點頭：「大哥，保重。」司馬師笑了笑：「知道了，我會保護好爹。侯吉叔，二弟就拜託你了。」侯吉點了點頭：「大公子，您放心吧。」

侯吉一聲鞭響，馬車啟動，車簾緩緩落下，遮住了司馬師擔憂的目光。

車內的司馬昭緩緩闔上雙目，臉上的表情也漸漸冷了下來，他冷不丁地發問：「侯吉叔，你說爹是不是真的要把我打死？」

諸葛亮頭上纏著病帕，痛苦地咳嗽著，姜維心痛地捧上湯藥。

諸葛亮飲了一口藥，咳嗽方稍止，姜維勸慰道：「此番雖然不曾殺了司馬懿，但得了渭南大營，我軍已獲全勝，丞相不必，太難過了……」諸葛亮嘆息：「為帥者，知天時，查地利，曉人心，想不到我也有心力衰退，不知天時的一日……」姜維痛心道：「天有不測風雲，怎麼能怪丞相呢！」諸葛亮喃喃道：「天時，天時，我現在，最怕的就是這兩個字……」

姜維明白諸葛亮說的是他時日無多，卻不敢開口。

諸葛亮問道：「魏軍有消息了嗎？」姜維趕忙回答：「司馬懿集中兵力，盡數在北原安營，探子說他將司馬昭打了二百鞭，還在轅門外張貼告示，說再有請戰者，與此同罪。」

諸葛亮心頭憂急，又是一陣咳嗽：「他這告示是給我，也給曹叡看的……他拿住了我的命門啊……不能再讓他拖下去，讓將士們，去魏軍大營前邀戰！」

魏延用槍挑著司馬懿的頭盔，高聲叫罵：「你家都督頭盔在此，可有人來取！如此膽小，不如將首級也一併送我！」

司馬懿在看書，司馬師在木架子上用劍又劃上一道，他以此計日，上面已經遍布了劃痕。外間蜀軍的笑罵聲傳來：「無能屬曹魏，未戰魂兒飛！選個三軍帥，棄甲又丟盔！遠看司馬懿，近看老烏龜！」一陣刺耳的哄笑聲。

司馬師忍無可忍，提劍就要出去。司馬懿抬眼冷厲喝止：「站住！」

司馬師哀聲道：「爹，還有三十天……」司馬懿恍如不聞。

紅日西沉，一群蜀軍將司馬懿的頭盔當球踢，罵陣還在叫著：「……對面三隻馬，個個是軟蛋！鼓一響，腿打顫，向前跑了兩步半，臥在溝裡不動彈！」魏延卻已失去了耐心，恨恨地提槍就走。

秋日已臨，諸葛亮坐在車上，傷感地望著紅日一點點沉下，蒼茫大地，陷入夜色。他無比哀痛光陰的流逝，如此無情。

魏延跑上坡去說道：「我軍接連叫罵數日，司馬懿就是不出戰！」諸葛亮憂傷地說：「他吃了大虧，不會再出戰了，兩軍交戰，就有勝負，我負得起，他負不起，他早已看透了我……堅守，也是最聰明的進攻啊……」魏延疑惑道：「為什麼？曹叡不是給司馬懿下詔，讓他三月之內退敵嗎？他這樣拖著，對自己有什麼好處，他到底在等什麼……」諸葛亮神情悲傷，沒有回答。

辟邪在為曹叡鋪床。

曹叡看著文書冷笑著說：「司馬懿這隻老狐狸，作戲作到朕頭上了！」辟邪問道：「他還沒有退敵？」曹叡笑著回答：「不但沒有，而且因為兒子貿然出戰，差點把兒子打死了。」辟邪冷哼一聲：「他是要告訴陛下，他鐵了心堅守不出，這隻鷹的羽翼，成了。」

「還有一個月，那你就做朕的箭，把他射下來。」

辟邪含笑：「好，奴婢去給司馬懿送份禮物。」曹叡將辟邪拉入懷中，柔聲勸慰：「小心點，現在他的膽子有多大，連朕心中都沒數了……」

張春華正在給司馬昭上藥，兒子背上縱橫交錯的鞭痕讓一個母親肝腸寸斷，她不由落淚。

司馬昭悠悠醒來，輕輕呻吟一聲，虛弱叫道：「娘……」

張春華擦著眼淚，柔聲問道：「還疼嗎？」

「沒事，好多了。」

張春華故作嚴厲地說：「打得好，幸虧是逃出來了，要是敗了捅到朝廷那兒去，可就不是一頓打這麼簡單了！」司馬昭苦笑：「娘說得對，是兒子該打。」張春華語氣又軟了：「可你爹下手也太重了。」她看著兒子的傷，忍不住流淚：「從小到大，娘都捨不得對你說一句重話。」

司馬昭抬手幫張春華拭淚：「娘，別哭了，是兒子魯莽貪功，害死了自己事小，差點連累了全軍將士。父親也是不得已，戰場險惡啊。」

「怎麼個險惡法，我去找你爹，瞧瞧那位諸葛亮！」

張春華收起藥要走出去，司馬昭拉住了她，求道：「娘，要去，帶我一起。」張春華痛心道：「傻孩子，你還嫌打得不夠嗎？」司馬昭負氣地說：「這時候，我躲在洛陽，就一輩子沒臉見人了，我必須回去。」司馬昭眼裡有張春華難以撼動的堅定，張春華只有妥協了。

張春華安慰他：「先好好養幾天，等你好些了再說。」

這時夏侯徽端著藥來到門口，看到司馬昭身上的傷痕，吃了一驚。司馬昭面對她，總是不由自主羞慚起來，手忙腳亂拉過衣裳遮住自己的身體，低聲叫：「嫂嫂。」夏侯徽紅著眼圈，柔聲問：「很疼吧？」司馬昭手足無措地支吾：「不、不疼。」

「我收拾兩件衣裳，再回去的時候你帶給你大哥，你們都要平安回來。」

蜀軍使者帶著兩名軍士，捧著一只大盒，來到營門口。

營門魏軍守衛喝問：「什麼人！」

蜀軍使者從容對答：「漢武鄉侯諸葛丞相，奉書魏大都督司馬懿麾下！」

蜀國使者朗讀書信，語氣充滿嘲弄：「……仲達既為大將，統領中原之眾，不思披堅執銳，以決雌雄，乃甘窟守土巢，謹避刀箭，與婦人又何異哉？今遣送巾幗素衣至，如不出戰，可再拜而受之。倘恥心未泯，猶有男子胸襟，早與我一戰！」在使者嘲弄的聲音中，郭淮和司馬師都氣得面色鐵青，雙拳發抖，但不敢輕舉妄動，都去看司馬懿。

司馬懿初始面色一沉，做怒色，卻強迫自己冷靜下來，悠然聽完後，望著蜀軍手中大盒，淡笑道：「諸葛丞相送我的女裙，想來就在其中了？」蜀國使者傲慢一笑，打開盒子，露出一套妖豔的女裙，使者道：「此乃我國蜀錦衣裙，大都督若如女子一般軟弱怯戰，敬請……」他話未說完，眾將拍案而起，指著使者怒斥：「諸葛村夫太過猖狂！」郭淮憤怒道：「大都督，末將請與蜀軍決一死戰。」司馬師一拳打翻禮盒，抓著使者就往外走，喊道：「兒子宰了這無恥狂徒！」

蜀國使者大叫：「兩國相爭不斬來使！」

司馬懿本來冷笑不語，他凝望地上色彩華麗的蜀錦裙子，略一沉思，忽然大叫：「住手！快將使者請回來！」司馬師揪著蜀國使者回來勸道：「父親，戰吧！」營中諸將齊聲道：「大都督，戰吧！將士們忍很久了！戰吧！」蜀國使者掙脫了司馬師，整整衣裳，注視著司馬懿，期待他的衝動。

司馬懿恍若不聞，彎腰撿起那條裙子，撫摸其上的花紋，讚嘆道：「蜀錦衣被天下，豔麗蓋世，諸葛丞相六出祁山的軍費，就是靠蜀中姑娘們一絲一線織成的啊，可惜她們夢中的情郎，不知何時才能回去安居樂業……」蜀國使者鬧不清司馬懿的態度，嘲諷道：「是出戰還是穿裙，請大都督明確答覆！」司馬懿笑著說：「急什麼，貴使遠來是客，又被逆子冒犯，來人，後帳設宴，為貴使壓驚！」司馬師和郭淮、孫禮相顧愕然，不知道司馬懿搞什麼鬼。

後帳擺起一桌豐盛的宴席，司馬懿請蜀國使者入席，司馬師和郭淮則按著劍，又是厭惡又是警惕地站在大帳門口，監督著使者。

司馬懿舉杯含笑：「貴使請！」使者冷冷看著酒宴，傲慢問道：「大都督想灌醉我，打探軍情？」司馬懿搖頭：「我知孔明，如孔明知我，彼此心照，何須打探。不過惦念孔明，問安而已。」蜀國使者面色稍微平和了些：「我家丞相安好。」

司馬懿一笑又問道：「素聞諸葛丞相日理萬機，如今公務還是那般繁忙嗎？」

「那是自然，我國上下皆仰賴丞相，丞相唯恐負先帝，營中無論大小事都親自批閱，罰二十杖以上，皆親自過問。」

司馬懿略一沉思，笑道：「如此才具，我遠不及諸葛丞相，來，這杯算我敬丞相的。」蜀國使者驕傲一笑，也一飲而盡：「中原大地，論治國理政，何人能與我丞相比肩？」司馬懿忙又為使者斟上酒，繼續問道：「那丞相飲食如何？每頓吃幾碗飯？」蜀國使者動情回答：「丞相每日所食，不過三四升米。」司馬懿雙目一亮，滿面關懷之色，繼續問道：「丞相勞苦，不知幾時就寢，幾時起身？」

「丞相夙興夜寐，每日睡不過兩個時辰。」

司馬懿還想問：「那丞相……」蜀國使者忽然警惕起來，面色一冷，傲然說道：「大都督不必顧左右而言他，要麼予我戰書，要麼穿上女裙，我好回營答覆丞相。」

司馬懿慢慢將酒杯放下，站起身來，捧起那件女裙，司馬師握緊了劍柄，蜀國使者大義凜然地等待犧牲。

又是夕陽西下，河水上閃動著粼粼金光。

營寨前是整齊列隊的將士，姜維和魏延也都全身披掛，大戰在即。諸葛亮憂心望著夕陽，問道：「使者還沒有消息嗎？」楊儀低聲道：「此人能言善辯，膽識超群，一定能激怒司馬懿，邀他出戰。」

諸葛亮在秋風中咳嗽著說：「只盼能夠成功，不到萬不得已，我何嘗會用此法啊……」楊儀忙接過親兵捧上的披風，給諸葛亮披上。諸葛亮低聲說：「入秋了……秋風起兮白雲飛，草木黃落兮雁南歸，歡樂極兮哀情多，少壯幾時兮奈老何……」全軍望向魏軍大營，翹首以盼。

司馬懿捧著女裙，忽然放聲大笑，司馬師和蜀國使者都愕然不解。

司馬懿大笑道：「孔明盛情豈能拒絕，好，我穿！我穿！」司馬懿抖開女裙，披在身上。

蜀國使者驚愕地站了起來，司馬師大驚失色，又羞又痛，叫道：「爹，不可啊！」司馬懿穿上女裙，繫上帶子，在大銅鏡前甩著袖子，翩然轉身，左顧右盼。

郭淮只覺得一陣心寒，趕忙上前：「大都督，你怎麼了……」司馬師顫聲問：「爹，你被氣瘋了嗎？……」司馬懿仍大笑著說：「盛情難卻，盛情難卻！」

蜀國使者指著司馬懿，怒道：「毫無廉恥！」

司馬懿又猛地站住了，望著鏡子中的自己，笑容慢慢收斂，神情慢慢嚴峻哀痛，淚水順著司馬懿的臉頰流下，喃喃自語：「孔明，孔明，你食少事煩，豈能久長乎？若沒有了你，兔死狗烹，我又能，活多久？」蜀國使者聞言大吃一驚！

司馬懿不再理睬他們，忽然復又大笑，一路手舞足蹈，如同瘋癲，穿著女裙走出大帳，帳外的孫禮等眾將士，都愕然讓路，他們看著司馬懿，指指點點，竊竊私語。孫禮自言自語：「大都督，這是氣糊塗了嗎……」

司馬懿一路奔到了渭河邊，忽然縱聲高歌：「步出齊城門，遙望蕩陰里。里中有三墳，累累正相似……」司馬懿嘹亮的〈梁父吟〉傳到了對岸蜀軍大營，諸葛亮聽到歌聲，震驚地快步出營，來到南岸。

渭水北岸，司馬懿一人在高歌起舞。

司馬懿舞著，唱著，淚水從他面上滑落：「……問是誰家墓，田強古冶氏。力能排南山，文能絕地紀……」夕陽西下，渭水東流，曠野上，只有司馬懿和諸葛亮隔河相望。

諸葛亮凝望良久，踉蹌一步，黯然失神道：「彼深知我也……」

歌聲嘹亮，縈繞四野。

姜維追出來，驚愕地看著對面的司馬懿，不可思議道：「這是……」諸葛亮低聲道：「世間已無人是他敵手，不知是天下之福，還是天下之禍？」

諸葛亮忽然吐出一口血，倒在了姜維懷裡，姜維大驚，連忙喊道：「丞相！」

姜維背起諸葛亮狂奔回蜀軍大營。

司馬懿依然旁若無人地歌舞著，他仍唱著：「力能排南山，文能絕地紀……」

他的臉上淚水縱橫。

【第十章】

出師未捷

諸葛亮憔悴披衣坐在營帳中，問使者：「他穿上女裙，可說什麼了？」

使者回稟：「他問候丞相寢食，還說……還說……」諸葛亮抬頭看了他一眼，問道：「還說什麼？」使者為難而心痛：「他說丞相食少事煩，豈能長久乎……」

楊儀和姜維都是又驚又痛，諸葛亮反倒只是淡淡一笑。

使者繼續說道：「他還說，若沒有了丞相，兔死狗烹，他又能，活多久……」諸葛亮悲涼一笑，緩緩開口：「難得的是，他不但知我，還自知，到此境地，只有賭天命了……容我，再想計策……」

諸葛亮咳嗽起來。

姜維悲痛跪下勸道：「丞相！連司馬懿都知道丞相太過勞累，丞相事無鉅細皆親自過問，必傷身體，請丞相為了三軍將士，為了大漢，務必保重啊！」楊儀也跪下流淚：「請丞相多加珍重！」

諸葛亮含淚道：「我何嘗不知多勞傷身，又何嘗不知，為帥者，當各司其職，不必事無鉅細。然而自白帝城託孤以來，我國日弱，而曹魏日強，土地，兵馬，人才，皆遠不及吳魏，若他人不如我盡心竭力，一旦有過失，誤國誤君，辜負先帝……」姜維忍淚：「丞相這些年的功業，先帝會看到的！」諸葛亮苦笑：「有何功業啊……連年征戰，將士勞頓，百姓貧苦，民有菜色……我二十七歲出山追隨先帝，曾語家人，為我留田間桑樹稻田，漢室復興，天下一統之日，我會再回襄陽，撫琴耕種為業，如今卻年年困於征戰，年少之時，未嘗知世事如此艱難，隆中稻田，想已荒蕪……」

姜維忍淚說道：「丞相養好了病，還可以帶領我等再出征，司馬懿根本不是丞相的對手！」

諸葛亮疲憊地喃喃說：「天命，天命……」

營帳中，司馬懿對著諸葛亮的畫像靜靜出神。

司馬師從後方望著他，輕聲問道：「父親，兒子有點明白了，您是在等諸葛亮的大限嗎？……」

司馬懿嘆口氣道：「能贏他的，只有上天。」司馬師顫聲問：「要是一個月內，諸葛亮死不了呢？」司馬懿平靜回答：「那就我死。」司馬懿向帳外走去，司馬師問道：「爹你去哪兒？」

「我想靜靜。」

諸葛亮夢見劉備緩緩走來，向諸葛亮深深一揖，深情地說：「為了備，為了漢室，軍師勞苦了。」說完緩緩後退，遠去……諸葛亮驚醒喊道：「主公，主公！」

醒來後的諸葛亮怔忡片刻，緩緩起來，披上衣裳，緩步出營。

營寨中萬籟俱寂。司馬懿和諸葛亮此時都望著星空，兩人彷彿重疊在一個時空內對話。

諸葛亮慨然嘆道：「參宿與商宿，一升一落，永不相見，便如我與仲達一般。」司馬懿答道：「我唯有避丞相的鋒芒才可自保。丞相有天人之智，臥龍之聲，天下震動。何不保重身體，來日方長？」諸葛亮正色道：「亮受先帝囑託，不敢有半分鬆懈，中原一日不能克復，便一日不能稍停。否則以何臉面回報先帝知遇之恩？百年之後又以何面目去見先帝？」司馬懿苦笑：「丞相是癡心人，也許我唯一比丞相的聰明處，就是我從不執著。但我明白丞相的心，設身處地，我無法比丞相做得更好。」

諸葛亮喃喃自語：「出戰吧，出來決一死戰。」司馬懿長嘆：「只怕要讓丞相失望了。」

「你我各自手握一國軍政，難道最後，只能讓天意來決定嗎？」

司馬懿低下頭：「天意難違，否則，得天下的早就該是劉皇叔，是曹丞相。這些有大智慧，大理想的人，他們的理想都被天意吞噬了，天意也必將吞噬你我之中的一個，就交給上天決斷吧！」

侯吉駕著馬車來到大營前，張春華揭開車簾走了下來。

張春華吩咐道：「侯吉，你帶昭兒先去休息。」

「是，夫人。」

另一邊也有一輛馬車向營門口緩緩駛來，辟邪冷冷的目光環視著大營。

司馬懿正在寫字，張春華掀簾子進來，司馬懿看到張春華，又驚又喜。司馬懿忙放下筆，趕忙問道：「春華，妳……妳怎麼來了？」

張春華看到司馬懿，氣得揚起馬鞭，司馬懿嚇得本能躲在桌子後頭，張春華喊道：「你給我出來！你知不知道昭兒是吊著一口氣回去的，差點就見不著我了！」司馬懿苦笑著蹭出來：「是，妳生氣是應該的。」張春華揚了揚鞭子，終於還是捨不得落下，眼中含淚問道：「你自己說！為什麼要殺兒子？」司馬懿無奈回答：「春華，三軍的眼睛都在看著，我不能徇私。」

「徇私？這個位置比你兒子的命更重要嗎？」

「這不是昭兒一人的性命，是我魏軍千萬將士的性命！」

張春華怔了片刻，無力地垂下鞭子：「我只是想讓你們都平平安安的……」

「現在沒有平安，只有在諸葛亮和朝廷的夾縫裡，求一條活路！」

帳中靜默了，此時辟邪掀了帳子笑盈盈走進來，喊了聲：「大都督。」又一眼看到張春華，故作驚訝地問道：「夫人也在？我沒打擾到你們吧？」司馬懿一驚，趕忙問候：「不知中貴人駕到，有失迎迓。」辟邪擺手笑道：「哎，大都督與我客氣什麼？」說著捧出聖旨：「我是來替陛下慰勞大都督的。」司馬懿忙拉著張春華跪下：「臣謝陛下關懷。」

辟邪展開聖旨念道：「朕親赴戎機，吳軍已退，未知卿戰事如何？九月之約，言猶在耳，望與卿共飲於茱萸菊花之下。秋風兮天氣涼，特賜茱萸酒和不龜手藥[注二]，望卿善自珍重。」

身後一名侍從捧著托盤走上前，司馬懿哽咽接過，叩首道：「東吳戰敗，天佑大魏。臣師老無功，使陛下親冒矢石，臣罪該萬死！」

辟邪扶起司馬懿笑著說：「陛下要大都督相約共度重陽，算起來，大都督九月初就該動身回朝了，還有不到十日之期，大都督也該準備準備，交割軍務了。」司馬懿垂首問道：「曹爽此時已經啟程赴長安了吧？」辟邪淡笑著說：「東西兩面受敵，大都督要體諒陛下啊！」

司馬懿苦笑答道：「主憂臣辱，是臣之罪啊！」

「大都督千萬不要自責，眼下除了您，誰還能與諸葛亮抗衡？咱們大魏，仰賴大都督的地方還多呢。」

辟邪陪著司馬懿走在營寨內，見軍士筆挺，劍戟林立，嘆息道：「我大魏有此虎狼之軍，竟不能與諸葛亮一戰，大都督就不覺得遺憾嗎？」司馬懿回答：「下官要是急著出戰，中貴人此來，就見不到我了。」辟邪側頭望著司馬懿，疑惑地笑著問道：「司馬大人，我真有些看不透你，你究竟在等什麼？每過一日，曹爽便離長安近一日，我要是大都督，此時一定竭盡全力與諸葛亮一戰。因為等曹爽來了後，你一定會比戰敗更後悔。」

司馬懿答道：「多謝中貴人提醒，但下官身為三軍統帥，便不能指揮無把握的戰爭，用千萬將士們的鮮血，去染我一人的官袍。」辟邪輕輕鼓掌：「大都督的胸懷令我敬佩，那我就不必多說了。」

「君無戲言嘛！逾期不能退敵，下官甘願領罪！」

辟邪笑著嘆息：「若真是那樣，我真有些惋惜，成就一個曹爽，時無英雄，而使豎子成名！」

司馬懿淡笑著說：「若真是那樣，也是天意，人生如棋，落子無悔，中貴人的營帳到了，請！」

注二：避免手凍傷龜裂的藥。

司馬懿回到營帳，張春華正望著供桌上的聖旨和藥瓶酒瓶發怔。

張春華問道：「他送這些給你，是什麼意思？現在還不到冬天，用不上不龜手藥吧？」司馬懿一笑，提起酒瓶晃晃，斟出一杯：「我們這位陛下啊，想殺人還不願見血，口口聲聲說著要與我共飲茱萸酒，其實這酒和不龜手藥是告訴我，過九不歸。真讓曹爽做了大都督，我也就不用回去了。」

司馬懿舉杯要飲，張春華震驚地望著司馬懿，一把將酒杯打翻。

司馬懿笑著說：「這是御酒啊，還是我家夫人膽略過人。」張春華驚訝問道：「他要害你，你就坐以待斃？」司馬懿淡淡回答：「不搏一搏怎麼知道，我還有十天時間呢。」張春華顫聲問：「十天，十天打得贏嗎？」

「真打自然打不贏，所以，我只能等。」

張春華急了：「等什麼？」司馬懿的臉色陰鬱，冷冷道：「等天意，等諸葛亮死！他不會長久了，他為了證明自己不負劉備，把蜀國的國力拚光了，把自己的性命也拚光了，如今他已油盡燈枯，只有他死了，蜀軍才會退兵。」張春華大驚：「你、你這是在賭命！」

司馬懿語氣不善：「我的命，早在上方谷丟過一回了。春華，妳放心吧，這將是我和諸葛亮最後一賭了。」跟著便又放緩語氣，問道：「昭兒也回來了？」張春華一邊站起身往營帳外走去，一邊說道：「你該去看看昭兒，身上的傷總會好，心裡的傷可就不一定了。」

司馬懿凝思著，皺起了眉頭。

諸葛亮帶著一絲歡喜對姜維道：「曹叡親自派宦官赴司馬懿營中，一定是來催戰，想來司馬懿縱不出兵，十日之後，三月期滿，曹叡也容不得他。」姜維回答道：「若是曹叡派年輕氣盛的曹爽來，便是我軍之福。」

這時楊儀滿面焦灼地進來：「丞相，諸葛瑾大敗，東吳三路兵馬皆已退去了！」諸葛亮大驚，痛心喊道：「天意棄蒼生啊……」諸葛亮暈了過去，楊儀和姜維驚呼：「丞相！」

司馬懿和司馬師正在研究地圖，郭淮焦灼地進來問道：「大都督，我聽說，聖旨讓你十日內……」司馬懿輕噓一聲：「不要擾亂軍心。」郭淮跺腳：「若大都督被問罪回朝，軍心豈能不亂！讓末將出戰吧，打個樣子給欽差看也好啊！」

司馬懿搖頭：「你打個樣子，也瞞不了陛下，諸葛亮不退，我還是輸。」

「難道坐以待斃？」

司馬懿沉吟片刻，吩咐道：「多派探子，注意探查蜀軍大營動靜！」郭淮領命而退。

司馬師在一旁也沉不住氣了：「父親，讓我去吧，總這麼熬著，我心裡不踏實！」司馬懿制止：「你今天好好休息吧，去看看昭兒。」司馬師問道：「爹，你不去嗎？」司馬懿搖頭：「不了。」

司馬師疑惑：「這、這是為何？」

「我要讓他永遠記住，什麼事能做，什麼事不能做，他要是不能收束自己不該有的心思，苦日子還在後頭！」

司馬昭在張春華的攙扶下下地走動，氣色看起來也好了不少，司馬師掀帳而入。

「娘，二弟！」

張春華也關切地喊了聲師兒。司馬師開口問道：「二弟，感覺怎麼樣了？」司馬昭笑著說：「好多了，再過幾日，我就又能和大哥一起上陣殺賊了！」張春華埋怨道：「你怎麼還在惦記那個。」司馬師也勸道：「二弟，你好生養傷，外面的事情有我和爹呢。」司馬昭敏感地問：「是爹不讓我

去嗎？」司馬師擔心道：「爹是擔心你的傷勢……」

司馬昭從張春華的扶持中掙脫，急行兩步走到司馬師跟前，說道：「大哥你看，我已經好了。我們隨父征戰多年，大破諸葛亮就在今朝，我不能不去！」

司馬師看見弟弟眼中閃耀著一種近乎絕決的堅持，他為難地望著張春華。

諸葛亮躺在床上，姜維守在床邊，一陣秋風吹動簾幕，姜維忙起身掩住。

諸葛亮微微睜眼，望著姜維沉思，輕聲喚：「伯約……」姜維忙回來，端起藥勸道：「丞相醒了，丞相請服藥……」諸葛亮搖著頭說：「我死之後，平生所學，已著書二十四篇，盡授於你，我未完成的事，只有靠你了……」姜維痛哭：「姜維年少德薄，難當重任，丞相的病會好起來的，姜維還要跟隨丞相征戰啊！」諸葛亮強撐著起身：「扶我起來，去巡營……」姜維驚慌道：「丞相病體不耐秋風，等好了再去吧？」諸葛亮苦笑一聲：「我與司馬懿，賭的就是我的生死，不能讓他知道我病了，走吧。」諸葛亮抬手擦去姜維的淚水，淡笑安慰：「你也不要哭，不要被將士們看見……」

魏延正在練兵，蜀軍鬥志昂揚地練習著刺殺，口中高聲呼喝。姜維推著諸葛亮的車出來，馬岱、魏延看到諸葛亮，都激動地行禮：「拜見丞相！」馬岱高聲喊道：「請丞相下令！」

諸葛亮強撐著要站起，扶著車軸的手不住顫抖，姜維不動聲色，扶著諸葛亮站了起來。

諸葛亮走到佇列之前，朗聲道：「諸位將士們，為了漢室，為了中原，你們勞苦了！」三軍靜默了一陣，忽然齊聲高呼：「克復中原！克復中原！克復中原！」震耳欲聾的吶喊聲直上雲霄，驚破天際，遠處埋伏的魏軍探子被這氣勢驚得一哆嗦。

司馬懿也聽到了，震驚地走出營帳，問道：「這是什麼聲音，蜀軍劫營了？快去打探！」守衛飛奔而去，魏軍緊張地緊握兵器，嚴陣以待。司馬昭奔出來，拿著司馬懿的頭盔和劍說：「爹，快穿上！」辟邪也走了出來，蹙眉望著遠方。

蜀軍洪流一般的吶喊吞噬了天地：「克復中原，克復中原！……」這聲音如同一股暖流，讓諸葛亮振奮起來，羽扇一揮，下令道：「演八卦陣！」蜀軍吶喊著變換陣型，風雲雷動。

諸葛亮揮斥方遒的身影，在探子們的眼中看來，格外瀟灑，格外高大。

探子飛奔回來：「報大都督！諸葛亮在對岸練兵，並非劫營！」幾個魏兵一口氣鬆下來，手中的兵器噹啷落地。

司馬懿先是鬆了口氣，繼而想到一件恐怖的事，抓著探子的肩膀問道：「諸葛亮，還能練兵？你看到是諸葛亮?!」

「正是諸葛亮無疑！」

司馬懿不可思議地睜大了眼睛：「他還能練兵，還能練兵，難道我錯了……」司馬懿彷彿被打垮一般，步履沉重地走進營帳去，辟邪將一切都看在眼裡，嘴角慢慢劃過一絲冷笑。

諸葛亮被姜維扶著回到營帳，身子一軟癱了下去，姜維驚呼：「丞相！」

曹爽帶著一隊人馬來到長安城下，仰望著巍峨的城樓，冷笑道：「司馬懿占據雄關，卻打不過一個老村夫，真是個廢物！」

曹爽帳下謀臣丁謐在一旁笑道：「諸葛亮五十四，司馬老兒五十六，他們拿什麼跟大都督爭啊？」曹爽又是高興又是驕矜地說：「哎，現在可不能這樣叫啊！」丁謐笑答：「早三日，晚三日，不都是大都督囊中物嗎？」曹爽咬咬牙：「我爹一世英名毀在此地，我要為他拿回來！」

丁謐又問道：「是去渭南大營，還是進城？」

「先進城，陛下給司馬懿的最後期限是本月底，還有三日，本都督再讓他活三天！」

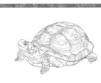

司馬懿坐在大營內心情焦躁，他想寫字，卻發現手在抖，他驚愕地望著自己的手，繼而憤怒將筆狠狠摔了出去。

張春華沉默地走過來，為他又拿出一支筆，輕輕濡墨遞給他。司馬懿不接，他抬起頭來，竟然目中含淚：「春華，妳帶昭兒、師兒走吧……」張春華平靜一笑，反問道：「普天之下，莫非王土，我們能走到哪裡去？」司馬懿顫聲道：「曹爽已經到長安了，只剩三天，也許我算錯了，也許我……」

張春華輕輕握住司馬懿顫抖的手，堅定回答：「這是你的選擇，我陪你到底。」

是夜，司馬懿做夢了。

渭水南岸，夜氣瀰漫，秋風蕭瑟，渭水潺潺。司馬懿一身青衣，漫無目的地行走在五丈原上，卻發現夜霧中，諸葛亮遠遠坐在原上。

司馬懿驚喜地喊了聲：「孔明！」上了坡，看見諸葛亮正坐在石桌前參詳棋局，抬頭見是他來，含笑招呼：「仲達，請坐，可願與我對弈一局？」諸葛亮的笑容溫和，神情爽朗，看上去年輕不少。

司馬懿看看星空，坐下笑道：「蒼天為局，星辰作子，這局棋，我們下了六年了！」諸葛亮笑答：「然而一局將終，勝負仍未明啊！」司馬懿正色問道：「孔明，恕我直言，你可知蜀國僅一州之地，是不可能恢復中原的？」諸葛亮淡笑回答：「我如何不知？二十七年前，我二十七歲，先帝言道，先生不出，奈天下蒼生何，我自此追隨先帝，以興復漢室，拯救蒼生。無奈蜀國貧弱，若不北伐，遲早為你所滅。王業不偏安，漢賊不兩立，我只能以攻為守，強求一線希望。」

「自桓靈以來，天下紛爭不斷，百姓塗炭，這天下早就沒有漢了。丞相如此聰明的人，為何為了一個已經無可拯救的時代，付出一生呢？」

諸葛亮微笑：「我想恢復的，並不是漢室的名號，而是百姓心中政通人和的太平強盛之世。」

司馬懿真誠而又欽佩地說：「十幾年來，蜀國政通人和，四夷賓服，這番功業，天下無人能及，我知道丞相的執念和無奈，只是換做我，也無法比你做得更好了。」

諸葛亮搖頭苦笑：「功過，那是後人的評述了。你我身處亂世之中，便只能一往直前，明知不可為而為之。」司馬懿點頭贊同：「為了太平，為了克成一統之大業，為了讓生民再沒有兵禍流離之苦，就必須走過征戰與血腥。你說的對，功過，讓後人評述去吧！」

「我們志向相同，可惜各為其主。棋局未了，我已無力再續。這盤局就留給你，也許最終棋局會在你手中終結。願你能親眼見到太平的那一日。」

司馬懿低頭去看棋局，只覺黑白變幻，彷彿地圖一般。他愕然抬起頭，諸葛亮不知何時站起來向他躬身行了一禮，微笑轉身。

司馬懿留戀地起身喊道：「孔明！諸葛丞相！」諸葛亮微笑拱手，慢慢淡入夜霧之中……

司馬懿驚叫而醒：「孔明！」

張春華在他身邊驚醒，連忙問道：「仲達，你怎麼了？」

司馬懿猛地睜大眼睛，一骨碌爬起來，只穿著中衣，向外狂奔。

來到渭水之濱，對面就是連綿的蜀軍大營，司馬懿怔怔站著，張春華追出來問道：「仲達，你跑到這兒來做什麼？」司馬懿含著悲痛說：「我夢見諸葛亮故去了。」

張春華嘆息：「你的心事太重了，日有所思，夜有所夢。」司馬懿難過道：「若不是各為其主，若不是注定為敵，若不是身在亂世，我不希望他死啊……孔明，孔明！」

司馬懿仰天，淚水落下，渭水潺潺流去。

殘燈暗影，在秋風內瑟瑟搖曳。

姜維、楊儀、魏延、馬岱、王平、廖化等人都圍在帳中，人人面上帶淚。諸葛亮喃喃說道：「可惜，再不能臨陣討賊了……」姜維跪下哭泣道：「戰士們還要跟著丞相再出征啊！」諸葛亮微微搖頭：「悠悠蒼天，人力難及……我死之後，魏軍必來追趕，我已留下錦囊破敵，你們依計，緩緩退兵。伯約……」姜維膝行上前，握住諸葛亮瘦弱的手，哽咽著說：「末將在！」

諸葛亮緩緩交代：「你智勇足備，自能繼我之志，望你能學我之長，見我之短。我死之後，天下，再無人是……司馬懿的對手，他在一日，你不要北伐，可靜待時機，以圖恢復……」

姜維哽咽得無法回答，只是不住叩首。

諸葛亮低聲道：「備筆墨，我要給陛下，寫遺表……」楊儀流淚鋪開竹簡，提筆等待。

諸葛亮喃喃念道：「亮興師北伐，未獲成功，何期病入膏肓，明垂旦夕，不及終事陛下，飲恨無窮！伏願陛下，清心寡欲，約己愛民……」

「……達孝道於天皇，布仁恩於宇下。提拔賢良，屏斥奸邪……」

劉禪坐在地上，放聲大哭，涕淚橫流，連聲大喊：「相父，相父……」

「臣家成都，有桑八百株，薄田十五頃，子弟衣食，自有餘饒。至於臣在外任，別無調度，臣死之日，不使內有餘帛，外有贏財，以負陛下也。」

寧靜的小小田園，水車轆轆，黃月英荊釵布裙，坐在廊下織布，諸葛瞻六歲，諸葛懷四歲，依偎在她身旁看書玩耍，一名軍士含淚拿著一封書信走進來，黃月英慢慢垂下了手，靜靜地望著他。

那輪紅日，終於漸漸地，沉入五丈原下。秋風蕭瑟，只剩下克復中原的旗幟，依然挺立。

侯吉蹲在一邊在熬藥，張春華坐在榻上為司馬昭縫補衣服。

司馬昭沉重地用劍在木架上刻出一條痕跡，幽幽道：「今日是八月二十九。」張春華看了眼刻滿劃痕的架子，心事重重地放下針線，嘆口氣說：「明天就是約定之期了。」司馬昭扔下木劍走到帳口，遼遠的晴空中有蒼鷹翱翔而過，司馬昭仰望蒼穹，喃喃道：「名垂千古還是屈死泥塗，馬上就能揭曉了。」

司馬懿與司馬師正在弈棋，縱橫十七道上黑白錯落，局勢交纏。司馬懿鎖眉長考良久，仍無法落子，心神不寧地將棋子投入棋奩。

司馬師小心翼翼地問道：「父親……？」司馬懿起身重重嘆息：「八月二十九了。」

這時探子狂奔進來：「稟、稟大都督！蜀軍在撤退！」司馬懿「嘭」地跳起：「你說什麼？」

探子喜不自禁：「屬下親眼所見！蜀軍拔營西撤了！」司馬師激動顫抖：「諸葛亮死了！他死了！他真的死了！」司馬懿百感交集站立不穩，自語道：「天意竟對我如此眷顧，對他如此無情……」

「爹！追吧！沒有了諸葛亮，蜀軍還有何可懼?!」

司馬懿振奮叫道：「來人！……」但他忽然想到一件事，冷靜下來，疑惑地自言自語：「這會不會，會不會是他詐死，騙我追擊……」司馬懿用力拍著額頭，想讓自己冷靜下來思考。司馬師著急地說：「爹！你也太小心了！欽差就在營中，若是連追都不追，更成爹的罪證了！」司馬懿終於下定了決心：「你先帶十人，暗自前往五丈原隱蔽處哨探，切不可接戰！」

「是！」

來回奔忙列隊的魏軍，嘈雜，喧鬧，緊張。

司馬昭聽到外面的響動，一個鯉魚打挺從榻上跳了下來。他掀開帳子看了一會便衝回來大喊：「蜀軍撤了！」他一陣風似的抓起寶劍與鎧甲，張春華和侯吉圍了上來。

張春華擔心道：「昭兒，你別去了！」司馬昭狂熱地抓著張春華叫道：「諸葛亮死了！諸葛亮真的死了！」張春華憂慮地說：「你的傷還沒好透……」司馬昭恨恨地說：「我只有這一次機會，

時不我待，我要一洗上方谷之恥！」說罷向張春華磕了個頭：「娘！讓我去吧！」

張春華輕撫兒子，忍不住落淚，顫聲說：「你們，都要平安回來。」司馬昭轉身衝了出去。

司馬師帶著數十人衝上山坡，只剩下數處灶臺，整齊排放的搭帳樁木，空無一人。司馬師頓足道：「哎呀，蜀軍盡退，錯失良機！」

司馬懿帶著人馬呼嘯而出，司馬昭亦跟在佇列中，張春華站在門口，擔憂期盼地望著他們。

辟邪笑著走過來問道：「司馬夫人，妳說諸葛亮死了沒有？我有點不敢相信，豈有如此巧合的天意啊？」張春華淡淡回答：「若能被人逆料，那還叫天意嗎？怎麼，諸葛亮死了，中貴人難道不高興？」

「高興。」

張春華又笑著說：「我猜，陛下一定會高興得睡不著覺了。」辟邪冷冷掃了張春華一眼。

蜀軍綿延數里緩緩而行，軍士們一邊走，一遍擦著眼淚。

司馬懿帶兵呼嘯而來，揮舞寶劍下令道：「蜀軍正在前方，殺！」司馬師率兵衝了上去，與後邊的蜀軍廝殺起來。司馬師一回頭，看見了身旁的司馬昭，驚詫問道：「二弟，你怎麼來了？」

「來助大哥！」

兄弟相視一笑，率兵乘勝追擊。

又追了一段，忽然身後鼓聲大作，喊聲大起，一隊人馬從山後轉出，姜維率軍衝出喊道：「賊將休走，你中了我家丞相之計也！」同時前面被追趕的蜀軍一起調頭，搖旗殺來，只見中軍推出一輛四輪車，車上端坐著諸葛亮，羽扇綸巾，鶴氅飄逸。

司馬懿大驚失色：「孔明……」司馬懿緊急勒馬，駿馬驚嘶一聲揚蹄而起，魏軍頓時大亂，驚呼：

「諸葛亮！諸葛亮！」司馬懿驚呼：「中計了！快撤！快撤！」

魏軍狂奔而去，姜維哈哈大笑，待魏軍跑盡，姜維的笑聲漸漸變成失聲痛哭，姜維扶著槍，對著車上的諸葛亮緩緩跪下，那只是一尊木像。

司馬懿奔出數里，驚魂未定地問道：「我頭在否？」司馬師也是氣喘吁吁的答道：「在，在！難道他沒死，只是撤入祁山？」司馬懿沉思片刻，忽然哈哈大笑，笑得眼淚迸出，伏在馬背上，似笑，又似哭，司馬師愕然問道：「爹，你怎麼了？」

司馬懿笑出了眼淚：「死諸葛能走生仲達，你說可笑不可笑啊？」司馬師大驚問道：「什麼？諸葛亮真死了？」

司馬懿緩緩擦去眼淚，敬佩地說：「若他沒死！此刻死的就是你我了！孔明，孔明，你臨死之時，尚能贏我一局，可終究贏不了天意啊！」司馬昭從後面策馬近前問道：「還追不追？」司馬懿深望了一眼司馬昭，反而問道：「誰讓你來的？」司馬昭低下頭。

司馬懿收回目光：「追不上了，走，去五丈原！」

司馬懿帶著兒子和兵馬來到五丈原，他下馬緩緩而行，仔細觀察蜀兵留下的營壘，一邊看一邊露出敬佩的神情，對兒子們說：「都來看看吧，如此整齊有法，真天下奇才，好好學學吧，你們一生受用不盡。」

司馬師輕鬆地說：「此人一死，父親可以高枕無憂了。」司馬懿搖頭苦笑：「何來的高枕無憂，雖保一時性命，鳥盡弓藏的那一日，卻也更近了……」司馬師不服氣道：「諸葛亮如此奇才，卻被劉禪那樣的昏主累死，父親在前線艱難應敵，朝廷卻整日想著換帥……」司馬懿趕忙喝止：「不可胡言！」司馬師噤聲了。

司馬懿漫步著，輕聲感嘆：「我們這代人，明知不可為，卻還要為之，孔明起巴、蜀之地，據一州之地，戰士人民不過天下九分之一，卻能提步卒數萬，長驅祁山，慷慨有飲馬河洛之志，蜀軍

經他訓練，靜若泰山，動若獅虎，當戰則戰，當守則守，進退自如，千變萬化，乃天下第一勁旅，除了孔明，沒有人有此能力了。六年了，六出祁山，他有他的執著，我有我的堅守，你們要記著，守土有責，我們司馬家，永遠是大魏之臣。」

司馬師和司馬昭低頭答道：「是。」然而司馬昭面上的神情，卻明顯有些不認同。

司馬懿又問道：「有香嗎？」司馬師回答：「出來的急，沒有帶，只在蜀軍營地找到幾個香爐。」

「拿來吧。」

高坡上，司馬懿將空的香爐恭敬放下，又緩緩跪倒。司馬師和司馬昭一驚，不敢站立，跟著跪下，三軍也一片片跪倒。

司馬懿緩慢而沉重地撚起一撮土，放進香爐中，輕聲道：「孔明啊，若你不死，則我兩國之兵終年不得解甲，中國之民永遠飽受戰亂。你即使成功，也必將攪動華夏大亂，再現漢末的生靈塗炭。你的離去或許是天意，天意不在蜀啊。你我雖然各為其主，但我想，你也是希望這亂世能早一日結束吧？孔明，先生，你我為敵六年卻互為知音，就讓我稱你一聲先生吧……」

司馬懿的淚水墜入塵土中，又苦澀地說：「你做聖賢了，亂世求存的艱難，就留給我吧……」

五丈原上秋風瑟瑟，雁嘯淒厲，原下一衣帶水，緩緩流淌。司馬懿竟然又看到了夢中與諸葛亮對弈之處，一座空蕩蕩的石頭棋盤，他震驚而感傷地緩緩撫摸其上縱橫交錯的經緯，流連徘徊……山巒間雲蒸霞蔚。

司馬懿回軍，辟邪陪著曹爽迎上來，辟邪關切問道：「聽說諸葛亮用了詐死誘敵之計，大都督沒事吧？」曹爽看見司馬懿雙目紅腫，神情低落，十分得意，佯裝安慰：「大都督，敗了就是敗了，這麼大的人怎麼還落淚啊？」

司馬懿向辟邪和曹爽拱手一禮，沉聲說道：「蜀軍已退，諸葛亮已死，將軍和中貴人略加休息，明日班師。」辟邪和曹爽怔住了。

司馬昭狠狠瞪了曹爽一眼，高聲道：「諸葛亮死了！蜀軍退了！」整個大營的魏軍都歡呼起來，萬眾歡騰，將司馬師和司馬昭抬了起來，郭淮和孫禮等人都激動地擁抱落淚。

曹爽喪魂落魄道：「這不可能，這怎麼可能！」辟邪的笑容慢慢收斂，輕嘆：「天助司馬，奈何……」

司馬懿走進營帳，張春華撲了上來，兩人相擁默默流淚，司馬昭興匆匆闖進來，拿起供奉著的酒瓶就要砸，司馬懿高聲說：「慢！」

司馬懿走上來，拿過酒瓶，望著諸葛亮的畫像，將酒緩緩澆在地上，然後狠狠將瓶子一摔，豪氣干雲地說：「拿酒來！取慶功酒！」

萬眾痛飲，一名士兵喝得顛顛倒倒，邊喝邊笑：「我兒子都要五歲了，終於能回去抱他了……」辟邪靜靜看著這歡騰的場面，曹爽焦慮道：「中貴人，您得想想辦法啊！」辟邪輕笑：「將軍寬心，陛下早有囑託。我們不會讓他高興得太早……」

司馬懿提起一缸酒，仰頭汩汩灌下，郭淮和孫禮等一干將士都在起鬨：「好！好！好！……」

司馬懿一缸酒喝完，癱倒下去，眾人哄然大笑。

司馬懿躺在地上，睜著迷茫的目光，眼前的光影人影變換重疊……

年輕的司馬懿和曹丕在馬廄中飲酒；年輕的司馬懿和曹丕、曹真飲酒；年輕的司馬懿被曹真灌醉；司馬懿和諸葛亮陣前席地而坐共飲……

司馬懿醉醺醺地說：「走了，你們都走了……只留下我一個人被天意成全……」

司馬懿宿醉未醒，趴在案上，地上橫七豎八丟著空了的酒缸杯盞，一名小宦官替辟邪撩開帳子，

辟邪彎腰走了進來，被帳內的酒氣一熏，忙掏出帕子捂住鼻子。

他冷冷看著案上的司馬懿，踢開一個酒罐，酒罐骨碌碌滾到司馬懿案邊，司馬懿猛然一驚，抬頭看到辟邪，忙搖搖晃晃站起身來，拱手道：「不知中貴人駕臨，還望恕罪。」辟邪笑著說：「大都督立下不世之功，多飲幾杯又有何妨？我本應昨日就來向大都督慶賀，又不忍打攪大都督與同袍歡慶，要請大都督恕罪的是我啊。」

「我怎敢貪天之功，此番大勝全仰賴陛下天威，中貴人快請坐。」

辟邪擺手：「不了，我代陛下來問大都督幾句話。」司馬懿神色一凜，忙躬身肅立：「中貴人請講。」辟邪輕聲問道：「敢問大都督，大都督為我國除此心頭大患，陛下該如何封賞你才好呢？」司馬懿悚然一驚：「為國效死是臣子的本分，臣絕不敢邀賞！」辟邪一笑：「大都督這般謙遜，倒讓我回去不好向陛下交代了。」

司馬懿一怔，隨即明白了辟邪的意思。他回身拿起案上的匣子，凝視了片刻，終於下定決心一般將它雙手奉給辟邪，正色道：「臣領兵上陣本就是臨危受命，如今諸葛亮已死，臣自當卸甲歸田。」

辟邪緩緩打開匣子，匣子裡靜靜躺著半塊虎符。辟邪揮揮手，身後的小宦官接過匣子。

辟邪不動聲色地問道：「大都督的忠心，天日可表。只是不知大都督歸田，要歸到何處去呢？」

「這六年來，為了抵抗諸葛亮，我心力都已耗盡，只想苟延殘喘。請中貴人轉告陛下，臣老了，只求引幾千步兵屯田長安，為陛下拱衛邊關。」

辟邪笑意更深，柔聲道：「可大都督是大魏的功臣啊！如此委屈，陛下怕是不會答應。」司馬懿下定了決心：「臣還請中貴人將臣的夫人和長子一併帶回洛陽，以慰聖心。」辟邪假意嘆息，終於不再說話。

清晨，曙光微露，司馬懿穿著一身青衫漫步在渭河邊。

司馬懿看著激蕩的河水，不由輕嘆：「渭水東流，膏腴兩岸，是屯田的好地方啊。」身後傳來張春華的聲音：「你是要丟下我們自己在這終老嗎？」司馬懿回頭，看見張春華面有怒色走了過來。

張春華氣急罵道：「他們這是過河拆橋，卸磨殺驢！」司馬懿忙拉住張春華勸慰道：「春華！」張春華憤怒不已：「我不怕他們聽見！諸葛亮剛死他們就火急火燎地對你下手，你忠的什麼君，愛的什麼國？」司馬懿急了，大聲道：「不要再說了！」又趕緊放緩口氣勸道：「昔日韓信助高祖殺項羽得天下，還不是一樣身死未央宮？陛下肯留我一命，已是恩典。」

張春華雙目一澀：「這是什麼恩典？他薄情寡義，你還要感恩戴德！他比他爹更刻薄！」

司馬懿嘆道：「我問心無愧，在哪裡都是一樣。春華，妳帶著師兒回去吧……」

「不，我們要和你在一起！」

司馬懿搖頭：「你們不回去，皇帝不會安心，我們家永遠不會安寧。」張春華憤怒問道：「我們都是人質嗎？」司馬懿難過道：「春華，現在不是意氣用事的時候。生逢亂世，我們只有退避忍讓才可保全這個家啊。」張春華沉默了，良久之後開口問道：「那昭兒呢？」

「昭兒我要帶在身邊，親自管教。」

張春華埋怨：「你對他太嚴苛了，這麼久你都不肯去看看他，就不怕昭兒心裡怨你？」

「現在怨我，總比將來恨我的好。昭兒雄心勃勃，勇略兼備，也許翌日興我司馬家正是他。但是他若不能管好自己的野心和銳氣，那麼亡我司馬家者，也是他。至於師兒，他除了做人質外，我還要他，保護皇太后。」

張春華大吃一驚：「阿照？她有危險？」司馬懿猶豫道：「在此之前，陛下忌憚我，還不會對皇太后下手，我現在擔心……」張春華顫聲：「骨肉離散，朝不保夕，這就是你換來的勝利嗎？」

司馬懿神情哀傷，無言以對。

秋風刺骨，秋雨淅瀝，司馬懿目送侯吉駕車帶著司馬師和張春華遠去，他的目光中充滿依戀。

辟邪也騎在馬上，帶著隨從即將離去，他居高臨下輕笑道：「大都督真的不回洛陽嗎？」司馬懿低頭恭敬道：「關中連年征戰，民生凋敝，就讓我在長安修修水渠，管管屯田，也算是為陛下，盡最後一點力吧。」辟邪似是嘲諷似是敬佩地嘆息：「司馬大人真忠臣也，你的話我會稟奏陛下，大人好自為之！」辟邪率領隨從呼嘯而去，馬蹄揚起的泥水濺在司馬懿身上，司馬昭勃然作怒色，司馬懿卻是神情不改。

回到宮中，辟邪面見曹叡，取出盒子打開，將半隻虎符交予曹叡。

曹叡冷笑道：「養病?!是心病吧？」辟邪回答：「他歸還了虎符，還把妻兒送回了洛陽，只留下小兒子在身邊服侍，說要專務農桑。」

「依你看，有幾分真假？」

辟邪笑答：「說真不真，說假不假，識時務罷了。」曹叡憤憤道：「便宜他了！那我們且看，他是不是真的識時務……」

「後面的事情交給奴婢吧。這一次，沒有人再能阻攔了。」

曹叡將辟邪拉入懷中，輕笑道：「不急，別用他煞風景，別顯得朕太薄情，朕想你了……」

曹叡拿起一盞酒，辟邪躺在曹叡腿上張開口，淋淋的酒漿如同春雨一般落入他口中。

司馬懿一身粗布青衫，在田間親自耕種，完全像個老圃，不遠處的田埂上，司馬昭煩躁地練劍。

司馬懿抬起頭擦汗，擔憂地望著兒子。

日沉月升，寂靜無人的庭院中，司馬懿打著五禽戲。

〖第十一章〗

高臺凌雲

隔著一座屏風，郭照在屏風後坐下，另一邊，是鬚髮皓白的陳群顫巍巍跪下。

陳群顫聲道：「請皇太后出面，勸勸陛下吧，老臣實在是無可奈何了……」郭照憂心問道：「陛下還是不肯停止修建凌霄闕嗎？」陳群痛心回答：「是，臣等數次勸諫，今年關中大饑，百姓有易子而食者，可是陛下還是徵調四萬民夫，大興土木，修建了太極宮、昭陽殿、凌雲臺、芳林園還不夠，還要修什麼凌霄闕，說要比凌雲臺還高！臣等屢屢勸諫，陛下全不採納，就在今晨，陛下他……」

陳群說不下去了，郭照不禁焦急地問道：「今晨如何了？」陳群嘆息道：「今晨早朝，陛下將文武百官，和太學三千學生都帶到了工地上，讓百官一起動手拉石抬木，甚至陛下他，他還親自挖土，以作表率！」郭照氣得重重一拍桌案：「荒唐！太荒唐了！堂堂天子，萬乘之尊，做這樣的事，不是讓天下人笑話嗎？」

陳群黯然道：「這一年來，東西戰事平定，陛下整日沉溺聲色，大修宮殿。臣老了，說什麼陛下也不會聽了，司馬大人，又遠在長安，能管管陛下的，只有皇太后了！」郭照嘆息：「陛下只怕對老尚書，比對我更尊重些。」陳群流淚道：「老臣是臣，太后是君，老臣真的無能為力了！這樣下去，大魏危矣……」陳群不住叩首。

司馬懿站在長安城牆，望著八水繞長安的大好河山，親兵走上來，司馬懿問道：「糧食準備好了嗎？」

「五百萬斛，都已經裝車完畢。」

司馬懿朝司馬昭說：「安排下去，早些運進洛陽吧，早一日到，便早救千百個飢民。」司馬昭垂首不語，司馬懿提高了聲音：「還怔著做什麼？」司馬昭輕聲問道：「爹，我們在這邊節衣縮食，給洛陽送糧救荒，人家卻在那邊大修宮殿，值得嗎？」

「你！」司馬懿忍住沒有發作，揮手令親兵退下。

司馬懿忍耐地說道：「君有失，我們為臣的可以進諫，但不能拿百姓的性命賭氣。」司馬昭嘲諷道：「進諫有用嗎？皇帝驕奢淫逸，玩物喪志，他已經不想一統天下了。」司馬昭停了下來，他大膽地盯著司馬懿。司馬懿冷笑道：「說吧，把你想說的都說出來。」

司馬昭便說道：「父親才能百倍於他，武帝文帝做得的，父親又何嘗做不得？」司馬懿再也抑制不住大怒，一掌摑過去：「你給我跪下！」司馬昭垂首跪下。

司馬懿擔憂地看著他，過了許久，對兒子說：「你不能動這樣的心思，並非爹迂腐，而是形勢不容，你懂嗎！」司馬昭倔強地說：「有何不容？父親手上有兵有將有威望，更有三朝元老的地位與士族的追隨！」司馬懿痛心疾首：「昭兒，你太天真了！曹魏不是衰敗的東漢，武帝、文帝不是暗弱的桓、靈，當今天子敏銳果決，更非漢獻帝可比。如今大魏國力日強，盡得人心，若是我對魏國有異志，天下世族將起而共誅，那時候非但身敗名裂，千載之下，我都將作為一個愚蠢的失敗者，被嘲笑、被憎惡！」

司馬昭輕聲問道：「父親贏了一輩子，就那麼怕失敗一次嗎？」

司馬懿驚愕地看著兒子，他終於體會到一絲當年父親對自己的無力感。他蹲下死死扣住司馬昭的肩膀，喝道：「我不做文帝，甚至也不會做武帝。我們司馬家的責任，是扶持魏國，克成一統，隨著他的強大而強大，你記住了嗎？」司馬昭慢慢抬起頭，目光裡有難以駕馭的桀驁，司馬懿知道自己必須壓制住他，他扣在兒子肩頭的雙手指節已經用力得泛白。司馬懿咬牙切齒地命令他：「你說話！你對我發誓！不論何時何地，你永遠都是大魏之臣！」司馬昭的目光與司馬懿的激烈地碰撞著，良久，司馬昭終於垂下眼睫，低聲一字一句地說：「兒子發誓，此生只做魏臣。」

司馬懿彷彿耗光了所有的力氣，扣在司馬昭肩上的雙臂終於軟軟垂下。

司馬昭扶起司馬懿，司馬懿顫顫巍巍地扶著城頭，目光遠望。司馬昭感覺父親瞬間蒼老了許多，又問道：「爹，您快六十歲了，您的餘生就要困守長安，有家難回嗎？」

司馬懿望著洛陽的方向，雙目發熱：「我又何嘗不想回家呢……」司馬懿忽然對著洛陽方向，發出一聲清冽的長嘯。

郭照坐著肩輿，來到凌雲臺下，她震驚望著高聳入雲的天梯，和縹渺在雲中的高臺。

郭照從殿外走進來，高臺上的獵獵狂風仍在鼓動她的衣裙。守衛攔住她，猶豫地說：「不經陛下允許……」郭照冷冷打斷他：「我是皇太后！帶我進去！」

大殿金碧輝煌，極其奢華，絲竹悅耳，樂妓們彩裙翩翩，正在起舞，她們唱著：「蒲生我池中，其葉何離離。傍能行仁義，莫若妾自知。眾口鑠黃金，使君生別離。念君去我時，獨愁常苦悲。想見君顏色，感結傷心脾。念君常苦悲，夜夜不能寐……」郭照聽到這樣的歌聲，面色慘白，她緩緩走進，卻看到為首領舞的，是穿著女裝的曹叡和宦官辟邪。

郭照大驚，怒喝：「陛下！」樂師和舞妓們嚇了一跳，不由停下。

曹叡掃興而挑釁地望著郭照，冷漠道：「太后來了？稀客呀！」郭照看著曹叡身上的女衣，氣得戰慄起來：「陛下知不知道，今夕何夕？」曹叡笑著說：「太后老了，連日子都不記得了？」指著一個舞女：「告訴她！」舞女怯生生道：「今年是青龍三年二月。」

郭照凜然說：「是！魏青龍三年，吳嘉禾四年，蜀建興十三年，吳國蜀國還在，強敵時時叩邊，這天下還不是我大魏的天下！關內春荒，每天都有餓死的百姓，陛下卻修建這樣的宮殿，卻用我國的馬匹去換東吳的珠寶！陛下，你忘了武帝文帝一統天下的志向了嗎？」

曹叡咆哮道：「這是朕的天下，不是妳郭照的！更不是司馬懿的！朕身為天子，就該享受最為富強的國家！」說著他一步步逼近：「妳居然敢教訓朕，妳剛才沒有聽到她們唱什麼嗎？」忽的又轉向舞女們：「接著唱，接著舞啊！」

樂師舞女們惶恐地再度歌舞起來，她們繼續唱著：「蒲生我池中，其葉何離離。傍能行仁義，莫若妾自知。眾口鑠黃金，使君生別離。念君去我時，獨愁常苦悲……」郭照渾身發軟，身陷舞池之中，被舞女們撞得不住踉蹌。

曹叡陰森道：「這是我娘的詩，是誰讓她常苦悲的，朕沒忘……」郭照踉蹌後退，面色慘白。

這時一個宦官氣喘吁吁地爬上來：「陛、陛下……小……小公主……」曹叡變色。

床上躺著一個蒼白的女孩兒，不過兩三歲年紀，就這樣去世了。

數名太醫跪著叩首：「陛下饒命，陛下饒命……」曹叡顫抖著手去探小公主的鼻息，整個人如被雷擊一般呆住，繼而發狂大叫：「你們殺了朕的女兒！朕殺了你們！」

曹叡拔出劍來，一劍刺死一名太醫，血噴了他一臉，太醫和宮女們驚叫著逃竄，曹叡亂砍亂喊道：「朕殺了你們！殺了你們！你們殺了朕的娘，又殺了朕的女兒！朕的親人都被你們害死了！……」

曹叡面色赤紅，躺在床上，辟邪正給他額頭上敷上冷手巾。

辟邪紅著眼圈安慰曹叡：「陛下青春年少，還是會有很多皇子公主的。」曹叡低聲道：「殺了她，殺了她！」辟邪握緊曹叡的手，低聲說：「如果這樣能讓陛下好受一點，奴婢去做。」

眾多的宦官、羽林衛列著整齊的隊伍跑到永安宮外，篤篤的靴聲震動了整個宮室，嚇得門口的宮女逃了出去。羽林衛們手攥兵器，冷漠地列隊圍了宮殿，辟邪帶著一隊宦官直入內殿，冷冷下令：「給我搜！」宦官們如洪水一樣闖入宮殿，響起了宮女們的驚叫聲。

郭照對外面宮女的哭叫聲，宦官的叫囂聲，置若罔聞，她輕輕撫摸一件少年的衣裳，含淚自嘲

地笑起來，說道：「他也叫過我娘，是我沒教好他，是我對不起先帝……」外間響起了陳群的聲音：「你們做什麼，放開我，我是大司空！我執掌尚書臺，誰敢攔我！」陳群闖入殿來，身後跟著兩個不敢動手的宦官。陳群悲痛跪下：「臣來遲了，讓皇太后受辱了！」

郭照淡淡一笑，閉目嘆道：「我很累了，不想再跟皇帝爭了，請陳司空去替我說一句，就讓我清淨點死，彼此解脫，不好嗎？」陳群叩首：「娘娘不可！陛下被奸佞蒙蔽，臣絕不讓陛下行此違逆綱常，不忠不孝之事！」

辟邪冷笑著進來，陰陽怪氣道：「誰不忠不孝，誰又是奸佞啊？」陳群大怒：「說的就是你！你一個天子家奴，也敢欺凌太后！我現在就能殺了你！來人！來人！」宦官無人動彈。

辟邪輕蔑一笑：「陳司空省省吧，我是天子家奴不假，你又算什麼東西？大魏是陛下的大魏，陛下不想用你，你連條狗都不如。」陳群氣得顫抖：「你……你……」

郭照忍無可忍：「你放肆！陳司空是先帝指定的輔臣！」辟邪輕點額頭，陰惻惻道：「啊——輔臣？我差點忘了，皇太后還有另一個後盾，司馬懿也是輔臣，所以才會如此有恃無恐，用巫蠱謀害小公主。」郭照又驚又怒：「我怎麼會謀害小公主！」辟邪揚起手中的一個裹著女孩衣裳的小木人，冷笑道：「這便是從永安宮挖出來的！」

郭照雖然氣得雙手微微顫抖，卻依然端莊冷靜，冷笑一聲：「我貴為太后，豈會做這等無恥行徑？兩漢以來巫蠱動輒殺戮過萬，於國不詳，我是他父親冊立的皇后！我不擔汙名而死！皇帝想殺我，讓他自己來！」陳群席地而坐，悲壯看著辟邪，正色道：「誰敢上前一步，就先從我身上踩過去！讓史官記一句，皇帝殺母，宦官殺司空！」

司馬孚正與張春華閒聊，張春華笑著說：「三弟難得來，我和侯吉去做幾個菜。」司馬孚忙勸道：

「嫂嫂別忙了，我吃什麼都行。」張春華笑道：「我想做菜呢！他們兩個不在，家裡吃飯總顯得冷清，我也好久沒心思下廚，手藝都荒疏了，三弟湊合吃吧……」

司馬孚笑著說：「那就勞煩嫂嫂了。」這時汲布大步闖了進來。

張春華一驚：「汲大哥！」汲布滿面焦灼：「快給司馬公送信，辟邪兵圍永安宮！」司馬孚聽到，面色一變，起身就向外衝去。張春華驚呼：「三弟！三弟你不能去！」

曹叡還在養病，宦官進來稟報：「啟稟陛下，度支尚書司馬孚求見！」曹叡坐起身冷笑道：「哥哥不在，就讓弟弟先來，朕還怕了他們司馬家了！」說著赤足下床就向外走，宦官忙上來攙扶說道：「陛下保重龍體。」

司馬孚跪著等候，見曹叡出來，痛心高聲道：「陛下以孝治國，豈可任由宦官凌辱皇太后！」曹叡一腳踹翻司馬孚，喝道：「你不來朕都差點忘了，郭照就是你們家進獻給先帝的，謀害小公主，誰知道你們家是不是同謀！來人，將他也下廷尉審訊！」宦官上來拖司馬孚，司馬孚高聲道：「陛下！陛下不可對皇太后不敬啊！陛下，她對陛下有養育之恩，她是你的母親！」曹叡瘋狂道：「朕的母親，早就被你們害死了！朕不孝，你們不忠，我大魏國祚萬年綿長，哈哈哈哈！」

曹叡癲狂的笑了起來。

辟邪回來向曹叡躬身，輕聲道：「陛下，陳群攔在永安宮前，奴婢請示陛下，是不是要把他拖走？殺一個郭太后易如反掌，只是奴婢怕驚動了朝臣，會給陛下帶來不必要的麻煩……」曹叡停止了笑聲，表情冷了下來：「讓他守著好了。朕還要等一個人。」辟邪有些不解：「誰？」

曹叡陰沉答道：「自然是司馬懿。陳群有什麼可怕的，朕擔心的是司馬懿，他在長安還有十萬大軍呢！朕要是現在殺了郭照，他還不得就地反了！」辟邪一驚，不由趨前一步：「可是等司馬懿回來，他豈不是又會阻止陛下？上次他不惜聯合曹真也要救郭照，如今司馬懿德高望重，門生故吏遍布朝野，更不知會翻起怎樣的風浪。」曹叡冷笑：「朕這次就要讓他，半點水花也翻不起來。」

一列列兵士馳馬縱來，大地震顫。

司馬家的大門口重兵包圍，街坊鄰居們指指點點，議論紛紛。

柏靈筠手握書卷，正在窗下看書，司馬倫在另一張桌上做功課，小沅捧著滿懷的木芙蓉，小心翼翼插在瓶中，讚道：「真香呀。」柏靈筠笑著說：「今年花開得好。」司馬倫笑著望著柏靈筠：「花兒再美也沒有娘美。」柏靈筠笑答：「你呀，小小年紀巧言令色，娘都老了。」

「美女的容顏會老，娘這樣的真美人，無懼歲月光陰。」

柏靈筠噗哧一笑。

突然，院外傳來一陣嘈雜，柏靈筠和小沅不由對望了一眼。柏靈筠問道：「外面怎麼了？」

正在疑惑，侯吉推門而入。

「夫人，小沅，不、不好了！」

小沅忙問道：「你別喘，到底怎麼了？」侯吉回道：「朝廷、朝廷派兵把府上全圍了！」柏靈筠又問道：「為了何事？」

「是太后的事情，陛、陛下發難了……」

柏靈筠豁然站起，她焦慮在屋內來回轉圈，焦躁地說：「不行，必須立刻告訴仲達！」司馬倫挺身而出：「娘，我去。」小沅著急道：「可是這到處都是兵，怎麼送出去呀！」

侯吉看著司馬倫想了一會兒，猶豫道：「夫人，後院東南角有個狗洞，我看公子的身形，應該能穿過去，就是委屈公子……」柏靈筠毫不遲疑：「事不宜遲！」說著回身拉過一張紙箋，奮筆疾書幾個字，她將信塞入司馬倫懷裡，緊緊抱住了兒子。

「千萬小心！記住，你和你爹活著，比什麼都重要！」

司馬倫縱馬馳騁，不住揚鞭策馬。

司馬懿看著一隊隊糧車陸續出城門，向馬上的孫禮拱手道：「拜託將軍了，停修宮殿之事，要對陛下緩緩進言，切不可言辭激烈，激怒陛下。」孫禮嘆息：「大都督的為難下官知道，下官會小心行事。」這時司馬倫衝上前喊道：「父親！大都督！」

司馬懿和司馬昭看到司馬倫，不由都是一驚。

三人快速進入司馬懿官署，司馬昭帶著敵意冷聲道：「你來做什麼！」

司馬倫捧上信箋：「陛下嫁禍皇太后害死小公主，叔父為太后求情觸怒皇帝被下廷尉，父親，他要對你下手了！」司馬懿接過信匆匆掃了兩眼，一個踉蹌。

司馬昭問道：「我娘和我大哥呢?!」司馬倫擔憂地說：「家中已經被重兵包圍，只有我一人逃出來給你們報信。」司馬昭聽完冷笑不止：「爹，還要盡忠嗎？」司馬倫也不住勸道：「父親，皇帝天生涼薄，狠辣專斷，現在諸葛亮死了，你用什麼自保？」司馬懿頹然坐下，筋疲力盡地說：「讓我想想，讓我想想……」

司馬倫見司馬懿仍無法下定決心，略一思忖道：「父親，娘有一句話托我轉達。」司馬懿抬頭望著司馬倫，司馬倫清清嗓子說：「娘說，人生的路只會越走越窄，不會越走越寬，現在已經無法兩全了，父親必須做出抉擇。」司馬懿凝望著小兒子，彼此都明白話中含意。

司馬昭亦不由略帶驚詫讚許地多看了司馬倫幾眼。

司馬家大門緊閉，外面布滿層層的重兵，司馬師一身鎧甲，執槍挺立，肅殺地望著緊閉的大門，那是誓死保衛家人的決絕，他的身後，站著神情悲愴的夏侯徽。

張春華從壁上取下劍，忽然窗子一響，她警惕地拔劍回身，跳進來的是汲布，張春華趕忙問道：「汲大哥，皇太后如何？」

「陳司空攔在永安宮前，與天子對峙，但這樣下去不是辦法，我帶妳和師兒殺出去！你們做好準備，夜間我來接你們！」

張春華焦急道：「不行，我還有家人在此。」汲布也焦躁起來：「妳兩位兒媳都出身名門，皇帝看在他們娘家面上，不會傷害她們，妳留下卻是坐以待斃啊！」張春華仍然搖頭拒絕：「我不能丟下我的家人，更不能害仲達變成大魏的逆臣！」汲布急了，下意識伸手拉住張春華：「妳這樣瞻前顧後，只會讓皇帝一網打盡！」進而更加激動忘情地說道：「春華，別管那麼多，走吧！」

張春華緩緩地、堅定地拂開汲布的手：「就算是死，我也要死得體面尊嚴。我是他的妻子，他不在，這個家我來保護。」汲布痛苦地望著她。

司馬懿正要登馬，司馬倫和司馬昭追了出來。

司馬昭問道：「爹，您這是要去哪兒？」司馬懿抬起頭回答：「我以送糧為名，親自入洛陽面聖！」司馬倫趕忙勸道：「爹，您不能只帶著糧食回去！」

「我一生心血都在大魏，我不能親手毀掉它！」

司馬倫跪在司馬懿馬前苦苦懇求：「爹，您要三思啊！」司馬懿舉起馬鞭揮向司馬倫，痛心喝道：「閃開！」司馬懿抓著韁繩要上馬，動作卻有些遲緩吃力，司馬昭上前幾步，穩穩托住司馬懿，將他扶上馬，父子倆目光一碰，司馬昭道：「爹，兒子陪你一起。」

司馬倫驚詫地站起來：「二哥你……」司馬昭回身拍了拍司馬倫的肩，輕聲道：「時機未到，相信父親吧。」

曹叡正在喝酒，一名宦官入內通報：「稟陛下，司馬懿已到城門口了。」

辟邪問道：「可以動手了嗎？」曹叡擺手：「不著急，等。」

司馬懿和司馬昭司馬倫在洛陽城門口下馬，門口已經等著鍾會、鄧艾為首的一群學生，看到司馬懿紛紛圍上去，鄧艾忍不住喊道：「老師！老師終於回來了！」

司馬懿疲憊不堪，被鍾會、鄧艾扶下馬，走路踉蹌，卻撐著疲勞問道：「皇太后何在？陳司空何在？」鍾會低聲道：「陳司空就坐在永安宮前，保護皇太后。」司馬懿又感又佩，真誠道：「多虧陳司空忠義，陛下呢？」

「陛下在凌雲臺上。」

司馬懿走過城門，抬頭看著拔地而起的兩座高臺，直入雲霄，不由震驚了。

鍾會在司馬懿耳邊低聲說：「老師，此次陛下對皇太后發難，其實也是在試探老師。」司馬懿只是望著高臺，並沒有理睬鍾會，鍾會繼續道：「陛下登基數年，看似少年任性，其實深諳權術之道。陛下的目的是政由己出，索性故意不遵綱常，擺脫輔政大臣，收攏權柄。權柄之爭本就是你死我活，老師，這場廝殺注定有犧牲，您不可能保護所有人。」鄧艾聽不下去，低聲反駁：「士季！你怎麼能說出這樣的話？君子有所不為，更何況，那是皇太后！」

鍾會沒有理會鄧艾，仍是自顧自地說：「老師的權柄，如這座高臺，建起來須窮年累月之功，但推倒它，只需要一瞬。一旦大廈傾倒，震動的，便是整個天下，犧牲的，也不只是臺上的人。請老師以大局為重！」司馬懿只是凝望著遠處高臺。

宦官入內再報：「陛下，司馬懿已到凌雲臺下了。」辟邪輕聲道：「陛下，差不多了。」曹叡微微點頭：「你去吧。」辟邪躬身退了出去。

司馬懿與司馬昭、司馬倫抬頭觀察著這座恢弘的建築，仰望著數不清的臺階，這些臺階通往雲霄，抑或通往地獄，司馬倫更是張大了嘴，被這氣勢所震懾。

兩個迎接他的宦官躬身行禮：「恭迎大都督，陛下在樓上等候大都督呢，請大都督上輿。」

司馬懿看了一眼跪在他身邊等著抬肩輿的僕人，躬身向兩位宦官行禮：「多謝中貴人，只是天子在上，沒有人臣被抬著的道理，臣自己走上去。」宦官笑著說：「這怎麼行，大都督年事已高，陛下都賜您劍履上殿的，抬您一段是他們的福氣。」司馬懿仍是躬身：「天威不違顏咫尺，陛下有恩寵，為臣者也有禮數，別說是一座臺，就是刀山油鍋，陛下傳召，臣也上得去。」

司馬懿步行上臺階，他一步步走得恭敬，走得莊嚴肅穆，兩名宦官愕然，繼而點頭讚嘆：「不愧是三朝元老啊，瞧這體統！」司馬昭忽然追上去：「兒子扶著父親！」

司馬懿揮汗如雨地走在高高的臺階上，他走幾步就不得不停下來喘氣，司馬昭攙扶著父親。走到半路，司馬昭不由放開了父親，回身怔怔朝下望去。司馬懿感受到兒子心中的波動，亦轉身回望。洛陽城已在他們的俯視下變得渺小，司馬昭的神情裡有震驚、慨嘆與癡迷，司馬懿亦被這壯觀的景色所震撼，他的耳邊響起了鍾會的聲音：「建起來須窮年累月之功，但推倒它，只需要一瞬。一旦大廈傾倒，震動的，便是整個天下……」

汗水一滴滴落在臺階上，司馬懿還在艱難地挪動雙腿，向上爬著……臺階下司馬倫抬頭望著兩人，父親和兄長越來越高，讓他敬畏又羨慕。

此時辟邪從臺階上拾級而下，與司馬懿打了個照面。辟邪向司馬懿見禮：「太傅可算回來了，陛下正兀自傷心，奴婢左右勸慰不住，還要太傅親自出馬啊。」

司馬懿也拱手還禮：「放心，臣一定盡力。」

氣喘吁吁的司馬懿幾乎脫力，艱難地走到大殿門口，他脫去鞋子，放下劍，向殿上走了幾步，便帶著司馬昭恭敬地跪下，喘息著向曹叡三拜九叩。

「臣司馬懿，叩見吾皇萬歲萬歲萬萬歲！」

「臣司馬昭，叩見吾皇萬歲萬歲萬萬歲！」

曹叡玩味地看著兩人：「哦，大都督的二公子也來了，果然是少年英俊，大有可為啊。」司馬懿謙卑回答：「犬子不才，陛下見笑了。」曹叡笑笑：「司馬昭，還不將你父親扶起來？來，愛卿，坐近點。」司馬昭將司馬懿扶起，一旁的宦官搬來坐杌[注三]。

司馬懿再次叩首謝恩：「臣謝陛下體恤。臣已昏瞶老邁，有生之年得見我大魏國運昌隆，是臣之大幸。臣此番……」曹叡打斷司馬懿：「時不與我，愛卿也生華髮了啊。」司馬懿一怔，隨即苦笑道：「臣風燭殘年，此番入京，一來為送糧，二來也為……」曹叡俯身向下輕聲問道：「愛卿給洛陽送糧救災，忠誠可嘉，朕得獎賞你，可是你已經位極人臣，你說，朕賞你什麼好呢？」

「土地是大魏的土地，糧食也是陛下的糧食，臣不過是替陛下把糧食運進來罷了，豈敢要獎賞。臣聽說小公主薨逝，修短之數難以勝天，還望陛下節哀順變，珍重御體，萬萬不可哀毀太過。」

曹叡臉色一變：「若真是修短有數，朕也認了，朕的愛女是被人詛咒而死！」曹叡說著將案上

注三：方形而無椅背的凳子。

的木偶娃娃「啪」地扔在司馬懿面前，司馬懿顫抖著手撿起那具小木偶。

曹叡淡笑道：「這是從永安宮挖出來的。」司馬懿語速緩慢地回道：「陛下，木偶的衣裳，是用蜀錦做的，這幾年征戰，蜀錦的轉運都要經過長安，臣恰巧經手。這個花樣是去年秋天新進貢的，送給哪個宮，哪位貴人，臣約略，都還記得，並沒有永安宮……」曹叡冷笑道：「雖然永安宮沒有供奉這樣的蜀錦，但太后想拿到還不容易嗎？」

「陛下，子不語怪力亂神，巫蠱之術原自虛妄，陛下聖心燭照，不可輕信。若是巫蠱有效，臣又何須帶著十萬將士戮力沙場？與諸葛亮相持數年？只要在洛陽擺個道場，做幾個小人，找幾個方士詛咒諸葛亮、劉禪、孫權，天下不就不戰而平了。賢弟曾經專門寫詩破除仙巫之術，請陛下不要輕信。」曹叡幡然醒悟：「原來如此，若非愛卿解惑，朕險些冤枉了太后！」

辟邪帶著兩名宦官走進殿內，其中一名手捧托盤，盤中擺著酒樽，陳群哭嚎的聲音從殿外傳來：「不能——不能啊！你們這是欺君謀逆！」侍衛厲聲打斷陳群：「陳大人，休怪我們無禮了！」

宦官闔上殿門，隔絕了外面的喧鬧。

辟邪環視殿中，問角落一名宮女：「太后呢？」宮女支吾著，目光投向內室：「太后她……」此時郭照穿著華麗的皇太后禮服從內室走出，衣裙長長拖在地上，含著端重的笑容。

辟邪看到如此光彩照人、鎮定自若的郭照，不由怔了怔。郭照道：「我知道你會來，恭候多時了。」辟邪笑了：「太后既然明白，奴婢也就無需贅言了，免得彼此難堪。」郭照平靜開口：「我只要一個體面尊嚴。」

「太后放心，陛下不會再提巫蠱之事，國史只記病逝，以皇太后之喪禮，與先帝合葬首陽陵，您的父母會得到追封爵位，您的兄弟封千戶侯……」

「好！代我謝他了，今日一別，彼此解脫。」

辟邪躬身做了一個「請」的動作：「太后，那就請吧？」郭照拿起酒樽一飲而盡，指著門外：「出去。」辟邪笑著彎腰，緩緩退出：「太后，走好。」

郭照緩緩轉身，一步步艱難地走回內室，她坐在妝臺前靜靜看著銅鏡，鏡中映出了曹丕的面容，郭照撫鏡微微笑，依偎在幻影的曹丕身上。

年邁的司馬懿此刻健步如飛，連奔帶跑地向下衝去。此時，他卻看見辟邪走回來，身後兩個宦官駕著幾乎不能走路的陳群走上來，辟邪若無其事從司馬懿身邊走上去。

司馬懿衝到陳群身邊，陳群一臉木然，神情呆滯，司馬懿抓住陳群的袖子：「文長你別急，陛下已經派人去追回聖旨了，來得及！」陳群緩緩抬眸看著司馬懿，突然爆發出一陣哀慟的哭嚎，他跪地大哭：「晚了，晚了！太后已經自盡了！」

司馬昭驚呆了，繼而一陣憤怒襲來，他「嘩」地想要拔出佩劍，卻被司馬懿一把按住。

臺階上曹叡看著他們父子倆，突然撲通跪下，面朝永安宮的方向爆發出一陣撕心裂肺的哭嚎：「母后，都是兒臣的錯，是兒臣悔悟得太遲啊！兒臣愧對母后，辜負母后十二年的養育之恩，兒臣死有何面目見父皇於地下啊！不孝子叡，要為您舉行國葬，送我大魏太后，身後哀榮無限……」司馬懿背對著大殿，努力控制自己不再顫抖，他穩了穩身子，抬起步伐一步步往下走，走下了臺階，一步、兩步、三步，突然他感到雙腿一軟，咕咚一聲摔了下去。

司馬昭一把沒撈住，大驚呼喊：「父親！」宦官們手忙腳亂地奔下去攙扶司馬懿。

曹叡冷冷看著跌下去的司馬懿，宦官們正手忙腳亂地將他架起來，突然向一旁的辟邪發問：「你信嗎？」辟邪搖頭。曹叡又問：「他信嗎。」辟邪尷尬地又搖了搖頭。曹叡冷笑：「他必須信。朕給了他臺階，他下了就行了。」

小沅正坐在爐邊搧火，三個藥罐都在咕嘟嘟煮藥，侯吉端著藥罐走來，將藥渣倒在門口。

小沅用詢問的目光看著侯吉：「他們都怎麼樣了？」侯吉嘆息著搖頭：「夫人滴水不進，老爺好歹喝了兩口藥，三老爺是誰也不肯見。」小沅有些焦慮：「這可怎麼辦？」

「繼續煎藥吧，眼下是這個家最難熬的一關啊……」

漫天漫地的雪白，滿城縞素，天地同悲。

青龍三年三月壬申，皇太后梓宮啟殯。依當年文帝終制，曹叡將其葬於首陽之西陵，追封其父郭永為觀津敬侯，母親董氏為堂陽君；兄長郭浮為梁里亭戴，弟弟郭都為武城亭孝侯、郭成為新樂亭定侯，並遣史奉策，祀以太牢。

靈殿內，曹叡身著孝服，扶棺痛哭：「哀哀慈妣，興化閨房，龍飛紫極，作合聖皇，不虞中年，暴罹災殃。潛予小子，煢煢摧傷，魂雖永逝，定省曷望？嗚呼哀哉！」

司馬懿木然跪在一片素白中，伴隨著眾臣的哀哭之聲頻頻行禮。此時，鍾會身著孝服匆匆奔來：「陛下，陛下！」曹叡面上猶帶淚痕：「何事？」鍾會撲跪在靈殿上，痛苦道：「陛下，陳司空、陳司空去了！」滿殿愕然，曹叡身子一軟，跌坐下來：「我大魏又少一良臣啊！」

司馬懿眼中有淚滾下，他冷冷看著曹叡。

高臺之上，狂風獵獵而舞。

曹叡俯看臺下，整個洛陽城的千門萬戶，便如一小小的棋盤。辟邪走上前：「陛下，剛才陳群

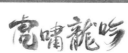

府上來報喪。」曹叡不理，反而指著臺下問道：「像不像棋盤？」

辟邪答道：「現在和陛下下棋的，只有一個人了。」曹叡嘆息：「他怎麼就不能識趣一點呢？他要像陳群這麼識趣，朕一定會給他最高的哀榮，讓他配享太廟，青史留名。」

「人為財死，鳥為食亡，而權柄，就是最高的財富。」

曹叡幽幽道：「那就只有再玩下去了。」辟邪有些為難地說：「若是讓他回去，只怕他會在長安招兵買馬，若是留在京城，門生故吏又太多……」

曹叡笑道：「我堂堂大魏國，竟然找不到一個地方安頓他，這匹馬真是讓人害怕啊！」

司馬懿抱膝坐在床上，汲布走進去問道：「大都督，你找我？」

司馬懿慢慢起身，向汲布深深一禮，繼而下跪，汲布大驚，慌忙扶起他：「大都督不可！」

司馬懿懇求地望著汲布：「汲大哥，不要叫我大都督，叫仲達，這個世上，還肯叫我仲達的人，越來越少了。」汲布堅定地回答：「仲達，不論你是一介布衣，還是身居高位，我保護你與夫人的心，從未變過。」

司馬懿鄭重地說：「這一次，我不是懇求汲大哥，而是以身家性命相托。」汲布驚愕地望著他。

司馬懿從袖子中拿出一張紙，凝重遞給汲布：「一年之內，我請大哥幫我辦到這件事。」汲布展開紙一看，不禁大驚失色：「仲達，這、這是滿門抄斬的大罪！」司馬懿淡笑反問：「這一次，我離滿門抄斬，還遠嗎？」汲布沉思片刻，說道：「可以辦到。」

「此事，你知，我知，師兒知，連春華都不知道，我不想害了她，若是有一天。我不在了，汲大哥要用它，來保護我的家人。」

這是生死相托了，汲布不答，只是緩緩拔出劍，在自己手臂上劃了一道，將鮮血塗抹在唇上。

司馬懿畢恭畢敬地跪在曹叡面前。

曹叡傷感道：「愛卿的病終於好了，這一月朕寢食難安，生怕你和陳司空一樣……快扶起來，賜坐。」司馬懿哽咽了：「臣託陛下洪福，得以再續命幾日，乃是上天讓臣來回報陛下與先帝的恩德。」曹叡仍然一副傷感的樣子：「想不到匆匆九年，四大輔臣，只剩下愛卿一人。」

司馬懿答道：「臣雖然老邁駑鈍，若陛下有所差遣，臣必萬死不辭，臣這條殘命若能獻給大魏，也算是個好歸宿了。」曹叡安慰笑道：「愛卿不要總把不祥之語掛在嘴邊嘛，朕還指望愛卿為朕掃平九州呢！」司馬懿苦笑：「孔子曰：七十而知天命。臣今年六十歲，雖然尚不足知天命，自己的命還是知道的，看明白了，也就不懼死生了。」曹叡凝視著司馬懿，一笑問道：「愛卿就不想立更大的功業嗎？」司馬懿笑著回答：「功業無窮，人壽有限，到了臣這份上，知足了。臣現在只盼著陛下早日平定天下，讓臣看上一眼，或許便是臣此刻唯一的心願吧。」

「平定天下，還要仰賴愛卿啊。今日有一件事，正要與愛卿商量。上個月朕派使者去招撫遼東公孫淵，讓他入洛陽朝拜，不意公孫淵已向吳國稱臣，擁兵自立為燕王。幽州刺史也是個廢物，居然一戰就被公孫淵擊敗了。」

司馬懿佯裝驚怒：「公孫淵竟如此大膽！」接著連忙跪下：「臣願替陛下驅除逆賊，肅清寰宇，總齊八方！」曹叡看看司馬懿，悠悠說道：「遼東路途艱險，愛卿又年邁多病，朕於心不忍啊……」

司馬懿叩首：「若陛下還肯信臣，臣就算只剩一口氣，也會為陛下收服遼東再死！」曹叡浮現出一抹笑容：「朕信，朕當然信，除了愛卿，朕還能信誰呢？遼東距洛陽四千里，大軍遠征難以持久，愛卿認為收復遼東需要多少時日啊？」司馬懿再度叩首，方回答：「遼東四千里，往需百日，攻需百日，還需百日，共計九月足已。」曹叡訝然，意味深長道：「九個月，百日攻城，這，來得及嗎？」

司馬懿苦笑道：「臣說九個月，一來，是不能給東吳派援軍的時間，二來，是擔心自己的壽命難支一年，總得在死前得勝回來，向陛下覆命才能安心。」曹叡不禁都有些感動了，親自下了御座扶起司馬懿：「愛卿……」曹叡動情地輕輕撫摸一下司馬懿斑白的鬢角：「愛卿要多保重啊……」

司馬懿躬身道：「陛下也請珍重，老臣在外，知道陛下康健，心中就踏實了。」

「時間緊迫，愛卿就回去準備吧。」

司馬懿又跪下說道：「臣拜別陛下。」忽然看到曹叡的鞋子上沾了點土，忙用衣袖為曹叡擦了擦，曹叡微感震動。

司馬懿站起來，又躬身：「老臣告辭了，陛下珍重。」司馬懿慢慢佝僂著背走了，一步三回頭，頗為戀戀不捨。

曹叡望著殿外輕嘆：「你看，多像個忠臣啊！」辟邪微笑問道：「陛下是不是後悔了？」

曹叡笑答：「王莽曾經也像個忠臣，忠臣功高了，也是會震主的。就讓遼東，做了英雄埋骨之地吧！」

司馬懿站在堂上，輕輕撫了一下琴，發現琴弦上生了塵土，不禁有些傷感。

司馬懿微笑問道：「怎麼讓琴臺生塵了？」柏靈筠悲喜交集，投入了司馬懿的懷抱：「不惜歌者哭，但傷知音稀，沒有你，我還彈什麼琴啊，看著你重病的樣子，我就想，我一定不會獨自活著……」司馬懿輕輕撫慰她：「別怕，別怕，我命大著呢。」柏靈筠抬頭問道：「你要回長安嗎？」

「不，是去遼東。」

柏靈筠迷茫問道：「去遼東做什麼？」司馬懿淡淡回答：「收復遼東。」

柏靈筠更加不解：「公孫氏自董卓起就占據遼東，魏國三代君主都是羈縻撫慰的態度，怎麼忽然要用兵？」司馬懿淺笑一下：「陛下玉璽徵召，公孫淵不肯歸順，自立燕王，陛下要我出征。」

柏靈筠大吃一驚，開口道：「四十年與遼東無戰事，這時候忽然玉璽徵召，逼迫公孫淵謀叛自立，

不是太巧了點嗎？」司馬懿撫摸著柏靈筠的臉輕嘆：「妳呀，有時候真心疼妳，太過聰明了，智者勞而能者憂，聰明也傷人啊！」柏靈筠牽著司馬懿的袖子，含淚道：「遼東路途遙遠，糧草補給困難，公孫家在遼四十多年，占盡了天時地利人和，皇帝想借刀殺人，你不能去啊！」

司馬懿沉默良久，森然道：「借刀殺人，也要這把刀夠利才行。」

香案上供奉著諸葛亮的畫像。

司馬懿正在彈奏〈梁父吟〉，琴聲激烈，彈琴的人手下動作過於用力，琴弦終於錚然崩斷，司馬懿悵然拈起琴弦，嘆息道：「若是我也死了，這曲子就要絕響了。」張春華在一旁問道：「你以前，不是喜歡彈〈公無渡河〉嗎？」司馬懿自嘲一笑回答：「我是注定只能向前走，哪怕滾滾洪流也只能投身其中的人，再彈〈公無渡河〉，也沒用了。」張春華又問道：「這是諸葛亮的曲子？」司馬懿點頭：「〈梁父吟〉是他少年的心願，是他對功業的嚮往。這世間比戰爭還能殺人的，只怕就是功業了。」張春華不禁疑惑：「六出祁山，生靈塗炭，這就是他所謂的功業？」

「不死十萬人，何以救百萬人？何以成功業？我多羨慕他，他已經成就了千古美名，而我……我都不知道自己死後到底是流芳百世，還是會遺臭萬年啊。」

張春華瞪著司馬懿，氣呼呼道：「好端端說什麼死不死的！」司馬懿笑著回答：「不說，不說了。我捨不得你們啊，變成史書上乾巴巴的幾行字，哪有留在你們身邊舒服踏實……」

張春華忍不住流淚，她望著諸葛亮的畫像，柔聲勸慰：「浮名千載又有什麼用？他的妻兒連他臨終一面都見不到。為了我，為了這個家，別學他，求你了，別學他……」

司馬懿喃喃道：「我不會學他……」

【第十二章】

炙手可熱

轉眼間，已是冬季，司馬懿早已奔赴遼東。

一日，曹叡醉眼惺忪，窩在榻上看著歌舞，一杯杯地飲酒。他時不時咳嗽兩聲，小宦官偷偷看他，他橫了小宦官一眼：「斟酒！」辟邪急匆匆進來喊道：「陛下，遼東傳來捷報！」

曹叡有些不可置信：「司馬懿用了兩個月，平了遼東？」辟邪點頭道：「是。」

曹叡拿起酒杯飲了一口，笑著說：「司馬懿還沒老嘛，朕要當面問問公孫淵……」辟邪正色回答：「公孫淵已經死了。」曹叡一怔：「戰死的？」

「為司馬懿所殺。」

曹叡愕然問道：「他不等朕的旨意，就殺了？」

辟邪意味深長地點點頭，語氣嚴峻地說：「不止公孫淵，還有公孫淵的家人，下屬，兵將，一共一萬人，一個，都沒留下……」曹叡大驚：「殺了？都殺了？一萬！一萬人都殺了?!」

辟邪凝重地點點頭。曹叡如同醉酒一般，哈哈大笑：「好一個忠臣良相！好一個國之柱石！」

曹叡忽然大睜著眼睛，直挺挺栽倒。

司馬懿帶著大軍緩緩行到城下，城門口早等著縣官和一群老人。

縣官當先上前，躬身行禮：「下官溫縣縣令，恭迎大都督榮歸故里。下官略備薄酒，以賀大將軍得勝凱旋！」司馬懿馬上答道：「多謝縣令，只是大軍駐紮，勞師擾民，洛陽在望，就不停了，我們入城穿行即可。」縣令握著司馬懿的轡繩笑道：「下官知道大都督體恤百姓，只是溫縣是大都督的故鄉，今日來迎接的父老，也都是大都督昔日的鄰里，大都督就和鄉親們，吃頓飯吧？」

司馬懿望著那些兩鬢蒼蒼的老者，有些動容，下馬慢慢走向一個老者，老者忙要下跪，司馬懿趕緊扶住，仔細辨認：「老大哥，你是？」老者笑著說：「草民就是大都督家隔壁的三小子……」

司馬懿大為驚喜：「哦哦哦！我家剛搬回來，第一天晚上還是找你借的鍋和柴禾！」老者憨厚笑道：「一晃都快五十年了……」司馬懿的眼中慢慢浸出淚水：「以為天下太平了就能回來養老，一晃都五十年啦！」

一個老人斷了一條胳膊，拄著拐杖被孫子扶上來，沙啞地叫：「司馬……」縣令大驚，叱呵：「怎敢直呼大都督名諱！」司馬懿止住縣令，走上前去，迷惑問道：「敢問這位哥哥是？」老人笑道：「咱們一塊兒司過馬啊！」司馬懿大驚：「小周！你是小周！」小周憨厚笑道：「成老周了……」

司馬懿悲喜交集地望著小周的手臂，老人繼續說道：「後來，我上戰場了，也娶上媳婦了，都是用這個，」說著，他晃一下空蕩蕩的袖子：「換的。」

司馬懿緊緊抱住小周，老淚縱橫地說：「你怎麼不來找我啊！我對不起你，國家對不你啊！」

曹叡躺在床上，呼吸急促，太醫在給他診脈。曹叡的郭皇后坐在一旁輕輕拭淚，辟邪焦急看著。

辟邪低聲問道：「陛下怎樣？」太醫為難地看看皇后，悄聲說：「皇后，臣請殿外說話。」

曹叡忽然睜眼，暴躁喝道：「就在這裡說！」太醫嚇了一跳，戰戰兢兢道：「陛下悉心調養，天佑大魏，會好起來的……」曹叡瞪著眼大喊：「天佑大魏？老天什麼時候開過眼，你是說，朕沒救了？」太醫嚇得後退，支吾道：「臣不敢，臣不是這個意思……」

曹叡惡狠狠撲下床，抽出劍就向太醫砍去：「你詛咒朕！朕殺了你，殺了你！」太醫嚇得抱頭鼠竄，郭皇后勸道：「陛下你冷靜點……」曹叡瞪著皇后，惡狠狠道：「妳是什麼人？妳是郭照？妳是害死我娘的兇手！我殺了妳給我娘報仇！」曹叡又揮劍向郭皇后砍去，郭皇后嚇得驚叫著逃了出去。

辟邪痛心地去拉皇帝，喊道：「陛下！」曹叡還在瘋了一般大喊：「我殺了你！」揮劍就向辟

邪砍去，辟邪不避不讓，閉目以待，劍在辟邪額頭上停住了，曹叡清醒過來，悲哀地望著辟邪，抬手輕輕摸著他的臉，辟邪流下淚來。

曹叡輕聲說：「朕要死了，你怎麼辦……」說著吐出一口血，身子軟倒，辟邪抱住他飲泣道：「陛下好好養病，奴婢一直陪著您，不管到了什麼時候，奴婢都陪著您……」

曹叡搖搖頭慘笑：「朕才三十六歲，朕才三十六歲！司馬懿都沒死，為什麼就要朕死?!天啊，你要絕我大魏嗎？」辟邪抱著曹叡失聲痛哭。

曹叡嘴角掛著血，笑著說：「別哭了……我爹對不起我，我也要對不起他了，他給我的江山，我守不住了……太子，太小，得有人輔佐……」辟邪遲疑問道：「陛下是說，曹爽？」

曹叡有些吃力遲緩地回答：「曹爽，太嫩，他姓曹，離皇位太近，他大權獨攬就會動更大的心思。權力，就是這麼個東西，給他一點甜頭他不會感恩，會想連你也都吞下去……」辟邪猶豫道：「陛下是說，讓他們互相牽制？可是司馬懿……」曹叡冷冷道：「朕總想他死，可是這時候，有威望輔政的，只有他，但朕怕，真的怕，曹爽不是他的對手……」

「奴婢派人去召司馬懿，他要是有野心，一定不敢回來，奴婢拚著一死，立刻下詔勤王除掉他。他要是回來了，要殺要剮，由陛下定奪。」

曹叡輕輕抱住辟邪的手臂，又昏沉沉道：「別離開我，別離開我，娘，你們都別離開我……」

辟邪抱著曹叡淚流滿面。

司馬懿喝得沉醉，和小周勾肩搭背，被司馬昭扶著回到臥房，司馬懿醉醺醺地嘟囔：「小周！咱們再來！喝醉了，我送你回去！我給你牽馬！我給你牽馬，讓你騎最好的馬！你做大將軍，喲，喲！」小周醉呵呵地笑道：「沒想到，你真的，成大將軍啦，可是絕影死了，絕影死了……」司馬懿笑著說：「死了就死了！人都會死，馬更會死了！」

「可是方伯死了，丞相死了，絕影死了，都死了……」小周像個孩子一樣坐在地上，哭了起來。

司馬懿溜到地上，坐在他身邊，黯然笑著：「是，他們都死了，連五官中郎將，也死了，我也會死，生年不滿百，常懷千歲憂。你說我忙了一輩子，忙個什麼勁兒呀……」

這時門口親衛低聲道：「大都督！洛陽急報！」司馬師忙到門口，開了一線門，親衛低聲說：「宮中來了宦官，這是給大都督的詔命！」司馬師打開一看大為震驚，他回頭看著又哭又笑、傻呵呵兩個老頭，神情嚴峻走到司馬懿身邊蹲下，低聲道：「父親，陛下聖體不起，召父親急入洛陽！」

司馬懿頓時瞪大了眼睛。

司馬懿的酒已經醒了，他握著聖旨，快速地踱步。

司馬昭冷冷道：「皇帝召父親不帶兵馬孤身入京。豈會有好意，父親，咱們手上不是還有大軍嗎？」司馬懿煩躁解釋：「抗旨帶著四萬大軍入洛陽，你是面聖還是造反？」司馬師焦急道：「可是孤身入京，就是人為刀俎我為魚肉，萬一皇帝是想……父親如何自救？那，不如我們回長安去！」

司馬懿眉頭緊鎖：「我不入京，立刻就是叛臣賊子，一道聖旨就能召天下兵馬勤王，在長安，學做袁紹，做董卓，還是做公孫淵啊……大魏有我的心血，我不能親手毀了它！我立刻入京，你們倆留在此地！」司馬師大驚：「不！兒子要保護父親！」司馬昭也在一旁勸道：「父親，您這樣，有人領情嗎？」

司馬懿緊緊握住司馬師和司馬昭的肩，凝視他們，果斷地說：「如果陛下殺了我，你們就帶大軍回長安，我司馬家不是叛臣，也不做魚肉。」

司馬懿走進去，發現小周已經躺在地上睡著了，鼾聲如雷。

他黯然一笑，上前把小周扶到床上，又親自為他脫下鞋，司馬昭想幫手，被司馬懿甩開，司馬懿把水盆端過來，拿手巾給小周擦了擦臉，小周夢中還在叫：「司馬懿，司馬懿！再喝！」

司馬懿輕聲道：「老夥計，我先走了，要是這顆頭還在，我請你喝酒。」

司馬懿用手巾擦了擦自己的脖子，自嘲地笑著：「這一刀，大概要從這兒落下了！」

司馬師焦急地來回踱步：「父親孤身入京，太危險了，不如你帶兵留在此地，我陪父親入京。」

司馬昭勸道：「大哥，皇帝真要動手，你一個人，也救不了爹。我們留在此地，也讓皇帝有所顧忌。他敢動爹，大不了，我們就學伍子胥，帶兵殺進洛陽！」司馬師問道：「這，也是父親的意思嗎？」

司馬昭陰沉沉地說：「父親有父親的堅持，兒子，也有兒子的本分！」

晨曦微明，司馬懿和幾個宦官縱馬奔馳在關中道上。

曹叡已到了彌留時刻，曹爽和辟邪跪在一邊，小太子曹芳只有八歲，膽怯地縮在床角抹眼淚。

曹叡艱難喘息，閉著眼睛問：「還沒到嗎……」辟邪哽咽著說：「快了，就快到了！」一個宦官闖進來：「陛下！司馬懿入宮了！」曹叡驟然睜開眼睛。

辟邪目視曹爽，低聲吩咐道：「將軍。」曹爽帶著幾分興奮點頭：「已經埋伏好了，只等陛下下旨。」曹爽和簾幕後的一名刀斧手輕輕點頭，打了個斬首的姿勢。

司馬懿連滾帶爬撲進來，連聲喊道：「陛下！陛下！陛下！」一邊喊著，一邊撲到曹叡床邊大哭：「陛下怎麼了，臣拜別的時候陛下還聖躬安康啊！」曹叡虛弱地看著司馬懿，斷斷續續道：「朕不敢死，只為待卿。」司馬懿叩頭流血，懇切道：「陛下保重，陛下保重啊！我大魏還未一統天下，陛下不能棄了老臣啊！」

曹叡目視辟邪，辟邪望向曹爽，曹爽露出兇狠的目光，慢慢抬起手，簾幕後的刀斧手向前了一步。

曹叡痛苦地糾結著，他看到曹爽那興奮的目光，又看看床角稚弱的曹芳，滿腹疑慮，他的目光又回到痛哭的司馬懿身上，他改變了主意。

曹叡低聲道：「當日我娘，也是把我，託付給先生……」曹爽大驚，目光一冷，就要將手落下，辟邪一把握住，目光冷冷逼視曹爽。曹爽不敢抗旨，悻悻放下手臂。

司馬懿猶如對身後和簾幕後的一切恍若不見，痛哭道：「是老臣對不起陛下！老臣還沒有為陛下收復吳、蜀，陛下你不能去啊……讓巫師做法，讓老臣替了陛下吧！」曹叡輕笑言道：「怪力亂神，愛卿自己，也不信的，朕把太子，交給曹爽和你了，辟邪，立遺詔，封曹爽為大將軍，司馬懿為太尉，共同輔政……」曹爽跪下道：「臣定不負陛下！」司馬懿還在痛哭：「臣老了，臣做不了輔政了，臣願意跟著陛下去。」

曹叡艱難地一個字一個字向外吐：「你們兩個，給朕守好了，大魏，誰敢謀逆，天、人、共、誅！」說完痛苦地一陣痙攣，辟邪衝上前抱住他，失聲喊道：「陛下！」

曹叡終於在他懷中平靜了下來，一行淚水從年輕天子的眼角緩緩流下，他獲得了永恆的平靜……司馬懿和曹爽痛呼：「陛下！」

洛陽迎來了春日，只是鐘聲大作，群臣縞素。

司馬懿和曹爽拉著哭泣不止的小天子曹芳站在高臺上，臺下跪著身著孝服的群臣。

曹芳一邊哭一邊抬頭，惶恐地望向曹爽和司馬懿。曹爽望向司馬懿的目光充滿不屑，司馬懿則滿面淚痕。

景初三年元月，年輕的天子曹叡去世，謚號明帝。年僅七歲的太子曹芳即位，以大將軍曹爽、太尉司馬懿為輔政。年號正始。

曹芳抽搭著抬頭，怯生生問曹爽和司馬懿：「你們是誰？什麼是託孤？」司馬懿低頭，柔聲恭敬道：「臣司馬懿，輔政就是臣會鞠躬盡瘁，輔佐陛下。」曹芳哭喊著說道：「我要回家，我要回家……」

司馬懿與曹爽先後而至，都為曹叡穿孝，司馬懿看見曹爽，停步拱手道：「大將軍。」曹爽傲然越過司馬懿向前登上臺階，比司馬懿略高一頭，回首俯視，驕矜地說：「太尉居於我這小輩之下，是不是有些失望？」司馬懿淡然：「先帝英年崩逝，生民同悲。你我都受顧命，協力輔政，談何失望不失望。」曹爽轉身凝望他，低低冷笑道：「你以為，我不知道你想要什麼？」

司馬懿凝視他，慢慢上前登上臺階，走到曹爽身邊，與他平視，緩緩問道：「大將軍以為我想要什麼？還是大將軍以為的，其實是自己想要的？」曹爽咬牙切齒地上前一步，逼近司馬懿，恨恨道：「我爹是怎麼死的，我無日或忘。屬於我家的東西，我遲早要全部拿回來！」

司馬懿無視他的憤怒，不卑不亢地回答：「我身無長物，職權俸祿都是陛下給的。大將軍想要什麼東西，應該問陛下啊。」曹爽將劍丟回鞘中，發出鏘然之聲，冷笑道：「那我們就看看，今日這宮中，坐的是誰家天子。」

曹爽轉身入宮，司馬懿跟著進去。

司馬懿和曹爽一同前來，遠遠碰上幾個宦官帶著一眾美人抱著妝奩、細軟出來，有人一邊走一邊掩面啼哭。

其中一位十八九歲的後宮美人蒹葭忽然跪下，扯著為首宦官的衣服哭泣道：「妾不想走！求中貴人開恩，求求太后，不要趕奴婢出去。」兩三個美人跟著一起跪下哀求。

為首宦官無動於衷，只說了句：「回去跟父母親人團聚，不是勝過老死在這宮裡？」蒹葭哭泣哀求：「妾在家鄉已經沒有親人了！只要能留下，為奴為婢妾也是願意的！」為首宦官翻臉道：「這是太后的旨意，妳這是要抗旨？」他示意一下，幾個小宦官上來把她拉扯下去。

為首宦官這才看見向曹爽、司馬懿，迎上去問好：「喲，大將軍、太尉安好。」

蒹葭淚汪汪地被拉扯經過曹爽身邊，曹爽看了一眼，怔住了，記起自己曾入宮時的一段往事。

那時，皇宮隔牆傳來女子嬌俏的笑聲，猶然便是蒹葭的聲音：「快，快，再高些，再高些。」另一美人喊道：「哎呀，又是差一點兒。」蒹葭的聲音不斷傳來：「就差一點兒了，再來，再來。」

蒹葭聲音動聽，曹爽停步仰頭，看見牆外露出美人如雲的髮髻和大半張笑臉。她的身體隨著秋千盪起，正試圖用嘴去夠牆邊樹上盛開的一朵花。

蒹葭也看見了曹爽，這一次夠得著花了，她卻沒有去咬，朝曹爽嫣然一笑，曹爽呆住了。

蒹葭再次盪了起來，咬下了那朵花，卻向曹爽拋去，曹爽接住花，和蒹葭靈犀暗通地相視一笑。

蒹葭盪下去，女伴開始起鬨，有人問：「花呢，花呢？」蒹葭嬌笑著說：「真可惜，恐怕掉到牆外，要被哪個登徒子撿去了。」聲音漸漸隱去，曹爽將花佩在衣襟上，惆悵地若有所思。

此刻，蒹葭也認出了曹爽，哭著向他求救：「貴人救妾。」曹爽一擺手，讓拉扯美人的小宦官停下。兩個小宦官目視為首宦官，那宦官點頭。

曹爽走到蒹葭面前，問她：「妳叫什麼名字。」蒹葭跪在地上，仰面看他，眼中有淚：「妾叫蒹葭。」曹爽心中一陣蕩漾，問為首宦官：「這些美人出宮後，將被送到哪裡？」為首宦官回答：「跟

文帝的姬妾一樣，送還原籍。」

蒹葭撲到曹爽腳下哭泣：「妾原籍已經沒有親人了。貴人若不相救，妾只有死路一條了。」曹爽目視沉吟，有些依依不捨。司馬懿忍不住提醒道：「大將軍，將無品級未生育的宮嬪送回家，這是自文帝朝就有的慣例，也是一項體恤人情的善政。」

曹爽的心思被司馬懿窺破了，冷冷看了司馬懿一眼，帶著幾分失望的怒意，悶悶道：「不送回原籍，難道還送到你太尉府嗎？」司馬懿一笑不語。

為首宦官兇惡地催促兩個小宦官：「還磨蹭什麼？拖出去。」蒹葭哭著被拉扯出宮，頻頻回首哀憐地看著曹爽，叫著：「大將軍救妾！」曹爽目送蒹葭過去，面露不悅。

司馬懿和曹爽在外殿等候傳召，宦官韓琳出來通報：「太后召大將軍、太尉覲見。」

曹爽自袖中取出一顆碩大明亮的珍珠，塞給韓琳說：「中貴人侍奉太后、陛下勞苦了。」珠光照亮了韓琳的臉，韓琳目露貪婪喜色，卻故意推辭：「侍奉太后、陛下是奴婢的本分，大將軍的賞賜，奴婢就不敢受了。」曹爽笑著說：「陛下年幼，今後更要多靠中貴人加意服侍。些許薄禮而已，中貴人不要嫌棄。」韓琳受寵若驚地收下，將明珠小心藏入懷中，對曹爽畢恭畢敬道：「多謝大將軍。大將軍請。」曹爽入宮。

司馬懿始終冷眼看著兩人說話，韓琳收起諂媚神色，對司馬懿淡淡地說：「太尉請。」司馬懿入宮。

年輕的郭太后也不過三十歲，就已經成了寡婦，她抱著小皇帝端坐，面前垂下一層珠簾。

曹爽、司馬懿向太后、皇帝行禮：「臣叩見陛下、太后。」

「兩位愛卿都是先帝的顧命大臣，這些禮數就不要見外了。」

曹爽聞言站起來，司馬懿卻又多叩了首：「太后恩典，臣等不敢失禮。」曹爽正起身的動作尷尬地僵了一下，厭煩地看了一眼司馬懿，司馬懿緩慢站起。

太后抱著皇帝站起，忽然向兩人斂衽行禮。曹爽、司馬懿慌忙避讓，跪下道：「太后折殺臣了。」太后道：「陛下年少，本宮一介女流，不堪主政。此後國家大事就要拜託二位愛卿了。」

太后讓曹芳也向兩人行禮，溫言道：「大將軍、太尉是先帝臨終顧命之臣，陛下當以師、保視之，不可怠慢。」曹芳懵懵懂懂地行禮。

曹爽大咧咧地說：「有臣在，太后只管放心！」司馬懿恭謹說道：「臣會事事上奏，請太后、陛下定奪。陛下也要勤學政務，好早日親政。」曹芳懵懂點頭。

「二位愛卿受累了，看座。」

太后歸位坐好，曹芳依偎在她懷中，宦官為曹爽、司馬懿設好座位，兩人坐下。

太后繼續說道：「歷來新皇即位都要加恩功臣，兩位愛卿的輔政之職是先帝定的，本宮也不能再改，家門內的恩蔭還是要給的。曹大將軍的弟弟們，司馬太尉的兒子們，該封什麼官，二位愛卿自己選好了呈上來吧。」曹爽趕忙回答：「謝太后！」司馬懿卻猶豫地說：「謝太后，只是犬子們還年少，不堪大任……」太后打斷了他的話：「本宮也就當二位愛卿是自己人，司馬愛卿的兩個兒子，聽聞這些年跟著你打仗，都有功勳，提上來放在宮中，本宮放心。」

曹爽嘲諷道：「太尉，你這是非要占足了清高，等著太后求你啊？」司馬懿定了定神：「臣不敢，臣……謝恩。」這時，太后帶著醋意說道：「這宮中現在就有隱患一樁，令本宮睡不安枕。」

曹芳向太后懷中縮了一下。

曹爽若有所思，自言自語道：「隱患？」說著向司馬懿看了一眼，見他一臉明瞭的神色，恍然大悟。

原本的天子寢宮物是人非，隨著曹叡的駕崩也荒廢了，變得淒涼冷清。

曹爽和司馬懿帶著禁衛來到殿上，只見地上一箱箱寶箱攤開，琳琅滿目的珠寶在幽暗的光線中熠熠生輝。

辟邪含著微笑坐於寶山之上，抱著曹叡生前穿過的女衣，纏綿地將臉貼在上面，無視眾人的到來。珠寶的光輝照亮了曹爽的臉，曹爽喝問：「辟邪，你妖媚惑主，聚斂弄權，本司馬奉太后懿旨，剷除奸邪！」辟邪彷彿沒有聽見，依然癡癡地抱著那件女衣。

司馬懿勸曹爽道：「他畢竟是先帝近幸。先帝屍骨未寒，大將軍還是不要趕盡殺絕的好。」曹爽不聽，固執道：「他一介閹人，聚斂了這麼多財物，不就是仗著先帝寵幸，收受賄賂，為非作歹？」

曹爽面露貪婪神色，下令：「將他帶下去，嚴刑審問，看他還有沒私藏家產。」

辟邪哈哈大笑，撈起身邊堆積的珠寶，又任由它們從掌中滑落，狀若瘋癲的說：「這裡面，這些，這些都是二位大人送的。昔日二位大人將這些珍寶送於我，我便知有今日了！願二位大人以我為鑒，莫重蹈覆轍！」曹爽怒喝：「拖下去！」

禁衛將辟邪從寶山上拉下來，辟邪抱著的女衣跌落，如雲飄落在一地的珠寶之上，滿殿的寶氣都暗淡了下來。

院中擺著香案，司馬懿帶著幾個兒子跪伏，正聽韓琳宣旨，張春華也不由拉開一條門縫靜聽。

韓琳念道：「朕初承緒，仰賴諸臣。太尉二子，勳德弘茂，朕素有所聞，今特加封以光導弘訓，鎮靜宇內。封長子司馬師為散騎常侍中護軍，執掌宮禁宿衛諸事。」司馬師抬頭與父親兄弟對望一眼，眼中也按捺不住的欣喜。司馬昭報以一笑，神情中對接下來的封賞也有隱隱期待。

「進次子司馬昭為典農中郎將，屯田洛陽，興利除害，專任農事。」

司馬昭怔住了，跪在身後的司馬倫偷偷看了一眼司馬昭。

韓琳笑著說：「二位公子，接旨吧？」司馬師擔憂地望了眼司馬昭，叩首謝恩，司馬昭猶自發怔，沒有吭聲，門後的張春華也十分詫異，司馬懿卻很平靜。

司馬懿輕輕將聖旨放在架上，司馬師、司馬昭跟著走進來。

司馬懿說道：「如今你們都是朝廷命官了，食君之祿，當憂君之事。」司馬師回答：「但憑父親吩咐。」司馬懿接著說：「我與大將軍同朝輔國，你們新授官職，理應前去拜見。」司馬師詫異問道：「曹爽素來與我們不睦，為何要去見他？」司馬懿轉過身，訓斥道：「他和我同為輔臣，和衷共濟，何來不睦？別忘了，他是你們的上官！」司馬師沒再說話，司馬昭卻是冷笑一聲。

司馬懿又問道：「你笑什麼？」司馬昭仍然垂首不言，司馬師有些同情地看了司馬昭一眼：「父親，無怪二弟悶悶不樂，二弟為國征戰數載，為何朝廷只封了區區一個閒職啊？難道是曹爽從中作梗？」司馬懿幽幽開口：「閒職？昔日秦人以急農兼天下，孝武以屯田定西域，典農中郎將掌管民生，乃安邦定國之要職！」司馬師還想辯解：「可是……」

司馬懿嚴厲地打斷了話頭：「沒什麼可是的，昭兒資歷尚淺，正需要去下面好好歷練學習！」可看到司馬昭仍是憤憤不語，仍是嘆了口氣：「師兒，你先出去吧。」司馬師擔憂地看了司馬昭一眼，躬身告退。

司馬懿等司馬師走了之後，問道：「覺得委屈？」

司馬昭抬頭，緩緩說道：「是不是兒子犯過一次錯，不管再怎麼努力補救，父親都不會原諒我了？」司馬懿看著兒子，嘆息道：「昭兒，去收收性子吧。你這幾年在戰場上養了一身的戾氣，需要洛水好好洗一洗！」司馬昭笑著說：「爹，兒子這性子是戰場上洗練出來的，恐怕沒那麼好收。」

司馬懿盯著這桀驁的兒子，突然感到一陣力不從心，他咳嗽起來，緩緩踱到書架邊，從架上抽出了一卷圖卷拿給司馬昭，司馬昭有些詫異地問道：「這是……？」

司馬懿叮囑道：「這是五禽戲。華神醫給了你爹，爹今天把它給你。為父不求你聞達於顯貴，只求你有一份師法自然的豁達！」司馬昭垂首不語，司馬懿一聲冷喝：「接著！」

司馬昭忍著委屈接過五禽戲。

司馬昭捧著五禽戲退出書房，候在外面多時的司馬師迎了上來。

司馬師問道：「父親怎麼說。」司馬昭自嘲地晃了晃五禽戲圖：「父親怎麼說，都是為了我們好。」司馬師安慰弟弟：「二弟，別洩氣，我會找機會勸父親，在軍職中挑一個合適的給你。」

司馬昭搖頭苦笑：「咱們的爹什麼時候改過主意？他要我怎樣我便怎樣就是了。大哥，恕我不陪你去曹爽府上受氣了。」說完司馬昭獨自離去。

天黑時分，即使曹爽門口掌燈了，仍然門庭若市，許多求見的官員帶著禮物，長隊排到了街坊上。排在隊伍後列的一名官員家奴守著禮物挑子，著急的探頭嘀咕：「這都排了一天了，啥時候才能輪到咱啊？我家老爺都吃飯去了，餓死我了……」前面另一名家奴嘲笑道：「啥時候？就是排到了，見不見可得看大將軍的心情。你家老爺芝麻大點兒官，難說咯。」

「就你家老爺官大？這不也跟咱們一起排著嗎？」

「我家老爺的禮物論車拉，」說著手指街角。只見幾架牛車上堆滿綾羅綢緞，閃閃發光：「這不，比你家的強多了。」

「東西多就厲害嗎？幾匹破布，還能跟我家老爺的金銀珠寶比？」

終於官員自己也覺得丟臉，呵斥自己的家奴：「閉嘴！吵吵嚷嚷成何體統！」

那名家奴不服氣地朝著一開始抱怨的家奴瞪眼賭氣：「哼。」

這時夏侯玄帶著司馬師經過大將軍府前長長的隊伍。司馬師邊走邊感慨：「好大的排場！」夏侯玄皺眉回答：「人情勢利，不過如此嘛，你又不是今日才領略。」說著二人來到大將軍府前。

司馬府門口的衛兵看見二人，忙往裡讓：「二位常侍請。」二人在身後一溜官員豔羨的目光下入內。

大將軍府中，庭內的家奴指揮著送禮來的人將禮物入庫，到處充斥著吆喝的聲音：「這邊，快，後面還等著呢。」

夏侯玄搖了搖頭，自言自語：「也太心急了，好歹做個樣子嘛……」司馬師淡笑道：「貴表弟，我看呀，年少登高位，未必是好事……」這時管家朝二人走來，夏侯玄忙用目光制止司馬師說下去。

曹爽正在查看文書，看到夏侯玄，熱情招呼道：「喲，表兄來了。」接著看見夏侯玄身後的司馬師，厭惡地一皺眉。

夏侯玄、司馬師向曹爽行禮：「下官向大將軍道賀。特備薄禮，請大將軍笑納。」

曹爽目光掃過兩人奉上的禮單，隨手放在一邊說：「表兄是自家人，來就來了，何必客氣，看座——」然後故意裝作不識，假意問道：「這位，是你新收的門客？」剛坐下的司馬師不禁暗暗生怒，坐直了身子，夏侯玄忙打圓場：「怎麼就不認識了？這是徽兒的夫郎啊，太尉的兒子司馬子元，新婚時你還去了，如今跟我都在護軍中。」

曹爽一副恍然大悟的樣子答道：「哦，想起來了，太尉有了好職位，自然是先緊著自家人來。」

司馬師氣得倒抽一口氣，夏侯玄趕緊拉扯他一下，上前將他擋在身後，繼續說：「子元幾年征戰功勳卓著，升任中護軍，也名副其實。子元今日同我來，一來是例行參拜上官，二來是為大將軍賀，

賀國家得人，賢臣在位，先王之道，庶幾不失。」

曹爽終於露出笑意：「如此就多謝表兄美言了。」此時衛士進來通報：「度支郎中丁謐丁大人、何晏何駙馬求見大將軍。」曹爽面露喜色，看了座中的夏侯玄、司馬師二人，不耐煩問道：「天色已晚，二位可要在此用飯？」

夏侯玄領會了他的逐客之意，站起身來款款說道：「表弟有貴客，我等就不打擾了，雖然周公吐哺，大將軍也要愛惜身子，不可太過勞碌了。告辭了。」司馬師求之不得，一拱手向外走去。

曹爽在身後喊道：「表兄！」夏侯玄駐足，曹爽上前，低聲埋怨：「表兄你也是的！帶這小子來做什麼？」夏侯玄不悅地小聲說：「如今只有兩位輔政，你和司馬家還是和衷共濟的好，司馬師算咱們的親戚，正好可以略加緩和關係，你擺什麼架子？」曹爽冷冷問道：「當初嫁到司馬家的究竟是你妹妹還是你？」夏侯玄氣得一噎，拂袖而去，丟下一句話：「大將軍三思！」

離開了將軍府，司馬師和夏侯玄牽著馬緩緩而行。

司馬師不免憤憤道：「我早說了會自取其辱！」夏侯玄勸他：「我這個表弟，是年輕氣盛了些，如今主少國疑，外有強敵，顧命大臣勢成水火，國家危矣。我還不是為了彌合令尊與他的關係嘛。」

司馬師還在不平：「可是剛才你也看到了，人家連你的情都不領。」夏侯玄無奈地搖搖頭。

二人重新經過那一串等待進謁的長隊，司馬師掃了一眼堆放在牛車上如山的禮物，不屑地說道：「令表弟看起來不大聰明啊。頑石一塊，點不點的穿，就看造化了。」夏侯玄嘆氣道：「今日是我委屈了你，到我府上好酒賠禮如何？」司馬師一笑：「一壇酒就想哄我去了？至少還得再加一首你的詩！」夏侯玄朗聲一笑。

此刻丁謐、何晏進門。

二人進入正堂，家奴將一個大箱子放在外面，丁謐、何晏向曹爽行禮道：「下官特來向大將軍賀喜。」曹爽笑著說：「何駙馬、丁郎中，快請入座。」

丁謐、何晏入席坐下。家奴為兩人斟酒，兩人向曹爽舉杯道賀：「恭喜大將軍位極人臣，統領百官執掌朝政，一展胸中抱負。」曹爽雖然喜悅卻故作謙遜：「豈敢、豈敢，二位過譽了。」

何晏笑道：「適才一路見車馬如流，恰似鳳凰翔於紫庭。還以為大將軍貴人事忙，今日是見不到大將軍的金面了。」曹爽笑著說：「何駙馬說哪裡話，本官就是誰都不見，也不能不見二位啊。」

丁謐在一旁問道：「剛才出門似乎見到夏侯將軍和司馬子元，怎麼這麼早就走了？」曹爽冷哼道：「我這位表兄也是，明知我和司馬懿不共戴天，還把那小子往我府上帶，自取其辱！」丁謐急忙道：「哎，夏侯將軍這是在為您邀買人心，鞏固地位，大將軍可不能不領情呀。」

「哦？此話怎講。」

丁謐解釋：「大將軍少年得志，驟登高位，我等自然為將軍高興。可下面眼紅心癢，憤憤不平的人也大有人在。」曹爽冷哼一聲：「我如今大權在握，還懼那一群螻蟻嗎？」丁謐繼續說道：「大將軍自然不懼，可朝政大事用得著他們的地方頗多，我們需要司馬懿的人望穩定時局，培植勢力，方可圖大事，據實權。」曹爽眼珠一轉，不得不承認丁謐說得有理。

丁謐補充一句：「所以，我們還是要給他點尊重，左右他都快入土了，等他死了，那兩個小子還能興起什麼風浪？」何晏在一旁笑道：「若是大將軍不耐煩，下官願意替大將軍分憂，探探司馬懿的意思。」曹爽恨恨道：「他那老狐狸，怕是滴水不漏啊。」何晏一笑：「老的不行，我們就從小的下手。」丁謐問道：「你是說司馬昭？」何晏不置可否地一笑。

丁謐點頭同意：「司馬昭年紀還輕，心機城府沒那麼深，確實比他爹好對付。」曹爽揮手，不耐煩道：「你不嫌麻煩，你就去見吧。」何晏含笑答道：「下官一定不負大將軍所託。」

丁謐瞥了眼曹爽，又對何晏說：「好了好了，別說這些讓大將軍心煩的了，你不是為大將軍準備了禮物嗎？」何晏拍手笑道：「哎呀丁郎中不說，險些誤了大事。」

曹爽也來了興致：「你們跟我見什麼外，還帶著什麼禮物！」何晏神祕起來：「大將軍不必著急推辭，我這件禮物與旁人的俗物可不同。」說著便吆喝家奴，把外面的箱子抬了進來。

何晏笑道：「這便是為大將軍準備的不俗之禮。」曹爽好奇道：「怎麼個不俗法？」何晏又換上神祕的表情：「這是一件靈物。」說著一揮手，何家家奴將大箱子的蓋子起開，打開之後，從箱子中嫋嫋婷婷地站起了蒹葭。

曹爽又驚又喜，茫然說道：「是妳？」蒹葭輕快地跳出箱子，走上前依在曹爽身前向他行禮，嬌聲叫道：「大將軍。」曹爽問何晏：「何駙馬是怎麼……」何晏一笑擺手：「大將軍且不管何處來，且說靈不靈？」家奴將蒹葭帶下，曹爽猶不住向她注目，蒹葭向他回眸一笑。

這時，曹爽才回過神來，高興地向何晏道謝：「靈！靈！不愧是何駙馬！」

夜深了，柏靈筠看到司馬倫的房間還亮著燈。

司馬倫手握竹簡還在苦讀，柏靈筠走過來，有些心疼地說：「這麼晚了，還不休息？」司馬倫放下竹簡回答道：「睡不著，再看會。」柏靈筠笑道：「見哥哥們都做官了，心裡不平靜？」司馬倫囁嚅著說：「我也不比他們差，我也想為父親分憂。」

「我兒有這個志氣，娘很高興。」

司馬倫又開口問道：「娘，能不能……能不能問爹爹也為我要一個官職呢？」柏靈筠笑著說：「倫兒，你還小。」司馬倫不甘地爭辯道：「曹爽的幼弟比我還小，可他已經封侯了。」

柏靈筠將書簡從兒子手中抽出，漫不經心道：「你說你父親，是疼你大哥，還是疼你二哥？」

司馬倫張口就來：「當然是疼大哥，父親上次差點把二哥打死，現在都打發他去種地了。」柏靈筠笑著回答：「你父親當年未出仕的時候，也種過地呢。」

司馬倫有些明白了：「娘的意思是，爹在栽培二哥？」

柏靈筠不緊不慢地說：「你父親在世人眼中一向謹小慎微，懦弱無爭，卻每每在危急之時能化險為夷，反敗為勝，靠的就是這一份於無聲處的韜晦。司馬昭雖有才幹，心氣卻太高，歷練不足，將他驟然放在漩渦中，必會成為眾矢之的。可惜，你爹的苦心，他並不明白……」

司馬倫若有所思地點頭，喃喃道：「倫兒知道了。」

柏靈筠憐愛地撫摸司馬倫的臉龐，柔聲說道：「倫兒，你要記住，大風起於青萍之末，厚積才能薄發，永遠不要小看了這微末之處的修行啊。」

司馬懿在練五禽戲，額上有汗意，張春華站在一邊擰乾手巾，看起來悶悶不樂。

司馬懿手上功夫不歇：「春華，妳先睡吧，別等我了。」張春華皺了皺眉頭：「啪」地把剛擰乾的手巾重新扔回盆中。司馬懿停下動作，小心翼翼問道：「春華……」

張春華望著司馬懿：「我問你，你到底要和昭兒賭氣到什麼時候？」司馬懿啞然失笑：「我怎麼會合孩子賭氣？」張春華質問道：「那你為什麼打發他去種地？孩子有錯，已經行過了軍法，做父親的難道要和他計較一輩子不成？」司馬懿淡淡道：「種地有什麼不好？我自己的夢想，就是將來能去種地。」

「昭兒自尊心那麼強，你這不是讓他在家在外都抬不起頭嗎？上次的事情過去都多久了，再大的氣也該消了，我看他一直鼓著勁兒跟在你後頭認錯贖罪，心裡頭真難受。」

司馬懿苦笑著回答：「你若知道昭兒在遼東是如何對待公孫淵他們，就不會這麼想了。」

張春華怔了一下，問道：「怎麼回事？」

「一萬多降兵，包括公孫淵的部將，全殺了。」

張春華身體一顫，頹然跌坐在榻上，不可思議道：「是昭兒下的令？那是……一萬多條人命啊……」司馬懿嘆了口氣：「其實昭兒做的並沒有錯，所以我沒有駁斥他。公孫淵鎮守遼東四十年，勢力盤根錯節，怎甘真心投我大魏？我們攻，他們則降，我們去，他們則必復叛之。屆時，我軍損失又何止上萬？而我……已經沒有機會再來一次了。」司馬懿的語氣裡有濃濃的惆悵與憂慮，張春華默默起身，將盆裡的手巾重新撈起來擰乾為他拭汗。

張春華猶豫問道：「這些……也是昭兒說的嗎？」司馬懿點頭回答：「他沒有說，但我知道他都想到了。一個少年人，已經能想到這些，妳不覺得害怕嗎？」張春華沉默良久，堅定地開口：「我的兒子我知道，昭兒絕不會做違背道義的事。」司馬懿無奈道：「那當然最好。不過，我暫時不會再讓昭兒回到軍中了。」

「這不是長久之計，你會把昭兒的志氣全都磨平的。」

司馬懿回答道：「我就是要磨平他。他要是不學會收斂好自己的執著和欲望，日後如何挑起我司馬家的重擔？」司馬懿站起來要出門。

張春華不悅道：「這麼晚了還要去她那裡？」司馬懿笑著說：「老夫老妻了還吃醋，我去見另一個執著之人。」

深夜，司馬懿走下幽暗的牢獄，見到了關在獄中，身披鐐銬的辟邪。

辟邪輕聲問：「太尉來這九泉之地做什麼？」司馬懿輕聲答：「我來放你出去。」辟邪笑了：「我曾多次為難於你，你不恨我嗎？」司馬懿望著辟邪：「你是奉陛下之命。」辟邪嘆息道：「是啊，因為曹真不是你的對手，所以我得幫他壓著你，否則你就要翻過天去了。沒想到吧？陛下會讓年輕的曹爽居你之上，你們兩個，只能活一個吧？」

司馬懿神情凝重地告訴他：「曹爽驟得高位，年少輕狂，忘乎所以。我會盡量容忍，畢竟他是曹氏宗親。」辟邪大笑：「你我誰在牢獄之中？」

「當今主少國疑，東吳西蜀蠢蠢欲動，大魏經不得內亂。我不想枉死，但我也絕不叛魏。」

辟邪陰冷問道：「要是曹爽要你的命呢？」

歌舞昇平的大將軍府中，何晏奉承道：「今聖主年少，大將軍堪比伊尹周公，行萬世流芳之事。我等正如女蘿依松柏，全靠大將軍提攜庇蔭，以遂平生之志。」

曹爽十分喜悅，爽快笑道：「這話說出來，就見外啦！」何晏恍然大悟：「失言！該罰！該罰！」丁謐在一旁陰鬱的開口：「大將軍為周公，然而當今，只怕也有管、蔡。」曹爽冷笑道：「司馬懿？如今天子年幼，一切軍政大事皆委任於我，且看這個老朽，還能活幾天？」

丁謐笑道：「其實大將軍，還有太尉，這些名號都是虛的。」

「那實的是？」

丁謐正色答道：「兵權。」曹爽一笑：「若到了長安我不敢說，在這洛陽，他跟我比兵權？」

「大將軍心中有數，下官就放心了。」

廷尉獄中，辟邪幽幽嘆息：「文皇帝與先帝都是胸懷大志，天不假年，可惜我大魏，居然落在你和曹爽的手中。」司馬懿正色道：「那你就出去，活下去，看看我是不是逆臣，看看我大魏如何一統天下。我不是好心救你，我只是想跟你打這個賭。」

辟邪搖頭笑道：「我懶得賭了，忠與奸，有時候只不過是史書上的一句話，還要看寫史的那支筆，拿在誰的手中。你的心，只有你知道，天知道吧！」司馬懿又說道：「你終究對先帝一片忠誠，跟當年的施總管一樣，到皇陵守墓去吧。」辟邪笑著搖頭：「我被陛下養嬌貴了，受不得田間的風吹日曬，也受不得陵寢的冷雨淒風，只盼司馬大人能將我埋在陛下山陵腳下。」

司馬懿沉默注視他片刻，淡淡道：「好，我答應你。」辟邪起來躬身謝道：「多謝司馬大人，祝我大魏國國祚綿長，一統天下，也祝你司馬大人，永為魏臣，全始全終。」

司馬懿走過陰暗的甬道，牢房的梁間飄蕩著一根白綾。

歌姬在堂下起舞。曹爽、何晏、丁謐都已半醉。

何晏醉醺醺道：「歌舞膩人，不宜配醇酒。何某願為大將軍舞劍，以佐清興。」曹爽高興道：「難得平叔有興致，好，好，請，請。」

歌姬退下。

何晏下場到堂前空地，拔出佩劍，邊舞邊歌道：「轉蓬去其根。流飄從風移。芒芒四海塗。悠悠焉可彌。願為浮萍草。脫身寄清池。今日樂相樂，延年萬歲期。」

曹爽拍著桌子為何晏擊節，二人目光交會，曹爽看得入迷，脫口道：「今後跟著本官，保你扶搖上青雲。」

何晏回到席間坐下，含笑道謝：「多謝大將軍。」

曹爽醉醺醺抬手一蹭何晏面頰上的汗水，笑道：「外間都傳說何郎傅粉，我看，你比傅粉美貌多了！」

【第十三章】

將相和諧

早晨，蒹葭對鏡梳妝，鏡中映出美人的面容。

曹爽臥在床上看著她，微笑著說：「先帝真是瞎了眼了，居然冷落妳三年。」蒹葭嬌羞而喜悅地說：「先帝不好女色，妾在宮中，三年都沒有見過他一面。不過大將軍，應當見過美人無數吧……哪裡看得上妾這庸脂俗粉。這話是哄妾吧？」

曹爽一笑起身，展開一卷書，裡邊是一朵乾花，笑著問道：「還記得嗎？」蒹葭激動得淚濕於睫，喃喃說道：「大將軍……」曹爽摟住她，忘乎所以：「我在夢中常常見到妳，沒想到真有一天，這夢成了真的。」蒹葭一派柔情脈脈：「妾在宮中，也日夜想著大將軍。」

曹爽心疼地為她拭淚，抱她坐在自己身上，誇口道：「妳跟著我，管保妳比皇后還尊貴。」蒹葭撒起嬌來：「我不信。」曹爽笑道：「那妳想想，有什麼是皇后也求不得的東西？」蒹葭想了想：「妾聽說宮中有七寶珊瑚樹，孔雀百鳥裙，是先帝心愛，皇后求過一次，先帝都沒給。」曹爽笑著一點蒹葭的腦袋，輕鬆得意地說：「就這兩樣？妳這小腦袋呀，就這麼點出息！」

堂上擺著豐盛的酒宴，客人卻只有宦官韓琳。曹爽隨意問道：「辟邪已經伏法，內宮總管還缺著吧？」韓琳諂媚笑道：「是，雖然這是內宮事，但從此宮中朝中，都是大將軍做主，大將軍不發話，哪來的總管呢？」

曹爽一笑，輕鬆地說：「這個容易，從現在起，本朝的內宮總管姓韓名琳了！」

韓琳一驚，繼而喜不自禁地說：「大將軍是說……」他恍然大悟，一骨碌滾在地上叩首：「奴婢謝大將軍！」曹爽順手拉起他：「韓總管一直在太后身邊？」

韓琳答道：「是，奴婢進宮二十年了，也眼看著過了兩朝的娘娘了。」曹爽漫不經心地問道：「我記得，先帝原先三個皇子都早夭啊，也沒聽說哪個嬪妃再有孕，怎麼忽然就多了個太子呢……」

韓琳神祕一笑：「別說大將軍沒見過，就是奴婢，也是立太子那天才見著，不過，前朝桓、靈二帝，不都是抱來的麼，興許是先帝從哪個藩王那兒過的……」曹爽詭祕一笑，暗示道：「抱來？抱來的，怎麼知道就是我曹家骨血呢？」韓琳一抖，旋即恍然，連忙答道：「這……大將軍說什麼，就是什麼。」曹爽傲然一笑：「韓總管，你知道總管是什麼意思？」韓琳轉著眼珠努力想了想：「就是替大將軍管好了後宮那些奴才？」

曹爽一笑：「本將軍管奴才做什麼！陛下年幼，太后又是一介女流，朝中奸臣不少，要是蠱惑謀害了他們，本將軍擔心啊……」韓琳恍然大悟，趕緊表示：「奴婢一定替大將軍看好了陛下和皇太后，二位聖人的一言一行，都會稟報大將軍，絕不能讓奸臣有機可乘！」曹爽笑著問：「那你倒是說說，誰是奸臣？」韓琳張口結舌，繼而醒悟：「大將軍是忠臣，那大將軍看不順眼的，都是奸臣。」曹爽大笑拍拍韓琳的肩，興奮道：「無師自通啊？上道了！走，咱們試試這內宮總管的威風！」

曹爽帶著韓琳來到宮中內庫，身後跟著幾個貼身武士。

守庫官恭敬行禮道：「大將軍、韓總管。」韓琳囂張說道：「讓開，大將軍巡查內庫。」守庫官為難道：「總管，這是天子內庫，不得陛下旨意，任何人不能入內啊。」韓琳斥道：「旨意？不知道如今旨意都是大將軍寫的？讓開！」

守庫官畏懼地讓在一邊。衛兵打開大門。韓琳諂媚說道：「大將軍，請。」

曹爽跟著韓琳入內，看見庫內珠寶琳琅滿目，曹爽隨腳踢開足下珍寶問道：「聽說庫中有七寶珊瑚樹，孔雀百鳥裙，還在嗎？」守庫官躬身答道：「在，這兩樣是西域供奉來的重寶，先帝親手封存。」

「拿出來，本將軍要查驗。」

守庫官遲疑：「這……」韓琳橫他一眼，氣勢洶洶道：「怎麼？你監守自盜了？」

守庫官連忙答道：「不敢，不敢。」便帶著四名守衛，抬出兩口大箱子，一打開來滿室生輝，一箱中放著半人高的珊瑚樹，鑲嵌奇珍異寶，一箱中疊放著流光溢彩的百鳥羽毛裙。

曹爽和韓琳看得眼都直了。曹爽吆喝道：「這兩樣，本將軍替陛下保存。」曹爽的武士應聲上前搬運寶物，守庫官畏懼地扯住曹爽的袖子，顫抖哀求道：「這是國之重寶，盜竊府庫是死罪，大將軍，不可啊……」

曹爽睨著眼冷覷他一眼，冷笑道：「你剛才說什麼？你說本將軍，盜竊？」韓琳把握機會，上前一步說：「守庫官監守自盜，當斬！」曹爽的武士忽然拔刀把守庫官殺死，血濺在遍地珠寶上。

曹爽笑著說：「響鑼不用重錘敲！」又踢了一腳濺血的珠寶，隨意說道：「賞你了！」

花園中，何晏悠悠走在水邊，水面上現出他的倒影，風姿綽約，飄飄欲仙。他不由停下腳步，看著水中自己的倒影微微一笑。

一名家奴走過來稟報道：「稟老爺，司馬公子到了。」何晏戀戀不捨地收回目光：「請他到水榭中。」水榭四面遮蔽輕紗，何晏坐下點香。

紗幔拂動，香煙繚繞，一人揭開簾子走進，來人是司馬昭。

何晏笑盈盈地朝司馬昭拱手：「久聞大名，今日一見，方知盛名之下，果無虛士。」司馬昭面色冷冷地回答：「何駙馬抬愛了。駙馬今日請我過府，不會只為說這些客套話吧？」

「典農中郎將新進朝廷要職，我還沒來得及道賀呢。今日聊備薄酒，中郎將可別嫌棄。」

司馬昭聞言，臉色愈發難看，何晏看在眼裡，心中已是了然，他不露痕跡地拉著司馬昭坐下道：「典農中郎將是刀山血海裡掙出來的功名，為國為君吃了那麼多苦，是該好好放鬆一下了。」何晏一拍手，絲竹聲起，水榭之外的女子們踏著輕盈的舞步魚貫而入，載歌載舞。

司馬昭在這曼妙空靈的歌舞中更覺苦悶，舉杯便飲，何晏一旁笑咪咪道：「其實下官心中知道，這個官職，難盡公子之才。」司馬昭苦悶回答：「我是有罪之身，陛下不加貶斥，我已經很感恩了。」

何晏一揮手：「哎，自古名將，誰無敗績？何況公子早已將功補過。或許是太尉礙於清名，舉賢避親，下官若有機會，一定勸導太尉，為國，也為家養才。」司馬昭斜睨問道：「何駙馬為何如此厚愛於我？」何晏微笑：「公子當知道，我在文帝明帝兩朝，並無實際官職。就因為我是武帝養子，文帝妹婿，世人皆以為我是占盡了榮華的紈褲子弟。人前風光無限，人後淒涼落寞，這盛年虛度光陰的苦悶，我比公子品嘗得更早。」

司馬昭凝視何晏片刻，假作被觸動了，嘆息道：「生年不滿百，常懷千歲憂……」何晏讚道：「妙！晝短苦夜長，何不秉燭遊！呈上來。」兩名婢女托著盤盞置於兩人案上。

司馬昭指著案上一小盞粉末問道：「這是何物？」何晏婉轉一笑，柔聲說道：「此物名為五石散，是在下苦研數年得來的祕方，還從未示於外人，今日請中郎將一同享用。」

司馬昭搖搖晃晃舉起杯盞，口中喃喃道：「五石散……」

何晏笑道：「中郎將一定會喜歡的。此物，比杜康更能令人忘憂。」

用過五石散後，何晏和司馬昭在水榭內載歌載舞，兩人都衣衫不整，袒胸露懷。

歌女們唱道：「鴻鵠比翼遊，群飛戲太清。常恐夭網羅，憂禍一旦並。豈若集武湖，順流唼浮萍。逍遙放志意，何為怵惕驚。」

司馬昭看起來有些神智懵懂，宛如醉酒，他哈哈大笑道：「好一個逍遙放志意，何為怵惕驚！何駙馬，暢快，真是暢快啊！」司馬昭搖搖晃晃跌坐在地，大口飲酒，何晏亦醉眼朦朧地席地在側，意識不清地附和道：「你我且做這一日的逍遙鴻鵠，無憂無懼，來！」

兩人舉杯對飲，親昵無間。司馬昭渾渾噩噩，看起來格外放浪，消沉。何晏拿過司馬昭的酒杯，醉醺醺問道：「說好要忘憂，典農中郎將為何如此感傷？」司馬昭轉頭，雙目發赤，低吼：「別再叫我中郎將！」司馬昭搶過何晏手中酒杯，一飲而盡。

何晏裝作恍然說道：「好，好……公子是將軍，不是農夫！是我大魏的霍去病！」司馬昭帶淚苦笑：「霍去病？自我在上方谷釀成大錯，父親就冷落我直到如今。我這鴻鵠已被折斷雙翼，怕是不能同駙馬振翅比翼了。」何晏安慰道：「公子何必如此悲觀？當年武帝寵愛陳王，最後得位的還不是文帝？天將降大任於斯人也嘛。」司馬昭搖頭嘆道：「我怎麼敢跟文帝比。」

何晏輕聲蠱惑道：「公子切不可妄自菲薄啊。若論武功，文帝跟隨武帝之時，何曾像公子一樣披堅執銳，四處征戰殺敵？要說為人，太尉捨生忘死扶助文帝登位，文帝又是如何報答太尉的一片忠心的？可見文帝此人，氣量委實狹小。」司馬昭似乎被何晏這一番大膽悖逆的言辭驚住了，他打著酒嗝擺手說：「駙馬，不可說，不可說啊……」

何晏含笑按下司馬昭的手，輕鬆道：「如鯁在喉，不吐不快，今日借著這藥性，我非要說個痛快！」說著還搖搖晃晃站起來：「先帝嘛，比起文帝更是有過之無不及！」

司馬昭想拉何晏坐下來，連連勸道：「別說了，駙馬，別說了……」何晏醉醺醺，仍說著：「我還沒說完呢，這些年你們父子為國鞠躬盡瘁，太尉隻身下江南，寥寥數語便瓦解了孫劉聯盟，助文帝成不朽功業。五丈原大敗諸葛村夫，從此使長安永固，再不戰事，更別提前番的遼東大戰，公子與太尉一夕間將公孫淵四十年經營斬草除根……如此天功偉業，以太尉四朝老臣之貴重，卻屈居於曹大將軍之下，我心中，真是替太尉和公子不平啊！」

司馬昭將何晏拉下來，口齒不清道：「駙馬言、言重啦……大將軍器重駙馬，誰人不知？這話要是讓大將軍聽見了，他可要生氣的。」何晏扔了酒杯大笑道：「我是武帝駙馬，曹爽同我之間，可差著輩分呢！以前他見我，少不得尊我為長，如今要我屈居其下，我尚不能服氣，何況太尉？」

司馬昭笑著說：「駙馬，你醉了……」

「不……我從沒這麼清醒過。整日裡虛度光陰，醉生夢死，今日與司馬公子相聚，才得一澆胸中塊壘啊……」

司馬昭亦有感而發：「我與駙馬，亦有相見恨晚之感！」何晏繼續說道：「太尉累世高功，手握兵權，門生故吏遍布天下，卻要受制於曹爽小兒，英雄氣短，怎能不令人痛心！」司馬昭低下了頭：「父親的心思太深了，我這個做兒子的，也猜不透啊。」何晏又在一旁勸道：「太尉可以不言不語，可公子卻不能不早作打算。」

「哦？駙馬之意……」

何晏斜睨著司馬昭問道：「難道公子真的甘心躬耕洛陽，做一輩子的典農中郎將？」

「當然不甘！」

何晏又補充道：「公子風華正茂，家門顯赫，文治武功皆是一等一的佼佼，大魏的將來，在公子肩上啊……」司馬昭笑了：「駙馬謬讚，子上如何當得起！」

何晏有些傷感：「我這個人，看似放浪不羈，心中亦有同鴻鵠比翼之志啊……眼下與燕雀群戲，實為形勢所迫，我的焦慮憂愁，也只有寄形於酒藥之中了。」

司馬昭笑著托起一盞五石散，問道：「此物當真可解平叔之憂？」何晏一怔，隨即笑著打翻五石散：「得與子上相知，還須此物作甚？晏雖不才，願助子上一臂之力！」兩人相視而笑。

一道屏風隔開司馬懿與太后，屏風後傳來太后輕輕的啜泣聲。

郭太后絮絮叨叨地說：「……先帝駕崩不過一月，他就盜竊內庫殺害官員，這往後的日子，可

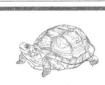

怎麼辦啊……」司馬懿蹙眉問道：「沒有驚嚇到太后和陛下吧？」郭太后抽搭著說：「陛下年幼，懂得什麼？本宮年輕，又膝下無子，他眼中哪還有我，連內宮總管也繞過本宮直接指派了，先帝怎麼就選了他……」屏風旁侍立的小宦官忍不住抬頭看了郭太后一眼，司馬懿敏銳地察覺了。

司馬懿勸慰太后道：「陛下就是太后的兒子，太后不必多心，大將軍有權巡查內庫，至於庫官之死，可能是誤會，臣會去問大將軍。」

郭太后哭泣道：「司馬愛卿，妾知道你是三朝老臣了，可不能讓人欺負了我們孤兒寡母。」

司馬懿恭敬回答：「臣和大將軍身為輔臣，都會恪盡職守，輔佐陛下。」小宦官又看了司馬懿一眼。郭太后對司馬懿的態度無奈，只能幽幽地嘆了口氣。

曹爽正在讀信，他越看越怒，最後狠狠將信拍在案上，罵道：「這個賤人，這就跟司馬懿套上近乎了？皇帝又不是她生的，本將軍隨時能將她趕出宮去！」

丁謐笑道：「太后名位雖高，不過一婦人耳，兩個宦官就可以控制住她。大將軍與司馬懿爭權，想要掌握洛陽，乃至掌握國家，不是靠一個婦人，更不靠一個孺子。」曹爽皺眉問道：「那靠什麼？」

丁謐解釋：「大將軍，如今你和司馬懿共同執掌的權力有三，第一、軍權，第二、政權，第三、宮廷戍衛之權。這三項，大將軍以為哪一項，最為重要？」曹爽思索了一下：「狹路相逢，強者為尊，自然是兵權，何況他的兵權，原本就是我家的。」丁謐略嘆一口氣：「大將軍操之過急了，若真到群雄並起那一刻，兵權自然重要。如今，司馬懿有雍涼十萬大軍，長期統帥，功勳卓著，且得人心，要將這十萬大軍驟然拿過來，莫說司馬懿抗拒，朝臣震動，就是雍涼那些將領們也難馴服。」

曹爽冷哼道：「這群吃裡扒外的東西，他們忘了我爹原來才是鎮西將軍大司馬！」丁謐捺下性子繼續說：「權位便是如此，不在其位，不到三年，別人就再記不得當初的恩惠了。下官以為，司馬懿不可放任，但奪權亦不可用強。」曹爽問道：「依你之意？」

「許他以高官厚祿，好好奉養。」忽而換上狠狠的語氣：「養到雍涼將不識帥，養到他意氣耗盡，安心等死。」

曹爽正要仔細思量丁謐所說，突聞一人高聲道：「丁郎中此言差矣。」曹爽、丁謐望去，來人正是何晏。丁謐反問：「何駙馬有何高見？」何晏朝曹爽見禮道：「大將軍，丁郎中之言可解遠慮，但解不了近憂啊。」

「哦？何為近憂？」

何晏說道：「司馬懿一向以低調謹慎示人，看似不爭，實則大爭。三朝先帝，哪一個對他不是屢次動了殺念，卻一直無從下手？此人狡詐多謀，每一次的絕地反撲都是一擊斃命！」曹爽沉吟道：「確實如此。」何晏繼續說：「若我們放任不管，任他坐大，焉知他不會突然發難，激起兵變？到時大將軍悔之晚矣！」何晏說得驚心，曹爽的臉不由沉了下來。

丁謐沉吟道：「何駙馬說得有理，司馬懿人在洛陽，若說兵變，當下的肘腋之患，是他掌握著宮廷戍衛之權！」

「三千護軍……」

丁謐擊掌道：「正是！司馬懿和大將軍各領三千護軍，輪番住宿於宮中，這才讓司馬懿有了親近天子的機會，也有了抗衡大將軍的資本。」曹爽問道：「我把這三千護軍奪過來，他就不會抗拒嗎？」丁謐上前揮筆，寫下四個大字：「明升暗抑」。

曹爽雙眉一揚，何晏在一旁又說道：「戍衛之權當然要奪，司馬懿也必須要殺，我看他的二公子就是一個絕佳的突破之處。」曹爽皺眉問道：「司馬昭？」何晏點頭：「司馬昭年少氣盛，對司馬懿的冷落疏遠懷恨在心，我們正可以利用這一點，從司馬昭口中打探網羅司馬懿之罪證。只要時機一到……」他伸手在空中一抓：「便可連根拔起。」曹爽大笑讚道：「妙，妙！」

丁謐有些著急地勸道：「大將軍，切不可輕舉妄動啊！司馬懿歷經四朝，身經百戰，對付這樣的敵人，只可用文火徐徐圖之，不可下猛藥啊！」曹爽寬慰地拍著丁謐，安慰道：「丁郎中不必緊張，你二人的諫言一疾一徐，都有道理，本將軍不會偏廢。既然要打虎，咱們就先敲碎牠的虎牙！」

室內靜謐，香煙嫋嫋，司馬懿在和柏靈筠下棋。

司馬懿落下一子問道：「妳若是曹爽，下一步會怎麼走？」柏靈筠持子凝思：「雍涼的兵權，太遠。政權，你門生故吏遍布朝堂。最好的辦法，便是控制皇帝，拿下你的宮廷護衛之權。沒有了這三千護衛，你在京城就如同一個手無寸鐵的孩子身著華服，行走鬧市。什麼時候殺你，只看我的心情罷了。」柏靈筠微微一笑，提走司馬懿的幾顆子。

司馬懿沉吟片刻問道：「該如何拿走我的宮廷護衛之權呢？這可是先帝遺詔所封。」柏靈筠笑答：「曹爽年輕名淺，貿然削減你的權力，難以對世人交代，但他可以給你升遷啊！比如升你個太傅，把你供起來，給小皇帝教書去，太傅可不需要再掌宮廷護衛了。」司馬懿倒抽一口冷氣，惶恐起來：「妳說曹爽能想到嗎？」柏靈筠答道：「曹爽未必想得到，但丁謐要是也想不到，你反倒可以高枕無憂了，對手這樣蠢，還有什麼可怕的？」

司馬懿半是敬佩，半是愛惜地凝望柏靈筠，握住她落子的手輕嘆：「有時候我真慶幸，妳不是男人，更慶幸妳不是我的敵人。」柏靈筠淺淺一笑：「我要是男人，一定慎重選擇自己的敵人，絕不會與你為敵。」司馬懿問道：「可有破解之法？請夫人教我。」

柏靈筠淡淡答道：「皇帝年幼，太后聽政，只要太后不蓋玉璽，曹爽一個大將軍，是沒法把你架空成太傅的。」司馬懿搖頭：「太后年輕膽怯，只怕不懂這其中玄機，會被曹爽所騙，如今太后身邊到處都是曹爽的眼線，我要跟太后說句話，也難。」柏靈筠輕輕抓著棋子思索著。

曹芳抽抽搭搭的，郭太后正在給他餵飯。

郭太后柔聲勸道：「陛下吃一口，吃一口啊，這個好吃……」曹芳啜泣道：「我想我娘，我想回家……」郭太后答道：「你是皇帝，皇宮就是你的家，本宮就是你的娘。」曹芳搖頭哭著說：「不是，不是，我家不是這樣的……」郭太后沒耐心，將筷子一扔，曹芳嚇得一哆嗦，又低低哭泣起來。

宦官進來稟報：「太后，司馬太尉求見。」郭太后看看皇帝，吩咐身邊的宦官：「你哄他吧！」說罷鬱鬱不樂地出去了。

司馬懿跪在珠簾之外，向太后行禮道：「臣司馬懿拜見太后。」司馬懿的身後還跪伏著一個女子，正是柏靈筠。

「愛卿平身，這位是……」

柏靈筠款款抬頭，以手加額，又行了個禮：「妾柏靈筠，叩見太后千歲千歲千千歲。恭祝太后鳳體康泰，慈顏悅懌，仙壽恒昌，家邦永固。」柏靈筠今天穿著端莊，兼之禮數周全，舉止文雅，讓郭太后十分喜歡。郭太后不禁讚道：「這是誰家的命婦，真會說話。」

司馬懿答道：「此乃臣的如夫人。」郭太后恍然大悟道：「聽聞太尉有一位絕色如夫人，還是當年文帝賞賜的姻緣，果然名不虛傳。」

司馬懿恭敬地說：「讓太后見笑了。陛下年少，身邊還須有幾位有經驗的保母才好，聽聞太后正在下詔，選穩重老成讀過書的奉聖夫人，臣這位如夫人略通詩書，且曾為臣撫育一子，不知她能不能入太后法眼。」郭太后笑著說：「太尉這可是雪中送炭了，快近前來，讓本宮看看。」

柏靈筠仍舊以手加額，恭敬地膝行上前，靠近珠簾。

郭太后挑起一點簾子，仔細看了看柏靈筠，問道：「都讀過什麼書啊？」柏靈筠恭敬回答：「稟太后，《論文》、《孟子》、《尚書》、《周易》，詩書禮樂也略學過。」

郭太后滿意地點頭說道：「陛下身邊正需要這麼一位有學問的保母，原來也不知道怎麼養的……」突然，太后像哽住了一樣，趕忙又說：「太傅要是肯割愛，就讓她在宮中住一年，也給本宮幫幫手。」

柏靈筠輕輕一笑：「謝太后抬愛。」

柏靈筠帶著曹芳放風箏，風箏飛上天，曹芳高興地拍手笑道：「給我給我！」柏靈筠小心將風箏交到曹芳手中，連聲讚道：「陛下真聰明，真高！慢慢放線，對……」

郭太后帶著兩名宮女進來，看到這情境有些感慨，柏靈筠忙回身跪下：「拜見太后。」

郭太后拉起她笑道：「還是妳有辦法，這才一天，皇帝飯也肯吃了，早上還寫了二十個大字。」

柏靈筠笑答：「妾養過孩子，這年紀的孩子，也不過就是玩著吃，玩著學。」郭太后輕嘆：「是啊，這宮中的絕大多數女人，都跟本宮一樣，沒生養孩子的福氣。」

柏靈筠溫柔地勸慰道：「太后有陛下。」郭太后搖頭苦笑：「都知道他不是我生的，大臣們才敢輕賤我，我每次見他們的時候，他們聲音都像在笑，笑我不懂朝政，不是皇帝的親生母親。」

柏靈筠搖頭：「太后多慮了，您是先帝堂堂正正的皇后，撫育天子，母儀天下，沒有人敢笑您。其實要應對大臣，也不難。」郭太后抬頭：「哦？」

柏靈筠定定看著太后，認真地說：「那些大臣奏事，太后拿不準的時候，就說這句話：『愛卿所奏，本宮已知，待本宮思量之後，再做決斷。』」

郭太后遲疑地重複著：「愛卿所奏，本宮已知，待本宮思量之後，再做決斷……」

郭太后隱身在珠簾後，端正冷漠地說出：「愛卿所奏，本宮已知，待本宮思量之後，再做決斷。」曹爽站在珠簾外愕然道：「司馬太尉勞苦功高，望太后請臣之准，以司馬懿為太傅，上昭太后與陛下進賢之明，下顯司馬懿文武之貴。」郭太后面不改色地重複：「愛卿所奏，本宮已知，待本宮思量之後，再做決斷。」曹爽被噎得一怔，想要罵一句，又硬生生忍住。

珠簾之後，侍立的柏靈筠微微露出笑容。

曹爽氣沖沖走出，韓琳鬼鬼祟祟閃出來，一把將曹爽拉到了牆垣下。曹爽怒道：「太后今兒是怎麼了？」韓琳急急忙忙地說：「大將軍有所不知……」

韓琳附在曹爽耳邊說了句什麼，曹爽勃然大怒。

丁謐正在曹爽書房內等候。

曹爽狠狠將奏表扔在地上，丁謐站起來問道：「大將軍，怎麼，不順利？」

曹爽怒氣沖沖地說：「被司馬懿先下手為強了，他將小妾送入宮中做皇帝的保母，如今連太后都敢駁我的奏表了。」丁謐訝然說道：「不愧是四朝元老，薑還是老的辣。」曹爽沒了主意：「現在怎麼辦，她是太后，總不能把她攆出宮去？」

丁謐輕點著額頭自言自語：「區區一個奴婢，就想把持天子太后，太小看大將軍了……」

司馬懿坐在洛水邊釣魚。

鍾會下馬遠遠走過來說道：「老師，學生聽聞曹爽要將老師升為太傅，可有此事？」司馬懿淡

淡回應：「確有此事……輕點，別驚了魚。」鍾會憂心問道：「老師還有心思釣魚？」司馬懿笑答：「我老了，你們年輕人的玩意兒玩不動了，釣釣魚，散散步，這不就是頤養天年嗎？」鍾會大驚，忙說：「老師，宇內都快成曹爽的天下了，今夕何夕，豈是老師頤養天年的時候！」司馬懿斜睨鍾會一眼，笑著說：「鄧艾比你穩重啊，你看，他就不會來找我說這樣的話。」

「學生是為老師著想，短短一個月之間，曹爽將幾名心腹盡數安插進機要之地，丁謐、何晏、鄧颺三人皆進尚書臺，何晏負責吏郡，把持人事任命，任人唯親，肆無忌憚安插親信，曹爽的幾個弟弟也都出任京城和皇宮護衛。老師，再這樣下去，不出一年您就被架空了呀。」

司馬懿有些黯然地說：「不這樣下去怎麼辦？我現在去跟他爭？曹爽年輕氣盛，京城立刻就是一場腥風血雨，不管我贏還是他贏，這條河都會被血染紅。大魏四分五裂，便宜的是吳、蜀！」鍾會焦急說道：「可老師也得有對策啊。」

司馬懿久久不語，忽然水面微波蕩漾，司馬懿用力一提，一條魚甩上。

曹爽正抱著蒹葭盪秋千，園中飄盪著蒹葭銀鈴一樣的歡笑聲。

何晏帶著一個三十歲上下的婦人走進來，笑著說：「下官又來給大將軍送賀禮了。」

曹爽跳下秋千，看那婦人年紀已長，姿色平平，又看蒹葭有吃醋之意，忙推託道：「我有蒹葭，已經心滿意足，何駙馬以後可不許再送這樣的禮物了！」何晏噗哧一笑：「哈哈，大將軍誤會了，此乃任城王的侍妾劉氏……」曹爽一怔，沒有明白過來，何晏繼而神祕道：「就是天子之母。」

曹爽驚呆了，倒抽一口冷氣。

柏靈筠握著曹芳的手在寫字，微笑鼓勵他：「陛下學得真快，自己寫一個？」

曹芳聽話地自己寫著。

此時韓琳進來稟報：「大將軍請求覲見。」柏靈筠抬起頭，預感到一絲危機。

郭太后抱著曹芳，隔著珠簾，隱約可見曹爽身後跟著劉氏。

郭太后問道：「大將軍今日有何事？」

曹爽回答：「聽聞太后為陛下尋奉聖保母，臣要舉薦一人。」

「多謝大將軍掛懷，本宮已得其人了。」

曹爽賴著不肯走：「這名婦人，陛下一定喜歡。」曹芳直接說了聲：「我喜柏姆姆！」

聽到皇帝的聲音，劉氏如遭雷擊，渾身一顫，眼中含淚。郭太后略得意的一笑：「大將軍聽到了吧，陛下已經不需要別的保母了。」曹爽冷冷一笑：「陛下見見此婦人，就知道了。」

曹爽向劉氏使了個眼色，劉氏失魂落魄，一步步向珠簾走去，郭太后又驚又怒，喝問道：「大膽！妳是何人？還不退下！」劉氏顫聲叫道：「芳兒，芳兒……」

曹芳驟然醒悟，從郭太后懷裡掙脫出來，直奔出去大叫：「娘！娘！」

曹芳投入劉氏懷中大哭道：「娘到哪裡去了，兒想娘！」劉氏哭泣道：「我的兒！娘也想你啊！」

郭太后震怒地站起來，又帶著幾分驚慌失措，質問道：「大將軍，你這是何意！」曹爽冷笑道：「臣的意思，就是她可以是陛下的保母，也可以是陛下的生母，全在太后一念之間。」郭太后氣得發抖，罵道：「你，你就不顧天子顏面嗎？……」曹爽勝券在握，志得意滿地問道：「臣就是顧及太后的顏面，才來問太后一聲，臣奏請升任司馬懿為太傅的表文，太后思量得如何了？」

郭太后面色慘白。

曹爽書房內，曹爽、丁謐、何晏哈哈大笑。

曹爽將一卷聖旨扔在桌上：「還是何駙馬的手段高啊！」何晏笑著說：「大將軍過獎了，身為駙馬，打聽幾句皇室祕辛，不過舉手之勞。」

「有了這封聖旨，司馬懿在京城的兵權就沒了，從此不足為慮。」

丁謐還是有些擔心，開口說道：「只是司馬懿怎能不知道這三千護軍的重要，只怕他不會那麼老實束手就擒啊。」曹爽拿起聖旨拋了拋：「有了這道聖旨在手，他不老實，正好可以借機殺之。」何晏也笑道：「讓他進宮謝恩，他若帶護衛甲士而來，正好以篡逆謀反之名拿下他，他若不來，立刻調兵以抗旨之罪討伐。」

曹爽冷笑：「我先埋伏重兵，若他有絲毫抗拒，立刻摔杯為號，重重埋伏之下，這隻老狐狸就算有三頭六臂，也逃不出去了。」丁謐的神情不那麼輕鬆，勸道：「司馬懿身居高位，貿然殺之，恐生內亂，若他乖乖領旨，大將軍還是放他一條生路，活馬，比死馬有用。」曹爽冷哼道：「我父親，可是死在他手上。」何晏笑著說：「項羽鴻門宴殺不得劉邦，乃是因為名不正言不順，今日大將軍殺司馬懿，卻可以借天子之名。別看皇帝小，關鍵時候，還得靠這顆玉璽。」

曹爽笑答：「殺了司馬懿，何駙馬是第一功！」丁謐還在一旁勸道：「操白刃報父仇，那是匹夫之勇，大將軍與司馬懿爭的是天下。」曹爽神情悻悻，沒有回答。

柏靈筠在司馬家門口子翻身下馬，情急地拍著司馬家的門。

僕役打開了門，看到柏靈筠，趕忙叫了聲：「夫人回來了！」柏靈筠急切問道：「老爺在家嗎？我有急事！」

後院裡，淺淺的清水池塘邊，司馬懿和司馬孚在談話，司馬孚一身寒素的青衫。

司馬懿有些傷感地說道：「我還以為，你再也不登我的門了。」司馬孚淡淡道：「我其實早就知道，怪不得你，你就是賠上咱們全家的性命，也救不了她。我只是……自怨自艾，怨自己無能。」司馬懿柔聲勸道：「三弟，你是個忠厚人，也是個癡情人，但該放下的，要放下。她也說了，你要是敬重她，就該忘了她。」司馬孚嘆息道：「是，我是個無能的人，忽忽一世，就這麼過去了。」

司馬懿握住司馬孚的手臂，懇求道：「這一世沒過去，你是大魏的尚書，你應該做的事情，不止緬懷一段感情。三弟，回朝吧，來幫幫哥哥。」司馬孚擔憂望著司馬懿，略帶焦慮地說：「我雖然告病，但朝中的事也略知，曹爽步步緊逼，你要是失去了宮廷護衛之權，就連自保的能力都沒有了。二哥，你要小心啊……」

司馬懿一笑問道：「鍾會去找你了？我就說，你怎麼今天願意來看我了。」司馬孚苦笑回答：「我雖然不肖，但畢竟是司馬家的人，是你的親弟弟。」司馬懿低頭搖了搖：「曹爽驟得高位，立意以我為敵，但我現在不能激怒曹爽。先帝只留了兩個輔臣，而我是外人，他是宗室。舉國上下都在看著我，我要是和曹爽公然爭鬥，國人不會知道我是被逼於無奈，他們會認為我是背叛了整個曹氏。我已經到了權位的頂峰，身下是萬丈深淵，一步走錯，咱們整個司馬家，就萬劫不復了。我處處忍讓，就是希望曹爽相信，我真的無意與他爭。」

司馬孚慨然嘆道：「人心有時候比深淵可怕，因為人心無風也會起波瀾。」話音剛落，一陣風起，水面湧起波浪，司馬孚補充一句：「何況還有人在他身邊吹風呢？」司馬懿雙眉緊蹙望著水面。

這時候柏靈筠腳步匆匆地趕了過來，急切喊道：「仲達！」司馬懿忙走過去，有些吃驚地問：「妳怎麼出宮了？」柏靈筠急得額頭見汗：「曹爽找到天子生母，控制了天子和太后，已經拿到封你為太傅的詔書！」司馬懿、司馬孚同時大驚。

這時候院內傳來一聲「聖旨到——」司馬懿和司馬孚對望一眼，都是面對危機的警惕神情。

日頭正盛，司馬昭挽著褲腿看著侯吉在田裡插苗。司馬昭笑道：「侯吉叔，你真是給我好好上了一課啊。」侯吉直起腰來擦汗，憨笑道：「這都是粗活，二公子不需要掛懷的。」

「不知稼穡之艱難，乃逸乃諺，這也是父親要我在此修身養性的苦心吧。侯吉叔，多謝你這麼老遠的還來看我。」

侯吉誠懇答道：「二公子這是說的什麼話，我不來夫人也要來的，總得叫她安安心。」司馬昭一笑：「我在這裡挺好的。」這時，田埂上傳來鍾會的聲音：「可叫我一通好找，原來躲在這裡呢。」司馬昭淡淡道：「士季？你怎麼來啦。」

「我怎麼就來不得？子上怡然自得，這麼看著還真像個田舍郎。」

司馬昭笑走上田埂，假意正經道：「朝廷敕封，如假包換。」兩人並肩而行，鍾會看著司馬昭腿上的泥土問道：「還習慣嗎？」司馬昭淡淡回答：「總會習慣的。」

鍾會停下腳步，有些慍怒了：「你們這都是怎麼了？父親洛水閒釣，兒子田間插苗，一天天虛度光陰，當初的豪情志氣呢？都哪兒去了？」司馬昭笑著說：「士季這是在哪兒受了委屈，來我這兒發牢騷了。」鍾會焦慮道：「曹爽已經在磨刀霍霍了，你居然一點也不急！」

司馬昭淡然：「我急有什麼用。」鍾會一哽：「你倒是去勸勸老師啊，一旦宮廷衛戍之權被奪，大難臨頭，只怕你連在這種地也不能了！」

司馬昭百無聊賴地說：「我若是能說得動父親，還用在這裡種地嗎？」鍾會不可置信地看著司馬昭，張著嘴半天說不出話來，最終只有一句：「子上你，你這是怎麼了……完全變了個人！」司馬昭冷冷看著他：「人總是會變的。」鍾會盯著司馬昭，似乎想從他的臉上看到一點他熟悉的神采，良久，他終於徹底失望了：「是我錯了，我今天就不該來。」

鍾會拂袖要走，突然一陣急促的馬蹄聲傳來，司馬昭循聲望去，來人是何晏。

何晏焦急萬分，翻身下馬說：「子上，出事兒了！」司馬昭還是懶洋洋地問道：「怎麼了？」何晏看了眼鍾會，拉著司馬昭來到樹後，喘著氣道：「陛下進太尉為太傅，丁謐已去你家宣旨。大將軍在宮中布下刀斧手，只待你爹入甕了！」司馬昭終於變了臉色。

司馬家正堂上擺著香案，司馬懿跪在香案之下，丁謐在誦讀聖旨，只聽他念道：「太尉司馬懿體道正直，盡忠三世，南擒孟達，西破蜀虜，東滅公孫淵，功蓋海內，今以太尉司馬懿為太傅，持節統兵都督諸軍事如故。欽此！」

司馬懿叩首謝恩：「臣司馬懿叩謝陛下，萬歲萬歲萬萬歲。」丁謐將聖旨交給司馬懿笑道：「恭喜太尉，哦不對，是恭喜太傅啊！」司馬懿笑笑說：「恐怕臣不能奉詔。」

丁謐笑容一僵，但很快又恢復常態：「怎麼？難道是陛下的封賞太薄了？」司馬懿恭敬回答：「下官不敢，只是先帝遺詔，下官與大將軍輔政，大將軍居首，下官居副，冊封豈敢越大將軍之前？」

丁謐扶著司馬懿站起安慰道：「正是大將軍向陛下奏請，您的年齒功勳皆勝於他，讓您居副，他於心不安。太傅為大魏費心勞力，居功至偉，當得起如此隆恩。」司馬懿拿著聖旨慢慢站起，雖然微笑，卻絲毫無喜色：「多謝陛下，多謝曹大將軍，多謝丁郎中。我大魏如今蒸蒸日上，乃三朝先帝苦心經營，我怎敢貪天之功啊。」

丁謐笑道：「哎呀，太傅謙遜如此，倒叫我沒法向陛下覆命了，還望太傅體諒我的難處……」

司馬懿搖頭嘆道：「唉……也罷。不過人臣之禮，總要三次退讓才成體統，下官這就去草擬謙退表文，明日一早當在早朝奏請陛下。」

「那些繁文縟節，豈是為太傅所設？下官來傳旨，陛下已經命大將軍親自設宴為太傅慶賀，太傅這就請隨臣入宮吧，是謝恩，還是推辭，都可面聖再說。」

司馬懿笑望著丁謐說道：「這也顯得下官太心急了吧？」丁謐尷尬解釋：「陛下與大將軍一片

好心，太傅可不能不領情呀。陛下在宮中翹首以盼，日夜渴念太傅的當面垂訓，太傅再要推托，恐要讓陛下傷心了。」司馬懿不動聲色地回答：「陛下如此，真是折煞微臣。君命有召，莫說是宴席，便是戰場，為人臣者也自當不俟駕而行。容下官去換了朝服，這就隨丁郎中入宮。」

司馬孚、張春華、柏靈筠都聚在司馬懿臥房內。

司馬孚看著聖旨大驚：「聖旨上沒有提衛戍宮廷和錄尚書臺事！」柏靈筠皺著眉頭說：「這一道詔書，等於同時剝除了你在京城的兵權和理政之權。」司馬懿冷笑：「一字一刀，刀刀見血，這篇聖旨，真是好文章啊……」司馬孚放下聖旨總結道：「曹爽已經圖窮匕見，這謝恩宴就是鴻門宴！」

張春華在一旁也勸道：「這是曹爽的陷阱！你不能去啊仲達！」柏靈筠嘆了口氣：「從命是自斷臂膀，不從命就是抗旨不尊，曹爽已燒紅了炭，只等著大人坐上去了。」

司馬懿嘆息：「拿我的朝服來吧。」張春華、司馬孚齊聲喊道：「仲達！／二哥！」

司馬孚又繼續說道：「要是曹爽在宮中設伏，豈不是人為刀俎我為魚肉？二哥，別去了！」司馬懿幽幽道：「今日來的若是何晏，我必不會去。但來的是丁謐，這一趟不得不走啊。」張春華問道：「這是為何？」

「丁謐是聰明人，曹爽派他來，說明尚未下定決心動手。此時他想要的，不過是兵權。」

柏靈筠冷靜道：「若是老爺不去，就真成了逆臣，正中曹爽的下懷。老爺此時只有一個字可用，就是忍。」司馬懿苦笑不止：「忍上乃刃，利刃加頸，豈敢不忍？拿朝服來吧。」

張春華含淚捧來司馬懿的朝服，卻先將一把小小的短刀藏入司馬懿的靴子中，低聲叮囑：「一切小心，不要跟他爭執，我們可以什麼都不要，只要你能活著……」司馬懿輕輕點頭，在她耳邊私語：「妳知道汲大哥的住所，即刻帶著昭兒去找他，要是兩個時辰後我沒回來，你們就跟他走。」

張春華目光堅定地回答：「我哪兒也不去，就在家等你。」

丁謐忐忑不安地轉來轉去，司馬懿穿著朝服出來。

丁謐終於放下心來，笑道：「想來陛下已經等得急了，太傅請。」司馬懿從容拱手：「丁郎中先請。」

司馬昭、鍾會合侯吉策馬疾馳，來到了司馬懿府邸門前。

司馬昭下馬，衝進家門看見張春華，大聲問道：「爹呢！爹去哪兒了！」張春華答道：「進宮了……」司馬昭叫道：「不能去啊！曹爽設了刀斧手！」張春華霍然站起，顫聲道：「你、你說什麼？」司馬孚在一旁也忍不住發問：「哪裡來的消息？」司馬昭急不可耐：「三叔就別管了，消息千真萬確！」鍾會在一旁也隨聲附和：「老尚書，曹爽確有殺老師之心，救人如救火啊！」

司馬昭已經跑到一旁喊道：「快，快召集家丁！」侯吉也按捺不住心情，自告奮勇：「公子，我去做先鋒！」說著便跑開了。

張春華急得直掉眼淚：「這可怎麼辦？這點家丁怎麼行啊！」鍾會趕緊說：「我們可以調城防兵前來接應，鄧艾就在那裡，他必然願意為老師赴湯蹈火！」張春華焦急道：「什麼兵都好，快，快去！」鍾會轉身要走，柏靈筠大步走進來喝止：「慢！」

鍾會急匆匆說道：「救人如救火，柏夫人妳就別添亂了！」柏靈筠厲聲訓斥：「無知後生，豈不知你這一動，不用曹爽揮刀，已先將老爺推入死地！人臣帶甲入宮是什麼罪名？那是謀反！」

張春華徹底沒了主意：「難道我們讓他獨自踏入龍潭虎穴？」

柏靈筠心念一動，開口問道：「有沒有宮廷布防圖？」

柏靈筠的手快速地在布防圖上滑動，她緊張地沉思著。片刻之後，她說道：「這裡是大公子駐防之地，立刻派人給他送信，讓他去宮中保護老爺。三老爺和鍾公子請立刻去聯絡幾位老臣，就在宮門口等候，一旦有變，只盼這些人的威望能壓一壓曹爽。」司馬孚、鍾會立馬說：「我們這就去。」說著大步轉身而去。

柏靈筠繼續看圖吩咐道：「宮廷的主要兵力都聚集在司馬門，司馬門的防衛由誰把守？」司馬昭答道：「中護軍夏侯玄。」柏靈筠輕聲自語：「大公子的內兄？」

柏靈筠和張春華對視一眼，兩人心中同時升起一個念頭。

司馬懿在丁謐的引領下走上丹墀，丹墀自宮門，一路都佇立著帶甲武士，司馬懿一邊緩緩向上走，一邊審視著一眾武士，平靜地掃一眼他們腰間的武器，司馬懿目光所及之處，有幾名武士們都心虛地低下頭。遠處的宮門口，是夏侯玄帶著兵在守衛。

夏侯徽正在房內給小女兒梳辮子，母女其樂融融，張春華忽然帶著司馬昭推門進來，一臉凝重地開口：「徽兒，娘要求妳一件事。」

樂師們在殿角鳴奏著中正平和的雅樂。

殿上擺著三桌宴席，曹爽已經先就坐，小皇帝曹芳無聊地玩著筷子：「保母」劉氏溫柔地坐在他身邊，不住握住他亂動的手。

司馬懿和丁謐進來，曹爽雙目一亮。

司馬懿向曹芳跪下行禮道：「臣叩見陛下萬歲萬歲萬萬歲。」曹芳稚氣的聲音從上方傳來：「愛卿平身。」曹爽不待司馬懿推辭，上前一把拉起司馬懿，笑著說：「恭喜太傅，賀喜太傅！太傅乃三公之首，位極人臣，此非太傅一人之幸，乃我大魏之幸啊！」

司馬懿賠笑道：「老臣功淺德薄，實在難以克當，陛下和大將軍如此厚愛，讓老臣無地自容，老臣入宮，正是來向陛下辭謝這樣的恩典。」

曹爽拉著司馬懿的手，送他入席，一邊繼續說道：「旁人當不起，太傅還當不起嗎？歷朝都是以年齒功勞定官位，我是太傅的晚輩，卻居百僚之首，於心難安。若是我再厚顏居太傅之上，天下人豈非會笑話我，憑藉宗親的身分便得恩寵？就算為了我不受朝野譏笑，也請太傅務必領旨。」

司馬懿笑答：「大將軍太謙遜了，既然陛下和大將軍主意已定，下官也不敢不從，但願能將陛下教導成一代明君，老臣行將就木之年，也算為大魏盡一點餘力。」

司馬懿如此恭順，讓曹爽一怔，隨即眼中便閃動得意的光芒，輕輕轉動手中的酒杯。

司馬懿的目光從曹爽的酒杯，慢慢抬起，凝望著曹爽身後的內殿入口，他知道那是埋伏伏兵的最佳之地。何晏在暗處也回以司馬懿冷冷的凝視，他身後是數十名肅立待命的刀斧手。

司馬府門口，夏侯徽帶著斗笠輕紗遮面，司馬昭為她牽著馬。

看到夏侯徽有些膽怯遲疑，司馬昭懇切地望著她：「嫂嫂，我家門生死繫於嫂嫂一人，我求嫂嫂了。」說著司馬昭決然地單膝跪下。

夏侯徽趕忙說道：「二弟請起，我也是司馬家的人。」司馬昭又堅定地說：「請嫂嫂上馬。」

夏侯徽深吸一口氣，踩著司馬昭的腿上馬，司馬昭仰頭望向夏侯徽的目光充滿了敬愛，夏侯徽疑惑於他的目光，輕輕喊了聲：「二弟？」司馬昭這才起身上了另一匹馬，陪著她疾馳而去。

張春華神情凝定，冷靜地吩咐侯吉：「侯吉，閉門！」兩排家丁拿著木棒肅立在門口。

張春華吩咐下去：「老爺回來之前，一隻蒼蠅也別給我放進來！」眾家丁答道：「是，夫人！」

張春華手握寶劍，凜然坐於院中，柏靈筠輕步上前，敬佩地望著張春華：「夫人不愧為巾幗英雄。」張春華冷冷回答：「就算他真有了萬一，這個家也絕不給他丟人！」

曹爽看著手中的酒杯冷笑：「太傅是清貴之職，坐而論道，教導陛下就好。隴西職務，是不是也交割一下？這些費心的兵戎之事，不該再勞累太傅了。」司馬懿沉靜地問：「大將軍想如何交割？」

曹爽驕矜地說：「郭淮和孫禮屢立戰功，應該調入洛陽榮封嘉獎，請太傅給他們手書一封，讓他們回來。」丁謐吃了一驚，向曹爽輕輕搖頭。

司馬懿不緊不慢地回答：「郭淮、孫禮十年來坐鎮雍涼，屢次擊敗蜀軍，如今諸葛亮雖死，姜維繼諸葛亮遺志，蠢蠢欲動，若驟然撤回主將，必然邊疆震動，讓蜀國趁虛而入。」曹爽冷笑道：「撤回兩個主將就會邊疆震動，這邊疆到底是陛下的邊疆，還是郭淮、孫禮的邊疆？又或者，是司馬太傅的邊疆？」司馬懿忍無可忍：「邊疆不是我司馬懿的邊疆，邊疆是武帝文帝所開之邊疆，是明帝與陛下所守之邊疆，那是我大魏將士以鮮血守衛的邊疆。我現在已榮升太傅，已經按照聖旨交出尚書臺理政之權和京師兵權，但聖旨也說了，老臣還有持節統兵都督軍事之權，無端召回守將，臣斷不敢為。」

「正因為要你召回，才給了你這個權力，老太傅，這杯敬酒你難道不吃？」

後殿的何晏目光兇狠專注，他的手微微抬起，隨時準備發號。

「老臣不是不寫，只是思量該如何寫。把郭淮、孫禮撤回，大將軍讓何人去？」

曹爽隨意一笑：「這個本將軍自有安排，就不勞煩太傅費心了」曹芳聽不懂，十分氣悶，忽然問道：「你們倆還吃不吃飯啊。」是否現在動手，曹爽明顯有些猶豫了，丁謐向曹爽使眼色，勸解笑道：「今日是為太傅慶賀，軍政之事，不妨以後再說、以後再說嘛。」

司馬懿嘆息：「大將軍，要殺我一個行將就木的老頭，還用得著摔杯嗎？就這殿上二三羽林，就足以將老朽碎屍萬段了。只是大將軍，若我今日死於殿上，郭淮、孫禮還敢回來嗎？下官不敢保證他們在長安會不會衝動，下官的兒子司馬師還在外面帶著三千護軍，下官不敢保證他會不會衝動。在想好如何處置這十萬三千人，安定邊關與京師之前，請大將軍還是端好了這一杯酒。」

曹爽不甘心：「司馬懿，你這是威脅我？你忘了，原本誰才是雍涼的主帥！」

「不敢，下官想把話說明白也許更好，下官不過想乞骸骨收殘年，但也請大將軍安安穩穩賜下官一個殘年。郭淮、孫禮不是不能回來，大將軍只要找到一個外能禦敵，內不生亂的人來，下官一定交。」

「當真？」

「騙大將軍一時有用嗎？」

殿內的小皇帝曹芳十分不滿：「你們兩個在說什麼呀？朕都沒法吃飯了。」司馬懿心思一動：「臣是和大將軍商討國事，耽誤了陛下用膳，是臣的錯，臣這就告退了。」曹芳失望：「你要走了？」

「是，不過臣還有個故事想講給陛下聽，陛下能送臣一程嗎？」

小皇帝高興地撲下來：「給我講故事！」

司馬懿握住皇帝的手才鬆了口氣。曹爽察覺不對：「司馬懿，你幹什麼?!」

「臣說了，給陛下講個故事。」司馬懿拉著小皇帝的手慢慢向外走：「臣就講講陛下先祖武皇帝的事吧。武皇帝起兵的時候只有三千兵馬，那時候天下有十八個諸侯，武皇帝的勢力是最弱小的，可是武皇帝最後卻平定了中原，陛下可知道，靠的是什麼？」曹芳回憶之前學來的學問：「太祖武皇帝，身先士卒，憂國憂民……」司馬懿笑道：「這當然很重要，但不夠。武皇帝制勝之機，在於當時只有他，還肯認漢朝的皇帝。他親自護送天子到了許都，奉天子以令諸侯，就比天下所有的諸侯都多了一樣東西。」

曹爽怒喝：「司馬懿，你到底要說什麼?!」司馬懿淡笑：「這樣東西，就是名義，諸侯，本來是替陛下領軍隊守疆土的人，就好比大將軍心心念念的雍涼兵權，那是歸屬大魏和陛下的，不是我司馬懿的。諸侯的軍隊與權力，都是皇權給的，他們理應臣服於皇權之下，包括大將軍，也包括臣。沒有了陛下這個名義的約束，天下的諸侯就會人人為了自己的私心而戰，沒有了陛下，你我什麼都不是，請大將軍三思。」司馬懿牽著皇帝的手走出了大殿。

何晏也是一驚，手臂一揮，身後的武士們湧了出去。

司馬昭和夏侯徽奔馳到宮門前，守衛一挺槍，厲聲喝道：「什麼人，下馬！」夏侯徽下馬言道：「請中護軍來，我有急事找他！」

守衛仍舊不鬆懈，喝道：「妳是什麼人，若無官職腰牌聖旨，不得入內！」夏侯徽摘下斗笠：「我是中護軍的妹妹，有軍國要事求見！」守衛微微吃驚，打量她和司馬昭一下，對身旁人耳語一句，示意他去找人，對著夏侯徽和司馬昭的槍仍然虎視眈眈。

夏侯玄走向宮門，問來報訊的護軍：「她可說是什麼事？」護軍搖頭道：「小姐只說是軍國要事。」夏侯玄一臉疑惑，這時丁謐跑來，向夏侯玄大喝：「宮中有變，快關門，大將軍下令關宮門！」

夏侯玄一怔，宮外的司馬昭聽到丁謐的呼聲，大驚失色道：「我爹出事了！」眼見宮門關閉，司馬昭如豹奮起，衝上前去打倒一個守軍就向內衝。護軍們怒喝：「大膽！闖宮死罪！」

一群護軍頓時圍上來，司馬昭狀若瘋虎，以一當十大叫道：「嫂嫂快進去！」趁著司馬昭擋住了護軍，夏侯徽趁機鑽進宮門。

司馬昭雖然勇武，但寡不敵眾，被眾多的護軍打翻在地，兩人架起司馬昭的手臂將他扔進宮門內，大門「砰」地一聲關了。

司馬昭落地就被一群護軍拳打腳踢，眾人喝罵：「宮門也敢闖，找死啊！」夏侯徽一邊驚呼：「別打他！」一邊撲在司馬昭身上，司馬昭又是感動又是驚駭，生恐他們傷著夏侯徽，一翻身將夏侯徽壓在身下，背上又挨了幾下拳腳，這時只聽夏侯玄厲聲道：「都住手！」

打人的護軍退開，仍有兩人執著司馬昭的手臂，向夏侯玄稟報：「稟將軍，有人強行闖宮！」夏侯徽哀聲叫道：「大哥！」夏侯玄扶著她，驚問：「你們來做什麼！傷著沒有？」司馬昭嘴角帶血，焦急道：「我爹在裡邊有危險！」夏侯玄望向丁謐質問道：「出什麼事了？」

丁謐回答：「司馬懿劫持天子，大將軍下令封門擒拿！」司馬昭奮力掙扎：「是曹爽要害我爹，我爹絕不會做這樣的事！」丁謐沒理睬司馬昭，望著夏侯玄嚴厲道：「中護軍！你的職責是守住宮門，你不要忘記了自己的姓氏！」

夏侯玄看看妹妹又看看丁謐，他未曾想到內亂來得如此之快，意識到自己陷入了真正的兩難。

司馬孚、鍾會帶著滿寵和蔣濟及一群身著官服的老臣趕來，見到宮門關閉，大吃一驚。

司馬孚喝令守衛：「開門，我們要面見陛下！」守衛答道：「尚書大人，宮中生變，大將軍下令封門！」司馬孚大步上前拍著大門，高聲喊道：「陛下，臣司馬孚求見！」滿寵和蔣濟也高聲叫道：「臣滿寵、臣蔣濟求見！」鍾會沒有說話，他的目光帶著陰狠和興奮注視著大門。

皇宮內迴廊，司馬懿拉著曹芳小跑，何晏在後邊追趕。

司馬懿向小皇帝道：「快讓他們跪下。」曹芳回頭：「跪下！」

士兵們紛紛跪下，司馬懿拉著曹芳狂奔。

何晏氣道：「跪什麼跪，快追！」士兵們起來再追，司馬懿乾脆抱起曹芳奔跑，曹芳命令：「你們跪下，不許來！」士兵們復又停下，猶豫地望著何晏。曹爽終於帶著丁謐追出來，怒斥：「司馬懿挾持陛下，為何不追！」於是曹爽、何晏又帶著士兵們追上。

司馬懿抱著曹芳跑到了宮門口，何晏、曹爽眼看就要追上。司馬懿大叫：「開門！」曹爽卻喊：「不許開門！」司馬懿走投無路，被曹爽的護衛包圍。

何晏下令：「司馬懿挾持天子，給我殺了他救駕！」司馬懿喝道：「誰敢傷天子，你們的大將軍也會殺了他以謝天下！」曹爽怒喝：「上！」

一個士兵正要上前，忽聽司馬師高呼：「誰敢動手！」

司馬師帶著一隊護軍奔來，擋在父親面前。另一邊，夏侯玄也帶兵急奔而來，後邊跟著司馬昭和夏侯徽。司馬昭趕忙和兄長一起擋在父親面前。

曹爽氣急敗壞：「司馬懿劫持天子！夏侯玄，快拿下他！」夏侯玄正色道：「太傅，請放下天子！」司馬師雙目通紅地質問他：「大哥，今日是誰在謀反，你看不出嗎？」夏侯徽攀住夏侯玄的手臂，哭求道：「大哥，你放他們走吧！他們是我的家人啊！」夏侯玄內心天人交戰，痛苦糾結。

曹爽怒斥道：「還不動手?!你別忘了自己的身分！」夏侯玄在他的逼迫之下，不得不甩脫妹妹，上前冷冷喝道：「太傅，請放下天子，否則就莫怪我無情了！」

司馬師擋在父親身前，厲聲說：「你要殺我爹，就先把我殺了！」司馬懿平靜地問夏侯玄：「令尊與文皇帝情同手足，你忍心看著大魏內亂？」夏侯徽哭著攔在司馬師身邊，哭泣道：「大哥，爹爹把我嫁給司馬家，便是希望司馬家與曹氏宗族永以為好，我們家不能亂，大魏也不能啊！」

夏侯玄胸口劇烈起伏。

正巧，宮外傳來司馬孚的聲音：「大將軍，中護軍，我與滿寵、蔣濟皆是四朝老臣，我們帶了史官同來見證，是誰挑起內亂，是誰誤國，史筆自有公論！你們就不怕做千古罪人嗎?!」曹爽怒斥：「大膽！這是我曹家的天下，輪不到外人來修史！」外邊又傳來滿寵的聲音：「大將軍，你禁不了天下人悠悠之口！」

司馬懿聲音平和，淡淡說道：「大將軍，你開了這道門，今日宮中便什麼都沒有發生過，我大魏仍然是將相和諧。」夏侯玄看看司馬懿，又看看妹妹和司馬師，終於下定決心，閃身讓開，喊了聲：「開門！」

曹爽驚怒交加：「你瘋了！」夏侯玄怒斥曹爽：「是你瘋了！昭伯表弟，不可一錯再錯！開門！」守衛不敢違拗夏侯玄，用力拉開大門，司馬孚和滿寵、蔣濟等大臣一擁而入，司馬孚焦急問道：「二哥你沒事吧？」司馬懿回頭望了曹爽一眼，曹爽面色蒼白又氣又恨，但面對如此多的老臣，他還沒下定決心，是不是要再對司馬懿下手。

司馬懿轉瞬已換上平和輕鬆的微笑：「沒事，我喝多了酒，大將軍和陛下非要親自送到宮門，如此盛情，讓臣惶恐。」司馬懿輕輕將曹芳放下地來，並跪下向曹芳行禮道：「臣多謝陛下，臣告退。」曹芳問道：「你要給我的大鳶呢？」司馬懿小聲道：「大鳶從籠子裡跑了，臣下次一定再給陛下抓隻更大的。」曹芳生氣了：「哼，你騙朕，朕以後不跟你玩了！」

曹爽忙將曹芳拉過來：「陛下沒受傷吧？」曹芳搖搖頭：「太傅騙朕！還說叔叔也要搶！」司馬懿輕嘆口氣，站起身來，又向曹爽一躬身道：「多謝大將軍，來日下官一定還席，還望大將軍賞臉。」丁謐用力握住曹爽的手腕，示意他不可再行動了，曹爽目光充滿殺氣，冷冷道：「來日方長，一定！」

司馬懿又向夏侯玄行了個禮，帶領眾人，從容退出宮去。

一場劍拔弩張的風波居然如此平息，丁謐驚魂未定，顫聲勸曹爽：「大將軍，時機未到啊……」

曹爽蹲下向啼哭不止的曹芳惡狠狠地說：「陛下看到了嗎？司馬懿剛才挾持陛下，他是我大魏的反臣。」夏侯玄忍無可忍質問道：「你心中就只有一己爭鬥，沒有國家大局嗎?!」

曹爽雙目通紅走近夏侯玄，揚手狠狠給了夏侯玄一記耳光，夏侯玄不閃不避，坦然承受。

【第十四章】

短兵相接

張春華仍牢牢盯著大門，門外響起紛亂的馬蹄聲和腳步聲，張春華瞬間緊張地屏住呼吸，握緊了劍。

這時傳來司馬師的聲音：「娘！我們回來了！」

張春華喜極而泣，劍落在地上，親自衝上前打開門，她看到司馬懿、兩個兒子和司馬孚都平安無事，激動地和司馬懿擁抱在一起，柏靈筠在門內，遠遠的站著，含淚微笑。

司馬懿望著肅立的家丁，微笑道：「夫人治家有方，謝謝妳……」張春華落淚言道：「多虧了昭兒回來報信。」司馬懿不由多看了司馬昭一眼。

司馬昭恭恭敬敬立在司馬懿的案前，司馬懿嚴肅看著司馬昭。

「你的消息，從何而來？」

司馬昭答道：「是何駙馬前來相告。」司馬懿略有詫異，隨即冷哼一聲：「好手段啊，何晏這是要逼為父先動手。」司馬昭卻答道：「兒子明白他的用心。」司馬懿大驚問道：「明白你還要起兵?!」司馬昭倔強地說：「但那些埋伏在宮中的兵是真的，兒子豈敢以父親的性命交給僥倖？何晏有一句話倒是對的，父親不能再坐以待斃了。」

司馬懿目光逼視著司馬昭，司馬昭波瀾不驚。

司馬昭繼續沉聲道：「這次他們還需要一個理由，下次，也許連理由都不會找了。」司馬懿冷笑回答：「何晏尚在拿你做套，這就說明他們還沒那個膽子。不過此人心術不正，你趁早離他遠一點！」司馬昭回答：「兒子是想，或許從何晏身上探聽出曹爽的消息……」司馬懿打斷了他的話：「這些無需你操心。你現在的頭等大事，就是當好你的典農中郎將，管好百姓的農桑，離這些是非越遠越好！」

司馬昭靜靜地看了父親一眼，沒有再爭執，躬身道：「兒子聽父親的就是了。」

曹爽坐在府中咆哮：「要不是看在我叫他母親一聲姑姑，今日就該連他也殺了！」

丁謐勸道：「大將軍息怒，夏侯將軍深得朝野之望，又是大將軍的表弟，這是我們的中堅力量，要拉攏，可不能讓他投效了司馬懿，那就親痛仇快了。」何晏冷笑道：「丁郎中今日前後斡旋，左右逢源，有何面目在大將軍面前妄稱『我們』？」丁謐怒道：「何駙馬，你，你什麼意思？」何晏冷哼一聲：「什麼意思？若非丁郎中幾次阻攔，我們早已取下司馬懿項上人頭！」丁謐怒氣沖沖：「何駙馬怎麼就不肯動動腦子！天子在懷，我們就算殺了他又能怎樣？眾目睽睽，誰都能看見，謀反的不是他司馬懿，是大將軍！人言可畏啊！」何晏淡淡問道：「有何可畏？我們走到今天這一步，還要為一群腐儒的議論而退卻嗎？當下之爭，本就是你死我活！」

「何駙馬，凡事過猶不及，欲速則不達，何況你面對的不是普通對手，是司馬懿！今日讓司馬懿退居太傅之位，交出京師兵權，我們已占足先機，大將軍又何必非要現在趕盡殺絕？」

何晏轉向曹爽又勸道：「司馬懿對曹氏有異心已久，此時不殺，遺禍無窮啊大將軍！只怕哪天司馬懿突然發難，諸公還猶在夢中！」曹爽一聲低吼：「都閉嘴！」他焦躁地在屋子裡踱來踱去：「他害死了我爹，不殺他，我愧對我爹！」

丁謐口氣緩和了一些，繼續勸道：「司馬懿可以殺，但不是現在。第一、新朝方立，吳、蜀都在尋找機會，我國這時候不能生內亂；第二、大將軍年輕，在那些老臣心中，資歷威望尚不如司馬懿，殺了他老臣們不服，大將軍今日也看到了。」

曹爽被稍稍說服，態度有所緩和，但仍不鬆口：「我不能讓他善終。」丁謐耐下性子繼續說：「當務之急，大將軍要做的，是儘快在各要職上安插我們的人，將那幫三四朝的老臣們排擠出去。大將軍的權勢日進，司馬懿的威望日退，等到他無人可用的時候，便是枯骨一副，殺與不殺，有何不同？」

曹爽蹙眉不解：「可是我已經和他撕破臉了？難道還能太平相處下去？」

丁謐笑答：「司馬懿的性情，大將軍還不了解嗎？這老匹夫最擅長的，就是縮頭做烏龜，比忍耐，我們加一塊都不是他的對手，他身處劣勢，是絕不會主動跟大將軍翻臉的。」

曹爽恨恨道：「那我們暫且就先放他一馬……」何晏恨鐵不成鋼地叫了聲：「大將軍！」

「平叔就忍耐一下吧，等找到司馬懿謀反的證據，再動手也不遲啊。」

何晏氣得發抖，憤憤離席而去。

夏侯玄臉上還帶著掌印，司馬師撲通向他跪下，誠懇道：「我代父親，代家門，多謝大哥！」

夏侯玄扶起他說道：「我也不只是為了你和徽兒。」司馬師又是感動又是慚愧，望著夏侯玄臉上的傷痕，難過地說：「大哥，他沒為難你吧？」夏侯玄側頭避過他的查看，不免憤憤道：「曹爽年輕氣盛，我會勸他，經此一事，他也該見識太傅的人望了，只求太傅原諒他一次。」

「我爹絕不願大魏內亂，今日局勢，誰強誰弱，你還看不出？」

夏侯玄正色望著司馬師：「太傅一日心向大魏，我一日用性命保你司馬家安全，但若他真有不臣之心，誅殺叛逆，我也絕不會手軟。」

司馬師被夏侯玄的氣勢震懾得凜然，點頭說：「你該信我！」

清晨，鐘聲響起，陸陸續續的大臣入內早朝。

司馬懿和司馬師、司馬昭來到門口，正趕上曹爽帶著丁謐、何晏也騎馬而來，經過了一場生死交戰，丁謐、何晏不禁擔心地望著司馬懿，司馬師也戒備地望著曹爽。

司馬昭與何晏目光一接，微微頷首，何晏微笑。

雙方的馬漸漸臨近，司馬懿率先翻身下馬，坦然上前，輕鬆向曹爽微笑行禮道：「大將軍早，大將軍勝常。」曹爽暗自鬆了口氣，下馬笑道：「陛下不是免了太傅常朝嗎？太傅也這麼早？」

司馬懿笑道：「老了，醒得早，還不如上朝。聽聞大將軍日理萬機，宵衣旰食，一飯三吐哺，大將軍要珍重身子啊！」曹爽笑著說：「太傅高齡尚且如此勤政，我們年輕人又豈敢偷懶啊？」

兩人同時大笑，司馬懿躬身：「大將軍請。」曹爽也客氣道：「您是太傅，百官之首，您先請。」

司馬懿笑著說：「陛下恩賜的虛名罷了，先帝遺詔以大將軍為首，下官豈敢僭越，大將軍請。」

曹爽拉起司馬懿的手笑答：「既然如此，連袂而行。」

「多謝大將軍！」兩人有說有笑，當先入宮了。

丁謐憂慮自語：「大將軍還是嫩了點啊。」何晏憤憤不平：「他再老辣，也是日薄西山了！」

何晏蹙眉倚在欄杆上，手裡端著一盞魚食，卻一直沒有投入池塘。

此時家丁來報：「老爺，司馬公子來了。」何晏回過神，將魚食一把灑下，站直了身子說：「快請。」

家丁引著司馬昭走來，何晏快步迎上去笑道：「子上可來了，昨日之事，我可著實為你捏了把汗啊！」司馬昭走近，深深一揖道：「平叔報訊之大恩，子上何以為報？」

何晏笑著扶起司馬昭：「子上見外了，曹爽愚昧，我可不能跟著他一起犯糊塗。太傅是國之柱石，他要是有個什麼閃失，咱們大魏也得跟著腰塌腿折。」司馬昭看起來有些沉悶，不快問道：「大將軍就當真容不下我父嗎？家父年邁體弱，只求安心頤養天年，大將軍要什麼，直說便是，何故興此無名之兵？」何晏假意嘆氣：「唉，都是那丁謐在大將軍跟前搖唇鼓舌，我屢次勸說，怎奈大將軍不聽啊！太傅可有受傷？貴體無礙吧？」

「受了點驚嚇，回去便臥床休息了。」

何晏又說道：「子上，眼下朝中形勢波雲詭譎，你可千萬提醒太傅小心啊！」司馬昭訝然：「平叔之意，難道大將軍還不肯放過家父？」

「凡事預則立，不預則廢，為了大魏，太傅也該好好為自己考慮考慮了。」

司馬昭沉吟片刻，躬身謝道：「我會將平叔的好意如實回稟父親。」何晏關切地握住司馬昭的手，緩緩而重重地說：「子上，曹爽不仁，太傅也無須有義，忍無可忍之時，當發則發啊。」

司馬昭含笑回應：「我司馬家一向謙遜避讓不假，但也絕不會任人宰割。」

司馬懿徘徊猶豫的身影投在窗上，他背著手在房內不住來回踱步，當日兇險的情景不斷在腦海中重演。

他想到了司馬昭的聲音：「這次他們還需要一個理由，下次，也許連理由都不會找了。」又想到了曹爽摔杯，丁謐大驚失色，兩邊內廂房內湧出來的大批武士，以及自己額頭冒汗，抱著曹芳在武士的包圍中一步步緩慢向外走的場景……司馬懿突然轉身，大步走到劍架邊取下寶劍，他拉開劍鞘，寶劍的寒光映亮了他森冷的面容。

司馬懿大步走出去。

山路上，司馬師舉著火把，護送司馬懿策馬而行，他們兩人的神情都嚴峻而沉默。

北邙山一個巨大的山洞中，火把通明猶如白晝。

司馬懿面前，肅穆站著幾百名死士，統一的黑衣，嚴峻的表情，司馬師吃驚地看著他們。

汲布喝令：「這就是司馬太尉，你們效命之人！」死士們一齊單膝跪下，齊聲高喊：「唯司馬太尉命。」司馬懿也單膝跪下：「司馬懿謝諸位英雄了！自今日起，我將身家性命託付諸位。生時我保汝福貴，死後汝母為我母，汝子為我子！」死士們齊聲高喊：「誓死保衛太尉！」

火光搖曳，司馬師又是興奮又是驚懼，目瞪口呆。

寂靜山中，幾百名死士正在訓練，刁鬥之聲此起彼伏，司馬懿瞇著眼睛觀望一會，緩緩道：「汲大哥，這三百人，不夠。」

「你需要多少？」

司馬懿沉吟片刻答道：「十倍，三千。」跟在父親身邊的司馬師倒抽一口冷氣。

汲布蹙眉：「這麼多？」司馬懿仍是平靜地說：「我已經沒有了宮廷戍衛之權，太后和陛下便是掌握在曹爽手中，他有六千護軍，我至少需要三千。」汲布也平靜回答：「明白了，再給我一年，我來找人訓練，來得及嗎？」

「來得及。但人數太多，聚居一地，便容易被發現，你要把他們拆為十隊，分散洛陽野外各處無人山林中。這三千人的鎧甲武裝，我來籌措。不只要讓他們學單打獨鬥，還要學陣法，學兵法！」

司馬師有些擔憂地問道：「父親，人臣私蓄十副鎧甲，便是謀反之罪……」司馬懿凝眉說道：「我不反大魏。」司馬師垂首答道：「兒子明白，這是父親自保救國的底線。」

司馬懿看著兒子，緩緩地，用一種威嚴不容忤逆的語氣說道：「此事家中只有你一人知曉，泄漏半個字，便是滿門的干係。」他停頓了一下，補充道：「還有，絕對，絕對不准讓你二弟知道。」

司馬師肅穆答道：「兒子明白。」

司馬懿對汲布說：「我現在被曹爽嚴密監視，不能再來，也不能常跟你見面，你要錢要人，都找師兒！」司馬師拱手答道：「兒子一定全力配合汲叔，一年之後，父親來檢閱便是！」

曹芳騎在一個太監身上，另一個太監爬著逃跑，曹芳拍著自己的「馬」高興吆喝：「駕！駕！快，快追上他！」韓琳和曹爽樂呵呵在一旁看著，曹爽一笑，悄然退出宮外，韓琳也跟了出去。

寢宮門口等著曹爽的家人，放著兩口箱子。曹爽笑著說：「伺候得陛下高興，就是你的功勞。」韓琳笑答：「哄個小娃娃開心，還不容易嗎？」曹爽向家人示意：「打開。」

箱子打開，俱是耀眼生輝的珠寶，韓琳目光發直，咽下口水。曹爽隨意道：「這箱給你，這箱給皇帝他娘。」韓琳笑著說：「大將軍放心，劉娘娘自從上次的事，恨死了司馬懿，天天在陛下耳邊念叨司馬懿是奸臣，陛下現在上課，看著司馬懿就害怕。」

曹爽滿意的一笑：「陛下真聰明啊……」

夏日的窗外豔陽高照，蟬鳴此起彼伏，熾熱的陽光透過竹簾映進來。書房內擺著冰塊，桌上擺著細竹扇面，司馬懿正認真練字，他額頭不住冒汗，寫了一陣停下休息，用手巾擦了擦汗，又拿起扇面搧著，看起來頗為悠閒。

鍾會握著一卷字帖走進來：「學生拜見老師。」司馬懿抬頭高興招呼：「士季來了，快坐。」

鍾會捧上字帖，恭敬道：「這是老師要的，家父生前手書的字帖。」司馬懿高興地打開看著：「你可救了我的急，說到寫字，還是得你家！本朝正楷無人出你爹之右，我拿來自己練練，也好教給陛下，陛下開蒙晚了點，還是得先從正字練起，要是寫岔了筆鋒，大了就難改了。」

鍾會有些悲哀，有些憐惜地望著司馬懿，輕聲道：「老師，您就甘於這坐而論道的太傅之位嗎？」

司馬懿看著字帖，漫不經心地說：「在其位，謀其政，我眼下最重要的責任，就是教好了陛下念書吧。」鍾會抿嘴嘲諷一笑：「可惜人家根本不領情，鄧艾被排擠出京，老師就沒有說話嗎？」

司馬懿答道：「曹爽讓鄧艾去淮南屯田，我同意了，鄧艾屯田是一把好手，屯住了田也就守住了邊疆。」

「那蔣濟呢？自從宮門事件之後，蔣濟和滿寵都被架空為三公，如今的尚書臺，已經是曹爽的天下了。老師，您還在這裡寫字？」

司馬懿仍是一副不上心的樣子：「那幾個都是耿直之人，留在顯赫關鍵的位置上，一旦和曹爽發生了衝突，我可怎麼救他們啊？」鍾會自嘲地一笑：「老師不庇護自己的門生和朋友，就不怕寒了他們的心嗎？學生是怕，真到那個時候，老師連可用的人都沒有了。」

司馬懿淡笑回答：「公論自在人心，心中若存著公論，那寒不了。士季，這兩年，爭強好勝的心收一收吧，踏實做事，低調做人，保護好自己，活著，才最重要。」

鍾會不可思議地說：「兩年？兩年過去曹爽已經把朝堂占盡了！您連自己的兒子也派去種地，任他虛度光陰、磨損志氣而不敢用？您是真的怕了曹爽嗎？」

司馬懿一驚，慢慢放下筆，認真看著鍾會，看得鍾會害怕起來。

鍾會躬身道：「學生失言了，請老師責罰。」

司馬懿緊緊看著鍾會片刻，嘆了口氣，冷冷開口：「剛才，你讓我想起一個人，真是太像了……」

鍾會愕然問道：「誰？」

「楊修。」

鍾會趕緊說：「學生不敢！」

司馬懿仍是淡淡的：「一樣的出身顯貴，一樣的聰慧絕世，一樣的胸懷大志，一樣的光耀萬丈。但楊修輸了，他死前對我說，他就是死在不懂畏懼上，而畏懼，是一個人對敵手，最高的致敬。老師真的希望，你們比楊修幸運。」

「學生明白了。」

夏日炎炎，司馬昭悶著一口氣，在地頭兒跟農夫丈量田地。

鍾會遠遠走來，立在田埂邊的大樹下看著司馬昭。司馬昭終於直起腰，擦了把汗，一轉頭看到鍾會，笑道：「士季又來看我了。」鍾會調侃道：「子上這洛水農夫做的真是不錯，丈量土地，不誤農時，免除苛捐雜稅，典農中郎將的德聲已傳遍了整個洛陽城。」

司馬昭悶悶道：「幹不好有罪，幹得好，我爹正好讓我在這裡種一輩子地。」鍾會從樹下走出勸道：「剛從虎穴龍潭裡脫出，真的還能安下心來在此？子上，別裝了，我了解你。」

司馬昭轉臉看著鍾會，向他伸手，鍾會將他拉上田埂。

司馬昭疑惑：「生死大事，誰又能做到真的無憂無懼？只是我不明白，曹爽已經殺機畢露，父親為何還能安若泰山？」鍾會沉默半晌，發出一聲嘆息：「老師老了。」

司馬昭又問道：「老了，所以不想冒險，更怕落得罵名？」

「老了的父母，只想著讓孩子們無災無病。」

司馬昭有些憤怒：「可我不想要僅僅活著，更不想這樣活著。」

「子上，我知道你心高志大，但我必須提醒你，離何晏遠一點！」

司馬昭冷笑著說：「他的心思，我豈能不知？真正想殺父親的，正是何晏。但要是沒有這麼個人，父親豈不是跟曹爽更加一團和氣了？我與他不過各取所需，又何妨暫時兩情相悅？」鍾會驚嘆道：「子上，原來你已用心如此……」司馬昭淡笑回答：「士季又何嘗不用心？否則也不會兩次過來看我這個農夫種地吧？」鍾會笑道：「子上面前，我總是無處遁形。」

司馬昭笑著拉鍾會走回樹蔭處：「士季，我們是同一類人，我們都靠著司馬家的蔭庇才能扎根站穩。」說著抬頭看著鬱鬱古木：「只有司馬家這棵大樹枝繁葉茂，欣欣向榮，你我才能一展豪情，翱翔九霄，實現平生所願。」鍾會也被司馬昭的情緒感染，不禁說道：「有子上同行，我有何懼哉？」

司馬昭轉身微笑：「所以，曹爽不可不殺。」鍾會亦報以一笑：「老師不願做的事情，就讓我們代勞吧。」

窗外仍舊響著刺耳的蟬鳴，兩名婢女拿著扇子給曹爽搧著。

丁謐「嘩啦」在桌上鋪開一張圖紙，曹爽不解問道：「這是什麼？」

「這是大將軍的新宅園營建圖。」

曹爽笑著說：「彥靖要送我一座宅邸？這等小事交給管家就是，何必勞你費神？」丁謐搖頭含笑答道：「大將軍所居，可絕不是小事。」丁謐看了一眼打扇的婢女，曹爽這才認真起來，揮揮手讓她們退下。婢女退下後，丁謐指著地圖解釋道：「大將軍一定要問天子要來這塊地，並一定要按著此圖營建。」曹爽好奇問道：「此地有何玄妙？」

「大將軍請看，此地之西，是皇宮，皇宮東南是司馬懿宅邸，而皇宮之東北，是整個洛陽的護軍存放兵器的武庫，大魏律法，人臣不得私蓄兵力鎧甲弓弩，不管是誰想控制洛陽，都必須得到武庫中的武器裝備，大將軍將府邸建在緊鄰武庫之南，司馬懿想要取得武庫，必須經過大將軍府邸。大將軍府邸四角建望樓四座，分別監控皇宮和大路，司馬懿真要兵變，經過樓下時，即可從樓上射殺之！」

曹爽讚嘆：「彥靖真是算無遺策，不過——你總說司馬懿日薄西山，難道他真的敢公然兵變？」

「我賭他不敢，但將軍不可不防。司馬懿經歷四朝，手段老辣，有大志，又甚得眾望，其心難測，大將軍也須防患於未然，敵不動，我不動。」

曹爽感動道：「丁尚書真乃我智囊也！此智慧眼光，非何駙馬等人能及，除掉司馬懿之後，尚書臺之首，非你莫屬！」丁謐謙遜道：「丁某是為了報大將軍知遇之恩，絕非為了一己之功名……」

這時門外傳來何晏的聲音：「大將軍！樊城有軍報！」

「進來！」

何晏大步走進，將軍報遞給曹爽，丁謐關切問道：「樊城如何了？」

曹爽一看，輕鬆笑道：「沒什麼了不得，東吳兵分四路進攻，已有三路被殺退，眼下只有朱然一路兵馬圍困樊城。」丁謐興奮道：「那就快派荊州刺史出兵救援吧！」

「不可！」

曹爽一瞥眼：「怎麼？」何晏答道：「大將軍，這是天賜之機啊！我們應該派司馬懿去！」

丁謐疑惑：「何駙馬，你瘋了？你給他兵權，和自殺有什麼區別？」曹爽亦皺著眉：「叔平，你這葫蘆裡又賣的什麼藥。」何晏解釋：「眼下酷暑難耐，大將軍對司馬懿嚴期催促，令其日夜行軍，司馬懿六十三歲高齡，酷暑之中跋山涉水，千里奔波，不死也去他半條命！昔日司馬懿以食少事煩，累死了諸葛亮，今日我們以其人之道還治其人之身，也累死他！」

丁謐生氣道：「何駙馬，這未免太兒戲了！」何晏並不理睬丁謐，衝曹爽笑道：「可否與大將軍借一步說話？」丁謐一臉怒氣。

何晏與曹爽在花園裡漫步，何晏笑問：「大將軍以為，上次宮中之變後，司馬懿會如何應對？」曹爽也苦惱道：「這也是我看不透這老匹夫的地方，一般人要麼束手就擒，要麼魚死網破，他焉能安之若素？」何晏淡淡地說：「大將軍將他視作神人，自然不可理解，但若以常人之理度之，很多問題便迎刃而解了。」

「此話怎講？」

何晏笑道：「司馬懿並非全然無懼，那日九死一生，他回到家中也曾坐臥不安，難以成眠。不然，他為何帶著司馬師鬼鬼祟祟夜半出城？」曹爽好像明白了些什麼：「你的意思是……」何晏循循善誘：「大將軍試想，到底是什麼見不得人的東西，要當朝太傅深更半夜，去城外才得一見？」

曹爽疑惑、驚詫的眼神與何晏相撞，心中不由一震：「難道說，這個老匹夫居然？」他甩開步子在原地打了幾個轉，又驚又喜地大聲說：「私養死士，他，他怎麼敢！好，好啊……消息可靠嗎？」

何晏笑道：「不可靠我也不敢來叨擾大將軍了。司馬懿謀逆鐵證如山，接下來我們只需打探到死士確切所在，便可用謀反罪將他一舉扳倒！」繼而狂熱道：「大將軍，功敗垂成，在此一舉，機不可失啊！」

曹爽還沉浸在剛才的情緒中，但很快跟上何晏的思路：「好，好，你要我派司馬懿去樊城，正是為了調虎離山吧？」何晏點點頭：「不錯。司馬懿走後，我們從司馬昭和司馬師入手，一切就好查了。」曹爽逼視著何晏問道：「你有把握套牢了司馬昭？他會對你說實話嗎？」何晏笑答：「這樣自以為胸懷大志，對父親不滿的小子，最好拿捏。而且我們有他的死穴。」

「是什麼？」

何晏輕聲道：「野心。」曹爽一怔。

何晏耐心地解釋：「司馬懿處處壓制司馬昭，不希望他與司馬師相爭，凡事都將司馬昭排斥在外，司馬昭怨恨已久！只要大將軍許諾，將來讓他繼承司馬懿的爵位，我能讓這小子弒父弒兄！」

曹爽撫掌大笑：「兄弟鬩牆，父子相殘，好戲，好戲啊！」

朝堂上懸著珠簾，太后坐在珠簾之後，神情懵懂的小皇帝曹芳坐在御座上。

曹爽出列：「啟稟陛下，啟稟太后，東吳大將朱然率五萬軍馬急攻樊城，樊城地勢卑下，兵力不足，敵眾我寡，急需派大將前去救援！」郭太后有些慌亂：「那就快派援兵吧，大將軍看誰領兵

合適？」

「樊城乃襄陽門戶，樊城失則襄陽危，襄陽危則東南震動，如此軍事要地，非大將忠誠不能救，臣和太傅皆都督中外軍事，然而臣身兼皇宮戍衛，分身乏術，只有勞動太傅帶兵馳援了。」

鍾會當即阻攔：「朱然不過五萬大軍，且久攻不下，士氣已弱，派荊州刺史帶三萬兵馬馳援足矣，何至於勞動當朝太傅？」幾個大臣也輕聲議論：「是啊，是啊，太傅年事已高……」

曹爽輕蔑冷笑：「當年關羽就是圍困樊城，幾乎危及許昌，連武皇帝都親征救援。如今滿朝軍功以太傅居首，不讓太傅去，還能派誰？」司馬師忍無可忍上前：「如此炎熱盛夏，讓我父急行軍出征，是何居心？」司馬懿呵斥司馬師：「住口！人臣豈有以天熱推辭國事的？」說著司馬懿出列，恭敬向曹芳一躬身：「臣願領兵解樊城之圍。」

郭太后不放心：「如今炎夏後月，暑熱難當，太傅畢竟年事高了，大將軍，就不能派個年輕點的將領去嗎？」司馬懿恭敬回答：「樊城危急，邊疆騷動，民心疑惑，承蒙大將軍信任，臣雖老朽，不敢安坐廟堂。」司馬師和滿寵、蔣濟都不解地望著司馬懿。

曹爽得意一笑：「太傅，樊城地勢低下，易被水淹，如今又當雷雨之際，為了不重蹈水淹七軍覆轍，還望太傅從速出兵，洛陽去樊城不足千里，以八日為期抵達前線，可否？」

司馬師又驚又怒，司馬懿橫了他一眼，示意他不可說話。

司馬懿平靜望著曹爽回答：「大將軍言之有理，唯大將軍命！」

司馬懿用一根草棍，輕輕撥弄著小烏龜，一邊思索著。

張春華在為他收拾行裝，輕嘆：「你都這把年紀了，何苦和他們爭這點兵權呢？」司馬懿淡淡道：「我不爭，曹爽也會硬塞給我，不如領了他的情，此時他是好意也罷，是惡意也罷，我都只能承受。」張春華嘆口氣：「他會有好心嗎？這炎天暑熱的，你怎麼受得了？」

司馬懿不慌不忙道：「到了我和曹爽的位置，一舉一動，流的每一滴汗，看到的就不只是天子，而是百官，是萬民。」張春華擔憂道：「我是怕戰場上刀槍無眼，曹爽年輕氣盛，狂妄殘忍，他是個沒底線的人，萬一……」司馬懿沉吟，繼而一笑：「我不在的時候，幫我好好餵牠，也管好昭兒。」

司馬懿在馬房餵馬，他撫摸白馬略顯黯淡的鬃毛，略帶憂傷地說：「老驥伏櫪，志在千里。老朋友，想不到我們還要再一同出征啊。」白馬似乎心有感應，輕輕蹭了蹭司馬懿。

司馬師走了進來，欲言又止：「父親……我不放心，這肯定又是曹爽的奸計！」司馬懿緩緩道：「是又怎樣？」

「要不要調死士來保護父親出征？」

司馬懿笑著擺手：「我自己領的兵，我知道，沒事。我最擔心的是我走了之後，他們會對你和昭兒下手。」司馬師愕然：「我和二弟？」

司馬懿看著兒子鄭重地說：「師兒，照顧好他，也約束好他。不能輕舉妄動，更不能泄漏北山之事！」「是！」

烈日炎炎照耀在旌旗上，反射出刺目的光芒，莊嚴的軍樂奏響，甲士肅立，司馬懿要出征了。

小皇帝曹芳帶著文武百官走下丹墀，文武百官皆熱得大汗淋漓，一邊走一邊悄悄擦汗。

司馬懿等候在丹墀下，他一身戎裝，皓白的鬢角正悄悄落下一滴滴汗水，曹芳稚嫩地聲音響起：「願太傅得勝凱旋！」司馬懿跪下：「臣定不負陛下所託！」

曹芳看著司馬懿鬢角的汗水，有些不忍，輕聲說：「太傅近前。」司馬懿不解，膝行上前兩步，

曹芳抬起袖子，親自為司馬懿擦拭額上汗水。司馬懿胸中酸熱，不禁紅了眼圈：「臣謝陛下。」小皇帝怯生生地小聲問：「他們說太傅要謀反，是真的嗎？」

司馬懿震驚看著小皇帝，悲酸地說：「臣一生屬大魏，臣一身屬陛下，為了我大魏平定天下，臣死而無憾，陛下不信臣嗎？」小皇帝仍兩眼茫然，卻有些羞愧地低下頭。

烈日如炙烤，大軍快速行進著，士兵們一邊疾行一邊不斷喝水，仍然大汗淋漓嘴唇乾焦。

司馬懿騎著馬看地圖，汗水不斷落在地圖上，侯吉策馬趕上，把一皮囊水遞給司馬懿，勸道：「老爺，日頭太大了，找個陰涼地歇歇吧。」司馬懿抿了一口水：「等暴雨來臨就晚了，救兵如救水，一刻都不能遲延！打退了吳軍再乘涼。」

待兵士紮營後，侯吉扶著踉踉蹌蹌的司馬懿回到帳中，司馬懿直接趴在簡易便床上，侯吉揭開司馬懿的衣襟，發現腿上一片血漬。侯吉又驚又痛：「老爺，汗把皮膚都浸爛了，明天還是坐車吧？這樣的天氣騎馬，您受不了啊！」

司馬懿笑著說：「你比我年紀還大呢，你都受得了，我有什麼受不了的？哪兒有坐車的將軍？讓還走著的將士怎麼想？」侯吉嘆了口氣：「哎，老爺，您嘴上說不爭，心裡還是放不下啊！」

司馬懿轉過身苦笑道：「是放不下。放不下魏國安危，放不下這軍隊，也放不下名利。總想著自己身後，得給兒子們留下點立身的資本。趁著我還有力氣，再打幾場勝仗，讓天下人相信我，讓陛下相信司馬家，不是逆臣。」侯吉擦了擦眼睛說道：「老爺，您不必太擔心。大公子豁達坦蕩，又是夏侯家的女婿，沒人敢難為他。」

司馬懿嘆息道：「還是你了解我，你也看出來了，我擔心的是昭兒啊！」

何晏吹笛，丁謐彈箏，曹爽擊節，悠揚的絲竹聲中，蒹葭柔媚地邊歌邊舞：

「芳是香所為，冶容不敢當。天不奪人願，故使儂見郎。宿昔不梳頭，絲髮被兩肩。婉伸郎膝上，何處不可憐……」蒹葭唱到最後，真的婉轉坐在曹爽膝頭，曹爽餵給蒹葭一盅酒，蒹葭咬住杯子一飲而盡，眾人哄然叫好。

管家小心溜過來，遞上禮單說：「老爺，門口排到一百五十人了，剛還有官中暑暈倒了……」

曹爽不耐煩道：「煞風景！挑出官職最高的十個人進府等著，別人都讓回去，天天賴在門口堵路！」何晏笑著勸道：「眼見得司馬懿生死難料，一眾官員急著投效大將軍，是好事啊！」丁謐耐心勸道：「大將軍還是該見見，眼下正是收攏人心的好時候。」何晏也笑著說：「丁郎中所言極是。」

「哦？難得你們兩位有意見統一的時候。我倒要聽聽，何駙馬又有什麼好點子？」

何晏笑著說道：「不敢當不敢當，只是說到收攏人心，大將軍何不讓夏侯玄出兵西蜀，為大將軍建功立業呢？」丁謐遲疑勸道：「此事怕是操之過急了吧，西蜀都是司馬懿的人，只怕夏侯將軍還指揮不了。」

何晏淡笑著接話：「我就知道丁郎中不肯答應，不過我有一人，送去可保西蜀將士附耳聽命。」

「誰？」

「司馬昭。」

曹爽連忙拒絕：「你這不是把功勞都送給那小子了嗎？不行不行。」何晏冷笑：「不是要讓他立功，是要讓他孤立，害怕。害怕，才能顯露司馬家的實力啊，大將軍！」

曹爽沉吟半晌，終於道：「你是說司馬家的……好！就按你說的辦。」

蒹葭等得不耐煩了，嬌嗔道：「大將軍，炎炎夏日，正當露臺歌舞，湖中採蓮。這些苦差事，交給何駙馬、丁郎中他們去操心就好了嘛！」曹爽輕輕擰了一下蒹葭的鼻子：「就妳機靈。」

蒹葭笑著拉起曹爽的手：「大將軍難得清閒，來嘛來嘛，陪我跳一支舞！」曹爽笑著問：「要本將軍跳舞？」蒹葭撒嬌道：「別以為我不知道，大將軍做公子時，歌舞可是洛陽出了名的。」曹爽笑著抱起她來：「好，今日就陪妳一曲。」何晏笑著附和道：「好，就唱夏時歌！」丁謐卻是無奈一笑。

音樂再起，曹爽和蒹葭相對翩翩起舞，蒹葭唱著：「青荷蓋淥水，芙蓉葩紅鮮。郎見欲采我，我心欲懷蓮……」

嫋嫋的音樂聲中，傳來另一種歌聲，更質樸，卻更灼熱悲壯。

新的宅邸正在修建，一座高臺已經立起，一群群赤膊的百姓背負石料、木材艱難來去，夏日酷熱的陽光刀鋒，刺在他們赤裸的上身肌膚，汗水流淌在皮鞭擊打的傷痕。他們齊聲唱著：「天子萬壽春，何與徭役人？四郊禾苗死，農夫撲黃塵。苦和來，苦和來！一臺千擔石，一樓萬株木。誰顧建樓人，生死在泥塗。苦和來，苦和來！貴人食肉粱，貧人不飽糠。貴人坐明堂，我負鞭與杖。苦和來，苦和來！」歌聲直上雲霄，充滿悲憤，司馬昭騎馬進城，看著這場景，冷冷一笑。

司馬師的房間內，司馬師與夏侯玄正在說些什麼，只聽司馬師大驚問道：「什麼?!曹爽徵調我二弟？」夏侯玄點頭：「是，大將軍為主帥，我為征西將軍，子上為征蜀將軍，是我的副將。」司馬師一口回絕：「不行！」夏侯玄納悶道：「你當年也跟我打過仗啊。」

「此時不同彼時，今日不同往日！往日畢竟我爹和曹將軍，不是還沒到水火不容的地步嗎？」

夏侯玄繼續說道：「就是因為有了宮門之事，我前思後想，才同意讓子上出征。令尊和大將軍同朝為官，將相不和，徒然令吳、蜀有可乘之機。何晏舉薦子上，也是希望向太傅示好。子上做我副將，我以性命保他平安！」

司馬師苦苦勸道：「大哥！如果你要我跟你走，就算你要殺要剮我都不會有絲毫猶豫！但我爹不在，把我二弟孤身一人扔進曹爽的大軍裡，我沒法跟高堂交代！」

「說來說去，你還是不信我！」

司馬師望著夏侯玄的眼睛正色道：「我信你，但我不信曹爽！」

夏侯徽站在門外，為難傷心地聽著兄長和丈夫爭吵。

司馬昭風塵僕僕下馬，來到何晏府上，何家的守門人匆匆迎上來牽馬。

守門人行禮道：「駙馬爺等公子很久了。」

進入府中，何晏快步迎上來，顯得憂心忡忡。

「子上，我的信可收到了？」

司馬昭有些驚訝：「收到了，這是真的？大將軍要封我為征蜀將軍？」何晏露出難為情的樣子：「不敢欺瞞子上，這還是我向大將軍建議的。子上久有立功之心，但太傅在朝，總是讓子上韜光養晦。今日大將軍議論伐蜀的人選，下官以向太傅修好為由，總算勸動大將軍，給子上一席之地，子上不會怪我吧？」

司馬昭佯裝驚喜：「駙馬肯給我這樣的機會，我感激還來不及，又怎麼會怪你？我每天困守田壟，髀肉復生，做夢都想重回戰場。」何晏卻又嘆息：「可是我現在……有些後悔了。」司馬昭不解地問：「為什麼？」何晏為難道：「此次徵調的都是大將軍的親信，雖然是夏侯玄領軍，但別的曹氏將軍，對太傅誤會太深，我，我沒法保證你的安全啊！不行，要是子上有個三長兩短，我百死莫贖了，我還是去請大將軍收回成命……」何晏假意向外走，司馬昭一把扯住何晏的衣袖。

司馬昭堅決表示：「駙馬的愛護之心我領情，但我願意冒這個險！」

「子上！」

司馬昭鄭重地說：「這是我唯一的機會，擺脫曾經的過錯，讓我爹相信我。我不想一輩子做個種地的中郎將，還不如戰死沙場來得痛快……生我者父母，知我者何駙馬，我去！」

何晏緊緊握住司馬昭的手說道：「子上！我想看你振翅高飛的那一日，卻不忍看你冒險……你若當真要去的話，可千萬小心，帶好防身護衛……」何晏在司馬昭耳邊叮嚀：「……切記！」

司馬昭凝眉連連點頭。

張春華高坐正堂，司馬昭跪在她面前。

張春華拍案說道：「不行！你這就上書告病，絕不能跟曹爽的兵馬去伐蜀！」司馬昭跪在地上勸道：「娘，曹將軍也是好心……」張春華瞪著眼睛：「好心？他怎麼會安好心？你爹不在朝，你無兵無將到曹爽身邊，就是孤身入狼窩！」

司馬昭冷靜反問：「狼窩我也要去，娘難道願意看著我一輩子在洛陽種地嗎？」張春華一怔：「娘當然不願……可娘更希望你平平安安地活著！」司馬昭淒然一笑：「這個家裡，只有娘最懂我。娘應該知道，戰死沙場我甘之如飴，但要我屈辱活著，這條命不要也罷！」

張春華急得站了起來：「傻兒子，你怎麼就不聽勸呢！」司馬昭有些委屈的問道：「現在滿朝文武都知道，連我自己的父親都不信我。他將我隔絕朝堂之外，防我如防家賊，為什麼？我到底犯了什麼不可饒恕之罪？」

「你爹是為了你好！你爹自己都已經被曹爽攪得無一日安生，他是不想讓你也受這份罪啊！」

司馬昭冷笑反問：「那為何大哥可以？」

司馬師急匆匆地走來，剛要進去，聽見堂上弟弟的聲音，不由停下了腳步。

司馬昭一字一句堅定道：「娘，你知道這幾年兒子的日子是怎麼過的嗎？兒子年少從軍，跟隨父親哥哥走祁山，打街亭，定陳倉，攻蜀抗吳大小戰役不下數百。我的心已經在沙場上馳騁過，又怎麼可能輕易收得回來？如今爹爹以六十高齡奔赴戰場，大哥掌宮禁衛戍之權，駐守皇宮，他們都在為國效死，只有我什麼也做不了，只有我是這個家的廢物！我怎能甘心啊娘！」

司馬昭說到此處，雙目一熱，竟淌下淚來。張春華心疼至極，不由走近扶起司馬昭，想為兒子擦眼淚，司馬昭倔強地扭過頭去，張春華心痛道：「昭兒……」

司馬昭深吸一口氣，平復下來後繼續說道：「如今大戰當前，乃天賜良機。兒若再怯戰告病，還有什麼臉面苟活於世？兒子不願爛在田壟之間，娘便成全兒子吧！」

司馬昭重重叩首，張春華左右為難。堂外的司馬師嘆息了一聲。轉身離開了。

司馬師向著山林深處縱馬疾馳。走到一半復又停下，他隱身山後，小心觀察是否有人跟蹤。

司馬師進洞後，汲布警覺地走向山洞門口，左右看了看，問了聲：「沒人跟著吧？」司馬師回答：「叔叔放心，我一路都有防備。」汲布收回目光問道：「出什麼事了？」

司馬師開口：「我需要三十名高手。子上要跟隨曹爽的軍隊出征，我不放心，要有得力的人保護他。」汲布憂心忡忡問道：「明槍好躲暗箭難防啊……你爹的意思呢？」

司馬師搖頭：「來不及告訴我爹了。」

汲布於是說道：「那不行。你爹不點頭，我不能給你人。」司馬師急了起來：「叔叔，事急從權吧。」汲布也鄭重回答：「這不是小事，萬一他們的身分暴露，你家就是謀反的罪名。」

司馬師看著汲布，一字一頓道：「叔叔要是不管，子上真出事的話，那就是要娘的命啊！」

汲布身子不由一顫。

司馬師緩和了口氣補充道：「況且叔叔的人，個個機警善戰，百裡挑一，我信得過他們，更信

得過叔叔。」汲布看著司馬昭，沉默了。

司馬昭將鎧甲疊放在床邊，抽出劍舞動幾下，門外響起叩門聲。司馬昭警覺問道：「誰？」門外傳來司馬師的聲音：「二弟，是我。」司馬昭忙打開門來，司馬師走了進來。

司馬昭問道：「大哥去哪兒了，一下午都不在。」司馬師神情凝重：「你這次出征過於蹊蹺，我也不同意。」司馬昭一扭頭：「大哥，你別攔我。」司馬師笑著看著弟弟：「你怎知道我要攔你？」

司馬昭一怔，司馬師笑了。

「我有三十個親信，要安插進你的親兵隊伍裡。他們個個武藝高強，一可當十，我會讓他們晝夜兩班保護你的安全。」

司馬昭警覺問道：「他們不是軍職？」

「不是，所以你也要保護好他們，不能讓旁人覺察了他們的身分。」

司馬昭還在堅持問道：「他們到底是什麼人？」司馬師嘆了口氣：「你就當是我臨時招募的家奴吧，不要多問，這是為了你好。」

「我知道，大哥和爹都是為了我好，謝謝大哥。」

司馬師嘆道：「你不該埋怨爹。」司馬昭低下頭說道：「我不敢，我只希望不辜負我的姓氏，我也是司馬家的人。」司馬師疼惜地拍了拍弟弟的肩膀：「大哥知道你心裡不痛快，過去的事情不提了。用你的劍好好證明你自己吧。」

司馬師回到臥房，夏侯徽已經睡了，他輕輕脫去衣裳，夏侯徽睜眼柔聲問：「用過晚飯了嗎？」

「吃過了，宮中臨時有事，我去處置了一下。」

夏侯徽欲言又止，想問又不敢，司馬師脫去衣裳，在夏侯徽身邊躺下，夏侯徽輕輕靠在司馬師身上，握住司馬師的手。司馬師輕聲安撫她：「沒什麼大事，娘心疼兒子，子上要出征家裡有些亂，妳別怕。」夏侯徽有些難過地問道：「你和爹，是不是很恨我表兄？」

司馬師輕嘆：「是妳那位大將軍表兄恨著我家啊……」

夏侯徽心酸地說道：「以前舅舅和爹不睦，我也只想著，那是父輩政見不同，不會連累到我們這一輩，可是那天大哥的劍對著你，我真的很害怕。答應我，多想想我和女兒們，別做危險的事，別和我大哥為敵。」司馬師捏了捏她的手說：「咱們十幾年夫妻了，不管曹爽怎樣，我對妳的心不會變，大哥是我的救命恩人，我更不會與他為敵。」

夏侯徽認真凝望司馬師：「子元，謝謝你，我從來都信你，不會逼你承諾什麼，但我會永遠記得你這句話。」司馬師笑答：「我幾曾騙過妳，快睡吧。」

司馬昭一身戎裝，向張春華躬身行禮：「母親保重。」張春華叮囑：「寧可無功，不可冒進！」司馬昭無奈苦笑，司馬師笑道：「還是祝二弟旗開得勝吧！啟程吧！」司馬昭道：「母親和家中就交給大哥了！」司馬昭上馬，三十名家奴（死士）挑著箱子跟上，他們個個沉默慓悍。

張春華目送他們遠去，不由問道：「怎麼不是咱們家的家奴？」司馬師警覺地低聲回答：「家中人手不足，這都是我新招的家奴。」張春華露出警惕疑惑的神情。

諸將分列左右，曹爽端坐營中。

曹爽喊道：「夏侯玄。」「末將在。」

「與你士卒五萬，三日內兵出駱谷。」夏侯玄領命。

曹爽又喊道：「郭淮。」郭淮答道：「在。」

「命你隨夏侯將軍先鋒，以建奇功。」「領命！」

「鄧颺。」鄧颺答道：「末將在。」

曹爽吩咐道：「你引步兵兩萬從斜谷入蜀，與夏侯將軍互成犄角之勢。」「領命！」

司馬昭在後面木然站著。

曹爽分派得差不多了，目光這才落在司馬昭身上，恍然大悟地笑著：「哦，差點忘了咱們的典農中郎將啊！」眾人哄笑，司馬昭面色冰冷。

曹爽於是笑著喊道：「司馬昭聽令。」司馬昭出列答道：「末將在。」

「命你率兵三千……」說了一半，曹爽故意嘆道：「哎算了，子上你就在興勢駐紮，見機行事吧。」司馬昭一怔。

夏侯玄有些急了：「大將軍，這是為何？司馬昭與蜀軍對戰數年，極為熟悉蜀軍戰術，何故棄之不用？何況他是我的副將，應該跟我一同出兵啊！」司馬昭也在一旁說道：「大將軍，司馬昭不才，願為大將軍馬前先鋒，為大將軍伐蜀偉業略盡綿力！」曹爽笑著說：「太初啊，子上可是太傅愛子，豈能輕易涉險？若是子上有什麼差池，你讓我如何向太傅交代啊。」

夏侯玄哽住了：「可是……」曹爽打斷了他的話：「何況蜀軍狡詐，最擅偷營，駐守也是重任啊！諸將以為呢？」眾人紛紛點頭附和，司馬昭暗暗握拳。

曹爽笑著說：「好了，就這樣決定了。都下去準備吧。」夏侯玄、司馬昭、郭淮不得已退下。

曹爽露出一絲冷笑，向李勝招了招手。李勝上前，曹爽低聲吩咐著什麼。

司馬昭心事重重地往自己營帳走去。郭淮匆匆追了上來喊道：「子上！」

「伯濟兄。」

郭淮望著他搖搖頭：「子上，你不該來啊。」司馬昭苦笑：「來都來了，現在說這些有什麼用。」郭淮重重嘆息：「曹爽分給你的兵都是他的人，你一定多加小心，切不可輕易離營！」司馬昭點頭。

司馬懿正在寫字，侯吉給司馬懿送上湯水，笑著說：「老爺喝點解暑湯。」

司馬懿擱下筆：「還是侯吉哥心疼我。」侯吉輕鬆道：「要不是來的路上太苦，這仗打得真跟玩兒似地，吳軍跑得比兔子還快，這個月咱們就能回家了吧？」司馬懿鄭重道：「吳軍雖退，但我們還要趁勢追擊。此番若能大勝，可為國解三載後顧之憂。」

此時信差進來喊道：「太傅，洛陽太傅府來信！」侯吉喜眉笑眼，開心道：「夫人想您了！」

司馬懿微笑拆開，立時色變，站起來罵道：「愚蠢！愚蠢！」

五名家奴警惕地守在營帳外，一片寂靜中只有樹葉沙沙作響。司馬昭營帳內也有五個肅立的家奴，司馬昭寫了幾個字，抬頭看著家奴沉思。

司馬昭開口問道：「你們是哪裡人，幾時被大哥招買為奴的，怎麼以前沒見過？」一名死士答道：「回稟二公子，小人們皆是洛陽城郊的山野之民，失了田地，大公子近日來徵召我們，小人們才有幸進了司馬家。」司馬昭淡笑道：「這幾日，我看你們騎馬頗為嫻熟，也會點武藝，練過？」

「小人們靠山吃山，進山打獵，粗略會點。」

司馬昭凝視他們不語，忽然外間一陣騷動，司馬昭一驚抬頭。營外馬蹄聲、鑼鼓聲響、殺喊聲連成一片，原來是蜀將偷營。

司馬昭衝了出來，大聲喝令：「堅守營地！」話音未落，一杆長槍迎面刺來，司馬昭就地一滾，堪堪躲過一擊。

蜀將王林拍馬追來大喊：「漢將軍王林在此，賊將休走！」司馬昭拔劍迎敵，兩人混戰在一處。幾名刺客鬼鬼祟祟接近司馬昭，發出暗箭，司馬昭猛地回首，身後一名死士縱身撲上，為司馬昭擋了這一箭，剛才的死士大喊道：「保護公子！」死士們立即和刺客混戰成一團。

另一名死士和一名刺客打鬥，退至一座營帳門口，營帳中突然撲出來一群人，撲倒了他，將死士拖了進去，司馬昭一劍刺傷了蜀將王林。

王林痛呼一聲：「撤！」蜀軍呼嘯逃竄。

這時，李勝突然出現大喊：「快追！」一群魏軍殺上，將刺客隱藏其中，死士們很快在亂軍中失去了對手，司馬昭怒吼：「站住！全軍堅守不出！」

司馬昭回頭，看到地上躺著那名為自己擋箭而死的死士，陰冷的目光注視著李勝。

地上是三名死去的刺客，司馬昭逼問李勝：「他們是什麼人？」李勝冷汗直冒：「他們身穿蜀軍軍服，自然是偷襲的蜀軍了。」司馬昭低聲冷喝：「當我瞎了？他們是背後掩殺上來的，王林還沒破我軍的防線呢！」李勝開始狡辯：「蜀軍一貫狡猾，也許他們偷偷派人潛入，戰場上無所不用其極，也不足為怪……」司馬昭又問道：「其餘的人呢，明明陷入我軍包圍，為什麼全無蹤影？」

「這個……夜戰混亂，下官實在看不清楚啊……」

司馬昭冷笑著揮揮手：「下去吧！」李勝暗暗舒氣，向親兵招手吩咐道：「把這……拖下去！」

李勝帶著親兵們將三個刺客的屍體抬了下去。

司馬昭問一名死士：「我們的人呢，傷亡如何？」死士眉頭緊蹙回答道：「二公子，死一人，傷一人，但有一人不見了。」司馬昭一驚：「不見了？」

曹爽正在營帳內撒氣：「區區五萬蜀軍，居然讓我軍裹足不前！司馬昭，營寨被襲，為何不乘勝追擊？」司馬昭回道：「蜀軍熟悉地形，我軍若出，蜀軍必埋伏斷我歸路，故而末將認為，堅守不出最為穩妥。」郭淮附和道：「興平路勢至險，蜀軍已先占據要塞，若進不獲戰，退見伏擊，必然有全軍覆沒之險，下官認為司馬將軍堅守乃是慎重之舉。」

曹爽冷哼道：「慎重？當年郭將軍追隨太傅，就始終不敢與諸葛亮正面交鋒，畏蜀如虎，至今噩夢未散吧？」郭淮嘲諷：「若大將軍神機妙算不懼蜀軍伏兵，末將願聽大將軍調遣。」

曹爽煩躁說道：「你！先下去吧！」郭淮轉身冷笑一聲，和司馬昭出去。

郭淮低聲嘲笑：「他以為他是誰啊，就憑他也想伐蜀？」司馬昭顯得心事重重。

郭淮關切問道：「二公子？你怎麼了？」司馬昭搖頭：「沒事。」

這時候李勝匆匆走過，有些閃避司馬昭的目光。

曹爽煩躁地轉來轉去，此時李勝進來，喊了聲：「大將軍……」接著在曹爽耳邊低語。

「抓到了？」

李勝點頭，又補充道：「但什麼都不肯說。」曹爽又問道：「你確定司馬昭那群家奴，是高手無疑了？」

「是！我們派去的刺客都不是對手，要不是趁著晚上營中大亂，他們險些就被生擒了！」

曹爽魯莽說道：「好，你現在立刻帶人去，把司馬昭的家奴全都抓來。」李勝有些猶豫：「這，抓人總得有個理由吧？」曹爽不耐煩地擺擺手：「你自己編一個不就行了！」「是！」

營帳中只有司馬昭和一名死士。司馬昭逼視著死士，死士恭敬地低著頭。

司馬昭冷冷開口：「曹爽已經知道你們的身分了。」死士震驚抬頭，繼而搖頭：「不，即使落

入敵手，他也絕不會出賣司馬家。」司馬昭語氣更冷：「看來是真的了，養著你們的，是我爹，還是我大哥？」死士低頭恭敬道：「二公子見諒，小人什麼也不能說。」

「明白了，這樣瞞著我的人，是我爹。」

死士不語。

司馬昭又問道：「是汲叔叔在訓練你們吧？汲叔叔在哪裡？」

死士仍不語。

司馬昭又開口說道：「我猜，曹爽這次是試探，他一直懷疑司馬家私養死士，很快就會來拘捕你們了。我孤身在曹營，無力保護你們。」死士回答說：「我們也不會背叛司馬家，大公子交代了，我們只是他新招買的家奴。」司馬昭淡淡說道：「人心瞬息萬變。」

「公子要如何才能相信？」

司馬昭陰森森地說：「你們真的對我司馬家無比忠誠，萬死不辭嗎？」

死士一拉袖子，臂上一道傷痕：「早有誓言！」

李勝帶著一隊人馬快步趕來，遠遠便看著二十餘名死士被反綁跪著，神情堅毅，旁邊各有一名刀斧手。李勝大吃一驚，向前衝去喊道：「刀下留……」司馬昭卻已下令：「斬！」

刀斧手手起刀落，一地鮮血噴濺。李勝嚇得怔怔看著這慘烈場景，隨即又驚又怒趕上前來，質問道：「司馬將軍，這是為何?!司馬昭冷冷地回答：「他們毀謗大將軍不戰而退，雖然是我的家奴，但軍法如山，不敢寬縱！」

李勝大怒喝道：「你！」司馬昭淡笑著反問：「怎麼，難道不該殺嗎？」

回到曹爽營帳，李勝心有餘悸地說：「二十八個人啊，就這眨眼的功夫……他真下得去手！」

曹爽冷笑著說：「我原本還對何駙馬的計策將信將疑，現在好了，可見這些人一定是司馬懿養的私兵！這仗沒意思，不打了！上長安辦正事去！」

何晏側臥涼榻上，周圍美人絲竹聲聲，他握著筆閉目構思。

丁謐進來，不滿道：「國家兩面作戰，何駙馬此時還有這等閒情？」何晏睜眼笑答：「丁尚書不聞，運籌帷幄之中，決勝千里之外。」丁謐憤憤道：「你慫恿大將軍領軍伐蜀，如今方到興平，便被蜀軍所阻無法前進，司馬懿伐吳，於淮南大敗諸葛恪，這一敗一勝，讓大將軍損失多少人望?!」

何晏哈哈大笑：「戰場區區得失，不過是掩人耳目罷了，與司馬懿這等人搏，要尋其命脈，一舉擊殺！大將軍伐蜀的目的，原本就是聲東擊西，如今我計策已成，還怕司馬懿一點人望？」

丁謐將信將疑地問道：「計策？」何晏揮揮手，侍女們退下。何晏坐起身來，抖出一封密信給丁謐：「丁尚書請看，私養死士這條罪名，可夠將司馬懿滿門誅滅？」

丁謐看完不滿道：「就憑抓住一個家奴，如何能證明司馬懿養死士？」何晏笑著回答：「大將軍派出刺客，原本是為了試探，司馬昭身邊的家奴來歷皆不可查，又個個武藝高強，必是死士無疑！只要此人能夠招供，找到了司馬懿隱藏死士的據點，一網打盡，足可將司馬懿連根拔起！」

丁謐反問：「要是那人招不出什麼呢？」何晏得意一笑：「螳螂捕蟬，黃雀在後，你說，要是司馬家得知一名死士失蹤了，急是不急？打草，就是為了驚蛇嘛……」

司馬懿匆匆將書信塞給侯吉，小聲叮嚀：「這信要快馬加鞭送回洛陽，你親手交給師兒，此事關係到我滿門安危，我連親兵都不敢信，只有辛苦老哥哥了！」侯吉笑著寬慰道：「老爺放心，我騎馬的本事比你還好呢！」司馬懿握了握侯吉的手，再三叮囑：「一路小心！」侯吉笑答：「我一定辦好了事兒，親手燒十八個大碗的菜，給老爺辦接風宴！」司馬懿尚在憂慮中，仍微微一笑道：

「好！咱們洛陽見！」

侯吉策馬疾馳在淮南官道上。

夏侯玄帶著幾個隨從，策馬疾馳入長安城。他一身戎裝，一臉怒氣。

與此同時，長安官署內，曹爽摟著蒹葭，調笑問道：「寶貝兒妳怎麼跑這兒來了？」蒹葭撒嬌道：「我日夜都想大將軍，大將軍不帶我從軍，我只好到長安來，這裡是離大將軍最近的地方。」曹爽心疼道：「我怎麼捨得妳翻山越嶺受盡奔波啊……」正巧夏侯玄氣沖沖進來，看到這情景更是氣不打一處來。

夏侯玄喝問道：「昭伯！我們幹什麼來了！」曹爽淡淡一笑，使個眼色，讓蒹葭退下。蒹葭不情願地出去了，曹爽輕描淡寫回答：「蜀軍早有準備，我們再打下去徒勞無功，還是撤吧。」

夏侯玄語氣更加生硬了：「十萬大軍跋涉一月，沒有正式交戰就下令退軍，我們是陪你來遊山玩水嗎？你回去如何向朝野交代?!」曹爽冷笑：「夏侯玄！注意你的言辭！我還是大將軍！」

「那就請大將軍給末將一個解釋。」

曹爽冷笑問道：「表兄啊，你可知道，我們真正的敵人是誰？」夏侯玄氣憤道：「大將軍領兵伐蜀，連敵人都找不到了？」曹爽卻說：「大禍起於蕭牆之內！」夏侯玄冷笑：「你就算是為了和太傅爭權，也得把這場仗打好吧？」曹爽得意地反詰一句：「要是我有司馬懿謀逆的證據呢？」

夏侯玄蹙眉低聲喝道：「什麼？」

「我抓到了司馬懿私蓄的甲兵……」

一條長長的地下甬道，親兵舉著火把，曹爽領著夏侯玄向內走。

夏侯玄蹙眉問道：「你的官署還有這麼一塊地方？」曹爽回答：「臣不密，失其身。」夏侯玄輕哼一聲。

他們漸漸聽到了低沉淒厲的慘叫聲，來到一座鐵門前，兩個守衛向曹爽沉默地躬身行禮，打開門。走進密室，才發現室內景象十分殘酷，那名失蹤的死士被吊著，已經打得血肉模糊，呻吟慘叫。

夏侯玄帶著幾分對曹爽行為的厭惡問道：「這是怎麼回事？」李勝在一旁說道：「這是司馬懿私養的死士，下官正在審問，讓他們招供司馬懿藏匿甲兵的地點。」死士奄奄一息地答道：「我，只是司馬家，家丁……」曹爽冷聲道：「家丁豈會有這樣好的武功？你的同伴已經被司馬昭殺了滅口啦，你只要說出司馬懿將私兵養在哪裡，有沒有鎧甲武裝，我給你封侯之賞。」

死士重複道：「小人，真是家奴，進司馬家，才三天……」曹爽冷哼一聲：「找死！」

李勝一示意，行刑者將烙鐵貼在了那名死士身上，他慘叫一聲暈了過去。夏侯玄忍無可忍：「僅僅憑莫名其妙的推測就濫用私刑，這太過分了！」曹爽接話道：「人臣私蓄甲冑十副、私兵十人就是謀反之罪，這三十人只是冰山一角，司馬懿一定暗中養著一支軍隊！」

「異想天開！」

曹爽又沉聲道：「要不是這些人有問題，司馬昭為什麼把剩下的幾十名家奴都殺了？這不是心虛是什麼？」夏侯玄有了一絲遲疑，李勝趁機勸夏侯玄：「中護軍，大將軍這麼做，也是為了保護大魏江山，寧可錯殺不可錯放。若是被司馬懿得手暗算了大將軍，這大魏可就改姓了！」

夏侯玄又問道：「除了還沒拿到手的口供，你還有什麼證據？」曹爽笑著回答：「司馬師很快就會知道，他的人出事了，他最擔心的，就是這些人招出他蓄養死士藏匿武器的地點。一定會派人去通知死士們撤離，剩下就看何駙馬的了！」

曹爽新宅內，何晏、丁謐上望樓來，洛陽城盡收眼底，能夠看見遠處的司馬家。

何晏笑著說：「芙蓉覆水，秋蘭被涯，洛陽夏秋之交真絕色也。」丁謐有些惱怒：「何駙馬還真有風流之心啊。」何晏笑答：「丁尚書不要太嚴肅嘛，你看，登高樓之上，望塵寰之間，千門萬巷，宛若棋盤，十萬蒼生，盡成棋子。你我就是操棋之人啊，這兩天，司馬家這顆子就該耐不住了。」

丁謐冷冷道：「何駙馬，就算司馬懿真的養了私兵，我也不贊同對他趕盡殺絕。畢竟是四朝老臣，兵戎相見，就算贏了，也會讓大將軍落一世罵名。司馬懿已經年近七十，剝其兵權，待其善終，方是穩妥之策。」

何晏的笑容凝固了：「丁尚書已登高處，為何還是如此淺見？司馬懿他歷經四朝，早已不是一個人，而是一個龐大的家族，一個被朝野高高奉起的名號。他的身後有那麼多的門生故吏，大將軍在前線受阻，你我在朝中被大臣側目，都是因為司馬懿！這就是一座大山，擋著大將軍也擋著你我，我要幫大將軍，把這座山徹底地掀了。」

「何駙馬想要的是登臨絕頂，就不怕山崩地裂，傷及大將軍嗎？」

何晏的微笑又爬上了面頰：「司馬懿固然老謀深算，他不是還有倆兒子嘛。我猜，司馬昭給他大哥送信的人到了。」何晏指著樓下，一名信差飛奔到司馬家門口，下馬就向內衝。

司馬師在為夏侯徽梳頭，他滿腹心事，挽著夏侯徽的頭髮怔住了，夏侯徽擔心地從鏡中看著丈夫。信差衝到門口跪下：「大公子，二公子的信！」

司馬師一驚，轉身出去，夏侯徽的長髮如水散落。

司馬師不禁喊了聲：「子上！」上前接過信，急忙一看，臉色變了。夏侯徽擔憂地站起來問道：「二弟有什麼事嗎？」司馬師明顯慌亂了起來，不知所措地拿著信轉了兩圈，自言自語：「沒事，沒事……我去書房。」司馬師帶著信差匆匆離去，夏侯徽蹙眉望著他們。

司馬師在書房中焦灼不安地走來走去，自言自語道：「爹，兒子闖了大禍了啊……」司馬師轉身回房換上一身打獵的精幹衣裳，背著弓箭，牽著馬出門，夏侯徽跟到門口喊道：「子元！」

「妳怎麼出來了？」

「你要去哪兒？」

司馬師勉強一笑，寬慰妻子：「我去打獵，散散心。」夏侯徽又問道：「現在打獵？子元，二弟那裡，真沒什麼事情嗎？」司馬師回避著她的目光：「沒有，他們已經撤軍了，妳快進去吧。」

司馬師走出門去，上馬而行。

何晏遠遠看著司馬師策馬離家，笑著說：「看！棋子動了！」丁謐也驚喜道：「出城的方向。」何晏笑著說：「他耐不住，要去給城外的私兵們報訊轉移了。」何晏手中扇子輕輕一轉。

街角，兩個農夫打扮的探子，悄悄尾隨著司馬師。

司馬師策馬，警覺地走著，兩步就回頭看看，兩個探子遠遠尾隨，謹慎地隱藏著自己。

侯吉狂奔趕來，下馬撲上去狂砸門，家丁開門驚喜道：「喲，侯叔回來了！」侯吉氣喘吁吁地說：「快帶我見大公子！」

「大公子……剛走沒多久，他出城打獵去了？」

侯吉愕然：「打獵？糟了！他哪個門出去的?!」

「好像是東門……」

侯吉又衝下臺階，跳上馬飛奔而去，家丁納悶了：「哎！侯叔怎麼不進門呢？」

山林濃綠，被陽光投下斑駁的光影。

司馬師騎馬走在山道間，遠處兩名探子小心隱身在樹林裡跟著他，司馬師身後一隻鳥雀忽然驚起鳴叫著飛向天空，司馬師微微一驚，警覺地轉過頭去，那兩名探子趕忙閃身在山後。

司馬師什麼都沒有看見，猶豫了片刻，一邊沉吟一邊繼續向山中走，那兩名探子若即若離繼續跟著，侯吉策馬趕到，遠遠看到探子，他一驚，小心下馬，貓腰低頭跟了上去。

侯吉跟著探子，也看到了更遠處的司馬師，和另一個方向的兩名探子，侯吉大驚，意識到最擔心的事發生了，他著急地想給司馬師報信，眼看著司馬師越走越遠，侯吉下定了決心，大聲喊道：「大公子！大公子，夫人叫你回家吃飯啦！大公子！」

司馬師還沒有聽到，四名探子已經大驚，他們互相使個眼色，轉身向侯吉奔來。

侯吉仍然在喊：「大公子……」兩名探子撲倒侯吉，探子去捂他的嘴，他奮力掙扎，猛得咬了探子的手一口，探子氣急，拔出刀來捅進侯吉的腹部，侯吉慘叫一聲：「大公子——！」

遠處的司馬師隱約聽見，猛然回頭！

司馬師調轉馬頭狂奔回來，看到正和探子們殊死搏鬥的侯吉，立刻在馬上挽弓上箭，一箭射死一名探子，其他探子大驚，起身就跑。

司馬師跳下馬來看到遍身染血的侯吉，五內俱焚無法抉擇，終於還是放棄了追逐，跳下馬來抱起侯吉哭喊道：「侯叔！」侯吉口吐鮮血，抽搐著說：「差點……來不及了……」司馬師流淚顫抖著喊道：「侯叔你別說話，我帶你回去看大夫！」侯吉緊緊拽住司馬師的手臂，喃喃道：「我懷裡……老爺……給你的，信……你，不能去，這是……圈套……」司馬師落淚，泣不成聲道：「我知道了知道了！是我沒用，我這就帶你回去！侯吉叔你撐住！」司馬師想抱起侯吉，卻發現他傷口仍然在汩汩湧血。

侯吉已經意識不清了：「公子，你可，小心啊……」司馬師崩潰痛哭道：「侯吉叔！你別走，別走啊！」侯吉笑了：「不走，不走……我還要給老爺，做十八個大碗呢……」侯吉鬆了口氣，慢慢閉上眼。

司馬師咬牙痛哭：「侯吉叔，我絕不會讓你有事的！」說罷，司馬師抱起侯吉上馬，絕塵而去。

逃回來的探子跪著低頭，何晏勃然大怒：「廢物！跟個人都跟不住！」

探子慚愧地說：「屬下被發現了行蹤，無法再跟，只有回來了……」丁謐冷冷道：「現在去也來不及了，足夠司馬師去報訊了。」何晏又問道：「你確定沒有活口落入司馬師手中？」

「趙五被一箭穿心，必然活不了。」

何晏蹙眉揮揮手：「下去！」探子低頭躬身快步退下。

丁謐淡笑嘲諷道：「讓大將軍勞師遠征，做這麼大一個局，還是落空了。司馬家已經被打草驚蛇，再指望找到他們私蓄甲士的罪證，就更難了。可惜了何駙馬這一盤大棋啊！」何晏冷笑：「丁尚書，見識了司馬家的本事，好像這還不是你高枕無憂，幸災樂禍之時吧？」

丁謐正色道：「對付司馬懿這樣的人，要從朝堂大局著手，陰謀詭計，只怕我們幾個加起來，也比不上他。你殺了他的人，這頭睡虎也會被驚醒吧？」

司馬懿帶領軍隊，走在歸途中，滿腹擔憂。

信差策馬上前，單膝跪下，高舉書信：「太傅，洛陽家信！」

司馬懿急忙拆開一看，震驚之後哀痛湧上，他一陣眩暈，從馬上跌了下來。

將士們紛紛湧上前喊道：「太傅！太傅！」

【第十五章】

一退再退

從長安回來之後，司馬昭將劍掛了起來。

司馬倫來到身後喊道：「二哥。」司馬昭帶著幾分戒備問道：「你來做什麼？」

「我聽說二哥出征歸來，想來看看你。」

司馬昭淡漠回答：「勞而無功，不值一提。」司馬倫輕笑道：「跟著個草包將軍，二哥不敗已是大功了。」司馬昭有些詫異地回頭，淡笑了一下：「也只有你會這麼說。」司馬倫補充道：「二哥不要灰心，我娘說了，父親最為欣賞的就是二哥，將來會有真正的戰場，讓二哥名揚天下的。」

司馬昭怔了怔，輕嘆：「過來。」司馬倫走過去，在司馬昭身邊坐下。

司馬昭淡淡地問道：「家中如何？」

「侯吉叔被刺傷了，還在家中養病……」

司馬昭有些傷感：「我知道，大哥說是被山賊暗算。」司馬倫冷聲道：「可是我不信。」司馬昭一驚，趕忙問道：「你聽到了什麼？」司馬倫在司馬昭耳旁悄聲道：「大哥在北邙山中，藏著兵……」

司馬昭握住司馬倫的肩膀，連聲問道：「你怎麼知道的？」

「家裡有一次，來了一個賣布的，大哥居然親自去挑布，我看著那人不像買賣人，等他走後，悄悄跟著他，看到……」司馬倫在司馬昭耳旁低聲說了句。

司馬昭嚴厲問道：「還有什麼人知道？」司馬倫搖頭：「我連我娘都沒有告訴。」司馬昭又質問：「那為什麼告訴我？」司馬倫堅定道：「因為我相信，將來保護司馬家的，是二哥。那些兵，是大哥用來對付曹爽的嗎？咱們家是不是，要造反？」

司馬昭連聲制止：「不許再提一個字！」司馬倫點頭答道：「我懂。」司馬昭又說道：「我還要上朝當職，不能時時在家，你幫我盯著大哥。」司馬倫的眼睛越來越亮，笑著說：「我明白，還有大嫂。」

清酒淅淅瀝瀝落入酒盞。

司馬昭沉著臉，和何晏各自側臥在水榭中，何晏斟酒，司馬昭一言不發，接過就一飲而盡。

何晏嘆息：「此番都怪我，讓子上涉險了，一定是李勝那獠包藏禍心！」司馬昭淡笑回答：「我一個無權無職的公子，就算死了，對我爹也算不得多大打擊，李勝又為何要殺我？」何晏推測道：「李勝知大將軍與太傅不和，暗害你向大將軍表功啊？」司馬昭嘲諷地看著何晏，卻笑著問道：「說起來，我這樣一個無用之人，何駙馬為何要獨獨青睞於我？」何晏一怔：「子上懷疑我？」司馬昭笑意不減：「何駙馬若想要幫我父親，為何不直接找他？」何晏嘆息：「子上聰明絕頂，卻還是不明白啊。」

「請何駙馬解惑。」

何晏答道：「我想幫的不是太傅。」司馬昭毫不意外地一笑。

何晏卻繼而堅定地說：「是你，司馬昭。」司馬昭有些意外，繼而笑道：「何駙馬在玩笑吧，這話你對我大哥說，還有三分可信。」何晏嘆口氣說道：「正因為太傅已經登臨絕頂，大公子是眾望所歸，我投身他們，徒然落背主之名，被人輕賤。錦上添花之事，我不屑為之。」

「所以何駙馬不斷給我機會，想把我這樣一個無用之人送上青雲？」

何晏感慨道：「我雖然與文帝自幼不和，但卻最敬佩令尊，能夠將一個弱勢的公子送上太子位，這才是扭轉乾坤的力量，名垂竹帛的功業！如今吳、蜀未平，我大魏內亂又起，太傅已老，未來的功業，要看公子了！論權謀心術，文治武功，難道公子自甘落於你兄長之後嗎？」

司馬昭輕笑問道：「何駙馬這一番話，上背君臣，下離父子，好像有些，不夠謹慎吧？」何晏大笑不止：「謹慎？世間豈有謹慎來的功業？我願為雙翼，就看大公子敢不敢為鯤鵬了！」

司馬昭正色問道：「何駙馬究竟想要什麼？」

「想要你做當年的文帝，想要我做當年的令尊。」

司馬昭苦笑：「不覺得太過渺茫嗎？」何晏鄭重地說：「以太傅威望，已經勝過當年的武帝了吧？二公子若是能將令尊的勢力都襲承過來，莫說一個大魏，踏平天下一統宇內，非難事也！」司馬昭為難嘆道：「這尚是曹家天下啊……」

「曹家，陛下，哈哈哈哈……」

幾個宦官帶著馬頭面具，滿地亂爬，小皇帝曹芳騎在一個宦官身上，舉著木劍，玩得滿臉通紅大汗淋漓，大喊著：「殺！殺！」韓琳在一旁吶喊助陣：「陛下威武，殺馬！殺馬！」

不知何時郭太后出現在門邊，又驚又怒地看著一片狼藉的寢宮。郭太后喚道：「陛下！」

曹芳和身下的宦官都嚇了一跳，那小宦官一仰頭，不小心將皇帝掀到了地上。曹芳「哇」得放聲大哭，郭太后忙上前扶起曹芳，摩挲著他全身問道：「陛下沒事兒吧？」

韓琳作威作福地踹了那小宦官一腳：「你找死，來人，給我拖出去打！」郭太后震怒：「該打的是你！」韓琳躬身道：「娘娘息怒。」

「你們伺候陛下，就是引誘陛下瘋玩兒？」

韓琳雖然躬身陪笑，但並不怎麼怕這位名義上的太后，有些輕蔑地說：「陛下年紀小，整日讀書，豈不憋壞了身子，何況我朝是馬上得天下，陛下也不能荒廢了武功不是？」郭太后冷冷質問：「這也叫學武功？你說的殺馬是什麼意思？」韓琳笑答：「陛下快學騎射了，奴婢先讓陛下壯壯膽，看見馬不害怕，要是太后覺得奴婢還有別的意思，只怕是太后心裡的意思想多了。」

郭太后氣得柳眉倒豎，狠狠瞪了韓琳一眼喝道：「別以為本宮不知道你私下的勾當，從今日起，你給本宮滾出陛下的嘉福宮，不許你再見陛下！」韓琳冷笑著說：「娘娘忘了……」

郭太后指著韓琳罵道：「本宮沒忘！你是大將軍的人吧？那你就伺候大將軍去吧！是你們忘了，我朝不許宦官干政，這後宮還是本宮做主，來人，把他拖出去。」

太后身邊的人拖起韓琳就走，韓琳這才慌亂叫道：「陛下，陛下要給奴婢做主啊！」曹芳哭著要追，連聲喊道：「別趕他走，別趕我的伴伴走！」郭太后握住曹芳的肩正色問道：「陛下今日的功課做了嗎？」曹芳有些害怕了，抽搭著低下頭。

郭太后訓斥道：「太傅就要回來了，陛下如此荒廢學業，看你怎麼跟太傅交代！」曹芳哭了起來：「別讓太傅回來，我怕他，好害怕……我不想讓他回來……」

太后呆住了，痛心道：「陛下！太傅是先帝留下輔佐你的人，他才是我大魏的忠臣啊！」

曹爽還穿著鎧甲在書房裡發脾氣，氣急敗壞地說：「我來回奔波三個月，就為了引出司馬家的甲兵，現在呢？你告訴我一無所獲？」丁謐有些幸災樂禍地一笑。

何晏尷尬解釋：「大將軍，此番雖然失敗，但是至少我們坐實了司馬家確有私兵！司馬懿謀反之心如此昭彰，大將軍要儘快有所行動了！」曹爽一聲令下：「加派人手，把那三匹馬的一舉一動，都給我監視起來！」何晏在一旁進言道：「監視自然不可少，但也只能在府外，此番司馬家有了防範，更難尋其罪證。大將軍，司馬府內，不是有大將軍的人嗎？」曹爽不解地一怔。

何晏繼續說道：「據司馬昭所說，司馬懿所養死士，唯和其子司馬師商議，連司馬昭都不許知聞。但是，司馬師瞞得過枕邊人嗎？」丁謐急忙勸道：「不可，夏侯將軍絕不願為難其妹，更與司馬師交好，我們要是連他也得罪了，朝中又失一大臂助。」曹爽也不耐煩地揮揮手：「算了吧！我那個表兄胳膊肘外拐，也不知道嫁給司馬家的是他妹妹還是他自己！」

何晏淡笑道：「夏侯將軍忠貞耿介，但司馬懿若有謀逆之舉，夏侯將軍一定會毫不留情為國除

賊的。」曹爽沉吟不語。

這時候外面傳來韓琳哭哭啼啼的聲音，一進來就哭著絮絮叨叨：「大將軍，大將軍可回來了，奴婢險些見不到大將軍了……」曹爽不耐煩：「不就是被太后罵了幾句，這麼點小事也值得哭，還是不是男人？」韓琳抽抽搭搭回答：「奴婢原本，就不是男人嘛……」

曹爽被逗得哈哈大笑：「明日本將軍進宮去震懾她兩句就是了，放心，你還是總管！」韓琳趕忙說道：「奴婢這點榮辱不打緊，奴婢是擔心大將軍，太后還不是看司馬懿快回來了，才敢這樣對奴婢？打狗看主人，她這不是打奴婢，是打大將軍啊！」丁謐也補充道：「大將軍，韓總管此言不虛，這裡，才是大將軍要與司馬懿相爭的地方……」

司馬懿帶著少數親兵入城。司馬師、司馬昭、鍾會在城門等待，鍾會身後還跟著一輛馬車。司馬師、司馬昭慚愧地行禮：「父親。」司馬懿淡淡看了他們一眼，嘆了口氣：「什麼都別說了，回家。」鍾會卻在一旁說：「老師歸家之前，請先看一個地方。」司馬懿不解地看了他一眼。

馬車轆轆而行，鍾會關切問道：「老師在外，一切可曾平安？」司馬懿閉目養神，淡笑回答：「我已經許久不知平安二字為何物了，還活著，姑且算是平安吧！」

「子上的事我聽說了，他們已經肆無忌憚了……」

司馬懿抬手制止：「他回來就好，別的不要再提。朝政如何？」鍾會憂慮道：「每況愈下，老師不在，曹爽更加肆無忌憚。丁謐、何晏等人急於富貴，以權謀私，他們利用在尚書臺控制機要之便，將洛陽東北的數千畝膏腴之地據為私有。朝中大臣，若不送禮依附，多被外放降職。許多老臣，殷殷期盼老師早日歸來，端正朝風。」司馬懿閉目不語。

馬車停下，司馬懿揭開車簾，看到一座恢宏宅邸，高樓巍峨，門前車水馬龍，排滿了等待召見的官員，峨冠博帶魚貫進出。

司馬懿疑惑問道：「這是？」

鍾會語氣中帶著嘲諷：「這是曹爽新修的宅邸。」司馬懿輕輕倒抽一口冷氣，喃喃念道：「百尺高樓平地起啊……」鍾會又說：「老師仔細看看，這地方玄妙在何處？」

司馬懿遠眺，見宅邸西邊便是宮牆和皇宮的角樓。

司馬懿讚嘆一笑：「好眼光，旁過皇宮，上控武庫，將洛陽城最重要的兩個地方，皆納入掌握之中，真是塊風水寶地。」鍾會在一旁指出：「不只，他還扼住了老師前往武庫的道路，高臺之上，老師府邸一覽無餘，這是專為防備監視老師修的。」

司馬懿凝目望了一會繁忙的府邸，慢慢放下簾子，將頭靠在車廂上，閉目回答：「他想多了，你也想多了。」

回到司馬府，司馬懿步履匆匆，一臉焦灼大步走進侯吉居處。

張春華正守在侯吉床邊，看到司馬懿，焦慮道：「你終於回來了！」

「侯吉怎麼樣了？」

張春華搖頭：「還在發熱，半睡半醒的，大夫說傷太重了……」司馬懿看到侯吉慘白的面容，伸手去探，果然還在發燙，他不由一陣苦澀：「是我司馬家對不起他啊！」病痛中的侯吉呻吟了一聲，緩緩睜開眼，看到司馬懿強撐著想坐起來，司馬懿忙將他按住。

侯吉啞著嗓子虛弱笑道：「答應老爺的，回來給您做十八大碗……」司馬懿扶著他再次躺下，眼眶也紅了：「一把年紀了，還逞什麼強？你歇著吧，這次換我來給你做。」

司馬懿走進廚房，拿起菜刀看看，又看看鍋臺，接著拿著一個個碗，慢慢往桌案上放，低聲數著：

「一、二、三、四……」十八個空碗整齊排開，司馬懿開始切菜。

張春華慢慢走進，看見這場景一怔，隨即紅了眼圈：「司馬懿！」司馬懿慢慢回頭，看到張春華又悲又怒地問他：「師兄說讓我等你回來，好，現在你回來了！躲到這裡算怎麼回事?!你打算什麼都不和我解釋嗎？」司馬懿疲憊道：「我想歇歇。」

張春華的憤怒難以平復：「讓他們給我個交代！昭兒為什麼遇刺，侯吉為什麼被殺?!」司馬懿疲憊黯淡地解釋：「昭兒，是蜀國的刺客……侯吉，是山賊……」張春華的委屈憤怒一時全都爆發了：「你連我都騙！侯吉險些丟了一條命，都討不回個公道嗎？我們都知道是誰，你不敢去，我去！」司馬懿緊緊抓住張春華，勸道：「別去，不能去！」

張春華氣得揚手要打司馬懿，司馬懿只是黯然低頭：「妳打吧。」

張春華揚起手，卻落不下去了，只能含淚問道：「你就怕成這樣？」司馬懿放聲哭道：「是，我怕，我怕和曹爽兵戎相見，我怕輸了滿門覆滅，更怕贏了遺臭萬年，更怕魏國就此完了！我怕啊！」

司馬懿慢慢滑落，坐了下來抱著頭，張春華流著淚將他的頭攬入懷中，此時傳來司馬師的聲音：「父親，太后召見。」

司馬懿隔著珠簾，鄭重向郭太后和曹芳叩首：「臣司馬懿，叩見陛下萬歲萬萬歲，太后千歲千千歲。」

郭太后許久不見司馬懿，帶著幾分驚喜激動：「太傅快請起，賜坐。」

司馬懿被宦官扶起來坐下，郭太后開口道：「太傅為國征戰身先士卒，本宮代陛下謝太傅了。」

司馬懿忙起身一躬：「此乃人臣的本分，太后和陛下的恩賞，已經讓臣惶恐不安了。」郭太后嘆息道：「是本宮愧對太傅了，陛下，去給太傅敬一杯酒。」

曹芳有些扭捏地不肯出去，郭太后推了曹芳一把，曹芳才蹭到了司馬懿面前，司馬懿忙跪下，宮女捧上酒盅，曹芳怯生生遞給司馬懿。

司馬懿伸手去接，微笑著說：「多謝陛下。」不料曹芳驚慌地一鬆手，酒盞落地潑了司馬懿一身，小皇帝連連後退，轉身就逃，司馬懿不禁惶恐。

郭太后無奈說道：「是本宮對不住太傅，如今陛下常不在本宮身邊，奸邪之人離間陛下與太傅，本宮也無能為力……」司馬懿蹙眉嘆息：「陛下長大一些，會明白的。」

郭太后忽然起身啜泣，斂衽行禮道：「本宮雖然尊貴，在這皇宮中卻是無依無靠，還望太傅照料……」司馬懿驚駭跪下：「太后母儀天下，何出此言?!」郭太后嘆息回答：「本宮的處境，太傅也不是不知道。本宮出身寒微，膝下無子，陛下臨終之前封我為皇后。本宮家中，兩個弟弟都還小，望太傅提攜。」司馬懿恭敬道：「太后之家，自當封侯，娘娘不必擔心。」

郭太后期盼地繼續說道：「聽聞太傅的長孫女十分聰慧娟秀，本宮覥顏為弟弟求個親可好？」司馬懿一時不曾預料，有些慌亂：「這、這，臣的孫女年方十三歲，還十分幼小，議婚只怕太早……」郭太后卻趕忙說道：「正是豆蔻年華，我郭家一定會愛護孫小姐的，難道太傅，也是嫌棄本宮家門寒微嗎……」司馬懿慌忙解釋：「不不不，得太后垂青，臣一時受寵若驚，臣滿門皆感念太后的恩德。」郭太后意味深長地囑咐道：「如今曹爽一手遮天，太傅要與本宮進退與共才好啊……」

夏侯徽低頭流淚，低聲啜泣道：「阿柔還小啊，怎麼能為人婦呢？」司馬師傷感地輕握住她的肩：「若不是局勢惡劣，我家和太后要互相依仗，我也捨不得這樣早讓阿柔出嫁的。」夏侯徽哭著說：「郭家門第低微，早聽說子弟粗鄙不甚讀書，阿柔知書達理，嫁到這樣的家門去，和夫婿定不能知心知意，讓她將來怎麼過啊！你再求求爹好不好？我們給阿柔選一個士家讀書子弟！」

司馬師也難過道：「妳也知道，曹爽恨我爹入骨，一步走錯，就是滿門覆滅，那時候想將阿柔嫁個田舍漢也不能了。郭家雖然門第低微，但畢竟是外戚皇親，必要的時候，也能保護阿柔。我們生活在這個家，享受家門榮耀，也需要為家門犧牲啊……」夏侯徽伏在司馬師懷中無聲流淚。

曹爽正在大發脾氣：「她還得寸進尺了！公然和司馬懿聯姻，這是向本將軍示威？」何晏正色回答：「大將軍，此事關鍵不在太后，而在司馬懿。司馬懿以太傅之尊，那麼多高門士族可以聯姻，卻將孫女嫁給寒微的郭家，他的目的，就是為了結太后之力抗拒大將軍。皇帝年幼無法親政，政務皆決於太后，司馬懿正是看中這一點，籠絡了太后，就等於拿住了玉璽。」

曹爽冷笑：「拿著玉璽的是皇帝，又不是她，一介婦人，她不聽話，就讓她滾出去！」丁謐目光一閃，擊掌說道：「大將軍一言驚醒了我，我們不妨，試試司馬懿！」

「怎麼試？」

丁謐雙目發光說道：「我們何必費盡心神監視太后，我們要掌控的是天子，不是她！只要她和天子不住在一起，不就是了？」曹爽也恍然大悟：「讓她搬回本宮？」

丁謐笑著說：「太后是因為天子年幼，才暫住陛下寢宮，只要以陛下年長為理由，讓太后搬回自己的永寧宮去。太后是司馬懿的命門，他有沒有野心，就看他出不出手了！」

曹爽大喜道：「妙計！」

曹爽和何晏帶著兵，雄赳赳氣昂昂地長驅直入，不遠處的宮門守衛處，兩名守衛悄聲商量。

「大將軍這是要做什麼？」

「不知道，快報司馬護軍知道。」

「司馬護軍今日休沐了。」

「那就出宮去找！」

花園中，幾名小宦官正在陪曹芳玩射箭，劉氏在一旁喜孜孜地看著。前方的靶子上，卻是畫著一個馬頭。

曹芳拉開弓，箭軟軟飛出去，沒到達靶子就落了下來，曹芳不高興地努努嘴。曹爽踏進去，撿起箭笑道：「阿叔教你。」曹芳拍手笑道：「阿叔射給我看！」

曹爽走到曹芳身後半跪下，扶著曹芳的手拉開弓，一箭飛出，正中馬頭。曹芳高興歡呼：「阿叔好厲害！」曹爽笑著說：「看到了吧？誰敢覬覦咱們曹家天下，阿叔就射死他！」

曹芳回頭看見曹爽背後的軍士，納悶問道：「阿叔帶了好多人，都是來陪朕玩的嗎？」曹爽笑著回答：「阿叔辦完了正事，就去陪陛下玩。」說著向劉氏使了個眼色。

劉氏會意，抱起曹芳，微笑著說：「娘帶你坐船去。」

等劉氏和曹芳帶著宦官走遠了，曹爽才對何晏冷笑一聲，驕矜道：「咱們走！」

郭太后正在寢宮內小憩，兩名宮女給太后打扇，外間紛至遝來的腳步聲驚醒了郭太后，她起身吩咐道：「去看看何事？」何晏和曹爽已來到門口，二人嘲弄笑道：「臣曹爽、臣何晏，拜見太后。」

郭太后慌張披上外衣問道：「二位卿家有何要事？請外殿相見。」曹爽輕蔑笑道：「臣啟稟太后，陛下年歲日長，行將親政，不久也要選婚，太后宜遵制度，歸於永寧宮榮養。」

郭太后驚怒道：「陛下不過十歲，如何親政選婚?!」何晏笑著回答：「陛下天資聰穎，已能批閱奏表，自然該親政。」郭太后氣得渾身發抖：「是陛下要親政，還是你們要親政！你們這是要謀反！」

曹爽和何晏相視大笑，何晏笑著說：「太后弄錯了吧，我為曹家婿，大將軍為曹氏宗親，我們豈會造大魏的反？太后，我朝自文皇帝立國，可是有明訓，後宮不得干政，太后這些年垂簾聽政，已經違背國法了。」郭太后驚懼不已，不住流淚說道：「先帝駕崩才幾年，你們就來欺負孤兒寡母，不怕天下人口誅筆伐嗎？」曹爽笑道：「太后又無兒女，何來的孤兒寡母？」

郭太后坐下來大聲說：「你們把大臣們都叫來，把三公三孤都叫來，讓他們評評理！」曹爽冷笑：「太后，我和何駙馬請移宮，已經是顧忌了您的顏面，太后非要如村婦一樣哭鬧於朝堂，做天下人的笑柄嗎？來人！」

宮女們跪地哭成一片：「大將軍開恩，大將軍開恩啊……」

郭太后淚流滿面對宮女們說：「起來！起來！我是皇太后！母儀天下，用不著求他們！你是輔臣，太傅也是輔臣，太傅不到，本宮絕不離開陛下！」何晏輕蔑地搖頭：「太后還真是把太傅當救命稻草了，便是太傅來了，豈能更改國法？」此時，司馬師帶著親衛大步而來，厲聲呵斥：「誰敢冒犯太后?!」郭太后驚喜地望著他。

曹爽輕蔑道：「一個小小的右護軍，此地沒有你說話的份兒！守你的大門去吧！」

司馬師站在寢宮門口，如挺拔的山峰一樣遮蔽身後一宮的女人，他對著曹爽毫不示弱：「下官雖然職位卑微，在護軍一職，便在保護兩宮。擅闖宮門者，無論是誰，格殺勿論。」

曹爽端起架子囂張道：「本將軍總督中外軍事統領宮廷戍衛，你敢不聽號令？」司馬師昂然回答：「亂命不從！」

何晏含笑勸道：「大公子，陛下親政，太后居於永寧宮，是文帝國法，不能因為與你家做了親眷，就破例吧？」司馬師冷笑道：「天子年幼，尚需人照料，你們強行遷走太后，不知是天子要親政，還是大將軍要親政？」曹爽一揮手：「拿下他！」

曹爽身後兩名護衛衝上前要扭住司馬師的雙臂，司馬師乾脆俐落地將那兩人摔翻在地，曹爽的護衛齊刷刷拔刀，司馬師的護衛也拔出刀來，兩邊對峙一觸即發。

郭太后淒厲地叫了一聲：「誰敢動手?!」說著猛然用髮簪對準咽喉，司馬師回頭驚叫：「太后不可！」曹爽冷笑一聲，低聲自語：「一哭二鬧三上吊。」

夏侯玄一身宮廷護衛的甲冑，帶著人疾步而來，怒喝：「都住手！深宮之內，誰敢在至尊面前露兵刃！」曹爽懶洋洋地笑著，指著司馬師說：「你這個下屬要犯上。」

司馬師怒視夏侯玄回答道：「逆臣帶兵犯禁，凌辱太后，你這個中護軍要助紂為虐？」曹爽冷笑回答：「我依國法請太后退回本宮而已。」

夏侯玄冷冷掃視了兩方，接著向太后躬身行禮道：「臣護駕來遲，請太后恕罪。」曹爽怒道：「夏侯玄，你不要忘本！」夏侯玄正色回答：「世為大魏之臣，就是我的根本！請太后遷宮是國家大事，須兩位輔臣共商請奏，豈可帶兵逼迫？二位，請放下兵刃，讓你們的人全都給我退出宮去，否則就莫怪我行使職責，翻臉無情了！」

司馬師當即扔下劍，向自己的護軍一揮手：「你們退下，再去稟報太傅，請太傅從速進宮！」司馬師的護軍退了出去。

曹爽逼視夏侯玄，恨恨問道：「你鐵了心了？」夏侯玄毫不畏懼地回答：「你是大將軍，事後自然能革我殺我，但現在我還是中護軍，我令下三聲，擅入宮禁，御前帶刃者即為謀反，格殺勿論！聽到了沒有?!」夏侯玄的護軍高聲回答：「是！」

「一！」曹爽雖然目光兇狠，但對夏侯玄這軟硬不吃的態度，明顯有些猶豫了，他一時還拉不下臉面示弱棄劍，還在用自己的身分和夏侯玄對峙著。

夏侯玄又沉聲喊道：「二！」夏侯玄冷若冰山，似乎真的毫無畏懼，也不計後果。曹爽一方的護軍有膽小之人，已經稀稀拉拉扔掉兵刃。

夏侯玄喝道：「三！」曹爽的護軍被他的氣勢所震懾，紛紛扔下兵刃。

曹爽故作隨意地將劍一拋，冷笑著說：「請太后移宮，也用不著興師動眾，你們都出去。」大軍退盡。

曹爽色厲內荏地問道：「要是太傅也同意移宮呢？」夏侯玄鄭重地說：「我親自帶兵護送太后移居永寧宮，護衛太后安全。」

司馬昭此時正直挺挺地跪在司馬懿房中。

司馬懿逼視著他問道：「為什麼要去？」司馬昭回答：「曹爽是大將軍，兒子不敢抗命。」

「我沒有讓你抗命，我問的是你自己！」

司馬昭垂首不語。

司馬懿冷冷問道：「不甘寂寞，想要建功立業，證明給我看？」司馬昭低頭道：「怪兒子無能，墮入了圈套。」司馬懿語氣更冷了：「你明知道是圈套也會跳，對不對？你和那個何晏，究竟是什麼關係？」司馬昭斟酌一下說道：「兒子，只是想從何晏那裡得到一些曹爽的消息，好讓父親早些提防……」司馬懿惱怒：「我一直在提防！我天天提防，還是管不住你們！」司馬昭低頭平靜地說：「兒子不敢了。」

司馬懿撫著兒子的肩：「昭兒啊，爹不是防著你，也不是不重用你，是不能讓你捲進這個漩渦裡。曹爽比諸葛亮，螻蟻耳！但洛陽這戰場比上方谷更可怕！為國征戰，馬革裹屍心中也坦蕩，但權力之爭人心鬼蜮能讓你發瘋，變得連自己都不認識。我尚且日日自省，時時畏懼，何況是你？昭兒，父親不想看見你被欲望吞噬，不想看著你為權力瘋狂，現在這汪泥潭，你不要涉足，明白了嗎？」

司馬昭緩緩抬頭，平靜說道：「謝爹的教導，兒子明白了。」司馬懿凝視著兒子的眼睛，忽然覺得害怕，司馬昭的目光中沒有任何少年人的真誠，他已經看不懂自己的兒子了。

房外傳來武士的聲音：「太傅，大將軍和何駙馬帶兵來到嘉福殿，逼迫太后遷回永寧宮！」司馬懿一驚站起開門，武士跪倒：「拜見太傅！」

司馬懿問道：「宮中情勢如何？」武士回答：「中護軍和大公子攔住了大將軍，中護軍言道要太傅同意，才可遷宮。」司馬懿背著手在室內快速走動，緊張地思索，武士跪在門外勸道：「大公子和大將軍都動手了，太傅快去吧！」司馬懿的手緊緊攥著門框，手上青筋暴起，緊鎖眉頭。

司馬懿身後的司馬昭還跪著，在幽暗的光線中，竟然露出了一絲陰暗的冷笑。

那名武士一手捧著一卷表文，翻身上馬，疾馳而去。

司馬師、夏侯玄、曹爽何晏三方仍然相持不下，郭太后仍舊悲憤委屈地用金簪指著喉嚨。

宮牆外響起了馬蹄聲，司馬師精神一震，曹爽和何晏立刻戒備起來。武士捧著表文飛奔進來喊道：「太傅有表上奏！」司馬師有些錯愕地問道：「我爹沒來？」

武士向郭太后跪下捧起表文：「太傅令我轉呈奏表，天子行將親政，請太后從大將軍所請，移居永寧宮！」司馬師不可思議，何晏和曹爽則是意外的驚喜。金簪墜落在地，郭太后絕望委頓下去。

曹爽帶著勝利的笑容向夏侯玄說道：「怎樣？兩位輔臣共同奏請，夠了吧？」又向司馬師輕蔑笑道：「你呀，還太嫩！」夏侯玄冷臉向太后跪下說道：「請太后移宮！」司馬師屈辱地轉過臉去。

司馬懿負手在書房內沉思，司馬師滿面悲憤大步進來喊道：「父親！」

司馬懿開口問道：「太后平安否？」司馬師氣憤問道：「父親為何任由曹爽凌辱太后？太后遷宮，陛下便落入曹爽手中，父親就不怕鞠躬盡瘁，還蒙冤獲罪嗎？」

司馬懿神情平靜，語氣溫和：「曹爽氣焰方熾，他是不會退兵的，我如果去了，立刻就是兵戎相見！」司馬師大聲喊道：「我不怕他！他不只是凌辱太后，他是凌辱您，凌辱咱們家！」司馬懿仍然溫和道：「和曹爽兩敗俱傷，國家大亂群雄並起，天下回到建安之初，這幾十年的太平就完了！難道這便是我司馬家的榮耀？兒子，我們不能重蹈覆轍啊……」司馬師仍是氣咻咻：「兒子是怕，曹爽越來越肆無忌憚，父親顧及國家太平，他不顧及啊！」

司馬懿握住司馬師的肩，正色回答：「對，他肆無忌憚，很愚蠢是吧？可人活在世上，有時候必須跟愚蠢和解，還得向愚蠢低頭，這比跟愚蠢拚個你死我活，更需要智慧。」

司馬師苦惱問道：「現在連太后都不能做主了，咱們家該怎麼辦？」司馬懿站起來：「我去跟愚蠢和解。」

夏侯玄憤怒的聲音從曹爽的書房中傳來：「昭伯，你也須適可而止！」

曹爽冷笑回答：「是你做了司馬懿的親家，便指望沾一沾太傅的恩惠吧？我最恨背叛，你要是想做司馬懿的人，好走不送，我就當姑姑沒你這個兒子！」夏侯玄質問道：「你心裡除了權位之爭還有什麼？你不是小孩子了！你是總領百官的大將軍，是一國的執政者，你能不能放下那點私怨，想一想國家！」曹爽也氣急站起來說：「我正是為了國家，才不能再養出一個王莽！我姓曹，他姓司馬！這不是我曹爽一人和司馬懿的私怨，是大魏曹氏和司馬氏的你死我活！」夏侯玄正色回答：「我說過，司馬懿有不臣之心，我第一個不會放過他！」何晏冷笑問道：「此話當真？」

「我是大魏之臣！」

何晏在旁陰惻惻說道：「司馬昭帶上戰場的，說是家臣，卻不在軍籍武功高強，司馬昭又急著處死他們滅口，不是死士是什麼？你的那位妹婿在出事之後急匆匆入山，不是去轉移死士是幹什麼？」夏侯玄冷笑道：「我就說你為什麼舉薦司馬昭從軍，原來打的是這個主意！你們又是跟蹤又是試探，找到證據了嗎？」

「證據，會有的。」

此時，家奴在門口稟報：「大將軍，太傅求見。」曹爽和何晏都有些意外。

曹爽走出來，司馬懿已經平靜等待了一會。

曹爽笑著說：「太傅親自前來，敝舍蓬蓽生輝啊，太傅快請坐。」司馬懿溫和笑道：「如今與大將軍毗鄰而居，尚未賀大將軍喬遷之喜，罪過罪過。」曹爽笑答：「豈敢豈敢，下官帶令郎出征，卻未能保護周全，還要向太傅負荊請罪呢！」

「大將軍栽培犬子，老夫十分感激，下官能否向大將軍求個恩典？」

曹爽有些意外：「太傅言重了，下官當不起啊。」司馬懿緩緩道：「我長子司馬師，與大將軍也算有姻親之好，能否看在這點情分上，讓他繼承我的爵位，做一個太平公侯。」曹爽笑道：「大公子前途不可限量，太傅何出此言。」司馬懿繼續緩緩說道：「次子司馬昭，雖年少不知，但略有薄才，令其安於一個議郎的文職，就算大將軍眷顧老夫了。」曹爽輕笑著說：「二公子長於軍事，封個議郎，不升反降，太委屈他了吧？」司馬懿沒理睬他：「其餘諸子，年紀尚幼，不足為大將軍患，朝廷對老夫的賞賜，也夠他們衣食無憂了。」

曹爽笑咪咪問道：「下官怎麼有點聽不懂了啊？」司馬懿黯然道：「老夫是來向大將軍乞骸骨的。人生七十古來稀，老夫已近生死大限，早無爭鬥之心。不過是想為子孫求個平安罷了。」

曹爽哈哈大笑，笑完冷冷地說：「若是旁人說這話，我還信，太傅，您可是身經百戰了，死在您手下的對手，骸骨都夠堆一座青山了！」司馬懿搖頭感嘆道：「我已經交出了護衛兵權，也退到了這個坐而論道的位子上，太后遷宮，老夫不敢發一言。究竟如何才能讓大將軍滿意呢？」

「長安的兵權……」

司馬懿嘆息：「長安的兵權不是我司馬懿一個人的，郭淮、孫禮久駐長安，熟悉蜀國戰法，這數年來全靠他們為國屏障，才有西線安寧。為了你我之爭，陡然撤兵換將，將國家門戶大開，給姜維可乘之機，司馬懿就是千古罪人了！」夏侯玄正聽著堂上曹爽和司馬懿的談話。

曹爽冷笑著繼續說：「太傅抓著十萬大軍不放，還談何早無爭鬥之心。」司馬懿苦澀道：「我司馬氏一家都在洛陽大將軍手中，任殺任剮，長安大軍，遠水又豈能解近渴，大將軍難道還怕我插翅飛向長安造反嗎？」曹爽笑道：「太傅太過自謙了，長安大軍不會造反，這洛陽城外太傅養的死士，可就未必了！」

司馬懿臉色驟變：「下官不明白大將軍之意。」曹爽冷聲問道：「跟著二公子出征的是什麼人？」

司馬懿仍是沉聲回答：「我不在家，兩個兒子招攬了一幫山野村夫、遊俠獵戶做防身之用，下官已經教訓過他們了。在我們這個位子上，稍有不慎，就會被誤會成謀逆之嫌，不可不慎。」

「二公子都已經說了，太傅還要掩飾嗎？其實到了你我這個位子上，位高權重則心生恐懼，養點自己的人馬也是人之常情，太傅何必如此心虛呢？難道太傅養他們另有他用？」曹爽說這番話時緊緊盯著司馬懿的眼神，想看他是否有驚懼慌亂，司馬懿卻只有幾分平靜的詫異。

「無中生有之事，不知犬子說了什麼讓大將軍誤會？死士何人，養在何處？要是犬子自作主張豢養死士，大將軍有了證據，但為國除害，就是救我司馬家了！」曹爽冷笑望著司馬懿，司馬懿神情依然沒有波瀾。

司馬師在門口焦急等候，司馬懿一出來，便趕忙迎上去：「爹，你沒事吧？」

司馬懿搖頭：「沒有。給你汲叔叔發消息，只保留一百武功最高強者在他身邊，轉入南山。其餘人換上百姓衣裳，陸續離開北邙山，按十人一組散入民間，小心隱藏待命。三千人聚在一起，目標太大，太危險了。」司馬師一驚，忙問：「怎麼？曹爽察覺了什麼嗎？」

「不止，我覺得他盯上昭兒了。」

「昭兒不是處置得很好嗎？」

司馬懿嚴厲道：「總之以後跟死士有關的一切，都不能再向昭兒泄漏！」司馬師凜然點頭：「是。」

司馬懿眉頭緊鎖。

待司馬懿離去後，夏侯玄走出來道：「你試探司馬懿，也並未得到效果，死士的事，在得到確切證據之前，不能再以此挑起爭端了。他已經自願交出所有職權，以求平安，你就不必再苦苦相逼了吧？」曹爽也有一絲猶豫，問何晏：「你看呢？」

何晏換上焦急的神情勸道：「大將軍！夏侯將軍！你們怎能如此輕信司馬懿啊？他不過以退為進，讓大將軍放鬆懈怠罷了。夏侯將軍，此事關係國家安危，切不可輕信！」

〖第十六章〗

鶺鴒之悲

司馬懿走進房間，司馬昭問道：「爹，你去見曹爽了？」

司馬懿逼視著司馬昭問道：「你對何晏說過什麼嗎？」司馬昭愕然：「兒子每次不過嘆息曹爽對我家逼迫太甚，他的話都已經告訴父親了。爹，出什麼事兒了？」司馬懿神色淡淡：「這些日子，我替你告了病假，你先在家中修養，不要再出門了。」

司馬昭震驚：「爹，你要軟禁兒子？」司馬懿語氣不變：「昭兒，非常之時，不要讓爹再為你擔心了，如果爹的話你聽見去了，就好好待在家中陪你母親吧。」說完司馬懿轉身就走。

司馬昭含淚哭道：「爹！你如此寬縱敵人，卻不相信自己的兒子？」司馬懿轉頭嚴厲地說：「我在朝中，沒有敵人！」說完大步而去。司馬昭的眼中有一絲怨恨，繼而代之一絲冷笑。

床上攤著文采燦爛的嫁衣，十三歲的司馬柔依靠在母親身邊，夏侯徽微笑問道：「好看嗎？」

司馬柔輕輕搖頭：「柔兒不想要，柔兒不想嫁人。」夏侯徽輕輕撫摸女兒的頭髮說：「傻孩子，長大了都要嫁人的，妳的夫婿會好好待妳，妳也要敬重他，你們和和美美的，娘才放心。」司馬柔小心地問道：「娘見過他嗎？知道他是什麼樣的人嗎？」

「郭家是皇親國戚，妳的夫婿……也是老實忠厚的孩子……」

司馬柔靠在母親身上問道：「他會對我好嗎？像爹待妳一樣？」夏侯徽點頭笑答：「一定會的。」司馬柔撇著嘴說：「可我還是害怕，我想留在娘身邊。」夏侯徽輕輕抱著女兒：「柔兒，每個人生於世上，都有自己的責任，比如妳爹爹要為國征戰，我們女子走不出家門，也要持家理事，孝養雙親。女子出嫁如同將軍上戰場，都是開弓沒有回頭箭，要豁出一腔勇氣的。娘知道妳的害怕，就跟娘當年一模一樣。出嫁之後有了難處，一定回來跟娘說，別自己悶在心裡，好嗎？」夏侯徽說著，落下眼淚，司馬柔為母親擦著淚：「柔兒知道了，柔兒聽話，娘妳別哭……」

司馬師走進來，摟住妻女說道：「乖，別怕，柔兒出嫁了也住在京城，妳女婿敢欺負妳，回來告訴爹，爹打掉他的門牙！」夏侯徽破涕為笑道：「哪有你這麼當爹的！」

司馬師問司馬柔：「出嫁前還想要什麼，跟爹說，爹一定給妳辦到。」司馬柔想了想說：「想出去騎馬，看山，看水，娘說，等我嫁了人就不能走出家門了，我想多看兩眼，記得它們的樣子。」

司馬師心疼愛憐撫著女兒的頭髮。

洛水倒映著青山，岸邊綠草如茵，野花遍地，兩匹馬閒適地吃著草，司馬師和夏侯徽席地而坐，司馬柔在遠處採摘花朵，夏侯徽望著女兒的身影，滿目哀傷。

司馬師握住妻子的手：「我知道這樁婚事委屈柔兒，也委屈妳了，等這段日子過去，給郭家那孩子恩蔭個富貴閒適的官爵，再請個好先生教他讀讀書，料他不敢辜負柔兒。」夏侯徽含淚說道：「我們女子生下來，就不是自由之身，百年的苦樂，皆不由自己做主。總以為，我的女兒能夠有個美滿的人生，不用再去做政治的交易，想不到她和我一樣……」司馬師心痛問道：「我們成婚快二十年了，這些年不幸福嗎？」夏侯徽垂淚：「我就是太幸福了，幸福得不像我該得的命運，我就是害怕，害怕柔兒沒有我這樣幸運，更害怕我把一生的幸運都用光了，前方有什麼可怕的事在等著我……」司馬師將夏侯徽摟入懷中，輕聲安撫她：「不會的，不會的，不管到了什麼時候，只要我活著，我都會保護自己的妻女。」夏侯徽流淚道：「我相信你，可是我不相信時局，不相信上天，你和我大哥表哥，終究難免一戰是嗎？」

司馬師垂下頭：「我不想騙妳，人不犯我，我不犯人，若曹爽一定和我爹勢不兩立，我們家也必須以戰止戰，但我不會傷害大哥，我相信大哥是明白人，也不會幫著曹爽助紂為虐。」夏侯徽恐懼而茫然地呆了呆，忽然抱住司馬師的手臂：「子元，你辭官吧，你帶我和女兒回溫縣去，只要是

沒有爭鬥的地方，哪兒都行！我們去讀書種地，我可以養蠶織布，把女兒們好好養大，給她們找不捲入朝政的夫婿，好嗎……」

司馬師不覺好笑，憐惜說道：「阿徽，妳的憂慮太重了。我是家中長子，父親又正在艱難之時，怎麼能拋棄家門歸隱呢？別怕，別怕，會好的……」夏侯徽失望了，望著遠處的北邙山喃喃念道：「侯非侯，王非王，千乘萬騎上北邙。這些爭鬥，都是圖什麼呢……」

司馬師有些警覺地問道：「阿徽，妳心中是不是有什麼事？或是看到聽到了什麼？」夏侯徽淒涼一笑：「我一個關在家中的女人，能看到聽到什麼，我心中的事，也不過是你和女兒平安罷了。」

夕陽西下，司馬師帶著妻女歸來，司馬柔捧著一大束花坐在父親馬前面，十分高興。路邊有個賣糕點的高聲叫賣：「賣糕了，自家做的糕！公子來兩塊糕吧！」司馬柔好奇地看了一眼，司馬師笑著說：「外面的不乾淨，咱們回家吃。」糕點販子看定了司馬師，堅持道：「大公子，買兩塊吧！」司馬師微微一怔，望向那糕點販子，販子竟然絲毫不懼，和司馬師對望著，目光中似乎隱藏著什麼。

司馬師幡然醒悟，翻身下馬，笑著說：「好吧，給柔兒買兩塊，嘗個新鮮。」司馬柔高興道：「謝謝爹！」

糕點販子為司馬師撿起幾塊糕，手指不經意間在一塊上點了一下，才用荷葉包起。司馬師接過荷葉，隨手給了糕點販子幾個銅錢：「不用找了。」糕點販子點頭作揖：「謝謝公子，謝謝公子。」

司馬師有意避過了被糕點販子點過的那塊糕，挑出一塊遞給司馬柔，餘下的揣進自己懷中，這才翻身上馬。夏侯徽一直觀察著這一切，這時才問：「他怎麼認得你？」

司馬師掩飾一笑：「我時常帶兵巡查，想來他們都認得我。」遠處仍有兩個探子遙遙跟著他們。

房中寂靜無人，司馬師小心掰開那塊點心，從中取出一張小紙條，展開來，成為一張地圖，山中某處標著一個小點，司馬師明白，這是汲布告訴他藏身之處，他亢奮地站起，轉身出了房門。

不一會，夏侯徽進來，望著桌上掰碎的點心，感到了一陣深深的憂慮。

司馬師將地圖拿給司馬懿看，說道：「爹，這是汲叔叔讓人送給我的，他們已經轉移到南山安全之地了。」司馬懿輕輕鬆了口氣：「你汲叔叔是可以託付性命之人啊……你收到這個，沒有被盯梢的懷疑吧？」司馬師微笑著說：「父親放心，很隱祕。」

司馬懿嘆了口氣說道：「以後的日子，只會更難，一言一行，都關係著一家人的生死，要更小心更謹慎，即使是你母親，你妻子，也不能泄漏分毫。」司馬師點頭回答：「兒子明白，不過請父親相信，阿徽不是那樣的人，她與兒子心心相印。」司馬懿搖頭嘆息：「不是讓你懷疑她，有時候，無知也是慈悲，知道的人，要背負全部罪責，你準備好了嗎？」

司馬師正色回答：「兒子準備好了。」司馬懿想起了什麼，怔了一怔，自嘲地笑了：「當年我的父親，也問過我這句話，我也是和你一模一樣的回答，現在想起來，那時候真沒準備好，就被裹挾進了四十年的爭鬥……」

清晨，司馬師還在睡著，夏侯徽已經醒了，她久久凝望自己的丈夫，在他頰邊輕輕一吻。

夏侯徽輕手輕腳下床來，看見司馬師的衣裳隨手堆在床邊，拿起一抖，想要在衣架上掛起來，卻不防從衣服中掉落出一小卷紙來，夏侯徽撿起來，小心地看一看，頓時臉色慘白。

一群少女在花園中盪秋千，司馬柔坐在秋千上被姊妹們推著，鶯鶯燕燕歡聲笑語。

夏侯徽遠遠坐在迴廊上微笑，夏侯玄來到她身後，夏侯玄輕笑：「還以為回到了二十年前。」

夏侯徽微笑著回答：「是啊，二十年前，我也像柔兒那般大，坐在秋千上，被哥哥送上天空，看到門外的天地桃紅柳綠，那麼美麗，埋怨爹娘把我關在家裡，現在才知道家的好。」

夏侯玄滿是回憶地說道：「妳出嫁的時候，我也不願意，只恨無權無勢，無法阻擋這樁婚姻，萬幸子元是個忠厚之人。」夏侯徽開心地笑著說：「是，他待我很好。那時候我和子元都小，以為舅舅和司馬家的爭鬥，和我們沒關係，我們還能坦誠相待，傾心相愛。現在連我們都成了爭鬥中的人，阿柔比我聰明，知道她只是一樁政治交易的犧牲品，她心裡苦，只是裝著不讓我知道。」

夏侯玄傷感地嘆了口氣：「司馬家和表弟鬧到這一步，我也沒有預料到。」夏侯玄想起了什麼，扳過夏侯徽的肩，鄭重問道：「徽兒，妳告訴我一句實話，司馬懿有沒有不臣之心，謀逆之舉？萬一他真是……我好早做準備，讓妳和妳的孩子們不受牽連。」夏侯徽慘笑回答：「一邊是我的丈夫，一邊是我的兄長，你是讓我選擇，一場大戰之後，你們誰能活著嗎？」

夏侯玄面色嚴峻：「司馬家真有舉動？」夏侯徽嘴唇動了動，欲言又止，最終搖了搖頭：「沒有，公公做了太傅後，更加恭謙，你也看到了。」夏侯玄又柔聲道：「如果妳發現什麼，一定要告訴我，這不只關係咱們一家的生死，還關係到大魏的存亡，曹爽真的不是司馬懿的對手。」夏侯徽強忍著心中恐懼，抓住夏侯玄的手懇求道：「大哥，求你了，別再鬥了，別捲進來，別和子元為敵，就算為了我，行嗎？」

夏侯玄嘆息道：「我何嘗想和子元為敵啊，但畢竟，我們姓夏侯，我們的叔祖，是為國捐軀的忠臣，我們的父親是昌陵鄉侯，我們的母親是宗室鄉主。我們夏侯氏三代人的職責，便是護衛大魏社稷，現在，也是我們的職責。」夏侯徽的淚水滴落在兄長的手上。

夏侯徽穿著一身男裝，忐忑不安地按照地圖，騎馬行在山林中，遠處司馬倫步行小心地尾隨著，他的步伐輕得像一隻狐狸。

夏侯徽隱藏在一塊大石之後，偷窺遠處的一處營地，上百個穿著胸甲的人正在操練武藝，一名教頭模樣的人正在指導一個人的劍術，教頭轉過身來，夏侯徽清清楚楚看到了汲布的臉。

夏侯徽大吃一驚，她認出了這個人，扶著石頭的手輕輕顫抖，私養甲士，罪同謀反，她是不是該告訴兄長？可司馬家若是被問罪，她又如何忍心？夏侯徽痛苦地掙扎了片刻，小心翼翼退了回來。

夏侯徽的馬拴在樹上，她慌亂地去解韁繩，司馬倫輕步走近她，從身後一掌擊在夏侯徽後頸。

司馬倫從狗洞中鑽進來，又將那個洞用磚石堵住，接著利索地拍拍身上的土，向自己房間走去。

司馬倫進來點燈，一轉身，看見柏靈筠坐在他身後，司馬倫陡然嚇了一跳，顫聲問道：「娘，這麼晚了，您來做什麼？」柏靈筠冷冷問道：「這麼晚了，你一個人出府做什麼？」司馬倫訕笑回答：「沒、沒做什麼，就是去，玩了一會兒，忘了時候了。」

「你父親近日沒有精神看你的學業，你就無法無天了？」

司馬倫跪下求道：「娘，兒子錯了，求娘別告訴爹，爹會打我的……」柏靈筠嘆氣回答：「倫兒，娘知道你不是貪玩的孩子，現在是家裡非常之時，隨時隨地都可能有危險，你要聽娘的話，不許再出門了。」司馬倫驕傲地抬起臉來：「娘，妳不必怕，兒子會保護妳，兒子會讓妳在這個家揚眉吐氣的。」柏靈筠心疼地拉起兒子，抱住他。

司馬懿張春華焦急地等在廳中，司馬師大步進來，張春華忙迎上前問道：「找到了嗎？」

司馬師搖頭焦慮道：「沒有，我去夏侯家和曹爽家都打聽了，連宮裡都問了，阿徽今日沒有去。」

司馬懿也問道：「她平日都去哪兒？」司馬師疑惑回答：「除了回娘家和偶爾進宮朝拜，沒去過哪兒啊……」

「都這麼晚了，她一個婦道人家，連車都沒坐，能去哪兒呢……該不是曹爽……」

司馬懿打斷了她的話：「徽兒是他的表妹，他再喪心病狂，也不至於對自己的親人下手，何況動了徽兒，夏侯玄第一個饒不了他！」張春華焦急說道：「可是徽兒向來穩重，素來出門都要家奴僕婦跟隨，怎麼會孤身一人一言不發就走？後日就是柔兒的婚期了！」司馬懿問司馬師：「你好好想想，近來徽兒可有什麼反常？」司馬師用力回憶著，他心底隱隱覺得有些不對：「前兩天，她要我辭官回溫縣去……」司馬懿的神情沉了下來。

天亮了，司馬懿和張春華一夜未眠，柏靈筠也坐在旁邊。

司馬懿柔聲勸慰道：「妳先去休息吧，我在這裡等。」張春華急得落下淚來：「眼看柔兒就要成婚了，她這當娘的能去哪兒呢？真要把人急死了！」此時司馬昭走出來：「爹，聽說嫂子不見了，我也去找吧。」

「不必了。」

司馬昭有些憤怒：「爹！家裡都亂成這樣了，你還讓我困在房中，您還當我是司馬家的人嗎？」張春華在一旁急著說：「你也去，去城外也看看，把家裡的人手都派出去！」司馬昭躬身答道：「是！」

司馬懿張了張嘴，猶豫了一下，沒有阻攔，柏靈筠看著司馬昭出去的背影，一陣憂慮，忽然轉身離去。

司馬昭快步走向大門，忽然看見牆角下站著司馬倫，朝他陰冷地點頭，司馬昭一怔，隨即明白，大步走了出去。

柏靈筠推開西院自己的房門，喚道：「倫兒?!」房中無人。

司馬昭剛出城，行到一僻靜處，司馬倫竄出來喊道：「二哥！」

「你知道？」

司馬倫靈巧地跳上司馬昭的馬，笑著說：「我帶二哥去，南山！」

司馬倫帶著司馬昭走進山洞中，司馬昭看著被綁縛的夏侯徽驚呆了，司馬倫陰森森地說：「大嫂什麼都看見了，我不敢動手，請二哥決斷。」司馬昭慢慢蹲下：「交給我吧。」司馬昭看向夏侯徽的目光充滿痛苦的愛慕。

夏侯徽被這輕微的響動驚醒了，低哼一聲睜開眼，發現雙手被縛，她大吃一驚，抬眼向上看去，看見了目光陰鬱的司馬昭，不可置信地說道：「二弟?!」司馬昭目光如刀逼視著她：「嫂嫂看到了？」夏侯徽心中酸痛，忍不住問道：「是你大哥讓你來的？」司馬昭陰鬱道：「是我自己來的，非常之時，嫂嫂孤身出門，我擔心您。」夏侯徽尖聲叫道：「你快放開我！」

司馬昭不改陰鬱的表情，繼續冷聲問道：「嫂嫂都看到了，我相信嫂嫂也都明白了，嫂嫂想做什麼？」夏侯徽含淚答道：「司馬家，也是我的家，我的女兒姓司馬。」

「可是妳姓夏侯！妳的兄長是曹爽的心腹，妳是曹爽的表妹！」

夏侯徽恐懼地問道：「你想怎樣？」司馬昭的目光沉在陰影裡，他的身子微微顫抖：「嫂嫂，我不恨妳，我知道妳是不得已，可是我不能相信妳，妳只要對夏侯玄，對曹爽說一個字，我家就是滿門覆滅。」夏侯徽痛苦地喊道：「我不會害我的丈夫，我的女兒！」司馬昭糾結痛苦地搖頭。

夏侯徽恐懼問道：「你到底要把我怎麼樣？」司馬昭輕輕伸手去撫夏侯徽的鬢髮，夏侯徽用力轉過頭去：「別碰我！」司馬昭有一絲迷亂心軟：「嫂嫂，我帶妳走吧！我們遠遠離開洛陽，妳見不到曹爽和夏侯玄，我們就都安全了！」司馬倫驚愕道：「二哥！你逃走了，就什麼都沒有了！」

司馬昭聲音顫抖，對夏侯徽喃喃道：「我從來對妳不敢有任何非分之想……」他從懷中掏出一塊毛了邊的絲絹，顏色發黃，他凝望了片刻，輕輕擦去夏侯徽臉上的汗水。

司馬昭依舊喃喃道：「妳還記得嗎？這是妳的扇子……」夏侯徽更加憤怒，拚命躲閃著喊道：「子上，你別碰我！你放開我！我要回家，我要回家！」司馬倫陰森森地在一旁說：「她回去，咱們家就完了。」司馬昭痛苦地閉眼，又睜開，忽然用那塊扇面，捂住夏侯徽叫喊的口鼻，他另一隻手卡住了夏侯徽的喉嚨。

夏侯徽痛苦地掙扎著，卻睜著眼睛，冷冷望著司馬昭，毫無屈服之意。

司馬倫非但不害怕，反而輕輕鬆了口氣，微笑了。

夏侯徽漸漸掙扎不動了……司馬昭崩潰地淚流滿面，但他沒有鬆手，他親手扼殺了他少年的幻想，也告別了他曾經的人生……

司馬昭臉色陰沉，抱著死去的夏侯徽來到河邊，將她放下，眷戀地輕輕撫摸她的臉。

司馬倫將一個玉穗子纏在夏侯徽手上，司馬昭問道：「你做什麼？」司馬倫冷靜抬頭答道：「這是大哥的劍穗，我撿的。」司馬昭震驚：「你要陷害大哥？」司馬倫堅定地說：「我願意跟著二哥，振興司馬家。」

司馬昭快速地喘息著，他看著夏侯徽的手，又看看夏侯徽。終於，他下定了決心，忍著淚水將夏侯徽放入了水中。夏侯徽順水漂了下去，她的頭髮散開了，在水中如一朵盛放的黑色蓮花……

司馬懿久久地坐著，蹙眉不語，司馬昭進來問道：「大嫂有消息了嗎？」張春華搖頭，更著急了：

「你也沒找到？」司馬昭搖頭：「我把城內幾家與我們交好的達官貴人家都問了，嫂子並沒有去。」司馬懿平靜道：「你先去用飯吧。」司馬昭平靜地躬身答道：「是。爹娘也請保重。」

司馬昭退下，張春華冷眼看著父子倆。

「你有事瞞著我？」司馬昭走後，張春華問道。司馬懿嘆口氣：「是，但我不能告訴妳，不能把妳陷入險境。」張春華焦急問道：「那徽兒呢？與這件事有關？」司馬懿喃喃自語：「我不知道，但她在此時失蹤，不祥啊……難道曹爽已經……」又搖搖頭：「不會，不會……」

司馬柔怯生生地站在門口問：「我娘沒事吧？」司馬懿招手，讓孫女過來，握著孫女的手輕聲道：「放心，妳明日成婚，妳娘一定會回來的。」忽然外面一陣喧譁聲，司馬懿打了個寒顫。

一大早，夏侯玄帶著一幫親朋便來司馬府賀喜，家奴與高采烈擔著禮物。

夏侯玄下馬上前打門，高聲笑道：「開門！舅舅來送外甥女了！子元開門！我給阿柔送嫁妝來了！」一群家奴笑著齊聲吆喝：「新婦子，催出來！新婦子，催出來！」

門「呼啦」一聲開了，司馬懿神情沉痛，正在高興吆喝的人都怔住了，司馬懿緩緩躬身道：「夏侯將軍，令妹已經失蹤一日一夜了。」夏侯玄怔住了。

幾個正在河邊耕種的農夫，忽然抬起頭。一名農夫問道：「那是什麼？」河水中飄來夏侯徽的屍體。

四名家奴抬著夏侯徽的屍體，小跑著匆匆進門，門口許多百姓圍觀。司馬懿、張春華、司馬師、夏侯玄、司馬柔一起撲了過去。

司馬師目眥盡裂，抱起夏侯徽濕漉漉的屍體放聲喊道：「徽兒！徽兒妳怎麼了徽兒！」夏侯玄也忍不住喊道：「小妹！妳醒醒啊！」司馬懿一陣眩暈，踉蹌後退。

張春華在一旁急著吩咐道：「快請大夫，快請大夫！」夏侯玄抓住一個家奴喝問道：「這是怎麼回事?!」家奴小聲回答：「我們去找夫人，看見城外河邊的農夫正打撈屍體，撈上來的時候……」

司馬柔放聲大哭：「娘！妳睜開眼，今天柔兒就要出嫁了，娘說了要給我梳頭啊……娘……」

夏侯玄悲痛的臉轉為猙獰憤怒，他一把提起司馬師，目眥盡裂地大吼：「這到底是怎麼回事！小妹前天還好好的，為什麼會在城外落水！」司馬師抱著夏侯徽的屍體痛哭道：「我不知道，我不知道！我找了她一天一夜，我不知道她去了哪裡啊……」司馬柔還在哭著問：「娘，娘妳不要柔兒了嗎？」司馬昭遠遠站在人群外，神情痛苦又麻木。

柏靈筠也來了，她疑惑地看著這悲痛而紛亂的場景，她看到了司馬昭，似乎領悟了什麼。她恐懼地捂住了自己的嘴。

司馬懿稍微清醒了一些，吩咐道：「去，立刻去通知京兆尹，派兵出城抓捕嫌犯，看看能不能找到什麼蹤跡。」家奴齊聲答道：「是！」

司馬柔哭著，忽然發現了什麼。她掰開母親的手，發現一小塊玉佩被紅線纏在母親的手上。司馬柔疑惑地拿起那塊玉，上面有個小小的「師」字，司馬懿和夏侯玄也看到了。司馬師疑惑了起來：「這是我的，為什麼……」夏侯玄看著司馬師的目光猶如刀鋒。

曹爽抱著蒹葭，蒹葭的肚子已經明顯隆起，曹爽撫摸著她的小腹，低聲笑著，蒹葭喜悅而嬌羞地低頭。

這時何晏跑進來，滿臉亢奮之情：「大將軍！司馬家殺了夏侯夫人！」曹爽懵懂不解：「哪個夏侯夫人？」何晏大喜道：「大將軍的表妹，司馬師的夫人！她不明不白死了，難道不是司馬家殺人滅口？」曹爽跳起來：「真的？」

「臣所言不虛！」

曹爽興匆匆地一揮手：「帶上護軍跟我走！剿滅老賊就在今朝！」

曹爽率軍隊急急穿過洛陽的鬧市，急促的奔跑聲，和鏗鏘的兵器撞擊聲，惹得路邊百姓紛紛躲避，最後在司馬府邸門前整齊地停下，曹爽大聲喝令：「給我圍起來，一個人都不許放走！」圍觀的坊裡百姓竊竊私語道：「這是怎麼了？聽說今日要辦喜事啊？是不是太傅嫁孫女，和咱們尋常人家不一樣，要大軍來助威的？」

「還辦什麼喜事啊，太傅家死人了！」

「哎喲，真是不吉利啊！」

屋內一片死寂，夏侯玄和司馬師望著床上的夏侯徽，滿面哀痛。

夏侯玄握著劍指著司馬師：「給我一個合理的解釋，否則我真會殺了你！」司馬師流淚搖頭：「我不知道，我不知道徽兒為什麼會獨自出去，更不知道她遇到了什麼，是我沒有照顧好她，你要殺我我無話可說，但我要先活著查清她的死因。」夏侯玄冷聲質問：「真的不是你？」

司馬師哭道：「我和徽兒十幾年結髮夫妻，我們有五個孩子，我寧可自己死了，都不會傷害她啊！」夏侯玄又喝問道：「那你們司馬家，到底有沒有私蓄甲兵？」

司馬師怔住了，他沒有回答，而是失聲痛哭，夏侯玄的手握著劍顫抖。

曹爽帶兵站在院中，氣勢洶洶地大喊：「你司馬家有什麼見不得人的事，要殺她滅口！」張春華紅著眼睛罵道：「我們家遭逢大難，你還要血口噴人，拿自己親人的死當武器，你還是不是人?!」

曹爽還在喊道：「我表妹一介尊貴命婦，怎麼會獨自出門失蹤遇險？她死的不明不白，有沒有殺人，你司馬家都難辭其咎！本將軍要將嫌疑最大的司馬師帶回去審訊！」司馬懿步履蹣跚地走上前，冷靜看著曹爽說：「大將軍言之有理，司馬家難辭其咎，但一家之主是我，我去廷尉投案，接受滿大人的審訊如何？」張春華拉住司馬懿：「仲達！」

司馬懿淡淡回答：「國家有律法在，不會讓我無辜蒙冤，去去無妨。」曹爽冷笑：「這案子關係國家安危，京兆尹審不了，本將軍親自審！來人——綁了！」親兵們面面相覷。

司馬懿坦蕩地站在曹爽面前，司馬昭憤怒上前攔道：「我爹是當朝太傅，你敢！」曹爽冷笑道：「太傅謀反，一樣夷三族，綁了！」親兵猶豫著要上前，司馬懿坦蕩地將雙臂放在背後。

司馬昭的目光痛苦糾結，張春華忽然電光石火般抽出曹爽的劍，將劍架在曹爽頸子上。

司馬懿大驚喊道：「春華！」親兵們齊聲叫道：「大將軍！」

曹爽一邊小心努力躲著劍鋒，一邊罵道：「妳這個潑婦！妳敢傷本將軍分毫，妳司馬家全都死無葬身之地！」張春華冷笑道：「大將軍能隨意殺人，我有什麼不敢！讓他們退出去！退出去！」

永寧宮內，柏靈筠跪下哭求：「求太后救救司馬家吧！」郭太后也急得滿屋轉，自言自語道：「我能有什麼辦法?!」

「曹爽要借夏侯夫人之死大開殺戒，如今能讓曹爽稍有顧忌的，也就是您了啊！」

郭太后無措地說道：「我的心全亂了，妳說這好好的日子，怎麼就……妳說吧，要我怎麼做？」

柏靈筠立馬說道：「請太后駕臨司馬府，震懾曹爽，禁止殺戮！」郭太后軟弱膽怯道：「可是我沒出過宮啊……」柏靈筠急得不得了：「太后，再遲一刻就來不及了！」

幾個宦官抬著太后的肩輿，氣喘吁吁小跑，柏靈筠一邊跑著，一邊不住催促：「快！快些！」

曹爽尷尬地被張春華挾持著，曹爽的親兵已經退了出去。司馬懿還在勸：「春華，妳把劍放下，這不是解決之道！」張春華冷聲道：「他要做什麼你我心知肚明，他根本不是為了查徽兒的死因，他就是要殺你！大不了我和他同歸於盡，大家都清淨！」曹爽竟然有些恐懼：「司馬懿，快讓你老婆把劍放下，她瘋了啊！」這時司馬師衝出來，跪在司馬懿面前痛哭道：「父親！母親！徽兒之死，我百身莫贖，讓他殺了我吧！」

司馬懿怒斥：「讓開，大將軍是衝你來的嗎？」夏侯玄從屋內大步出來，鐵青著臉喝道：「都住手！我不要誰抵罪，我要真凶！」曹爽氣憤道：「夏侯玄！你還是不是徽兒的親哥哥！你不把他們拿下，由著他們無法無天！」

夏侯玄上前躬身對張春華說：「夫人，我心如刀割，但我以性命擔保，若非太傅子元所為，絕不會傷及無辜。夫人如此，只會讓太傅獲罪，請夫人信我一次。」

張春華流淚看著夏侯玄，握著劍的手慢慢鬆了，曹爽暗暗鬆了口氣。

丁謐、何晏帶著大軍而來，將司馬家團團圍住。

丁謐號令全軍：「司馬懿挾持大將軍，意圖謀逆，給我把司馬家全都拿下，一個都不許走脫！」全軍齊聲答道：「是！」突然身後傳來郭太后的聲音：「全都給我住手！」

柏靈筠扶著郭太后的肩輿進來，張春華悲喜交集，當先跪下：「拜見太后！」司馬懿和司馬師、司馬昭跟著跪下：「臣拜見太后千歲千歲千千歲……」

丁謐、何晏忙護著曹爽，丁謐關切問道：「大將軍沒事吧？」曹爽揉著脖子冷笑道：「太傅真是手眼通天啊……」郭太后這時冷聲問道：「大將軍沒看到本宮嗎？」

曹爽沉下臉，不情願地膝蓋一沾地就站起，但他身後的親兵卻不敢如此放肆，齊刷刷跪了下去。

郭太后親自上前指責道：「夏侯徽死於城外，該派人去城外抓捕兇手才是，大將軍針對太傅，是要趁機剷除異己，謀害大臣嗎？」曹爽不服氣道：「司馬師嫌疑最大，就算不抓捕司馬懿，臣也要把司馬師帶走！」郭太后站起來問道：「大將軍，你口口聲聲對本宮說國法，哪一條國法，寫的是由大將軍負責拘捕人犯裁奪刑律！要審問也是廷尉來審，大將軍未經請旨帶兵出宮，這又該當何罪！」曹爽不屑回答：「這不是簡單的殺人案，事涉謀反，太后是婦道人家，就不要過問國家大事了。」司馬懿在一旁冷靜道：「請大將軍拿出下官謀反的證據。」

曹爽指著司馬師：「他就是證據！不抓司馬懿可以，本將軍要將他帶走！」張春華護住司馬師：「不行！」丁謐冷聲在一旁說道：「太后，大將軍受先帝顧命之恩，有先斬後奏之權，今日護軍盡在府外，非要大將軍冒犯太后嗎？」郭太后氣得發抖：「你們，你們敢……」

司馬懿心力交瘁地抬頭：「司馬師，你隨大將軍去。」張春華震驚喊道：「你說什麼?!」

司馬懿一把抓住張春華的手腕，不許她上前，接著看向司馬師，囑咐道：「為父相信你的清白，你願去配合大將軍查案嗎？」

司馬師哽咽回答：「兒子願意。」張春華在後面喊道：「他會殺了師兒的！」

「不交出一個師兒，大將軍不會滿意的，若是危及太后，釀成兵亂，我就是大魏的千古罪人。去吧！」

張春華淚眼朦朧看著他，終於絕望地閉眼，曹爽氣急敗壞吩咐道：「綁了！」夏侯玄抬了抬手，終究沒有制止。親兵粗暴將司馬師捆綁起來，司馬懿無動於衷。

曹爽趾高氣揚地說：「待本將軍審出原委，再來向太傅討教！」

司馬師坦蕩轉身，張春華的淚眼一直跟著兒子，待兒子出了院門，再也看不到了，張春華才慢慢轉身，向室內走去，司馬懿跟了上去。司馬昭一路隱忍著痛苦，一言不發。

張春華進屋後，顫聲道：「關門……」司馬懿不解地關上門，張春華強忍的一口血終於噴了出來，司馬懿大驚抱住她喊道：「春華！」

柏靈筠回到房間，嚴厲地看著司馬倫，低聲問道：「你對我說實話，昨晚和今天，你都去哪兒了？」司馬倫平靜微笑道：「兒子就是蹺課去玩，娘不必擔心。」

「你昨晚見到夏侯徽，對不對？」

司馬倫輕笑著回答：「娘，我是您的親兒子，哪有娘親懷疑自己兒子的呢？」說完微微一笑。

柏靈筠恐懼地後退。

司馬師被綁在架子上，拷打得血肉模糊，夏侯玄不忍看，轉過臉去。

曹爽暴躁喊道：「說！你們家的私兵養在哪裡？」司馬師被打得昏昏沉沉，斷斷續續說道：「我家豈敢……」曹爽又道：「徽兒看到了你們謀反的證據，才被你們殺人滅口，是不是？」司馬師輕蔑說道：「我家真要謀反，還容得大將軍耀武揚威？」

曹爽獰笑著拿起烙鐵，按在司馬師身上，司馬師慘叫一聲暈了過去。

夏侯玄忍無可忍：「夠了！你這是屈打成招，要審訊，也該送廷尉府！」曹爽冷笑：「廷尉滿寵

是司馬懿的人，我怎麼捨得讓他落到廷尉手裡呢！」夏侯玄拂袖離去：「他死了，我也向你要人！」

被拷打得遍體鱗傷的司馬師被拖了出來，扔在牢中，獄卒出去，噹啷落鎖，森冷沉寂的黑暗中，司馬師無神的雙目向上望著，眼角有淚水緩緩滑落。

宮門口的大臣們入宮早朝，曹爽正要進門，看到司馬懿從車上下來，不由站住了，饒有興致的望著司馬懿，司馬懿佝僂著背，顫巍巍從車上下來，走向曹爽，宮門前頓時安靜下來，官員們都不安地望著司馬懿。

司馬懿的身形衰老憔悴，神情卻有一股災難過後的平靜，他緩慢向曹爽走來。曹爽笑著拱手：「太傅精神不錯，來上朝啊？」司馬懿微微躬身：「下官是來遞請罪表文的。」

曹爽笑道：「喲，太傅這是苦肉計，讓滿朝大臣替大公子說話吧。」他湊在司馬懿耳邊笑著說：「你我皆知道，我要的是什麼，我不信撬不開司馬師這張嘴。」司馬懿從容對答：「大將軍想知道什麼，儘管審訊就是了。」

張春華臥病床上，面色蠟黃，司馬昭給張春華餵藥：「娘，喝一點吧。」

張春華憂慮地問道：「有你大哥的消息了嗎？」

「還被曹爽關押，娘放心，大哥是無辜的，朝中大臣一定會救大哥的。」

張春華搖頭流淚：「你大嫂好好的，怎麼會……我不信師兒會殺妻，師兒是無辜的啊。」司馬昭的手輕輕一抖：「是，娘放心，哥哥一定會平安回來的。」張春華慘笑：「可是落在曹爽手裡，那是生不如死啊……」司馬昭顫抖著嘴唇，緩緩說道：「兒子真願意，去替大哥受罪……」

張春華緊握著司馬昭的手，懇求道：「你不能再出事了，聽你爹的話，千萬不要再攪進來了！」

司馬昭落淚喊道：「娘，娘……」

滿寵在書房中等候，曹爽換了一身衣裳，面帶不耐走進來。

滿寵不卑不亢道：「下官拜見大將軍。」曹爽走到上位坐下，開口說道：「廷尉第一次紆尊降貴，駕臨敝宅，有何要事啊？坐，坐下說。」滿寵沒領情：「下官來是公事，辦完就走，不坐了，夏侯夫人一案，當由廷尉審訊，請大將軍把司馬師交給下官。」

曹爽看著滿寵笑道：「廷尉果然是太傅請來的救兵？」滿寵神情冷漠：「下官來拿人犯，是職責國法所在，不知大將軍救兵之言是何意？」

「此案事涉軍國機要，本將軍親自審理，不勞廷尉了。」

滿寵毫不退讓：「是否涉及軍國機要，下官審問清楚後自當稟報大將軍，大將軍，大魏律法，藏匿人犯，與人犯同罪！」曹爽氣得「蹭」的站起來：「你是瘋了吧！本將軍是看你的年紀敬你，叫你一聲廷尉，不要以為廷尉值錢！」滿寵面無表情，直言道：「廷尉執掌國家刑獄，禮儀、律令，秩在兩千石，值不值錢，下官不知。」

曹爽逼近滿寵低聲威脅道：「你以為我不知道，是司馬懿讓你來的，他都老得要入土了，你向他效命，圖什麼？」滿寵眼睛都沒眨一下：「在其位，謀其政，下官只對國法負責，無論犯法的是太傅之子，還是太傅，抑或是大將軍，下官都不敢徇私枉法。」曹爽大怒：「不可理喻！你眼裡有沒有本將軍！」滿寵昂然回答：「大將軍心中有沒有國法?!」

曹爽冷笑道：「別以為你是九卿，是四朝元老，就敢在本將軍面前倚老賣老，本將軍代天子理政，今日就罷免了你！你的官印本將軍派人去取，你回家待罪吧！」

滿寵仍是平緩直白的語調：「如果下官沒記錯的話，大將軍是輔政，不是攝政，輔者助也，唯

有天子能罷免九卿，要收繳下官的官印，須天子下旨。」曹爽被滿寵氣得沒脾氣，指著滿寵說：「要聖旨是吧？本將軍給你寫，現在你給我滾出去。」滿寵從容一拱手：「下官告辭。」

何晏正在寫字，司馬昭慢慢走到門口，陰沉問道：「我大哥怎麼樣了？」何晏抬頭忙說：「二公子來了，來，坐，快坐。」

「我只問你，我大哥如何了？」

何晏淡笑答道：「大公子的骨頭，比大將軍想的硬。」司馬昭堅持：「我大哥是無辜的。」

何晏反問：「子上知道誰殺了夏侯徽？」

「我不知道！」

何晏淺笑：「這就奇了……不過大將軍抓著司馬師不放，卻是成就了子上啊！」

司馬昭忍不住喊道：「他是我哥哥！」

何晏笑容更深了：「可是有大公子在，太傅心中永遠把子上當外人，子上何日才能一飛沖天？」

司馬昭冷冷看著何晏。

【第十七章】

唯別而已

張春華在房中昏迷不醒，太醫在給她診脈，一邊診一邊蹙眉拈著鬍子，神情並不樂觀。司馬懿和司馬昭都是一身素服，還在為夏侯徽服喪，忐忑地望著太醫。

太醫收手說道：「太傅，下官要到外間開藥。」司馬懿慌忙道：「太醫請。」

來到書房，司馬懿惶恐不安地親自為太醫拉開坐席，又手忙腳亂去筆筒中找筆，口中連聲說：「您坐，您坐……」太醫輕嘆口氣，按住司馬懿的手，輕聲問道：「太傅，您要聽一句實話嗎？」

司馬懿嘴唇顫抖了兩下，強迫自己鎮定下來：「請說。」

「尊夫人的病，看似是急痛攻心，致使血不歸心，可用補血補氣之藥慢慢調養，只是……」

司馬懿焦急地問道：「只是什麼？」太醫踟躕著回答道：「尊夫人的脈象極度虛弱，隱然是油盡燈枯之兆，太傅要有所準備……」司馬懿又驚又痛：「怎麼會油盡燈枯?!她比我還小呢！她還會武藝，她這些年身子都很好的，您會不會看錯了，您再看看吧！」

太醫嘆息道：「太傅，冰凍三尺非一日之寒，夫人的病症看起來是長期憂思成疾，病症鬱結於心難以消散，外表看似與常人無異，實則氣血已衰，藥石罔效啊……」

司馬懿只覺得眼前一黑，一屁股坐了下來，喃喃道：「怎麼可能，春華，春華她身子很好的……」太醫搖頭扶起司馬懿：「下官會盡力，太傅，也要想開些。下官這就開藥。」

太醫坐在案前寫著藥方，司馬懿恍若不聞，只是喃喃自語：「是我把她累成這樣的，這麼多年，她就沒有輕鬆過，是啊，誰受得了這樣的日子，是我害了她……老天，你要報應，就報應我吧，放過我的妻兒，行不行啊？」司馬懿像個孩子一樣掩面失聲痛哭。

舞女翩翩起舞，一隊樂師正專注地演奏。

曹爽閒散地橫臥，閉目欣賞，輕輕打著拍子，韓琳在一旁小心為曹爽斟酒：「大將軍，這一隊是內廷最好的舞樂。」

曹爽滿意微笑：「嗯，把柔靡之樂能奏出陽春白雪的味道，高手，高手！」韓琳笑答：「奴婢雖然聽不懂，但大將軍說好，奴婢就放心了，伺候大將軍這樣的知音，是他們的福氣。」

曹爽故作姿態的一笑：「這是宮中舞樂，只有天子能用，給了我，不合適吧？」韓琳諂媚笑道：「寶刀配英雄，大將軍太謙遜了，宮中那兩位，也聽不懂不是？奴婢聽說夫人有了身孕，想著大將軍帷幄寂寞，故而……」曹爽大笑：「帷幄之中的事你也懂？」韓琳諂笑不已：「空有羨魚之心……」

兩人哈哈大笑。

韓琳邊笑邊說：「還有另一樁好事要祝賀大將軍，宮中的太醫去給司馬懿的夫人看病，說她是油盡燈枯之症，時日無多了。」曹爽皺了皺眉頭：「她時日無多有什麼用，司馬懿怎麼都死不了，他是王八成精了吧？」此時夏侯玄走進來，厭煩地看著韓琳，喝道：「下去！」

韓琳畏懼地看了他一眼，帶著舞樂退下了。曹爽不耐煩問道：「你又怎麼了？」

「司馬師被你拷打多日，你審訊出什麼了嗎？」

曹爽撇撇嘴說：「他嘴硬得很，你又不是不知道。」

「除了那根劍穗，你還查出什麼證據嗎？」

曹爽冷笑反問：「你就不想查徽兒之死的真相？」夏侯玄攥緊了拳頭：「我想，所以更不能任由你公報私仇。放司馬師回去！」曹爽氣得摔了酒杯：「我看你是被司馬家灌了迷魂湯昏了頭了！」

房中的小火爐上，湯藥汩汩作響。

張春華還在昏迷中，她消瘦憔悴，白髮添了不少，司馬懿哀傷地望著她。

司馬昭輕手輕腳地進來，難過地看著母親，低聲說道：「父親，滿廷尉……」司馬懿輕輕噓了一聲，示意司馬昭出去說話。

夕陽下，司馬懿和司馬昭在廊外輕聲說話，司馬昭開口言道：「曹爽罷免了滿寵的廷尉之職。」

司馬懿驚訝：「廷尉位列九卿，滿寵四朝元老，一句話就罷免了？」司馬昭恨恨道：「曹爽作威作福，父親還不知道嗎？」司馬懿黯然嘆息：「滿廷尉剛毅耿介，他一去，又少了一位忠臣，是國家之憾。」司馬昭抬頭望著父親問道：「父親，你真的不救大哥嗎？」司馬懿反問：「怎麼救？」

司馬昭忍著激動：「讓兒子來幫父親吧，曹爽是要將咱們家趕盡殺絕，您還要忍嗎？」司馬懿的目光陡然淩厲：「不要再動這樣狂妄的念頭，我對你說過的話，並沒有變！」

這時，屋內傳來張春華的聲音：「師兒，師兒……」司馬懿和司馬昭慌忙進去。

司馬懿撲到床邊，悲喜交集，連聲喊道：「妳醒了？快拿藥！」司馬昭也欣喜答道：「是！」接著奔到藥爐邊趕緊斟藥，張春華輕輕搖頭：「師兒，有消息了嗎？」

司馬懿含淚微笑：「妳別怕，師兒還活著，曹爽想用他威脅我，只要我還在，師兒就沒事。」張春華輕嘆一口氣：「可是，就算活著，我也再見不到他了吧？」

司馬懿悲痛之際，緊緊握住張春華的手，鄭重道：「不會的，我一定想辦法救他回來，妳一定要等著咱們的兒子！春華，妳知道我總有辦法的，相信我一次，給我點時間好不好？」

張春華微笑著閉上了眼：「時間，真願意用這輩子所有的榮華富貴，去換回一點時間，多陪陪你，可是上天多公道啊，咱們頭上的白髮，你不是也沒辦法嗎？這些年你過得太累了……春日載陽，有鳴倉庚，真想再等一個春天，和你去看看綠油油的麥田，聽聽圓溜溜的鳥鳴……」司馬懿含淚笑著：「會的，會的，來年的春天，我帶你回咱們家鄉看看，我們還同騎一匹馬。」

張春華撫摸司馬懿的白髮。深情說道：「這是你最艱難的時候，我不想，也不能在這個時候離開你，就要看天意，是否隨人願了……」

汲布俯瞰山下，繁華的洛陽城在此時如同一張棋盤，人縮小為螻蟻，他的目光無法洞穿雲霧，無法看到他魂牽夢縈的人，無法在她身邊保護她。

汲布感到一陣無力的憤懣，他長嘯一聲，拔出劍來，發洩地狂舞起來，如同一條憤怒的蛟龍，激蕩起狂飆一樣勁風，席捲起草木。

汲布落地，拄著劍喘息，他凝望著山下，感到一陣強烈的不安。

大將軍府邸裡，傳來一陣嬰兒的哭聲，剛生產後的蒹葭躺在床上，露出疲憊幸福的微笑，曹爽坐在她床邊高興地悠著孩子，笑著說：「妳可是我的大功臣哪！」

蒹葭撒嬌地輕輕撇嘴：「我還以為我身子重，不好看，大將軍都把我忘了。」曹爽輕捏蒹葭的臉笑著說：「別亂吃醋，妳跟她們不一樣。」繼而他又真誠道：「蒹葭，本將軍告訴妳，我能給妳的，不只是榮華富貴，一夜恩寵，我給妳和我們兒子的，會比妳這小腦袋能想到的，多很多很多。」

蒹葭天真問道：「那，是什麼？將軍，要娶我做夫人？」曹爽淡笑：「夫人，夫人值幾個錢？」她看著兒子，喃喃說道：「妳看，我的兒子，是不是有帝王之相？」

蒹葭明白了曹爽話中之意，巨大的狂喜和恐懼讓她呆住了。

汲布翻牆跳入司馬家的庭院，司馬昭正捧著一碗藥過來，一驚問道：「汲叔叔？」

「你母親如何了？」

司馬昭雙目一紅，低聲說道：「叔叔來得正好，還能，見一面……」汲布如遭雷擊一樣僵住了，呆若木雞。屋內又傳來張春華的聲音：「是師兒嗎？我聽見了，我聽見師兒回來了……」繼而是一陣上氣不接下氣的咳嗽和喘息聲。

司馬昭領著汲布進去，張春華病床前圍著司馬懿、太醫和王元姬，司馬懿見到汲布有些吃驚。

張春華半昏迷中，茫然急切地叫道：「師兒，是師兒回來了……」司馬懿忍淚握著她的手，悲痛說著：「春華，妳別擔心，等妳好了，我帶妳見師兒……」張春華搖頭：「你讓他，讓他進來……求求你，讓他進來吧……」汲布心如刀絞，走到床邊。

張春華雙眼模糊，認錯了汲布，露出驚喜的神情，喃喃伸手喊道：「師兒……」然而隨著汲布走近，張春華認出了他，在一瞬間驚喜變成呆滯，繼而是失望、灰敗。彷彿她生命僅存的光焰，也隨著絕望熄滅了。

汲布低聲問司馬懿：「真的沒有辦法了嗎？」司馬懿雙眼通紅，形容憔悴，可見這段日子，隨著張春華病入沉痾，司馬懿已經耗盡了心血。司馬懿轉頭沉默了片刻，似是下定了決心，站起來堅決道：「大哥陪她片刻，我去帶師兒回來。」

曹爽坐下笑著對司馬懿說道：「太傅請，太傅怎麼今日有空光臨寒舍啊？啊，尊夫人的病情可好些了？」司馬懿沒有坐下：「大將軍，我有一事相求。」曹爽忍著快意問道：「太傅有吩咐，我豈敢不尊？」

「拙荊時日無多，請大將軍放犬子回家，與母親相聚。」

曹爽故意為難道：「這個……這卻難了，尊夫人的病情下官也痛心疾首，要人參、鹿茸、奇珍名醫，下官當竭盡所能，但放人——司馬師是重犯，下官也不能藐視國法呀。」司馬懿從懷中取出一封書信：「啪」得摔落在曹爽面前桌案上。

曹爽指著問道：「這是何物？」司馬懿決絕道：「你我皆知道司馬師不會殺妻。大將軍耿耿於懷者，關中的兵權耳？這是給郭淮、孫禮的書信，書到之日，他們即刻會解任歸京。我辭去總督天下軍事一職，長安的一切兵權，從此我不再染指。唯一的條件，讓夏侯玄代替郭淮，唯有他能擋住蜀軍。」曹爽拈著書信冷笑道：「太傅是爽快人！可惜啊，這是我半年前的條件，太傅不肯把握，機不可失，時不再來，晚了！」

司馬懿臉色一變，強抑制驚怒，低聲問道：「大將軍究竟要怎樣？」

張春華稍稍清醒，虛弱說道：「汲大哥，你來了……」汲布強忍著自己的感情，向前走了一步，想伸手又緊緊握拳落下：「夫人，我能為妳做什麼嗎？」張春華微笑著說：「這些年，多虧了有大哥，在我們身邊，每次，都是我們求你，你的恩情，我只有，來世再報了。」

汲布只覺得自己胸膛快要炸開了，哽咽道：「我的性命，早就是妳的了……」張春華輕輕搖頭：「總以為，還有回報的機會，卻不料，這輩子，這麼快就走到頭了。大哥，幫我保護他……」

「我會的！我會的！我早就發過誓了！」

張春華又轉過頭來：「昭兒……」司馬昭淚眼蹭上去：「娘……」張春華吩咐道：「去西院……請柏夫人……」司馬昭有些愕然：「娘，叫她做什麼？看她的得意之情嗎？」張春華搖頭堅持道：「去，快去……」

靈堂上供奉著曹爽的劍，和魏大司馬元侯曹真之靈位。

曹爽望著靈位，露出恨意說道：「我父親一生戰功赫赫，下敗東吳，上通西域，為大魏立下不世之功，本應與衛青、霍去病一般，名垂青史。卻被你陷害，飲恨而亡。《公羊》曰：子不復仇，不子也。司馬太傅，你告訴我，我該不該恨你？」

司馬懿卻正色道：「大司馬雖和我政見不同，但我一向仰慕大司馬忠勇剛毅，禮賢下士。當時戰場上是我力不能及，絕無陷害之事，我上可對皇天后土，下可對大將軍。」

曹爽冷笑：「到了這個時候，你還敢狡辯？你不是求我嗎？跪下，向我父親，叩三個響頭。」

司馬懿不假思索，對著曹真的靈位撲通跪下，叩首三響，抬起頭時，額頭一片血跡。

曹爽心滿意足：「那我就網開一面，送太傅一個人情。」

司馬家，只有汲布陪在張春華身邊。

張春華靠在床上喃喃地說：「其實，你幫他做的事，我也猜到了……」

「他是為了保護你們，所以妳要為他堅持下去。」

張春華閉目輕嘆：「我明白，可我怕他陷得太深了，一個人，再高的志氣，也撐不住天，權位之爭，每一步，都是鬼門關，汲大哥是忠厚人，以後，你幫我勸著他。」汲布顫抖著去握張春華的手，飲泣道：「我這一輩子，都只想守護妳啊……」張春華微笑回應：「人生，就是一場又一場的別離。春小太歲，也會老的。汲大哥，走吧，你在這兒不安全，見過一面，就永遠在心裡呢。」

柏靈筠憂慮而憔悴地望著窗外，司馬昭推門進來。

柏靈筠看到了他，有些畏懼地後退一步，司馬昭生硬地說：「我娘有請。」

柏靈筠沒有動：「你不想救你大哥嗎？」司馬昭微微一驚，繼而冷靜轉頭回答：「妳又想挑撥我們兄弟之情了？」柏靈筠顫聲問道：「是你和倫兒，對嗎？」司馬昭眼中凶光一閃，踏上一步，又停住冷笑道：「為了倫弟弟，我相信柏夫人不會再說這樣的話。」

張春華臉色灰白，無力地躺在床上。

王元姬送上湯藥，柔聲說：「母親，藥煎好了，趁熱喝了吧。」張春華心酸而平靜地搖搖手：「傻孩子，到了這個時候，又何必再吃這苦呢？」王元姬掩面而泣。幾個較小的弟妹也小聲啜泣起來。張春華虛弱道：「我這一走，最放心不下的，就是師兒昭兒，這幾年，苦了妳了，嫁到我們家來，連幾天平安日子，都沒有。」王元姬哽咽著說：「母親放心，大哥一定會平安無事的。」

這時，簾子掀開，柏靈筠和司馬昭進來。柏靈筠大驚，撲過去喊道：「夫人！」

張春華的目光上下審視著她，柏靈筠的頭髮已經花白，臉上也有明顯的皺紋。張春華輕嘆：「都這麼多年了……」柏靈筠眼裡已有了淚光：「夫人保重，這時候，老爺最需要的人，就是您。」

「這麼多年，我恨過妳，猜忌過妳，甚至差點殺了妳，這一世都不想見妳，可是現在想，要是沒有妳，這世上，就又少了一個愛他、幫他、照顧他的人。妳為他做的事，我都知道。」

柏靈筠落淚說道：「是我自私，是我強行闖入了夫人和老爺的生活，是我對不起夫人，我對夫人，是罪人啊……」張春華卻堅定道：「我理解妳，但我，有我的堅持，這輩子，我們不能共處，現在，我要走了，我把他交給妳吧。他太艱難，太苦了，妳回來代我照顧他，照顧這個家。」張春華用極大的勇氣，說出了這番話，司馬昭卻怒道：「母親！父親不需要她來照顧！」

柏靈筠流淚搖頭：「夫人不要這樣說，世上總有良藥可以起沉痾。我代替不了妳，永遠代替不了，夫人知道的！何況，何況……」柏靈筠欲言又止，不敢再說。

張春華搖頭：「我自己的身子，我自己還不清楚嗎？人生，就是不斷的遠別啊，幫仲達，堅強起來，幫他挺過去……」張春華摸索著，握住了柏靈筠的手，這一執手，令柏靈筠失聲痛哭：「姊姊，姊姊！」柏靈筠的哭聲中，有感動也有負疚。

張春華對司馬昭說道：「昭兒，你領著弟妹們，向你們二娘叩首。」柏靈筠震驚抬頭：「夫人！」司馬昭站立不動，憤恨說道：「兒子只有一位母親，司馬氏中，沒有什麼二娘！」張春華痛苦喘息道：「昭兒，就算，為了我，為了你爹，她對你爹，是真心的……你叫這一聲，娘才能對你們，都放心……」司馬昭望著痛苦的母親，悲不自抑，垂首向柏靈筠跪下，叫道：「二娘……」

王元姬帶著司馬家的幾個小孩子，也向柏靈筠跪下，稀稀落落地低聲叫：「二娘。」

柏靈筠泣不成聲，握住張春華的手：「姊姊放心，我活著一日，都會照顧好老爺和您的兒女。」

張春華又低聲喚道：「昭兒……」

「兒子在。」

「我知道，你心裡，對你爹，一直有怨氣……」

司馬昭搖頭哽咽：「兒子不敢。」

張春華斷斷續續道：「現在，也該對你說一句……實話。其實你爹，最疼你，他怕你被這世道……傷了。他看過太多人的……敗亡，怕你重蹈覆轍。你或許覺得，你爹太膽小，但他顧慮的更多，更長遠，我率性了一輩子，現在要去了，卻要叮嚀你一句，聽他的話，有些事，不可為。」

司馬昭帶著悔恨，與難以言說的愧疚，顫抖著回答：「兒子，明白。」

張春華喃喃叮嚀道：「你大哥和徽兒，沒有兒子。你的兒子……都還幼小，把你的老二，司馬攸，過繼給你大哥吧。不管你大哥此番……是生是死，給他……留個後。你願意嗎？」司馬昭哭出了聲：「兒子願意！兒子會讓攸兒侍奉大哥的！」

「元姬，妳願意嗎？」

王元姬飲泣回答：「媳婦願意。」

張春華急促而艱難地喘息，看著自己的兒女們，含淚呼喚：「可憐的師兒……」

司馬懿在牢房外焦急地等待，不停來回踱著步子。暗無天日的牢房內，被打得遍體鱗傷的司馬師虛弱地靠在牆角，獄卒慢悠悠地解開司馬師的繩索。

司馬師被獄卒架出來，獄卒剛一放手，他便要癱倒下去。年邁的司馬懿一把扶住他，看到兒子遍體鱗傷，不由淚下。司馬懿兩眼含淚道：「走，跟爹回家。」他扶著司馬師一步步往外走。

監牢門口，侯吉搓著手不時往牢房門內張望。當他終於看到司馬懿、司馬師父子一步一踉蹌地走出來時，忙迎上去，將二人扶上馬車。

「啪」一聲，曹爽將一卷文書放在了夏侯玄面前。

夏侯玄打開一看，大為驚訝，問道：「你任命我為征西將軍？」何晏雙目一亮：「司馬懿交出兵權了？」曹爽得意回答：「正是！他不但交出了長安兵權，還寫信招郭淮、孫禮回朝！從今日起，你就是雍涼的統帥！」

丁謐又驚又喜地問道：「這、這，大將軍如何做到的？那可是司馬懿最後的籌碼，他不是一直死咬著兵權不放嗎？」曹爽含笑回答：「他老婆快死了，他來求我放了司馬師。」何晏吃驚問道：「大將軍就這麼放了？這可是能將司馬懿連根拔起的籌碼啊！」丁謐卻大喜道：「為妻兒放棄兵權，司馬老兒志衰矣！有何可懼！」曹爽大大咧咧地揮揮手：「算了，我想想也是，他走路都打晃兒，屍居餘氣，也犯不著非殺了他。」夏侯玄蹙眉道：「昭伯，趁人之危，非君子所為吧？」

「你不要，不要我給別人了啊！」

丁謐勸夏侯玄道：「雍涼本來就由故大司馬和夏侯氏鎮守，如今將軍乃是咱們自己人中，最諳軍事、最得威望之人，能取代司馬懿鎮守雍涼者，非將軍莫屬啊！」

夏侯玄沉思片刻，輕嘆道：「昭伯，你把長安交給我，我自然會安撫軍心，防禦西蜀，若有一名蜀兵越過渭水，你可取我首級。但我不希望，你將這一支兵馬，當作內鬥的籌碼。司馬懿已經沒有什麼實權了，以國事為重，眼光放長遠些吧。」

曹爽不耐煩道：「好了好了，我知道了！表兄早日準備準備，就去長安赴任吧。」夏侯玄拿起文書，起身拱手：「告辭。」

夏侯玄出去後，曹爽煩躁地看著門口方向說道：「仗著比我大幾歲，倚老賣老，真煞風景！早知道換你去，不給他了！」丁謐笑答：「夏侯將軍乃是將軍同輩中，最為俊傑的人才，雍涼被司馬懿經營十年，若非威望甚高之人，去了也難以服眾。大將軍以大局為重，讓夏侯將軍去是對的。」

曹爽哼道：「以後就把長安交給他，讓他別回來煩我了！」何晏這時卻在一旁陰惻惻地說：「大將軍就這麼放了司馬懿，我總是心中不安，百足之蟲死而不僵，他就算折翅，也是雄鷹啊！」

曹爽笑著回答：「他還算什麼雄鷹啊？一隻等死的老鴟罷了，來人，上酒，我們遙祝司馬懿妻亡子散！」丁謐哈哈大笑。

張春華已經極度虛弱，卻仍輕聲呢喃：「仲達，仲達呢？」接著便說不出話來，只揮揮手讓司馬昭看看司馬懿怎麼還不回來，司馬昭哭道：「娘，您再等等，爹就快回來了！」

屋外傳來司馬師一聲長嚎：「娘！」司馬昭震驚喊道：「大哥！」司馬師踉蹌闖進來，他身上的衣服血跡斑斑，滿臉是血，侯吉在一旁張羅毛巾擦血。司馬師撲在張春華榻邊，痛哭流涕道：「娘，兒子回來了！」司馬懿抱著他，兩人手拉在一起，張春華驚喜得精神一振，握住司馬師的手。

司馬師含淚哭道：「都是兒子不孝，讓娘擔心了，兒子已經沒事了，您也會好起來的。」

張春華愛憐地摸著司馬師的臉，不忍地說道：「你受苦了，可惜……娘不能給你做頓好吃的，補補身子了。」說著艱難抬手，給他擦眼淚，司馬師一把捧住母親的手：「我等著娘給我做！」

張春華拉著司馬師的手，指著柏靈筠說：「你也跪下，叫一聲二娘。娘不在了，你就聽父親和二娘的話。」司馬師泣不成聲的朝柏靈筠跪下，柏靈筠在一旁顫抖著說：「夫人放心。」

「師兒，昭兒。」

張春華兩手握住兩個兒子的手，關切囑咐道：「你們兩個，要同心，同德，做一對互相扶持的好兄弟。」

「兒子們記住了。」

張春華微笑著閉起了眼睛：「你們帶著弟妹，下去吧，我有一些話，要和老爺說。」司馬師，司馬昭及弟妹們哭泣著回答：「是。」孩子們依依不捨地離開。

司馬懿上前坐在張春華床邊，輕輕喚道：「夫人。」張春華虛弱說道：「扶我起來……」司馬懿扶她躺在自己懷裡，顫抖著伸出手去，環住她的腰。

張春華無力地靠在他懷中，輕輕笑著：「欺負了你一輩子，居然也有……坐不起來的時候，從前騎馬，都是你坐在我前頭……還被村裡人……取笑。你還記得嗎？」司馬懿含淚笑道：「怎麼不記得，那時候春日遲遲，碧草如茵。等過些日子，天暖和了，我們再去跑馬，我還坐妳前頭，有妳，我才不會摔下去……」張春華流下淚來：「春天不等我了……」司馬懿崩潰喊道：「我一生的路都是和妳一起走的，沒有妳，我一個人怎麼走啊！」

張春華靠在司馬懿身上，滿懷歉意與愛意的說道：「是我，對不起你，以為不論有多難，至少我們，都是在一起的。想不到，我要失約了。留在後頭的那個人，最難，最累……為了這個家，你要撐下去……」司馬懿老淚縱橫：「春華！別丟下我！」

這時，張春華艱難地伸手說道：「劍，我的劍……」司馬懿踉蹌起身，拿劍交到張春華手中。

張春華手上無力，已經握不住劍了，司馬懿心如刀割，用自己的手緊握住劍，將手和劍一起，放在她的掌心裡。

張春華勉力握著司馬懿的手：「我把它留給你，就像我陪著你。我這輩子最幸運的事，就是和你在一起，我們最不幸的事，就是遇上了這個狼奔豕突的亂世。但是，別忘記初心，別忘記我，別忘記故劍情深，你的志氣和責任，應該做，比爭鬥更博大的事。」司馬懿緊緊抱住妻子淚如雨下：「陪我走下去，好嗎？」張春華已經沒有多少力氣了：「我，相信你……」司馬懿痛哭：「除了妳這世上誰還信我啊！別走，別走，春華！……」

張春華已經緩緩閉上了眼睛。

歌聲嫋嫋，舞袖蹁躚，堂上歌舞正歡，曹爽、何晏、丁謐等人都已半醉，早已不成體統地閒散橫臥。

曹爽一摸何晏的臉笑道：「他們都說你傅粉了，可有此事？」何晏笑道：「臣何須傅粉？」曹爽大笑：「正是！正是，何叔平不傅粉，也勝過天下美人！」這時家奴進來稟報：「報大將軍！太傅府送來喪帖！」

曹爽起身笑著說：「他老婆死得還挺利索！」丁謐示意家奴把喪帖給他，看了一眼問曹爽道：「明日司馬家舉喪，大將軍可需去弔喪？」曹爽笑答：「弔喪？這等喜事，為什麼要弔喪？」

何晏停下來忽然笑著說：「大將軍，這既不是喪事，也不是喜事。」曹爽一怔問道：「那是什麼。」何晏揮揮手，堂上歌舞和家奴都退下了。

「請大將軍披甲佩劍，為國除奸，此乃戰事。」

曹爽有些猶豫地問道：「要殺司馬懿？他連兵權都交了，用得著殺嗎？」丁謐也在一旁勸道：「何駙馬，司馬懿交了兵權又逢妻喪，這個時候去追窮寇，何必呢？」何晏急了：「說窮寇莫追沽名釣譽的那是項羽！張春華幾乎算死在我們手上，司馬懿何許人也？他會不恨大將軍，會不想報復？

他是把兵權交了出來，但焉知長安他的舊部就會聽命於夏侯將軍？慶父不死，魯難未已，只有司馬懿死了，大將軍才真正掌握了庸涼兵權！」

「可是，師出無名啊？」

何晏眼中凶光一閃，惡狠狠地說：「有！喪妻之痛，司馬懿這個老狐狸或許能忍，但司馬昭、司馬師年輕氣盛，一定忍不了！只要大將軍去弔唁，稍加撩撥，他們必然會有衝動之舉，就以刺殺大將軍之罪，將司馬家一舉誅之！」丁謐苦口不止：「不請聖旨就誅殺太傅滿門，大將軍會落天下人口舌的！」

「是登臨絕頂永絕後患，還是在意閒人口舌，請大將軍自擇！」

曹爽沉默了片刻，緩緩地說道：「我不學楚霸王，明日，帶兵去司馬家！」

丁謐憂慮地倒抽一口冷氣。

翌日，司馬家哀樂直上雲霄，香煙瀰漫，案上供奉著靈位：魏太傅夫人司馬張氏之靈位。

司馬懿悲痛欲絕，椎心刺骨的悲痛讓他宛如喪失了神智，對外物已經沒有了感知，只是迷離著雙眼坐在靈旁。司馬孚跪在司馬懿身邊，司馬師、司馬昭帶著幾位年少的弟妹，一身重孝跪在兩側。悽愴的哀樂聲中，大門洞開，門可羅雀。司馬師的眼淚無聲流下來，終於忍無可忍站起來罵道：「曹爽欺人太甚！」

柏靈筠命令他：「跪下！不能給你爹惹事！」

「這是對我娘的羞辱！」

司馬孚也勸道：「師兒，她說的沒錯，跪下！」司馬師望望恍若不聞的父親，跪下嚎啕出聲。

司馬昭沒有哭，他的目光中有冷意。

一個白色的身影走進來，讓靈堂前司馬家的人都不禁抬頭望去，司馬師怔住了，來者居然是夏侯玄。

司馬師和夏侯玄對望著，夏侯徽的死斬斷了他們曾經宛若手足的友情，但那些僅存的信任和情感，卻因為夏侯玄的磊落，仍然如陽光一樣投射下來，讓司馬師又慼又愧。

夏侯玄徑直走到靈堂前，向堂上的靈位恭敬三鞠躬，司馬家人在哀樂中向夏侯玄叩首還禮。

夏侯玄走到司馬懿身邊，出言安慰道：「太傅節哀。」司馬懿目光茫然，似乎沒有認出他來。

司馬師輕聲謝道：「多謝大哥。」夏侯玄嘴唇動了動，一咬牙，轉身而去，司馬師滿目痛楚。

幾個身著素服的官員魚貫走進司馬家，與夏侯玄擦肩而過，是年老的蔣濟、滿寵、孫諮和年輕的鍾會等一眾官員。眾官員走上堂，依次鞠躬行禮道：「下官蔣濟、下官滿寵、下官孫諮、下官鍾會來弔，請太傅節哀……」司馬師又慼又痛，謝客時咚咚叩首。

鍾會來到司馬懿面前蹲下，輕聲喚：「老師。」司馬懿沒有反應。

鍾會冷聲勸道：「太傅自己能忍，兩位世兄奈若何？我魏國又奈若何？」

司馬懿喃喃回答：「武帝說得好，譬如朝露，去日苦多，朝露，朝露，露晞明朝更復落，人死一去何時歸……」鍾會又急又痛：「師母走了，老師的壯志也跟著走了嗎？」司馬懿迷離地笑著回答：「壯志……我哪有什麼壯志，我就是個死人……」鍾會望向司馬昭，兩人心照不宣。

曹爽、丁謐、何晏帶著軍隊，奔馳而來，街市上的百姓們驚恐不安地避讓。

司馬家結著漫天漫地的靈幔，與被積雪覆蓋的大地同色。

隆重的天子儀仗在司馬府邸外停下，郭太后當先下了坐輦，曹芳有些畏怯地也下了輦，旁邊跟著他的母親劉氏。郭太后向內走了兩步，回頭卻發現曹芳沒有動，於是伸出手喚道：「陛下。」曹芳怯生生地向後蹭了兩步，看著郭太后神情嚴肅，才不得已走上去，握住郭太后的手。

劉氏低聲嘟囔：「哪有皇帝給大臣弔喪的……」郭太后不留情面地斥責：「非禮勿言！」

劉氏不服氣地低頭，不敢再說話。

曹爽的軍隊來到了靈堂外，看到皇帝進去了，曹爽向何晏低聲問道：「萬一傷了陛下怎麼辦？」

「陛下一走，將軍就可以動手了。」

曹爽向士兵命令：「你們在這裡守著。」隨即轉向丁謐、何晏：「你們跟我進去看看。」

三人走了進去。

隨著一聲宦官高聲唱引：「陛下皇太后駕到！」堂上的官員們紛紛跪下，司馬家人也都伏地叩拜。眾人齊聲說道：「臣叩見陛下，叩見皇太后！」

郭太后引著曹芳的手走到靈案前，向靈位鞠躬行禮，哀樂大作，司馬家人泣不成聲。行禮完後，兩人走到司馬懿面前，郭太后心酸勸慰：「太傅節哀，太傅保重啊，社稷朝堂，還望太傅輔佐……」此時曹爽三人進了靈堂，司馬昭看到他，眼中顯出森冷仇恨的目光。曹爽冷笑一聲，握緊了劍柄。

曹芳望著頭髮雪白紛亂、神情呆滯的司馬懿，忍不住怔怔伸手撫摸了一下司馬懿的白髮。司馬懿抬起頭，慢慢道：「臣老了，怕是回不到朝堂上去了，臣有負先帝，有負陛下……」

曹芳怯生生地說：「朕相信太傅是忠臣，可惜太傅不姓曹，他們告訴朕，三馬同槽……」這句話如同晴天霹靂，擊得司馬懿一個哆嗦，讓他瞬間看清，其實從很早很早以前，他和大魏的天子就已經是敵手了。這頓悟讓恐懼，憤懣，絕望如潮水襲來，司馬懿臉色大變，雙眼翻白：「咕咚」一聲栽了下去。

郭太后、司馬孚、柏靈筠、司馬師同時喊道：
「太傅！」「二哥！」「老爺！」「父親！」眾人大驚之下都擁了上去。
柏靈筠扶起司馬懿，司馬懿已經暈倒在了她懷中，柏靈筠驚恐大叫：「大夫！快傳大夫！」
曹爽握著劍的手放開了，顯出將信將疑的喜悅來。

白雪紅梅，相映成趣。梅花樹下，曹爽、丁謐、何晏等人烤肉飲酒為樂。
曹爽問太醫：「太傅當真是中風了？」太醫躬身答道：「啟稟大將軍，千真萬確，小臣奉太后懿旨，為太傅診治，太傅以六十五歲高齡，蒙喪妻之痛，哀痛至毀，不幸中了風痹，如今半邊身子已經動彈不得了。」丁謐正色追問：「你可看仔細了，咱們這位太傅，年輕的時候就裝病哄過武帝，他可是裝病的一把好手啊！」太醫訕笑：「太傅的病，小臣如何敢不仔細呢？」
曹爽哈哈大笑：「你呀，就是太小心了！今非昔比，他都這歲數了，還裝得動嗎？我看司馬懿死期將至！」曹爽如此放肆的言語，讓太醫暗暗吃了一驚。

司馬師和柏靈筠還穿著素服，司馬師扶起司馬懿，柏靈筠餵藥。
司馬懿確實如太醫所說，非但中風偏癱，而且神志不清，柏靈筠勉強餵他一勺藥，又順著他的嘴角流下來。柏靈筠輕聲喚道：「老爺，喝一點吧……」司馬懿喃喃說道：「別費，精神啦……讓我，隨著春華去，就都、解脫了，都解脫了……」司馬昭震驚地喊道：「爹，你要振作啊！爹？」
司馬懿垂首不語，嘴角流涎，司馬昭不敢相信地看著父親。
長河落日，映得水面赤紅如血，夏侯玄獨自負手站在河邊，只有一匹馬在遠處默默吃草，顯得十分落寞。

司馬師快步趕來，走到他身後，忐忑地叫了一聲：「大哥……」夏侯玄轉過頭來，望著司馬師的目光凌厲如電，司馬師苦笑一下，低頭說道：「我對不起徽兒，願受大哥處置。」

夏侯玄嚴厲問道：「我只想問一句，徽兒怎麼死的？」司馬師痛心回答：「我真的不知道。我沒有照顧好她，但我不會殺徽兒，我父親更不會，大哥不信我嗎？」

夏侯玄凝視他問道：「你們司馬家，究竟在做什麼？」

聽到這句話，司馬師再也忍不住了，抬起頭紅著雙目爆發了：「我母親死了，我父親中風癱瘓，我們家在做什麼？我們家還能做什麼?!我也想知道，我究竟做什麼才能救家門！」

夏侯玄沉默了，他終於放棄追問，輕嘆口氣：「雖然出了徽兒的事，但尊府的不幸，我很難過，你節哀。」司馬師艱難地繼續說道：「或許走到今日，你我也必須分道揚鑣了，但在我心中，你永遠是我大哥。」

「今日叫你來，是跟你道別，我要去長安赴任了。」

司馬師點頭：「我聽說了，大哥要接替郭淮、孫禮，由大哥來鎮守那片疆土，是最好的選擇。」

夏侯玄嘆氣：「不管我和太傅立場如何，我都敬佩太傅十年來對長安的經營，對邊疆的守護，我也尊重你們司馬氏灑在那片土地上的鮮血，我不會打壓異己，殘害太傅的舊部，這一點，請你和太傅放心。」

司馬師慘然一笑：「若是對你，我都不放心，我還能對誰放心呢？大哥，我明白，從一開始，你和曹爽便不是同路之人，曹爽為的是私欲，你為的是國家。只是可惜，大哥不得不因為姓氏家門，被裹挾進這場鬥爭的漩渦。」夏侯玄望著水流向遠方：「要怪就怪天時，怪這個時代吧，天下紛亂，大魏主弱臣強，為了守護弱小的天子，為了杜絕臣子篡逆的可能，我不得不幫助曹爽。」

司馬師的笑意略帶嘲諷：「大哥幫助曹爽來壓制權臣，然則曹爽就一定是忠臣嗎？」夏侯玄沉默片刻回答：「他姓曹，如果我選錯了，就用我的性命來阻止他。生於這個時代，只有堅持，不問成敗。」司馬師輕嘆：「大哥是一位真正的君子，洛陽的人心鬼蜮，不適合你，還是走了好吧，我此時，真的懷念長安的萬里長風，渭水東流。」

「若我們都能初衷不改，我在長安城頭等你，與你共賞壯麗河山。」

司馬師的笑容中帶著苦澀：「但願上天，還能給我這個機會。」夏侯玄淡然揮手：「你多保重，告辭了。」

「我送大哥。」

「不必了，你我道不同，只盼殊途同歸。」

司馬師含淚握住夏侯玄的手：「殊途同歸！」夏侯玄慢慢抽出手來，走向自己的坐騎，翻身上馬緩緩離去，司馬師凝注他的背影良久。

司馬懿奄奄一息躺在床上，形容枯槁，那隻還能動的手，卻抱著張春華留下的佩劍。

柏靈筠心酸地坐在床邊勸道：「老爺，為了夫人，你也要振作起來啊……」司馬懿猶如夢囈：「那個春天，她穿著男裝，拿著這把劍，拔劍的時候，頭髮散下來，真是好看……現在她不在了，這劍，也就是空殼了……」柏靈筠轉頭擦了擦眼淚。

司馬孚和鍾會帶著鄧艾進來，鄧艾人到中年，常年在外風吹日曬，黑了瘦了，卻更顯得剛健沉穩，看到司馬懿枯槁的樣子，鄧艾難過地在床邊跪下：「老師，學生回來了。」

司馬孚也強顏歡笑：「二哥，你不是最惦念士載嗎？」司馬懿勉強睜眼看了看鄧艾，喃喃道：「回來就好。」鍾會憤憤地說：「老師，士載在淮南、壽春屯田大有成效，卻被曹爽專斷調回，曹爽在翦除老師的親信啊，老師不能再如此放任他了！」

「天下的事太多，我管不過來了，你們，也好生自保吧……」

鄧艾沒有放棄勸說：「老師之痛，學生在二十多年前就領悟了，老師還記得您是如何教導學生的嗎？這世間有諸多痛楚，諸多不公，只有咬牙忍常人所不能忍，才能為常人所不能為，學生現在，還能相信這句話嗎？」司馬懿茫然笑答：「信不信，又有什麼關係，上天最不公平，又最公平，人皆有一死，這不是，最大的公平嗎？」

鍾會堅持道：「人固有一死，但死前不都得先活著嗎？生，有尊嚴屈辱之別，死，也有尊嚴屈辱之別。學生寧尊嚴而死，不願屈辱而生。」司馬懿閉上眼睛：「年少氣盛，年少氣盛……」

鍾會合鄧艾難過對視一眼，無話可說了，司馬孚深深嘆了口氣。

鍾會合司馬昭相對而坐。

鍾會懷疑的問道：「老師真的病了？」司馬昭苦笑：「你都看見了。」鍾會倒吸一口冷氣：「那我們怎麼辦？就這樣坐以待斃？」司馬昭冷冷回答：「你現在改換門庭，還來得及。」

鍾會憤怒起來：「子上！老師於我是什麼恩情，我與你是什麼交情，你居然說出這種話來羞辱我？」司馬昭笑著勸慰：「士季兄，是我失言了。大哥被俘，母親去世，每一次我都以為，曹爽把我爹逼到了絕境，他該出手了，可是居然是這麼個結果……」

鍾會憤憤道：「必須誅滅曹爽！否則你們滿門，老師幾十年心血，就全都毀於一旦了，老師不做的事，我們來做！我們勸動大公子，讓他把你們家養的死士調出來。」

司馬昭搖頭冷笑：「我大哥謹遵父命，不會告訴我的。」鍾會焦慮道：「司馬家只剩下你們了啊！」司馬昭恨恨地說：「這件事，我一定會做，但不是現在。」

「那是何時？」

司馬昭冷笑：「或許我們該讀讀左傳，多行不義，必自斃。」

柏靈筠問司馬孚：「聽說，三老爺也上書告病了？」

「是，我不像鍾會他們年輕好勝，曹爽容不得我，我走就是了。」

柏靈筠輕嘆道：「朝中有為的老臣日漸凋零，您此時是中流砥柱，怎麼能輕易放棄呢？」

司馬孚苦笑回答：「我從入仕的那一日起，就不是為了榮貴，為二哥，為家門，為了……二哥一世踏驚濤駭浪如履平地，想不到如今，晚景竟是如此凄涼，我們司馬氏，輝煌由他締造，大概也要由他終結了。春榮秋謝，我獨自一人撐不起這個姓氏，不想再爭了。」

柏靈筠嘆息道：「難道天命真的如此殘忍，連他也無法逃離嗎？他若清醒，知道司馬一門現在的處境，恐怕也不會甘心吧？」

司馬孚苦笑回答：「可惜二哥他病了，這些擾人心神的凡塵俗事，不知也罷。」

【第十八章】

塚虎一躍

光陰如箭，一晃兩年已逝。司馬師跪在張春華墳前，秋風捲起紙灰的餘燼，他扒著墳上的青草，自言自語：「娘，爹病了兩年了，妳若是在天有靈，就勸爹好起來吧……」

一隻烏鴉淒厲地鳴叫上天。

司馬師仰頭望著烏鴉飛過，喃喃念道：「司馬家的末日，真的要到了嗎？」

他遲緩地站起身來，走到後邊另一座墓碑前，上面寫著：愛妻司馬夏侯氏。

司馬師深情地撫摸著碑上的字跡：「徽兒，也許很快我們就要見面了，我欠妳的，終將歸還，妳還肯原諒我嗎？」

司馬師騎著馬，形影相弔地走過小路。幾個孩童拍手唱道：「曹爽之勢熱如湯，太傅父子冷如漿，曹爽之勢熱如湯，太傅父子冷如漿……」

司馬師勒馬聽了一會兒，神情更加慘澹，苦笑著策馬慢慢走了。

死士們仍舊在認真操練，司馬師和汲布在一旁觀看。

汲布問道：「上來的時候，可有人跟蹤？」司馬師苦笑：「曹爽已經懶得再監視我們了。」汲布又問道：「有什麼緊急的事嗎？」司馬師默默摘下腰間的劍，扔在地上。

汲布疑惑：「這是何意？」司馬師苦笑：「我家已經沒有什麼事了，等死而已。我上來是想對叔叔說，您走吧，讓他們也走，付出了那麼多，背負了那麼深的罪孽，到頭來竟然是毫無用處。」

汲布卻堅定反駁：「我只是個劍客，朝政謀略一概不懂，但我知道，無罪的人不該枉死，先皇太后不該死，你母親更不該死，我能倚仗的只有自己手中的劍，只想用它來保護自己想保護的人。不到死亡的那一刻，不要扔下你的劍。」

「叔叔，不管你和我父母有什麼約定，現在我娘走了，我爹躺了三年，原本親近我家的大臣，或改換門庭，或投靠曹爽。走吧，趁著曹爽一網打盡之前，能走一個是一個。」

汲布斬釘截鐵地回答：「你父親培養這樣一支力量，原本就是為了保護家人，現在輪到你了。撿起來。」司馬師搖頭推辭：「我不是曹爽的對手，他現在唯一顧忌的，不過是我父親的四朝元老的身分，待父親一走，覆巢之下安有完卵，我們家的生死，不過就是曹爽的一句話罷了……」

「我與你父母一生相交相知，親眼所見，他們在任何兇險面前，都能談笑行走於刀山劍林，你爹不會屈辱而死，你更不該這樣怯懦而死！」

汲布撿起司馬師的劍，和自己的劍用力一交，兩劍崩出火花。

汲布正色回答：「看到了吧，有的人是劍，可以藏之，待之，即使折斷，也要璀璨生光，鏗鏘生鳴。」汲布將劍遞給司馬師。

司馬師被汲布的信任感動了，顫聲問：「叔叔，您還相信我爹？」

汲布沒有說話，抬起左臂，用劍劃過，接著將劍插在地上，用手指蘸著鮮血，緩慢而莊嚴地塗抹在自己唇上。

司馬師被這古老而悲壯的儀式震動了，他明白自己並非羸弱得不堪一擊，他挺起胸膛，如同汲布一樣，割血，染唇。

那是一座極為遼闊的花園，池塘假山，宛若瓊林，居然還有麋鹿自由來去，見人不驚。

曹爽和何晏在園中飲酒，旁邊有美人奏樂，川流不息的奴婢捧著肴饌一道道奉上，蒹葭領著已經能走路的曹麟走來。

曹爽笑著說：「吾兒過來，吾兒過來！」蒹葭款款上前，斟了一杯酒，遞給曹麟：「去給父親敬酒。」曹麟搖搖晃晃上前，奶聲奶氣地說：「兒祝父親千秋之壽！」

曹爽被逗得大樂，抱起曹麟親了一口，問何晏：「叔平，你看我兒可是天資聰穎？」何晏佯作沉吟：「小公子那句話說錯了。」

曹爽不悅問道：「哦？哪裡錯了？」何晏笑答：「小公子該說，賀大將軍萬歲之春！」

蒹葭自然明白這樣的暗示，大喜過望，以手加額跪下：「臣妾恭祝陛下萬歲萬歲萬萬歲。」曹爽半是得意半是忐忑，挽起蒹葭，笑道：「這、這不合適吧，這麼多人……」蒹葭笑答：「再多的人，也是夫君的人。」

曹爽沉吟道：「雖說孤執政多年，威權可比天子，但這一步，畢竟是冒天下之大不韙，慎重，慎重……」何晏含笑勸解道：「我國的文皇帝，不也是由漢獻帝禪讓來的嗎？何況江山仍歸曹氏，天下人有何話可說？」曹爽卻猶豫了：「司馬懿一日還在，孤一日寢食不安，還是，再等等吧。」

「大將軍慎重也好，不過可以早日試探試探，群臣的態度……」

何晏湊到曹爽耳畔低語。

曹芳高坐皇位，百官肅立等候。百官皆穿白襪而不穿履。

「咣咣」的佩劍撞擊聲、「咄咄」的腳步聲撞入皇帝和百官的耳朵，眾人皆知，這是曹爽來了。曹爽走到殿門口，兩名宦官上前，一人躬身去解曹爽的劍，一人跪下要去脫曹爽的鞋，曹爽只是側頭冷冷逼視，兩名宦官嚇得一怔，忙抬頭去看曹芳身後的總管韓琳，韓琳使了個眼色，二人領會退下。曹爽便這樣跋扈張揚地劍履上殿了。

這是毫無人臣之禮的舉動，百官班中的鍾會、鄧艾都不由蹙眉，卻沒有說話，郭淮和孫禮都露出憎惡不忿的表情，兩人目光相交，在無聲地溝通著心意：必須有人來挫一挫曹爽銳氣。

站在前排的丁謐，卻對這無意義的囂張，露出不解的神情。

隨著曹爽走過，百官依次躬身低頭，表示禮敬。

孫禮卻一步踏出攔住曹爽：「大將軍！人臣上殿，須去履卸劍，兇器不可近與至尊！」

曹爽怒目一橫，手按劍柄說道：「我與天子乃叔侄血親，佩劍專為護聖駕，斬亂臣！」

孫禮毫不畏懼的質問道：「朝堂之上，誰是亂臣！」

「挑撥我與天子者，即為亂臣！」

曹芳怯生生地勸解道：「叔父息怒！息怒……朕賜大將軍劍履上殿……」孫禮大驚：「陛下！」

曹爽得意極了：「如何？」

鍾會在後邊悄悄扯了一下孫禮的袖子，孫禮重重嘆息一聲，不甘心地退回本位。

下朝後，曹爽怒氣沖沖地說：「尋個錯處，把孫禮給孤下獄！」丁謐快步追上來：「大將軍！孫禮為先帝所重，名滿天下，在軍中的威望極高。大將軍禮賢下士，對這樣的人，應該極力接納才是啊！」曹爽冷哼：「他是司馬懿的人，怎麼接納？」丁謐耐心解釋：「正因為他是司馬懿的人，要是連孫禮都為大將軍效力，還愁旁人不趨之若鶩嗎？」

何晏卻陰冷道：「他公然頂撞大將軍，已經表明態度了，難道還要大將軍去俯就他？大將軍威儀何在？」

曹爽不耐煩地揮揮手：「罷了罷了，你們兩個都有理，這樣，扔到並州當刺史去，那裡是與匈奴交戰之地，是死是活看他造化！」丁謐還想勸說什麼，曹爽已經大步而去，丁謐憂慮地嘆了口氣。

司馬師引著孫禮來到司馬懿病床邊，柏靈筠忙起身讓開。

孫禮躬身一禮：「司馬公。」司馬懿奄奄一息，口角流涎，狀若癡呆：「誰……誰？你是，鄧

艾？」司馬師苦笑：「父親常常糊塗。」轉而向司馬懿大聲喊道：「爹，孫將軍來看您啦！就是孫參軍，跟咱們一起打諸葛亮的孫參軍！」

司馬懿恍然：「哦，孫參軍……你怎麼回來了？諸葛亮，諸葛亮退兵了嗎？」

孫禮苦笑不止：「太傅記差了，諸葛亮死了十年了。」

司馬懿露出迷惑的表情，喃喃念道：「諸葛亮，死了……」

孫禮滿腹悲酸，在床邊坐下，誠懇說道：「太傅，明公！太傅受兩朝先帝託孤，本以為您能如伊呂之輔商周，上報明帝之托，下建萬世之勳，如今曹爽作威作福，社稷危殆，天下洶洶。下官死不足惜，只求明公一言，明公當真便置大魏社稷於不顧嗎？」孫禮說著悲泣起來。

司馬懿沉默不語，衰弱地拉著孫禮的手，示意他湊近。

孫禮慢慢走近附耳，司馬懿緩緩輕聲說了兩句什麼，柏靈筠、司馬師立刻緊張起來，期待地看著，然而孫禮聽罷，慘笑連連說道：「我不糊塗，明公卻真是病糊塗了……可憐我大魏三代社稷墮於奸邪之手，滿朝公卿都在引領而望明公仗義執言，明公卻要大家各自散去，回家休養！這不是要將朝廷拱手讓給曹爽嗎？」

司馬懿茫然問柏靈筠：「孫參軍說什麼？」柏靈筠強忍心酸，對孫禮躬身：「孫將軍，老爺精神不濟，您先請回吧。」

孫禮悲憤而又無奈地轉身離去，司馬師心痛地扶司馬懿躺下。

曹爽、何晏帶著一批身著大紅斗篷騎射裝的美人，正在圍獵，兔走狐奔，歡聲笑語，白雪紅裙，煞是美豔。

丁謐縱馬馳來喊道：「大將軍！下官聽聞大將軍要率百官前往高平陵？」曹爽正引弓，瞄準遠處一隻兔子：「噓！」

「嗖」的一聲，羽箭正中兔子，一群美人爭著上前去撿，嬉鬧成一團：「我的我的，這個是大將軍給我的！」曹爽這才心滿意足，隨口答道：「是啊，正月之初是明帝十年忌辰，天子和百官去陵寢祭掃，有何不妥？」

丁謐沉聲道：「大將軍親率百官謁陵，洛陽便是空城，假若有人關閉城門，大將軍如何回城？」

「何人如此大膽？」

丁謐憂慮地說：「大將軍忘了司馬懿嗎？」曹爽一怔，忽然哈哈大笑：「你不提起，我還真忘了這老兒了！他還沒死嗎？」何晏在一旁笑著說道：「我數次試探，司馬懿已經病入膏肓，府中壽衣棺木都已置辦妥當，還有何顧慮？」丁謐冷冷回答：「何駙馬素來對司馬懿恨之入骨，為何此次卻如此托大？大將軍豈不聞，三年不飛，一飛沖天？」

何晏輕鬆笑答：「我們數年努力，已經大功告成，還有何可懼？」

「他仍舊是太傅，何駙馬說大功告成早了點吧？」

曹爽笑吟吟望著丁謐，故意說道：「你是不是近來看何叔平得寵，吃醋了啊？」丁謐正色回答：「大將軍！這是性命攸關之事！」曹爽大笑不止：「好嘛好嘛，你要是不放心，就再派人去看看吧！何駙馬，你也再去試試司馬昭？」

「喏，大將軍要是不放心，明日我留守洛陽如何？」

曹爽指著一眾紅衣美人，笑呵呵地說道：「那就有勞何駙馬了，看我府上，巾幗盡能做將軍，丁尚書放心吧！」曹爽大笑著縱馬奔馳向眾美人。

丁謐惱恨自語：「何叔平輕狂少謀，可恨又被他占了先機！」

尚書臺內，官員李勝向丁謐躬身拜謝道：「下官此番轉升荊州刺史，多虧了丁尚書的提攜。」

丁謐微笑回答：「荊州乃府君家鄉，富庶之地，此番回去也算衣錦還鄉了。」李勝趕忙謙虛道：「這是大將軍和丁尚書的恩典，勝當效犬馬之勞，以報明公。」

「荊州毗鄰東吳前線，刺史此去，也要多留心軍務。」

李勝躬身：「謹遵尚書教誨。」

「大將軍府上，辭行了嗎？」

「已經辭行了，送去的禮物，也承蒙大將軍接納了。」

丁謐忽然話鋒一轉：「太傅府上，辭行了嗎？」李勝大吃一驚，慌忙表示：「不敢不敢，下官對大將軍和尚書的一片忠心，天日可表，怎麼會合太傅暗通款曲呢？」

丁謐微笑著安慰他：「李刺史，想多啦！不是懷疑你暗通款曲，是我和大將軍，都想念太傅了，你代我們去好好看看……」李勝一副似懂非懂的表情。

司馬師帶著李勝進了司馬懿的臥房，床上的司馬懿目光呆滯，神情恍惚，司馬師要扶他坐起來，司馬懿兩次軟倒，才終於靠在司馬師身上坐住了。

李勝躬身行禮：「下官李勝，拜見太傅。」司馬懿努力睜大眼睛，含混不清地說道：「哦，哦，這位是……」司馬師滿懷歉意道：「請大人見諒，家嚴久病，耳目都不甚好。」

李勝忙賠笑道：「無妨無妨。」說罷，李勝湊近了司馬懿大聲喊道：「下官李勝，將要去荊州赴任，特來拜別太傅！」

司馬懿恍然大悟：「哦——並州，並州……地近朔方，多有胡人出沒，此去，要小心啊……」

李勝哭笑不得，司馬師只得在父親耳邊重複一遍：「李刺史說的是荊州！南邊的荊、州！」司馬懿迷茫反問：「南邊的並州？並州，不是在西北嗎？」

「是荊州！下官的家鄉荊州！」

司馬懿似乎聽明白了一點，羞愧嘆息道：「懿年老恍惚，耳朵，都不濟事了，讓刺史，笑話，坐，坐……」李勝有些感傷：「太傅怎麼一病至此？還望太傅保重啊！」

司馬懿又沒聽清，可憐巴巴地望向司馬師，司馬師大聲喊道：「李刺史請您保重！」

司馬懿苦笑不止：「七十老翁，死在，旦夕，這一別，恐怕難再見了……」

柏靈筠端著一碗藥來，向李勝點頭致歉：「太傅用藥的時辰到了。」

李勝忙道：「是下官叨擾了，請夫人自便。」司馬懿搖頭嘆息：「死期將至，服藥，有何用？」

柏靈筠低聲勸慰：「老爺聽話，把藥吃了。」

柏靈筠給司馬懿餵藥，藥水順著司馬懿的下巴流淌下來，李勝不由露出心酸的神情。用藥後，司馬懿哆哆嗦嗦握住李勝的手，顯露出幾分孩童般的歡喜，嘟嘟囔囔道：「留下，用頓飯吧，許久，沒有客人來了，他們每日，都給我吃，這苦羹湯……」李勝連忙推辭：「不了不了，下官即刻就要啟程，太傅保重，下官會回來看您的！」又向司馬師和柏靈筠行禮道：「叨擾了，下官告辭。」

司馬師陪著李勝出去，司馬懿戀戀不捨地喊道：「怎麼走了，再坐坐，坐坐吧！」

李勝輕輕拭了拭淚道：「太傅病重，朝中同僚，竟然沒有來探望的？」

司馬師灰心苦笑著說：「一貴一賤，交情乃見，自父親病重以來，敝宅門可羅雀，世態炎涼，晚生早已習慣了。」李勝同情地望著司馬師，欲言又止，只是拍拍司馬師的肩膀，探口氣說道：「世兄，好自珍重，多加小心。」司馬師恭敬地拱手感謝：「有勞李刺史惦念。」

司馬師看著李勝上馬遠去，李勝在馬上自語輕嘆：「非是下官背棄明公，實乃天助曹爽……」

司馬師轉身走回院子，遇到立在門邊疑慮重重的司馬昭。

司馬昭懷疑地問道：「曹爽為何突然派了探子過來？」司馬師苦笑說道：「他對父親還是不放心啊。」司馬昭眉頭皺得更緊了：「兩年不聞音訊，今天卻陡生周折，我心裡總覺得不踏實。」司馬師拍拍司馬昭的肩膀，苦笑著說：「爹都這樣了，還有什麼不踏實的。進去吧。」

兄弟兩人緩緩入內。

曹爽哈哈大笑道：「司馬老兒也有今日，可惜不曾親見！」丁謐仍然問：「你可看清楚了，司馬懿是真的病了？」

李勝躬身答道：「不只是病了，太傅屍居餘氣，形神已離，乃泉下之人，只怕就在這數日之內了。」丁謐追問道：「那司馬家其餘人呢？司馬師說了什麼？」

「司馬師感慨世態炎涼，朝中官員許久不登太傅門第了，他還說求大將軍垂憐。」

曹爽大笑不止：「這會兒後悔？晚了！」丁謐用目光制止曹爽，向李勝說道：「你先退下吧。」

李勝退下後，何晏笑道：「我說的如何？丁兄多慮了吧！明日何須留我在京！」丁謐正色回答：「世間多少興衰，只在百密一疏。下官仍然認為，須小心提防司馬懿！」何晏不悅道：「丁兄無事生非，為何不自己留下？」丁謐蹙眉回答：「祭祀人事安排，皆由我調度，豈可留守？何駙馬，這不是爭寵的時候！」何晏大怒喝道：「丁兄不要以己度人！」

曹爽笑著阻攔勸慰二人：「好了好了！二位都是孤的心腹股肱，大事成就之後，皆位列三公！」

司馬昭急匆匆回到家中，正碰上往司馬懿房中送藥的司馬師。

司馬昭急忙說道：「大哥聽說了嗎？曹爽明日要帶百官去高平陵祭掃先帝。」司馬師皺了皺眉，悲涼說道：「所以昨天才特意派李勝前來試探嗎？我司馬家凋零至此，他們還這般猜忌防範……」

司馬昭冷笑：「說明爹餘威猶在呢。」

「隨他們去吧，眼下我們行事處處都得謹小慎微，不可讓他們抓了把柄。爹還病著，別給家裡添亂了。」

司馬昭望著哥哥堅定說道：「大哥，現在司馬家只有你我支撐了，你對我說一句實話，爹，是不是養著死士？」司馬師微微一驚，回避地轉過頭，搪塞了一句：「你去廚房把爹的粥端來吧，讓他先吃點東西再吃藥。」說完推門而入。

司馬昭不甘心地恨恨道：「這都什麼時候了，你還瞞著忍著?!」

司馬師扶起顫顫巍巍的司馬懿，小心翼翼地服侍父親喝藥，藥汁順著司馬懿的鬍子流了下來，司馬師悉心為父親擦拭。

司馬懿突然開口：「曹爽……要走了？」司馬師一怔，隨即回答：「是的。」司馬懿目光呆滯問道：「昭兒呢？」司馬師服侍司馬懿坐好，柔聲說道：「我去叫他。」

司馬師轉身要走，司馬懿伸出枯槁的手輕輕拉住了他。司馬師詫異回身，司馬懿拉近司馬師，讓司馬師低下身來，司馬懿湊在他耳邊輕輕說了句什麼。

司馬師身形一震，眼神中有一閃而逝的顫動。

一間極其奢侈的房間，上方垂著夜明珠照亮取代油燈。

蒹葭坐在曹爽腿上，勾著曹爽的脖子，嬌笑道：「明日大將軍帶上妾！」曹爽笑著回答：「百官祭祀，哪能帶女人？」蒹葭扭動撒嬌道：「不嘛！妾捨不得你。」

「有什麼捨不得的？又不是久別，孤兩天就回來了。」

蒹葭笑著說：「豈不聞一日不見，如三秋兮？」曹爽大笑著橫抱起蒹葭：「孤還聽過春宵一刻，有勝千金！等孤回來，就封妳做貴妃！」

曹爽抱著蒹葭走進織金的帷幄，從中傳來他們的笑聲。

柏靈筠正在服侍司馬懿脫去外衣，司馬懿的動作笨拙而遲緩，手臂也難以抬起，柏靈筠費了半天勁終於將他的外衣脫下。她看著司馬懿形容枯槁的樣子，不由心酸地紅了眼圈。但她又怕司馬懿發現，忙背過身擦去，一邊強顏歡笑道：「年輕的時候，總是只能隔著院子望著老爺屋裡的燈火，看到老爺睡了，我才能睡得安穩。現在天天在跟前看著老爺，反而睡不著了。」

司馬懿看著柏靈筠，恍惚問道：「我老了嗎？」柏靈筠笑道：「人哪有不老的呢？我嫁給老爺的時候還是綠髮朱顏，現在簡直不敢照鏡子了。」

司馬懿突然喊了聲：「別動。」柏靈筠頓住，司馬懿湊近柏靈筠，顫顫巍巍地伸手，撚住了柏靈筠鬢邊一絲白髮，猛地使力，拔了出來。

司馬懿微笑著說：「妳不老，妳好看。」柏靈筠眼中酸澀：「我看老爺一點也沒病，還會貧嘴呢。不早了，睡吧。」柏靈筠扶著司馬懿躺下，燈下的司馬懿面容安詳平靜。

柏靈筠失神地喃喃自語：「這樣也好，安安穩穩一輩子，永遠不被驚擾。」

柏靈筠熄了燈，在司馬懿身邊睡下。

良宵寂寂，司馬孚並沒有睡，他在燈下，從書中拈起一朵已經陳年發黃的絹花，正是往昔之時郭照翻牆時掉落的絹花，他衰老渾濁的眼中，含著某種青春痛楚的情愫。

忽然窗戶被人叩響，司馬孚一驚，走到窗下低問：「誰？」窗外傳來聲音：「司馬大公子派我前來送信。」司馬孚忙打開一點窗戶，一個紙團被扔進來，窗外有輕微的腳步聲，當是那人遠去。

司馬孚撿起紙團一看，神色大變。

一盞孤燈，蔣濟躺在床上翻來覆去，咳嗽得難以入睡。

蔣濟之子忽然闖進來說道：「爹，剛才有黑衣人入府，給了兒子一封信！」蔣濟大驚，翻身而起問道：「什麼信？」蔣濟之子面色蒼白，如臨大敵，只是將手中那個小紙團給了父親。

蔣濟一邊咳嗽著一邊打開，看到的那一刻，他宛若木雕，露出難以置信的神情，連咳嗽都停了。然而他面上浮現出一股振奮，衰老的身軀，不由挺直。

從窗外向房中望去，可以看見司馬師平靜地和衣而臥，劍和鎧甲端正地放在床邊。但從司馬昭房間的窗外窺視進去，只能看到司馬昭正煩亂地踱著步子，小沅提著燈從院中經過。她不經意轉頭，猛地發現司馬昭窗下有個黑影，她屏息靜悄悄往前探了兩步，黑影赫然竟是衣衫不整的司馬懿。司馬懿正趴在窗外向司馬昭屋內望去。窗內透過幾許微光，映在司馬懿蒼老而木然的面龐上。

小沅嚇得捂住了嘴。

微光透過窗戶灑進房間，柏靈筠醒了。她習慣性地轉頭想為司馬懿掖掖被角，卻發現床邊空無一人。她一下睡意全無，忙掀開被子想去找司馬懿，一回頭發現司馬懿一身鮮紅長袍端坐在床邊，正靜靜端詳著她。

柏靈筠震驚地坐起來。她怔了一會兒，顫抖著伸出手，撫上司馬懿衰老的面龐，此刻正煥發著一股她久違的神采。柏靈筠恍惚了，顫聲問道：「老爺你……好了？」

司馬懿平靜地回答：「還活著。」柏靈筠感覺雙目痠得厲害：「你今天要出門嗎？」

司馬懿仍是冷靜地回答：「是。」

「一定要今天嗎？」

司馬懿斬釘截鐵地回答道：「就是今天。」柏靈筠驚痛喊道：「你瞞著我……為什麼，為什麼連我也不願意說？」

「我知道妳不答應。」

柏靈筠抑制不住高聲喊道：「明知不可為，還要一意孤行？」司馬懿緩緩回答：「得趁我活著做成這件事。」柏靈筠有些失神了：「放在二十年前，我會勸你一搏，可是今天，你已經七十二歲了。現在你手中無兵無權，夏侯玄十萬大軍虎踞長安，洛陽、壽春的軍隊都是曹爽可以調用的力量。我一輩子都在算計政治，以為穩操勝券，但老爺，這一次，我害怕。」

司馬懿拄著劍，顫顫巍巍地、緩緩地站起來，望著柏靈筠說道：「妳看，我還能站起來。」

柏靈筠深吸一口氣，重新恢復了堅定果決的神色：「好，你要去，我給你換一把刀。」

柏靈筠去取了一柄長得近乎可以做拐杖的刀遞給司馬懿。

柏靈筠鄭重地把刀交給司馬懿，一字一頓地說：「司馬懿，還沒有敗過。」

天色微明，侯吉睡眼惺忪地端著尿盆走出來，走到角落倒乾淨了，打著呵欠轉身，沒走兩步撞到一個人。

熹微的天色中，明晃晃的刀劍反射著森冷的寒光，侯吉嚇得睡意全無。再抬眼，看到院裡烏壓壓站了兩百多名白衣死士，肅殺恐怖。「咣當」一聲，侯吉手中的尿盆落地，他連滾帶爬地跑開了。

清晨，晨曦微露，宣陽門外就是芳草萋萋的洛水河濱，遙遙可見洛水上的浮橋。

天子即將出城，上千名隨行官員齊聚宮門口，三公九卿騎馬在前引導，百官在後跟隨，有的官員起得太早，還在打著瞌睡。

曹爽和天子並排各坐一輛六匹馬的金根車，儀仗規格完全相同，朱輪金轂，以金箔裝飾內外，上有翠蓋，立十二條日月騰龍大旗。曹爽趾高氣揚，器宇軒昂，反倒顯得天子有些畏縮怯懦。

洛陽百姓湧上街頭爭睹皇帝，摩肩接踵，萬人空巷，百姓人群議論紛紛。

「哪個是皇帝？」

「當然坐在法駕裡的是皇帝！」

「那兩個都坐著車啊！」

「皇帝年少，當然是那個沒鬍子的！」

「可那個有鬍子的更威風嘛！」

「那是大將軍！這位大將軍的威風，倒真是皇帝不及啊！有首歌兒不是唱了幾十年了嗎？侯非侯，王非王，千乘萬騎上北邙。這一回皇帝出去，再回來的時候，可就不定誰是侯，誰是王嘍！」

「你不要命啦！小聲點！」

人群中的汲布戴著斗笠，從斗笠的垂簷上抬起一點眼睛，遠遠望著曹爽。

丁謐湊近曹爽輕聲說：「大將軍，下官一夜心神不寧！思慮再三，一旦生變，宮中禁軍不可無人指揮，不如下官也留下吧？」曹爽不耐煩地揮揮手：「杞人憂天，已有何駙馬留守，能有什麼變故！你們兩個都留下，只怕自己先吵得不可開交！」丁謐還在勸道：「大將軍……」

曹爽不悅起來：「司馬懿有異動嗎？」丁謐只好如實回答：「還沒有，但……」

「那就毋需再多言！出發！」

號角吹響，隊伍緩緩前行，兒童們拍著手唱歌跟隨：「侯非侯，王非王，千乘萬騎上北邙！」

城門口的百姓有的追著車隊看熱鬧，有的回到城中，城門口登時人流如潮，擁擠成一團，城門口維持秩序檢查的守衛手忙腳亂，連聲喝止道：「慢點慢點！排隊進城，出示路引，不得擁擠！」然而人流亦不可控，汲布和微服混跡在百姓中的死士們一對眼色，裹挾在人潮中，沒有經過檢查就走進了城門。

司馬懿指點著洛陽城的地圖，上面詳細標注著洛陽城的每一處要塞。

司馬懿慷慨道：「曹爽帶領陛下與數千大臣前往高平陵，洛陽駐軍群龍無首，這兩日就是我們破釜沉舟之機，揚湯止沸不如釜底抽薪，扭轉乾坤在此一舉！司馬師、司馬孚，你們帶一千人攻打司馬門，而後屯兵控制宮中禁衛。司馬昭，你前往永寧宮，安撫太后！」接著又囑咐道：「蔣、陳二公前往尚書臺，安撫留守大臣，宣示洛陽一切朝臣，不必驚慌，不可外出！」

「好！」

司馬懿最後決絕道：「決勝之道，在切斷曹爽軍隊的武器來源，我和汲布帶領三千死士，攻占武庫，取得武裝！得勝之後，全員前往洛水浮橋駐紮，阻斷曹爽歸路！」

司馬昭著急道：「要進武庫，必先經過曹爽府邸，曹爽府邸四角皆有望樓防守，太過危險，兒子願與父親調換！」司馬師也附和道：「對！兒子也願攻打武庫！」

司馬懿威嚴地說：「這是軍令！」說罷，他霍然起身，健步走到窗邊：「呼啦」一下推開了窗戶，漫天的日光溢了進來，窗外是浩渺深邃的蒼穹。朝陽初升，豔麗如血。

庭院中肅立著幾排死士，靜靜站在最前方的，是汲布、司馬昭和司馬孚。

司馬懿猛地打開大門，明亮刺目的陽光照耀在他臉上，他的雙眼受不得這刺激，略一閉眼，但慢慢睜開，矍鑠的目光望著肅立的死士。

汲布拄著劍單膝跪下：「此乃二百首領，久候明公，三千死士已經集於府外，請明公檢閱！」

司馬懿的目光緩慢地一一凝視那些堅韌凜然的臉，他震動又感動，欣慰地拍拍司馬師的肩膀，又走上前，扶起汲布。

司馬懿看著這些肅立的死士，感慨道：「十年了，我不識諸君，諸君不識我，我與諸君的性命，卻早綁在了一起，生死與共，國士待之，國士報之！今日若勝，必以救命之恩厚報諸君，若敗，司馬懿必先諸君而死！」眾死士一齊跪下喊道：「追隨太傅，萬死不辭！」

汲布站起身：「以血盟誓！」眾死士齊刷刷抽出刀劍，一片冷耀如雪，轉瞬之間，刀起血揚，每個人都在臂上劃出傷口，鮮血淅瀝而下，司馬懿也拔出劍來，割破手臂，將血莊重地塗在唇上。司馬孚和蔣濟、陳泰都熱淚盈眶。司馬懿沉默了片刻，喊道：「出發！」

門外站著數名從城外混進來的武士，他們穿著普通衣服，有的拿著木棒，有的連武器都沒有。但他們目光堅定，神色肅穆，匯入了這一股素色的人潮。

曹爽家的望樓上，兩個守衛正在烤肉喝酒。

「這樣喝酒真沒意思，大將軍都走了，我有個熟識的姐兒，不如我們去她家！」

「大將軍走了何駙馬還在，你跑了，小心他打爛你的屁股！」

「嗨，誰知道何駙馬是不是也在哪個姐兒懷裡呢！」

突然，有個窗邊的守衛兵忽然顫聲問道：「那，那是什麼?!」三個守衛擁到窗口，只見遠處街道上煙塵滾滾，數匹馬當先奔馳，上千人奔跑，殺氣騰騰而來。

「吧嗒」，守衛手中的酒杯墜落，驚慌喊道：「快！快去稟報何駙馬和夫人！」

何晏坐在水邊，閉目彈琴，優雅風流，沾沾自喜，曹爽的姬妾們在亭中歡聲笑語。一名美人說道：「我看何駙馬比大將軍還俊俏呢！」另一名美人陶醉地笑著說：「能和這樣的男人一夜風流，真是死了也值了！」其他美人笑著罵道：「妳小心被大將軍知道了！」

這時一名守衛跑得上氣不接下氣，飛奔過來喊道：「何駙馬，不、不好了！有大軍殺來！」何晏大吃一驚跳了起來：「大軍，哪來的大軍，這不可能啊？」

何晏衝到望樓上，司馬懿的大軍正在從望樓下經過。何晏驚呆了，語無倫次起來：「司、司馬懿……這……他騙我，他騙我……」接著才驟然醒悟過來，氣急敗壞地喊道：「都給我殺，給我衝出去殺！」

何晏看清司馬懿，一把抓過守衛身上的弓箭，引弓離弦，羽箭「嗖」地向司馬懿飛了出去。望樓下的坊路上，汲布聽到風聲，驟然回頭推開司馬懿：「明公小心！」羽箭正中汲布胸口，司馬懿大驚喊道：「汲大哥！」這時曹爽府邸大門洞開，數百名甲士衝了出來。

汲布一把拔下箭來，大聲說：「我來斷後！你快去武庫！」司馬懿熱淚盈眶看著汲布身上血如泉湧，汲布仍大喊：「走！」司馬懿猛然回頭，帶領大軍勇往直前。

汲布和少數死士橫劍攔住了坊路，形成一座巍然的屏障，冷冷凝視著衝過來的曹爽府甲士，兩軍如潮水匯聚，汲布和少數死士以一當十，奮勇血戰，阻攔了比自己多出十倍的軍隊衝擊。

望樓上，何晏手忙腳亂地亂嚷：「殺！給我殺！」

司馬門前重兵守衛。

司馬師和司馬孚帶著一千死士橫劍氣勢洶洶而來，守衛們大驚，立刻挺槊抵擋。首將高聲道：「宮禁重地，不得靠近！」司馬師向司馬孚輕聲說：「叔叔稍候。」

司馬師對首將的吶喊充耳不聞，繼續大步上前，他提著劍，但劍並未出鞘，首將怒斥道：「司馬師，你這是謀反！」守衛們卻有些慌張，不大敢動手。

首將指著司馬師喝道：「給我把這逆賊擒下！」司馬師面色陰沉，距離首將越來越近，一個守衛哀求道：「司馬護軍，都是兄弟，退下吧，別逼我們！」

首將變色，急聲喊道：「拿下他，大將軍重重有賞！」守衛們不得已衝上前去，司馬師一路殺過去，卻用的都是未出鞘的劍柄，這些守衛們明白他的心意，又都是舊日同袍，也未忍下殺手，竟然被他一路闖到了那首將面前。

首將不料司馬師來勢如此之快，忙挺槊去刺，司馬師此時錚然拔劍出鞘，寒光四射，一劍劈斷了首將的槊柄，那首將尚未反應過來，司馬師的第二劍已決然劃過他的咽喉。

首將瞪大眼睛，帶著難以置信的神情倒下了。

司馬師這才轉過身，向司馬門的守衛高聲道：「我奉天子之命廢黜曹爽！在這裡的，都是我昔日的兄弟，我不想傷任何一人！請兄弟們給我讓一條路！」守衛們踟躕不定，一人不安地問道：「這，尚書大人，陛下真要罷黜曹爽嗎？」

司馬孚踏上一步，朗聲問道：「曹爽和太傅，誰忠誰奸，你們難道不知?!」守衛們對視一眼，整齊退開一步，齊聲說道：「尚書請！」雄偉壯闊的司馬門緩緩開啟。

永寧宮中，郭太后手足無措地望著一身鎧甲的司馬昭，和他身後的死士。

郭太后顫聲問道：「太傅要做什麼……」司馬昭從懷中拿出一封奏表，躬身捧起說道：「臣父請太后恩准這封奏表。」郭太后拿起一看，雙手哆嗦，顫聲問道：「你們要罷黜曹爽？」

「這難道不是太后的心願嗎？」

郭太后膽怯反問道：「僅此而已？太傅不會傷著陛下吧……」司馬昭淡淡一笑，再次躬身問道：「還有比家父更忠誠的臣子了嗎？」郭太后凝視司馬昭，無奈地來到桌案前，拿自己的印信蓋上。

郭太后將奏表還給司馬昭，司馬昭躬身答道：「多謝太后。」轉身便要離去，郭太后又含淚高聲叫住他：「慢著！」司馬昭回頭笑問：「太后還有何吩咐？」

「請令尊不要忘了先帝託付，不要忘了，你們司馬家是魏臣。」

司馬昭淡笑轉身，他轉身之後的笑意，已經變成不屑的冷笑。

司馬懿帶領著死士來到武庫，武庫守將帶著守衛們嚴陣以待。

守將為難道：「太傅，您都這把年紀了，何必呢？我敬您是老臣，趁著事還沒鬧大，您回去吧，別為難卑職動手了。」司馬懿獨自拄著那把長刀，踉蹌上前，守將幾乎有些可憐這個老頭，繼續誠懇勸道：「太傅，您路都要走不動了，回去吧！」

司馬懿忽然目露凶光，嘶吼一聲衝上前去，橫刀劈過。

守將還未反應過來，只顯出極為驚恐的神情，他和司馬懿之間揚起血花。死士們齊聲大喊道：「殺——！」他們向驚愕無措的守軍衝上去。

何晏一手抱著小公子曹麟，一手拖著蒹葭快步而行。蒹葭連聲問道：「我們走了這個家怎麼辦？」

何晏急不可耐：「哎呀我的夫人！此時還管什麼家！我能帶妳和小公子逃出城，就不負大將軍了！」蒹葭恐懼地問道：「那洛陽就不要了？」

「大將軍率領大軍在外，何懼司馬懿！」

曹爽的姬妾們一擁而上，對何晏扯袖子的扯袖子，抱胳膊的抱胳膊，哭求：「駙馬帶上我們吧！亂兵不會放過我們的，求求駙馬帶上我們吧！」何晏努力掙扎：「妳們還不退下，放開，放開！」姬妾們哭著說：「我們要見大將軍！我們是大將軍的人，不能把我們丟下！」

何晏掙脫不開，急得滿頭大汗。

武庫內擺滿了兵器鎧甲。武器快速地依次傳遞下去，死士們飛快穿上鎧甲，到處是鏗鏘的鐵甲撞擊聲。

司馬懿拄著長刀，望著他們的目光充滿堅毅、驕傲與森冷，蔣濟趕來說道：「太傅！大公子已經打開了司馬門！」司馬懿欣喜道：「好，留五百人在此駐守，蔣太尉帶兵餘下一千五百人，前往洛水浮橋屯紮，阻斷曹爽歸路。我去宮中，領太后懿旨！」蔣濟趕緊補充道：「勿驚太后！」

司馬懿微微一笑回答：「我今日，是為了大魏！」

司馬門前到丹墀之上，皆有重兵肅立。司馬師和司馬孚已經在等候。

司馬師上前一步說道：「父親，現在他們都是您的部下了。」守衛們齊刷刷跪下，高聲說：「拜見太傅！恭迎太傅還朝！」聲震雲霄。

司馬懿仰視著高高的丹墀，幽幽說道：「先帝曾經把宮殿修得和天那麼高，只為了證明，自己手中的權力，可以俯視眾生。」司馬師似乎懂了什麼：「來人，抬步輦來！」

司馬懿搖頭笑笑，踏上丹墀，一步步威風凜凜向上走去，兩邊跪著的守衛，頭低得更低。

司馬懿正要進殿，司馬昭出來，捧著聖旨躬身說道：「父親，太后已經下詔，罷免曹爽。」司馬懿怔了怔，接過聖旨，轉頭望向丹墀下，洛陽城池、遠方山林河流盡收眼底。

司馬懿輕聲念叨：「江山如畫……」

洛水潺潺，河上浮著煙霧，河邊已經建立起臨時的大營，死士們都已經全副武裝。

蔣濟迎接司馬懿問道：「太后聖躬安好？」

「聖躬安！我已經拿到了太后罷黜曹爽的詔書。」

蔣濟鬆了口氣，大喜道：「總算有驚無險，大功告成！」司馬懿卻毫無喜色：「此言還早。」

司馬懿居中而坐，面前對著一個兵力布防的沙盤。

司馬師指點著說道：「東門、南門都已經扼守住了，宮門和曹爽府邸、丁謐何晏等人府邸，也派了兵力把守，宮中有金吾衛駐守，當保安全無憂。」司馬懿指著另一處問道：「西門北門呢？」

司馬師為難道：「爹，我們的兵力只有三千，分守這麼多地方，實在有些欠缺，曹爽要打回來，只可能走東門南門兩條路，兒子不得已，只有召集人手駐守著兩個地方。」司馬孚也面帶憂色補充道：「現在兵力確是最大隱患，目前洛陽群龍無首，控制了武器庫三千人馬可以臨時控制洛陽。但曹爽手中還有一千儀仗軍隊，更掌握著天子和百官，那裡不乏驍勇上將。若是他擁天子南下許昌，或者以天子名義調許昌兵馬，許昌能迅速勤王的騎兵至少有兩萬，我們根本無力抵禦。」

司馬懿輕輕點著地圖上的許昌，口中喃喃：「許昌。」司馬師焦急道：「那兒子立刻帶兩千人馬，趁勤王兵還沒來，去搶回陛下和百官！」司馬昭在一旁冷靜分析道：「大哥，你如果去了，曹爽可能就會做一件事，讓我們連帶大魏都萬劫不復。」

「什麼事？」

司馬昭淡淡說道：「如果我是曹爽，你敢帶兵來打，我就敢殺了皇帝推到你頭上。先動手的是你，被天下人看成反賊的也是你。從此天下大亂，各路諸侯對你群起而攻之。曹爽就是一條狗，他急了會發瘋，我們全家不能給這條狗陪葬。」

蔣濟毛骨悚然，急忙說道：「萬萬不可！千萬不可傷了陛下！」司馬懿蹙眉不語，攤開竹簡開始寫信，司馬孚讀道：「依依東望……二哥你給曹爽寫信，有用嗎？」司馬懿漫然回答：「駑馬戀棧，這時候拚的不是兵力，是人心了。」司馬孚有些擔憂：「可是曹爽身邊還有丁謐，我們的弱點，丁謐不會不知道。」

「我需要一個送信的人。」

司馬師立即說道：「兒子去。」蔣濟上前一步說道：「太傅，我去勸說曹爽，如何？」司馬懿搖搖頭：「不可，曹爽暴躁殘忍，萬一他不顧後果殺人，不能讓太尉去涉險。」蔣濟誠懇勸道：「太傅要坐鎮洛陽，旁人位卑言輕，難以取信曹爽，我去，也顯出我們的誠意嘛。只是我要問太傅一句，如果曹爽能回來，太傅如何相待？」司馬懿沉默片刻，起身，拉著蔣濟的手走了出去。

司馬懿拔出刀來，走到水邊，將刀放入水中，濤濤流水洗去刀上的血跡，接著朗聲說道：「我司馬懿以洛水為誓，起兵只為安社稷救國家，不篡權，不濫殺，不傷宗室，只要曹爽肯回來，只削兵權，留其爵位，保他安享榮華富貴。司馬懿絕不食言，皇天后土，同為照鑑！」

蔣濟欣慰敬佩地望著司馬懿：「有太傅此言，下官願以性命為曹爽擔保，勸他歸城投降！」

高平陵營地，逃出來報信的探子跪地哭著說：「……何駙馬和夫人不及逃出，都被司馬懿的人抓走了……」曹爽憤怒推翻了桌案，酒水淋漓，咆哮道：「早該殺了這個老兒！」

曹爽提著劍，氣喘吁吁在營中轉了幾圈，才發現自己無計可施，露出無助恐懼的神情，劍落在了地上，他轉向丁謐，低聲問道：「愛卿，這，這可如何是好？」

丁謐目光嚴峻，卻絲毫不驚慌：「大將軍不必慌張，司馬懿雖然趁虛而入，占得一時便宜，但歸根到柢，他手中並無兵權，縱然有兩三千私募死士，大軍一到，便如熱湯潑雪，管叫他灰飛煙滅！」

曹爽慌亂地說道：「可是，洛陽禁軍，都在他手上啊！」

「那是因為大將軍不在，禁軍群龍無首，不及抵抗。大將軍只要穩住陣腳，前往許都，以天子名義發下詔書，指司馬懿為謀反，再提許都之兵包圍洛陽，洛陽禁軍必然望風歸順，司馬懿便成甕中之鱉！」

曹爽躊躇猶豫：「那些人，真的會望風歸順？我們，打得贏嗎？……」

何晏被反綁著，難受掙扎，此時司馬懿走進來，何晏露出恐懼之色。

司馬懿拱手：「何駙馬，得罪了。」何晏色厲內荏，冷冷轉頭：「亂臣賊子，你死期不遠！」

司馬懿淡笑：「我無意殺人，何駙馬何必急著殉主？」何晏冷笑不止：「你忍辱多年，突然發難，難道是為了和大將軍共同輔政的？」司馬懿坐下笑答：「輔政雖不至於，但我敬重他是宗室，又是故大司馬曹真之後，做個富貴公侯，還是無妨的。就請何駙馬給大將軍修書一封，表明我的誠意，請大將軍歸來。」何晏朗聲大笑起來：「司馬懿，你自恃聰明，也不要把別人當傻子！我何嘗不知，大將軍不回來，你不敢殺我，他若回來，我們必死無疑！我豈會寫自己的催命符？」

司馬懿一笑，輕聲說：「我不敢？」他抽出劍來，比在何晏臉邊，何晏恐懼地躲避著，緊緊閉上雙目，劍鋒慢慢劃過，何晏的臉上流下鮮血。

何晏痛苦地慘叫出來：「司馬懿！你有膽量就一劍殺了我！」司馬昭揭開營帳，笑著說：「父親，讓我勸勸何駙馬。」何晏怨恨地看著司馬昭。

蒹葭並沒有被綁縛，她恐懼地摟著曹麟，曹麟大哭道：「我要爹爹，我要爹爹！」

司馬孚進來，蒹葭立刻把曹麟抱得更緊了：「你們要做什麼？」司馬孚恭敬地行了個禮，款款說道：「夫人不要驚慌，下官絕不敢冒犯。」

「那就放我去見大將軍。」

司馬孚正色說道：「若夫人能勸得大將軍回來，自然可一家團聚。」蒹葭哭著搖頭：「他回來，你們會殺了他的！」司馬孚朗聲說道：「大將軍身為宗室，又是功臣之後，我們絕不敢傷他分毫，大將軍可安享公侯之貴。」

「你是什麼人，我為什麼相信你？」

司馬孚緩緩說道：「下官是太傅的弟弟，尚書司馬孚，下官以身家性命擔保，大將軍一家絕不會有危險。」蒹葭哭著，卻明顯屈服了，曹麟還在哭：「娘，我要爹爹回來！」

蒹葭委屈地說道：「你們可要說話算話……」

司馬懿已經走了，司馬昭來到何晏身邊，拔出刀來，何晏恐懼地一抖。

司馬昭割斷了何晏的綁縛，接著又拿出一塊乾淨的手帕，輕輕按在何晏臉上的傷口上。

何晏轉頭，生硬道：「我是不會給大將軍寫信的。」司馬昭淡笑：「我就知道，這些年來，何駙馬都是騙我的。」何晏又是一顫，慘笑道：「你又何嘗不是在騙我，可笑我竟然被你蒙蔽了……」

「何駙馬就不願意，把說過的話變成真的嗎？」

何晏不解問道：「什麼？」司馬昭輕聲答道：「我為鯤鵬，你為羽翼。」何晏苦笑不止：「成王敗寇，公子現在說這些，是羞辱我嗎？」司馬昭笑著說：「可以是，也可以不是。我至今記得，何駙馬是第一個道破我心中欲望，讓我敢於面對自己的人。我願意還何駙馬一個恩情，曹爽一案，

我保何駙馬性命無礙，官運亨通，如何？」何晏不可置信地看著司馬昭。

雖然夜色濃暗，但大營前火把通明，丁謐正在指揮軍隊砍伐樹木結成防禦，兵荒馬亂。

蔣濟帶著兩個隨從策馬而來，守衛高呼：「什麼人！下馬！」蔣濟下馬，高舉雙手，大聲喊道：「太尉蔣濟，攜太后詔書，來拜天子！」曹爽怒氣沖沖趕來喝道：「反賊，你還敢來見我！」

「太傅讓我上拜大將軍，大將軍雖然背棄顧命，敗亂國法，但太傅念在將軍身為宗室，令尊又為國家功臣，此番只免軍權，不涉其他，大將軍歸城，仍可安享公侯之貴！其餘官員，脅從不問！」

丁謐大怒道：「此人是來誆騙大將軍的，不可讓他擾亂軍心，來人，斬了他！」蔣濟怒目喝道：「我乃太尉，誰敢動手！」曹爽目光閃爍，口氣軟了不少：「且慢！我府中安好否？何駙馬何在？」

蔣濟見曹爽動搖，又恢復了鎮定：「大將軍放心，太傅派人保護尊府，於門外守衛，不敢進入滋擾，何駙馬正在太傅營中，平安書信，不久當至，大將軍就不想與夫人小公子團圓嗎？」

丁謐氣得跺腳，急忙道：「大將軍！此人多說一句，我軍心便亂一分，不殺何為！」曹爽卻像鬆了一口氣一般：「來人，先將他押下去，嚴加看守。」蔣濟從容一笑：「大將軍放心，下官既來相勸，便絕不會逃走，太傅對我發誓，不會傷大將軍分毫，憑老夫七十年齒，大將軍不信嗎？」

司馬懿鎮定閉目養神，柏靈筠進來了，坐在他身邊靜靜望著他，有疑惑，有陌生，司馬懿睜眼問道：「怎麼了？」柏靈筠搖著頭：「今天是我這輩子過的最長的一天，現在想起來，更加後怕。」

司馬懿笑著問她：「怕曹爽不回來？」柏靈筠搖頭：「仲達，你為什麼連我也瞞著？你不相信，我會支持你，會幫你籌謀劃策嗎？」司馬懿嘆了一口氣：「妳是不是覺得，我做這件事，像個瘋子？」

「我是沒有想到，你也會有這樣不顧後路的一日。」

司馬懿沉默了，正巧司馬師急匆匆衝進來，跪下說道：「父親！兒子向父親請罪！」

「何罪？」

「兒子防守不力，讓大司農桓範趁夜逃出城去了，還有十餘個小官從北門出逃。」

司馬懿驟然睜大了眼睛，驚聲問道：「桓範？」柏靈筠也立刻感到了事情的嚴重性：「桓範素有智囊之稱，又受曹爽恩惠，他一定是去向曹爽報信去了。」司馬師悔恨不已：「都怪兒子，沒想到桓範為了曹爽會如此鋌而走險，他會告訴曹爽我們城中空虛的，兒子已經派人去追了。」

司馬懿淡淡說道：「他想跑，你追不上。何況還有那麼多人跑，人心，人心未附啊……」柏靈筠在一旁勸道：「城內兵力不足，也不能怪大公子，眼下只能看蔣太尉的應變之力了。」司馬懿喃喃自語：「蔣濟該到了吧，那信也該到了……」

曹爽愁眉苦臉，高坐主位，底下站立的隨從官員也是個個失魂落魄。

丁謐上前進言道：「大將軍，今夜桓範等十餘名大臣賺開城門，逃至行在[注四]，就是為了給我們報信，司馬懿占據的洛陽不過是只有三千守衛的空城！」曹爽糾結道：「可城裡有兵器庫，有太后，占據了都城他就可以號令天下……」丁謐理智道：「昔日武帝挾天子以令諸侯，天下莫敢不從，何況大將軍本為輔臣，十年經營，位高權重！我軍現有天子在手，可調度天下兵馬，司馬懿不過困守孤城而已，大將軍切不可聽信他的謊言，一旦回去，就是人為刀俎，我為魚肉，司馬懿豈會放過我等！」曹爽卻越來越沒了氣勢：「他給我的信不是說了，對我依依東望，絕不傷我嗎？」

一個官員低聲說：「太傅還說了，脅從不問……」

這時，曹曦也走出來說道：「大哥，司馬懿說了，只削兵權，大哥還是公侯，若是一旦打起來，

注四：原意為天子「行鑾駐蹕的所在」，後引申為天子所在之處。

萬一不勝，就死無葬身之地了……」眾人立馬開始附和：「是啊，是啊，司馬懿用兵如神……我們的妻小還都在城中……」丁謐大怒：「汝等只顧自己性命身家，便欲害死大將軍不成?!」

曹爽心如刀割，顫聲說道：「我的妻兒也在洛陽啊……」

這時曹芳哭著進來喊道：「我要回洛陽，我要母親！」百官慌亂跪下喊道：「叩見陛下！」

曹芳哭著問道：「大將軍，他們說太傅不讓我們回宮了是不是？」丁謐在一旁趕忙說道：「司馬懿謀逆，請陛下下詔討逆！」曹芳哭著發脾氣：「朕不要打仗，朕要回家！」

曹曦又在一旁勸說道：「大哥，太尉都親自作保了……還是回去吧……」曹爽不耐煩地喝了一聲：「都別說了，讓我想想……」他腳步踉蹌地後退癱坐：「讓我想想……」

這時信使進來稟告：「大將軍，洛陽送來何駙馬和夫人書信！」曹爽頓時精神振作。

丁謐痛心地重重嘆息。

司馬昭守在父親帳外，司馬倫一身戎裝走過來，喊了聲：「二哥！」司馬昭微笑打量弟弟，讚道：「不錯，像個將軍！」

「我想跟著二哥。」

司馬昭拍拍他的肩，鄭重說道：「是啊，你也該上戰場了，因為我們司馬家的時代，開始了！」

營中只剩下曹爽一人，他打開蒹葭的書信，信中還夾著那朵乾花，曹爽鼻子一酸，像個孩子似得無聲啜泣起來。

河水滔滔，四周還沉浸在晦明中，只有東方露出了一點晨曦的紅雲。

司馬懿獨自一人立在河邊，司馬師走過來，輕聲說：「父親，去休息一會兒吧，營寨布防已經布置妥當，城門安若銅牆鐵壁，不會有事的。」

司馬懿望著東方，低聲說道：「等這輪太陽升起來，就會進入一個新的時代，我司馬家的時代，也是我司馬懿遺臭萬年的時代，你該好好看看，這輪太陽，是屬於你的。」

司馬師顫聲回答：「司馬家的輝煌是父親贏得的，兒子何德何能……」司馬懿嘆息道：「我在這個亂世，搏殺了整整五十年，不，是七十年，從我出生開始，就是滿眼的戰亂，滿眼的死亡。前人栽樹，後人乘涼，殺戮，陰謀，拚搏，堅守，總得有一代人來承擔，有一代之不幸，方能有後世之幸運。現在，我終於看到了太平的影子，可惜，無福享受這太平了……」

此時，汲布上前喊了聲：「太傅。」司馬懿轉身行禮道：「汲大哥，你的傷如何了？」

「不妨事，我是來向太傅辭行的。」

司馬懿一怔：「汲大哥與我同行一世，生死相託不止今日，大哥今日棄我，是覺得我做得太過了嗎？」汲布搖搖頭：「我是個武夫，但也懂得國家不能任由曹爽敗壞下去。但我只能送你到這裡，司馬家再用不著我，往後的朝堂是什麼樣子，我不知道，也不想知道了。」

司馬懿挽留道：「大哥，你我風風雨雨四十年，當初你是為了我們家才留下的。我救過你，你也救過我，恩與情都算不清，我也不想算了。咱們不說報恩的話，你要當我是個朋友，就不能臨老在一塊說說話，做個伴嗎？」司馬師也哽咽道：「叔叔，你的家鄉也沒有親人了，就留在洛陽，讓侄兒孝敬你吧。你這麼走了，娘在天之靈也會罵我。」

汲布悵然搖頭：「四十年前在月旦評上認識你，我心在江湖，你心在林泉，一晃咱們都被困在朝堂公府這麼多年，困得皓首蒼髯了。我當初是因為不放心才留下，過了四十年枕戈待旦的日子，好容易放心了，就讓我回去看一看江湖吧。」

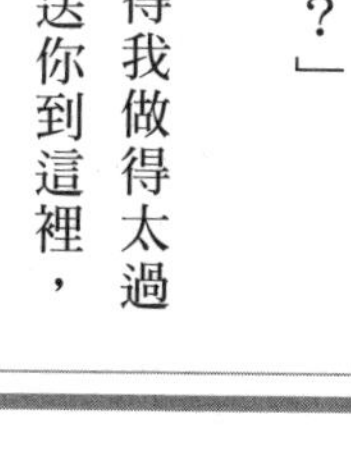

司馬懿紅了眼圈：「大哥是瀟灑人，要是寂寞了，就回來看看我吧，不是看什麼太傅，就看看當年的傻書生，司馬仲達。」汲布淡淡一笑，向司馬懿行禮，轉身而去。

司馬懿向汲布深深一禮。

司馬師在後面喊道：「叔叔！」汲布腳步一頓，沒有回頭，繼續向前走。

司馬懿垂下頭幽幽說道：「我們留不住他，再留下，難免就是道不同了，不如就這樣，成就一個善始善終的朋友，恐怕也是唯一的朋友了。」司馬師勸慰：「汲叔叔理解父親，天下人也會理解父親。」司馬懿嘆息：「不會的……日出入兮安窮？時事不與人同。你要記得，一統，太平，才是我司馬家真正的野心，才是可以扭轉司馬氏罵名的功業，在此之前，你絕不能篡位，絕不能內亂，明白了嗎？」

「兒子謹遵父親教誨。」

司馬懿指著東方說道：「好好看著吧，這是你的太陽啊……」那輪紅日跳動著，冉冉升起。

丁謐闖進曹爽營帳，曹爽一夜未眠，淚眼迷離，委靡不振，手中還捏著那兩封書信。

丁謐恨鐵不成鋼地勸道：「大將軍，不能再猶豫了！即刻發兵南下吧！」曹爽慢慢抬頭，有氣無力地回答：「司馬懿不過是要我的兵權，即使免職，也不失為富家翁，戰則勝負難料……還是，還是回去吧……」丁謐急了：「大將軍萬萬不可啊！」

「將士們的家眷，都在城中，都不願打仗，萬一有人殺了我邀功……還是回去，回去吧……」

丁謐氣得發抖，罵道：「令尊曹子丹是何等的英雄氣魄，卻生出你這樣愚蠢怯懦之子！蠢豬笨牛一般！枉我一片忠心效命於你，如今就等著和你一起滅族亡家吧！天亡曹氏，天亡大魏啊！」

曹爽連生氣的力氣都沒有，嘆息抱頭不語。

旌旗獵獵，北風呼嘯。

司馬懿身著鎧甲，高坐馬上，氣度威嚴，身後跟著重甲負羽的武士。

曹爽垂頭喪氣帶著百官回城，見到司馬懿，又是羞恥又是畏縮，艱難地下馬跪拜：「多謝太傅不殺之恩。」司馬懿輕蔑看了曹爽一眼，毫不理睬，策馬徑直從曹爽身邊走過，馬蹄踩在曹爽的衣袖上。

司馬懿策馬走近天子車駕，下馬向天子下拜：「臣司馬懿，叩見陛下萬歲萬歲萬萬歲！」司馬懿身後的武士們一齊跪下，戈矛頓地之聲，竟然把曹芳嚇得一個哆嗦。

曹芳顫聲問道：「太傅，意欲何為……」司馬懿站起來，平靜回答：「臣帶兵救駕，陛下不必驚慌。」

「那些事兒，都是叔叔、不不——曹爽所為，朕完全不知。」

司馬懿淡笑：「臣明白，君恩浩蕩，臣此番興兵，是逼不得已，清君側安社稷，對我大魏之心，天日可表！」曹芳一步步走下御輦，流淚來到司馬懿面前，忽然向司馬懿跪下。

所有將士大臣驚駭得紛紛跪下，司馬懿也慌忙跪下扶住曹芳：「陛下折煞臣！」曹芳垂淚道：「曹爽專權跋扈，朕知道，可他畢竟是朕的叔叔，是父皇留給朕的輔政大臣，朕求太傅，別殺他，好嗎……」司馬懿扶著曹芳站起，向身後武士吩咐：「來人，護送曹爽回府休息。」四名武士走過去扶起曹爽，曹爽慌忙問：「太傅，你答應我與家眷團圓……」司馬懿頭都沒回：「尊夫人和令郎，已經先送回府了。」

「多謝太傅！那，可還能讓丁謐去我府上走動？」

司馬懿倒好笑了，笑著反問：「曹公子，豈不聞『相濡以沫，不如相忘於江湖？』」丁謐又是鄙視又是絕望，仰天慘笑：「何必求他！既然回來送死，就死得體面點吧！」曹爽被半扶半挾持地

帶下去，還在多情地回顧道：「彥靖，不可如此，要保重，保重啊！」

司馬懿慢慢踱到丁謐面前，緩緩開口：「丁尚書是聰明人，怎麼會口出不智之言？」丁謐冷笑：「你騙得了曹爽和陛下，騙不了我！是，你今日贏了，但在後世人口中，你司馬懿只有千秋萬代的罵名！你對曹氏動手，傾洛河之水，也洗不清你的篡逆之名！」

司馬懿平靜望著洛水遠去：「洛水多長啊，千秋萬代，更長。我們的一生，跟這千秋萬代的歷史比起來，太短太短了。沒人能看到歷史的盡頭，我們能看到的只有今天。今天我不後悔，我不能看著魏國，亡在你們手上。」

【第十九章】

流血漂杵

司馬家正堂上，鍾會、鄧艾、司馬師、司馬昭肅立在案前，精神抖擻。

司馬懿抱膝閒散而坐，悠閒說道：「我的大事做完了，剩下的事，得你們年輕人做了。鍾會。」

「學生在。」

「你精通文書刑名，自今日起領中書侍郎之職，入尚書臺，主持審理曹爽一案。」

鍾會躬身領命：「學生領命！學生知道怎麼做。」司馬懿又說道：「鄧艾，你這些年在外，熟悉關中軍民政務，這就啟程去長安，防止姜維趁虛而入。」鄧艾躬身：「學生領命。」

「司馬師、司馬昭，你二人立刻開始交割曹爽兄弟兵權。」

司馬師、司馬昭齊聲說：「兒子領命。」

司馬懿繼續吩咐道：「傳令，把夏侯玄招回來。」司馬師有些擔心的問道：「夏侯玄忠義耿直，曹爽的罪行，他都沒有參與，是不是……」司馬懿閉目喃喃：「要用心，要小心……」

司馬懿頭一低，伏在膝上一動不動。

四人等了許久，司馬懿都沒有再說話，司馬師輕聲喊道：「父親？」司馬懿沒有反應，鍾會想到司馬懿七十高齡，驚慌地猜測道：「老師他……？」司馬師忐忑地躡步上前，輕探司馬懿鼻息，才鬆了口氣說道：「父親睡著了。」鍾會、鄧艾、司馬昭驚魂甫定。

司馬師取下一件斗篷，給司馬懿蓋上，司馬懿響起了均勻的鼾聲，司馬師打個手勢，四人踮著腳悄悄退了出去，鍾會向司馬昭使了個眼色。

鍾會合司馬昭在宮中漫步，鍾會笑道：「恭喜二公子一鳴驚人。」司馬昭淡笑回答：「我不過借光父親的功績而已。」

「你我皆知道，二公子有沒有兵權，如鯤鵬有沒有大風，二公子終於可以實現自己的志向了。」

司馬昭回看著鍾會，意味深長地問道：「士載兄不也一樣嗎？哦，現在該稱鍾侍郎了！」

鍾會淡笑回答：「二公子不必取笑我，你知道我志不在此，我想做的，是為老師剷除後患，肅清了朝堂中的曹爽餘黨，我與二公子才能一展抱負，可是老師對曹爽，太過姑息啊。」

司馬昭微笑著接話：「我爹的精力在那一場戰爭中耗盡了，他的心軟了，膽子小了，有些事，應當我們弟子服其勞。」

鍾會冷著臉，看著甲士將韓琳拖走，韓琳淒厲慘叫道：「陛下！陛下救奴婢啊——！」曹芳跑到宮門口哭著喊道：「伴伴，能不能把朕的伴伴留下？」鍾會俯下身子，微笑道：「陛下身邊，豈可留著奸臣？」說罷便拂袖而去，空中猶回蕩著韓琳的哭叫聲。

官署外傳來陣陣鞭笞聲、慘叫聲，此起彼伏，隱約可聽見韓琳的聲音：「我招了，招了！別打了！啊——」鍾會高坐空蕩蕩的大堂上，懷著輕蔑的微笑，沉醉撫琴，琴聲和外面的慘叫聲相融。

刑吏闖進來報告：「大人，招了，都招了！」鍾會仍舊閉目撫琴。

司馬懿看著口供，臉色陰沉。

鍾會躬身說道：「韓琳招供，他們多次謀害老師，曹爽已在演練兵馬，密謀於三月中讓天子禪位曹爽。」司馬懿疑惑問道：「禪位？曹爽雖有野心，卻也不至於此吧？」司馬昭在一旁補充：「曹爽在位時邀買人心，結黨營私，擅用天子儀仗，霸占天子後宮，他早已經懷不臣之心了。除了韓琳，何晏也承認了曹爽的反狀，父親不能不防啊，他邀買了那麼多人心，萬一死灰復燃……」

司馬懿陰鬱地沉默了一會，吩咐道：「先不要問曹爽，把丁謐、李勝這些人，送到廷尉去！」

何晏喝得大醉，敞胸露懷坐在地上，臉上那一道傷疤分外刺眼。他拿著酒杯一邊笑一邊唱：「生年不滿百，常懷千歲憂。晝短苦夜長，何不秉燭遊！……」

司馬昭拿著一卷文書走進來，看到堂上凌亂的景象。何晏笑著舉杯邀請：「子上來了，來，……與我同飲。」司馬昭笑著在何晏身邊坐下，何晏東倒西歪，幾乎靠在司馬昭身上。司馬昭撫摸了一下何晏臉上的傷痕，低聲笑道：「可惜啊……我今日來，是送何駙馬一個前程。」

「我背主之人，為天下所笑，還有什麼前程啊！」

司馬昭將那卷文書放入何晏懷中：「三公之一，廷尉之職，何駙馬要，還是不要？」

何晏穿著冠服，呆坐著，司馬昭強壓笑意，恭聲說道：「人犯帶到了，廷尉大人請吧。」

何晏猶豫著站起，又失措地想跑，顫聲說道：「子上，我難當重任，這位子你還是給別人吧！」

司馬昭伸臂攔住何晏：「何駙馬，這是你救命的機會，你不展示誠意，我如何向父親為你請功？」

何晏眼睛紅了：「可是，你們當初答應我，不會傷害大將軍。」司馬昭板起一張臉：「當初我們也不知道，曹爽有謀反之心啊。」何晏哀求道：「大將軍畢竟是皇室宗親，就不能放他一條生路嗎？」司馬昭淡笑問道：「叔平現在要做報主的忠臣嗎？」

何晏被他擊潰了，拿起文書，踉蹌走了出去，司馬昭悠然坐下來。

堂上傳來丁謐之聲：「何晏，你這個背主小人！」何晏的聲音顫抖：「丁兄，你還是，盡早招供了吧……」

「我不會學你這賣友求榮的無恥之徒！」「來人……用刑……」

丁謐慘叫……司馬昭悠然閉目聽著。

衙役們把打得遍體鱗傷的李勝拖了出去，司馬昭也走出來。

何晏已經心力交瘁，將文書捧上，魂不守舍地說道：「他們，都招了。」司馬昭接過文書，捲起來，抱著文書慢悠悠地問：「曹爽黨羽，謀反的共有幾族？」

「共有七族。」

司馬昭詫異說道：「好像算錯了吧？」何晏恐懼道：「沒有啊，曹爽，韓琳，丁謐，鄧颺、李勝，畢軌、桓範一共七家。」司馬昭饒有興趣地看著何晏，陰森森道：「不對啊，沒完。」何晏努力想了想，帶著哭腔說道：「沒完？真沒有啊！」司馬昭微笑望著何晏，柔聲說：「再想想。」

何晏震驚地看著司馬昭的笑容：「難道……還有我嗎……」

司馬昭笑道：「叔平果然是聰明人。」何晏驚覺，慘呼：「司馬昭！原來你才是最歹毒之人！你利用我挑動大將軍與你爹爭鬥，你利用我害了大將軍！是你，是你殺了夏侯徽……」

司馬昭上前一把捏住了何晏的臉，阻止他說下去。

司馬昭輕聲道：「是啊，我現在玩夠了，你也可以功成身退了。你全都知道，不錯，但是你一個字也不敢說，因為我會留著你的妻兒，這算是我給你的恩情吧？我就喜歡你這副膽小怯懦，又自作聰明的樣子……」司馬昭鬆了手。

何晏渾身顫抖，恐懼地說道：「司馬昭，你到底是人還是鬼?!」司馬昭笑著說：「那要看對誰了。」何晏癱坐下來崩潰痛哭道：「我對不起大將軍啊！」

鍾會帶著衙役走進來，揮了揮手，衙役將已經癱軟的何晏拖走。

鍾會附在司馬昭耳邊說道：「二公子還是殺了他更安全些。」司馬昭冷笑：「讓他在牢裡自行了斷吧，賞個痛快，我爹現在哪有精神管他？」鍾會拿起文書看了一下，笑道：「也只有何晏，能審得如此詳盡。」司馬昭笑咪咪地說：「知己知彼嘛。」

「單憑這個，能說服太傅嗎？」

司馬昭輕笑著回答：「現在，只要說服我大哥就行了。」

司馬師坐在書房裡，蹙眉看著一頁頁文書，繼而大怒，拍在桌上。

司馬昭幽幽說道：「我才知道，是曹爽、丁謐逼迫嫂嫂監視我們家，嫂嫂不肯就範，他們就殺了嫂嫂以嫁禍給咱們家，娘也是被他們逼死的……」司馬師顫抖著叫道：「給我拿下曹爽！」

曹爽愁悶地來到花園中踱步，花園死角的望樓上，都守著司馬懿的人。

兩個守衛看見曹爽，使壞地相視一笑，一人彎弓，對著曹爽腳邊射過去，箭射入曹爽足邊土地，箭羽顫抖，曹爽慘叫一聲，嚇得連連後退，一屁股坐倒在地。

四角望樓上的守衛肆無忌憚地哈哈嘲笑起來，曹爽羞慚驚慌地逃了回去。

曹爽唉聲嘆氣回來，蒹葭荊釵布裙，端上一碗湯餅，一盤肉脯，笑著說：「郎君，吃飯了。」

曹爽看看盤中的湯餅，抬手愛憐地撫摸蒹葭的臉，滿懷歉意地說道：「妳這樣的人兒，我竟整日給妳吃湯餅。」蒹葭笑著說：「我愛吃湯餅的，今日太傅送來了肉脯，燉了湯好香，郎君嘗嘗？」曹爽忙問：「麟兒吃過了嗎？」

「吃過了，郎君快趁熱吃吧。」

曹爽端起碗嘗了一口，蒹葭天真而期待地問道：「好吃嗎？」

「好吃好吃！還有湯餅和肉脯可吃，太傅也算對我們不薄了。」

蒹葭握住曹爽的手，真誠地說：「只要能和郎君在一起，妾天天彷彿都在天上般高興。」

門外突然傳來一陣急促的腳步聲，曹爽和蒹葭都變了臉色，鍾會帶著甲兵闖了進來，曹爽嚇得手中碗筷落地，湯餅肉脯灑了滿地狼藉。

鍾會喝道：「帶走！」曹爽驚慌失措高喊：「太傅答應不殺我的！我要見太傅，我要見太傅！」甲兵提起曹爽，蒹葭急得去扳提曹爽甲兵的手，放聲喊道：「你們答應過我的，你們不能出爾反爾，他是宗室，他是天子的叔叔，你們放開他！」

鍾會捉住蒹葭的手，狠狠一甩，將她甩在地上：「將曹爽的子弟都帶走！」甲兵們肆無忌憚衝入內室，蒹葭急得痛哭，喊道：「不！你們不能這樣，不要抓我的兒子！郎君！」

曹爽被拖走還在大叫：「蒹葭！蒹葭！去找太傅！」

司馬懿正在動作遲緩地吃著湯餅，柏靈筠從門外急匆匆走進來，問道：「聽說鍾會把曹爽一門都抓走了，未經允許就擅自行動，他這是要做什麼？」司馬懿仍然慢悠悠地咀嚼著湯餅，淡淡說道：「抓他，總有抓他的道理。」

柏靈筠一怔：「什麼意思，鍾會是你派去的？」司馬懿仍是不慌不忙地說：「朝中的事有年輕人盯著，聽說他們要謀反，該抓就抓吧。」柏靈筠驚恐起來：「謀反？他都被關起來了，還能怎麼謀反？仲達，你……你是要殺曹爽嗎？」司馬懿不語。

柏靈筠繼續說道：「曹爽已然束手，你也奪回了大權，為什麼一定要趕盡殺絕呢？你這麼做，會被天下人恥笑是出爾反爾，言而無信啊！」司馬懿還是不說話。

柏靈筠溫柔勸解他：「仲達，現在司馬家什麼都有了，你是注定要入史書的人，現在該修德望和聲名了。」司馬懿這時才開口反駁：「我們相識的時候，妳說，恨自己身為女子，辜負了凌雲之志，原來妳的志氣，就是青史留名啊？我從起兵的那一刻起，就斷絕了虛名！」

柏靈筠看著司馬懿，不寒而慄。

陰暗的室內，司馬懿和鍾會一坐一站，司馬懿身影陷在陰影裡。鍾會苦苦勸道：「老師，曹爽等人怙惡不悛，不可姑息。」司馬師咬牙切齒：「爹，我要殺了曹爽給徽兒報仇！」司馬昭低聲補充：「曹爽用國庫籠絡人心，隨意封賞官爵，顯得慷慨好士，許多士大夫，被他所騙。他活著一日，這些人一日蠢蠢欲動。慶父不死，魯難未已……」

司馬懿沉默不語，他想站起來，卻晃了一下，司馬師和司馬昭忙去扶他。

司馬懿看著自己扶著桌案的手，布滿皺紋，顫抖不已，連站起來的力氣都沒有，他猛然意識到，自己真的很老了。

司馬懿低聲喃喃說道：「曹爽，只有四十歲……殺！」鍾會應聲答：「是！」

這時司馬孚他推門而入，高喊道：「二哥，不可！曹爽雖然有罪，但他身為功臣之後，又是宗室，和天子血脈相連，殺了他，二哥就是與曹氏為敵，與天子為敵。二哥縱然一片忠誠，但天下人不會懂，天下人會罵你的！」司馬懿喃喃道：「不可處虛名而得實禍……曹丞相說得對。他籠絡太多人心了，又太年輕，等我死了，這是師兒昭兒的麻煩，就讓麻煩，結束在咱們這一代吧……」

司馬孚蹙眉苦苦勸道：「二哥！你答應過曹爽，答應過蔣太尉啊！」司馬昭陰鷙笑道：「我爹答應過，百官沒有，召集廷議，讓百官來殺他，天子來殺他！」

司馬懿淡淡閉目吩咐：「去辦吧。」司馬孚彷彿不認識司馬懿了，驚駭地望著他。

皇宮太極殿外，鐘鼓號角吹響，預示著肅殺的廷議大朝開始，百官肅立於廣場上，天子曹芳惶恐不安坐在首位御座上。

臺階下的宦官高聲通報：「太傅司馬懿覲見！」曹芳嚇得慌忙站起來：「請，快請！」

四名小宦官抬著坐輦上的司馬懿，小跑而來，另有十幾名小宦官在旁拍手引導，司馬師帶著禁軍在後扈從，威風赫赫，堪比天子，司馬懿則坐在輦上打瞌睡。坐輦抬到丹墀下，司馬懿睜開眼睛，低聲說道：「慢……」他從坐輦上下來，望了望丹墀，一笑，自行慢慢走了上去，他走得沉重，卻又威嚴，額上布滿了汗水。

司馬懿走上去後，百官不由自主躬身行禮，曹芳也顯出手足無措來，慌亂說道：「看座，給太傅看座！」司馬懿坐下，淡然開口：「今日把三公、九卿、司隸校尉、尚書令、尚書僕射都請來，是為了議一議曹爽陰謀反逆的案子，案子太大，老夫不敢獨斷，要請諸位公卿，都說說意見。那就請廷尉說說吧。」

鍾會出列，朗聲說道：「臣已經審明，主犯曹爽，從犯曹曦、曹訓、何晏、丁謐、鄧颺、畢軌、李勝、桓範，凡十人，密謀於正始十年三月，廢天子以自立。春秋之義，『君親無將，將而必誅』，爽以支屬，世蒙殊寵，親受先帝握手遺詔，託以天下。而包藏禍心，蔑棄顧命，乃與丁謐、何晏等，謀圖神器，皆為大逆不道。」

百官只覺得遍體生寒，都拿不定主意，不安地望著司馬懿，司馬懿卻瞇著眼似在打瞌睡。司馬懿待鍾會說完，才醒過來，幽幽說道：「說完了？罪證確鑿嗎？」

「稟太尉，確鑿。」

「既然罪證確鑿，那就議吧，謀逆該是什麼罪？」群臣一片寂然。

一名官員當先出列說道：「大魏律法，謀逆屬十惡不赦之罪，當是死罪，誅夷三族！」

曹芳嚇了一大跳，百官又望向司馬懿，司馬懿還瞇著眼睛。

百官立刻醒悟，又一人上前說：「臣附議，請誅罪臣三族！」接下來就是一陣陣的「臣附議！」

之聲……大多數的官員都站了出來，司馬懿仍然閉著眼睛。

司馬孚又是困惑，又是痛心地望著司馬懿，並沒有站出來，司馬昭不滿地看著司馬孚。

蔣濟被這一番景象打懵了，他驟然醒悟過來，踉蹌上前在司馬懿身邊蹲下，低聲問道：「太傅！您不是答應過不殺曹爽兄弟嗎？」司馬懿睜開朦朧的眼睛，語氣平緩地說道：「我是說過，可現在是他們自尋死路，是百官，是陛下要殺他們，國法無私，老夫也無能為力啊！」

蔣濟又氣又急，指責道：「下官曾為太傅作保，只要曹爽兄弟放棄抵抗，絕不傷他們性命，太傅讓下官如何面對天下人?!」司馬懿慢悠悠地回答：「若是今日你我為一己之私，寬縱罪人，養虎為患，豈不是更無臉面，見天下人了嗎？」

蔣濟氣得無可奈何：「好、好……是我這太尉無能，不敢忝居功臣，下官請辭官！」蔣濟起身，憤然拂袖而去。

司馬懿這才抬起頭來，不疾不徐地說道：「既然公卿都無異議，鍾會，擬旨——曹爽等十一人，夷三族，其餘曹爽幕僚故吏，不過各為其主，寬宥死罪，酌情起用。」

百官故意議論：「太傅寬仁啊……」

鍾會上前，將草擬好的聖旨放在天子御案上：「請陛下用璽。」曹芳目中含淚，哆哆嗦嗦站起來，為曹爽求情道：「不、不……太傅，曹爽雖然罪大惡極，可他畢竟是朕的叔叔，他是父皇的託孤大臣啊，求太傅饒他一命好嗎？」司馬懿慢慢站起來，向曹芳走過來，將聖旨鋪開，淡淡說道：「請陛下下旨。」曹芳憤怒地將玉璽扔在司馬懿胸口上，厲聲說：「太傅殺了曹爽，是為了篡位嗎？朕這位子讓給你好不好！」

司馬懿緩緩彎腰，撿起玉璽雙手捧著，輕輕放回御案上，淡笑回答：「陛下慎言，臣是快入土的人了，只盼在死前，能看一眼我大魏的太平。」曹芳惡狠狠道：「你殺戮宗室，就不怕報應嗎？」

司馬懿只淡淡回應：「臣等著。」

曹芳被自己的話嚇得一個寒顫，忽然又跪下痛哭：「朕錯了，朕知錯了，太傅放過朕吧……」

司馬懿溫存地扶起曹芳，溫言道：「陛下是君，宜自重，陛下有陛下的職責，臣有臣的本分。」曹芳淚眼婆娑地望著司馬懿，哽咽問道：「文皇帝，明皇帝，都信任太傅，朕也能嗎？」

「臣對大魏之心，至死不渝。」

曹芳無力地閉上眼：「那就，都依了太傅吧……」接著抽抽搭搭在聖旨上蓋下玉璽。

司馬懿拿起聖旨，遞給鍾會，一言不發，緩緩走下丹墀，在百官恭敬的目送中坐上坐輦而去，沒有人去看流淚的曹芳。

夏侯玄拿著聖旨的手顫抖著。

夏侯霸在一旁說道：「太初，你不能回去！曹爽已經被司馬懿拿下了，你是曹爽的表兄，又奪了司馬懿的兵權，他能放過你嗎？」夏侯玄慘笑：「可是不回去，我們能去哪兒？據長安以固守？這是謀反，這是分裂大魏！」夏侯霸低聲勸道：「我們走漢中道，去蜀中，去投靠姜維！」

夏侯玄怒目，厲聲說道：「我生為大魏之臣，死為大魏之鬼，豈會做投敵賣國之賊！」

「你回去，就是司馬懿的砧上魚肉！」

夏侯玄斷然拒絕：「如果司馬懿沒有謀反，那麼這封聖旨是真的，我必須回去，如果司馬懿謀反，我更要回去，回去救昭伯，救大魏！」夏侯霸跺腳氣急：「你怎麼這麼傻啊！你被罷黜兵權，孤身一人，哪裡是司馬懿的對手？」夏侯玄慘笑不止：「縱然是螳臂當車，我別無選擇。我只用自己的方式來守衛大魏，與司馬懿一戰，生與義不可兼得，我捨生而取義。」

夏侯霸捶桌痛哭：「想不到我大魏夏侯氏，竟然落得如此下場！」夏侯玄的身影巍然不動。

夏侯玄獨自一人登上了長安城頭，俯瞰著月色下的茫茫平原，渭水如同發光的玉帶，在平原上綿延，他扶著牆頭，夜風呼嘯，鼓蕩他的衣袍，天地之間彷彿只有他一人佇立，輕聲自語道：「子元，我們永遠沒有這一天了。」

哭聲震天，上百人被繩索捆綁成幾串，押送出去。十幾個劊子手光著膀子，執著大刀，跟在他們身邊，百姓們縮在街坊裡，畏懼地指指點點。「這是去哪兒啊？」「街上殺不下了，去北邙山，殺頭！」

昔日威儀赫赫的曹爽府現在門前到處是殘磚敗瓦，看守肅立，一片肅殺。

司馬孚嘆息道：「還有什麼可守的，去吧。」守衛們互相對視一眼，躬身退開。

蒹葭獨坐在地上，有氣無力地哭著，司馬孚走到門口，揮揮手讓守衛退下了。

蒹葭認出了司馬孚，痛哭道：「你騙我！就是你騙了我！你騙我說你們不會殺他，你還我郎君，還我兒子！」

司馬孚黯然走到蒹葭身邊，蹲下身來勸道：「妳不是他的元配夫人，是被他搶來的，他的罪行與妳無涉，妳走吧。」蒹葭捶打著司馬孚痛哭道：「我不走！我要和他在一起！我不該讓他回來，是我害死了他啊！你們司馬家都不得好死！」

司馬孚握著蒹葭的雙腕，嘆息道：「姑娘，走吧，離開這個地方，我只能為妳做這麼多了。」

蒹葭哽咽著問：「你能送我出去？」司馬孚點頭：「妳家在哪兒？」

蒹葭起身，踉蹌向外走去，司馬孚忙跟了上去。

曹爽等人衣衫襤褸，被司馬師和司馬昭押送著，街市上的小兒拍手唱歌：「侯非侯，王非王，千乘萬騎上北邙！」一名老者嘆道：「幾十年就要來一次，那一塊山頭，埋了多少王侯公卿啊……」

夏侯玄風塵僕僕，忍痛含悲，正率領少數隨從快馬加鞭奔馳。

丁謐、曹爽、李勝等人都被押送到位跪下，還有曹爽稚齡的兒子曹麟，懵懵懂懂地跟在眾人之後跪下。

曹爽看到丁謐，痛悔地流淚，仰天大喊：「悔不聽你們良言，悔不該回來啊！」丁謐仰天嘆息：「大將軍，你是個肝膽相照的朋友，卻不是能做大事的君王，即便這樣，我也願同你共死，不願屈膝而生！」曹爽感動說道：「好！黃泉路上，我們等著看司馬老賊的下場！」

司馬昭大怒，正要上前，司馬師拉住他，淡然說道：「算了，他們也說不了幾句了。」

司馬孚帶著蒹葭縱馬馳來，蒹葭痛呼：「郎君！」

曹爽看到蒹葭大驚，連忙問道：「妳來幹什麼！」蒹葭提著一瓶酒，跳下馬來，撲到曹爽身邊，含淚微笑著說：「妾來為郎君送行。」

曹麟看到母親，高興地叫起來：「娘！娘！麟兒在這裡！」司馬孚這才看到犯人中還有孩童，大吃一驚。蒹葭看到兒子，肝腸寸斷，起身踉蹌來到曹麟身邊，抱起他淚如雨下，曹麟哭道：「娘到哪裡去了，麟兒怕。」蒹葭緊緊摟著兒子，安慰他：「不怕，麟兒乖，娘抱著麟兒，一會兒，咱們一家就團聚了……」

司馬孚憤怒地質問司馬師：「為什麼還有孩子？」司馬師低頭小聲說：「夷三族，也包括曹爽的兒子。」司馬孚質問道：「這是你爹的意思？」司馬昭在一旁趕忙說道：「三叔，留下他，是養

虎為患！」司馬孚忍無可忍，憤憤說道：「你們都瘋了嗎？我去見你爹，誰也不許行刑！」

不等司馬師阻攔，司馬孚已上馬疾馳而去。

司馬懿正在寫字，他的手哆哆嗦嗦，不聽使喚。

柏靈筠猶豫著，最終還是走了上來說道：「你要寫什麼，我來替你寫……」司馬懿煩躁地甩脫她：「別動！」柏靈筠縮回手來，她淒涼的看著司馬懿，感到無比陌生，繼而她看到了司馬懿筆下的內容。柏靈筠一驚，驚訝問道：「仲達，你這是要……」

司馬孚闖進來大聲質問：「二哥！你連曹爽三歲的孩子都不放過嗎？」司馬懿慢吞吞地寫著，一邊說道：「國法而已。」

「他才三歲懂什麼！他是無辜的啊！你為什麼一定要趕盡殺絕?!」

「他長大了，就會記得自己姓曹，就會恨我，就會有人擁立他，來殺我的兒子，就不無辜啦。生在亂世，誰無辜啊？」

司馬孚不可思議地問道：「二哥，你幾時變得這麼殘忍，你忘了當年入仕的初衷了嗎？我們是為了救家人，是為了救無辜才進入這官場的……」司馬懿慢慢抬起眼睛，看著司馬孚，眼中有冷光，陰森森問道：「要是那一仗，曹爽贏了，你以為你現在還能活命？你以為我的孫子能活命？」

「你和曹爽是一樣的人嗎？你這樣會被後世人口誅筆伐的啊！」

司馬懿黯然一笑：「有些挨罵的事兒，只能由我這個老人來做啦！」說完瞇著眼睛，繼續哆哆嗦嗦寫字。

蒹葭抱著曹麟，跪在曹爽身邊。

司馬昭看看日影說：「大哥，時辰到了。」司馬師猶豫了一下：「再等等叔叔吧。」司馬昭著急起來問道：「難道你還想饒他們？」

官道上傳來馬蹄聲，傳令官喊道：「太傅鈞旨，即刻行刑！」

蒹葭微微一笑，拿起身旁的酒，顫抖著手揭開蓋子，司馬昭斥責她：「這是什麼！」蒹葭淡笑道：「我們一家人，共飲一杯斷頭酒，都不行嗎？」司馬昭皺皺眉，沒有再阻攔。

蒹葭餵著曹麟說道：「麟兒乖，喝一點，喝一點就不怕了。」曹麟乖乖喝了兩口。

曹爽心如刀絞，哭道：「是我無能，是我對不起你們啊！」蒹葭微笑道：「妾這輩子得遇郎君，知足了。」蒹葭又餵著曹爽，曹爽仰頭鯨吸一口，蒹葭笑著說：「郎君給妾留一口。」她將剩下的酒一飲而盡。

曹爽豪氣干雲地說：「謝謝妳，妳走吧！」蒹葭嫵媚一笑：「妾初見郎君的時候，就說了，妾哪兒也不去，妾只想和郎君在一起……」蒹葭露出一絲痛苦迷離的神情，軟倒在曹爽身上，嘴角流下一縷鮮血，曹麟也昏暈在母親懷裡：「娘，我冷……」蒹葭摟緊兒子，斷斷續續道：「在娘懷裡，就不冷了……」

曹爽也感到了一陣劇烈的腹痛。

司馬昭冷哼一聲：「毒酒？便宜他們了！」

曹爽一邊吐血一邊大笑：「好！好！好，我們同路為伴，就把這千秋罵名留給司馬老賊！」

司馬師陰沉著臉說道：「時辰已到，行刑！」

刑吏將曹爽等人按在木樁上，而曹爽已經昏迷不醒，丁謐仰天大叫：「大魏的列祖列宗，你們都看著呢！」十幾把大刀揚起又落下，鮮血飛濺，染紅了滿地芳草。

夏侯玄策馬奔來，恰看見這一地鮮血，他滿面的悲憤，震驚，仇恨，痛苦，慢慢抬頭和司馬師相

望，司馬師在他的逼視下有些心虛，慢慢走過去，低聲說道：「大哥，他們大逆不道，我爹也是逼於無奈……」夏侯玄彷彿要將無限的悲憤吞咽下去，咬牙切齒道：「我真是後悔，我竟然信了你家，信了你！」司馬師牽住夏侯玄的韁繩，懇求道：「大哥，別說這樣的話，我不會對你下手，但你也要學會自保。」夏侯玄慘笑：「你讓我自保？我倒要看看，你司馬家是不是已經得了大魏江山！」

夏侯玄狠狠一鞭向司馬師手上抽落，司馬師痛得縮手，夏侯玄策馬遠去。

曹芳愁眉苦臉坐在御座上，宦官正在念誦聖旨：「太傅保扶社稷，功蓋千古，冊為丞相，增封潁川之繁昌、鄢陵、新汲、父城，並前八縣，邑二萬戶。賜奏事不名，朝會不拜。今後群臣奏事，當避丞相諱，不得稱名。欽此！」

司馬懿站在班首，又如同睡著了一般，閉目聽著，一動不動，曹芳露出怨憤的神情，失魂落魄。

鍾會側目去看百官的反應，無人敢說話。

玉珠輕響，一個人邁了出來，百官紛紛扭頭去看，是夏侯玄，司馬師一驚，忙給夏侯玄使眼色，示意他不要開口，夏侯玄無視司馬師，慷慨陳詞：「自文皇帝立國以來，天子獨操權威，廢丞相，任三公，以安群臣之心，絕震主之源。太傅既是魏臣，卻不尊魏法，不知做的，是誰家丞相？」

司馬昭厲聲道：「大膽！聖旨出自陛下，你是指責陛下不尊國法？」

夏侯玄淡笑：「聖旨是誰寫的，你我還不心知肚明嗎？」司馬師急得一直給夏侯玄使眼色。

曹芳慌亂地趕忙說：「是朕寫的，是朕寫的！是朕要封太傅為丞相的！」夏侯玄目中含淚，動情問道：「陛下，祖制不可更改，神器不可予人，陛下忘了先帝遺詔了嗎？」曹芳痛哭不止：「鴻臚卿不要說了，不要說了……」

司馬懿這時緩緩睜眼：「謝陛下！」宦官忙下去，將聖旨雙手捧給司馬懿。

司馬懿展開隨意看了一眼，淡笑道：「陛下，臣已年過七旬，衰老多病，這個丞相給臣，臣也做不了丞相的事。您賜臣朝會不拜，臣也上不了幾次朝了，雖有駑馬戀主之情，而實無統領百僚之力。臣謝陛下隆恩，這丞相，臣不敢領。」說完隨手將聖旨丟回小宦官懷中，並不跪拜，也沒有再看任何人，緩緩獨自走出了朝堂。

夏侯玄緊緊握拳，司馬昭冷冷看著夏侯玄。

司馬懿瞇著眼睛坐在書房中，司馬昭沉著臉：「父親，夏侯玄反狀已露。」

司馬師還想再為夏侯玄解釋：「父親，夏侯玄素來耿直，此時難免有些抵觸，父親能不能再給他些時間，讓人慢慢勸說？」司馬懿嘆氣道：「算啦，夏侯玄是咱們的親家，跟咱們有通家之好。他那個人，我知道，耿直清高，書生意氣，名聲是好，但成不了多大的事。盯緊點就是，他不惹事，就供著他。」司馬師感激道：「多謝父親。」

司馬懿輕輕揮了揮手，又閉上了眼睛，司馬師、司馬昭不敢吭聲，躬身退下。

司馬昭和司馬師走出來。

司馬昭沉吟片刻憂慮地說：「大哥，我最擔心的是你啊。夏侯玄利用和你的感情，肆無忌憚公開挑釁父親。此時越是貌似耿直之人，越會有人望。父親年事已高，咱們家的安危繫於你一身，你要小心，切不可與他私下相見。」

司馬師痛苦回答：「我知道，他始終有他的立場，但他若對父親不利，我第一個不會放過他！」

司馬懿驟然驚醒，大喊：「我沒有，我沒有背叛大魏，別殺我！」接著猛然坐起，一頭冷汗。

柏靈筠忙坐起來，扶著司馬懿問道：「老爺，怎麼了？」司馬懿喘著粗氣。

外間響起了馬蹄敲打石街的聲音，有人喊道：「六百里加急！」司馬懿徹底醒了：「軍報！」

柏靈筠有些恐慌地說：「這麼晚了，讓師兒、昭兒去就是了……」司馬懿赤腳跳下床，取下寶劍打開門大喊：「司馬師！司馬昭！都給我起來！」

門外不遠處的臥房傳來一陣匆忙的腳步聲，不一會，司馬師、司馬昭拿著軍報氣喘吁吁地推門而入。司馬懿坐在首位咳嗽著，柏靈筠正在給他穿靴子。

司馬師和司馬昭站立在一旁，司馬師開口說道：「父親，是淮南的密報，王凌聯絡白馬王曹彪，意圖謀反！」

「謀反？」

「是！他們要擁立曹彪。」

司馬懿氣得又一陣咳嗽：「王凌……我把他提拔成太尉，給他假節鉞，他居然敢謀反！」司馬昭上前一步說道：「兒子願領兵討伐王凌！」

司馬懿搖頭說道：「你去不了，王凌是四朝老臣，比我年紀還大，長期擁兵淮陽，又是郭淮的姻親，你去了，他根本不會正眼看你，我——親自去！司馬師、司馬昭你們鎮守洛陽！」

柏靈筠一驚：「淮南路途遙遠，你的身子不能再出征了！」司馬懿跳起來，卻又身子一晃，柏靈筠忙扶住他，他喘著氣說道：「我去了，兵不血刃就能拿下王凌，我必須去，整備大軍，我要親征王凌！鎧甲！鎧甲！我的鎧甲！」柏靈筠難過又擔憂地看著神經質的司馬懿。

司馬懿一身鎧甲戎裝，司馬孚前來送行，痛心問道：「二哥，天氣炎熱，你非要親自出征嗎？」

司馬懿一邊擦汗，一邊說道：「師兒、昭兒他們太年輕，不足以對抗王凌的威望，郭淮雖有經驗，但他又是王淩的姻親，只有我去了。」司馬孚鼓起勇氣道：「那就讓我陪著二哥，像以前一樣吧。」司馬懿看著自己的兄弟：「你就管好尚書臺的事吧。」

司馬孚真誠道：「我實在不放心讓你再打仗了！」司馬懿沒有理睬他，扶著劍，慢慢走出去。

司馬孚感到一陣前所未有的生疏和孤獨。

司馬懿一身鎧甲，坐在坐輦上，由士兵抬著，帶領大軍快速前進，顛簸中，他明顯神情痛苦，臉上布滿深深的皺紋，扶著劍閉目不動不語。

柏靈筠坐在司馬懿身邊，擔憂地望著他，替他擦汗，怕他支撐不住。

柏靈筠憂心忡忡道：「老爺歇一歇吧，去淮南路程還長，如此急行顛簸，大軍也難支撐。」司馬懿漫然回答：「救兵如救火，慢不得。妳不知道我當日去征孟達，八日行軍一千二百里嗎？」

柏靈筠輕嘆：「戰亂一起，又要生靈塗炭了。」

「王淩擁立楚王曹彪，這是公然謀反！讓他這邊的大軍出了淮南，才是真正的生靈塗炭。」

柏靈筠遙望遠方：「我只是忽然想到，從我第一次跟老爺去征青州，一晃快三十年了，中原戰亂還是沒有停歇。」司馬懿沒有回答，他閉著眼睛，輕輕吟起歌來：

「十五從軍征，八十始得歸。道逢鄉里人，家中有阿誰？
遙看是君家，松柏塚累累。兔從狗竇入，雉從梁上飛。
中庭生旅谷，井上生旅葵。舂穀持作飯，采葵持作羹。
羹飯一時熟，不知貽阿誰！出門東向看，淚落沾我衣。」

船在江上行駛，風浪顛簸。司馬懿正瞇著眼睛在寫信。

柏靈筠看著他問道：「老爺在給王凌寫信？」

「嗯，船上風浪顛簸，眼花手抖，寫得慢。」

柏靈筠輕聲問道：「老爺放心讓我來替你寫嗎？」司馬懿看看柏靈筠，輕笑道：「我對妳有什麼不放心的，有勞夫人了。」說著司馬懿讓出位置。柏靈筠感到一陣欣慰，坐下看了看書信。

柏靈筠喃喃道：「老爺是在招撫王凌？依依東望……老爺總能摸準人心，不戰而屈人之兵，但願王凌收到書信投降，這場仗就打不起來了。」

司馬懿只顧自己說道：「妳就寫，我對王凌一直心懷敬意，他升任太尉，是我向陛下保舉，我起兵乃是為了國家不得已而為之，他當知我難處，何必兵戎相向？他若肯來，我保他平安，我們兩個古稀老人，船頭握手敘舊，就不必再血染江水，讓生靈塗炭了。」柏靈筠欣喜道：「太好了，不起戰亂，於國家百姓和老爺都是好事。」說著便奮筆疾書。

司馬懿掃了一眼：「寫得好，寫得好，夫人文采，勝我良多。」柏靈筠微笑回答：「老爺的開篇已經一片赤誠，我不過續貂罷了。」說罷，望著司馬懿溫柔一笑。

王凌握著司馬懿的信，緊蹙眉頭，眾人簇擁著王凌向內走。

「太尉，司馬懿挾五萬精兵，六日急行八百里，我軍不及防範，難以一戰啊！」

「太尉，司馬懿若從百尺堰順流直下，三日可到壽春，如今已是大軍壓境，我們怎麼辦啊？」

「太尉，敵人有精兵五萬，戰船無數，我軍目前能調動的不過本部一萬左右，聽說司馬懿用兵如神，這仗沒法打啊！」

「太尉，咱們……咱們降了吧！」

所有兵將都跪下齊聲說：「太尉，降了吧！」

王凌悲憤轉身，憤憤說道：「我身列三公，受命扶保社稷，司馬懿挾持天子屠戮大臣，京城大亂，我不起兵勤王，怎麼對得起三代先帝?!」

「太尉，司馬懿不來什麼都好說，如今，將士們也不敢打啊！」

王凌愕然，慘哭道：「大魏，就這麼完了啊！」

夏侯玄官署內，尚書令李豐飲泣道：「可憐曹子丹將軍一世功業，卻後世子孫不保，如今司馬懿權傾朝野，架空陛下，眼見得篡位之日不遠，大魏江山危在旦夕，唯有將軍能挽救大魏了！」

光祿大夫張緝捧上一條衣帶，哭泣道：「陛下每日飲泣，望將軍力挽狂瀾，拯救社稷！」

夏侯玄忍著悲痛接過衣帶，單膝跪下：「臣世受國恩，縱不能救國救君，亦當以性命感召天下志士！」

司馬昭站在凌雲臺上向下望去，大風鼓動他的衣袍。

鍾會上來，喘著氣說道：「原來子上在這裡，讓我好找！」司馬昭微笑道：「大風起兮雲飛揚，威加海內兮歸故鄉，安得猛士兮守四方。漢高祖的壯懷，我今日知矣！」

「危難不在四方，而在蕭牆之內！子上，我接到密報，李豐、夏侯玄要趁著太傅不在，起兵謀害子元和你！」

司馬昭一怔：「夏侯玄和李豐？」接著哈哈大笑，他對著臺下的萬里江山，笑得得意又猖狂。

家奴將李豐請到司馬師官署，司馬師坐著，司馬昭站在一旁。

李豐緊張訕笑問道：「二位將軍，有何事啊？」司馬師冷笑問道：「李令君，昨夜幹何大事啊？」

李豐愕然，顫抖說道：「不過是，舊友相聚，小酌幾杯，小酌……並無大事。」

司馬師靜靜看著李豐不語，李豐哆嗦得更厲害了。

司馬昭拔出劍來，直接衝李豐走來，李豐躲著慘叫：「將軍，將軍！下官冤枉！都是夏侯玄主使，下官冤枉啊！」司馬師低聲怒叱：「小人。」

司馬昭毫不留情一劍捅死了李豐，拔出劍來在李豐身上擦了擦血，接著回頭冷著臉說：「大哥，你要是過不了心裡那道坎兒，我去拘捕夏侯玄。」

司馬師臉上現出了一瞬痛苦的神情，但他很快克制住，站起來說道：「我親自去！」

雷霆震怒，閃電曜空，狂風呼嘯，彷彿末日前的災變。

夏侯玄站在大門口，正揮毫在大門上一邊寫字一邊高聲誦讀：「誠既勇兮又以武，終剛強兮不可凌！……」幾個家人在他近旁，含悲忍泣。

狂風將他的衣袖鼓盪如同一面旗幟，閃電曜亮了他決絕剛毅的眼神，他的聲音如雷電相應和，磅礡悲壯。

天上降下一個裂雷，擊中夏侯玄身旁的木柱，立刻騰起熊熊烈火，家人嚇得四散而逃。火星濺落在夏侯玄的衣袖上，他視若無睹，仍舊揮毫奮筆，筆下如走龍蛇，那一團火就隨著他手臂的揮動閃耀，他的身後響起了腳步聲，司馬師帶兵闖進來，震驚看著天怒中的這一幕。

夏侯玄朗聲說：「……身既死兮神以靈，魂魄毅兮為鬼雄！」寫完，他將筆一甩，看著門上的四行大字哈哈大笑，一拂袖子：「走吧！」

夏侯玄坦然拂袖而出，司馬師神色黯然，默默跟隨在他身後。

司馬師官署內，司馬昭拎著一條衣帶笑道：「張緝他們都招供了，是陛下讓他將衣帶詔傳遞給夏侯玄，以夏侯玄為大將軍，謀害我們兄弟之後，再截斷父親歸路。」司馬師痛苦握拳，心痛道：「他要殺我，為了那個乳臭未乾的皇帝娃娃，他要殺我！」

司馬昭冷冷說：「他心裡只有曹氏只有皇帝，從來就沒有在意過你。大哥，父親七十高齡還出征在外，我們不能讓爹有後顧之憂啊。」司馬師的臉痛苦扭曲。

夏侯玄已經受過刑了，白色的中衣上是一道道的血痕，雙手雙足也帶著鐐銬，手上的鐐銬直連到牆壁上。但他在牢中仍然正襟危坐，氣度凜然。

司馬師默默走到牢門外，看著夏侯玄，十分傷感，他打了個手勢，獄吏打開鎖。

獄吏低聲說：「他武功高強，將軍小心。」夏侯玄聽到，睜眼淡淡瞥了司馬師一眼，又冷笑閉上。

司馬師走進牢來，在他對面坐下，輕聲喚：「大哥。」

「不要再用這個稱呼，我為徽兒不值。」

司馬師解釋道：「是曹爽殺了徽兒。」夏侯玄睜目怒喝：「我、不、相、信！」

「你不信我與徽兒的感情？」

夏侯玄正色說道：「我要殺你，是為國除賊，與家事無關！」司馬師心中一痛：「居然真的有你要殺我的一天……還有什麼人參與？」夏侯玄睜目微微一笑：「將軍是不是先布下刑杖烙鐵，再行審訊？」司馬師忍不住激動質問道：「你比我了解曹爽，知道他是什麼樣的人，更知道他肩負不起這個國家，為什麼還要為那個蠢貨去送死?!」

夏侯玄冷笑說道：「我從來都不是為了曹爽，不過夏蟲不可以語冰，說了，你也不會明白。」

「大哥，我爹沒有謀逆，魏國有他的心血，他只是不想被曹爽逼死，不想這個國家被曹爽毀掉。」

夏侯玄冷笑回答：「濫殺的忠臣，擅權的忠臣，欺主欺天下的忠臣，我沒有見過。」

司馬師還在勸說：「你不站到最高處，不確保自己的安全，怎麼實現理想！來幫我吧，我們一起讓大魏統一天下，給萬民以康樂，這不也是你的理想嗎？」

夏侯玄閉上了眼睛：「你們家，早已背棄理想了。」司馬師顫聲喊道：「大哥，你救過我，不要讓我做忘恩負義之人，徽兒也不想看我們這樣！」夏侯玄淡笑回答：「你要是內心負疚，大可不必，我救的是大魏忠臣司馬師，不是反賊逆子司馬師。」

「向我爹認罪，供出你的同黨，我為你求情，先免官流放幾年，等過幾年，我掌握了朝堂，就赦你回來。我們還是好兄弟。」

夏侯玄睨著司馬師，嘲弄笑道：「你真的想救我？」司馬師正色回答：「我還想和你看長安的月色。」夏侯玄沉吟片刻，冷笑著說：「好，你過來，我只對你一人招供。」

司馬師大為驚喜，想要過去，又遲疑了一下。夏侯玄輕蔑說道：「不能取信，談何相救。」

司馬師起身，慢慢來到夏侯玄身邊，夏侯玄如同猛虎一樣忽然暴起，一肘撞在了司馬師的右眼上，司馬師慘叫一聲，夏侯玄快速地用鐵鍊套在司馬師脖頸上，奮力勒著，司馬師痛苦掙扎。四五名獄卒一擁而入，拚命在夏侯玄身上亂打，將司馬師解救了出來，司馬師癱在地上拚命咳嗽，他的右眼鮮血淋漓。

夏侯玄朗聲大笑道：「只恨不能為國殺賊！」

司馬師躺在床上，痛叫一聲，太醫為司馬師包紮好眼睛。

司馬昭急切問道：「我大哥的眼睛怎麼樣？」太醫緊張答覆：「這個、將軍只怕此目，難以恢復了……」司馬昭憤恨道：「我要將夏侯玄碎屍萬段！」

司馬師虛弱流淚，喃喃自語：「他畢竟對我們家，有大恩，殺了他，我將來怎麼見徽兒……」

司馬昭揮揮手，讓太醫下去，太醫躬身退下。

司馬昭坐在床邊，柔聲說道：「大哥，你對他念舊，他是如何對你的？你不盡快樹立起威望，待父親去後，遍地都是我們司馬家的敵人！你要繼承父親的權力，繼承父親的理想，你必須活著！」

司馬師咬牙，下定決心：「我犯了一次錯誤，不會再犯第二次，夏侯玄，以謀反論處！」

司馬昭站起來，微笑說道：「大哥好好養傷，處理叛逆，就交給我了！」

獄卒將上千囚犯塞入牢門，哭聲震天。

廷尉官署內，鍾會快速地簽署一份份判決，批一個「斬」字就扔下一份：「李豐，斬！」

文書接令答道：「是！」

「夏侯玄，斬！」「是！」

「張緝，斬！」「是！」

「樂敦，斬！」「是！」

司馬孚大步進來喊了聲：「鍾廷尉！」鍾會起身一躬行禮道：「老尚書好。」

司馬孚不可置信地撿起地上的一封判決，訝異問道：「這些，都是要殺的？」

鍾會坦然回答：「是。」

「牢中的數千人，也是要殺的。」

鍾會淡然回答：「他們皆是夏侯玄的同黨。」

司馬孚痛心疾首：「那裡邊有多少當世俊傑，士族清流，你這一刀砍過去，天下名士就減半了！」

鍾會淡笑回答：「名士謀反，依然罪無可赦。」司馬孚指著他，冷冷說道：「我去找司馬師，不許再殺人！」說著大步出門。

鍾會望著他的背影，輕蔑一笑，又批了一張判決拋下：「劉賢，斬！」

司馬孚在等待，司馬昭走進來，躬身說道：「三叔，請恕我大哥眼傷未癒，還不能見客。」

司馬孚瞇起眼睛問道：「那下令大肆株連屠殺的是你吧？」

司馬昭一笑：「三叔言重了，侄兒是按照律法處置叛逆，不是屠殺。」

司馬孚吃驚問道：「叛逆有上千人?!就算夏侯玄有罪，殺他一個不夠嗎？」

司馬昭陰沉沉地說：「他還有同黨。」

「夏侯玄平生交遊廣泛，你們不能連他的朋友也殺掉啊！那是上千人！這些人裡面，有我的朋友，有你們倆的朋友，跟曹爽、夏侯玄有關的人你都要殺嗎？」

司馬昭仍是冷冰冰地說：「他們敬仰夏侯玄，同情曹爽，就會記恨我爹，想覆滅咱們家。我爹不能容忍魏國動盪，用這些人的頭顱，換國家的平安，值得。」

司馬孚憤怒說道：「你爹連曹爽的幕僚都寬宥了，你要將他們都殺掉？等你爹回來再決斷！」

司馬昭笑答：「三叔，我爹都七十三了，您還嫌他不夠累啊？再說了，萬一處置不當，不等我爹回來，洛陽就亂了，這個罪名我當不起。」

司馬孚緊盯著司馬昭，忽然明白了，只覺毛骨悚然：「原來，是你要殺他們。」

司馬昭冷淡地說：「三叔說哪裡話，我嚴加處置，也是為了父兄和國家。」

「你要殺光曹爽的親信，用你爹的名聲來為你蕩平道路？」

司馬昭高聲說：「三叔說哪裡話？小侄當不起！」

司馬孚厲聲喝道：「那你就停止殺戮，等你爹回來！」

司馬昭輕聲說：「三叔你我各有司職，你管好尚書臺就行了！殺伐決斷之事，三叔理解不了，也做不到，但不要背叛了司馬家！」

司馬孚氣得顫抖：「我背叛司馬家？你爹的一世聲望，就要毀在你手裡了！」

司馬昭憤憤地說：「我父親從高平陵那一刻開始，就已經放棄了聲望，我是要保護父親登臨絕頂！三叔，你不懂我爹！」

司馬孚後退，搖頭說道：「不，你不懂你爹。」說著轉身踉蹌離去。

司馬昭看著司馬孚的背影目光森冷。

壽春，滾滾長江上，江水呼嘯，樓船上燈火通明，映亮了司馬懿一身鎧甲，威嚴坐在船頭，柏靈筠站在司馬懿身後。

王淩乘一艘小船而來，他著白衣小帽，滿面羞慚。

兩名武士跳下王淩的船，把王淩如同小雞一樣夾起來，提到司馬懿的面前按著跪下。

司馬懿一把攙扶起王淩抱住，高興說道：「老哥哥，你想煞小弟了！老哥哥有什麼事想不通，不能當面責備小弟嗎？你年長小弟十歲，怎麼脾氣還這麼大啊。」

王淩一看稍稍有了底氣，站直了身子，笑著說：「京師謠言紛紛，令狐愚和曹彪趁機挾持慫恿於我，我一時不慎為小人利用，愧見故人。」

司馬懿也笑著回答：「就是怕老哥哥誤會，小弟這不是親自來解釋了嗎？」

王淩不安地看看船上的甲兵，低聲說：「仲達，只須半片竹簡相召，何須勞師動眾？」

司馬懿笑容冷了下來：「老哥哥豈是半片竹簡所能召來之客啊！我與老哥哥多年並肩抗敵，我

東抗諸葛，你西阻孫權，你我對大魏的赤誠，還不是肝膽相照嗎？」

王凌倒抽一口冷氣：「仲達信中說保我平安，可是實言？」

「老哥哥負荊而來，不傷一城百姓，不失為天下表率。只是老哥哥官居太尉，身分貴重，須容我稟告聖上，再行定奪。」

王凌猶豫著問：「難道此事仲達尚做不了主？」

柏靈筠輕聲在司馬懿耳邊說道：「仲達，你招撫王凌天下皆知。」

司馬懿沉默片刻，淡淡一笑道：「我會給老哥哥一個好結果的，放寬心，上岸吧。」

王凌忐忑說道：「多謝仲達，多謝仲達！萬勿食言！」

司馬懿一揮手：「把老哥哥好生扶下去，小心船上濕滑。」

兩名武士扶著王凌下去。

數百名鐵騎舉著火把已在江邊等候多時，船靠岸了。

一夜戰戰兢兢，未曾入眠的王凌被武士們押送上岸，王凌看到這刀劍林立的森嚴陣仗，不由一陣心悸。

他雙手綁縛，武士們拉扯著繩索催促他快行，王凌一個踉蹌跌在塵埃裡，幾度奮力爬不起來。

王凌驚懼不已：「我們這是要去哪裡？」

士兵們架起王凌就要拖走，王凌嚷嚷道：「我要見太傅，我要見太傅！」

騎兵隊長不耐煩地揮了一鞭，呵斥道：「還以為自己是當朝太尉呢？高官厚祿有清福你不享，非要幹這謀反掉腦袋的勾當，自作孽不可活！快走，莫誤了時辰！」

王凌聽得膽戰心驚，幾欲癱軟，顫聲問道：「太傅，太傅當真要殺我？」

騎兵隊長呵斥道：「殺不殺，到時候就知道了！」

王淩顫抖說道：「真若命不久矣，我還得向這位將軍討兩個棺材釘……」

騎兵隊長煩不勝煩：「你這老東西，沒完了！」

王淩拉著隊長的衣角，哀求道：「求求將軍了！」

騎兵隊長厭惡地看著王淩，往後撤了一步，朝親兵命令道：「去稟報太傅！」

「是！」

船停泊在碼頭。艙外狂風呼嘯，閃電不時耀亮船艙，將壁上曹操和諸葛亮的畫像吹拂得劇烈翻動，畫中之人在閃電映照中栩栩如生，曹操雙目如電。

司馬懿昏昏睡著，柏靈筠憂慮地望著衰老的司馬懿。忽然船身一個搖晃，司馬懿猛然驚醒，一個閃電中他看到曹操雙目如電，嚇得「騰」得坐起。

司馬懿驚叫一聲：「曹丞相！」

柏靈筠忙扶住他，安慰道：「你夢魘了？船上風浪大了些，王淩如今也歸降了，不如住到城裡去吧。」

司馬懿輕輕透了口氣：「會去的，但時候沒到。」

柏靈筠隱隱不安，追問道：「什麼時候？」

此時艙外有兵士稟報：「報——報太傅，王淩向太傅索求棺材釘，屬下不敢自作主張，還請太傅示下。」

司馬懿笑了，嘲弄說道：「棺材釘？求饒不甘，求死不敢，這是試探我呢。」

柏靈筠勸道：「他是被老爺的盛威震懾，眼下心神皆亂，老爺還是安撫安撫他吧。」

司馬懿卻淡然說道：「准其所請。」

柏靈筠不可置信地起身，驚怒交加地問道：「老爺，你這是要殺他？」

司馬懿淡漠回答：「是啊，謀反是什麼罪過？」

「您不是要等陛下的聖旨嗎？」

司馬懿冷漠回答：「回去補一道聖旨就是了，王淩謀反，夷三族。」

柏靈筠大吃一驚，不可思議地說道：「夷三族？太原王氏乃當世名門，他的父母妻族有三千之眾，你全要殺了？」

「國法如此，不能因為他們家人多，就不遵國法了。」

柏靈筠厲聲說道：「國法是陛下的聖旨！大臣何來大肆誅殺之權！」

「陛下年幼，他做不了主。況且賜他全屍，還不夠寬仁？」

柏靈筠忍無可忍，喝了聲：「司馬懿！」

司馬懿這才抬起頭認真看了她一眼，森冷問道：「妳叫我什麼？」

「仲達，曹爽如此，你說因為他比你年輕，你是為了師兒、昭兒掃清後患也就罷了。現在王淩比你還要年長，老朽昏聵，你還要如此！專權弒殺，你現在和武帝有什麼區別？」

司馬懿淡淡回答：「曹操當年連貴妃皇后都殺，我不像他。妳是個最會算計政治的人，什麼時候變得這麼婦人之仁了？」

「政治有算計也有底線！兵者是兇器，聖人不得已而用之，你不是為勝利殺人，你在為恐懼殺人，我一個婦人，也看不起這樣怯懦的殺人。」

司馬懿仍然神色淡淡：「我掌著一國軍政，做什麼不做什麼，不是為了讓妳看得起。」

柏靈筠冷靜看著他。窗外的閃電照亮他們對峙的臉。柏靈筠隨後轉身離開了船艙。

幾千人被帶上刑場，當先推上斷頭臺的，是夏侯玄。

圍觀人群中，有幾名武士含著熱淚望著夏侯玄。

夏侯玄望著巍巍青山，暢快一笑，從容將頭伏在木樁上。

劊子手揚起大刀，鮮血飛濺。

監刑的是司馬師，他的右眼還包著繃帶，他的神情冷漠而無動於衷，繃帶下面，卻緩緩流下了一行血淚。

身旁的親衛忐忑地問道：「將軍，你、你沒事兒吧？」司馬師漠然望了他一眼，冷冷問：「我哭了嗎？」親衛忙一縮說道：「沒有，沒有。」

武士們朝司馬師投去恨意的目光。

鍾會在官署內悠然彈琴，鄧艾推門進來，滿臉憤怒。

鍾會起身笑著相迎說：「士載，你回來了？西蜀如何？」

鄧艾劈頭就問：「上千人，你們都殺了？」

鍾會的笑容沉下：「誅滅叛逆，斬草除根，何必大驚小怪？」

鄧艾憤怒問道：「就算曹爽該死，用得著殺這麼多人嗎？」

鍾會輕鬆回答：「婦人之仁，哪一次時代的變遷，不是用累累屍骨堆建的地基？不殺他們，動盪就不會結束，他們興起的內亂，會死千倍萬倍的人。」

鄧艾沉下聲音說：「以太平的名義濫殺，以理想的名義作惡，這是比暴政更虛偽的暴政！老師一生的理想絕不是為了一場暴政？你這是為了自己的前程，拖老師下水！」

「我們的前程和司馬家連在一起，無論什麼代價，都要保證老師身後，子元、子上能順利繼承老師的權位。亂世之中用重典，為的是用最小的殺戮來蕩平最大的禍亂！」

鄧艾卻反駁道：「亂世需要鐵腕，也需要道義，需要憐憫，否則用什麼去激勵人們嚮往太平之心，去安撫保護那些飽受摧殘的子民，用暴政結束的亂世，用不了多久，就會陷入更加無序的爭鬥，被更殘暴的人摧毀。士季，你出身世家，比我更熟悉經典，更了解道義，老師的教誨，你都忘了嗎？」

鍾會搖頭說道：「聖人？君子？那些話，不是對你我說的，聽過老師的那首曲子，公無渡河吧？我們過了河，上了岸，就再也做不成君子了。我們要比老師的目光更長遠！」

鄧艾震驚，愕然說道：「我明白了，你們、你們已經背叛了老師！」

鍾會大怒，驟然將琴砸落，琴身斷裂，絲弦斷絕。

司馬懿被人抬著，帶著軍隊來到王凌府外，身後跟著甲冑分明的軍隊。

司馬懿看了一眼，淡淡問道：「王凌的家人與黨羽，應該都在府中吧？」

「正是！」

司馬懿吩咐道：「傳令，凡參與王凌、令狐愚謀反一案者，全部夷誅三族！」

「是！太傅，即刻執行嗎？」

司馬懿揮揮手。

「是！」

一隊士兵衝了進去，傳來陣陣屠殺聲和慘叫聲，司馬懿無動於衷地聽著。

過了一會兒，司馬懿輕聲問道：「柏夫人回去了？」

「是的，夫人下了船就坐車先走了。」

司馬懿黯然道：「先回洛陽，也好，別看了。」

馬夫駕車，侍從走在兩側，他們朝著與司馬懿軍隊所在的相反方向轆轆而行。

突然，路邊的樹叢中幾支火箭呼嘯飛來，直直射向馬車。

樹叢中竄出三名武士，向馬車衝了過去。

武士大聲喊道：「殺了司馬老賊！為王太尉報仇！」

隨從立刻拔劍對敵，幾人戰至一處，馬夫猛地回頭，發現馬車已然著火。

他驚嚇地拉開車門，大聲喊道：「夫人，快跑啊！」

柏靈筠看到了飛來的箭和燃燒的火，她驕傲淒涼地一笑，端坐在內，矜持吩咐道：「各自逃生去吧，不用管我。」說罷，柏靈筠決絕地拉上了車門。

馬車外的殺喊聲，火焰燒燃的嗶剝聲，漸漸都聽不見了。

柏靈筠緩緩閉上眼睛。

司馬懿瞇著眼睛寫奏表，他快要看不清字了，艱難地書寫著。

兩個親兵扶著滿面焦黑，身有血跡的車夫進來，車夫撲倒在地叫道：「老爺，老爺！」

司馬懿看向車夫，詫異警惕地問道：「你是誰，怎麼進來的！」

「老爺，他是送夫人回去的車夫。」

司馬懿愕然不已：「車夫？你怎麼這個樣子？夫人……夫人呢?!」親兵們畏懼地低頭。

車夫大哭說道：「老爺，我們在路上被人劫殺，夫人……遇難了……」

親兵輕聲解釋：「老爺，是王淩的門客，以為車是老爺的，所以……卑職們趕到的時候，夫人已經……」

司馬懿還不明白，怔怔地看了車夫一會，忽然將硯臺摔了出去，狂亂地喊道：「你騙我！你騙我！你都能回來她怎麼會有事兒！她不想見我是不是？她在哪兒，把她給我帶來！」

車夫痛哭不止：「夫人把門關上了，讓小的們逃生……」

司馬懿忽然明白了，他哆嗦著嘴唇說不出話，扶著桌案想站起來，卻發現動不了了，親兵慌忙去扶他，司馬懿掙扎了一下，癱軟了下去。

【終章】

零落歸山丘

回到洛陽之後，司馬懿和司馬孚坐在堂上，門開著，能看到院中的花朵盛放，中間的桌案上，擺著那只小水缽，裡邊的烏龜還在爬。

司馬懿的形容更衰老憔悴了，司馬孚看著二哥，眼中有悲哀，有不解。

司馬孚擔憂地開口：「哥，柏夫人的喪事……」

司馬懿微微抬手：「我讓人把她送回家鄉安葬了，不要在洛陽驚擾她。她還是紅顏綠鬢，沒有雞皮鶴髮的悲哀，也好。」

司馬孚難過地說：「哥，我這幾日也常常想，想我們年輕的時候。你為我的婚事，帶我去月旦評上強出頭，我傻乎乎地被楊修轟下來，你跑上去跟楊修理論，如果我不是那麼傻，你大概也不會被曹丕看中，捲進幾十年的爭鬥中。」

司馬懿淡笑著說：「這是命，躲不開。」

「你原來也很想躲吧，那天在馬廄，你騙我說要去司空府，我們啟程後我才想起來不對，再回頭你已經把腿壓斷了。那時候我常想，如果我聰明一點，早點發現，就能救下你的腿，可是我又沒法幫你擋住徵辟。二哥一直擋在我身前，所有的壞事都瞞著我。可是我們那時候避之不及的漩渦，一樣也沒有避開。」

司馬懿看了一眼弟弟：「我知道你有話要說，問，別憋著。」

司馬孚便繼續說道：「夏侯玄的事，二哥收到我的書信了嗎？」

「收到了。」

「可是二哥並沒有下令阻止師兒和昭兒殺夏侯玄。」

司馬懿淡然說：「我把洛陽交給了他們，他們就有全權處置之權。」

司馬孚有些憤怒：「可那是夏侯玄啊，你曾經說過，那是君子，更是我們的通家之好。」

「你還記得，武帝駕崩之前，你陪著文帝奔馳去洛陽的那次嗎？文帝處置叛亂，殺了王粲的兒子，武帝說，若是他在，不使王粲無後，然而他又誇獎，文帝做得對。」

司馬孚追問道：「所以，二哥現在的志向，是效法曹公嗎？二哥當日寧可斷了腿也要躲著的曹公，你現在和他有區別嗎？」

司馬懿瞪著司馬孚，司馬孚也平靜悲哀地望著他。

司馬孚仍在說話：「我記得二哥說過，入仕的初衷是保護這個家，現在二嫂不在了，柏夫人也過世了，二哥的初心還在嗎？」司馬懿沒有回答。

司馬孚輕嘆：「二哥，弟弟跟不上你了，我走了。」

司馬懿悠悠地說：「好，你的心還和月旦評那天一樣，沒變，給咱們家留個乾淨人。」

司馬孚神情了然，緩緩站起來，緩緩地說道：「二哥，我想做大魏的純臣，保重。」

司馬孚向外走。

司馬懿痛苦地伸手，卻沒叫出聲。

司馬孚回過頭，微微一笑，司馬懿眼睛一花，看到的是年少的司馬孚。

司馬孚又轉身，緩步走出了他的視線。

小沅還穿著孝服，在為柏靈筠服喪，她提著籃子走過院子，看到院子裡的花，忽然觸景生情，悄悄擦了擦淚。

院落一角，司馬倫也穿著孝服，他臉上也掛著淚，目光卻追著小沅離去。

司馬昭走過去，輕拍拍司馬倫的肩，安慰道：「你娘的仇，爹已經報了，別傷心了，以後哥哥會照顧你。」

沒想到司馬倫卻回答說：「二哥，我不是傷心，我是害怕。你說，娘最後跟著爹的日子裡，說了什麼，我總覺得，她知道。」

司馬昭目光一冷，抓住司馬倫的肩膀，沉聲說：「看著我！你知道咱爹這輩子決勝的本事是什麼嗎？他參透了人心。在你娘心裡，不會有比你更重要的事，她的心再七竅玲瓏，會傷害你的話，她再煎熬都不會說。」司馬倫點頭：「可我還擔心一個人。」

「小沅？」

「她本就是校事府的探子，這麼多年知道咱們家好多事，又跟我娘形影不離，我不知道……她知道多少。」

司馬昭寬慰他：「還是那話，別怕，那件事是司馬家的事，不是你我的事，不要往自己身上攬。」

司馬昭回頭，目光陰冷。

侯吉把飯菜擺在司馬懿面前，司馬懿看了一眼，忍不住說道：「今天這麼豐盛啊？」

「我看老爺總沒胃口，做了點五味脯，您嘗嘗？」

司馬懿夾起一塊肉脯用力咬著，很費勁。

侯吉殷切地看著他，問道：「好吃嗎？」

「好吃，好吃。你是不是有什麼事兒要求我啊？」

「老爺就是老爺！老爺您看，夫人都去了，你之前答應我的事兒還不辦嗎？」

「什麼事兒？」

侯吉急了：「您答應給我說媳婦的。當年張屠戶的閨女都有閨女了，我到現在還是老光棍一個……」司馬懿噗哧一笑：「等過幾天回溫縣，我給你找一寡婦。」

侯吉有些不滿了：「為什麼得是寡婦？」

「不是寡婦誰能看得上你，寡婦還能給你帶娃呢！」

侯吉氣鼓鼓說道：「我不要在外面找，家裡就有，你幫我說說。」

「誰啊？」

「小沅啊。」

司馬懿笑著說：「人家哪看得上你？」

侯吉氣呼呼說道：「怎麼看不上了，我和她門當戶對！她主子是你媳婦，我娶她做媳婦，這不一雙兩好嗎？還說把我當兄弟呢，你自己都兒女成行了，也不管管我。」

司馬懿笑了起來：「好好，我給你問問，也得人家願意啊。」又低聲自語道：「也就你這一個兄弟了。」

小沅正在晾曬衣裳，司馬懿拄著拐杖慢悠悠地走過來。

小沅躬身行禮道：「老爺。」

司馬懿笑呵呵地說：「好久沒看到妳了。」

「老爺太忙。」

司馬懿慢悠悠地說：「記得妳剛來府上的時候還不滿十六歲，正是花一樣的年紀。」

小沅笑答：「一晃眼都快四十了。」

「夫人不在了，是該為自己打算了。」

小沅趕忙接話道：「奴婢能有什麼打算，不過是在這個家，服侍老爺公子們罷了。」

司馬懿看定她，平靜的目光中竟有一絲冷意：「可妳不是奴婢，校事府那邊，還要回去嗎？」

小沅嚇得退縮了兩步。

司馬懿恢復了和藹的目光：「別怕，我知道了又怎麼樣呢，妳都是這家的人。」

小沅悄悄鬆了口氣，跪下言道：「如今也不怕對老爺招認，我原本是校事府的人，被朝廷派來監視老爺家的，後來夫人對我好，跟老爺也好，我的職責也荒疏了。如今整個朝堂都聽老爺的，我更是無用之人身了，老爺不怪我，肯賞我一片屋簷一口飯吃，就是大恩大德了。」

司馬懿扶起小沅說：「都不是自由身，誰能怪誰呢。小沅，妳想嫁人嗎？」

小沅有些害羞，沉默。

司馬懿溫言道：「妳要是想嫁人，我就給妳錢和田產，妳要是想留下……我給妳說門親事吧。人不能總是孤苦伶仃地飄著。」

小沅一怔，隨即赧然地低頭，悄聲道：「老爺要娶我，可得明媒正娶。」

司馬懿楞了一下，隨即分辯：「不不不，不是我，是侯吉，他心裡喜歡妳好多年了，託我向妳問問。」

小沅呆住了，失望地垂下目光。她慌忙掩飾道：「老爺這麼榮貴的身分，還管這些閒事啊。」

「我不逼妳，只是希望妳能成為這個家裡的人。妳要是不好意思回答，就再想一想。」

司馬懿面前放著公文，他又睡著了。

侯吉搖晃他喊道：「老爺醒醒，這才起來一個時辰又睡了。」

司馬懿迷糊睜眼問道：「吃飯了？」

侯吉輕聲嘟囔：「老爺你現在只記得吃和睡了。」

「人活著，不就這兩件事嗎？」

侯吉急著問道：「那我的事呢？你問了沒有？」

司馬懿懵懂望著侯吉：「什麼事兒？」

侯吉怒了，大聲說道：「我就知道你把我的婚事兒忘了！忘了幾十年，你就沒想起來過。」

司馬懿醒悟過來連忙說：「哦哦，我沒忘，我問了。」

侯吉頓時緊張地看著司馬懿：「她怎麼說？」

司馬懿猶豫著說道：「她……害羞，你再等等。」

侯吉歡喜答道：「沒拒就好，害羞就好，姑娘都害羞！」

司馬懿有些憐憫地看著侯吉。

夜深了，侯吉走過院子，聽見前面一聲響，一個黑影逃走了。暗中不見人，唯見樹影搖動。

侯吉揉著老眼，警覺地問道：「誰在哪兒?!」小沅倒在地上，發出一聲呻吟。

侯吉趕上去，看到小沅倒在地上，吃了一驚，連忙說：「小沅妳怎麼摔倒了……」又扶起小沅，柔聲責備道：「都老胳膊老腿兒了，走路要當心啊。」

借著微弱的月光，他這才注意到小沅臉色蒼白，嘴唇哆嗦，抬起手一看，全是血跡，震驚地問：「怎麼回事，這是怎麼了！妳別嚇我小沅，大夫，我去找大夫！」

小沅拉住侯吉，輕聲喚道：「侯吉……」

侯吉眼圈紅了，連聲答應：「我在，我在！是誰，是哪個畜生害妳這樣，妳告訴我，我找他拚命，我找他拚命……」說著便嗚嗚地哭了。

小沅的嘴唇顫動，聲音微弱：「侯吉哥……」

侯吉把耳朵貼上去，哭道：「妳要說什麼，妳要說什麼?!我都聽著！」突然侯吉呆住了，他顫抖著說不出話。

小沅輕聲說著什麼，她的手突然墜了下去，再沒有聲息了。

侯吉不可置信地握著小沅的手哭嚎：「小沅妳別走，妳別丟下我！」

司馬懿躺在床上。

司馬師站在床邊，詫異問道：「爹，小沅姨忽然被人殺了，究竟是誰啊？居然敢在咱們家殺人。」

司馬懿猛地睜開眼睛，眼光依舊威嚴寒冷。

司馬懿陰冷說道：「給我安排人手，布置在我書房外，我要殺一個人。聽見我摔杯，就進來，動手。」

司馬師一驚：「父親要殺什麼人，兒子去辦就好，父親不必親自出面。」

「照我說的辦！」

「是！」

司馬昭、司馬倫心事重重地從院角走過來。

司馬倫低聲問道：「二哥，爹這麼急著叫你，是不是……」

司馬昭冷冷回答：「去了才知道。」

司馬倫把聲音壓得更低了：「我下午看到家裡頭有武士進來，小沅剛死就調兵，不會是對付我們的吧。」

「我問過大哥，大哥也不知道。」

司馬倫突然拉住司馬昭，慌亂地說：「為策萬全，二哥你也調兵吧！」

司馬昭沉默了。

司馬昭緩緩走來，走廊兩邊影影綽綽是武士的身影。

他不為所動，鎮定推開書房的門。

司馬懿坐在書房內，披著披風，咳嗽著。

司馬昭進來說道：「爹，您叫我。」

司馬懿抬手指著門，司馬昭將門關上。

司馬昭轉身看到桌上擺著酒菜湯粥，關切地說：「爹還沒用飯呢？您要保重身子。」

司馬懿淡淡說道：「一個人，吃不下，你陪我吧。」

司馬懿的語氣讓司馬昭鬆了口氣，在司馬懿身邊坐下：「好，兒子服侍爹用飯。」

司馬昭拿起一碗粥，餵給司馬懿，一邊說道：「娘生前最會熬粥了，爹也最喜歡吃，為了娘，您也要用兩口……」

司馬懿抿了一口：「你娘其實最疼你。」

司馬昭一怔：「兒子知道。」

司馬懿用一種追憶的口氣說：「我也疼你，我還記得生你那會，你娘難產了，拚了命把你生下來，我看著你們，心裡就想，這輩子我什麼都不求了，只要能好好跟你們在一塊兒，就是世上最快活的人。」

司馬昭勉強笑道：「母親雖然不在了，但兒子會盡孝的，您看到兒子，就像娘還陪著您。」

司馬懿看著司馬昭，遲滯說道：「是啊，你的眉眼真像她……所以咱們家，我最擔心你，看著你從小就想往這生死場上衝，爹著急，也害怕，想拉住你。」

「爹的苦心，兒子都明白，兒子不會讓爹失望的。」

司馬懿幽幽地說：「你真的明白嗎？人的欲望，漲起來很容易，壓下去多難啊……」

司馬昭點頭：「爹說的是。」

司馬懿深深看著司馬昭，咧開嘴笑了：「我一輩子都在克制自己的欲望，卻沒想到，到最後，這所有的欲望都報應在我兒子身上，這世上欲望野心最大的人，居然就是我自己的兒子！」

司馬昭露出乖順疑惑的神色，問道：「父親的話兒子聽不懂，可不管父親說的是誰，兒子只知道，哥哥弟弟們所做的一切都是為了咱們家啊！」

司馬懿激動而嚴厲地說：「還要和爹裝下去嗎？趁著你大哥受傷，大肆殺戮，連夏侯玄也不放過，也是為了這個家嗎？」

司馬昭臉色變了變，跪下，卻坦然說道：「兒子殺夏侯玄，也是恨他傷了大哥，恨他要謀害咱們家。父親若是認為兒子擅作主張了，兒子認打認罰，但兒子絕不敢有非分之想！」

司馬懿喝道：「是嗎？又是誰在幕後擺布何晏操縱著曹爽？你盼著我跟曹爽打起來吧？」

司馬昭臉色蒼白：「曹爽早就對父親恨之入骨，他不殺父親不會甘休的！何晏……兒子也只是放出一些假消息來欺騙他，兒子絕沒有半點私心！」

司馬懿沉默半晌，老朽而呆滯地突然發問：「那夏侯徽呢？」

走廊外，司馬師身形一顫，幾欲跌倒，後面的武士忙扶住司馬師。

司馬昭沉默良久，繼而流淚道：「爹，你知道的，嫂子是夏侯家的人，她跟蹤大哥到了汲布叔叔練兵的地方，她都看見了，如果夏侯玄知道，他那個性子不會對咱們家有半分容情的，那種情形，難道爹不想讓我這麼做……」

司馬懿一耳光打過去，卻因為無力，像在司馬昭的臉上摸了一下。

司馬昭跪下哭道：「都是我的罪孽，我千刀萬剮死有餘辜！現在咱們家沒事兒了，爹也平安了，你殺了我吧……」

司馬懿顫抖著手，摔下酒杯。

司馬昭大驚，轉身去看大門，門霍然而開。

司馬師站在門口。

門外，悄無一人

司馬懿雙目圓睜，掀翻了整個飯桌，咆哮道：「進來！來人，來人！」

司馬師紅著眼走進去。

司馬懿怒吼道：「怎麼就你一個人，你不行，要有人！」

「他是我弟弟！」

司馬昭爆發出一聲哭嚎：「哥，我對不起你！我對不起你！」

司馬師緩緩開口，痛苦地說：「你我二人從小一起長大，同吃同住，同學同遊，一起上過戰場，滾過田壟，素日裡我護你讓你寵你，因為你是我一母同胞的弟弟，我捨不得你受半點委屈，吃半點苦頭。每次出征，徽兒總擔心你吃不飽穿不暖，備衣添食總也少不了你的一份，可為什麼到頭來會把你養成一頭吃人的惡狼……為什麼？」

司馬昭雙淚長流膝行上前，慘聲說：「我告訴大哥，為什麼。」

司馬昭仰望著司馬師，他慢慢地站了起來，兄弟兩人離得很近很近。

司馬懿看不到司馬昭的臉，惶惑地向前探著身子。

司馬昭在司馬師耳邊，輕聲念叨：「大哥，你怎麼知道，這一切不是爹讓我做的？你怎麼知道他讓你來，不是演給你看，不是為了讓你下不了手？」

司馬師剎那間呆住了。

司馬懿什麼都聽不見，但他感到司馬師的眼神變了，他努力向前傾聽著。

司馬昭後退了一步。

司馬昭正色說道：「大哥，殺了我吧。」

司馬師沒有說話，沒有動，他痛苦迷茫地看著父親和弟弟，覺得這個家一陣刻骨的寒冷。

司馬昭向兄長一躬身，走出了屋子，沒有回頭去看父親。

司馬懿呆呆地看著司馬師。

司馬師顫抖著嘴唇，欲言又止，終於沒有問出來，他深吸一口氣，讓自己平靜下來，讓腰身挺拔起來。

司馬懿冷聲問道：「為什麼放他走？」

司馬師堅定回答：「司馬家，需要無堅不摧。父親保重。」

司馬師躬身，轉身也走了出去。

只剩下司馬懿佝僂著身子，雙目無光。

司馬懿朝服進宮，曹芳扶著司馬懿坐下，關切的說道：「太傅有事，朕去您府上看您就是了，怎麼敢勞動太傅親自來呢……」

司馬懿說道：「臣有幾句話，不得不向陛下請命。怕再不來，就來不及說了。」

曹芳的聲音溫柔中帶著一點惡意：「太傅說哪裡話，要善保千金之軀，朕還須你輔佐呢。」

「謝陛下……臣時日無多，望陛下，努力振作，以一統為己任，臣的兒子司馬師，會輔佐陛下……」

曹芳微笑回答：「太傅好好養病，您好了，朝上的事，朕都聽您的。」

司馬懿繼續絮絮叨叨地說：「臣有個心願，文皇帝，於臣有知遇之恩，臣死後，請葬在首陽山，文皇帝陵寢附近，不必起丘塚，不植樹木，下葬之時，只穿隨身衣物，不著朝服冠冕，不放陪葬之物，望陛下，恩准……」

曹芳笑答：「太傅想多了，大魏怎麼能沒有太傅呢？太傅放心，臣永遠聽太傅的話。」

司馬懿躬身答道：「臣謝陛下了。」

司馬懿站在丹墀之下，望著皇宮之下的洛陽城。

風鼓盪他的袍服，曹芳站在他身後，覺得這老人仍然高大威嚴。

司馬師帶人抬著坐輦上來，扶著司馬懿在坐輦上坐下，司馬懿向曹芳一躬身。

曹芳笑道：「太傅保重。」

坐輦緩緩往下走。

跟隨在曹芳身邊的宦官輕聲說：「陛下，司馬老兒快死了。」

曹芳冷冷一笑。

司馬懿瞇著眼睛坐在搖椅裡，睡眼昏沉，侯吉推門走了進來。

司馬懿睜開眼睛有氣無力地說道：「侯吉，來得正好，拉我一把，陪我去打套五禽戲……」

侯吉打斷了他：「小沅的事，就這麼了了？」

司馬懿沉默半晌：「不能不了。」

「我知道，我沒資格插嘴。那我再問你一句，小沅到底答應了沒？」

司馬懿遲緩問道：「答應什麼……」他想了半天，恍然道：「哦……那個啊，答應了，答應了。」

「答應了就把事辦了吧。」

司馬懿又困惑起來：「辦什麼事？」

侯吉又有些生氣了：「我的婚事啊，立個牌位吧，這樣好歹我這輩子也囫圇了……」

司馬懿不可思議地問道：「你就圖這個？」

侯吉氣咻咻地說：「我還能圖什麼？折騰吧，繼續折騰，這下就剩咱倆老頭了，你滿意了吧。」

司馬懿理虧一樣接話道：「好，也別告訴別人，就咱倆老頭，我給你辦。」

司馬懿和侯吉顫顫巍巍地布置著新房。

司馬懿往窗戶上貼上喜字，侯吉在房間掛上紅綢。

忙活完了，侯吉抱起小沅的牌位，司馬懿抱著張春華牌位，放在桌上，坐在上首。

侯吉問道：「小沅成婚，你為什麼不帶柏夫人牌位啊。」

司馬懿笑著回答：「她那個孤高的性子，要是知道你娶了小沅，不得跳起來打你。」

侯吉白了司馬懿一眼，又問到：「結婚的詞都怎麼念來著。」

司馬懿緩緩說道：「今有司馬家侯吉，小沅，逢此良辰美景，允稱璧合珠聯之妙，克臻琴瑟調之歡，增來鴻案之光，結此鳳儀之好。一拜天地——」

侯吉抱著小沅的牌位叩首。

「二拜高堂——」

侯吉向司馬懿和張春華牌位鞠躬。

「夫妻對拜——」

侯吉把小沅的牌位放在地上，結結實實鞠了個大躬。

侯吉再次抱起小沅的牌位，催促道：「好了好了，你走吧。」

司馬懿被侯吉推著往外走，一邊抱怨道：「你這人怎麼回事，用完就趕我走啊。」

「我要洞房了，你幹嗎，要看啊？」

侯吉「砰」地關上門，緩緩往屋內走。

司馬懿敲門，裡邊傳來侯吉有些憤怒的聲音：「你能讓我清靜一下嗎！」

司馬懿結巴著說道：「我、我老婆落你房間了！」

侯吉看著司馬懿蹣跚地走進來，抱起桌案上張春華的牌位，又蹣跚地走出去。

侯吉看著司馬懿走到院子裡，坐上了秋千，不時低低和懷中的牌位說著什麼。

侯吉低聲對小沅的牌位，也自顧自念叨起來：「妳看那老傢伙，真是可氣又可恨，又可憐……」

第二天，司馬懿緩緩走來，敲門，沒人回應。

司馬懿笑著搖頭：「這老東西，洞個房都不願起來了……」

家僕從一旁走過，笑著說：「老爺，侯管家一大早就去廚房燉湯啦。」

司馬懿不由得喜笑顏開：「哎呀，好，好，他好久沒這個興致做飯了，可把我饞蟲勾起來了。我去看看。」

司馬懿緩步來到廚房，侯吉正忙碌著。

蔥薑蒜辣子一溜小碗排開，侯吉從小盂裡捏出龜，正準備下鍋。

司馬懿忙顫巍巍疾步上前拉住侯吉：「你幹什麼！」

侯吉不明所以：「燉了吃啊，趁我還做得動，給你補補。養了幾十年，總該物盡其用了吧。」

「吃？你這老東西太狠心了！我和春華養了一輩子，你捨得啊？」

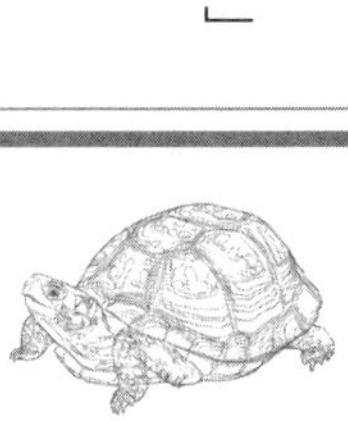

侯吉哂笑著：「牠這大半輩子都是我養的，怎麼著，你比我對牠還有感情？」

司馬懿憤憤說道：「牠是我朋友！是救命恩人！你這人怎麼一點感情也沒呢！」

侯吉從司馬懿懷中奪過烏龜，劈頭就說：「一隻王八而已，有什麼捨不得的。你征遼東殺了兩萬人，滅曹爽殺了七千人，處決王凌殺了三千人，你連眼睛都不眨……這麼多亡靈冤魂你不在乎，卻捨不得一隻小王八？你假不假啊？婦人之仁。」

司馬懿瞪大眼睛問了句：「你說什麼?!」

侯吉自顧自燒湯：「哦，說錯了，這不是婦人之仁，這叫——虛偽。」

司馬懿瞪圓了雙眼，說不出話。突然他撲上去和侯吉廝打了起來。

案上的碗全掉落摔碎了，鍋碗瓢盆四處橫飛，廚房裡「叮零匡啷」響成一片。

後來，司馬懿額上有些瘀青。他抱著龜坐在車裡，侯吉坐在前面駕車。

後面遙遙跟著司馬師和司馬昭，帶著三百士兵。

車走得越來越慢，司馬懿有些不滿地撩開簾子抱怨道：「你又在偷懶，這車怎麼越走越慢了？」

侯吉歪在一旁沒有吭聲，司馬懿見了，有些心疼：「真是的，怎麼睡著了……」

侯吉仍然沒有反應，司馬懿顫抖地伸出手，戳了戳侯吉。

然後司馬懿木然說道：「哦……你死啦？」

司馬懿吃力地從車內走下。他抱著小龜緩緩向水邊走去，司馬師、司馬昭帶人緊張走上前來。

司馬懿瞟了他們一眼，低聲對小龜說：「那些小畜生，又想偷聽我倆說話。」他捧著小龜慢慢蹲下：「是時候道別啦。心猿不定，意馬四馳，老夥計，去吧。」

夕陽緩緩沉沒，司馬昭深深地看著落日餘暉中垂垂老矣的司馬懿。

司馬懿在水邊中著五禽戲，在山嵐水霧之間，他的身形幻化成了五種動物，彷彿與天地生靈起舞。

司馬師走上前去，望著自己的父親。

司馬昭一個人站在田野邊，他抬起頭望向夕陽，父親的太陽要落下去了，而他的太陽，正要升起。夕陽如灑金，在他身上光耀出王者之氣。

魏嘉平三年八月初五，戊寅日，三國第一權臣，司馬懿在權位巔峰之上，平靜逝去。終年七十三歲。司馬懿雖然沒有統一三國，但他以自己卓絕的文韜武略，奠定一統天下的基礎。三國鼎立，干戈不息的亂世，終於看到和平的曙光。

四年之後，司馬師躺在軍營簡陋的床上，無意識地輕輕抽搐著，那隻有傷的右眼，已經潰爛成瘤，慘不忍睹，正緩緩流下一行血淚。

司馬師繼承了司馬懿的權力，延續著司馬氏的輝煌。然而，連司馬懿也萬萬沒有想到的是，司馬師掌權僅僅四年，就在出征淮南的戰役中，因目疾發作而死。

司馬昭跪在高貴鄉公曹髦的屍體旁，假惺惺哭著。

司馬昭繼承了兄長之位，他的野心，加速了司馬氏代替曹氏的步伐。

司馬昭露出一絲陰暗的笑容。

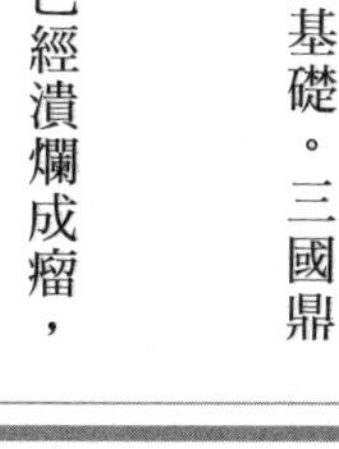

劉禪和黃皓率領百官，將玉璽捧給鍾會、鄧艾，鍾會望了鄧艾一眼，嘴角掠過一絲隱祕的冷笑。

司馬懿死後十二年，鍾會、鄧艾率軍攻蜀，蜀後主劉禪不戰而降，蜀國滅亡。

司馬炎一步步走向受禪臺，百官在臺下躬身叩拜。

十七年後，即魏咸熙二年，司馬懿的孫子司馬炎，終究還是取代了孱弱的曹氏，登基稱帝，改國號為晉。十五年後，孫吳歸降，三國歸晉。

那個競智力，爭利害，強弱吞併、群雄並起、血火飛揚、豪情激昂的三國時代，但又是戰亂頻發、生靈塗炭的亂世，終於在司馬懿的身後，在司馬氏的手中，平緩地結束了。

首陽山間，芳草萋萋，山間鳥鳴歡快。

小兒的歌聲傳來：「日昭昭，二火昌。昭昭殺君王，土上生金金得王……侯非侯，王非王，千乘萬騎上北邙……」

《虎嘯龍吟》終

全系列完結

俠客館 86

電視劇小說之虎嘯龍吟（3）

作　　者　常江

總 編 輯　張瑩瑩
副 編 輯　蔡麗真
責任編輯　徐子涵
行銷企劃　林麗紅
校　　對　魏秋綢
封面設計　周家瑤
內頁排版　綠貝殼資訊有限公司

社　　長　郭重興
發行人兼出版總監　曾大福
印務主任　黃禮賢
出　　版　野人文化股份有限公司
地址：231新北市新店區民權路108-2號9樓
電子信箱：yeren@yeren.com.tw
發　　行　遠足文化事業股份有限公司
地址：231新北市新店區民權路108-2號9樓
電話：（02）2218-1417　傳真：（02）8667-1065
電子信箱：service@bookrep.com.tw
郵撥帳號：19504465 遠足文化事業股份有限公司
客服專線：0800-221-029
法律顧問　華洋法律事務所 蘇文生律師
印　　製　成陽印刷股份有限公司
初版首刷　2018年5月

國家圖書館出版品預行編目(CIP)資料

電視劇小說之虎嘯龍吟（3）／常江著. -- 初版. -- 新北市：野人文化出版：遠足文化發行，2018.05
512面；14.8×21公分. --（俠客館；86）
ISBN 978-986-384-278-1（平裝）
857.7　107005607

廣　告　回　函
板橋郵政管理局登記證
板橋廣字第143號

郵資已付　免貼郵票

野人

231
新北市新店區民權路108-2號9樓
野人文化股份有限公司　收

請沿線撕下對折寄回

野人

書名：電視劇小說之虎嘯龍吟（3）
書號：ONSM0086

好野人部落格
http://yeren.pixnet.net/blog

野人文化粉絲專頁
http://www.facebook.com/yerenpublish

野人

野人文化 讀者回函卡

書名：電視劇小說之虎嘯龍吟（3） 書號：ONSM0086

姓 名 □女 □男 年齡

地 址

電 話 公 宅 手機

Email

學 歷 □國中（含以下）□高中職 □大專 □研究所以上

職 業 □生產／製造 □金融／商業 □傳播／廣告 □軍警／公務員
□教育／文化 □旅遊／運輸 □醫療／保健 □仲介／服務
□學生 □自由／家管 □其他

◆你從何處知道此書？

□書店 □書訊 □書評 □報紙 □廣播 □電視 □網路
□廣告DM □親友介紹 □其他

◆你通常以何種方式購書？

□逛書店 □網路 □郵購 □劃撥 □信用卡傳真 □其他

◆你的閱讀習慣：

□百科 □生態 □文學 □藝術 □社會科學 □地理地圖
□民俗采風 □休閒生活 □圖鑑 □歷史 □建築 □傳記
□自然科學 □戲劇舞蹈 □宗教哲學 □其他

◆你對本書的評價：（請填代號，1. 非常滿意 2. 滿意 3. 尚可 4. 待改進）

書名_____封面設計_____版面編排_____印刷_____內容_____
整體評價_____

◆你對本書的建議：